ACTION

BAND 46

VINCE FLYNN

TRANSFER OF POWER

DER ANGRIFF

Aus dem Amerikanischen von Alexander Rösch

FESTA

Die amerikanische Originalausgabe *Transfer of Power*
erschien 1999 im Verlag Pocket Books.

Hinweis: Dieser Roman ist Band 3 der Mitch-Rapp-Saga.

1. Auflage August 2017

Titelbild: Dean Samed

ISBN 978-3-86552-552-9
eBook 978-3-86552-553-6

Für Terence und Kathleen Flynn

Aus Respekt vor der Arbeit der Geheimdienste der Vereinigten Staaten und zur Wahrung der Sicherheit des Präsidenten wurden gewisse Details hinsichtlich des Grundrisses des Weißen Hauses und der Einsatztaktiken des Secret Service in diesem Roman abgewandelt oder bleiben unerwähnt.

1

Washington, D.C.

Ein feiner Nebelschleier senkte sich aus dem zunehmend dunkleren Frühlingshimmel, während die schwarze Limousine von der E Street abbog. Das gepanzerte Fahrzeug passierte die Barrieren aus Beton und Stahl mit einem Tempo, das Dringlichkeit signalisierte. Beim Erreichen des West Executive Drive bremste der Fahrer kurz ab, bis sich das schwere schwarze Tor geöffnet hatte, und erhöhte die Geschwindigkeit dann wieder. Nachdem sie durch mehrere Pfützen gefahren war, kam die Limousine vor dem ebenerdigen Eingang am Westflügel des Weißen Hauses abrupt zum Stehen.

Sofort öffnete sich die hintere Tür auf der Beifahrerseite und Dr. Irene Kennedy stieg aus. Sie lief unter dem langen, schmutzig weiß verfärbten Vordach entlang, das sich vom Gebäude bis zum Bordstein erstreckte, und wartete kurz, bis ihr Vorgesetzter sie eingeholt hatte. Thomas Stansfield kletterte gemächlich aus der Limo und knöpfte das Jackett des anthrazitfarbenen Anzugs zu. Mit seinen 79 Jahren galt Stansfield als lebende Legende in der Welt der Geheimdienste. Seine Karriere reichte bis in den Zweiten Weltkrieg zurück, als die Aufgaben der heutigen CIA noch dem Office of Strategic Services oblagen.

Stansfield war vor fast 60 Jahren einer von Wild Bill Donovans Rekruten gewesen – in einem Krieg, der noch mit anderen Mitteln ausgetragen worden war. Stansfield gehörte zu den letzten Aktiven. Alle anderen waren verschwunden – im Ruhestand oder tot. In nicht allzu ferner Zukunft würde er selbst das Zepter der Macht bei der häufig kritisierten, umstrittenen Central Intelligence Agency an einen Nachfolger übergeben.

Die CIA hatte sich während seiner Amtszeit verändert. Genauer gesagt hatte sich die Natur der Bedrohungen verändert, was die Agency dazu zwang, sich den Veränderungen anzupassen. Die simple Phase, in der sich lediglich zwei Weltmächte gegenüberstanden, gehörte längst der Vergangenheit an. Inzwischen beherrschten kleinere regionale Auseinandersetzungen und die stetig wachsende Bedrohung des internationalen Terrors ihre Arbeit. Letzterer bereitete Stansfield am Ende seiner Karriere das größte Kopfzerbrechen. Die Gefahr, dass ein Einzeltäter mit biologischen, chemischen oder nuklearen Waffen Amerika auslöschen würde, wuchs von Tag zu Tag.

Stansfield blickte in den trüben Dunst des frühen Abendhimmels. Sprühnebel sprenkelte sein Gesicht und brachte den grauhaarigen CIA-Direktor zum Blinzeln. Etwas beunruhigte ihn, ohne dass er genau sagen konnte, was es war.

Stansfield streifte den immer dunkler werdenden Himmel mit einem letzten Blick und trat unter das Vordach. Kennedy hatte bereits die Doppeltür passiert, die von zwei uniformierten Beamten bewacht wurde. Langsam setzte sie sich durch den langen Flur in Bewegung. Das Erdgeschoss des legendären West Wing. Das Büro des Präsidenten befand sich eine Etage höher, doch dort würde das heutige Treffen nicht abgehalten werden. Irene Kennedy beschleunigte ihre Schritte. Stansfield folgte mit der ihm eigenen Gelassenheit.

Am hinteren Ende des Gangs nahm sie ein Offizier der U.S. Navy mit sorgfältig gebügelter schwarzer Uniform in Empfang. Er hielt die Hände vor dem Körper verschränkt. »Guten Abend, Dr. Kennedy. Es ist alles bereit. Die Generäle und der Präsident erwarten Sie.« Der diensthabende Offizier des Situation Rooms im Weißen Haus deutete auf die Tür zu seiner Linken.

»Danke, Commander Hicks«, antwortete Kennedy und ging an dem Offizier vorbei. Zusammen mit Stansfield stieg sie mehrere Stufen hinunter, bog nach links ab und gelangte zu einer Sicherheitstür, über der eine Kamera hing. An der linken Wand warnte eine schwarz-goldene Plakette: ›White House Situation Room: Zutritt nur für autorisierte Personen‹.

Das Schloss wurde mit einem Summen entriegelt und Kennedy schob die Tür auf. Sie wandte sich nach links und betrat das neue Besprechungszimmer im Situation Room. Direktor Stansfield folgte ihr, während Commander Hicks den schallsicheren Zugang hinter ihnen schloss.

Präsident Robert Hayes stand im Smoking an der hinteren Wand und konzentrierte sich auf seine beiden Gesprächspartner. Der eine, General Flood, war der Vorsitzende der Vereinigten Stabschefs. Ein 1,93 Meter großer Hüne, der mehr als 120 Kilo auf die Waage brachte. Sein Begleiter, General Campbell, einen halben Kopf kleiner als sein Vorgesetzter und mindestens 40 Kilo leichter, leitete das Kommando für Spezialeinsätze der Vereinigten Staaten. Das Joint Special Operations Command wurde intern als JSOC abgekürzt. Vor der Übernahme dieses Postens hatte er stolz die legendäre 82. Airborne Division und das 181. Airborne Corps angeführt.

Präsident Hayes bekleidete erst seit fünf Monaten die Rolle des amerikanischen Staatsoberhaupts und hatte in dieser Zeit solide Arbeitsbeziehungen zum Pentagon und zur CIA aufgebaut. Vor seiner Wahl hatte Robert Xavier Hayes sowohl als Kongressmitglied als auch als Senator die Interessen seines Volkes vertreten. Der Demokrat aus Ohio verdankte die Wahl ins höchste Staatsamt vor allem seinem skandalfreien Privatleben und dem Umstand, dass man ihm zutraute, die ständig wachsende Kluft zwischen Republikanern und Demokraten zu schließen.

Der vorherigen Regierung hatte eine ganze Reihe von Skandalen zu schaffen gemacht. Deshalb entschied sich das amerikanische Volk mit überwältigender Mehrheit für einen Volksvertreter, dessen Lebensumstände den hartnäckigen Überprüfungen der Presse standhielten. Hayes war glücklich verheiratet und hatte drei Kinder, alle schon jenseits der 30, die noch nie in den Schlagzeilen aufgetaucht waren und ein relativ normales Leben führten.

Kennedy stellte ihre Aktentasche auf einen Stuhl am Ende des langen Tischs. »Nehmen Sie doch bitte alle Platz, dann können wir anfangen.« Sie wollte keine Zeit verlieren, weil sich die Lage rasant zuspitzte.

Direktor Stansfield begrüßte die beiden Generäle und den Präsidenten. Niemandem von ihnen war nach Plaudern zumute. Der Präsident begab sich zum entgegengesetzten Ende des Tischs und ließ sich in den hochlehnigen Ledersessel sinken. Alle Wände des Raums waren mit dunklem Holz getäfelt, abgesehen von einer kleinen quadratischen Fläche hinter Hayes, auf der sich von einem weißen Hintergrund das runde Amtssiegel des US-Präsidenten abhob.

Nachdem Hayes Platz genommen hatte, ließen sich

die beiden Generäle zu seiner Rechten und Direktor Stansfield zu seiner Linken nieder. Kennedy überreichte jedem der Anwesenden eine identische Mappe, die mit rotem Band verschlossen und mit der Beschriftung ›Top Secret‹ versehen war.

»Bitte öffnen Sie die Mappen. Ich bereite in der Zwischenzeit die Präsentation vor.« Kennedy schob eine Strähne ihres schulterlangen braunen Haars hinter ein Ohr, wühlte einige Sekunden in der Aktentasche herum, fand schließlich die gesuchte Diskette und schob sie ins Laufwerk des Rechners unter dem Podium. Knapp eine Minute später war die frühere Agentenführerin und jetzige Leiterin des National Counterterrorism Centers startklar.

Eine Karte der Region rund um den Persischen Golf erschien auf dem großen Bildschirm. Sie begann: »Mr. President, vor vier Tagen haben wir einen unserer Leute in die iranische Stadt Bandar Abbas eingeschleust. Unser Mann wurde auf Grundlage geheimdienstlicher Informationen tätig, wonach sich Scheich Fara Harut dort aufhalten soll.« Kennedy drückte eine Taste und die Karte wich der körnigen Schwarz-Weiß-Fotografie eines bärtigen Mannes mit Turban.

»Fara Harut, hier eine Aufnahme aus dem Jahr 1983, gilt als religiöser Führer der militanten islamischen Hisbollah-Organisation. Er unterhält enge Kontakte zur Fundamentalisten-Szene im Iran.« Kennedy schielte zum Präsidenten und schob hinterher: »Der Mann ist Ihnen möglicherweise bereits in Ihrem PDB untergekommen.« Kennedy bezog sich damit auf den *President's Daily Brief* – eine Zusammenfassung erkennungsdienstlich relevanter Informationen, die ihm die CIA jeden Morgen auf den Schreibtisch legte.

Hayes nickte. »Ich erinnere mich an den Namen.«

Kennedy betätigte erneut eine Taste. Ein neues Foto wurde auf dem Monitor eingeblendet. Es zeigte einen deutlich jüngeren, rasierten und gut aussehenden Mann. »Das ist Rafique Aziz. Das Bild wurde Ende der 70er-Jahre aufgenommen, als Aziz seinen Abschluss als Elektroingenieur an der American University in Beirut machte.«

Der Präsident nickte zögernd. »Ihn habe ich definitiv auch schon mal gesehen.«

Kennedy fuhr fort: »Ja, allerdings dürften Sie noch nicht mit den jüngsten Entwicklungen rund um seine Person vertraut sein.« Sie zeigte auf die große Leinwand am vorderen Ende des Besprechungsraums, auf der eine Reihe von Aufnahmen verkohlte Überreste von Bussen und grotesk verstümmelte, blutige Leichen präsentierte. »Diese Sprengstoffanschläge gehen allesamt auf das Konto der palästinensischen Hamas-Gruppe. Sie hat ihre Angriffe in jüngster Vergangenheit massiv verstärkt, um den Friedensprozess im Nahen Osten zu blockieren. Hisbollah und Hamas sind bislang nie gemeinsam in Erscheinung getreten.«

Kennedy ließ einen nachdenklichen Blick durch den Raum schweifen, bevor sie fortfuhr: »Das hat sich inzwischen allerdings geändert. Aziz und Harut suchen nach Möglichkeiten, den Konflikt weiter zu schüren, obwohl sich die Situation in Beirut beruhigt hat. Nachdem Israel 1996 den Hamas-Anführer Yehya Ayyash ermorden ließ, witterten sie ihre Gelegenheit. Die Hamas agiert noch militanter als vorher und verstärkt ihre Bemühungen, Israel aus dem Westjordanland und vom Gazastreifen zu vertreiben. Zuletzt fiel den Israelis auf, dass die Taktik der Bombenanschläge der Hamas deutlich an Raffinesse zugenommen hat. Wir gehen davon aus, dass Rafique Aziz dafür verantwortlich ist.«

Kennedy legte eine dramatische Pause ein, um die Bombe platzen zu lassen. »Damit nicht genug. Laut unseren Erkenntnissen hat Saddam Hussein angeboten, künftige Anschläge der Gruppe zu finanzieren.«

Präsident Hayes schüttelte langsam den Kopf und machte ein finsteres Gesicht.

»Es kommt noch schlimmer«, warnte Kennedy. »Saddam knüpft seine finanzielle Unterstützung an eine konkrete Bedingung: Er fordert, dass die Hamas die Vereinigten Staaten *vor der eigenen Haustür* angreift, also auf US-amerikanischem Boden.«

Die Information ließ Hayes' linke Augenbraue nach oben schnellen. »Woher wissen wir das?«

Kennedy sah auffordernd zu Stansfield. Der CIA-Direktor übernahm die Antwort: »Die NSA hat einige Gespräche abgehört, deren Authentizität uns von zahlreichen Kontaktpersonen im Ausland bestätigt wurde.«

»Na großartig.« Hayes wirkte fassungslos und wandte sich mit einer düsteren Vorahnung an Kennedy. »Was noch?«

»Vorletzte Nacht meldete unser Mann im Iran eine vermutete Sichtung von Harut. Heute Abend hat er sie offiziell bestätigt.«

Der Präsident verschränkte die Arme vor der Brust. »Können wir sicher sein, dass das stimmt?«

»Ja, Mr. President«, erwiderte Kennedy überzeugt.

Hayes ließ den Blick von Kennedy zur Iran-Karte und zurück wandern. »Ich fürchte, Sie haben mich nicht nur deshalb vom Essen abgehalten, um mir das mitzuteilen.«

»Nein, Mr. President. Wir warten schon lange auf eine

solche Gelegenheit. Wenn wir ihn jetzt nicht schnappen, bekommen wir ihn vielleicht nie.« Kennedy legte eine Pause ein, um die Bedeutung ihrer Worte sacken zu lassen.

»General Campbell und ich haben eine Strategie zur Ergreifung von Harut entwickelt.« Kennedy wechselte die Darstellung auf dem Hauptschirm. Eine zweite Karte des Persischen Golfs erschien, diesmal mit einem halben Dutzend Markierungen versehen.

Kennedy forderte General Campbell mit einem Nicken zum Fortfahren auf.

Campbell stand auf und stolzierte stocksteif zum Rednerpult. Sobald er dahinter stand, erklärte er: »Mr. President, Harut hält sich genau wie Saddam nie länger als drei oder vier Tage am selben Ort auf. Zum ersten Mal seit über zehn Jahren haben wir ihn so lange am Stück im Visier und sind in der Lage, etwas gegen ihn zu unternehmen.« Er deutete auf die Karte. »Zwei Helikopter des First Special Operations Wing haben Saudi-Arabien verlassen und befinden sich im Anflug auf die *Independence,* die im Persischen Golf patrouilliert.«

Der General tippte auf die Markierung, die die Position des nukleargetriebenen Flugzeugträgers anzeigte. »Und hier drüben«, er ließ den Finger vom offenen Wasser zu einer Stelle vor der iranischen Küste gleiten, an der ein blaues zigarrenförmiges Objekt eingezeichnet war, »haben wir die *USS Honolulu.* Ihnen dürfte nicht entgangen sein, dass sie sich nicht länger in internationalen Gewässern aufhält, sondern zwei Meilen vor der Küste, wo sie darauf wartet, ihre Fracht abladen zu können.«

Während Campbell seine Ausführungen fortsetzte, kam Präsident Hayes die Situation zunehmend unwirklich vor. Er träumte seit Jahren von einer solchen Gelegenheit und schreckte zugleich davor zurück. Die Vorstellung, amerikanische Truppen in den Krieg zu schicken, übte auf ihn keine Anziehungskraft aus. Er fand es weder spektakulär, noch ruhmreich oder gar befriedigend. Mit seinen Befehlen schickte er Menschen in den Tod. Definitiv viele Feinde, vermutlich aber auch einige seiner eigenen Soldaten.

Präsident Hayes lauschte den Ausführungen des Generals und bemühte sich um Objektivität. Er hatte sich ausführlich mit geschichtlichen Ereignissen beschäftigt und wusste, dass es naiv war, ohne den Einsatz von Gewalt zum Ziel gelangen zu wollen. Wenn er heute keinen Einsatzbefehl erteilte, kostete es eines Tages möglicherweise zahllose Amerikaner ihr Leben. Man musste sich dem Terrorismus entschlossen entgegenstellen. Deshalb durfte er seine Entscheidung nicht unnötig lange hinauszögern.

Persischer Golf
3:16 Uhr (Ortszeit)

In der iranischen Küstenstadt Bandar Abbas schlurfte ein älterer Mann in verdreckter weißer *Djellaba* die staubige Straße entlang. Der schlichte Umhang aus grobem Stoff reichte ihm von den Schultern bis zu den Fußgelenken. Ein brauner Turban bedeckte Kopf und Gesicht, abgetragene Ledersandalen schützten die Füße. Der Wind blies vom Persischen Golf heran und dichte Wolken verhüllten den Nachthimmel.

Der verlotterte Alte murmelte im Gehen etwas auf Farsi. Wie so häufig täuschte auch in diesem Fall der äußere Eindruck. Unter dem ausgefransten Turban und dem schäbigen Gewand verbargen sich 87 Kilogramm solide Muskelmasse.

Mitch Rapp, ein 31-jähriger Amerikaner, hatte seit einer Woche nicht mehr geduscht. Eine Kruste aus Dreck bedeckte die dunkel gebräunte Haut. Schwarze Haare und Bart ließen ihn durch grau gefärbte Strähnen doppelt so alt aussehen, wie er in Wirklichkeit war. Bis zum späten Nachmittag hatte der Amerikaner in seiner winzigen Behausung geschlafen. Abends und nachts streifte er mit einer braunen Tasche aus Segeltuch durch die Straßen, um weggeschmissene Getränkedosen und Flaschen zu sammeln. Er spielte die Rolle eines Obdachlosen, ging gebeugt und mimte den Ängstlichen. Augen und Verstand waren jedoch hellwach. Er spähte in Durchgänge und Fenster hinein und belauschte Gespräche – auf der Suche nach einem Hinweis. Vor zwei Tagen war er endlich auf die ersehnte Spur gestoßen. Rapp suchte nach einem Mann. Einem Mann, den er töten wollte.

Seine Verfolgung hatte ihn in einige der am wenigsten gastfreundlichen und heruntergekommensten Siedlungen im Nahen Osten, Nordafrika und Europa geführt. Man hatte auf Rapp eingestochen und geschossen, ihn gejagt. Dabei war ihm seine Beute jedoch ständig entwischt. Vor einem halben Jahr, in einer regnerischen Nacht in Paris, hatte er endlich die ersehnte Chance zum Zuschlagen bekommen – und es vermasselt. Ein kurzer Moment des Zögerns, der dämlichen Unentschlossenheit hatte es Rafique Aziz ermöglicht, gerade noch zu entkommen. Das würde nicht noch einmal passieren, hatte sich Rapp seitdem tausendfach geschworen. Beim nächsten Mal wollte er den Abzug sofort durchdrücken – ganz egal, ob ein unbeteiligter Zuschauer in der Nähe stand oder nicht. Heute Abend hatte sich Rapp fest vorgenommen, ihm auf die Schliche zu kommen.

In der Nähe des Hauses, das er vor zwei Tagen entdeckt hatte, suchte Rapp Dächer und Fenster nach Anzeichen von Spähern ab, die er bei früheren Besuchen übersehen haben mochte. Das Aroma der salzigen Luft vermischte sich mit dem Gestank der offenen Kanalisation und schärfte seine Instinkte. Er befand sich auf feindlichem Boden, lief direkt in die Höhle des Löwen hinein. Die Straßen, auf denen er sich bewegte, gehörten der Hisbollah, einer von zahlreichen militanten Gruppierungen, die am Fundament der Politik im Nahen Osten rüttelten. Die Terroristen hatten im Rahmen ihres Dschihads – des Heiligen Krieges – bereits Tausende getötet. Die dreckige Küstenstadt Bandar Abbas zählte zu ihren Hochburgen in der Region. Rapp hatte schon früh die Lektion gelernt, dass man Feinde vor ihrer eigenen Haustür am empfindlichsten treffen konnte, weil sie sich dort sicher fühlten und ihre Wachsamkeit schleifen ließen. Heute Abend wollte er unangekündigt und ohne Einladung bei ihnen hineinplatzen.

Rapp schob den Turban zurecht, bis er alles außer der Augenpartie verbarg. Er bog um die Ecke und quälte sich weiterhin mühsam wie ein mindestens doppelt so alter Mann voran. Mehrere Türen weiter saß ein Wachposten mit einem AK-47-Maschinengewehr auf dem Schoß in einem Klappstuhl.

Rapp raunte leise etwas auf Farsi, um den anderen auf sich aufmerksam zu machen. Der Posten hörte die Schritte, die näher kamen, und zielte mit dem Lauf in die entsprechende Richtung. Als der brabbelnde Landstreicher aus den Schatten auftauchte, entspannte er sich und legte die Waffe zurück in den Schoß. Nur ein durchgeknallter Alter, ein nutzloser Vagabund.

Während er näher kam, schob Rapp den Turban vom Mund weg, ließ eine Reihe falscher fauliger Zähne aufblitzen, grüßte den Bewaffneten freundlich und schlurfte an ihm vorbei. Der Größere nickte und kippte entspannt mit dem Stuhl zurück, wobei er den Kopf an die Hausmauer lehnte.

Rapp setzte den Weg durch die Straße fort und prägte sich mit wachsamen Augen jede Einzelheit des Häuserblocks ein. Er merkte sich jedes einzelne Fenster, jeden Durchgang, spähte an Türrahmen und Vorhängen vorbei ins schattige Innere der Wohnungen, um nach möglichen Fallen Ausschau zu halten.

Er bog in eine noch engere Gasse ab. Nach etwa 20 Metern zog er sich in einen schmalen Gang zurück, der lange vor der Erfindung des Autos entstanden sein musste. Die tunnelartige Passage war kaum mehr als einen Meter breit und lag komplett im Dunkeln. Rapp verlangsamte den Schritt, zog sich in eine enge Mauernische auf der linken Seite zurück und schloss die Augen. Er stellte die Stofftasche mit den Flaschen und Dosen ab, lauschte aufmerksam und presste die Lider dabei ganz eng zusammen, um sich an die durchdringende Finsternis zu gewöhnen.

Weisses Haus
Situation Room

General Campbell beendete das Briefing und blieb neben Kennedy auf dem Podium stehen. In den letzten 24 Stunden hatten sie nahezu ohne Pause durchgearbeitet, um alles vorzubereiten. Nun blieb ihnen nichts anderes übrig, als die Entscheidung des Präsidenten abzuwarten, der gerade die Pros und Kontras der Mission im Kopf gegeneinander abwog.

Nach einer Minute Schweigen blickte Hayes zu Direktor Stansfield und fragte: »Wer ist der Mann, den wir vor Ort haben?«

Stansfield schloss die Mappe mit den Unterlagen und legte sie auf den Tisch. »Einer unserer besten Männer. Er spricht neben Englisch drei weitere Sprachen fließend und beherrscht ein gutes halbes Dutzend weiterer gut genug, um sich zu verständigen.«

»Ein Amerikaner?«

»Ja.«

Hayes nickte langsam und überlegte kurz, wie er die Frage, die ihm auf der Zunge brannte, am besten in Worte fassen sollte. »Statt unsere Deckung aufzugeben, indem wir uns Harut schnappen, könnten wir unseren Mann ...« Hayes wandte sich an Kennedy. »Wie heißt er eigentlich?«

»Sein Codename lautet Iron Man.«

»Okay«, fuhr er fort. »Wieso bitten wir diesen Iron Man also nicht einfach ... Harut zu erschießen?«

Er blickte sich nervös im Raum um. Ihm war klar, dass er als Präsident damit einen Vorschlag gemacht hatte, der gegen jedes Gesetz verstieß.

»Wir haben diese Option geprüft, Mr. President, aber es gibt noch eine andere Komplikation, über die wir bisher nicht gesprochen haben.« Kennedy schaute zu ihrem Boss hinüber.

Stansfield saß zurückgelehnt auf dem Stuhl und hatte die Beine übereinandergeschlagen. »Wir haben gestern eine konkrete Information erhalten«, verkündete er betont ruhig, »die eine neue Ausgangssituation schafft. Ich erhielt einen Anruf von einem meiner Kollegen im Ausland. Er setzte mich darüber in Kenntnis, dass die Hamas einen Terroranschlag auf Washington plant. Ort und genauer Zeitpunkt sind bisher nicht bekannt, aber eine weitere Quelle bestätigt entsprechende Vorbereitungen.«

Hayes fluchte in sich hinein. »Von wem stammen diese Informationen?«

»Unsere Freunde in Israel haben mich schon vor mehreren Wochen davor gewarnt. Die Bestätigung erhielt ich heute Morgen vom britischen Geheimdienst.«

»Ich brauche weitere Einzelheiten«, forderte Hayes und stocherte nervös mit dem Zeigefinger in der Luft herum.

»Die Israelis haben während einer ihrer Patrouillen im Westjordanland vor knapp 30 Tagen einen Kommandanten der Hamas aufgegriffen. Im Rahmen des Verhörs erwähnte er wiederholt Pläne für einen bevorstehenden Angriff auf Washington. Trotz mehrfacher Nachfrage bekam man nicht mehr aus ihm heraus. Lediglich, dass kein Geringerer als Rafique Aziz die Planungen verantwortet.«

Präsident Hayes ließ den Sessel kreisen, um sich die drastischen Folgen von Aziz' Busbombe in Israel noch einmal anzusehen. Die bloße Vorstellung, dass sich etwas Ähnliches in Washington ereignete, ließ ihn erstarren.

»Es passt zu den NSA-Erkenntnissen, wonach Saddam seine finanzielle Unterstützung für die Hamas an die Bedingung knüpft, dass ein Terroranschlag auf amerikanischem Boden verübt wird.«

Hayes starrte den CIA-Direktor an und sprang auf. Er ermahnte sich, nicht die Fassung zu verlieren. Saddam

Hussein zählte zu den unangenehmsten Stacheln im Fleisch der USA. Er hielt es für höchste Zeit, ihn mit größerer Vehemenz zu bekämpfen.

Mit vor Sarkasmus triefender Stimme rief der Präsident aus: »Na, wunderbar!« Er stellte sich vor, wie sich der groteske Terror aus dem Nahen Osten auf die Straßen der Vereinigten Staaten verlagerte. Auf keinen Fall durfte er das zulassen, wenn es die Möglichkeit gab, den Kampf auf einem fremden Schlachtfeld zu unterbinden.

Irene Kennedy verfolgte die Unterhaltung zwischen den beiden Generälen, ihrem Chef und dem Präsidenten nur mit halbem Ohr. Sie machte sich momentan vor allem Sorgen um Mitch Rapp. Rapp war ihr Schützling und sie hatte ihn im Laufe der Jahre ins Herz geschlossen. Mit sexueller Anziehungskraft hatte das Ganze nichts zu tun. Lediglich mit einer Art Seelenverwandtschaft zweier Menschen, die zusammen schon einiges durchgestanden hatten.

Kennedy hatte einen Großteil ihrer Kindheit im Nahen Osten verbracht, während man ihren Vater von einer Botschaft zur nächsten versetzt hatte. Als Diplomatenkind kannte sie es gar nicht anders. Den meisten ihrer Freunde erging es ähnlich. Eigentlich hatte sie sich dort sehr wohlgefühlt, bis im April 1983 mit einem Schlag alles zerstört worden war. Eine Autobombe hatte die US Botschaft in Beirut in die Luft gejagt. Bei der Explosion war Kennedys Vater umgekommen. Ihr Leben hatte sich danach für immer verändert.

Der Zorn, den diese Tragödie in ihr auslöste, hatte sie in die Arme der CIA getrieben. In Langley hatte man schnell erkannt, dass es sich bei Kennedy um die ideale Rekrutin handelte. Immerhin hatte sie zwölf Jahre ihres jungen Lebens in Nahost verbracht, verfügte über einen

Doktortitel in Arabistik und besaß eine starke individuelle Motivation. Vom ersten Gespräch an hatte man sie für eine ideale Kandidatin gehalten, um im Bereich Terrorabwehr eingesetzt zu werden. Heute, rund 16 Jahre später, war sie zur Leitwölfin des Counterterrorism Centers aufgestiegen.

Aber das war nur eine Seite von Kennedys Vergangenheit – die Seite, von der die Kontrollgremien wussten. Darüber hinaus verantwortete sie die Arbeit des Orion-Teams, einer der geheimsten Organisationen innerhalb der CIA. Nur eine Handvoll Menschen wussten überhaupt, dass das Team existierte, und dabei sollte es auch bleiben. Daran führte kein Weg vorbei. Direktor Stansfield hatte Orion als Reaktion auf einen anderen Terrorangriff ins Leben gerufen – den Absturz von Pan-Am-Flug 103 bei Lockerbie in Schottland im Dezember 1988. Er hatte Irene Kennedy die Aufgabe übertragen, eine Gruppe von Agenten zusammenzustellen, die nur ein Ziel verfolgten: Terroristen zu jagen und auszulöschen. Stansfield hatte es damals so ausgedrückt: »Gewisse Leute in Washington finden, dass es Zeit wird, in die Offensive zu gehen.« Kennedy hatte nie nachgehakt, um wen es sich bei diesen Leuten handelte. Eigentlich wollte sie es auch gar nicht wissen. Ihr genügte, dass sie sich mit dem Ziel identifizieren konnte und bereit war, alles zu riskieren, um für Erfolg zu sorgen.

Das Risiko war beträchtlich und nicht zu unterschätzen. Wenn die falschen Leute auf dem Capitol Hill oder im Justizministerium von der Existenz des Orion-Teams erführen, würden sie sofort ein Untersuchungsverfahren einleiten und Kennedys Karriere damit ein jähes Ende bereiten.

In Wahrheit war die Mehrheit der amerikanischen Bevölkerung nicht bereit, das Vorgehen von Mitch Rapp und den übrigen Orion-Angehörigen zu billigen. Politiker würden den Fall zum eigenen Vorteil aufbauschen und davon ablenken, dass es im Kern um einen entschlossenen Kampf gegen den Terror ging. Vermutlich würde das Team in der Öffentlichkeit hinterher als Bande skrupelloser Attentäter dastehen, die auf die Werte der Verfassung pfiff und tat, was sie wollte.

Ein Mann wie Rapp, der in diesem Moment sein Leben für die USA aufs Spiel setzte, wäre ein gefundenes Fressen für liberale und konservative Opportunisten gleichermaßen, für die einzig und allein das persönliche Weiterkommen zählte.

Kennedy spürte die Last der Verantwortung für Rapp auf ihren Schultern. Sie war im Winter 1988 an die Syracuse University gegangen und hatte ihn dort als Agenten rekrutiert. Nicht er hatte die CIA gefunden – so wie sie damals nach dem Tod ihres Vaters –, sondern die CIA ihn.

36 Studenten der Syracuse hatten den Absturz von Pan-Am-Flug 103 nicht überlebt, darunter auch Mary, Rapps große Liebe aus High-School-Zeiten. Irene Kennedy hatte Rapp gegenüber nur die Möglichkeit erwähnen müssen, ihren Tod rächen zu können, schon hatte er ihr Angebot ohne Zögern angenommen. Jetzt, ein Jahrzehnt später, gehörte er zu den effizientesten und tödlichsten Killern in der jüngsten Ära der Agency.

Präsident Hayes hatte genug gehört. Er ließ sich kurz die Auswirkungen seiner Entscheidung durch den Kopf gehen. Beschloss er, die Hände in den Schoß zu legen, schickte er möglicherweise viele Amerikaner vorzeitig ins Grab. Ja, dieser Einsatz kostete möglicherweise Opfer, aber auf diese Gefahr hatten sich die Männer bei ihrer Verpflichtung bewusst eingelassen. Wenn sie nicht handelten, drohten auch Zivilisten zu sterben. Hayes wusste, was er zu tun hatte.

Mit einem Tonfall, der keinen Zweifel an seiner Ernsthaftigkeit zuließ, fragte er: »General Campbell, was halten Sie für die richtige Entscheidung?«

Im für ihn typischen militärischen Befehlston erwiderte Campbell: »Ich finde, wir dürfen diese Gelegenheit auf keinen Fall ungenutzt verstreichen lassen, Mr. President.«

»Dr. Kennedy, ich nehme an, Sie befürworten den Einsatz ebenfalls?«

»Ja, Mr. President.«

»Thomas?«

Stansfield zögerte kurz, bevor er entschlossen nickte.

Als Letztes wandte sich der Präsident an General Flood. »Jack, was denken Sie?«

Der General verschränkte die großen Hände ineinander und ließ sie auf den Tisch knallen. »Schnappen wir uns den Kerl!«

Präsident Hayes schielte zur Iran-Karte auf der großen Leinwand und ließ sich die potenziellen Risiken durch den Kopf gehen. Nach etwa 20 Sekunden Schweigen meinte er: »Ich erteile Ihnen hiermit die Freigabe für die Mission.«

Kaum dass er den Satz beendet hatte, hingen Kennedy und Campbell am Telefon, um den zahlreichen Beteiligten grünes Licht zu geben.

Stansfield schob zwei Blätter Papier mit identischem Inhalt über den Tisch. Eine Ausfertigung war für die

Unterlagen des Präsidenten bestimmt, die andere für Stansfields eigene Akten. Hayes zog einen Füller aus der Brusttasche und unterschrieb beide Zettel. Bei dem relativ nüchtern abgefassten Dokument handelte es sich um ein offizielles Verdikt, rechtlich zwingend vorgeschrieben, sobald der Präsident einer Geheimoperation zustimmte. Im Laufe der Jahrzehnte war diese Regelung in Regierungskreisen mehr als einmal kontrovers diskutiert worden.

»Wann beabsichtigen Sie, die Ausschüsse zu informieren?«, fragte Hayes.

Die Verfassung sah vor, Vorsitzende und Stellvertreter der Geheimdienstausschüsse von Senat und Repräsentantenhaus in Kenntnis zu setzen, bevor eine solche Operation in die Wege geleitet wurde. Allerdings stellte dies rechtlich gesehen eine riesige Grauzone dar – grauer als der dauerbewölkte Himmel über London. Deshalb wurde die Vorschrift häufig umgangen, und das aus gutem Grund.

Stansfield schob die unterschriebene Ausführung in einen Umschlag und sagte: »Glücklicherweise haben die besagten Herren heute Abend alle etwas anderes vor. Ich werde ihre Assistenten bitten, schnellstmöglich eine Unterredung mit mir zu vereinbaren. Wir können getrost davon ausgehen, dass sie erst in Langley aufkreuzen, nachdem unsere Leute den Job längst erledigt haben.«

»Gut.« Präsident Hayes stand auf und zupfte an seinen Manschettenknöpfen herum. »Meine Frau und ich werden an einer Veranstaltung im Kennedy Center teilnehmen. Von wo aus werden Sie die Operation beaufsichtigen?«

»Von Langley aus.«

»Halten Sie mich auf dem Laufenden. Viel Glück.« Mit diesen Worten verließ der Präsident den Raum.

2

STRASSE VON HORMUS
PERSISCHER GOLF

Der Wind pflügte durch die dunkle Wasseroberfläche. Mehrere Lagen wogender, tief hängender Wolken rasten im Zickzackmuster darüber hinweg. Die höheren Cluster trieben nordwärts über das offene Wasser des Persischen Golfs, während die unteren Schichten die mit Inseln gesprenkelte Straße von Hormus querten und ins Landesinnere des früheren Persiens und heutigen Irans zogen. Durch eine gelegentliche Öffnung in der Wolkendecke ließ sich der Mond blicken. Der aufkommende Sturm sorgte für kurze Niederschläge mit unterschiedlicher Intensität. Kein guter Zeitpunkt, um sich auf dem Meer aufzuhalten.

Aus den Untiefen einer anderthalb Meter hohen Welle ragte plötzlich ein Mast empor und stieg weiter nach oben. Er schlitzte den Gipfel der Dünung auf wie die Unheil verkündende Rückenflosse eines Hais. Weiße Gischt schlug über dem schmalen Objekt zusammen, während es Kurs nach Süden nahm. Sobald es sich mehrere Meter über die Wellen erhob, nahm es sofort Peilung zum Himmel auf. Bei dem dünnen, gestreiften Etwas handelte es sich um eine elektronisch gestützte Antenne zum Anmessen von

Radarsignalen. Sekunden später gesellte sich ein zweiter dünner Mast dazu. Dieser erfasste die Umgebung im 360-Grad-Winkel. Genauso schnell, wie sie gekommen waren, verschwanden beide Objekte wieder in der Tiefe.

Unter der aufgewühlten Wasseroberfläche patrouillierte ein extrem kostspieliges Stück Technik unauffällig vor der iranischen Küste. Niemand außer der Besatzung wusste, dass es gerade seine tödliche Fracht freigesetzt hatte. Das Kampf-U-Boot der 688er-Klasse wandte sich gerade wieder internationalen Gewässern zu, als zwei Köpfe an die Oberfläche kamen, unmittelbar gefolgt von drei weiteren. Die Wogen hoben und senkten sich, bildeten dann einen Kreis. Einer der Männer mühte sich mit einem schwarzen Gebilde ab, löste den Riemen, mit dem es zusammengehalten wurde, und zog an einer Schnur. Das IBS, ein kompaktes, selbstaufblasendes Schlauchboot, füllte sich rasch mit Luft und war nach weniger als einer Minute einsatzbereit. Zwei der Taucher befestigten einen Außenbordmotor am Heck, ein dritter installierte den Treibstofftank. Die raue See wirbelte das Boot hin und her, doch sie setzten unbeirrt ihre Arbeit fort.

Sobald der Motor gesichert war, kletterten die beiden letzten Männer an Bord. Ihre schwarzen Neoprenanzüge ließen sie mit dem dunklen Schlauchmaterial des Gefährts verschmelzen. Beim dritten Versuch reagierte der Anlasser. Der Mann am Heck drehte am Gasgriff und Sekunden später schossen sie zwischen den Wellen hindurch.

Lt. Commander Dan Harris hielt sich an einer der vorderen Halteschlaufen fest und überprüfte den Kompass am Handgelenk. Als Nächstes widmete er sich dem kompakten GPS-Empfänger, den er daneben festgeschnallt hatte. Er nutzte die Daten von 18 Satelliten, die

Zehntausende Kilometer über der Erde in einem Orbit kreisten, um die exakte Position bis auf vier Meter genau zu bestimmen.

Das U-Boot hatte Harris und seine Leute 30 Meter vom verlangten Ziel entfernt abgesetzt. Harris grinste in seinen Bart hinein. Diese Arschkriecher von der Besatzung verstanden ihren Job. Sie waren absolute Perfektionisten.

Der muskelbepackte Kommandant packte die Schlaufe etwas fester, als das Boot mit der Nase voran in die Brandung krachte. Dan Harris, Annapolis-Absolvent des Jahrgangs 1981, galt als wandelnder Widerspruch. Er war eine Art kultivierter Rüpel, temperamentvoll und doch durch nichts aus der Ruhe zu bringen, wütend und ruhig zugleich, emotional und logisch, einfühlsam und gnadenlos – kurz gesagt: Er agierte immer so, wie es die Situation gerade verlangte. Das hatte er sich von anderen Kommandanten abgeschaut, die solche Einsätze leiteten. Die U.S. Navy war ein riesiger bürokratischer Apparat. Wenn man seinen Kopf durchsetzen wollte, musste man ziemlich viel Zeit darauf verwenden, Admirälen an der Spitze der Befehlskette in den Hintern zu kriechen.

Lt. Commander Harris beherrschte diesen Tanz auf dem Drahtseil nahezu perfekt. Deshalb sicherte er sich immer die vielversprechendsten Missionen, während seine Kollegen gelangweilt hinter ihren Schreibtischen in Little Creek und Coronado hockten.

Das kleine Schlauchboot krachte in eine Welle und wurde mit eiskaltem Salzwasser bespritzt, das die fünf bärtigen Mitglieder des SEAL Team Six, der streng geheimen Anti-Terror-Einheit der Navy, von Kopf bis Fuß durchnässte. Harris schüttelte sich das Wasser aus dem Gesicht. Der Pferdeschwanz schlackerte im Nacken hin und her. Die fünf Männer, die in dieser stürmischen Nacht durch das aufgewühlte Meer schipperten, bezeichnete man im Kontext solcher verdeckten Missionen als ›langhaarige SEALs‹. Bei diesen Anlässen durften sie die strikten Navy-Bestimmungen, was Bartwuchs und Haarlänge anging, außer Acht lassen. Sie zählten zu den besten Schützen ihrer Flotte, weshalb man ihnen regelmäßig die vertraulichsten und meist auch gefährlichsten Missionen zuwies.

Die Männer teilten viele Gemeinsamkeiten. Zu den augenfälligsten gehörte ihre gebräunte Haut. Lt. Commander Harris hatte sie quasi handverlesen und die Gruppe so klein wie möglich gehalten. Heute begleiteten ihn nur die Besten der Besten. Denn für Fehler gab es keinen Platz.

Bandar Abbas, Iran

Eine gewaltige Welle schlug gegen das Ufer und schickte einen Sprühnebel hoch in die Luft. Mitch Rapp rückte den Turban zurecht und wischte sich das Salzwasser aus dem Gesicht. Er ließ den Blick an der Küste entlangschweifen, um sich zu vergewissern, dass er keine ungebetene Gesellschaft hatte. Auf dem Weg zum Pier im Norden blieb er kurz stehen, hob eine Blechdose auf und verstaute sie im Stoffbeutel. Er hielt am gebückten Gang fest, erreichte schlurfend den Holzsteg und ging darunter hindurch, um die andere Seite zu überprüfen. Anschließend ging er zurück unter den Steg und setzte seinen Weg den Strand entlang bis zu der Stelle fort, wo die hölzerne Struktur im Betonfundament verankert war.

Innerhalb der nächsten zehn Minuten checkte er methodisch jeden Meter, um sicherzustellen, dass niemand hier war. Er hatte diese Stelle für die Ankunft der SEALs ausgewählt, deshalb lag es in seiner Verantwortung, ungewollte Überraschungen zu verhindern.

Rapp schaute auf die Uhr, während der Wind zwischen den Pfeilern, die den Pier stützten, hindurchpfiff. Sie bewegten sich exakt im Zeitplan. Rapp hatte fast zehn Jahre seines Lebens auf diesen Moment hingearbeitet und dachte nicht daran, sich diese Gelegenheit entgehen zu lassen.

Persischer Golf

Der nuklearbetriebene Flugzeugträger *USS Independence* kämpfte sich durch das unruhige Meer. Zusammen mit ihrem Kampfverbund aus zwölf Schiffen und zwei U-Booten patrouillierte die Besatzung seit mittlerweile 23 Tagen im nördlichen Teil des Gewässers. Am späten Vorabend hatten sie die Anweisung erhalten, das Suchgebiet in südliche und östliche Richtung zur Straße von Hormus auszuweiten.

Vor gerade drei Stunden hatte die *Independence,* ein grauer Koloss, im Schutz der Dunkelheit zwei Helikopter der U.S. Air Force an Bord genommen, die nun mittschiffs auf dem inselähnlichen Stahlkomplex thronten. Beide Helikopter waren blassbraun mit etwas dunkleren Streifen lackiert. Sie gehörten zum First Special Operations Wing – der Truppe, die amerikanische Einsatzkräfte in die haarigsten Gebiete weltweit einfliegen und wieder herausholen musste. Der erste, größere der beiden Hubschrauber war ein MH-53J Pave Low, der locker 40 Millionen Dollar kostete und als eines der fortschrittlichsten militärischen Fluggeräte überhaupt galt. Man brauchte eine sechsköpfige Crew, um ihn zu steuern, und das Navigationssystem war ähnlich komplex angelegt wie bei modernsten Jagdbombern. Der Pave Low verfügte ferner über das ENS getaufte Navigationssystem der Air Force. Es basierte auf 20 unterschiedlichen Systemen, darunter Doppler-Navigation, automatische Funkpeilung, Fluglageanzeiger, GPS und einer ganzen Batterie von Kompassen und Gyroskopen. Auf diese Weise konnte das ENS selbst unter widrigsten Umständen jederzeit eine exakte Positionsbestimmung vornehmen.

Das System gestattete es den bestens ausgebildeten Piloten des First Special Operations Wing, auch im schlimmsten Sturm Hunderte von Kilometern knapp oberhalb der Baumkronen zurückzulegen, um nur Sekunden nach Aufforderung zur Extraktion oder Infiltrierung an einem vorgegebenen Ziel zu landen. Im Special-Ops-Geschäft machte das den Unterschied zwischen Erfolg und Scheitern aus. Oder, um es auf den Punkt zu bringen, zwischen Leben und Tod. Man brauchte besonders qualifiziertes Personal, um diesen voluminösen, schwer beherrschbaren Heli zu steuern, und die Air Force achtete streng darauf, dass nur die talentiertesten Piloten auf diese Wunderwerke der Technik losgelassen wurden.

Der zweite Helikopter war nur knapp zwei Drittel so groß wie der bullige Pave Low. Darüber hinaus verfügte der MD-5300 Pave Hawk lediglich über eine reduzierte Variante des Enhanced Navigation Systems. Das überschaubarere, dadurch aber wendigere Fluggerät leistete quasi Rückendeckung. In beiden Fluggeräten arbeiteten

Piloten und Besatzung gerade methodisch die vorgegebenen Pre-Flight-Checklisten ab. Unliebsame Überraschungen konnten sie nicht gebrauchen. Kleinste Fehler führten zum Tod. Falls sie gerade Festland überflogen, zogen sie darüber hinaus schnell einen internationalen Zwischenfall nach sich.

Iranische Küste

Lt. Commander Dan Harris hielt das Nachtsichtglas vor die Augen und bemühte sich vergeblich, die Landezone auszumachen. Obwohl sie sich kurz vor der Küste befanden, konnte er so gut wie nichts erkennen.

Das Boot wurde im aufgepeitschten Wasser hin und her geschleudert, weshalb das Fernglas viel zu stark zitterte. Kaum hatte er etwas fixiert, schlug die nächste Welle gegen den Bug und er hatte stattdessen wieder eine drei Meter hohe Brandung vor sich.

Harris verstaute das Glas in einem wasserdichten Beutel und schob die rechte Hand in den Nacken des Taucheranzugs, bis er das Headset seines abhörsicheren Motorola-MX300-Funkgeräts gefunden hatte. Er hielt es dicht ans linke Ohr und rief über Wind und Wellen hinweg: »Iron Man, hier Whiskey Five. Bitte kommen. Over.« Harris' Kehlkopfmikrofon übertrug die Worte an die Gegenseite.

Die verrauschte Antwort traf umgehend ein: »Whiskey Five, hier Iron Man. Ich höre dich laut und deutlich. Over.«

Harris wandte dem Sturm den Rücken zu, um besser hören zu können. »Wir sind in Position, Iron Man. Wie ist der Status der Landezone?«

»Alles sicher.«

»Roger. Wir sehen uns in fünf Minuten.« Harris friemelte den Verschluss am Nacken des Neoprenanzugs auf und stopfte das Headset hinein. Dann wandte er sich an seine Männer und brüllte: »Schnappt euch die Ausrüstung! Es geht los!«

Jeder von ihnen überprüfte seinen wasserdichten Rucksack und legte Schwimmflossen und Taucherbrille an. Nachdem sie alle per ›Daumen hoch‹ Einsatzbereitschaft signalisiert hatten, erteilte Harris den Befehl zum Abtauchen. Im Wasser zogen sie ihre KA-BAR-Kampfmesser aus der Scheide und zerstachen das Schlauchboot. Muffige Luft schoss zischend heraus. Zehn Sekunden später zog das Gewicht des Motors die kümmerlichen Reste in die Tiefe.

Den Pier vom Boot aus zu sehen war schwierig genug gewesen, aus dem Wasser erwies es sich als aussichtsloses Unterfangen. Stattdessen verließen sie sich auf die Kompasspeilung. Harris wies seinen besten Schwimmer an, die Führung zu übernehmen.

Die fünf Männer kraulten in enger Formation durchs Wasser und überprüften dabei laufend den Kurs. Nach mehreren anstrengenden Minuten näherten sie sich dem Pier, umrundeten ihn zur Südseite hin und ließen sich von einer hohen Welle auf dem Bauch liegend an Land tragen. Wie Krokodile krochen sie über den nassen Sand, um sich unter den Planken außer Sichtweite zu begeben.

Ohne konkreten Befehl ging jeder der Männer in Verteidigungsposition und holte die 10-Millimeter-Maschinenpistole von Heckler & Koch aus der wasserdichten Hülle, um sich zu bewaffnen. An den Läufen der Waffen waren wuchtige schwarze Schalldämpfer montiert, die ein fast geräuschloses Feuern ermöglichten. Zwei der Männer robbten nach Norden, zwei weitere blieben am südlichen Ende des Piers, während sich Harris den Mittelbereich vornahm. Sie hielten sich alle direkt auf der Höhe des Wasserspiegels.

Die Wellen klatschten mit lautem Tosen gegen den Strand. Die donnernden Echos brachen sich in der verwinkelten Anlage des Piers. Immer wieder wurde Harris überspült und behielt lediglich Kopf und Waffe oberhalb des Wassers. Danach zogen sich die Schaumkronen zurück, nur um Sekunden später von der nächsten Woge ersetzt zu werden.

Harris bog den Kopf zur Seite und mühte sich ab, in dem hölzernen Labyrinth, das sich über ihm ausbreitete, Einzelheiten zu erkennen. Das Dröhnen des Meers und der heulende Wind machten ihn fast taub. Während er die hölzernen Stützpfeiler inspizierte, nahm er ein schwaches Pfeifen wahr, dem kurz darauf ein weiteres folgte, dann ein drittes. Etwa zehn Meter entfernt löste sich ein Mann mit weißem Umhang aus der Deckung eines Pfeilers und winkte. Harris zielte mit dem schwarzen Schalldämpfer routiniert auf den Kopf des anderen, bis er dessen Identität einwandfrei festgestellt hatte.

Mitch Rapp kam mit ausgebreiteten Armen auf ihn zu und sagte mit einer Stimme, die man gerade so über das Tosen der Wellen hinweg hörte: »Danny-Boy.«

Harris löste für einen Moment den Blick von Rapp und überprüfte die Umgebung, bevor er sich hinkniete. »Schön, dich zu sehen, Mitch.«

Rapp gehörte zu den wenigen Agenten, denen er vertraute. Das Vertrauen basierte auf zwei Umständen. Zum einen setzte Rapp, ebenso wie Harris und seine SEALs, ständig sein Leben aufs Spiel und schreckte auch vor dreckigen Einsätzen nicht zurück. Zweitens hatte Harris Rapp mehrfach in Aktion erlebt und dessen tödliche Effizienz zu schätzen gelernt.

»Uns bleibt nicht viel Zeit«, mahnte Rapp. »Also macht euch fertig, damit wir aufbrechen können.«

Harris stand auf und pfiff. Mit einer Handbewegung forderte er die Männer auf, ihnen zu folgen. Rapp lotste die SEALs unter dem Pier hindurch zur Straße. Während sich die Elitesoldaten umzogen, hielt Rapp Wache. Alle krempelten ihre Taucheranzüge an Armen und Beinen ein Stück hoch, schlüpften in *Djellaba* und Sandalen und setzten mitgebrachte Turbane auf. Innerhalb weniger Minuten war die Tarnung perfekt und sie konnten los.

Rapp versammelte die Männer in einem engen Kreis. Da er alle von früheren Missionen her kannte, begrüßte er jeden von ihnen persönlich. Harris hatte vier seiner besten Leute mitgebracht. Rechts von ihm stand Mick Reavers, ein bulliger Linebacker-Typ, der locker 110 Kilo wog. Dann kamen Tony Clark und Jordan Rostein, im Vergleich fast schon schmächtige Sprengmeister, die seit ihrer gemeinsamen Ausbildung in der Basic Underwater Demolition School beste Kumpels waren – oder BUDS, wie man die Schule bei den SEALs nannte. Und schließlich war noch der kleine Charlie Wicker mitgekommen, von seinen Freunden liebevoll Slick genannt. Gerade mal 1,66 groß und weniger als 70 Kilo schwer. Was ihm an Statur fehlte, machte er jedoch durch Talent locker wett. Er kletterte, robbte und schoss besser als jeder andere im SEAL Team Six oder bei der Delta Force. Vermutlich handelte es sich bei ihm um den besten Scharfschützen überhaupt, was ihm gehörigen Respekt einbrachte. Andere

Kämpfer pflegten einen großen Bogen um Scharfschützen zu machen. Immerhin war es keine gute Idee, sich mit jemandem anzulegen, der einen aus Hunderten Metern Entfernung umlegen konnte.

Harris und seine Männer hatten an Bord der *Honolulu* regelmäßige Lageberichte erhalten. Dank der von Rapp übermittelten Informationen und hochauflösenden Satellitenbilder von Bandar Abbas war es für sie ein Leichtes gewesen, das weitere Vorgehen mit Rapp noch vor Erreichen des Ufers abzustimmen.

Rapp kniete sich hin, musterte die fünf bärtigen Amerikaner und fragte: »Noch Fragen, bevor es losgeht?« Sie beließen es bei einem simplen Kopfschütteln. Rapp nickte zufrieden. »Gut, Harry, dann bring die Show mal ins Rollen.«

Harris klopfte gegen sein Lippenmikro und sagte: »Bravo Six, hier Whiskey Five. Bitte um Statusbericht. Over.«

Mehrere Sekunden hörte er nur statisches Rauschen, dann traf die Antwort ein. »Whiskey Five, hier Bravo Six. Wir sind startklar. Over.«

»Wann sammelt ihr uns hier ein? Over.«

»In 32 Minuten. Ich wiederhole, in 32 Minuten. Over.«

Harris schielte zu seinen Männern und Rapp, die das Gespräch über ihre Headsets verfolgten. »Countdown auf mein Kommando einleiten. Over.«

»Roger.«

Die sechs Männer hockten im Schatten des Piers und programmierten einen entsprechenden Countdown an ihren digitalen Armbanduhren. »Drei, zwei, eins, *jetzt!*«, gab Harris den Startbefehl. Er drückte eine Taste an der Uhr und sagte: »Wir sehen uns in exakt 32 Minuten, Bravo Six.«

Dann wandte er sich an Charlie zu seiner Linken. »Slick, du brichst als Erster auf.« Sein Daumen zuckte. »Zisch ab.«

Der drahtige Scharfschütze löste sich wortlos von der Gruppe. Zwei Minuten später folgten ihm Tony und Jordan. Als Letzte huschten Rapp, Harris und Reavers aus der Deckung des Piers.

3

Persischer Golf

Auf dem Deck der *USS Independence* setzten sich die Rotoren von Pave Low und Pave Hawk langsam in Bewegung. Innerhalb von 30 Sekunden erzeugten die langen Rotorblätter einen diffusen Wirbel, der die Hemden der Deckmannschaft, die beide Helikopter betankt und startklar gemacht hatte, flattern ließ. Weitere Seeleute hatten sich an den in Tarnfarben lackierten Fluggeräten versammelt und lösten die neongelben Metallklammern, die die Fahrwerke fixierten. Im hinteren Teil des größeren Pave Low checkten die drei Crewmitglieder ihre Waffen. An den Luken auf der Steuerbord- und Backbord-Seite waren jeweils 7,62-Millimeter-Miniguns montiert, eine dritte war mit einem Riemen unterhalb der offenen Ladeluke festgeschnallt. Die beiden Piloten, der Crew Chief und die drei Leute von der Besatzung hatten Nachtsichtgeräte über ihre Helme gestreift. 15 Meter weiter wurden im wendigeren Pave Hawk dieselben Vorbereitungen getroffen. Die beiden Bordschützen hatten bereits ihren

Platz an den Miniguns eingenommen – die Kombination aus den bauchigen Helmen und den futuristisch anmutenden Sehhilfen verlieh ihnen das unheilschwangere Aussehen brutaler Techno-Krieger.

Der Pilot des Pave Low erteilte das Kommando zum Abheben. Eine Sekunde später schwebte der größere der beiden Vögel bereits drei Meter über der mit Treibstoffresten verschmierten schwarzen Oberfläche des Supercarriers. Der Pave Low drehte zur Backbordseite ab und schoss mit der Schnauze voran den Wellen entgegen. Sein kleinerer Hawk-Bruder folgte dem Beispiel und brachte sich knapp 50 Meter entfernt in Position. Die beiden Helikopter rasten nach Osten in Richtung der iranischen Küste und hielten sich ganz dicht über der Wasseroberfläche, um von den Radarschirmen zu verschwinden, während die Displays im Cockpit die Sekunden des Countdowns hinunterzählten.

Bandar Abbas, Iran

Beim Abbiegen in eine schmale Gasse fegte ihnen ein heftiger Windstoß ins Gesicht und ließ die fließenden Gewänder gegen ihre Körper klatschen wie eine Peitsche. Rapp senkte den Kopf und spähte in die Wand aus Staub und Sand hinein, die vor seinem Gesicht aufgewirbelt wurde. Zu seinem Glück bedeckten nach wie vor Wolken den Nachthimmel und verdeckten den Mond. Die drei Amerikaner mit Rapp an der Spitze marschierten mit verborgenen Waffen durch die heruntergekommenen Straßen.

Rapp war lediglich mit einem Messer und einer 9-Millimeter-Beretta mit Schalldämpfer bewaffnet. Die beiden

SEALs hielten ihre Maschinenpistolen unter den Falten ihrer Umhänge schussbereit im Anschlag. Sie liefen weiträumige Umwege, um sich in Position zu bringen. Als sie einen schmalen Pfad wenige Häuserblocks von ihrem Ziel erreichten, holte Lt. Commander Harris von den übrigen SEALs einen Statusbericht ein. Rapp hielt unterdessen Ausschau nach den Helikoptern.

Alles lief nach Plan. Nun mussten sie sich nur noch ein wenig gedulden. Rapp spähte in den beengten Durchgang und überprüfte beide Zugänge. Ein ideales Versteck, entschied er. Harris tippte ihm von hinten auf die Schulter und zeigte auf die Uhr. Noch 10 Minuten und 41 Sekunden bis zum Eintreffen der Hubschrauber. »Wann sollen wir zuschlagen?«, fragte er.

Rapp hielt drei Finger hoch. Harris nickte.

Während er sich gegen die Gipsmauer lehnte, schloss Rapp die Augen und konzentrierte sich auf seine Atmung. Er visualisierte die nächsten Schritte: das Ausschalten des Wachmanns und was sie im oberen Stockwerk des Gebäudes erwartete. Er glaubte zu wissen, wie viele Leute sich darin aufhielten, aber völlige Gewissheit gab es natürlich nie. Deshalb begleiteten ihn Harris und dessen Leute. Immerhin wusste er von früheren Observationen her, dass so gut wie jeder Mann in diesem Viertel mit einer Pistole oder einem Gewehr durch die Gegend rannte. Immerhin hielten sie sich hier im Kerngebiet der Hisbollah auf.

Rapp spürte, wie sich sein Brustkorb bei dem Gedanken verengte und die Nerven verrücktspielten. Er rief sich in Erinnerung, dass ein gewisser Grad von Angst durchaus gesund war, um nicht nachlässig zu werden.

Beim Stand von T minus vier Minuten forderte Harris einen weiteren Statusbericht an. Bei den Kollegen lief ebenfalls alles nach Plan. Harris reckte den Daumen nach oben. Für Rapp das Zeichen zum Aufbruch. »Slick, gib mir Deckung. Aber schieß nur, falls etwas schiefläuft«, raunte er ins Mikrofon.

Der drahtige SEAL hatte sich ein dreistöckiges Lehmgebäude auf einem Hügel vier Straßen weiter ausgesucht, in direkter Nachbarschaft des Gebäudes, in das sie eindringen wollten. Er war geschickt an der Regenrinne nach oben geklettert, um sich auf dem Flachdach niederzulassen. Auf eine Schaumstoffunterlage gestützt, lugte er durch das Nachtsichtzielfernrohr auf die Straße unter ihm. Neben seiner rechten Wange lag ein Galil-Sturmgewehr aus israelischer Fertigung mit 20-Schuss-Magazin. Wicker liebte sein Galil. Der SEAL konnte zwar auf deutlich genauere Waffen zurückgreifen, aber keine von ihnen war ähnlich kompakt und robust. Mit der einklappbaren Schulterstütze und der integrierten Zweibeinhalterung war sie für diese Mission wie geschaffen.

Wicker lauschte Rapps Worten im Headset und brachte das grüne Fadenkreuz des Visiers in Deckung mit der linken Schläfe des Wachmanns vor Haruts Haus.

»Roger, Iron Man«, bestätigte er. »Der Wächter scheint kurz vor dem Einschlafen zu stehen. Außer ihm ist niemand in Sichtweite.«

»Roger«, flüsterte Rapp. Nach einem letzten Blick auf die Uhr holte er tief Luft und sah Harris an. »Lass mir zehn Sekunden Vorsprung und folg mir dann.« Harris nickte und Rapp schlich um die Biegung.

Das Flachdach besaß einen etwa 15 Zentimeter breiten Rand. Wicker hatte alles genau durchgerechnet. Der Wind blies mit einer Geschwindigkeit von bis zu 40 km/h, was nicht ganz unproblematisch war, aber da er sich weniger als 200 Meter vom Ziel entfernt befand, hielt er diesen Parameter für vernachlässigbar.

Wicker sah, wie Rapp auf der anderen Seite der Gasse auftauchte, einen Block entfernt vom Wachposten. Der Sniper leckte sich über die Lippen und atmete ruhig und gleichmäßig ein.

Rapp ließ die Füße behutsam über den Untergrund schleifen, um die schläfrige Wache auf seine Anwesenheit hinzuweisen, bevor er dicht genug herangekommen war, um den Mann zu erschrecken. Mit gesenktem Kopf und gebeugter Haltung brabbelte er etwas auf Farsi und suchte mit den Augen die Umgebung ab.

Als er ihn schon fast erreicht hatte, wurde der andere endlich auf ihn aufmerksam und setzte sich etwas aufrechter hin. Die Mündung der Waffe zuckte kurz nach oben, aber als er den verrückten Alten sah, ließ seine Wachsamkeit sofort wieder nach.

Die Situation entwickelte sich in einer selbstverständlichen, völlig unbedrohlichen Weise. Ein Ritual, wie es sich in den letzten Nächten dutzendfach wiederholt hatte. Rapp stolperte, murmelte und brummte in einer Tour vor sich hin. Aus wenigen Metern Entfernung grüßte er den Wachmann, gab ihm gar keine Gelegenheit zum Antworten, sondern hob zu einer Tirade über das Wetter an. Beiläufig nahm Rapp wahr, dass der Mann die Beine nach vorn ausgestreckt hatte und sich nach hinten lehnte. Mit diesem Körperschwerpunkt war es unmöglich, rasch aufzuspringen.

Zunächst sah es danach aus, als wollte Rapp einfach an ihm vorbeigehen. Er machte keine Anstalten, die schlurfenden Schritte zu verlangsamen, bis er direkt vor dem anderen stand. Dann beugte er sich dichter an ihn heran, als wollte er eine Frage stellen, fixierte die Augen des Iraners und deutete mit der linken Hand nach unten. Zur gleichen Zeit ließ er die Rechte unter die Robe gleiten und umklammerte mit einer geschmeidigen, fast unmerklichen Bewegung den harten Gummigriff des schwarz mattierten Messers. Rapp zog die Waffe und trat einen Schritt auf den Mann zu.

In einem fließenden Schwung drang die scharfe Klinge tief in den Hals des Wachmanns ein, direkt unterhalb des Kiefers. Rapp hielt ihm den Mund zu und trieb das Messer blitzschnell in den unteren Bereich des Gehirns. Eine rasche Drehung des Griffs führte dazu, dass der gesamte Körper des Mannes binnen eines Sekundenbruchteils stocksteif wurde, weil er die Verbindung zum Stammhirn kappte. Rapp ließ den toten Mann gegen die Wand rutschen und zog die blutige Klinge heraus. Er schaute sich nach allen Seiten um, wischte das Messer an der braunen Robe der Wache ab und kaschierte die tödliche Wunde mit dem Turban der Leiche.

Leise zog sich Rapp in den Hauseingang zurück und ging in die Hocke. Eine schmale Treppe mit ausgetretenen Holzstiegen führte hinauf zur Wohnung im ersten Stock. Wie er befürchtet hatte, gab es keine Möglichkeit, nach oben zu gelangen, ohne durch das Knarzen jeden im Haus auf seine Anwesenheit vorzubereiten. Rapp hielt nach Stolperdrähten Ausschau, verstaute sein Messer und zog stattdessen die schallgedämpfte 9-Millimeter-Beretta aus dem Oberschenkelholster unter dem Umhang hervor. Wenige Sekunden später stießen Harris und Reavers zu ihm.

Rapp richtete sich auf und forderte die beiden Männer mit einem Winken auf, ihm zu folgen. Zur Überraschung der beiden SEALs hustete Rapp laut und vernehmlich und stieg die Treppe nach oben, während er auf Farsi in die eiskalte Nacht hineinfluchte. Die beiden SEALs folgten dichtauf, hielten ihre MP5 feuerbereit in den Händen. Rapp erreichte den oberen Absatz, vergewisserte sich, dass Harris und Reavers Schritt hielten, holte Schwung und trat mit dem rechten Fuß kräftig gegen die Tür. Der Tritt ließ das unlackierte Holz am Rahmen zerspringen und nach innen schwingen. In einer blitzartigen Bewegung stürzte er mit erhobener Waffe hinein und ließ die Mündung von links nach rechts streichen.

Die beiden Männer am Küchentisch blickten mit schläfrigen Augen von ihrem Backgammon-Brett auf. Bevor sie die Chance fanden, nach ihren Waffen zu greifen, schoss Rapp bereits. Der Schalldämpfer spuckte leise die Kugeln aus und versenkte eine in der Stirn jedes Mannes. Während sie reglos von den Stühlen kippten, hastete Rapp durch den Raum und sprang durch den verschlissenen Vorhang, der als Abtrennung zum Schlafzimmer diente. Mit einem Vorwärtssalto verhinderte er den Aufprall auf dem Boden, ging in die Hocke und hielt nach der Zielperson Ausschau. Ein schmaler Lichtstreifen drang von der Küche her ins Zimmer. Rapp sah, wie sich dort ein Arm bewegte, und feuerte.

Fara Harut wollte zu seiner Pistole hechten, erreichte sie jedoch nicht, weil vorher ein Projektil sein rechtes Handgelenk durchschlug und es augenblicklich brach. Der ältere Mann krümmte sich vor Schmerzen und umklammerte die verletzte Stelle. Er wollte um Hilfe rufen, doch bevor er dazu kam, stürzte sich Mitch Rapp, vom Adrenalin aufgepeitscht, auf ihn und rammte den Griff der Beretta gegen die Schläfe des Iraners. Harut brach benommen und blutend zusammen.

Rapp hörte, wie Harris in seinem Rücken »Alles sicher!« rief. Auch von Reavers traf eine entsprechende Bestätigung aus der Küche ein. Mit der Linken zog Rapp eine Spritze unter dem Gewand hervor und entfernte die Schutzabdeckung aus Plastik mit den Zähnen. Dann rammte er die Nadel in Haruts Hals und injizierte ein Schlafmittel, das den Mann für die nächsten zwei Stunden außer Gefecht setzten würde.

Vorsichtig schob Rapp die Abdeckung wieder auf die Spritze und verstaute sie im Umhang. Er suchte den Raum nach Dokumenten ab, die möglicherweise nützlich waren. Im Nachttisch stieß er auf eine Pistole. Er zog das Magazin heraus, entfernte die Patrone aus der Kammer und schleuderte sie in die Ecke.

Harris hatte sich inzwischen mit der MP im Anschlag am Schlafzimmerfenster in Stellung gebracht. Über Funk forderte er einen aktuellen Lagebericht an, drehte sich zu Rapp um und meinte: »Gute Arbeit, Mitch. Danke, dass wir dir zusehen durften.«

»Noch ist es nicht überstanden, Harry.« Rapp hielt weiter nach nützlichen Unterlagen Ausschau. Harris spähte unterdessen auf die Straße und lauschte den Berichten seiner Männer. »Okay, Jordan und Tony«, sagte er schließlich. »Schwingt eure Ärsche hier rauf. Slick, halt mich auf dem Laufenden, was draußen vorgeht. Wir gehen jetzt aufs Dach.«

Harris lief in die Küche zurück, zeigte auf die Leiter an der gegenüberliegenden Wand und befahl: »Reavers, kletter da rauf und teste, ob das Stroboskoplicht funktioniert. Und pass auf, dass die Luke nicht verkabelt ist, bevor du sie öffnest.«

Reavers stieg die wenigen Tritte hinauf und inspizierte die Ränder der quadratischen Öffnung. Nachdem er sich vergewissert hatte, dass keine unangenehmen Überraschungen drohten, schob er sie auf und kletterte hinaus.

Harris war in der Zwischenzeit zum rückwärtigen Ausgang geeilt und öffnete ihn im selben Moment, in dem seine beiden Leute die Stufen im Hinterhof heraufgestiegen kamen. Er zeigte auf die vorderen und hinteren Treppen und forderte sie auf, beide mit Sprengfallen zu versehen. Anschließend kehrte er ins Schlafzimmer zurück und funkte: »Bravo Six, hier Whiskey Five. Wir sind bereit für die Abholung. Wann trefft ihr ein? Over.«

Prompt kam die Antwort von den Hubschrauberpiloten: »Wir sind noch 72 Sekunden entfernt. Ich wiederhole, 72 Sekunden entfernt. Over.«

Harris glich die Angabe mit seiner Armbanduhr ab. Sie bewegten sich innerhalb einer 15-Sekunden-Toleranz.

»Slick, was geht draußen vor?«, hakte er nach.

Wicker ließ 200 Meter entfernt gerade den Finger über den Abzugsbügel des Gewehrs streichen und scannte die dunklen Straßen mit seinem Nachtsichtzielfernrohr ab. »Hier ist nach wie vor alles ruhig.«

Im Schlafzimmer war Rapp damit beschäftigt, Harut zu fesseln und zu knebeln. Er hatte es gerade erledigt, als Harris durch die Tür trat. »Mitch, lass uns gehen. Der Heli ist jeden Moment da.«

»Roger.« Rapp stopfte einen Stapel Unterlagen in sein Gewand und warf sich Harut über die Schulter. Er musste zwei Anläufe nehmen, bis er ihn stabil im Griff hatte und mit dem menschlichen Ballast die Leiter hochklettern konnte. Schon auf der ersten Stufe bekam er über den Ohrhörer mit, dass ihnen Ärger ins Haus stand.

4

Bandar Abbas, Iran

Vom Dach des dreistöckigen Gebäudes aus beobachtete Wicker konzentriert das Zielobjekt und summte dabei leise einen Song von Bob Marley. Er spähte durch die grüne Optik des Nachtfernrohrs und bemühte sich um eine flache, gleichmäßige Atmung. Plötzlich öffnete sich die untere Tür des Hauses, in dem das Team gerade unterwegs war. Ein Mann in Unterhose stürmte mit einer Kalaschnikow auf die Straße.

»Harry«, raunte der Scharfschütze ins Mikrofon. »Ihr bekommt Besuch. Der Typ aus dem Erdgeschoss ist gerade nach draußen gerannt.«

Wicker beobachtete durch das Fernrohr, wie der Kerl zu dem zusammengesunkenen Wachmann ging und ihn schüttelte. Der Tote rutschte vom Stuhl auf den Boden. Sofort wich der Bewaffnete zurück und riss sein Maschinengewehr in die Höhe.

Wicker musste nicht lange nachdenken. Seit dem Moment, in dem der Mann das Haus verlassen hatte, hatte er ihn nicht eine Sekunde aus dem Fadenkreuz der Zielerfassung entwischen lassen. Der SEAL drückte ab. Der Schalldämpfer am Ende der Mündung spuckte seine tödliche Fracht aus.

Das schwere Geschoss erwischte den Gegner seitlich am Kopf und riss ihn zu Boden. In letzter Sekunde hatte dessen Zeigefinger noch den Abzug der Kalaschnikow betätigt. Zwei laute Schüsse durchbrachen die Stille kurz vor Anbruch der Dämmerung.

»Tango down«, meldete Wicker ruhig und suchte die Umgebung nach weiteren Zielen ab.

Harris postierte sich unter der Leiter zum Dach, um Rapp zu helfen, falls der mit seiner menschlichen Last ins Stolpern geriet. Im selben Moment hörte er das charakteristische Geräusch einer feuernden Kalaschnikow. Er begriff, dass es jetzt ernst wurde, und ließ sich von Wicker ein Update geben. »Seid ihr zwei fertig?«, rief er Jordan und Tony ungeduldig zu.

Ohne aufzusehen, meinte Tony, der Kleinere der beiden: »Wir sind gleich so weit.«

Harris zog das Mikrofon vor den Mund. »Reavers, ist unser Vogel schon am Himmel aufgetaucht?«

Reavers war zur Dachkante gerobbt, um genauer zu erkennen, was sich unter ihm abspielte. Er betrachtete gerade die beiden Leichen, als die Frage seines Chefs nach den Helikoptern per Funk eintraf. Mit einem Blick zum Himmel suchte er den Horizont ab. Weit und breit nichts zu sehen. »Negativ, Harry«, antwortete er.

»Ist das Stroboskoplicht eingeschaltet und funktioniert?«, wollte Harris wissen. Der besagte Infrarotscheinwerfer war für das menschliche Auge unsichtbar, ließ sich jedoch mithilfe von Nachtsichtgläsern als grelles Leuchten wahrnehmen.

Wicker vergewisserte sich mit einem kurzen Blick durch das Zielfernrohr. »Brennt.«

Harris schaute ungeduldig auf die Uhr und wandte sich an seine beiden Männer, die an den Treppen Sprengfallen anbrachten. »Wir müssen los! Rauf aufs Dach mit euch! Sofort!«

Die beiden brachten noch eine letzte Ladung an, bevor

sie die Stufen hinaufeilten. Harris folgte ihnen und rollte sich auf das schmutzige Flachdach ab. Mit der MP5 in einer Hand schloss er die Luke, wälzte sich herum, um nach seinen Männern zu sehen, und schnappte sich das Nachtsichtglas, um den nordwestlichen Teil des Himmels nach den Hubschraubern abzusuchen. Im selben Moment kam Wickers Meldung herein: »Weitere Tangos sind unterwegs.«

Wicker spähte durch das Fernglas und beobachtete, wie erst zwei Männer, dann ein dritter aus einem Haus auf der anderen Straßenseite kamen. Alle drei waren bewaffnet. Er nahm sie ins Visier und funkte: »Bleibt in Deckung, Leute. Ich erledige das.« Sobald der erste Mann die Leichen auf der Straße erreichte, zielte Wicker zentral auf seinen Kopf und schickte eine Salve los. Er bewegte das Galil einen Tick nach links und nahm den zweiten Mann unter Beschuss, der schockiert dastand und seinen zusammengebrochenen Kollegen anstarrte. Wicker drückte erneut ab und kümmerte sich direkt danach um den Dritten, der bereits in Richtung Haus zurückwich, dabei wild mit den Armen ruderte und laut schrie. Er erreichte den Eingang nicht mehr.

Harris legte sich auf den Bauch und kroch zum Rand des Flachdachs. Mit feuerbereiter Maschinenpistole betrachtete er die Toten auf dem Boden. Die SEALs waren bereits auf dem Dach ausgeschwärmt. Zwei deckten den Hinterhof ab, zwei die Vorderseite des Gebäudes. Rapp kniete über dem bewusstlosen Körper von Harut und suchte hektisch den Himmel nach den überfälligen Hubschraubern ab.

»Jungs!«, bellte Harris. »Schießt auf alles, was sich bewegt!«

Der Co-Pilot des Pave Low entdeckte die Strobo-Lichter, als sie sich noch etwa eineinhalb Kilometer von der Küste entfernt befanden, und informierte den Rest der Crew. Man hatte sie angewiesen, zuerst zum nördlichen Scheinwerfer zu fliegen. Der Pave Low benachrichtigte die Besatzung des Pave Hawk, die mit Tempo 240 direkt hinter ihnen flog. Sie lösten die Formation auf. Der größere Pave Low scherte nach links aus und bremste ab, während der wendigere Pave Hawk nach rechts abdrehte und mit Höchstgeschwindigkeit gen Süden flog.

Ungefähr zur selben Zeit, als Harris den Rotorenlärm der sich nähernden Helikopter registrierte, brach unter ihnen die Hölle los. Konzentrierte Feuerstöße aus Maschinengewehren kamen aus dem Gebäude auf der anderen Straßenseite. Von den mehr als 20 Schüssen verfehlten jedoch die meisten ihr Ziel und schwirrten harmlos über ihre Köpfe hinweg. Nur zwei schlugen in den Dachrand ein und ließen Tonerde durch die Luft wirbeln.

Harris lag flach auf dem Bauch. »Bravo Six, hier Whiskey Five. Wir werden beschossen! Ich wiederhole, wir werden beschossen! Die Landezone steht unter Beschuss!«

»Verstanden, Whiskey Five«, kam die Antwort von Pave Low. »Von wo aus wird gefeuert?«

»Von der anderen Straßenseite, leicht westlich.«

»Verstanden, Whiskey Five. Wir haben eure Position angepeilt und sind in etwa 20 Sekunden bei euch.«

Harris blieb, wo er war. Weitere Salven schlugen ins Dach ein, erhielten Verstärkung von zusätzlichen Schützen.

»Slick«, rief der Kommandant über Funk. »Kannst du uns diese Kerle vom Leib halten?«

»Negativ, Harry. Ich habe keinen passenden Schusswinkel.«

Harris rollte sich auf den Rücken. Unten wurden Kommandos gebrüllt und eine weitere Serie von Schüssen ertönte.

»Reavers!«, rief Harris. »Ich lenke ihr Feuer auf mich und du erledigst sie!«

Harris zielte mit dem Lauf der MP5 über die Dachkante und entfesselte vier Feuerstöße auf das Haus gegenüber.

Eine Sekunde später sah Reavers einen Mündungsblitz in einem Fenster im ersten Stock und zog den Schützen mit drei gezielten Schüssen in die Brust aus dem Verkehr. Rasch ging er wieder in Deckung, als die wütende Revanche folgte.

Wicker meldete sich von seinem Posten. »Ich glaube, wir haben da in ein wahres Wespennest gestochen.« Weitere Schützen stürzten auf die Straße. Er machte sich an die Arbeit.

Der Pave Low näherte sich deutlich langsamer, als es einem Hollywood-Regisseur für die Inszenierung einer Actionszene gefallen hätte, doch so ein fliegender Koloss ließ es beim Landeanflug nun einmal an Dynamik fehlen. Das Röhren der mächtigen 3900-PS-Turbinentriebwerke und das Knattern der Rotoren waren ohrenbetäubend. Sobald er die Ziele erfasst hatte, eröffnete der Bordschütze an der Steuerbordseite das Feuer aus der 7,62-Millimeter-Minigun und übersäte das Gebäude auf der anderen Straßenseite mit Schüssen. Der Pave Low verharrte knapp jenseits des Stroboskoplichts in der Luft, landete jedoch nicht. Wenige Sekunden später traf der kleinere Pave Hawk aus südlicher Richtung ein und sauste aus allen Rohren ballernd über das Gelände hinweg.

Rapp schnappte sich Harut, stemmte ihn sich auf die Schulter und stürzte zur mittlerweile ausgefahrenen Rampe des Pave Low. Harris ging am Fuß der Rampe kurz in die Hocke, um den Scheinwerfer einzusammeln. Er zählte seine Männer durch, indem er ihnen auf den Rücken klopfte, und stürzte hinter ihnen in den Helikopter. Sobald alle drinnen waren, gab er dem Schützen am Heck ein Zeichen. Eine Sekunde später schraubte sich der Helikopter einige Meter in die Höhe und schwebte über die Dächer hinweg. Alle drei Bordschützen deckten die Umgebung mit Unterstützungsfeuer ein, während sie den Rückzug antraten.

Wicker hielt bis zum letzten Moment nach weiteren Zielen Ausschau, fand jedoch keine. Die Miniguns aus dem Hubschrauber schienen alle Gegner erwischt zu haben. Der Pave Low näherte sich seiner Position, da registrierte der Scharfschütze, wie eine weitere Gruppe von Männern mit lautem Geschrei auf die Straße rannte. Er schnappte seine Ausrüstung, spurtete dem näher kommenden Pave Low entgegen und hangelte sich durch die geöffnete Luke in den Frachtraum.

Sobald die Piloten Rückmeldung erhielten, dass der letzte Mann an Bord war, beschleunigten sie auf Höchstgeschwindigkeit und flogen zum offenen Meer. 20 nervenaufreibende Sekunden später rasten sie, wieder vereint mit dem Pave Hawk, dicht über der Wasseroberfläche in Richtung Heimat.

Washington, D. C.
Mitternacht

Das ›Plüschzimmer‹ befand sich in der südwestlichen Ecke der neunten Etage. Es handelte sich um eine der edelsten Suiten des Washington Hotels. Ein fahles graues Licht drang von der Straße her durch die Fenster und wurde von den weiß getünchten Wänden und der Decke reflektiert. Der einzige Bewohner stand vor einem dekorativen Spiegel und betrachtete sein Spiegelbild. Mit den Fingern strich er vorsichtig über den empfindlichen Bereich rund um die Augen und betastete dann die Kieferpartie. Er war ein ausgesprochen gut aussehender Mann. Erst recht, nachdem er einige kosmetische Veränderungen an seinem Gesicht hatte durchführen lassen. Die kantigen Partien wirkten nun deutlich feiner. Seit fast einem Monat lebte er mit diesem neuen Äußeren, musste sich aber noch daran gewöhnen. Er nahm die Zigarette aus dem Mund, drehte den Kopf leicht nach rechts und inspizierte sein Profil. Das rote Narbengewebe war mittlerweile verheilt, aber die dünneren Hautschichten reagierten weiterhin sensibel auf Berührungen. Die Wangen schienen eingesunken zu sein, was nicht nur an den Operationen lag, sondern auch an den rund zehn Kilo Gewichtsverlust. Trotzdem stellte ihn das Resultat zufrieden. Es war nicht perfekt, aber allemal gut genug.

Er stieß eine Rauchwolke aus, trat vom Spiegel weg und wandte sich durch den Qualm dem großen Fenster mit Ausblick auf die Stadt zu. Er lief betont aufrecht. Die gebräunte Haut und die kurzen schwarzen Haare bildeten einen deutlichen Kontrast zu dem maßgeschneiderten weißen Hemd, das er trug.

Zu seiner Linken erhob sich das Washington Monument im Zentrum der National Mall stoisch in den Nachthimmel. Daneben blitzte die Kuppel des Jefferson Memorials zwischen den Bäumen auf, während sich weiter westlich, am Ende des Parks, die herrlichen Alabastersäulen des Lincoln Memorials präsentierten. Auf der anderen Straßenseite erstreckte sich der lang gezogene Komplex des Treasury Department, in dem das US-Finanzministerium untergebracht war. Doch das alles interessierte ihn nicht, sondern nur das Gebäude auf der anderen Seite des Treasury Department.

Er inhalierte und zog die Zigarette mit einer langsamen, fließenden Bewegung aus dem Mund, ließ sie mit nach unten gehaltener Spitze abbrennen und widmete sich der geschichtsträchtigen Umgebung. Der Anflug eines Grinsens erfasste seine Mundwinkel. Es war ein zynisches Lächeln. Rafique Aziz verabscheute alles, was er da sah, mit einer Vehemenz, die kein Amerikaner je hätte nachvollziehen können.

Die Denkmäler und Bauwerke vor seinen Augen stufte er als Sinnbilder des amerikanischen Imperialismus ein, als Symbole für die Gier, Korruption und Arroganz dieses Landes. Solche Attribute hatten seine Heimat verdorben und Bruder gegen Bruder aufgehetzt. Manche von ihnen liebäugelten sogar ernsthaft damit, Frieden mit Israel zu schließen. Ausgerechnet mit diesen Zionisten, die Beirut mit Unterstützung der ach so mächtigen Amerikaner in eine Hölle auf Erden verwandelt hatten. Es wurde Zeit für eine weitere Revolution. Es wurde Zeit, den Dschihad zu entfesseln.

5

WASHINGTON, D. C.
6:55 UHR

Die Mehrheit der über 5000 Beamten des United States Secret Service war auf Büros im ganzen Land verteilt und konzentrierte sich vor allem darauf, Geldfälschern das Handwerk zu legen. Deutlich bekannter war die Organisation jedoch für ihre Aufgabe, Politiker zu beschützen, insbesondere den Präsidenten der Vereinigten Staaten.

Das Sonderkommando, das dem Staatsoberhaupt zugeteilt war, bestand aus ungefähr 200 Agenten. Ihr Job zählte zu den begehrtesten im gesamten Vollzugsdienst. Secret-Service-Agentin Ellen Morton war eine dieser Glücklichen. Sie lief gerade durch das Executive Mansion des Weißen Hauses und blieb vor dem kleinen Einsatzraum stehen, den man im Erdgeschoss für die Personenschützer eingerichtet hatte. Im Prinzip handelte es sich eher um eine winzige Kammer, offiziell als ›Staircase‹ bezeichnet. Das hatte mit der Position direkt unter dem Treppenhaus zu tun, das zu den Privatgemächern der Präsidentenfamilie führte, die im ersten und zweiten Stock des Mansion untergebracht war.

Morton steckte ihren Kopf zur Tür herein. »Guten Morgen, Ted. War's eine ruhige Nacht?«

Der Agent lehnte sich zurück und verschränkte die Hände hinter dem Kopf. Gähnend lieferte er ihr die übliche Antwort: »Sehr ruhig.«

Um der Familie des Präsidenten eine gewisse Privatsphäre zu geben, betraten die Personenschützer die oberen Etagen nur, wenn sie explizit dazu aufgefordert wurden. Mit einer Reihe druckempfindlicher Platten, die an strategisch entscheidenden Stellen unter dem Teppich platziert waren, ließ sich der Aufenthaltsort des Präsidenten in den privaten Räumlichkeiten trotzdem jederzeit ermitteln.

»Ist er oben?«, fragte Ellen Morton.

»Ja. Der Steward hat vorhin angerufen und mitgeteilt, dass er sich gerade anzieht. Einen Anzug.«

An den meisten Vormittagen lief Präsident Hayes um Punkt sieben Uhr rüber in den Westflügel, aber gerade nach längeren Reisen zog er es vor, im privaten Fitnessraum im zweiten Stock zu trainieren und erst gegen acht ins Oval Office zu gehen. Die diensthabenden Agenten des Secret Service erfuhren in der Regel von seinen Plänen, wenn der zuständige Steward anrief und sie informierte, ob der Präsident nach dem Aufstehen in Sportkleidung oder Anzug schlüpfte.

Die Überwachungsanzeige an der Wand des Staircase gab einen Piepton von sich. Ein rotes Licht signalisierte, dass sich der private Aufzug des Präsidenten in Bewegung gesetzt hatte.

Morton nickte ihrem Kollegen zu und führte das Handmikrofon zum Mund. »Horsepower, hier Morton. Woody ist auf dem Weg nach unten.« ›Horsepower‹ war die im Funkverkehr benutzte Codebezeichnung für die Sicherheitszentrale, die sich direkt unter dem Oval Office befand.

Die Sicherheitszentrale konzentrierte sich überwiegend auf den Schutz des Präsidenten, während die restliche Security von der sogenannten Uniformed Division des Secret Service übernommen wurde. Dazu hatte man einen zweiten Kommandoposten im vierten Stock des Executive Office Building eingerichtet, direkt gegenüber dem Weißen Haus. Dort erledigte man die Koordination und Überwachung der beiden Einheiten. Der Posten wurde als Joint Operations Center, kurz JOC, bezeichnet. Man hatte ihn nach dem unbefugten Landeversuch eines einmotorigen Flugzeugs im Jahr 1994 ins Leben gerufen, um die Aktivitäten der uniformierten Beamten und der Sicherheitszentrale jederzeit im Blick zu haben.

Die Türen des Aufzugs fuhren zur Seite, und Präsident Hayes trat in einem dunklen Anzug, weißem Hemd und Krawatte mit Paisleymuster heraus. Er lächelte das vertraute Gesicht der Frau an, die ihn bereits erwartete. »Guten Morgen, Ellen.«

»Guten Morgen, Sir.« Morton ging dem Präsidenten voraus und schritt durch die lange Halle, die zum Palm Room führte. Als Leiterin der Tagschicht hatte sie die Aufgabe, den Weg des Präsidenten vom Mansion zum West Wing zu koordinieren. Sie betraten den Palm Room und Morton sprach in ihr Handmikro: »Horsepower, hier Morton. Woody nähert sich der Kolonnade.« Beim Erreichen der doppelten Glastür nickte sie dem Agenten auf der anderen Seite zu, der nun die Führung übernahm. Morton hielt Präsident Hayes die Tür auf und trat hinter ihm in den mit Steinfliesen ausgelegten Säulengang.

Der Präsident blieb kurz stehen, um den wunderschönen Frühlingsmorgen zu genießen. Zum ersten Mal seit Wochen ließ er sich von den warmen Strahlen der Morgensonne im Gesicht kitzeln und lächelte. Tief entspannt atmete er ein, schlug die Augen auf und betrachtete das taunasse Gras des South Lawn. Ellen Morton wartete schweigend hinter ihm. »Ein herrlicher Morgen, was?«, fragte der Präsident, ohne sich umzudrehen.

»Und ob, Sir.« Ellen grinste in sich hinein. An solche persönlichen Momente hatte sie sich noch nicht gewöhnt. Angesichts des riesigen Sicherheitsapparats und des pompösen Getues vergaß man schnell, dass es sich bei Hayes auch nur um einen Menschen handelte – einen Ehemann, Vater und Großvater.

»Wie gern ich jetzt draußen auf dem Golfplatz wäre.« Hayes schüttelte versonnen den Kopf. »Aber stattdessen ist der tägliche Trott angesagt.« Mit diesen Worten setzte er seinen Weg auf dem steinernen Pfad fort. Morton hielt sich einen Schritt hinter ihm. Sie passierten die Säulen mit dem Konterfei von Thomas Jefferson, erreichten den Eingang, der durch den Presseraum des Weißen Hauses zum Westflügel führte, bogen links ab durch die Fenstertüren des Kabinettsraums und wandten sich anschließend nach rechts. Als sie um die Ecke bogen, sah Morton, wie der Agent weiter vorn mit einem Schlüssel hantierte, um den Zugang zum Oval Office zu öffnen. Über ihr Headset hörte sie ihn sagen: »Horsepower, hier Cowley. Autorisierter Zugang zum Oval Office von der Kolonnadenseite her.« Er drehte den Schlüssel um und betrat den Raum, wartete, bis der Präsident und Morton ihm folgten. Der Präsident bedachte die Blüten im Rosengarten mit einem letzten sehnsüchtigen Blick und begrüßte dann den Agenten, der ihm die Tür aufhielt. »Guten Morgen, Pat.«

»Guten Morgen, Sir.«

Präsident Hayes betrat das Oval Office mit Ellen Morton dicht auf den Fersen. Er lief geradeaus weiter, am Schreibtisch vorbei durch den kurzen Flur, der zu seinem privaten Büro mit angrenzendem Bad und Speisezimmer führte. Ellen Morton bog nach rechts ab in das Vorzimmer der Sekretärin, schloss die Tür und sagte ins Mikro: »Horsepower, hier Morton. Woody ist im Oval.«

Auf der anderen Seite, im Hauptflur, lösten in diesem Moment zwei Secret-Service-Agenten aus der Sicherheitszentrale zwei andere uniformierte Offiziere ab und bezogen Posten vor der Tür, die zum Speisezimmer des Präsidenten und dem Hauptzugang des Oval Office führte.

Im Speisezimmer zog Hayes unterdessen sein Jackett aus und reichte es einem kleinwüchsigen Filipino, der eine weiße Weste mit schwarzer Hose trug. »Guten Morgen, Carl.«

»Guten Morgen, Mr. President«, antwortete der Steward.

Carl schloss die Tür und hängte das Jackett des Präsidenten auf einen hölzernen Kleiderständer in der Ecke. Ein runder Esstisch aus Eichenholz für vier Personen stand in der Mitte des Raums. Hayes setzte sich auf den Platz, der dem Oval Office am nächsten war, und widmete sich seiner Lektüre. Vor ihm lagen die aktuellen Ausgaben der *Washington Post, Washington Times, New York Times* und von *USA Today.* Diese vier Zeitungen wurden jeden Morgen, montags bis freitags, stets in der gleichen Reihenfolge dort platziert. Der Präsident überflog die Schlagzeilen. Unterdessen stellte der Steward eine Tasse schwarzen Kaffee neben die *Times.* »Was möchten Sie heute Morgen frühstücken, Mr. President?«, erkundigte er sich.

Ohne aufzusehen, griff Hayes nach der Tasse. »Eine halbe Grapefruit wäre für den Anfang nicht schlecht.«

Der Steward nickte und zog sich diskret in die Küche

zurück, während der Präsident einen Artikel in der *Post* zu lesen begann. Noch bevor die Grapefruit serviert wurde, klopfte es an der Tür. Der Steward kam und öffnete, um die beiden Besucher in Empfang zu nehmen. Bill Schwartz, der Sicherheitsberater des Präsidenten, trat zusammen mit Dr. Irene Kennedy von der CIA ein.

Der schlaksige Berater begrüßte den Steward. »Guten Morgen, Carl.«

»Guten Morgen, Mr. Schwartz. Was hätten Sie gern zu trinken?«

»Das Übliche bitte.«

»Und für die Dame?«

»Einen Kaffee. Ohne alles.«

Schwartz ging zielstrebig durchs Zimmer und setzte sich gegenüber von Hayes hin. Kennedy stellte ihre Aktentasche auf dem Boden ab und entschied sich für den Platz rechts vom Präsidenten. Dieser sah auf zu seinem Sicherheitsberater. »Wie war die Reise?« Schwartz war gerade aus Brüssel zurückgekehrt, wo er an einem dreitägigen Treffen zur geplanten NATO-Erweiterung teilgenommen hatte.

Schwartz setzte die Brille mit dem schmalen Silberrand ab und polierte die Gläser mit der Krawatte. »Träge, langweilig und anstrengend.«

»So ist es bei der NATO doch immer.« Präsident Hayes trank einen Schluck Kaffee und stellte die Tasse auf den Tisch. »Noch verschlafener ist höchstens die UNO.«

»Stimmt.« Schwartz nickte langsam und beobachtete, wie Carl erst Kennedy, dann ihm einen Kaffee servierte. Als Nächstes bekam der Präsident seine halbe Grapefruit. Die andere Hälfte stellte er vor Schwartz ab und ermahnte ihn: »Essen Sie. Ich werde Ihnen auch noch ein paar

Pfannkuchen organisieren, damit Sie ein bisschen was auf die Rippen bekommen.« Er zwinkerte dem Präsidenten verschwörerisch zu. Carl arbeitete seit mehr als 20 Jahren im Weißen Haus und war ein Spezialist, wenn es um das Aufpäppeln untergewichtiger Besucher ging.

Mit einer formvollendeten Verbeugung wandte sich Carl anschließend an Kennedy und erkundigte sich in deutlich freundlicherem Tonfall als beim Sicherheitsberater: »Darf ich Ihnen auch einen kleinen Imbiss zubereiten, Miss?«

»Nein danke. Ich habe keinen Hunger.« Kennedy umklammerte die warme Kaffeetasse.

Der Steward wandte sich an Hayes. »Wenn Sie noch etwas benötigen, Sir, läuten Sie einfach.«

»Das werde ich. Danke, Carl.« Der Präsident wartete, bis der Steward den Raum verlassen hatte, dann lehnte er sich auf dem Stuhl zurück und sah Kennedy an. »Ich habe Ihre Nachricht gestern Nacht erhalten. Es freut mich zu hören, dass alles glatt gelaufen ist.«

»Ja. So weit, so gut.« Kennedy hob die Tasse an die Lippen und nippte daran.

»Bill, wie genau wissen Sie Bescheid?«

Schwartz streute einen Teelöffel Zucker auf die saftige Grapefruit. »Irene hat mich nach meiner Rückkehr über die wesentlichen Details informiert.«

»Wann genau war das?«

»Kurz nach Mitternacht.«

Der Präsident wandte sich an Kennedy. »Haben wir inzwischen mehr herausgefunden?«

»Unser Mann und Harut haben Saudi-Arabien gegen zwei Uhr früh verlassen. Sie werden in Kürze an der Ramstein Air Base in Deutschland erwartet.« Kennedy schaute auf die Uhr und überlegte. »In etwa einer halben Stunde. Dort geht ein Team von Spezialisten an Bord, um Harut zu befragen, während die Maschine weiter nach Andrews fliegt.«

Der Präsident überlegte kurz, ob er nachhaken sollte, was sie mit ›Spezialisten‹ meinte, beschloss dann jedoch, dass es besser war, nicht zu viel zu wissen.

»Wann können wir mit ersten Resultaten rechnen?«

»Schwer zu sagen. Manchmal lassen sich die Informationen leicht herauskitzeln, aber die Drogen entfalten nicht bei jedem die gleiche Wirkung. Es gibt außerdem gewisse Vorkehrungen, die wir treffen müssen, um sicherzustellen, dass er nicht lügt.« Kennedy schwieg für einen Moment. Stansfield hatte ihr vom ersten Tag an eingetrichtert, insbesondere im Umgang mit Politikern Vorsicht walten zu lassen. Sie sah erst Schwartz, dann den Präsidenten an. »Wir dürfen nicht das geringste Risiko eingehen.«

Hayes stapelte die Zeitungen und schob sie zur Seite. »Reden wir von Stunden oder eher von Tagen?«

»Wir fangen sofort mit dem Verhör an. Je nachdem, wie viel er weiß und in welcher gesundheitlichen Verfassung er sich befindet, sollten wir innerhalb einer Stunde erste Antworten haben. Aber ich muss Sie gleich warnen, dass es Wochen dauern könnte, bis die Befragung vollständig abgeschlossen ist.«

»Unsere Priorität liegt darauf, in Erfahrung zu bringen, wann und wo dieser Anschlag auf Washington geplant ist.«

»Ich weiß«, sagte Kennedy.

Hayes richtete sich an Schwartz, zu dessen Aufgaben die Koordination der Bemühungen sämtlicher Geheimdienste zählte. »Ich möchte, dass dieser Angelegenheit oberste Priorität eingeräumt wird, und ich möchte jederzeit über den aktuellen Stand informiert sein.«

»Natürlich, Mr. President.«

WASHINGTON, D. C.

Zwei Meilen östlich des Weißen Hauses rollte ein grünweißer Lkw rückwärts vor das Tor eines heruntergekommenen Lagerhauses und hielt an. In großen weißen Lettern prangte der Schriftzug ›White Knight Wäscheservice‹ auf dem grün lackierten Teil der Ladefläche. Zwei Männer in blauen Overalls kamen aus der Halle und hievten das rostige Tor in die Höhe. Die Scharniere quietschten, als Metall gegen Metall schabte. Der Fahrer setzte zurück und die beiden Männer dirigierten ihn mit Handzeichen. Nachdem das Gefährt komplett in der Halle verschwunden war, wurde das Tor geschlossen.

Diesiges Licht drang durch die völlig verdreckten Scheiben unter dem Dach ein. Vier Mitarbeiter näherten sich dem hinteren Teil der Ladefläche und montierten eine Rampe am Kotflügel. Danach entluden sie die Wäschekörbe und Beutel mit sauber zusammengelegter Wäsche. Nach fünf Minuten waren sie fertig.

Aus einem erhöhten Büroraum mit verglaster Front trat ein Mann im grünen Arbeitsanzug. Sein sorgfältig getrimmter Bart wuchs von den Wangen bis in den Halsausschnitt hinein. Auch Hände und Unterarme wurden von dichtem schwarzem Haarwuchs bedeckt. Im Gegensatz zum restlichen Körper prangte auf dem Kopf eine kahle Stelle – eine glänzende bronzefarbene Oase, die von einem schwarzen Haarkranz eingerahmt wurde.

Muammar Bengazi war zwar nicht besonders groß, dafür aber eindeutig sehr kräftig.

Er klammerte sich mit dicken Fingern am Metallgeländer fest und beobachtete seine Leute bei der Arbeit. Sie waren zu weit gekommen, um sich jetzt noch Fehler erlauben zu dürfen. Von diesem Punkt an musste alles perfekt laufen. Ihr Gönner hatte ihnen umfangreiche Unterlagen zugespielt, die auch einen exakten Grundriss des Gebäudes enthielten. Soweit Bengazi wusste, hatte sie der KGB vor mehr als 20 Jahren zusammengestellt. Sicherheitshalber hatte er im Vorfeld einen seiner Männer hergeschickt, um sich ein Bild von der aktuellen Lage vor Ort zu verschaffen.

Bengazi stieß einen Pfiff aus und seine Männer schauten zu ihm hoch. Von seiner erhöhten Position aus deutete er auf die drei Objekte, die unter Abdeckplanen im hinteren Teil der Halle lagerten. Die Männer liefen hinüber und zogen die Planen weg. Darunter kamen drei Kawasaki-Geländewagen mit olivgrün-brauner Camouflage-Lackierung zum Vorschein. Die kompakten Fahrzeuge wurden wegen ihrer Wendigkeit und kräftigen Motorisierung gern von Großwildjägern eingesetzt. An das Heck war jeweils eine u-förmige Gepäckhalterung montiert. Darauf stapelten sich mehrere Metallkoffer, mit schwarzen Spanngurten gesichert.

Nacheinander ließen die Männer die Motoren der Geländewagen an. Die muffige Luft in der Lagerhalle wich bald dem Geruch von Öl und Benzin. Ein Anhänger, ebenfalls mit Metallkoffern beladen, wurde an eins der Fahrzeuge angekoppelt. Im Rückwärtsgang rollten die drei Fahrzeuge auf die Ladefläche des Trucks und wurden dort fixiert.

Bengazi kam über die Metalltreppe vom Büro nach unten. Für einen Mann mit seiner Leibesfülle bewegte er sich überraschend leichtfüßig. Er näherte sich einem leuchtend gelben Gabelstapler, kletterte ins Fahrerhäuschen und ließ den Motor an. Nachdem dieser warm gelaufen war, steuerte ihn Bengazi ebenfalls über die Rampe in den Lastwagen. Die beiden Metallgabeln, die sich normalerweise am vorderen Ende des Staplers befanden, waren demontiert worden.

Als Bengazi das schwere Fahrzeug exakt an die gewünschte Stelle navigiert hatte, schaltete er den Motor ab und sprang vom Sitz, verließ den Lkw über die Laderampe und zog sich an die Seite der Halle zurück. In den nächsten fünf Minuten beobachtete er, wie seine Männer Teile der ursprünglichen Ladung wieder hineinschleppten, um den Gabelstapler und die Geländewagen vor neugierigen Blicken zu verbergen. Er spazierte an der Rampe hin und her, testete aus, ob man über die Körbe und Kisten hinweg etwas erkennen konnte. Schließlich war er zufrieden, nickte seinen Mitarbeitern zu und schaute auf die Uhr. Sie lagen voll im Zeitplan.

RAMSTEIN AIR BASE
DEUTSCHLAND

Mitch Rapp wurde von einem abrupten Ruck, dem ein hydraulisches Pfeifen folgte, aus dem Tiefschlaf gerissen und flog auf dem Sitz nach vorn. Sofort griff er zu seiner Beretta und schaute nach links. Erleichtert atmete er auf und löste langsam den Griff von der Waffe. Harut war noch da, Hände und Füße nach wie vor gefesselt. Eine schwarze Kapuze bedeckte sein Gesicht und er war auf der Ledercouch des Learjets festgeschnallt. Turban und Robe waren einem grünen Fliegeranzug gewichen.

Rapp rieb sich die Augen und spähte durch das Bullauge zu seiner Rechten. Schnell stellte er fest, dass der Ruck, der ihn geweckt hatte, vom Ausfahren des Fahrwerks herrührte. Man konnte die ländliche Gegend in Deutschland bereits erkennen. Eine Sekunde später sanken sie unterhalb der Baumhöhe und die Landebahn aus Beton tauchte vor ihnen auf. Statt der grünen Wiesen und Felder sah man jetzt nur noch gleichförmige Hangars und Flugzeuge. Zunächst geriet eine Reihe von C-130-Transportmaschinen in Sicht, dann mehrere Reihen F-16. Schließlich setzten sie auf.

Rapp rieb sich mit geballten Fäusten die Augen. Er fühlte sich benommen, als habe man ihm Drogen verabreicht. In den letzten drei Nächten hatte er insgesamt kaum sechs Stunden geschlafen. Er schielte auf die Armbanduhr und stellte fest, dass er fast vier Stunden gedöst hatte. Ein guter Anfang, aber er hoffte, beim Überfliegen des Atlantiks noch etwas mehr Schlaf nachholen zu können. Wer wusste schon, wie bald er zum nächsten Einsatz ausrücken musste.

Das Flugzeug rollte von der Hauptlandebahn und kam zwischen einem Tanklaster und einem blauen Van mit getönten Scheiben zum Stehen. Rapp schnallte sich los. Seit dem Verlassen von Bandar Abbas hatte sich sein Äußeres verändert. Der ungepflegte schwarz-graue Bart war einem sauber rasierten Gesicht gewichen. Dadurch konnte man auch wieder die rosa Narbe auf der linken Wange erkennen. Sie war knapp drei Millimeter breit, verlief vom Ohr bis zum Unterkiefer und hob sich deutlich von der gebräunten Haut ab. Die Ärzte im Johns Hopkins hatten trotzdem ganze Arbeit geleistet, die Schnittwunde zu kaschieren. Ursprünglich war sie fast anderthalb Zentimeter breit gewesen. Die plastischen Chirurgen hatten sie zu einer schmalen Linie verblassen lassen. Mehr als alle anderen Narben am Körper rief sie Rapp täglich die Gefahren seiner Arbeit in Erinnerung.

Im langen dichten Haar prangte nach wie vor eine graue Strähne. Einen Großteil der Tönung hatte er allerdings nach der Landung der Helikopter in Saudi-Arabien herausgewaschen, hinterher noch schnell ein Bier mit Harris und seinen Männern getrunken und danach Dreck und Schmutz einer ganzen Woche durch den Abfluss gespült. Insgesamt dreimal hatte er seinen Körper von oben bis unten abgeschrubbt, um den Gestank loszuwerden. Dann hatte er sich noch weitere fünf Minuten unter dem dampfenden Wasserstrahl und ein weiteres Bier gegönnt.

Nachdem er wieder sauber und angezogen war, kehrte Rapp in den Raum zurück, wo sich Harris mit seinen Leuten inzwischen schon über den zweiten Kasten hermachte. Er stellte fest, dass man Harut in eine grüne Pilotenmontur gesteckt hatte. Mit Beruhigungsmitteln betäubt lag er auf einer Trage in der Ecke. Eine weitere Runde Glückwünsche und gegenseitiges Schulterklopfen folgte, dann schleppte Rapp den Scheich zum Learjet, der bereits startbereit auf dem Rollfeld wartete.

Auf deutschem Boden angelangt, schaute Rapp auf Harut hinunter und gähnte. Am liebsten hätte er dem Kerl direkt im Iran einen Kopfschuss verpasst, aber um den Aufenthaltsort von Aziz in Erfahrung zu bringen, war der junge Amerikaner bereit, damit noch ein wenig zu warten. Er lief zum vorderen Ende des Fliegers und hielt dabei den Kopf leicht zur Seite gebeugt. Sobald er die Ausstiegsluke erreicht hatte, zog er am Griff und drehte ihn im Uhrzeigersinn. Mit einem leisen Zischen entwich der Druck. Rapp ließ die Gangway hinunter und musste die Augen trotz der leichten Bewölkung gegen das grelle Licht draußen abschirmen. Sein trainierter Bizeps dehnte den Stoff des schwarzen Poloshirts, das er trug. Die Beretta war sicher in einem braunen Schulterholster verstaut.

Die Tür des blauen Vans öffnete sich und eine Frau betrat das asphaltierte Rollfeld. Zwei Männer folgten ihr. Rapp ließ sich nicht so leicht einschüchtern, aber als Dr. Jane Hornig auf ihn zukam, wünschte er sich insgeheim an einen anderen Ort.

Hornig, Mitte 40, eilte zum Jet, während sie mit einer Hand den Aufschlag ihres blauen Blazers und mit der anderen einen Aktenkoffer aus Metall festhielt. Rapp fühlte sich spontan an eine Szene aus dem *Zauberer von Oz* erinnert, in der die gemeine Nachbarin, die sich später als Hexe des Westens entpuppte, mit dem Fahrrad auftauchte, um Dorothys Hund Toto mitzunehmen. Selbst die Hintergrundmusik durfte in seinem Kopfkino nicht fehlen.

Er war davon überzeugt, dass Hornigs Gesicht seit mindestens einem Jahrzehnt weder mit Make-up noch mit Sonne in Berührung gekommen war. Sie wirkte wie eine typische Wissenschaftlerin, leicht unordentlich und ohne Sinn für Äußerlichkeiten. Für sie zählte nur die Arbeit. Sie war kaum größer als 1,50 und hatte ihre Haare zu einem Dutt hochgesteckt, als sei sie ein menschliches Relikt der 60er-Jahre. Lt. Commander Harris hatte ihm erzählt, dass er Dr. Hornig bei ihrer einzigen Begegnung in seiner typisch klugscheißerischen Art spontan Dr. Strangelove getauft hatte – in Anspielung auf den herrlich durchgeknallten Wissenschaftler, den Peter Sellers in der gleichnamigen Kriegssatire von Stanley Kubrick verkörpert hatte.

Hornig war trotz ihrer leicht gespenstischen Erscheinung weit mehr als eine Psychologin. Sie verfügte darüber hinaus über Doktortitel in Biochemie und Neurologie und galt als führende Expertin für Folterung, was zu einer überaus faszinierenden Kooperation mit der CIA geführt hatte. Langley versorgte sie mit menschlichen Versuchskaninchen für ihre Experimente mit Drogen und Verhaltensmanipulation. Im Gegenzug lieferte sie ihnen Informationen, die sie den tiefsten Windungen ihrer ›Laborgäste‹ entlockte. Dazu gehörten oftmals Details, an die sich die Befragten im Wachzustand selbst nicht erinnerten.

Rapp hatte Hornig und ihre Assistenten einmal bei der Arbeit beobachtet und es nach zehn Minuten vorgezogen, sich diskret zurückzuziehen und auf den schriftlichen Abschlussbericht zu warten.

Sie erreichte den Fuß der Gangway und schaute zu ihm auf. »Hallo, Mr. Kruse.« Die wenigsten Leute aus dem Umfeld von Langley kannten Rapps wahren Namen. Für die meisten war er Mr. Kruse, ein Agent, der überwiegend den Nahen Osten bereiste. In Geheimdienstkreisen gewöhnte man sich schnell daran, keine persönlichen Fragen zu stellen, wenn man es mit Leuten im Außeneinsatz zu tun hatte. Zu große Neugier zog üblicherweise eine offizielle Abmahnung durch den Vorgesetzten nach sich.

Rapp begrüßte die Ärztin und trat zur Seite, um sie in den Learjet steigen zu lassen. Hornig spähte hinein. »Wie geht es ihm?«

»Gut. Ich habe ihm exakt die Dosis verabreicht, die Sie mir genannt haben.«

»Schön.« Die Ärztin stellte den riesigen silbernen Koffer auf dem erstbesten Sitz ab und drehte sich zur Tür. »Das sind meine Assistenten. Sam und Pat.«

Rapp nickte den beiden Männern zu. Beide waren ebenfalls mit überdimensionalen Koffern unterwegs.

»Es gibt ein Schlafzimmer im hinteren Teil.« Rapp zeigte in die entsprechende Richtung.

»Das dürfte für unsere Zwecke ideal sein«, fand Hornig und zog sich mit ihren Assistenten dorthin zurück. Rapp sah zu, wie sie Harut in den Raum trugen, und beschloss, dass jetzt die ideale Gelegenheit war, um etwas frische Luft zu schnappen. Er stieg aus der Maschine und verspürte den seltenen Drang, eine Zigarette anzuzünden. Eine unangenehme Angewohnheit, die er sich bei seinen Undercover-Einsätzen zugelegt hatte, weil man als Raucher stundenlang unauffällig in einem Café sitzen und Leute beobachten konnte. Ab und zu gierte er deshalb nach Nikotin. Er sah nach links, wo ein Angestellter des Flughafens mit dem Betanken beschäftigt war. Fast hätte er den Mann nach einer Zigarette gefragt – gerade noch rechtzeitig bemerkte er seine Dummheit, als er die Warnung vor offenem Feuer an der Seite des grünen Tanklasters entdeckte. Verlegen stellte er sich neben das Flugzeug und schaute in alle Richtungen. Der graue Himmel und die sterilen Militärhangars verliehen diesem Vormittag eine deprimierende Atmosphäre.

Rapp kämpfte gegen das wachsende Gefühl von Trostlosigkeit an. Er befand sich an der Schwelle zum Selbstmitleid, entweder durch die triste Umgebung oder die Ankunft Hornigs hervorgerufen, vermutlich von einer

Mischung aus beidem. Diese kleinen Stimmungsschwankungen hatten im Laufe des letzten Jahres merklich zugenommen. Rapp glaubte den Auslöser zu kennen. Wenn man so viel Zeit allein mit sich und seinen Gedanken verbrachte, wurden ständige Selbstdiagnosen so selbstverständlich wie das Essen. Allerdings erreichte der Schmerz nicht mal annähernd die Intensität wie bei seiner Trauer um Mary vor fast einem Jahrzehnt. Nein, der besaß eine andere Qualität. Es schien eher eine Art Warnung zu sein, dass er handeln musste, um nicht für den Rest seines Lebens auf einem eingefahrenen Gleis festzuhängen. Einem Gleis, das schnurstracks in die Isolation führen konnte.

Vor dem Aufbruch zu seiner jüngsten Mission hatte er mit Kennedy darüber gesprochen. Seine Eltern waren beide verstorben. Obwohl er noch Freunde außerhalb der Arbeit und einen Bruder in New York hatte, der ihm sehr nahestand, konnte er eben nicht einfach zum Hörer greifen und ihnen von seinem Tag im Büro erzählen. Über den Tarnjob als Computerspezialist durfte er natürlich reden, aber auf keinen Fall über das, was hinter den Türen von Langley passierte. Offiziell arbeitete er ja nicht mal für die CIA, sondern war das, was man in der Branche als ›privaten Auftragnehmer‹ oder ›Kontraktor‹ umschrieb.

Rapp führte ein zweites Leben unabhängig von der Agency. Mit Unterstützung seiner Bosse hatte er sich eine kleine Consultingfirma aufgebaut, die ihm nicht ganz zufällig zahlreiche Aufträge aus dem Ausland bescherte – ein idealer Vorwand für die ständigen Reisen. Seine einzige andere Leidenschaft außerhalb der Arbeit betraf die Teilnahme am jährlichen Ironman-Wettbewerb auf Hawaii – einmal hatte der frühere Lacrosse-Champion von der Syracuse University ihn sogar für sich entschieden.

In seinen dunklen, nachdenklichen Momenten stellte sich Rapp häufig die Frage, wie verkorkst sein Leben bereits war oder ob es in Zukunft noch schlimmer zu verkorksen drohte. Er stellte sich ständig selbst die Frage, ob es normal sein konnte, mit solcher Entschlossenheit auf den Tod anderer Menschen hinzuwirken.

Er wusste, wo die Krux an der Sache lag. Einmal hatte er scherzhaft zu Kennedy gesagt: »Ist es nicht schräg, dass viele Leute eine Liste von Dingen aufstellen, die sie bis zu einem gewissen Alter abgearbeitet haben wollen? Darauf stehen dann Punkte wie ein Fallschirmsprung, eine Reise nach China oder ein Kind zur Welt bringen. Aber nicht bei mir. Ganz oben auf meiner Liste steht, dass ich vor meinem 40. Geburtstag Fara Harut und Rafique Aziz aus dem Verkehr gezogen haben will. Das kann doch nicht gesund sein.«

Lachen und Witze waren für Rapp eine Art Therapie. Ohne Humor hätte er längst die Segel gestrichen. In seinem Job durfte man die Leichtigkeit nicht verlieren, andernfalls drohte man irgendwann zu platzen. Rapp hatte die Sache aus allen Blickwinkeln betrachtet und hielt seine Handlungen für moralisch durchaus vertretbar.

Allerdings reichte das eigentliche Problem tiefer. Rapp ahnte, dass die Jagd ihn früher oder später auffressen würde. Er verlor zunehmend den Kontakt zu jenem Teil des gesellschaftlichen Lebens, den man als normal bezeichnete. Seine Freunde aus College-Zeiten waren mittlerweile alle verheiratet und hatten Kinder. Beides war bei ihm nicht zu erwarten. Frühestens dann, wenn er seinem Beruf den Rücken kehren würde. Man konnte nicht eine Familie haben und weiter für die CIA arbeiten. Das passte nicht zusammen.

Rapp erinnerte sich an sein schönes Leben vor zehn Jahren zurück. Bis ein brutaler Schicksalsschlag die Weichen für sein weiteres Leben gestellt hatte. Und nun war er hier, auf diesem schäbigen Militärflughafen in Deutschland. »Keiner behauptet, das Leben sei einfach«, pflegte sein Vater zu sagen. Rapp musste lachen, als er sich an einen typischen Satz von Dad aus seiner Kindheit erinnerte: »Reiß dich am Riemen!« Irgendwann hatte er sich in eine Art Running Gag verwandelt und wurde lächelnd ausgesprochen. Nicht mehr als Maßregelung, sondern als Ermutigung.

Das Triebwerk eines Jets dröhnte in einiger Entfernung. Rapp trat vom Flugzeug weg, um nach der Quelle des Geräuschs Ausschau zu halten. Eine einsame F-16 rauschte auf dem Rollfeld mit orange aufflackernden Düsen in die entgegengesetzte Richtung davon. Die wendige Maschine erhob sich in die Luft, ließ ein Flirren auf dem Asphalt zurück und zog direkt nach dem Abheben das Triebwerk ein.

Mit wachsender Geschwindigkeit setzte die F-16 den Aufstieg fort. Er verfolgte den Flug noch eine knappe Minute lang, bis nur noch ein winziger Punkt am grauen Himmel zurückblieb. Ein zweiter Jet jagte über die Startbahn, erhob sich mit lautem Getöse in die Luft und nahm die Verfolgung des ersten auf.

Rapp sah ihm ebenfalls hinterher und wälzte dabei den Gedanken, dass er ein Besessener war. Er hätte Rafique Aziz notfalls bis ans Ende der Welt gejagt und für einen Erfolg sogar den eigenen Untergang billigend in Kauf genommen. Der Trick bestand darin, Aziz zu erwischen, bevor es keine Rückzugsmöglichkeit in ein reguläres Leben mehr gab. Rapp ahnte jedoch, dass ihm nicht mehr viel Zeit blieb.

Er sah dem Flughafenmitarbeiter beim Lösen des Treibstoffschlauchs zu. Der Mann setzte sich hinter das Steuer des Tankfahrzeugs und fuhr davon. Im selben Moment liefen die beiden Triebwerke des Learjets an. Rapp wandte sich ein letztes Mal der trostlosen Umgebung zu, bevor er einstieg, den Rollsteg einfahren ließ und die Tür sicherte. Er lächelte, als ihm die aufmunternden Worte seines Vaters durch den Kopf gingen.

6

WASHINGTON, D. C.
8:05 UHR

Der dunkelhäutige, gepflegt wirkende Mann wurde in das mit Eichenpaneelen getäfelte Büro des Vorsitzenden des Democratic National Committee geführt. Der pausbäckige, stets gut gelaunte Russ Piper erhob sich hinter dem Schreibtisch und kam zur Tür, um seinen wohlhabenden Gast zu begrüßen. »Prinz Kalib, es ist mir eine große Freude, Sie endlich kennenzulernen.«

Rafique Aziz reagierte mit dem nötigen Grad an Reserviertheit und schüttelte seinem Gegenüber flüchtig die Hand.

»Wie war Ihr Flug?«, erkundigte sich Piper.

Aziz schaute sich im Raum um und musterte die gerahmten Fotos an den Holzwänden. »Angenehm.« Aziz wollte die Konversation auf ein Minimum beschränken. Der echte Prinz Kalib lebte wie ein Einsiedler, was ihm sehr entgegenkam.

»Wie ich hörte, wollen Sie Ihrem Herrn Vater einen Besuch in der Mayo-Klinik abstatten?«

»Korrekt.« Aziz nickte.

»Wie geht es dem Sultan?«

»So weit gut.« Aziz zog ein goldenes Zigarettenetui aus der Jackentasche. »Die Ärzte der Mayo-Klinik zählen zu den besten der Welt.« Aziz zündete die Zigarette mit einem farblich abgestimmten Feuerzeug an und blies eine dezente Rauchwolke aus. Er trat ans Fenster.

Piper beobachtete das Verhalten seines Besuchers mit einer gewissen Fassungslosigkeit. Ihm lag auf der Zunge, den Prinzen darauf hinzuweisen, dass in diesem Gebäude Rauchen streng untersagt war, doch dann verkniff er sich die Bemerkung. Piper strich mit der Hand unauffällig am Schlips entlang, um den korrekten Sitz zu überprüfen. »Ja, wir haben dort auch viele unserer Präsidenten behandeln lassen«, nahm er den Gesprächsfaden auf.

Aziz schaute weiter aus dem Fenster auf die leuchtend weiße Kuppel des Kapitols. Langsam drehte er sich um. »Ich gehe davon aus, dass Sie keine Schwierigkeiten hatten, das Treffen zu arrangieren?«

»Überhaupt keine«, verkündete Piper mit gewissem Stolz. »Der Präsident und ich stehen uns sehr nahe.«

»Gut.« Aziz hielt die Zigarette in einer Hand und griff ins Jackett, um einen langen blauen Umschlag herauszuziehen. »Ihren Anweisungen entsprechend habe ich den Scheck für Ihre Partei von einer meiner amerikanischen Firmen ausstellen lassen.«

Piper schnappte sich das Kuvert mit beiden Händen, riss es auf und warf einen Blick auf das entscheidende Feld in der rechten oberen Hälfte. Der Vorsitzende des Demokratischen Nationalkomitees lächelte, als er die Höhe des Betrags sah. »Wir wissen das sehr zu schätzen, Eure Hoheit.«

Aziz nickte gönnerisch.

»Ich kann Ihnen versichern, dass ich alles in meiner Macht Stehende tun werde, damit Ihr Land in den Besitz der von Ihnen benötigten Verteidigungswaffen gelangt.«

»Königreich«, berichtigte Aziz.

»Natürlich, Königreich …« Piper rieb sich nervös die Hände. »Entschuldigen Sie den Fehler.« Nach einem Blick auf die Uhr fügte er hinzu: »Wir sollten nun besser aufbrechen. Unten wartet bereits eine Limousine, um uns zum Weißen Haus zu fahren. Zu einer Unterredung mit dem Präsidenten kommt man ungern zu spät.«

»Da haben Sie recht.« Aziz grinste. »Sie glauben gar nicht, wie lange ich auf diesen Tag gewartet habe.«

Weisses Haus

Präsident Hayes saß am Schreibtisch im Oval Office. Die Anzugjacke hatte er über den Rücken des hochlehnigen Ledersessels gehängt und vertiefte sich in die Fotokopie des heutigen Terminplans, die vor ihm lag. Die Einträge waren mit der Schreibmaschine getippt, aber die Besprechung um neun Uhr hatte seine Stabschefin durchgestrichen und einen handschriftlichen Vermerk daneben gekritzelt. Der Präsident versuchte die winzigen Buchstaben zu entziffern, hielt sich den Zettel dichter vors

Auge und beschloss, dass es nicht an der mangelnen Sehkraft lag, sondern an der unleserlichen Handschrift seiner Mitarbeiterin.

Ohne anzuklopfen, betrat Valerie Jones das Oval Office durch den zentralen Flur. Sie hatte sich einen Aktenstapel unter den linken Arm geklemmt und hielt einen Chefplaner mit Ledereinband in der Rechten. »Guten Morgen, Robert.« Jones kam zum Schreibtisch und legte die Akten links auf einer freien Fläche ab.

Hayes hielt ihr den Terminplan hin. »Was haben Sie da in der Ecke notiert?«

Ohne hinsehen zu müssen, antwortete Jones: »Eine Änderung in letzter Minute. Prinz Kalib aus Oman ist in der Stadt, um seinen Vater in der Mayo-Klinik zu besuchen.«

Hayes tippte sich mit der Kappe des Waterman-Füllers gegen die Wange. »Und?«

»Und ...« Jones stemmte die Hände in die Hüften und lächelte. »Ach, so genau wollen Sie das wahrscheinlich gar nicht wissen. Belassen wir es dabei, dass sich das Treffen für Sie lohnen wird.«

Präsident Hayes nickte langsam, lehnte sich im Sessel zurück und bewunderte für einen kurzen Moment Jones' Outfit. Sie trug eine gelbe Seidenbluse, deren Färbung so durchdringend war, dass es fast als Gold durchging. In Verbindung mit dem schwarzen Rock und Schal erinnerte sie ihn unfreiwillig an eine Hummel. Da er eine Frau und zwei erwachsene Töchter hatte, war er jedoch schlau genug, diesen Vergleich für sich zu behalten. »Was haben Sie noch für mich?«

»Die First Lady ist vor einer Viertelstunde in Andrews losgeflogen und wird um kurz vor zehn in Columbus landen. Was mich daran erinnert …« Jones trat einen Schritt nach links und stützte sich mit beiden Händen auf der Schreibtischplatte ab. »Ich bin nach wie vor der Meinung, dass Sie ebenfalls nach Columbus reisen sollten. Sie könnten morgen Nachmittag aufbrechen und auf jeden Fall rechtzeitig zu Beginn der Party eintreffen.« Der fünfte Enkel und Namensvetter des Präsidenten, Robert Xavier Hayes, feierte am kommenden Tag seinen ersten Geburtstag.

Hayes schüttelte den Kopf. »Ich werde den kleinen Robert in zwei Wochen besuchen. Dann feiern wir einfach nach.«

»Ich finde, Sie sollten morgen bei ihm sein«, beharrte die Stabschefin.

»Nein. Ich halte es für eine ziemliche Geldverschwendung, nur für einen einzigen Abend rüberzufliegen.«

»Okay.« Auf Wunsch der First Lady hatte Jones noch einen letzten Versuch gemacht, ihn umzustimmen. Sie griff zu den mitgebrachten Unterlagen und schlug eine der Mappen auf. »Ich brauche noch Ihre Unterschrift auf etwa 30 Dokumenten. Manche wollen Sie sich vermutlich noch einmal genauer vornehmen, bei den meisten reicht es, wenn Sie einfach abzeichnen.«

Seufzend arbeitete sich Hayes durch den Stapel.

Washington, D.C.

Der Lastwagen des White-Knight-Wäscheservices kam auf dem Kopfsteinpflaster vor der Tiefgarage des Treasury Buildings zum Stehen. Ein uniformierter Agent des Secret Service verließ die kleine Wachkabine neben der Einfahrt und begrüßte den Fahrer mit einem Lächeln. »Wie geht's denn so, Vinney?«

»Bestens, Tony.« Der Fahrer sprang aus dem Führerhaus. »Na, hältst du heute Morgen gar kein Nickerchen?«

»Ach, ich bin einigermaßen wach.« Der Agent drückte ihm ein Klemmbrett zum Abzeichnen in die Hand. »Hast du letzte Nacht das Spiel gesehen?«

»Klar. Wie ich diese dreckigen Yankees hasse. Ich glaube, ich hasse sie sogar noch mehr als die Red Sox.« Abu Hasan unterschrieb mit seinem falschen Namen, Vinney Vitelli. Er arbeitete inzwischen seit fast acht Monaten für den Wäscheservice. White Knight hatte einen vierjährigen Dienstleistungsvertrag mit dem Finanzministerium abgeschlossen. Einen Job bei der Firma zu ergattern hatte sich als ziemlich einfach erwiesen. Der Sicherheitscheck durch das FBI war ein ziemlicher Witz gewesen. Die größere Herausforderung bestand darin, seinen Vorgänger loszuwerden. Das hatte Hasan vor fünf Monaten mit einer Einladung zum Essen geregelt. Danach meldete sich der ehemalige Fahrer mit einem schweren Fall von Lebensmittelvergiftung krank. Hasan hatte sich sofort bereit erklärt, für den Kollegen einzuspringen und dessen Route zu übernehmen, bis es ihm besser ging. Zwei Wochen danach war der andere bei einem versuchten Raubüberfall in der Nähe seiner Wohnung tödlich verunglückt. Auf diese Weise wurde Hasan die Route dauerhaft zugeteilt.

Er reichte dem Secret-Service-Beamten das Klemmbrett zurück. »Ich habe zwei Extrakarten für das Spiel der Indians gegen die Orioles am Samstag. Wenn du willst, kannst du sie haben.«

»Das wäre großartig. Damit würde ich meinem Sohn eine Riesenfreude machen.«

Hasan lächelte. »Gut.« Er hatte viel Mühe darauf verwendet, sich mit dem Sicherheitspersonal anzufreunden. Es war für den Erfolg der Mission von entscheidender Bedeutung, dass sie mit dem Lkw in die Tiefgarage fahren konnten, ohne dass die Ladung kontrolliert wurde. Sonst drohte alles zu scheitern.

»Arbeitest du morgen Nachmittag?«, fragte Hasan, als er wieder ins Führerhaus stieg.

»Jep.«

»Gut. Dann bring ich sie dir vorbei.«

»Danke, Vinney. Du bist klasse.« Er tippte sich an die Mütze.

Hasan löste die Handbremse. Als das schwere Stahltor zur Seite schwang, schielte er nach links zum Zaun, der das Grundstück des Weißen Hauses vom Treasury Department trennte. Er musste sich auf die Zunge beißen, um beim Blick auf das wohl berühmteste Bauwerk der Welt nicht triumphierend zu lächeln. Hasan legte den Gang ein, passierte das Tor und steuerte den Lastwagen in die Tiefgarage.

WASHINGTON, D. C.

Das Taxi fuhr in südlicher Richtung die Pennsylvania Avenue entlang und überquerte die Kreuzung an der 17th Street. Der Fahrer navigierte zwischen zwei hohen, runden Pflanzkübeln aus Beton hindurch, bog links ab und bremste. Im Umkreis von einem Häuserblock um das Weiße Haus herum waren die Straßen für den normalen Verkehr gesperrt.

Anna Rielly saß auf dem Rücksitz und betrachtete die Sperren, die der Secret Service als Reaktion auf das

Bombenattentat von Oklahoma City errichtet hatte. Auch hier reihten sich vom Bordstein aus überall Betonkübel aneinander und ließen gerade genug Platz für ein Wachhäuschen und eine riesige Stahlschranke. ›STOP!‹ prangte in Weiß auf rotem Hintergrund. Die Schranke ließ sich hydraulisch anheben, um autorisierten Fahrzeugen das Vordringen zum nächsten Checkpoint zu ermöglichen.

Rielly bezahlte den Taxifahrer und stieg vom Rücksitz aus. Sie hatte sich eine große schwarze Umhängetasche über die linke Schulter geschlungen und hielt eine kleinere Clutch in der rechten Hand. Ihr Blick streifte das im gotischen Stil erbaute Executive Office Building und sie runzelte die Stirn, während sie grübelte, ob ihr die Architektur nun gefiel oder nicht. Sie strich das schulterlange Haar hinter die Ohren zurück und musterte das imposante Bauwerk. Handwerklich sicher ein Meisterwerk, aber es wollte irgendwie nicht recht zum Rest von Washington passen.

Die junge Reporterin trug eine schwarze Bundfaltenhose samt dazu passendem Blouson, die einen starken Kontrast zur weißen Seidenbluse bildeten. Sie kostete ihren großen Moment voll aus und ließ die Umgebung auf sich wirken. Ihre Haut glühte trotz der kühlen Morgensonne regelrecht und sie ging stolz zu dem Wachposten hinüber. »Guten Tag, ich bin die neue Korrespondentin im Weißen Haus für …«

Der uniformierte Beamte vom Secret Service, der hinter einer kugelsicheren Scheibe saß, drückte auf einen Knopf und sagte: »Ma'am, ich bin hier nur für den motorisierten Verkehr zuständig. Sie müssten bitte einen Block weiter zum Nordwest-Tor. Dort überprüft jemand Ihre Personalien und lässt Sie aufs Gelände.«

Rielly dankte dem Wachmann und lief zwischen zwei der Kübel hindurch auf der Pennsylvania Avenue entlang. Dabei fiel ihr zur Linken das Blair House auf, das befehlsmäßige Quartier des Präsidenten, falls er aufgrund von Umbauarbeiten oder anderen Problemen nicht im Weißen Haus übernachten konnte. Nach der nächsten Abbiegung erreichte sie ein weiteres Wachhäuschen, quasi identisch mit dem ersten. Anna Rielly hielt dem Mann hinter der blau getönten Scheibe selbstbewusst ihre Zugangsberechtigung hin. Endlich hatte sie es geschafft, in die erste Liga aufzusteigen, nachdem sie in den letzten fünf Jahren nur als Reporterin und Wochenendmoderatorin für einen lokalen NBC-Ableger in Chicago eingesprungen war. Nun hatte sie das Network zur neuen Korrespondentin im Weißen Haus ernannt.

Rielly sah sich um, während sie darauf wartete, dass der Mitarbeiter ihre Unterlagen am Computer abgeglichen hatte. Auf der anderen Seite des Zauns fielen ihr Stative und anderes Equipment auf, das die Sender für kurzfristige Aufzeichnungen auf dem Rasen vor dem Weißen Haus deponiert hatten. Manche Ausrüstungsgegenstände waren mit Planen abgedeckt, andere standen ungeschützt da, bedeckt mit Morgentau. Rielly wusste nicht, wie oft sie sich schon vorgestellt hatte, genau dort zu stehen und die Nation mit einem Insider-Bericht über eine aktuelle Entwicklung in Regierungskreisen zu versorgen.

Seit ihrer ersten Journalistik-Vorlesung an der Universität Michigan vor zwölf Jahren träumte sie von diesem Tag – eine direkte Berichterstattung aus der Zentrale der Macht über wichtige politische Entwicklungen mit weltweiten Auswirkungen. Kein langweiliges Geplauder über das Wetter mehr – Gewitterfronten, die vom

Lake Michigan heranzogen. Sport, Wetter und Mordfälle machten 90 Prozent der Übertragungen in Chicago aus. Rielly musste lächeln, als sie sich an ihr früheres Leben zurückerinnerte. Natürlich würde sie ihre Brüder und Eltern sehr vermissen, aber Flüge in die alte Heimat waren billig zu bekommen und gingen Dutzende Male am Tag. Der uniformierte Secret-Service-Beamte musterte Rielly durch die Scheibe und fragte: »Ist heute Ihr erster Tag?«

Rielly stellte ihre Sommersprossen mit einem Grinsen zur Schau. »Jep.«

Der Agent legte ihren Ausweis und einen Anhänger mit Foto in ein Metallfach unter der Glasabdeckung und schob beides zu ihr hinüber. Durch den Lautsprecher sagte er: »Tragen Sie den Anhänger offen sichtbar, solange Sie sich auf dem Gelände aufhalten. Laufen Sie diese Straße entlang«, er zeigte in die entsprechende Richtung, »bis zur weißen Markise da drüben links. Dort wird man Ihnen dann erklären, wo Sie hinmüssen.«

Rielly bedankte sich, wurde durch das erste Tor und durch ein zweites gelassen. Sie überquerte den West Executive Drive bis zum Vordach. Als sie auf den Bordstein trat, fuhr gerade eine Limousine vor. Die hintere Tür ging auf und sie hörte eine vertraute Stimme, die ihren Namen rief. Im Umdrehen erkannte sie Russ Piper, den früheren Bürgermeister von Chicago, der sich ächzend vom Rücksitz erhob.

Piper stützte sich mit einer Hand an der Tür und mit der anderen am Rahmen der Karosserie ab. Der Großteil seines Gewichts konzentrierte sich im Bauchbereich. Deshalb musste er sich ganz an den Rand der Sitzfläche schieben, bis die Hebelwirkung ausreichte.

Rielly reagierte überrascht. »Russ!« Sie ging zu ihm und ließ sich umarmen.

Piper drückte sie an sich und trat einen Schritt zurück, ohne jedoch ihre Schultern freizugeben. »Dorothy hat mir gestern Abend erzählt, dass du herkommst, aber ich wusste ja nicht, dass es so schnell geht.«

Sie wirkte irritiert. »Ich habe es ja selbst erst vor zwei Tagen erfahren. Wie hat deine Frau denn so schnell davon erfahren?«

»Ich schätze mal, dass sie es von ihrer Mutter hat. Das bedeutet vermutlich, dass inzwischen halb Chicago weiß, dass du die neue NBC-Korrespondentin im Weißen Haus bist.« Er umarmte sie erneut. »Glückwunsch, Anna. Ich weiß, wie hart du dafür gearbeitet hast. Ich finde das fantastisch.« Er drückte ihr einen Kuss auf die Stirn. Riellys Mutter engagierte sich in Chicago bei den Demokraten. Ihre Familie war mit den Pipers befreundet, solange sie zurückdenken konnte.

Piper entließ sie aus seinem Griff und fragte mit gerunzelter Stirn: »Wann wolltest du es uns eigentlich sagen?«

»Ich bin erst gestern Abend angekommen.«

»Wo bist du untergebracht?« Er runzelte die Augenbrauen. »Doch wohl nicht in einem Hotel? Dorothy wäre untröstlich, wenn du nicht bei uns wohnst.«

»Russ, ich bin nicht als kleines Mädchen in den Schulferien hier.« Ein zweiter Mann, der gerade aus der Limousine stieg, lenkte ihre Aufmerksamkeit auf sich. Sie stellte fest, dass es sich um einen Ausländer zu handeln schien. Um einen äußerst wohlhabenden Ausländer, der Kleidung nach zu urteilen.

Piper folgte ihrem Blick. »Oh, tut mir leid. Prinz Kalib, darf ich Ihnen eine sehr gute Freundin vorstellen? Das ist

Miss Anna Rielly.« Aziz musterte die auffallend attraktive Frau und fühlte sich von ihren ausdrucksvollen grünen Augen magisch angezogen. Er verbeugte sich leicht und gab ihr einen formvollendeten Handkuss. »Es ist mir eine Freude, Ihre Bekanntschaft zu machen.«

Rielly zog verlegen die Hand zurück. Die Sache war ihr fast ein wenig peinlich. »Ebenfalls.«

»Anna ist die neue NBC-Korrespondentin im Weißen Haus.«

»Ich gratuliere.« Aziz hob den Kopf und registrierte dabei die zwei Wachen neben dem Eingang.

»Danke.«

Piper sah auf die Uhr. »Anna, der Präsident hat uns zwischen zwei Terminen reingequetscht, deshalb müssen wir uns beeilen. Hast du schon Pläne fürs Dinner?«

»Ähm …« Rielly schüttelte den Kopf, während sie überlegte. »Nein.«

»Gut. Ruf Dorothy an und sag ihr, sie soll etwas arrangieren.«

Rielly lächelte. »Das mache ich gern.«

»Prima. Dann sehen wir uns heute Abend.«

Piper und Aziz liefen unter der Markise entlang zu der doppelten Schwingtür, die ins Erdgeschoss des Westflügels führte. Ein uniformierter Sicherheitsbeamter saß hinter einem Pult und spähte auf einen Kontrollmonitor, während sie an ihm vorbeiliefen. Der Bildschirm war mit einem Röntgengerät und einem Metalldetektor gekoppelt, die jeden Besucher kontrollierten.

Der Beamte stand auf. »Guten Morgen, Mr. Piper.«

»Guten Morgen, Dick. Ich habe einen Gast und verbürge mich persönlich für ihn.«

Der Mann überprüfte seine Liste und stellte fest, dass

Pipers Büro spät am gestrigen Abend angerufen und einen Termin mit dem Präsidenten vereinbart hatte. »Ist das Prinz Kalib?«

»Ja.«

Der Agent reichte Aziz einen Besucherausweis. »Bitte tragen Sie den hier auf dem Gelände die ganze Zeit und geben Sie ihn hier wieder ab, bevor Sie uns verlassen.«

»Danke, Dick«, sagte Piper und verschwand mit dem Prinzen im Flur.

Als Aziz den Ausweis ans Revers heftete, fühlten sich seine Hände wie schwerelos an. Sein ganzer Körper wurde mit einem Mal ganz leicht. Endlich trat die Umsetzung des Plans, den er in Gedanken unzählige Male durchgegangen war, in die entscheidende Phase. Es kam ihm deutlich einfacher vor als erwartet. Aziz griff ans Handgelenk und drückte eine Taste an seiner Uhr. Danach blickte er über die Schulter zu den Wachmännern neben dem Eingang.

WASHINGTON, D. C.

Einen Block östlich des Weißen Hauses saugte ein schlanker Mann in weißem Jackett und schwarzer Anzughose das obere Stockwerk des Washington Hotels. Er hielt für einen Moment inne und spähte durch die Verandatür zur Dachterrasse. Auf der anderen Straßenseite konnte er das Treasury Department und direkt dahinter die Residenz des Präsidenten erkennen. Von seiner erhöhten Position aus nahm er sogar den Posten auf dem Dach des Executive Mansion in weniger als 200 Metern Entfernung wahr. Der Mann trug einen blauen Overall und ein Basecap in derselben Farbe. Ein Fernglas baumelte um seinen Hals. Gelegentlich suchte er damit die Umgebung ab. Am hinteren Ende des Dachs befand sich ein kleiner weißer Verschlag.

Salim Rusan hatte die Mitarbeiter des Secret Service in den letzten drei Monaten fünfmal die Woche bei der Arbeit beobachtet. Die Wache auf dem Dach ließ sich leicht ausschalten. Der junge Palästinenser ließ den Blick zur Rasenfläche des South Lawn schweifen, wo sich der Rosengarten vor dem Säulengang erstreckte, der zum Oval Office führte. Hier war kein Sicherheitsbeamter, sondern ein Agent des Secret Service postiert. Das deutete darauf hin, dass sich der Präsident gerade im Westflügel aufhielt. Den Agenten würde er als Ersten erledigen, danach den Mann auf dem Dach. So hatte es Aziz entschieden und alles bis ins kleinste Detail durchgeplant.

Der Pager an der Hüfte des jungen Palästinensers vibrierte. Er zuckte zusammen. Aziz war im Weißen Haus eingetroffen. Es ging los. Rusan lief zum Wandschrank am Ende des Flurs, leckte sich die Lippen und spürte eine Beklemmung in der Brust. Es wurde Zeit, die letzten Vorbereitungen zu treffen.

7

Über dem Ostatlantik

Das Flugzeug glitt sanft in westliche Richtung durch die Luft. Rapp schaute aus dem Fenster auf eine Front aus flaumigen Wolken, die sich in die Unendlichkeit auszudehnen schien. Der junge Mann aus Virginia bekam nie genug davon, denn der Himmel sah jedes Mal ein bisschen anders aus. Vor einigen Jahren hatte er den Pilotenschein gemacht. Es war nicht seine eigene Idee gewesen, sondern gehörte zu seiner Weiterbildung bei der CIA. Schnell stellte er fest, dass Fliegen die ideale Möglichkeit war, um abzuschalten und Stress abzubauen. Wenn er nicht selbst im Cockpit saß, konnte er innerhalb weniger Minuten einschlafen.

Rapp machte es sich auf dem weichen Sessel bequem, als ein erstickter Schrei aus dem hinteren Teil der Maschine an seine Ohren drang. Ein lang gezogenes Keuchen folgte. Kurz schielte er zum Gang des Schlafbereichs, dann lehnte er ein Ohr gegen die Seitenwand und deckte das andere mit der Hand ab. Es nützte nichts. Er konnte Haruts Schmerzenslaute weiterhin deutlich hören.

Rapp stand auf und lief durch den kurzen Gang. Ein Gefühl von Rastlosigkeit nagte an ihm. Neben dem vorderen Schott entdeckte er eine *Newsweek*-Ausgabe aus der vergangenen Woche und überblätterte die mit Werbung gepflasterten ersten Seiten, bis er den Kommentarbereich gefunden hatte. Er setzte sich auf die Couch, auf der Harut gefesselt die Reise aus Saudi-Arabien verbracht hatte, und vertiefte sich in seine Lektüre. Dabei störten ihn immer wieder merkwürdige Geräusche. Er ließ sich von der Comicseite des Magazins ablenken und schlug dann die letzte Seite auf, wo er auf seine Lieblingskolumne von George Will hoffte. Stattdessen war in dieser Ausgabe Meg Greenfield an der Reihe. Rapp las die ersten beiden Absätze, dann verlor er das Interesse, blätterte die Seiten von hinten nach vorn durch und überflog einige Artikel, die sein Interesse weckten.

Ruckartig öffnete sich die Tür zum Schlafbereich. Dr. Hornig erschien mit einem panischen Gesichtsausdruck. »Mitch, kommen Sie besser mal her!«

WASHINGTON, D. C.
8:58 UHR

Der White-Knight-Lkw rollte über die lange Zufahrt in die Tiefgarage des Treasury Buildings, bog rechts ab und kam im Lieferantenbereich zum Stillstand. Abu Hasan ließ den Motor im Leerlauf, schaute durch die Frontscheibe und warf einen prüfenden Blick in die Seitenspiegel. Niemand zu sehen, aber von früheren Besuchen wusste er, dass drei Überwachungskameras diesen Teil der Garage abdeckten. Hasan hantierte mit dem Klemmbrett herum und bemühte sich, einen beschäftigten Eindruck zu machen, während er auf das Startsignal wartete.

Im Rückspiegel behielt er eine schmucklose graue Metalltür im Auge. Durch sie gelangte man in ein Tunnelsystem, das in den Keller des Weißen Hauses mündete. Hasan hatte bei einer privaten Führung im Weißen Haus gelernt, dass sie als ›Marilyn-Monroe-Tür‹ bekannt war. Ein gewisser Präsident hatte sie nämlich benutzt, um weiblichen Besuch in den Wohnbereich und wieder hinauszuschmuggeln.

Hasan hatte bei der Vorbereitung der Mission einen hervorragenden Job gemacht. Nicht nur, dass es ihm gelungen war, den Job beim Wäscheservice zu ergattern, er hatte außerdem Freundschaft mit einem Mitarbeiter des Weißen Hauses geschlossen, indem er in dessen Nachbarschaft zog und ihm bei jeder sich bietenden

Gelegenheit ›zufällig‹ begegnete. Im Lebensmittelladen, im Fitnesscenter und in der kleinen Bar an der Ecke. Hasan fand schnell heraus, dass der Mann fanatischer College-Basketball-Anhänger war, also beschäftigte er sich intensiv mit dem Sport. Als das NCAA Final Four ins Haus stand, saß Hasan neben ihm am Tresen und bejubelte den triumphalen Sieg seines favorisierten Teams.

Danach zogen sie abends regelmäßig um die Häuser, um gemeinsam Frauen aufzureißen. Eines Nachts vor einigen Monaten hatte Hasan seinen Freund zu einem spontanen nächtlichen Ausflug an seinen Arbeitsplatz überredet und behauptet, so ließen sich einige besonders attraktive Blondinen, auf die sie es abgesehen hatten, am besten rumkriegen. Hasans Timing war perfekt gewesen. Der Präsident hielt sich zu dieser Zeit nicht in Washington auf, entsprechend lax fielen die Sicherheitsmaßnahmen aus. Der Mitarbeiter des Weißen Hauses hatte sich für die Idee schnell begeistern lassen, der Rest lief wie von selbst.

Hinten im Truck herrschte extreme Hitze und es müffelte nach Schweiß. Sechs von Bengazis Männern hockten mit klitschnassen Klamotten auf den drei Geländewagen, jeweils zwei pro Fahrzeug, und rührten sich höchstens, um sich kurz das Gesicht abzuwischen. Sie trugen dunkelgrüne Kampfanzüge und Einsatzwesten, hatten sich jeweils mit einer AKSU-74 mit acht Magazinen und einem halben Dutzend Handgranaten bewaffnet. Bei der kurz AK-74 genannten Waffe handelte es sich um den Nachfolger des bewährten AK-47, der Urmutter der Kalaschnikows.

Bengazi hockte mit seinem buschigen Bart im Führerhaus des Gabelstaplers und schielte mit wachsender

Ungeduld auf die Uhr. Nach einem letzten Blick auf die beengte Ladefläche beschloss er, dass es Zeit wurde. Er nickte den einzigen beiden Teammitgliedern zu, die standen, und diese machten sich sofort an die Arbeit. Langsam und vorsichtig, damit von außen keine Bewegung erkennbar war, verschoben sie Kisten und Wäschekörbe, um dem Gabelstapler und den Geländewagen ein Durchkommen zu ermöglichen.

Als sie damit fertig waren, winkte Bengazi einem seiner Leute, der auf einem der Jeeps saß. Dieser löste vorsichtig die Verschlussklammern einer Kiste zu seiner Linken und klappte sie auf. Er zog zwei Panzerfäuste aus der Schaumstoffpolsterung und reichte sie an seinen Vordermann weiter. Danach entfernte er die obere Polsterschicht, unter der vier rechteckige Panzergranaten lagen. Eine nach der anderen reichte er durch und klappte die Kiste leise zu.

Bengazis Pager vibrierte. Er schielte aufs Display und schnippte zweimal mit den Fingern. Sein Puls beschleunigte sich nicht. Er war zu oft in den Krieg gezogen, um sich von Emotionen überwältigen zu lassen. Mit Mitte 40 ließ ihn mittlerweile so gut wie alles kalt. Seine Begleiter waren in der Regel nur halb so alt und wurden von Optimismus und großen Träumen getrieben. Bengazi hielt sich hingegen für einen nüchternen Realisten. Trotz Aziz' Versicherungen rechnete er nicht damit, sein geliebtes Beirut je wiederzusehen. Es wurde Zeit für einen vernichtenden Schlag gegen den Feind, der die friedliche, wunderschöne Heimat seiner Jugend zerstört hatte.

Bengazi griff zur Gasmaske, die an seinem Gürtelclip hing, und streifte sie über den Kopf, wo sie über der dicken Monobraue auf den endgültigen Einsatz wartete. Die Männer mit den Panzerfäusten huschten langsam zum Heck und warteten auf das Zeichen zum Losschlagen.

Über dem Ostatlantik

Mitch Rapp stand mit ungläubig geweiteten Augen vor Harut. Er wusste nicht recht, ob er glauben sollte, was er da hörte. Dr. Hornig stellte die gleiche Frage in leicht abgewandelter Formulierung noch einmal. Harut gab mit glasigem Blick dieselbe Antwort – eine Antwort, mit der die Zeit stehen zu bleiben schien. Rapp war völlig schockiert und fühlte sich wie gelähmt, während sein Verstand bemüht war, das schier Unglaubliche zu verarbeiten.

»Stimmt, das, was er da sagt?«, erkundigte er sich fassungslos.

Hornig zeigte zu einer Batterie von Geräten, die von einem ihrer Assistenten bedient wurden. »Das ist so gut wie sicher. Die Messungen sind eindeutig. Ich habe ihm die Frage inzwischen in verschiedenen Varianten«, sie blickte kurz auf ihren Notizblock, »32 Mal gestellt. Er sagt die Wahrheit. Die Information könnte höchstens dann falsch sein, wenn Aziz ihn bewusst belogen hat, weil er damit rechnete, dass man ihn an einen Lügendetektor anschließt.« Hornig schüttelte den Kopf. »Die Wahrscheinlichkeit dafür geht nach meiner Einschätzung gegen null.«

»Fuck!« Rapp fuhr sich mit der Hand durch die Haare. »Wann ist der Angriff geplant? Kennen wir den genauen Zeitpunkt?«

»Diesen Aspekt konnte ich noch nicht so sehr vertiefen, wie es mir lieb wäre, aber nach derzeitigem Stand müssen wir davon ausgehen, dass das Ganze heute stattfinden soll.«

Rapp starrte sie ungläubig an. »Machen Sie Witze?«

»Leider nein.«

Rapp schickte sich an, in den Passagierbereich zurückzugehen, ehe er abrupt stehen blieb. »Von was für einem Angriff reden wir genau?«

»Mehr als ›ein Anschlag‹ kriegte ich aus ihm bisher nicht raus.«

Rapp fluchte laut und schlug mit der Faust gegen den Türrahmen, während er überlegte, was zu tun war. Obwohl die Informationen lückenhaft waren, musste er die Sache melden. Er lief in die Kabine zum Rucksack und entleerte den Inhalt auf die Couch. Nachdem er Kleidung und Unterlagen zur Seite geschoben hatte, fand er den SATCOM-Empfänger und schaltete ihn ein. Er hielt das schwarze Gehäuse mit beiden Händen fest, starrte auf den winzigen Bildschirm und redete beschwörend auf die Signalanzeige ein. Frustriert schüttelte er das Gerät, um den Verbindungsaufbau zum nächsten Kommunikationssatelliten zu beschleunigen.

CIA-Hauptquartier
Langley, Virginia

Direktor Stansfields Büro befand sich im sechsten Stock des Hauptgebäudes und war ziemlich konservativ eingerichtet. Stansfield gehörte nicht zu den Leuten, die mit ihren Auszeichnungen protzten, weshalb an den getäfelten

Holzwänden nur wenige Fotos von seiner verstorbenen Frau und seinen Töchtern und Enkeln hingen. Auf dem Schreibtisch herrschte so penible Ordnung, dass selbst die Haftnotizen einen festen Platz hatten. Sechs von ihnen waren sorgfältig in die linke obere Ecke geklebt.

Stansfield saß mit auf die Armlehnen gestützten Ellbogen und unter dem Kinn gefalteten Händen auf dem Chefsessel. Gegenüber von ihm hatte Irene Kennedy auf einem der zwei Besucherstühle Platz genommen und fasste gerade ihren Frühstückstermin mit Präsident Hayes zusammen. Stansfield lauschte aufmerksam und nickte gelegentlich. Fragen wollte er erst stellen, nachdem Kennedy ihren Bericht beendet hatte.

Nach weiteren fünf Minuten klappte Kennedy die Mappe auf ihrem Schoß zu und sagte: »Der Präsident hat besonders betont, dass er eine vorbehaltlose Zusammenarbeit aller Beteiligten und einen offenen Informationsaustausch erwartet.«

Stansfield hob nachdenklich eine Augenbraue. »Hmm.«

»Wie soll ich das interpretieren?«

Stansfield senkte die Hände und dachte nach. »Ich vertraue auf Ihre Instinkte. Gegen die Weitergabe von Informationen spricht grundsätzlich nichts, solange unsere Quellen und geheimen Operationen nicht kompromittiert werden.«

»Und solange wir selbst davon profitieren, nicht wahr?« Kennedy lächelte.

Stansfields rechter Mundwinkel zuckte fast unmerklich nach oben. »Genau.«

Sie nickte und reichte ihrem Boss einen roten Plastikhefter. Auf einem weißen Etikett waren Codes vermerkt, die Insider der Agency scherzhaft als Buchstabensuppe bezeichneten. Im konkreten Fall verrieten sie dem CIA-Direktor, dass die Akte Unterlagen aus der Funkaufklärung enthielt, außerdem Satellitenaufnahmen, sogenannte Schlüsselloch-Bilder. Die Kürzel TS und SCI standen für ›Top Secret‹ und ›Special Compartmented Information‹ – also eine Information, die nur bestimmten Abteilungen zugänglich war. Als Leiterin des CIA-Zentrums für Terrorbekämpfung war Kennedy dafür verantwortlich, Stansfield über sämtliche potenzielle Bedrohungen der USA auf dem Laufenden zu halten. Am heutigen Morgen stand Nordkorea im Fokus. Sie hatte gerade die erste Seite des Briefings abgeschlossen, da klingelte das Telefon. Kennedy wartete, ob ihr Chef das Gespräch annahm.

Der Direktor griff zum Mobilteil und meldete sich. »Stansfield.«

»Direktor Stansfield. Wir haben einen dringenden Anruf von Iron Man für Sie oder Dr. Kennedy.«

»Schalten Sie ihn bitte durch.« Stansfield aktivierte die Freisprecheinrichtung und legte das Mobilteil auf die Ladestation. Nach mehreren Klicks in der Leitung stand die Verbindung. »Hallo?«

»Sir, wir haben ein gewaltiges Problem«, verkündete ein hörbar aufgewühlter Rapp. »Ist Irene bei Ihnen?«

»Ja. Sie sitzt direkt neben mir.« Rapps emotionaler Zustand blieb ihnen beiden nicht verborgen.

»Aziz ist in Washington.«

»Sagen Sie das noch mal.«

Durch die Wiederholung klang es auch nicht besser. »Aziz ist in Washington.«

»Sind Sie sicher?«, fragte Kennedy.

»Ja. Dr. Hornig fühlt Harut seit etwa einer halben Stunde auf den Zahn und sagt, es besteht kein Zweifel, dass er die Wahrheit sagt. Und das ist noch nicht alles.« Für einen Moment hörte man nur das Rauschen in der Leitung. »Harut sagt, dass Aziz einen Anschlag auf das Weiße Haus plant.«

Schockiert tauschten Kennedy und Stansfield einen raschen Blick. Nach einigen Sekunden fragte Rapp: »Haben Sie mich verstanden?«

»Ja, klar und deutlich, Mitch«, bestätigte Stansfield. »Wir müssen das nur erst einmal verdauen. Es darf keinerlei Zweifel geben, wenn wir …«

Rapp fiel ihm ins Wort. »Bedauerlicherweise zählt jede Sekunde. Laut Harut soll der Anschlag nämlich bereits heute stattfinden.«

Kennedy stand auf und stützte beide Hände auf den Schreibtisch. »Worum geht es genau, Mitch? Von was für einem Anschlag reden wir?«

»Er hat bisher lediglich erwähnt, dass es um eine groß angelegte Attacke geht. Eine Art Blitzangriff.«

»Details?«

»Fehlanzeige. Dr. Hornig bemüht sich, mehr aus ihm herauszukitzeln.«

Stansfield stand auf und leistete Kennedy beim Anstarren des Telefons Gesellschaft. »Sonst noch was, Mitch?«

»Derzeit nicht.«

»Okay. Wir machen uns sofort an die Arbeit und werden einige wichtige Telefonate führen. Rufen Sie an, sobald Sie mehr wissen.«

»Roger.«

Stansfield drückte die Taste, um die Verbindung zu trennen. Kennedy und er standen sich am Schreibtisch gegenüber. Der CIA-Chef schaute kurz aus dem Fenster und dann zurück zu seiner Kollegin. »Rufen Sie Jack

Warch an und informieren Sie ihn, dass wir starken Anlass zur Vermutung haben, dass ein Terroranschlag auf das Weiße Haus verübt werden soll, und zwar heute.«

»Was ist mit dem Präsidenten?«

»Rufen Sie erst Warch an. Ich muss über einige Sachen nachdenken, bevor wir Hayes einweihen.«

»Was ist mit dem FBI?«

»Ich werde Direktor Roach anrufen.« Stansfield zeigte auf das Sideboard, auf dem ein zweites Telefon stand. »Holen Sie Warch so schnell wie möglich an den Apparat und schärfen Sie ihm ein, dass er es mit Vorsichtsmaßnahmen zunächst nicht übertreiben soll. Wir dürfen nicht zu viele Leute aufscheuchen, bevor wir uns absolut sicher sind.«

EXECUTIVE OFFICE BUILDING

Jack Warch, der Special Agent, der den Personenschutz des Präsidenten verantwortete, saß am Schreibtisch in Zimmer 10 des Executive Office Buildings, direkt gegenüber dem Westflügel des Weißen Hauses. Warch hatte bereits unter vier Präsidenten gedient und gehörte seit mehr als 20 Jahren zum Personal des Secret Service.

Warch war ein athletischer Mann. Selbst mit Anfang 40 ging er noch vier- bis fünfmal die Woche joggen und erwartete auch von den Männern und Frauen, die für ihn arbeiteten, dass sie sich körperlich fit hielten. Der Personenschutz des Präsidenten stand im Blickpunkt der Öffentlichkeit. Entsprechend begehrt waren die Stellen. Im letzten Jahrzehnt hatte er mit ansehen müssen, wie körperliche Ertüchtigung zunehmend an Bedeutung einbüßte und stattdessen *political correctness* und Beziehungen deutlich mehr Gewicht eingeräumt wurde. Als Warch seinen Posten antrat, gab er jedem klar zu verstehen, dass elterliche Beziehungen, Hautfarbe, Geschlecht oder Fürsprecher für ihn keine Rolle spielten. Wer durch den Fitnesstest fiel, durfte sich keine Hoffnungen auf einen Job in seiner Abteilung machen.

Mit der linken Hand angelte er nach dem Kaffee und nahm sich den Ablaufplan des heutigen Tages vor. Keine größeren Baustellen. So mochte er es am liebsten. Der Präsident empfing weder besonderen Besuch noch waren Außentermine geplant. Wäre es immer so, könnte er zwar gelangweilt, aber glücklich sterben.

Das Telefon klingelte. Ohne die Augen von dem Zettel zu lösen, griff er nach dem Hörer. »Special Agent Warch am Apparat.«

»Jack, hier ist Irene Kennedy.«

Warch war ihr im Laufe der Jahre bei Dutzenden von Briefings begegnet und kannte sie gut genug, um zu wissen, dass ihr Tonfall nichts Gutes verhieß. »Hallo Irene. Gibt's ein Problem?«

»Ja, ich habe leider schlechte Neuigkeiten. Uns erreichte gerade die Information, dass das Weiße Haus möglicherweise Ziel eines geplanten Terrorangriffs ist.« Kennedy gab Warch eine Gelegenheit, das Gehörte zu verdauen, bevor sie die zweite Bombe platzen ließ. »Und … wir haben Anlass zu der Befürchtung, dass der Anschlag für heute geplant ist.«

Warch schloss die Augen und massierte sich mit der freien Hand die Schläfen. »Sagen Sie das noch mal.«

Kennedy tat es und fügte hinzu: »Jack, wir möchten nicht, dass Sie etwas überstürzen, aber die Informationen stammen aus einer äußerst verlässlichen Quelle.«

»Wovon reden wir genau? Geht es um eine Autobombe? Ein Flugzeug? Was ist es?«

Kennedy räusperte sich. »Es ist lediglich das Wort ›Anschlag‹ gefallen. Mehr wissen wir fürs Erste nicht, aber wir bemühen uns, mehr in Erfahrung zu bringen.«

Warch schob den Stuhl zurück und stand auf.

»Was?«, fragte er ungläubig. »Ein Anschlag? Das ist doch absurd. Man bräuchte schon einen Panzer, um zum Weißen Haus vorzudringen.«

»Jack, ich weiß nicht genau, wie der Gegner sein Ziel erreichen will. Ich weiß ja nicht mal genau, was er plant«, redete Kennedy beruhigend auf ihn ein. »Und es tut mir leid, dass ich Ihnen aktuell keine genaueren Informationen liefern kann. Aber wir nehmen die Sache sehr ernst. Aus naheliegenden Gründen hat mich Direktor Stansfield gebeten, Sie zuerst anzurufen. Wir bitten darum, dass Sie Ihre Sicherheitsvorkehrungen verstärken, ohne dass die Presse davon Wind bekommt. Sobald wir mehr wissen, erfahren Sie es sofort.«

Warch rieb sich weiter nervös die Stirn. »Heute. Sie glauben, dass es heute passiert?«

»Ja.«

Warch schaute auf die Uhr. Schon fast neun. »Ich muss los.« Er griff nach dem Handy auf dem Schreibtisch. »Wenn Sie mehr wissen, rufen Sie mich auf dem Mobiltelefon an.« Er gab Kennedy die Nummer und legte auf. Mehr als jeder andere Mitarbeiter des Secret Service fühlte er sich für das Leben des Präsidenten verantwortlich. Deshalb nahm er jede Warnung, so vage sie auch sein mochte, extrem ernst. Und eine Warnung von der Leiterin der CIA-Terrorabwehr war an Ernsthaftigkeit kaum zu überbieten.

Er stürzte aus dem Büro, durchquerte eilig den Flur und ging im Kopf die nächsten Schritte durch. Beim Erreichen des Ausgangs konzentrierte er sich bereits auf die Frage, um was für einen Anschlag es sich handeln mochte. Der Secret Service legte großen Wert darauf, mögliche Bedrohungsszenarien auf den Präsidenten regelmäßig durchzuspielen. Millionen von Dollar flossen in die monatlichen Schulungen der Agenten im Trainingscenter in Beltsville, Maryland. Sie trainierten die Abwehr von Angriffen auf die Wagenkolonne des Präsidenten, aber auch Evakuierungen von Air Force One oder Marine One – so ziemlich jede erdenkliche Komplikation. Mit den Barrieren, die sie nach Oklahoma City rund um das Weiße Haus errichtet hatten, schaffte es nicht mal ein größerer Lastwagen, ans Regierungsgebäude heranzukommen. Allerhöchstens bekamen ein paar Betonkästen kleinere Kratzer ab, dem Präsidenten konnte nichts passieren.

Ein Flugzeug!, überlegte Warch. Bei allen Varianten, die sie eruiert hatten, stellte eine mit Sprengstoff beladene Maschine, die auf das Weiße Haus stürzte, die tödlichste Bedrohung für das Staatsoberhaupt dar.

Warch verließ das Gebäude, lief über den West Executive Drive, hob das Handmikrofon zum Mund und sagte: »Horsepower, hier Warch. Sagt Hercules, er soll auf alles gefasst sein und die Stinger-Raketen bereithalten.« Hercules war das Codewort für die Männer, die das Dach des Weißen Hauses bewachten. Warch zögerte. Am liebsten hätte er das komplette Sicherheitspersonal alarmiert, aber er hielt es für angebracht, vorher den Präsidenten ins Vertrauen zu ziehen. Hayes mochte keine Überraschungen und trotz Kennedys dringlichem Appell wäre es nicht das erste Mal, dass ein falscher Alarm alles auf den Kopf stellte.

8

Im Weissen Haus

Anna Rielly steckte den Kopf neugierig durch die Tür ihres neuen Kellerbüros. Der fensterlose Raum war sogar noch kleiner als die Küche ihres winzigen Ein-Zimmer-Apartments in Lincoln Park. Drei Schreibtische standen an den Wänden und ließen kaum genügend Platz für die davor aufgestellten Stühle. Ein gut aussehender Mann um die 40, den Rielly aus dem Fernsehen kannte, begrüßte sie.

»Sie müssen Anna Rielly sein.« Er hielt ihr die Hand hin. »Ich bin Stone Alexander, der Korrespondent für ABC. Wir haben Sie schon erwartet.«

Rielly begrüßte ihn und musterte ihren neuen Arbeitsplatz mit wenig Begeisterung.

Alexander bemerkte ihre Enttäuschung. »Nicht ganz so, wie Sie es sich vorgestellt haben, was?«

»Nein. Ich habe zwar nicht mit dem Taj Mahal gerechnet, aber das ist doch wirklich ein schlechter Witz.«

»Ach, die Sache hat durchaus auch ihre guten Seiten.« Alexander grinste sie an. Rielly betrachtete seine sorgsam frisierten Haare, das attraktive Gesicht und die gezupften Augenbrauen.

»Und welche wären das?«

Alexander strahlte und entblößte zwei Reihen perfekt gebleichter weißer Zähne. »Nun, Sie dürfen mit mir in einem Büro sitzen.«

»Ist das Ihr Ernst?«, fragte Rielly ungläubig.

»Natürlich ist das mein Ernst.« Er schob ihr die Hand auf die Schulter. »Übrigens wollte ich mir gerade einen

Kaffee holen, bevor Sie reinkamen. Besorgen wir Ihnen doch auch eine Tasse, und dann führe ich Sie ein bisschen rum und stelle Sie den anderen vor.« Sie liefen zur Cafeteria, während Alexander vergnügt seinen Small Talk fortsetzte. »Wie lange sind Sie denn schon in Washington?«

»Gestern erst angekommen.«

»Hat Ihnen schon jemand die Stadt gezeigt?«

»Nein, ich hab noch nicht mal richtig ausgepackt.«

Alexander übte sanften Druck auf ihren Rücken aus und schob sie in die Cafeteria. Rielly entging nicht, dass seine Hand länger auf ihrem Körper verharrte, als es angemessen schien. Auch dieser Raum entpuppte sich als äußerst beengt. Etwa 20 Leute saßen an den rechteckigen Tischen und tranken Kaffee, aßen etwas, unterhielten sich oder lasen Zeitung.

»Sind Sie eigentlich verheiratet?«, wollte Alexander wissen.

Rielly zögerte kurz, beschloss dann aber, dass sie mit einer Lüge nicht weit kam. »Nein.«

Alexander strahlte zufrieden. »Na, was halten Sie dann davon, wenn ich Sie heute Abend ausführe? Es gibt ein tolles neues Restaurant in Adams Morgan.«

»Danke. Aber wie gesagt, ich muss mich erst mal ein bisschen einrichten.«

Er blieb beharrlich. »Mit vollem Magen geht das doch viel besser.«

Rielly entschied, dass Sie mit diesem hormongesteuerten Chauvi Klartext reden musste. »Vielen Dank, aber ich habe eine strikte Regel, was den Umgang mit Kollegen betrifft.«

»Und die wäre?« Alexanders Lächeln hing wie festgetackert in seinem Gesicht.

»Keine Dates.« Sie blickte sich Hilfe suchend in der Cafeteria um.

»Gibt es einen Grund dafür?«

Rielly drehte sich zu ihm und sah ihn sarkastisch an. »Man kann Ihnen nicht trauen.«

Alexander lachte. »Gibt es noch andere Regeln von Ihnen, die ich kennen sollte?«

»Ja. Ich gehe auch nicht mit Männern aus, die sich selbst hübscher finden als mich.«

»Dies ist das Roosevelt-Zimmer. Es heißt so, weil zwei Porträts von ihnen an den Wänden hängen.« Piper betrat den Raum und winkte ihn zu den beiden Gemälden. Aziz bemühte sich, ruhig zu bleiben, weil sein Begleiter auf dem Weg zum Oval Office wirklich an jedem Bild, jeder Statue und vor jedem Raum stehen blieb. Er benahm sich wie ein offizieller West-Wing-Fremdenführer und lieferte schier endlose Erklärungen zur Geschichte des Gebäudes. Aziz nickte höflich.

»Ihnen wird sicher aufgefallen sein, dass ein Bild von Franklin Delano Roosevelt über dem Kamin hängt, während Teddy Roosevelt hier drüben seinen Platz gefunden hat. Es gilt als feste Tradition im Weißen Haus, dass bei einem amtierenden republikanischen Präsidenten Teddy über den Kamin wandert, bei einem demokratischen hingegen FDR. Darauf hat man sich irgendwann einmal verständigt.« Piper faltete die Hände vor der stattlichen Wampe und bewunderte das Bild der Ikone seiner Partei.

Aziz heuchelte Interesse für die Kunstwerke und das antike Mobiliar der Räume, konzentrierte sich aber in Wirklichkeit auf die Bewegungsabläufe und Positionen der Secret-Service-Beamten und Agenten, an denen sie vorbeikamen. Es schien ihm fast zu einfach. Man begegnete ihm an diesem Ort, an dem er eigentlich nichts verloren hatte, wie einem willkommenen Ehrengast. Sämtliche Zäune, die fortschrittliche Sicherheitstechnik und die schwer bewaffneten Mitarbeiter hätten ihn auf der Stelle aufhalten müssen. Stattdessen ahnte keiner von ihnen, dass sich der Feind direkt in ihrer Mitte aufhielt.

Piper strich mit der Hand über die polierte Oberfläche des Konferenztischs. »Viele unserer Besucher verwechseln dieses Zimmer mit dem Cabinet Room. Der befindet sich allerdings am anderen Ende des Gangs in der Nähe des Presseraums. Ich zeige Ihnen beide gern nach unserem Termin mit dem Präsidenten.« Piper lief zum Kamin und blieb stehen. »Ach, das hätte ich fast vergessen.« Er deutete auf eine kleine Bronzeskulptur, die auf dem Sims stand. »Darauf sind wir sehr stolz. Unsere vorherige First Lady, übrigens ebenfalls eine Demokratin, wenn ich das hinzufügen darf«, er strahlte, »fügte diese Büste von Eleanor Roosevelt zur Einrichtung hinzu. Sie fand es nicht gut, dass hier die Männer komplett unter sich sind, und wollte einen Schuss Weiblichkeit hinzufügen.«

Aziz musterte die Figur. »So etwas wäre in meiner Heimat undenkbar.« Er drehte sich um und ging durch die offene Tür zu seiner Rechten. Beim Betreten des Flurs verspürte er eine Mischung aus Hochgefühl und immenser Anspannung. Aus seinem früheren Studium des Grundrisses wusste er, dass die Tür vor ihm eine von vieren war, die ins Oval Office führten. Sie war nicht verschlossen, was ihm den Blick auf einen tiefblauen Teppich und die Möbel vor der Feuerstelle gestattete. Das Ziel lag so nahe.

Neben der Tür stand ein groß gewachsener, ernst dreinblickender Agent Wache. Er trug die strohblonden Haare an den Seiten ganz kurz. Der kräftige Brustkorb wölbte sich unter dem weißen Hemd. Aziz nahm eine schnelle Bestandsaufnahme vor, nickte dem Mann kurz zu und ließ die Augen dann nach unten gleiten. Bevor er sich wieder zu Piper umdrehte, hatte er registriert, dass der Agent Linkshänder war. Die Ausbeulung an der linken Hüfte rührte von der SIG Sauer her, der Standardhandwaffe des Secret Service.

Piper kam ebenfalls in den Gang und fragte: »Na, bereit für Ihre Begegnung mit dem Präsidenten?«

Aziz nickte und zwang sich, neben Piper herzulaufen. Seine Beine fühlten sich an wie Gummi und das Adrenalin schoss ihm durch die Adern. Für den Bruchteil einer Sekunde überlegte er, ob er möglicherweise in eine Falle tappte und längst entlarvt war.

Ehe er sich weitere Sorgen machen konnte, standen sie bereits vor dem Oval Office. Piper klopfte lässig gegen den Holzrahmen und betrat das Büro als Erster. Der Vorsitzende des Demokratischen Komitees blieb unsicher stehen, als er bemerkte, dass der Präsident gerade telefonierte.

Hayes hielt eine Hand über den Hörer und sagte: »Nehmen Sie Platz. Ich bin gleich für Sie da.«

Aziz stand wie angewurzelt da und haderte mit sich selbst. Er schluckte, um die trocken gewordene Kehle zu befeuchten, und schaute zu Piper hinüber, der ihm etwas zuflüsterte. Langsam gelang es ihm, seine Aufmerksamkeit vom Präsidenten loszureißen.

Piper winkte ihn zu einer Sitzgarnitur am Kamin. »Setzen wir uns schon mal. Er kommt gleich.«

Aziz folgte ihm zu einer Couch und wägte seine Chancen ab, sich einfach auf den Präsidenten zu stürzen. Allerdings stand die Tür, durch die sie gerade gekommen waren, nach wie vor offen und er wusste, dass auch vor zwei der drei anderen Zugänge Agenten postiert waren. Mit Sicherheit gab es am Schreibtisch und an anderen Stellen im Raum auch Tasten, um Alarm auszulösen. Da er nur mit einem kleinen Messer bewaffnet war, konnte er einen Angriff auf den Präsidenten höchstens riskieren, wenn dieser direkt vor ihm stand. Trotzdem war die Vorstellung verlockend.

Aziz überschlug, dass er die wenigen Meter zum Schreibtisch in höchstens zwei Sekunden zurücklegen konnte. Fast genauso lange, wie die Agenten brauchen, um ihre Waffen zu ziehen. *Denk nach!*, spornte er sich selbst an. Ein Schweißfilm bildete sich auf seiner Haut.

Piper ließ sich auf die Couch plumpsen und klopfte auffordernd auf den Platz neben sich. Aziz nickte und ging zu ihm. Entweder er setzte sich jetzt oder er riskierte etwas. Er sah zum Präsidenten hinüber, der ihnen den Rücken zuwandte. Hayes schaute beim Telefonieren aus dem Fenster. Über die hohe Lehne des schwarzen Ledersessels konnte Aziz lediglich das obere Drittel seines Kopfs erkennen. Innerhalb eines Sekundenbruchteils beschloss er, es zu riskieren.

Er fuhr an der Rückseite des Gürtels entlang. Ja, da war das Messer. Mit der Linken griff er an seine Brust und blickte dabei kurz auf die Armbanduhr, die über eine Taste verfügte, mit der er den Männern im Truck das entscheidende Signal geben konnte. Er stand kurz davor, Geschichte zu schreiben und einen vernichtenden Schlag gegen den Westen im Dienste des Islams zu landen. Piper sagte etwas, aber Aziz nahm es gar nicht richtig wahr. Er war mit den Gedanken ganz woanders.

Langsam griff er mit der rechten Hand an die Uhr und fingerte nach der richtigen Taste. Sein Herz pochte so stark, dass die Haut förmlich zu vibrieren schien. Der Schweiß auf der Handfläche glänzte und hinterließ ein klammes Gefühl. Er beschloss, ihn vor dem Drücken des Knopfs sicherheitshalber noch einmal abzuwischen, und fuhr zweimal an der Innenseite der Hose entlang. Dabei rief er sich in Erinnerung, wie knifflig es war, mit dem Messer umzugehen. Als ihm die Hände trocken genug vorkamen, reckte er die Uhr entschlossen in die Höhe. Sein rechter Zeigefinger schwebte über dem Knopf, da nahm Aziz eine Bewegung wahr und brach ab. Durch die Tür rechts von ihm betrat eine Frau mit dottergelber Bluse den Raum und packte einen Stapel Unterlagen auf den Schreibtisch.

Aziz atmete tief durch. Sein Körper zitterte, als er die angestaute Energie entweichen ließ. Piper sagte erneut etwas. Diesmal drehte sich Aziz in die Richtung des anderen.

»Setzen Sie sich doch, Prinz Kalib.«

Aziz schaute noch einmal zum Präsidenten und der unbekannten Frau, dann nahm er Platz und tupfte sich den Schweiß von der Stirn.

»Fühlen Sie sich nicht wohl?«, fragte Piper besorgt. »Sie sehen aus, als hätten Sie Fieber.«

Aziz lächelte ihn an. »Nein, es ist nur ein bisschen warm hier drin. Allerdings bin ich aus meiner Heimat ganz andere Temperaturen gewöhnt.«

»Wie wahr.«

Langsam gewann Aziz die Fassung zurück. Er führte

sich vor Augen, wie weit er schon gekommen war und wie kurz er davorstand, sein Ziel zu erreichen. Er musste nur dafür sorgen, dass der Präsident zu ihm kam. Er musste sich lediglich ein bisschen gedulden. Nun, er wartete schon so lange auf diesen Moment, da kam es auf eine weitere Minute nicht an. Der Händedruck des Präsidenten würde die Aktion einleiten.

Secret-Service-Agent Warch betrat das Büro der Sekretärin des Präsidenten, das eingepfercht zwischen dem Cabinet Room und dem Oval Office lag. »Sally, ich muss ihn sofort sprechen.«

Die Angesprochene blickte lächelnd von ihren Notizen auf. »Guten Morgen, Jack.« Sein Tonfall ließ keinen Zweifel daran, dass er es eilig hatte, aber nun durfte er sich erst mal eine Nummer ziehen. Täglich strömten zahllose Menschen in ihr Büro, um lieber jetzt als gleich eine persönliche Unterredung mit dem höchsten Staatsbeamten der Vereinigten Staaten einzufordern. »Er hat gerade Besuch. Sie werden sich wohl oder übel noch eine halbe Stunde gedulden müssen.«

Warch schüttelte den Kopf »So lange kann es nicht warten. Ich muss sofort mit ihm reden.«

Burke hatte in den letzten fünf Monaten häufig mit Warch zu tun gehabt, aber so besorgt hatte sie ihn noch nie erlebt.

»Ich weiß nicht, wie Sie sich das vorstellen, Jack. Er trifft sich gerade mit einem hohen ausländischen Würdenträger. Da kann ich nicht so einfach hereinplatzen.«

»Mit *wem* trifft er sich?«, fragte ein zunehmend verärgerter Warch. »Davon steht nichts auf meinem Ablaufplan.«

Burke setzte sich etwas aufrechter hin, überrascht vom scharfen Tonfall des Agenten. »Das war eine Änderung in letzter Minute.«

»Wer ist da drin?«

»Russ Piper und … äh …« Burke sah in ihren Kalender. »Prinz Kalib.«

Warchs Gesicht verfinsterte sich. »Ich kann mich nicht erinnern, einen Prinz Kalib auf meiner WHAVS-Liste gesehen zu haben.« Das Kürzel, ausgesprochen wie das englische Wort ›waves‹, stand für White House Access Visitor System. Die Sicherheitskräfte benutzten es, um die Besucher des Präsidenten im Vorfeld gezielt auf eine kriminelle Vergangenheit oder mögliche mentale Beeinträchtigungen abzuklopfen, die zu einer Bedrohung werden konnten.

Burke blickte verlegen zu ihm auf. »Ich weiß nicht, was ich sagen soll. Das Demokratische Komitee hat den Termin erst gestern Abend kurzfristig vereinbart.«

»Verdammt«, quetschte Warch zwischen den Zähnen hervor. »Wie oft soll ich euch eigentlich noch erklären, dass niemand zu Hayes reingelassen werden darf, den wir vorher nicht durchgecheckt haben?« Warch trat vom Schreibtisch zurück und überlegte, was er tun sollte. Falls er grundlos ein Treffen mit einem hohen Besuch unterbrach und sich das Ganze im Nachhinein als Fehlalarm herausstellte, musste er mit Konsequenzen rechnen. Er wandte sich an Sally. »Woher stammt Prinz Kalib?«

»Oman, glaube ich.« Sie blätterte nervös in ihren Unterlagen. Warch war wirklich kaum wiederzuerkennen.

»Ja, richtig. Oman.«

Warchs Warnantennen schlugen bei der Erwähnung des Zwergstaats am Persischen Golf sofort aus. In schroffem Ton hakte er nach: »War er vorher schon mal zu Gast im Weißen Haus?«

»Nein.« Burke schüttelte den Kopf. »Nicht dass ich wüsste.«

Warch musste eine Entscheidung treffen, und zwar schnell. Sein Verstand scrollte durch eine lange Liste von Möglichkeiten. Dabei musste er ständig an das Gespräch mit Irene Kennedy denken und wanderte nervös vor Burkes Schreibtisch hin und her. Am Ende setzte sich sein Bauchgefühl durch. Er drehte sich zu der Tür um, neben der Special Agent Ellen Morton stand, und ahnte, dass er im Begriff war, entweder die beste oder die schlimmste Entscheidung seiner gesamten Karriere zu treffen. Seine Hand bewegte sich zum Mund. »Warch an Sonderkommando. Zum Oval Office vorrücken!«, bellte der Mann ins Mikro, der hauptverantwortlich für die Sicherheit des amerikanischen Präsidenten war.

Präsident Hayes schrieb noch kurz etwas auf, bevor er sagte: »Es war schön, mit Ihnen zu reden, Harry. Ich bin Ihnen für Ihre Hilfe sehr dankbar. Bis zum nächsten Mal.« Er legte den Hörer auf und erhob sich, nahm die Anzugjacke von der Stuhllehne und schlüpfte hinein. Er zupfte an den Ärmeln und schloss den oberen Knopf, bevor er lächelnd hinter dem Schreibtisch hervortrat und mit Valerie Jones im Schlepptau zu den Gästen am Kamin hinüberging. »Prinz Kalib, es ist mir eine Ehre, Sie endlich einmal persönlich kennenzulernen.«

Rafique Aziz erhob sich von der Couch und stellte das erste aufrichtige Lächeln an diesem Morgen zur Schau. Mit einer beiläufigen Geste verschränkte er die Hände vor dem Oberkörper, sodass seine rechte Hand auf dem linken Handgelenk ruhte. Aziz tastete nach dem Knopf an der Uhr, ohne den Blick vom Präsidenten abzuwenden.

Er hatte die Bewegung so oft geübt und noch ungleich häufiger davon geträumt. Genau so hatte er es sich ausgemalt. Die typisch amerikanische Geste des Händeschüttelns bot die ideale Möglichkeit, um zuzuschlagen. Es war richtig gewesen, darauf zu warten, dass der Präsident zu ihm kam. Aziz' Lächeln wurde noch etwas breiter, während sein Zeigefinger suchend das Ziffernblatt umkreiste. Mit einer entschlossenen Bewegung betätigte er den Knopf zweimal. Danach glitt seine Hand in Richtung Gürtel und wartete mit einem Gefühl extremer Euphorie, bis sein Opfer direkt vor ihm stand.

Treasury Building

Im Führerhaus des White-Knight-Lieferwagens spürte Abu Hasan die Vibration an der Hüfte und ließ das Klemmbrett in den Fußraum fallen. Seine linke Hand zuckte zur Seite, um die Fahrertür zu öffnen, während die rechte nach einem kleinen Bündel griff. Hasan sprang in der grünen Hose und dem weißen Hemd in die Tiefgarage. Als er auf dem Betonboden landete, erwachten auf der Ladefläche die Motoren von Gabelstapler und Geländewagen dröhnend zum Leben. Hasan sprintete zur schmucklosen grauen Tür und ging in die Hocke. Das Stoffbündel legte er vor sich auf den Boden, öffnete es, schleuderte die Bettlaken achtlos zur Seite und befestigte den darin verborgenen Plastiksprengstoff an der Tür. Er klopfte zweimal mit der Faust gegen die knetmassenähnliche Substanz, um sicherzustellen, dass sie haften blieb, dann steckte er eine Sprengkapsel hinein, huschte mit einer Rolle Primacord-Sprengschnur einige Meter an der Wand entlang, kniete sich hin und betätigte den Zünder. Den Bruchteil einer Sekunde später folgte ein kurzer, durchdringender Knall.

Die Ladeklappe des Trucks sprang auf und zwei Männer sprangen hinaus. Rasch zogen sie die Rampe nach unten und befestigten sie an der Seite des Fahrzeugs, da kam schon Bengazi mit dem Gabelstapler angerauscht. Das schwere Gerät kippte nach vorn, bis ein Großteil des Gewichts auf der Rampe lastete. Bengazi löste die Bremse und bretterte auf den Betonbelag hinunter. Sobald alle vier Räder Bodenhaftung hatten, trat er aufs Gas in Richtung der aufgesprengten Tür. Die beiden Männer mit den Panzerfäusten rannten neben ihm her und sprangen auf die seitlichen Trittbretter.

Hasan räumte die Überreste der Marilyn-Monroe-Tür aus dem Weg. Der Gestank von Kordit hing in der Luft und die Männer zogen hastig ihre Gasmasken vors Gesicht. Der Gabelstapler machte einen Satz nach vorn und die zwei Mitfahrer klammerten sich daran fest, um beim Beschleunigen nicht herunterzufallen. Mit einem lauten Dröhnen verschwand das gelbe Flurförderzeug im Tunnel.

Die Geländewagen schossen nacheinander die Rampe des Trucks hinunter und nahmen mit quietschenden Reifen die Verfolgung auf.

Im oberen Stockwerk des Washington Hotels wartete Salim Rusan geduldig im vollgestopften Abstellraum auf seinen Einsatz. Auf einem weißen Handtuch lag ein Dragunow-Scharfschützengewehr aus russischer Fertigung bereit. Es verschoss Spitzgeschosse im Kaliber 7,62 × 54 und erlaubte in den Händen eines geübten Schützen tödliche Treffer aus bis zu einem Kilometer Entfernung. Rusan musste nicht mal ein Viertel der Reichweite ausreizen. An der Spitze des wuchtigen Gewehrs, das fast 120 Zentimeter vom Schultergriff bis zur Mündung maß, war ein optisches PSO-1×4-Zielfernrohr befestigt. Ein Magazin mit zehn Schuss hatte er bereits eingesetzt, ein zweites steckte in seiner Tasche. Mehr Munition gestand Aziz ihm nicht zu. Er hatte Rusan eingeschärft, das Hotel nach spätestens zwei Minuten zu verlassen. Er brauchte ihn später noch für andere Aufgaben.

Der Pager ging los und lieferte nach fast einjähriger Planungsphase das ersehnte Startsignal. Rusan schaltete ihn mit einer Hand ab und schnappte sich mit der anderen das in Anbetracht seiner Größe mit 4,3 Kilogramm überraschend leichte Gewehr. Er eilte auf den menschenleeren Flur hinaus und rannte zur Dachterrasse. Dabei zählte er leise, um den Puls zu verlangsamen – ein Trick, den ihm seine russischen Trainer beigebracht hatten, während er als Teenager durch die ausgebrannten Ruinen von Beirut gestreift war.

Mit dem Gewehr in der Hand öffnete er die Tür nach draußen und warf sich auf den Bauch. Rasch kroch er die zehn Meter bis zum Rand des Dachs und steckte den langen schwarzen Lauf der Waffe zwischen die Streben der Brüstung. Er klemmte das Dragunow zwischen Schulter und Wange, spähte durch das Zielfernrohr und visierte den breiten südlichen Säulengang des Weißen Hauses an. Von dort aus folgte er dem Verlauf des Gebäudes bis zum Oval Office und wappnete sich dafür, einen Schuss abzugeben. Doch vor der Tür, die ins Büro des Präsidenten führte, stand niemand.

Er suchte die restliche Kolonnade ab. Ebenfalls Fehlanzeige. Da er keine Zeit zu verschwenden hatte, wechselte er zum zweiten Ziel. Das Fadenkreuz fand rasch nicht nur einen, sondern gleich vier Secret-Service-Agenten, die in der Nähe des Wachhäuschens auf dem Dach des Weißen Hauses versammelt waren. Er entschied sich für den Agenten ganz links, nahm dessen Kopf ins Visier und drückte den Abzug.

Im Weissen Haus

Abgesehen von einem Schuss gibt es kaum etwas, das das Herz eines Secret-Service-Agenten schneller zum Schlagen bringt als der Befehl »Vorrücken!«. Bei Manövern mag er an der Tagesordnung sein, nicht jedoch während der normalen Dienstzeit im Weißen Haus. Als die beiden Agenten vor dem Haupteingang des Oval Office die Warnung von Jack Warch per Funk empfingen, zogen sie augenblicklich die Waffen.

Der Kleinere der beiden zückte darüber hinaus einen Schlüsselbund, um damit einen harmlos aussehenden Wandschrank aufzuschließen. Kurz darauf kam ein dritter bewaffneter Agent um die Ecke. Der Mann, der den Schrank geöffnet hatte, nahm drei Uzi-Maschinenpistolen heraus und verteilte sie. Der gesamte Prozess nahm weniger als fünf Sekunden in Anspruch.

Ein Stockwerk unter ihnen, in der ›Horsepower‹ getauften Sicherheitszentrale unter dem Oval Office, stand der Mitarbeiter an der Überwachungskonsole hastig auf, verriegelte den Zugang und nahm wortlos wieder Platz. Zwei weitere Agenten im hinteren Teil des Raums holten zeitgleich Waffen aus einem Sideboard aus Metall. Jeder von ihnen nahm sich eine MP5, entsicherte sie und lief zur zweiten Tür, durch die man über eine geheime Treppe ins Oval Office gelangte.

Eine Etage weiter oben betrat Jack Warch mit geöffnetem Jackett das Büro des Präsidenten. Die rechte Hand lag am Holster an der rechten Hüfte. Noch hatte er die Pistole nicht gezogen. Rasch trat er an die Seite des Präsidenten und ließ den dunkelhäutigen Mann am Kamin dabei nicht aus den Augen.

»Entschuldigen Sie mein Eindringen, Mr. President, aber ich muss kurz mit Ihnen sprechen.« Der Präsident blieb stehen, überrascht von dem unerwarteten Besuch. Er sah erst Warch an, dann seine Stabschefin.

Ein Moment der Ungewissheit folgte. Warch musterte Hayes' Besucher und wusste nicht recht, was er von dem gut gekleideten Mann halten sollte. Bis zu dem Moment, in dem er den Ausdruck in den Augen des anderen bemerkte. Er zog die Waffe mit einer unauffälligen Geste ein Stück aus dem weichen Lederholster heraus. Der Präsident sagte etwas zu ihm, doch Warch beachtete es gar nicht. Er lauerte auf ein Zeichen, das diesen Mann verriet, der nicht zu sein schien, wen er vorgab.

Unten in Horsepower konzentrierte sich der junge Agent an der Überwachungskonsole auf die Batterie von

Kontrollmonitoren. Er forschte nach allem, was sich auch nur im Entferntesten als Bedrohung einstufen ließ. Auf halbem Weg riss ihn das Piepen des Rechners aus der Konzentration. Die Augen zuckten zum Bildschirm des PCs, auf dem vier Wörter in Großbuchstaben aufblinkten. Er aktivierte das Mikrofon seines Headsets und brüllte hinein: »HORSEPOWER AN SONDERKOMMANDO! UNBEFUGTE SIND IN DEN TREASURY-TUNNEL EINGEDRUNGEN. ICH WIEDERHOLE, EINBRUCH IN DEN TREASURY-TUNNEL!«

Oben im Oval Office plärrte die Nachricht mit der Wucht einer Alarmsirene in Warchs rechtes Ohr. Mit einer fließenden Bewegung zog er die Pistole und zielte damit auf den ominösen Besucher des Präsidenten. Seine linke Hand schnappte zum Gesicht und er rief in sein Handmikro: »WARCH AN SONDERKOMMANDO! SOFORT ZU WOODY VORRÜCKEN!«

Drei der vier Türen des Oval Office flogen im selben Augenblick auf. Vier Agenten umringten den Präsidenten mit gezückten Waffen. Während die menschliche Wand aus Personenschützern ihren obersten Befehlshaber abschottete, informierten ihre Ohrhörer sie bereits über die nächste Gefahr.

»AGENTS DOWN! AGENTS DOWN! HERCULES STEHT UNTER BESCHUSS!«

Während er mit der SIG Sauer auf Aziz' Stirn zielte, brüllte Warch: »EVAKUIEREN! EVAKUIEREN!«

Ellen Morton stand direkt hinter dem Präsidenten, als der Evakuierungsbefehl eintraf. Dank ihrer Ausbildung zögerte sie nicht einen Moment, packte Präsident Hayes am Kragen und riss ihn nach links. Zwei weitere Agenten kamen mit Maschinenpistolen im Anschlag in den Raum gestürzt und halfen ihren Kollegen, den Präsidenten in dessen privates Arbeitszimmer zu eskortieren. Ellen Morton trat einen Stuhl aus dem Weg und wurde von der Gruppe mitgerissen. Jack Warch blieb, wo er war, gab ihnen Deckung und fixierte Aziz mit entschlossenem Gesichtsausdruck.

Treasury-Tunnel

Der schwere Gabelstapler schoss an den glatten Wänden des Betontunnels vorbei und gewann stetig an Geschwindigkeit. Die beiden Mitfahrer auf den Trittenbrettern klammerten sich an der Karosserie fest und zielten mit Panzergranaten auf die Tür, die sie am Weiterkommen hinderte. Beide konzentrierten sich auf den Bereich der Scharniere und feuerten. Mit einem lauten Zischen sausten die Sprengköpfe los, hinterließen weiße Rauchfäden und schlugen in die Stahltür ein. Die Explosion war ohrenbetäubend. Trümmerstücke, Qualm und Feuer peitschten durch den engen Gang.

Bengazi schloss die Augen und trat das Gaspedal weiterhin voll durch. Der Gabelstapler rauschte durch das Chaos hindurch in totale Finsternis. Einen Moment herrschte Stille, dann krachte das Gefährt gegen die Überreste der Tür und riss sie aus den Angeln. Mit einem quietschenden Schleifgeräusch kam das Fahrzeug vor den ersten Ausläufern des Kellergewölbes des Weißen Hauses zum Stillstand.

Die Kollision hatte Bengazi nach vorn geschleudert und dabei seinen Fuß vom Gaspedal gerissen. In der Folge waren die beiden Männer auf den Trittbrettern in hohem

Bogen davongesegelt. Seine Ohren klingelten von der Detonation und er konnte jenseits der Fahrerkabine vor lauter Rauch und Staub kaum etwas erkennen. Als er sich mühsam aufgerichtet hatte, kamen die beiden Mitfahrer leicht benommen angerannt und kletterten zurück auf die Trittbretter. Bengazi gab erneut Vollgas, der Motor röhrte und der Gabelstapler schoss vorwärts und setzte seinen Weg durch den dichten Qualm fort, bis sie den Hauptkeller erreichten. Ohne Vorwarnung prallte die Vorderseite gegen ein weiteres Hindernis. Bengazi wusste, dass sich hier die erste von mehreren Doppeltüren befand. Durch die Wucht des Aufpralls wurde sie eingedrückt wie dünnes Wellblech.

Auf der anderen Seite der Tür erwartete sie kein Rauch, sondern drei uniformierte Secret-Service-Leute, die herangeeilt waren, um das potenzielle Sicherheitsleck im Treasury-Tunnel zu beseitigen. Bengazis Männer eröffneten geistesgegenwärtig das Feuer aus ihren AK-74-Maschinenpistolen. Die Sicherheitskräfte gingen im Patronenhagel zu Boden und wurden vom Gabelstapler kurzerhand überrollt.

IM WEISSEN HAUS

Warch lief rückwärts und gab dem Präsidenten Deckung. Nach wie vor zielte er auf den mysteriösen Prinzen und lauschte den hektischen Rückmeldungen, die über seinen Knopf im Ohr eintrafen. Er überlegte, wo sie Hayes am besten hinbringen sollten. Er musste eine Entscheidung treffen, ihn entweder mit der Limousine vom Gelände wegzubringen oder in den neuen Bunker zu eskortieren. Warch hatte die Tür zum Arbeitszimmer gerade erreicht, da erschütterte eine schwere Explosion das Gebäude.

Aziz hatte auf diesen Moment gewartet und setzte zum Sprung an, schnappte sich Piper und schlang einen Arm um dessen Hals. Mit der freien Hand zog er das Messer und fügte dem Vorsitzenden des Democratic National Committee damit eine oberflächliche Schnittverletzung zu. »Befehlen Sie Ihren Leuten, die Evakuierung abzubrechen«, forderte er, wobei er seinen Kopf hinter dem von Piper verbarg. »Sonst wird er sterben!«

Die Anweisung stieß auf taube Ohren. Warchs einzige Sorge galt aktuell dem Präsidenten. Nichts anderes spielte für ihn eine Rolle, schon gar nicht das Leben des politischen Repräsentanten, der einen Verräter ins Weiße Haus eingeschleppt hatte. Mit dem nächsten Schritt hatte er das private Arbeitszimmer des Präsidenten erreicht und zog die Tür hinter sich zu.

Einige Sekunden zuvor hatte Special Agent Morton im kurzen Korridor bereits einen versteckten Knopf gedrückt. Mit einem hydraulischen Zischen schob sich ein Teil der Wand nach innen und gab eine versteckte Treppe frei. Morton rannte als Erste hinunter, gefolgt von zwei weiteren Agenten, die den Präsidenten in ihre Mitte genommen hatten. Valerie Jones wurde von einem der nachfolgenden Männer mitgerissen.

Warch rief nach unten: »BUNKER! BRINGT IHN IN DEN BUNKER!« Er folgte seinen Leuten die Stufen hinunter und ließ die Wand in die Ausgangsposition zurückfahren. Auf dem Weg hob er das Mikro zum Mund und erteilte Anweisungen: »Horsepower, hier Warch. Wir bringen Woody in den Bunker! Ich wiederhole, wir bringen Woody in den Bunker!«

Die Gruppe stolperte bis zum ersten Absatz nach unten. Dort stießen zwei weitere Agenten über die seitliche Tür der Horsepower-Einsatzzentrale zu ihnen. Sie hievten das massive Stahltor auf, das in das Tunnelsystem unter dem Rosengarten hindurch zum Hauptgebäude führte. Einer von ihnen übernahm die Führung und rannte die nächsten Stufen nach unten, während der andere ihnen von hinten Deckung gab.

Die kleine Karawane, die mittlerweile aus elf Leuten bestand, setzte ihren Weg fort. Der breite Gang war mit hässlichem braunem Teppich ausgelegt. Sie beeilten sich und schleppten den Präsidenten förmlich zum Ziel. Als sie das andere Ende des Tunnels erreicht hatten, gab es zwei Möglichkeiten: Entweder liefen sie die Stufen hinauf, die ins Erdgeschoss des Executive Mansion führten, oder sie entschieden sich für die kurze Treppe nach unten. Der Agent an der Spitze tat Letzteres, stoppte vor einer weiteren Stahltür und tippte den Zugangscode in das daneben montierte Tastenfeld.

Als sich das Schloss mit einem metallischen Klicken öffnete, warf er sich dagegen und stürzte in den Vorraum. Die beiden Männer orientierten sich mit erhobener Waffe nach links, um den zweiten Zugang zum drei mal sechs Meter großen Flur zu sichern. Sobald der letzte Agent den Tunnel verlassen hatte, wurde die Tür geschlossen und verriegelt.

Jack Warch drängte sich durch die Versammelten zum Präsidenten und packte ihn am Arm. Seine beiden Bewacher, die ihn vom Arbeitszimmer aus flankiert hatten, wichen dem Staatsoberhaupt nicht von der Seite.

»Was zum Teufel ist überhaupt los?«, wollte Hayes von Warch wissen.

Warch verzichtete auf eine Antwort, weil er sie für offensichtlich hielt, und durchquerte den Raum, bis er vor einer hohen Tresortür stand. Er klappte eine Abdeckung hoch und gab eine neunstellige Ziffernfolge ein.

Für einen Moment passierte nichts, dann zog sich eine Gummidichtung zischend zusammen. Als Nächstes fuhren die Sicherungsbolzen zurück und ein Elektromotor ließ die 60 Zentimeter dicke Stahlluke aufschwingen, die in den kürzlich fertiggestellten neuen Bunker des Präsidenten führte.

IN DER CAFETERIA DES WEISSEN HAUSES

Anna Rielly stand mitten in der Cafeteria des Weißen Hauses und lauschte mit einem Pappbecher voll Kaffee in der Hand den Ausführungen von Stone Alexander über seine Zeit bei der Navy. Da sein Geschwafel zunehmend uninteressanter wurde, blendete sie es irgendwann aus. Zwei Männer in dunklen Anzügen, die an einem benachbarten Tisch saßen, hatten ihre Aufmerksamkeit geweckt. Sie machten den Eindruck, Polizisten zu sein. Aufgrund der Bekanntenkreise ihres Vaters und ihrer Brüder hatte sie ein Auge dafür. In diesem Moment hoben sie fast synchron die Hand zum Ohr und schienen eine Nachricht über ihr Headset zu empfangen. Sie vermutete, dass es sich um Mitarbeiter des Secret Service handelte.

Gerade wollte sie sich wieder auf ihren selbst ernannten Fremdenführer konzentrieren, da sprangen die beiden Männer auf und stürmten mit gezogenen Waffen aus dem Raum. Stone Alexander schien gar nicht zu bemerken, was sich da wenige Meter entfernt von ihm abspielte, und fuhr mit seinem Geschwafel fort.

Da Rielly heute ihren ersten Arbeitstag hatte, konnte sie nicht einschätzen, ob es für das gerade Beobachtete eine ganz harmlose Erklärung gab. Allerdings verriet ihr der gesunde Menschenverstand, dass Sicherheitsbeamte nicht grundlos ihre Waffen zogen. Die Reaktion einiger anderer Leute im Raum zeigte, dass sie den Zwischenfall ebenfalls bemerkt hatten.

Rielly stellte ihren Becher auf den Tisch und unterbrach Alexander. »Ich glaube, hier ist gerade etwas passiert.«

Er sah sie an und lächelte. »Keine Angst, diese Wirkung habe ich auf eine Menge Frauen. Sie gewöhnen sich schon noch dran.« Das breite Grinsen schien anzudeuten, dass er die Bemerkung für unglaublich witzig hielt.

»Herrgott, jetzt hören Sie doch mal auf, sich selbst zu feiern.« Sie schüttelte den Kopf. »Ich rede von den beiden Typen, die gerade mit ihren Knarren aus de…« Eine Explosion aus einem anderen Teil des Gebäudes würgte sie mitten im Satz ab. Es klang so beängstigend und kam so unerwartet, dass Stone Alexander zusammenzuckte und sich seinen Kaffee aufs Hemd schüttete. Die nächsten Sekunden dehnten sich zu einer mittleren Ewigkeit aus. Alle erstarrten mit demselben ungläubigen Blick, bis schließlich laute Schüsse die Stille durchbrachen.

Executive Mansion

Muammar Bengazi stieg voll auf die Bremse. Schlitternd gelangte der Gabelstapler im vorderen Keller der Präsidentenvilla zum Stillstand. Er hörte die Motoren der

Geländewagen direkt hinter sich, sprang auf den Boden und rannte durch die Tür zu seiner Linken. Er nahm immer zwei Stufen auf einmal und hielt die AK-74 dabei in Laufrichtung. Die zwei Panzergranaten-Schützen folgten dichtauf.

Als sie den ersten Treppenabsatz erreichten, öffnete sich eine Tür über ihnen und zwei uniformierte Sicherheitsbeamte stürmten mit gezogenen Waffen auf sie zu. Bengazi entfesselte einen Feuerstoß, erwischte beide voll in der Brust und ließ sie nach hinten taumeln. Dadurch wurde die Tür, durch die sie gekommen waren, am Zufallen gehindert. Bengazi erklomm die letzte Stufe und ließ eine Rauchgranate und anschließend eine Splittergranate in den Gang hineinrollen.

Der doppelten Detonation folgten laute Schreie und ein Trümmerhagel. Bengazi und seine Männer arbeiteten sich durch den dichten grauen Qualm voran und ließen ihre Waffen sprechen. Da sie ihre Gasmasken vors Gesicht geschoben hatten, drangen sie ungehindert zum südlichen Säulengang vor. Bengazi riss eine weitere Granate von der Weste los und zog den Sicherungsstift. 15 Meter vor ihnen, direkt den Gang hinunter, befand sich der Palm Room, den der Präsident jeden Morgen auf seinem Weg zum Oval Office durchquerte. Bengazi schleuderte den Sprengkörper und duckte sich in eine Mauernische. Seine Männer gingen in einem Durchgang auf der anderen Seite in Deckung. Mit einem klappernden Geräusch schlug die Granate auf dem gefliesten Boden auf und detonierte mit einem lauten Knall.

Bengazi rannte weiter. Jetzt kam es auf jede Sekunde an. Als er den Palm Room erreichte und um die Ecke bog, wäre er beinahe über einen blutenden Secret-Service-Mann gestolpert. Glassplitter bohrten sich tief in dessen Körper. Er lag im Sterben. Durch die zersprungene Scheibe konnte Bengazi den South Lawn ausmachen. Vier schwarz gekleidete Männer spurteten ihm entgegen und suchten mit den Maschinenpistolen nach einem geeigneten Ziel. Sie gehörten zum ERT, dem Emergency Response Team des Secret Service.

Bengazi hatte mit ihrem Auftauchen gerechnet und zielte auf den Anführer. Ehe er ihn jedoch ausschalten konnte, wurde der Officer bereits von einem Hochgeschwindigkeitsprojektil getroffen, das Gewebe und Hirnmasse aus seinem Kopf schleuderte. Innerhalb von Sekunden lagen auch die drei übrigen Männer auf dem Rasen, entweder tot oder schwer verletzt. Erfreut stellte Bengazi fest, dass Salim Rusan seinen Job verstand. Wie vereinbart, leistete er vom Dach des Washington Hotels aus Feuerschutz und erleichterte damit ihren Vorstoß zum Westflügel.

»Panzerfaust!«, rief Bengazi über die Schulter.

Während er auf dem South Lawn nach weiteren Zielen Ausschau hielt, trat einer seiner Begleiter neben ihn, hievte die Waffe auf die Schulter und stützte sich auf ein Knie. Er visierte die Doppeltür auf der anderen Seite der Kolonnade an. Dem Klicken des Abzugs folgten ein leises Zischen und eine weitere ohrenbetäubende Explosion. Bengazi sprintete den Säulengang entlang und zielte mit der AK-74 auf den brennenden und qualmenden Eingang zum West Wing.

Der Boden bebte und Putz rieselte von der Decke des Oval Office. Rafique Aziz lehnte sich mit dem Rücken an den Kamin und hatte Russ Piper mit an den Hals gepresstem Messer fest in seiner Gewalt. Das laute Knattern von Gewehrfeuer verriet ihm, dass Verstärkung anrückte. Er war wütend auf sich selbst, weil er den Präsident hatte entkommen lassen. Fast wäre er am Ziel gewesen.

Sekunden später platzte Bengazi ins Oval Office und ließ die qualmende Mündung seines Gewehrs von links nach rechts durch den Raum schweifen.. Doch außer Aziz und Piper war niemand hier. Bengazis Begleiter trafen innerhalb der nächsten halben Minute ein und sicherten den Flur. Niemand stellte die naheliegende Frage. Bengazi setzte die Gasmaske ab, zog eine Pistole aus dem Schenkelholster und reichte sie Aziz.

Aziz stieß Piper zur Seite. Der Vorsitzende des Demokratischen Komitees stolperte gegen einen Stuhl und fiel hin. Er stützte sich auf einen Ellbogen und schien nicht glauben zu können, was er angerichtet hatte. »Was haben Sie vor?«, rief er mit einem völlig schockierten Ausdruck auf seinem Mondgesicht. »Das darf doch nicht wahr sein!«

Ohne zu zögern, richtete Aziz die Mündung auf Piper und drückte ab. Die Kugel traf den Politiker zwischen den Augen und ließ den massigen Kopf auf den Boden knallen. Eine dunkelrote Blutlache breitete sich rasch aus, erreichte den blauen Teppich und das Siegel des Präsidenten.

»Das wollte ich schon die ganze Zeit tun«, knurrte Aziz und streckte fordernd die Hand aus. »Ich brauche dein Funkgerät!«

Bengazi drehte sich zur Seite, damit der andere es von seiner Kampfweste losmachen konnte. Aziz stöpselte das Headset aus und führte das Gerät zum Mund. Mit der Waffe in der einen und dem Funkgerät in der anderen Hand ging er zur Tür. »Der Präsident hat es in den Bunker geschafft. Unterbrecht den Funkverkehr, stürmt das Gebäude und nehmt so viele Geiseln wie möglich.«

9

Der kompakte Learjet ließ die dunklen Weiten des Atlantiks hinter sich. Innerhalb weniger Minuten geriet die zerklüftete Küstenlinie der Chesapeake Bay in Sicht. Die vertraute Umgebung weckte in Mitch Rapp ein Gefühl von Entschlossenheit und Fokussierung, das er in den letzten Stunden vermisst hatte.

Als Irene Kennedy anrief, um ihm die jüngsten Ereignisse im Weißen Haus zu schildern, hatte ihn das kurzzeitig in eine Schockstarre versetzt. Ein Jahrzehnt lang jagte er diesen Aziz nun schon, länger als jeden anderen Gegner. Die Entführungen in Beirut, Istanbul und Paris. Die Bombenattentate in Spanien, Italien, Frankreich, im Libanon und in Israel. Und schließlich das Ereignis, das dazu geführt hatte, dass Rapp überhaupt erst in den Dienst der CIA getreten war: der Absturz von Pan-Am-Flug 103.

Trotz Kennedys Aussage, dass Aziz das Weiße Haus faktisch unter seine Kontrolle gebracht hatte, begriff Rapp die Tragweite und Schwere der Situation zunächst gar nicht. Doch je mehr er über die Ereignisse erfuhr, desto mehr begann sich der Schleier über seinem Verstand zu lichten.

Nun erkannte Rapp trotz aller Wirren und Tragödien vor allem die Chance, die zerstörerische Hetzjagd endgültig zu einem Abschluss zu bringen. Er hatte genug davon, Leichen zu zählen und Beweismaterial zu sichten. Es frustrierte ihn, Rafique Aziz ständig zu verpassen – manchmal fehlten Tage oder Monate, manchmal nur Sekunden.

Das Flugzeug setzte zum Sinkflug auf die Andrews Air Force Base an. Rapp spähte durch das Bullauge neben dem Sitz auf die ländliche Idylle von Maryland und schmiedete einen klaren, präzisen Plan. Er wusste genau, was zu tun war. In Paris hatte er wegen einer unschuldigen Zuschauerin gezögert, das Nötige zu tun. Ohne es zu ahnen, hatte er damit der Frau das Leben gerettet, aber viele weitere Menschen zum Tod verurteilt. Die Logik ließ sich nicht bestechen. Hätte er in Paris damals abgedrückt, wäre das alles jetzt nicht passiert. *Nie wieder!,* entschied Rapp. Dieses Spiel endete hier und heute. Entweder für Aziz oder für ihn.

Der Learjet setzte sanft auf der Landebahn auf und rollte zu einem Bereich des Stützpunkts, den die CIA von der Air Force gepachtet hatte. Das braune Rolltor des Hangars wurde geöffnet, als die Maschine darauf zurollte, um sie vor dem Sonnenlicht und neugierigen Blicken zu verbergen.

Im verglasten Büro im Inneren wurde er bereits von einem halben Dutzend Leuten erwartet. Auch Irene Kennedy und Direktor Stansfield gehörten dazu. Rapp schnappte sich den Rucksack und lief zum Ausstieg. Im selben Moment tauchte Jane Hornig aus dem Schlafbereich auf. Rapp fuhr die Gangway hinunter und sprang in die Halle. Er hielt Hornig die Hand hin, um ihr beim Aussteigen zu helfen. Gemeinsam liefen sie über den makellosen Betonboden zu dem mit Neonröhren beleuchteten Büro. Rapp öffnete die Glastür und lief durch den Lamellenvorhang, der hin und her schwang und dabei klackerte.

Direktor Stansfield stand im sparsam eingerichteten Kommandoposten und telefonierte über das Mobilteil eines gesicherten Satellitentelefons. Sein SPOOR-Sicherheitsoffizier hatte sich mit der Basiseinheit, die etwa so groß wie eine Kameratasche war, neben ihn gestellt. Stansfield sah zu Rapp auf und sagte zu seinem Gesprächspartner: »Ja, er ist gerade gekommen.« Die grauen Augen des Direktors senkten sich zu Boden und er nickte mehrmals. »Ja, das hatte ich vor. Wir sind in etwa 20 Minuten da.«

Stansfield reichte seinem Offizier das Mobilteil. »Wenn Sie alle so freundlich wären, uns kurz allein zu lassen?« Mit Ausnahme von Kennedy, Hornig und Rapp verließen alle den Raum. Irene Kennedy holte einen Kleidersack von einem Stuhl und drückte ihn Rapp in die Hand. »Sie müssen sich umziehen. Wir haben in 20 Minuten einen Termin im Pentagon.«

Rapp nahm die Kleidungsstücke entgegen und blickte Stansfield fragend an. Die Vorstellung, sein Gesicht in einem Raum voller Politiker und Bürokraten zu zeigen, gefiel ihm überhaupt nicht. »Wer war das eben am Telefon?«

»General Flood. Er hat darauf bestanden, dass Sie an dem Treffen teilnehmen.«

»Wieso?« Rapp schnallte sein Holster ab.

»Hat er nicht gesagt.«

Rapp wirkte besorgt. »Nicht dass ich nachher einen Bericht abliefern muss.«

Kennedy winkte ab. »Kein Problem. Wenn man Sie nach Ihrem Namen fragt, sind Sie wie üblich Mitch Kruse, Nahost-Analyst aus meinem Terrorabwehrteam. Seit fünf Jahren bei der CIA … das Übliche eben.« Kennedy drückte ihm eine Brieftasche mit den entsprechenden Ausweisen in die Hand. »Sie wissen ja, wie es läuft. Hauptsache, Sie sind vor Ort, für den Fall, dass Probleme auftreten. Je weniger Sie reden, desto besser.«

Rapp nahm die Brieftasche in Empfang und legte sie neben seiner geholsterten 9-Millimeter-Beretta auf den Tisch, zog sich rasch bis auf die Boxershorts aus und überließ Dr. Hornig den Fragen von Kennedy und Stansfield. Direkt oberhalb seines linken Hüftknochens zeichnete sich eine pinkfarbene Narbe ab. Ein Andenken, das er der Kugel eines übereifrigen, verwirrten FBI-Agenten verdankte. Am gebräunten Steißbein prangte eine weitere Narbe, die vom Messer des Chirurgen herrührte, der die Kugel entfernt hatte.

»Haben Sie schon eine exakte Zahl aus ihm herausbekommen?«, erkundigte sich Kennedy gerade bei Jane Hornig.

»Ja, zumindest sind wir davon überzeugt, dass Harut es für die Wahrheit hält. Natürlich kann man nicht vollkommen ausschließen, dass er bewusst mit irreführenden Informationen gefüttert wurde. Aber er glaubt, dass sie zu zwölft sind, Aziz eingerechnet.« Hornig verschränkte die Arme vor der Brust.

»Und über welche Waffen verfügen sie?«

»Neben den gängigen Pistolen und Gewehren«, Hornig sah zu Rapp hinüber, der gerade in eine Anzughose schlüpfte, »vor allem über eine Menge Plastiksprengstoff. Mitch?«

Rapp griff nach einem weißen T-Shirt und ergänzte: »Mehr als genug, um das gesamte Weiße Haus ins Jenseits zu pusten!«

Stansfield schüttelte ungläubig den Kopf. »Mit welchen Forderungen müssen wir rechnen?«

»Ich bin noch nicht dazu gekommen, ihn das zu fragen, aber darum kümmere ich mich, sobald ich die Befragung fortsetzen kann.«

Stansfield nickte. »Wir lassen Sie in ein Safe House in Virginia bringen. Sie dürfen mit niemandem außer Irene, Mitch und mir darüber sprechen. Es gibt nur wenige Leute außerhalb unseres kleinen Kreises, die wissen, dass wir Harut gefasst haben, und dabei soll es nach Möglichkeit auch bleiben. Konzentrieren Sie das Verhör bitte auf Motiv und Ziele. Wir müssen wissen, was Aziz verlangen wird, bevor er es verlangt.«

Hornig nahm die Anweisung gleichmütig entgegen. »Sollte Harut wissen, welche Forderungen sie stellen werden, bekomme ich es aus ihm heraus.«

»Und«, fuhr Kennedy fort, »es wäre hilfreich, eine möglichst vollständige Liste der beteiligten Terroristen zu bekommen.«

Hornig speicherte den Wunsch ab. Sie wollte Harut jede verfügbare Information entlocken. Wenn Sie dafür eine Checkliste bekam, umso besser.

»Mitch, fällt Ihnen noch etwas ein?«, fragte Kennedy.

Rapp stopfte das weiße Hemd in die Hose und knöpfte es zu. »Ja, mich interessiert, wie lange er sich im Weißen Haus rumtreiben und wann er abhauen will. Ich kenne Aziz. Er hat den Einsatz unter Garantie minutiös geplant.«

Stansfield wandte sich an Hornig. »Sie wissen, wie Sie uns erreichen können. Wir halten Ihnen den Rücken frei, aber sobald Sie etwas Entscheidendes in Erfahrung bringen, wollen wir es wissen.«

»Ich mache mich so schnell wie möglich an die Arbeit.« Dr. Hornig schob ihre Brille nach oben.

»Gut. Mitch, wir müssen los. Ziehen Sie sich im Helikopter fertig um.«

Stansfield ging zur Tür. Kennedy und Hornig folgten ihm. Rapp nahm den Kleidersack und die restlichen Sachen und verließ das Büro ebenfalls. Im Hinausgehen sah er, wie eine Transportliege zu einem Krankenwagen gerollt wurde. Harut war darauf festgeschnallt und lag unter einer grauen Decke.

Draußen empfing Rapp die gleißend helle Sonne. Der Helikopter wartete mit rotierenden Drehflügeln auf dem asphaltierten Rollfeld. Rapp verfolgte, wie die Liege im Rettungsauto verschwand, Jane Hornig und ihre zwei Assistenten einstiegen und die Türen zugeschlagen wurden. Als sich das Fahrzeug in Bewegung setzte, war er tief in Gedanken versunken.

Irene Kennedy steckte ihren Kopf aus der schmalen Einstiegsluke des Helikopters. Sie trug ihre Sonnenbrille und die Haare flatterten im Wind. »Kommen Sie, Mitch, sonst verspäten wir uns.«

Rapp wurde aus der Konzentration gerissen, blinzelte mehrmals und lief zum Hubschrauber. Kennedy forderte ihn mit einem ungeduldigen Winken auf, sich zu beeilen. Während er hinüberjoggte, beschäftigte ihn die Frage, was genau er übersehen hatte.

Vizepräsident Sherman Baxter war so schnell wie möglich nach Washington zurückgekehrt, nachdem ihn die schockierenden Neuigkeiten aus dem Weißen Haus erreicht hatten. Er hatte in New York Spendengelder für den Wahlkampf eingetrieben. Etwa 40 Minuten vor der Landung von Rapp und Dr. Hornig setzte er mit der Air Force One und seiner Entourage im Schlepptau in Andrews auf.

Zusammen mit seinem Stabschef Dallas King und Justizministerin Margaret Tutwiler saß er auf der Rückbank der gepanzerten Limousine, die eskortiert von zahlreichen Fahrzeugen des Secret Service durch die Straßen der Hauptstadt rauschte. Dallas King stimmte gerade das weitere Vorgehen ab. Der Absolvent der renommierten Stanford Law School, der gebürtig aus San Diego stammte, fuhr sich mit der Hand durch den sonnengebleichten blonden Haarschopf, der als sein Markenzeichen galt.

»Diese Krise bietet uns eine einzigartige Gelegenheit«, sagte er gerade zu Tutwiler. »Ihre Rolle ist dabei von besonderer Bedeutung, Marge. Wir müssen dem FBI klarmachen, dass Sherman die Zügel in der Hand hält. Es kann nicht sein, dass sie uns Informationen vorenthalten, und schon gar nicht kann es sein, dass sie Rettungsbemühungen ohne unsere ausdrückliche Zustimmung in die Wege leiten.« Der 32-jährige Komet am Polithimmel schlug sich mit der Faust in die Handfläche, um seinen Worten Nachdruck zu verleihen. »Nichts geschieht, ohne dass wir es abnicken. Haben wir uns verstanden?«

Marge Tutwiler gewöhnte sich so langsam an Dallas Kings arrogante Art. Vizepräsident Baxters Schützling besaß durchaus seine guten Seiten. Er sah blendend aus, hatte einen scharfen Verstand und Sinn für Humor. Nur seinen Platz in der Hackordnung schien er nicht akzeptieren zu wollen. Marge Tutwiler, eine ehemalige Juraprofessorin an der USC, die ihre Laufbahn in Kalifornien als politische Aktivistin und selbst ernannte

Systemkritikerin begonnen hatte, war es nicht gewohnt, dass Leute in diesem Tonfall mit ihr sprachen – schon gar nicht, wenn sie nur unwesentlich älter als ihre früheren Studenten waren.

Wie eine geduldige Mutter erklärte sie: »Dallas, ich habe mich schon mit dem FBI rumgeärgert, als Sie noch in Ihrer Siedlung in San Diego mit dem Bobbycar durch die Gegend gefahren sind. Keine Sorge, ich weiß, was ich zu tun habe.«

Dallas lächelte, streckte die Hand auf dem Rücksitz aus und schob sie beruhigend auf das Knie der Ministerin. »Tut mir leid, Marge. Ich wollte damit keinesfalls andeuten, dass Sie das FBI nicht im Griff haben.« Der dauerbraune Stabschef löste die Berührung. »Aber wir sollten eine gemeinsame Strategie verfolgen.« Mit einem verschlagenen Lächeln dachte er bei sich: *Meine Güte, das Ego der Alten ist ja noch größer als ihre Titten!*

Sherman Baxter der Dritte, früherer Gouverneur von Kalifornien und amtierender Vizepräsident der Vereinigten Staaten, räusperte sich und ging dazwischen: »Wir bekleiden zwar hohe Ämter, aber trotzdem machen andere in Washington die Musik. Dallas hat recht, Marge. Es kann nichts schaden, das FBI an der kurzen Leine zu halten.« Wie die meisten Politiker verfügte Sherman Baxter über eine gespaltene Persönlichkeit. Hinter verschlossenen Türen war er anmaßend und berüchtigt für seine Wutausbrüche. Der 54-Jährige hielt seinen Posten im Oval Office für eine Art Geburtsrecht und fühlte sich insgeheim übergangen. In seinen Augen verdankte Hayes die Präsidentschaft allein dem Umstand, dass Baxter seine Beziehungen in Kalifornien hatte spielen lassen.

Öffentlich gewann man den Eindruck, dass die beiden politischen Weggefährten perfekt zusammenarbeiteten. Sobald sie unter sich waren, machte Baxter aus seiner Verachtung für den anderen keinen Hehl. Er hielt Hayes für ein schlichtes Gemüt, das nur deshalb im Weißen Haus saß, weil es im Gegensatz zu den übrigen Kandidaten keine sexuellen Affären oder andere Leichen im Keller hatte. Und natürlich, weil Sherman Baxter ihm den so wichtigen Vorwahlsieg in Kalifornien verschafft hatte – im Prinzip nur, weil er die Unterstützung als ideales Sprungbrett für die eigene politische Karriere betrachtete.

Nach dem strapaziösen Wahlkampf und nur fünf Monaten im Amt hatte Baxter bereits die Schnauze voll davon, hinter Hayes ins zweite Glied zu treten. Sherman Baxter der Dritte, stolzer Erbe eines der führenden Weingüter Kaliforniens, tat sich schwer damit, Befehle von einem Mann entgegenzunehmen, dessen Familie ihr Vermögen der Herstellung von Kühlerschläuchen verdankte. An den Gedanken, drei weitere Jahre als Wasserträger zu verbringen, musste er sich erst gewöhnen. Dass im Falle einer Wiederwahl sogar sieben daraus werden konnten, wollte er sich gar nicht erst vorstellen.

King und Tutwiler setzten ihre Diskussion fort, während Baxter abwesend aus dem Fenster starrte. Sein schwarzes Haar dünnte allmählich aus und er trug es nach hinten gekämmt. Baxter schob seinen linken Arm über den Ansatz eines Bäuchleins und erinnerte sich an eine Bemerkung von King während eines Gesprächs über die anstrengende Zusammenarbeit mit diesem Einfaltspinsel Hayes. »Nicht vergessen, Boss. Sie sind nur einen Herzschlag davon entfernt, selbst Präsident zu werden. Könnte doch sein, dass eines Tages irgendein Verrückter bei Hayes die Lichter ausknipst.« Manchmal jagten ihm die Vorahnungen von Dallas Angst ein.

Die Wagenkolonne erreichte die George Mason Memorial Bridge. Trotz der inneren Anspannung kostete Baxter für einen kurzen Moment die süße Tatsache aus, dass er nach aktuellem Stand amtierender Präsident der Vereinigten Staaten war.

Special Agent Skip McMahon vom FBI stand im vierten Stock des Executive Office Buildings und blickte aus dem Joint Operations Center auf das Weiße Haus. Von seiner Position aus konnte er neun tote Secret-Service-Leute erkennen. Man hatte ihm gesagt, dass auf der anderen Seite des Gebäudes noch weitere Leichen lagen. Die genaue Zahl der Opfer war aktuell nicht bekannt. Selbst vier Stunden nach Beginn der Anschläge kursierten nur spärliche Informationen. Niemand wusste genau, was im Inneren des Gebäudes vor sich ging.

McMahon war seit 26 Jahren beim FBI und hatte eigentlich geglaubt, mittlerweile alles erlebt zu haben. Frisch vom College hatte er beim Federal Bureau angefangen und war nach vierjähriger Ermittlungsarbeit zu einer Serie von Banküberfällen in Las Vegas nach Washington versetzt worden, um im Bereich der Spionageabwehr eingesetzt zu werden. Nach fast einem Jahrzehnt als Agentenjäger landete er dann bei der Abteilung für Gewaltverbrechen. Die Versetzung hatte zum Scheitern seiner Ehe und beinahe auch der Karriere geführt. Der frühere Football-Verteidiger von der Perm State stellte rasch fest, dass er ein Händchen dafür hatte, sich in die kranken Gehirne der Verbrecher hineinzuversetzen, auf die er angesetzt wurde. Doch sechs Jahre des Wühlens in den Abfällen der amerikanischen Gesellschaft hatten Spuren hinterlassen. Die ständige Auseinandersetzung mit den Taten von Serienkillern und kranken Perversen, die Menschen entführten, vergewaltigten, folterten oder unschuldige Kinder töteten, setzte seiner Psyche schwer zu.

Glücklicherweise hatte McMahon die Warnsignale rechtzeitig erkannt und seinen Abschied aus der Abteilung erklärt, bevor der Job ihn seelisch fertigmachte. Danach übertrug man ihm die Leitung der Critical Incident Response Group, kurz CIRG, die vor allem bei Geiselnahmen in Aktion trat. Zu seinen Aufgaben gehörte ferner die Leitung des angesehenen Hostage Rescue Teams, das sich in solchen Fällen um die Rettung der Opfer kümmerte, sowie eines halben Dutzends weiterer Ermittlungs- und Unterstützungsteams. Nicht einmal in Hunderten von Meetings zu Terroranschlägen hatte er sich jedoch mit dem Risiko eines möglichen Frontalangriffs auf das Weiße Haus beschäftigen müssen.

McMahon verlagerte seine Aufmerksamkeit auf die Hausdächer der Umgebung, die nahezu vollständig mit Scharfschützen von FBI und Secret Service besetzt waren – eine Situation, mit der er alles andere als glücklich war, weil diese Anweisungen von ihren jeweiligen Arbeitgebern erhielten. Auf diese Weise konnte man eine Krise dieses Ausmaßes kaum unter Kontrolle bekommen. Er musste dringend dafür sorgen, dass sie unter eine gemeinsame Regie gestellt wurden.

Eine Agentin, die neben McMahon stand, hielt ihm die Armbanduhr vors Gesicht. »Sie sollten los, Sir. Das Meeting fängt in 20 Minuten an.«

McMahon nickte. Mit hängenden Schultern betrachtete

er die gefallenen Kollegen auf dem South Lawn und fragte: »Haben wir neue Zahlen, was die Opfer betrifft?«

Special Agent Kathy Jennings schaute in ihre Notizen. »Aktuell wissen wir von 18. Keiner hat einen Überblick, wie viele Tote im Weißen Haus liegen.« McMahon schüttelte den Kopf und musste das erst einmal verdauen. Er fühlte sich unglaublich müde, dabei war die Krise noch längst nicht bewältigt. Er drehte sich um und lief zur Tür. Er hasste Besprechungen mit den hohen Tieren. Auf dem Weg nach draußen bedankte er sich bei mehreren Leuten vom Secret Service dafür, dass sie ihm einen Einblick in ihre Arbeit gewährt hatten.

Jennings folgte einen halben Schritt hinter ihm. Sobald sie sicher sein konnte, dass es sonst keiner hörte, meinte sie: »Ich glaube nicht, dass die Leute hier besonders glücklich darüber sind, uns zu sehen. Die ahnen vermutlich, dass wir das Ruder an uns reißen wollen.«

»Ach, ich weiß nicht. Sie haben mindestens 18 Tote zu beklagen, vermutlich wächst die Zahl noch auf das Doppelte, und das Weiße Haus ist ihr direkter Verantwortungsbereich.« Sie erreichten die Treppe nach unten.

»Aber mit dieser Sache sind sie doch völlig überfordert«, fand Jennings. Sie hielt inne, als zwei Sicherheitsleute aus der Gegenrichtung an ihnen vorbeikamen, ehe sie leise fortfuhr: »Das ist eindeutig ein Fall für das FBI. Immerhin geht es hier um terroristische Aktivitäten vor unserer eigenen Haustür.«

»Es werden sich noch eine Menge Leute einmischen«, prophezeite er.

»Wer denn?«

»Zum Beispiel das US-Militär … und eben der Secret Service.«

Die selbstbewusste junge Agentin wollte davon nichts hören. »Das Militär darf sich doch gar nicht …«

McMahon hob die Hand und unterbrach sie. »Heben Sie sich Ihren Vortrag für einen der Anwälte in Ihrem Freundeskreis auf.« Er selbst war sehr stolz darauf, zu den wenigen Leuten beim FBI ohne juristischen Background zu gehören. »Wir reden hier von der Realität und ich spreche aus Erfahrung. Was glauben Sie denn, warum die Besprechung gleich im Pentagon stattfindet?« Er ließ sie darüber nachdenken, während sie die nächste Treppenflucht erreichten. »Wenn es doch so eindeutig in unsere Zuständigkeit fällt, warum treffen wir uns dann nicht im Hoover Building oder drüben im Justizministerium?«

Jennings begriff, worauf er hinauswollte. Inzwischen waren sie im Erdgeschoss angelangt, verließen das Gebäude und näherten sich der 17th Street. »Während ich im Pentagon bin«, sagte McMahon zu seiner jungen Kollegin, sollten Sie sich um unseren mobilen Kommandoposten kümmern. Legen Sie den Schichtplan fest und lassen Sie sich von niemandem reinreden.«

Er schraubte seine Stimme eine Oktave nach oben. »Sagen Sie diesen Clowns einfach, dass ich heute ziemlich mies gelaunt bin. Wenn ich nachher von diesem albernen Vortanzen zurückkomme, werde ich bestimmt ein bisschen Dampf ablassen wollen.« Sein hitziges Temperament war in Mitarbeiterkreisen berüchtigt. »Niemand arbeitet länger als acht Stunden am Stück, es sei denn, ich genehmige es ausdrücklich. Nach Schichtende hat jeder sofort nach Hause zu gehen. Die Sache könnte sich über Wochen hinziehen. Da kann ich keine ausgebrannten Leute auf den Posten gebrauchen.«

»Sonst noch etwas?«

»Ja. Die Leute vom Hostage Rescue Team sollen sich einsatzbereit machen. Das hat aktuell höchste Priorität.«

Der teure Anzug war erneut einem grünen Kampfanzug gewichen. Außerdem hatte sich Rafique Aziz mit einer Pistole bewaffnet und eine Gasmaske am Gurtband befestigt. Er saß am Kopfteil eines lang gezogenen Tischs und starrte auf die Reihe von Fernsehschirmen an der hinteren Wand des Situation Rooms.

Auf drei der sechs Geräte lief das Programm der landesweiten Networks, das vierte war auf CNN geschaltet. Bei allen Sendern stand die Krise im Weißen Haus im Mittelpunkt. Sie berichteten wechselweise aus ihren Studios in New York oder griffen für Liveschaltungen auf die benachbarten Studios am Lafayette Square zurück.

Aziz' ursprüngliche Wut darüber, dass ihm der Präsident durch die Lappen gegangen war, hatte sich mittlerweile verzogen. Mit der für ihn typischen Akribie hatte er sich auf diese Eventualität vorbereitet. Solange ihm nur genug Zeit blieb, konnte er trotzdem alle Missionsziele erreichen. Er gönnte sich einen kurzen Moment der Zufriedenheit. Immerhin hatte er das Wichtigste geschafft und kontrollierte das berühmteste, dekadenteste Symbol der westlichen Welt. Der Dschihad, der Heilige Krieg, tobte auf feindlichem Gebiet. Er musste es nur noch schaffen, den Präsidenten aus dem Bunker herauszuholen, um sein Werk zu vollenden. Dann hielt sich Amerika künftig aus den Angelegenheiten der arabischen Welt heraus.

Es klopfte an der Tür. »Herein!«, sagte Aziz, ohne sich umzudrehen.

Muammar Bengazi, der sich sonst selten eine Regung anmerken ließ, stand mit einem Lächeln in der Tür. Er hatte die AK-74 über die Schulter geschlungen und hielt einen Notizblock in der Hand. »Wir kontrollieren das gesamte Gebäude«, triumphierte er. »Wie von dir befohlen, haben wir die Außenwände und mögliche Zugangspunkte mit Sprengfallen gesichert.« Ein Leuchten blitzte in den Augen des Terroristen auf. »Und es ist uns auch gelungen, die Kontrolle über das Sicherheitssystem des Secret Service zu übernehmen und die Waffen der Sicherheitsleute in unseren Besitz zu bringen.« Bengazi trat vor und legte beide Hände auf die Lehne eines Stuhls.

»Wie befohlen, habe ich das Außenüberwachungssystem deaktiviert. Wir greifen lediglich auf die Bilder der Kameras auf dem Dach zurück. Die Modemverbindungen haben wir natürlich gekappt, damit keine Aufnahmen mehr an ihr Hauptquartier weitergeleitet werden.«

»Gut. Den Amerikanern kann man nicht trauen. Man weiß nie, mit welchen technischen Tricks sie einem kommen.«

Bengazi nickte zustimmend und händigte seinem Anführer den Notizblock aus. »Wie gewünscht, eine Liste sämtlicher Geiseln mit Namen und Funktionsbezeichung. Ich habe die Wichtigsten für dich eingekreist.«

Aziz lehnte sich auf dem Stuhl zurück und blätterte die Aufstellung durch, die Hand unter das Kinn geschoben. »Insgesamt 76 Gefangene.«

»Korrekt.«

Auf der dritten Seite stieß Aziz auf den Namen, den er gesucht hatte. Es war die erste Person, die er töten wollte. Er tippte mit dem Finger auf die Zeile und fragte: »Wie viele Secret-Service-Agenten sind es?«

»Die habe ich separat von den 76 Geiseln auf der nächsten Seite erfasst. Neun sind noch am Leben, vier von ihnen brauchen ärztliche Hilfe. Außerdem gibt es noch ein paar Marines und andere Militärangehörige.«

»Hast du sie auch in einem anderen Raum untergebracht, wie wir's besprochen haben?«

»Ja. Ein Stockwerk höher.«

»Gefesselt und mit verbundenen Augen?«, bohrte Aziz nach.

»Natürlich.«

»Hat einer der Zivilisten schon Dummheiten versucht?«

»Bisher nicht.«

Aziz blätterte zur ersten Seite zurück. »Sobald der erste von ihnen aufsteht und den Helden spielen will, sagst du mir sofort Bescheid. Ich werde mich dann persönlich um ihn kümmern. Wir haben ohnehin zu wenig Männer. Da kann ich's nicht brauchen, dass einer der Gefangenen den Helden mimt.«

Bengazi nickte und schlug vor: »Wir sollten den Zivilisten erlauben, auf Toilette zu gehen.«

Aziz sah auf die Uhr. Ein vernünftiger Vorschlag, der dafür sorgen würde, die aufgewühlten Gemüter ein bisschen zu beruhigen. »Okay, aber die Agenten vom Secret Service und die Marines sollen sich ruhig einpinkeln und im eigenen Kot verrotten.«

»Ja, Rafique. Möchtest du die Sprengladungen kontrollieren?«

»Nein, ich vertraue dir, dass du den Job vernünftig erledigt hast. Und nun entschuldige mich, ich muss einen Anruf tätigen.« Er zeigte zu den Fernsehern. »Sie bereiten sich auf eine Sitzung in ihrem Pentagon vor.«

Bengazi verstand. »Kein Problem. Ich muss mich sowieso noch um einige Kleinigkeiten kümmern.«

»Ach ja, eins noch.« Aziz' Kinn ruckte nach oben. »Wie läuft's bei unserem kleinen Maulwurf?«

»Er hat seine Ausrüstung schon aufgebaut und mit der Arbeit angefangen. Er behauptet, er sei im Plan.«

»Gut. Behalt ihn trotzdem im Auge. Immerhin ist er keiner von uns.«

»Ich habe ihm gesagt, er darf höchstens aufs Klo gehen, ohne mich vorher zu fragen«, sagte Bengazi mit einem Grinsen. »Er hat mir die Geschichte abgenommen, dass wir das ganze Gebäude vermint haben und er sonst aus Versehen in die Luft fliegt.«

Aziz zeigte aufs Funkgerät. »Sehr schön. Wenn ich etwas brauche, melde ich mich.« Er beobachtete, wie Bengazi aus dem Raum ging, und gab ihm noch eine Empfehlung mit auf den Weg: »Muammar, entspann dich. Heute passiert bestimmt nichts mehr. Die Politiker sind jetzt am Zug. Bis die zu einer Entscheidung gelangen und das FBI einschalten, sind wir längst bereit.«

Bengazi nickte. »Ich weiß. Du hast mich ja in die nächsten Schritte des Plans eingeweiht. Andererseits wäre jetzt der ideale Zeitpunkt für sie, uns zu attackieren. Wir sind noch nicht optimal vorbereitet. Die Geiseln haben noch Kraft und könnten Ärger machen. In drei Tagen sind sie geschwächt und verwirrt. An ihrer Stelle würde ich jetzt zuschlagen.«

Aziz lächelte seinen Freund an. »So funktioniert das in Washington nicht. Das Militär wird einen schnellen, kompromisslosen Zugriff empfehlen, aber die Politik setzt in solchen Fällen auf Zurückhaltung und überlegtes Vorgehen.«

»Und das FBI?«

»Steht zwischen den Stühlen und handelt erst, wenn es konkrete Befehle erhält. Entspann dich, mein Freund.

Aktuell haben wir nichts zu befürchten. Ich rechne sogar damit, dass ich sie gezielt provozieren muss, damit sie uns angreifen.«

Bengazis buschige Augenbrauen hoben sich. »Aber erst, wenn wir bereit sind?«

»Ganz genau. Trägst du schon die Spezialkleidung, die ich dir gegeben habe?«

»Nein.«

»Warum nicht?«, fragte Aziz irritiert.

»Ich fände es nicht richtig, die anderen Männer im Stich zu lassen, wenn es zum Äußersten kommt.«

»Der Plan funktioniert aber nicht, wenn alle eingeweiht sind, Muammar. Ich befehle dir, sie anzuziehen. Es ist unsere einzige Absicherung, falls die Amerikaner das Gebäude stürmen.«

Bengazi nickte zögernd und ging. Aziz dachte über den Fluchtplan nach. Damit er funktionierte, mussten einige günstige Faktoren aufeinandertreffen, aber zumindest hatten sie überhaupt eine Chance. Ohnehin verlor alles andere an Bedeutung, wenn es ihm nur gelang, den Präsidenten in die Finger zu bekommen.

Aziz konzentrierte sich erneut auf die Berichterstattung im Fernsehen. Die meisten Reporter standen mit einem Kamerateam vor dem Pentagon. Er regelte mit der Fernbedienung den Ton des Geräts lauter, auf dem das Programm von CNN lief. Der Korrespondent berichtete gerade, dass der Vizepräsident und weitere führende Politiker ein Krisentreffen abhielten. Der Terrorist blickte sich zufrieden im ausladenden Situation Room um. Normalerweise fanden solche Unterredungen hier statt.

10

Das Besprechungszimmer der Vereinigten Stabschefs befand sich im Allerheiligsten des imposanten fünfeckigen Bauwerks, in dem das amerikanische Verteidigungsministerium seinen Sitz hat – dem sogenannten E-Ring. Auf den weiten Korridoren, die rund um diese hochmoderne Krisenzentrale des Pentagons verlaufen, stößt man vermutlich auf mehr Flaggen und Staatssymbole als in jedem anderen Regierungs- oder Militärgebäude der Welt. Colonels und Captains, die durch das Gebäude laufen, salutieren in dieser Umgebung mindestens so oft wie ein Rekrut, der gerade die Grundausbildung absolviert. Der E-Ring ist generell nicht gerade als entspannte, unbeschwerte Arbeitsumgebung bekannt. An diesem speziellen Tag war die Stimmung jedoch noch deutlich ernster als sonst.

Zwei Marines standen neben den breiten Schwingtüren auf ihrem Posten, während die führenden Vertreter Washingtons in den zunehmend überfüllten Raum drängten. Mit ihren Assistenten im Schlepptau fanden sich nach und nach sämtliche Ressortchefs ein. Zuerst der Innenminister, gefolgt vom Minister für Gesundheitspflege und Soziale Dienste und dem Außenminister. Innerhalb von fünf Minuten hatten sich mit Ausnahme der Justizministerin und des Vizepräsidenten sämtliche Kabinettsmitglieder versammelt. Es herrschte ein Geräuschpegel wie in einer gut frequentierten Bar, während sich alle auf den aktuellen Stand bringen ließen.

FBI-Direktor Roach und Special Agent Skip McMahon trafen ein und wurden sofort mit Fragen bedrängt. Zu ihrem Glück betrat wenige Sekunden später General Flood zusammen mit den anderen Vereinigten Stabschefs den Raum. Er lief zum Kopf der Tafel und stellte einen großen schwarzen Kaffeebecher vor sich.

»Nehmen Sie bitte Platz!« Floods befehlsgewohnte Stimme dröhnte durch den Saal. Sofort reduzierte sich die Geräuschkulisse auf vereinzelte Redner. »Legen wir los, Leute.« Er klatschte in die Hände. »Vor uns liegt eine Menge Arbeit.«

Die Anwesenden setzten sich. Vizepräsident Baxter und Justizministerin Tutwiler kamen gerade an und fanden freie Stühle im Eingangsbereich. Der Außenminister, ein enger Freund von Präsident Hayes, beugte sich sofort zu Baxter und fragte ihn, was überhaupt los war. Im selben Moment tauchte auch CIA-Direktor Stansfield in Begleitung von Irene Kennedy und Mitch Rapp auf. Flood wies auf drei Stühle an seinem Ende der imposanten Runde und bat einen seiner persönlichen Referenten, die Türen zu schließen. Dieser erledigte es mit einer Endgültigkeit, die jedem verriet, dass das Treffen jetzt anfing.

»Leute«, fuhr Flood fort. »Ich will nicht um den heißen Brei herumreden. Derzeit kursieren eine Menge Gerüchte darüber, was heute Morgen angeblich im Weißen Haus vorgefallen ist. Manche von ihnen treffen teilweise zu, andere entbehren jeder Grundlage. Ich werde Ihnen jetzt sagen, was geschehen ist: Gegen etwa 9:30 Uhr ist eine Gruppe von Terroristen in das Regierungsgebäude eingedrungen und hat dort die Kontrolle übernommen.«

Bevor Flood weiterreden konnte, erhob sich ein Gewirr aus Nachfragen und Flüchen. »Leute!«, brüllte Flood, um für Ruhe zu sorgen. »Wie gesagt, es gibt eine Menge Dinge zu regeln, also reißen Sie sich gefälligst zusammen.« Er ließ einen drohenden Blick durch den Raum schweifen. Nachdem offenbar jeder begriffen hatte, dass seine Geduld aufs Äußerste strapaziert war, fuhr der General fort: »Wie gesagt, die Eindringlinge geben derzeit die Regeln vor. Sie haben eine unbekannte Zahl von Geiseln genommen. Es gibt eigentlich nur eine gute Nachricht: Präsident Hayes konnte trotz der chaotischen Situation sicher in den unterirdischen Bunker gebracht werden. Die Kommunikation zu ihm ist unterbrochen, aber wir wissen, dass er in Sicherheit ist.

Das bringt uns zum ersten Punkt der Tagesordnung. Präsident Hayes ist derzeit nicht in der Lage, die Regierungsgeschäfte wahrzunehmen. Unter Berufung auf den 25. Zusatzartikel der Verfassung der Vereinigten Staaten übertrage ich damit alle Befugnisse auf seinen Stellvertreter Sherman Baxter – und zwar so lange, bis Präsident Hayes wieder in der Lage ist, seine Pflichten zu erfüllen. Ich wurde darüber informiert, dass ein Großteil des Kabinetts dieser Maßnahme zustimmt. Leider haben wir nicht alle von Ihnen im Vorfeld dieser Sitzung erreichen können, aber die Lage war, wie Sie wissen, äußerst angespannt.«

Der General führte seine Hände vor der Brust zusammen. »Damit also keine Zweifel bestehen: Auf absehbare Zeit ist Vizepräsident Baxter amtierender Präsident und hat damit auch die Befehlsgewalt über die US-amerikanischen Streitkräfte.«

Flood stellte Augenkontakt zu einigen der Anwesenden her und gab allen die Gelegenheit, die Neuigkeit zu verarbeiten, ehe er hinzufügte: »Um Missverständnisse zu vermeiden, werden wir Sherman Baxter weiterhin als Vizepräsident bezeichnen. Sind wir uns so weit einig?«

General Flood wartete, ob jemand verrückt genug war, ein Veto einzulegen. Nachdem das nicht der Fall war, wandte er sich dem Leiter des Secret Service zu seiner Linken zu. »Direktor Tracy wird uns nun genauere Einzelheiten zu den Vorfällen des heutigen Morgens mitteilen. Ich bitte Sie, auf Nachfragen zu verzichten, bis er seinen Bericht abgeschlossen hat.«

Mit ernster Miene stand der Secret-Service-Chef auf und lief zum Pult am Kopfende des Tischs. Alex Tracy war ein untersetzter Mann mit überdurchschnittlich großem Kopf und wirkte so angestrengt, wie man es vom Verantwortlichen einer der weltweit führenden Strafverfolgungsbehörden erwartete. Mit dem Enthusiasmus eines Todeskandidaten, der gerade den Weg zum Galgen antritt, betrat er das Podium, legte einen Zettel mit Stichpunkten auf das Pult und stemmte die Arme in die Hüften.

Mit einem erschöpften Blick und leicht zittriger Stimme begann er: »Spät am gestrigen Abend rief der Vorsitzende des Democratic National Committee im Weißen Haus an und bat um einen Termin beim Präsidenten. Dieser wurde auf neun Uhr am heutigen Vormittag festgelegt. Das Personal des Weißen Hauses hielt sich nicht an die strikten Vorgaben des Secret Service und gewährte Piper und seinem Begleiter das Treffen, ohne uns im Vorfeld einen Sicherheitscheck für die Begleitperson zu ermöglichen. Inzwischen wissen wir, dass es sich bei seinem Gast um Rafique Aziz handelt, einen der meistgesuchten Terroristen weltweit.«

Tracy blickte kurz auf, bevor er mit seinen Schilderungen fortfuhr: »Nach unseren bisherigen Erkenntnissen hat sich Aziz gegenüber Piper als Prinz Kalib aus Oman ausgegeben. Aziz überreichte dem Demokratischen

Nationalkomitee einen Scheck mit einer Spende in Höhe von 500.000 Dollar und bat als Gegenleistung um eine persönliche Unterredung mit dem Präsidenten.«

Als er diesmal seine Rede unterbrach, richtete er den Blick unmissverständlich auf eine bestimmte Gruppe von Politikern im hinteren Teil des Raums. Da es sich bei nahezu allen Kabinettsmitgliedern um Demokraten handelte, brach unter ihnen Nervosität aus und sie tauschten besorgte Blicke. Das versprach politischen Zündstoff. Eine offizielle Untersuchung durch den Kongress schien da noch das geringste Problem zu sein.

Nachdem sich die erste Unruhe gelegt hatte, berichtete Tracy: »Aziz und der Kommissionsvorsitzende Piper trafen heute Morgen etwa zur gleichen Zeit im Oval Office ein, als wir von der CIA einen Hinweis auf ein bevorstehendes Terrorattentat auf das Weiße Haus erhielten. Während Aziz und Piper das Gebäude betraten, fuhr das Lieferfahrzeug eines lokalen Wäschedienstes in die Tiefgarage des Treasury Buildings, so wie am Morgen jedes Werktags. Entgegen sämtlichen Sicherheitsbestimmungen wurde das Fahrzeug von einem uniformierten Secret-Service-Beamten ohne jede Überprüfung durchgewinkt.« Tracy war die Sache sichtlich unangenehm. Nervös konsultierte er sein Manuskript. Dass Aziz ins Weiße Haus gelassen worden war, konnte man auf Piper abwälzen, aber die Sache mit dem Lieferwagen ging definitiv auf das Konto des Secret Service.

»Offenbar verbarg sich auf der Ladefläche des Trucks eine noch unbekannte Zahl von Terroristen, außerdem Ausrüstung, die genutzt wurde, um über den Treasury-Tunnel in den Keller des Regierungsgebäudes vorzudringen. Dieses gewaltige Fehlverhalten von einem unserer

Mitarbeiter ist bereits Gegenstand eines internen Untersuchungsverfahrens. Sie erhalten bis heute Abend einen vorläufigen Bericht dazu, Sir«, sagte er in Richtung von Vizepräsident Baxter.

Dann wandte er sich wieder seinen Notizen zu. »Nachdem wir den Hinweis auf einen bevorstehenden Terrorangriff von der CIA erhalten hatten, begab sich Jack Warch, der Verantwortliche für den Personenschutz des Präsidenten, umgehend zum West Wing, um den Sachverhalt mit Präsident Hayes zu besprechen. Bei seinem Eintreffen hielten sich Piper und sein Begleiter, Aziz, bereits im Oval Office auf. Sobald Warch von dem unautorisierten Besuch erfuhr, betrat er das Büro des Präsidenten, um dessen Sicherheit zu garantieren.

Danach ging alles sehr schnell. Ein Scharfschütze auf der Dachterrasse des Washington Hotel eröffnete das Feuer auf die Sicherheitsbeamten auf dem Dach des Weißen Hauses. Zeitgleich drangen die übrigen Terroristen über den Treasury-Tunnel in das Gebäude vor und Warch ordnete die Evakuierung des Präsidenten in den Bunker an.

Die meisten von Ihnen werden wissen, dass die früheren Bunkeranlagen im Weißen Haus noch aus dem Zweiten Weltkrieg stammen und letztlich nur ein nachträglich verstärkter Tunnel sind. Im letzten Januar wurden die Arbeiten an einer neuen Bunkeranlage abgeschlossen, die sich im dritten Kellergeschoss des Executive Mansion befindet. Das Army Corps of Engineers hat die Umsetzung koordiniert. Sie griffen dafür auf standardisierte Entwürfe zurück, die wir in solchen Fällen grundsätzlich … Entschuldigen Sie.« Tracy drehte den Kopf zur Seite und hustete.

»Jedenfalls ist der neue Bunker noch nicht voll funktionsfähig. Der eigentliche Bau ist zwar abgeschlossen, auch die Filter für biologische, chemische und radioaktive Waffen wurden bereits eingebaut, nicht jedoch das Kommunikationssystem. Das sollte in diesem Sommer nachgeholt werden. Immerhin sind aber bereits Vorräte und andere lebenswichtige Gegenstände eingelagert.« Tracy gewann allmählich das gewohnte Selbstvertrauen zurück.

»Wir wissen mit hundertprozentiger Sicherheit, dass es Special Agent Warch gelungen ist, Präsident Hayes, Valerie Jones und acht weitere FBI-Agenten in den Bunker zu bringen. Bis gegen 9:15 Uhr standen wir über das verschlüsselte Funksystem mit ihnen in Kontakt. Seit diesem Zeitpunkt ist keine Verbindung mehr möglich. Nach Angaben meiner technischen Berater setzen die Terroristen offenbar einen Störsender ein, um die Kommunikation gezielt zu blockieren.

Nach unserem aktuellen Kenntnisstand wurden 18 Secret-Service-Beamte im Rahmen des Angriffs getötet, 15 weitere werden vermisst.« Tracys Stimme zitterte fast unmerklich. »Wir müssen davon ausgehen, dass sie entweder ebenfalls tot sind oder als Geiseln genommen wurden.« Er spürte, wie sich ein Kloß in seiner Kehle bildete, und legte eine kurze Pause ein, die er nutzte, um demonstrativ im Manuskript zu blättern. »Es ist davon auszugehen, dass Aziz und seine Männer zwischen 80 und 100 Menschen in ihrer Gewalt haben, abzüglich der unbekannten Zahl weiterer Todesopfer. Wir haben das Weiße Haus weiträumig umstellt. Unsere Anti-Terror-Einheit ist einsatzbereit, um das Gebäude zu stürmen, sobald sie von Ihnen den Befehl dazu erhält.«

Tracy klappte seine Unterlagen zu und suchte am anderen Ende des Tischs den Blick von Vizepräsident Baxter. »Das einzig Positive, was ich Ihnen berichten kann, ist der Umstand, dass Präsident Hayes in Sicherheit ist. Ich habe mit den Konstrukteuren des neuen Bunkersystems gesprochen. Laut ihrer Aussage gibt es keinerlei Möglichkeit für Aziz, sich Zutritt zu dem unterirdischen Komplex zu verschaffen.«

Vizepräsident Baxter saß zurückgelehnt da, eine Hand unter dem Kinn, die andere lässig auf der Armlehne. Zusammen mit Dallas hatte er sich auf diese Situation vorbereitet. Als Neuling im politischen Machtzirkus von Washington musste er unmissverständlich zeigen, dass er die Lage im Griff hatte. Da eignete sich Tracy, der nach dieser Aktion auf der Abschussliste stand, perfekt, um ein Exempel zu statuieren. Er ließ den Secret-Service-Chef nicht aus den Augen und kippelte auf dem Stuhl nach vorn. Mit einer Stimme, die jegliches Mitleid vermissen ließ, fragte er: »Direktor Tracy, wären Sie so freundlich, mir zu erklären, wie um alles in der Welt Ihnen ein solcher Patzer unterlaufen konnte?«

Tracy stand schweigend am Rednerpult. Mit so einer aggressiven Reaktion hatte er nicht gerechnet. Vizepräsident Baxter trommelte mit den Fingern auf dem Tisch und ließ ihn so schnell nicht von der Leine. Nach einem ausgedehnten Schweigen setzte er seine Anklage fort: »Direktor Tracy, Ihr Personal hat unser Land im Stich gelassen. Das versetzt uns in eine äußerst missliche Lage, und Sie finden nicht einmal Worte, um dieses Fehlverhalten zu erklären?«

Baxter sah in die Runde, um die Reaktion der übrigen Anwesenden zu beobachten. »Ich habe die Entscheidung getroffen, Ihre Leute vom FBI ablösen zu lassen. Sobald mir Direktor Roach das Eintreffen seines Teams vor Ort bestätigt«, fügte er mit einem Blick auf den FBI-Chef hinzu, »sind Sie aus dem Spiel.«

Tracys Verlegenheit verwandelte sich zunehmend in blanke Wut. »Sir«, protestierte er. »Die Sicherheit des Weißen Hauses fällt in die Zuständigkeit des Secret Service. Wir …«

Baxter erhob die Stimme und schnitt Tracy das Wort ab. »Ich wurde von der Justizministerin darauf hingewiesen, dass das Weiße Haus unter normalen Umständen zwar in Ihren Aufgabenbereich fällt, aber da es sich um ein staatliches Gebäude handelt, ist das FBI ebenfalls für seine Sicherheit verantwortlich.«

»Aber niemand kennt den Innenbereich und die Umgebung besser als meine Leute«, beharrte Tracy. »Außerdem werden einige unserer Agenten derzeit als Geiseln dort festgehalten …«

Baxter schüttelte vehement den Kopf. »Direktor Tracy, der Secret Service hatte seine Chance und ist gescheitert … kläglich, wenn ich das hinzufügen darf.«

Die Erniedrigung vor den führenden Vertretern Washingtons sorgte dafür, dass Tracy die Zornesröte ins Gesicht stieg. Er konnte nicht fassen, was gerade passierte. Er arbeitete seit mittlerweile 29 Jahren für das Establishment und hatte miterlebt, wie Verantwortliche wegen weitaus kleinerer Vergehen den Löwen zum Fraß vorgeworfen wurden. Er hätte es kommen sehen müssen, aber es geschah alles so schnell. In den letzten Stunden hatte er sich eher mit den Männern beschäftigt, die er verloren hatte, als mit der politischen Sprengkraft dieser Krise. Er stellte sich ein wenig aufrechter hin, um wenigstens seine

Ehre zu retten. »Wir haben heute das Leben des Präsidenten gerettet und mindestens 18 unserer Kollegen verloren. Sie wollen doch nicht etwa behaupten …«

Baxter ließ die Faust mit einer Wucht auf den Tisch knallen, wie es außer King und Tutwiler vorher noch niemand bei ihm erlebt hatte. Er ließ Tracy nicht mehr zu Wort kommen. »Ihretwegen haben wir die Kontrolle über das Weiße Haus verloren! Sie sind eine Schande für das gesamte Land!« Baxter funkelte den Secret-Service-Chef noch einen Moment länger an, ehe er tief durchatmete, sich zügelte und mit ruhigerer, aber nicht weniger entschlossener Stimme hinzufügte: »Ich habe die Angelegenheit mit Finanzminister Rose besprochen und erwarte, dass Ihr Rücktrittsgesuch auf dem Tisch liegt, bevor ich mich heute Abend mit einer Ansprache an die Nation wende.« Er schüttelte in geheuchelter Fassungslosigkeit den Kopf. »Es ist mir wirklich unbegreiflich, wie so etwas passieren konnte.«

Statt sich in sein Schicksal zu fügen, beschloss Tracy, standhaft zu bleiben. Dass er nach der Ermordung seiner Leute nun auch noch als Bauernopfer für die Medien herhalten musste, ließ seinen Blutdruck in die Höhe schnellen. Dieser Baxter hatte doch keine Ahnung, wie oft man seinen Stolz hinunterschlucken musste, um Politiker wie ihn zu beschützen, die oft weniger Skrupel verspürten als ein Zuhälter. Tracys Gesicht verfärbte sich dunkelrot und er starrte Baxter an. Ihm blieb nicht viel Zeit, um zu entscheiden, ob er klein beigab und sich wie ein Versager abservieren ließ oder diesen Kampf bis zur letzten Minute ausfechten würde. Er entschied sich für Letzteres. Das schuldete er den Männern und Frauen, die unter seinem Kommando ums Leben gekommen waren.

»Ich werde Ihnen erklären, wie so etwas geschehen konnte. Es ist geschehen, weil Sie und Ihre geschätzten Kollegen seit meinem Amtsantritt sämtliche Anträge auf eine Erweiterung des Budgets für den Secret Service abgeschmettert haben.« Tracy erhob die Stimme. »Und es ist geschehen, weil der Vorsitzende Ihres nationalen Komitees in seinem Übereifer, Spendengelder für Ihre geschätzte Partei an Land zu ziehen, einem weltweit gesuchten Terroristen Zugang zum Weißen Haus verschafft hat!«

»Jetzt ist es aber genug!«, rief Baxter. »Verlassen Sie diesen Raum und räumen Sie sofort Ihr Büro.«

In Tracys Blick lag nichts als Verachtung, als er den Vizepräsidenten ansah. »Von mir aus schieben Sie ruhig alles auf den Secret Service, wenn Sie sich heute Abend an die Nation wenden. Dann müssen Sie umgekehrt allerdings damit rechnen, dass ich bei meiner Pressekonferenz morgen Vormittag jedem in Erinnerung rufen werde, wie abfällig Sie sich im letzten Wahlkampf über unsere Arbeit geäußert haben. Ich weiß es noch, als wäre es gestern gewesen, weil ich es damals für eine Unverfrorenheit hielt, Menschen vor den Kopf zu stoßen, die sich teilweise mehr als 100 Stunden pro Woche abrackern, um Politiker wie Sie zu beschützen. Wissen Sie noch? Sie sagten, der Secret Service bestehe aus einer Horde von Paranoikern, die es zwar gut meinen, ihre eigene Bedeutung dabei aber maßlos überschätzen. Ich bin mir sicher, dieses Zitat hinterlässt bei Ihren Wählern in Verbindung mit der Weigerung, unsere finanzielle Ausstattung zu verbessern, einen tollen Eindruck. Ach ja, vergessen wir nicht den Umstand, dass Sie sich mit Ihren Lobbyisten in New York über ein 5000-Dollar-Frühstück hergemacht haben, während meine Leute hier gestorben sind wie die Fliegen.«

Als Nächster bekam der Finanzminister sein Fett ab: »Und Sie als mein direkter Vorgesetzter erinnern sich bestimmt noch an Ihre Reaktion, als ich erweiterte Sicherheitsmaßnahmen für das Weiße Haus eingefordert habe. Darf ich an Ihr Antwortschreiben aus dem letzten Februar erinnern, in dem Sie den Regierungssitz als einen der sichersten Bauten der Welt bezeichneten und behaupteten, es sei völlig überflüssig, die Security zu verstärken?«

Tracy sammelte seine Unterlagen zusammen. »Wie können Sie es wagen, meine Professionalität und mein Engagement anzuzweifeln? Ich habe 29 Jahre meines Lebens darauf verwendet, Präsidenten und ihre Familien zu beschützen!« Er lief zur Tür, blieb aber auf halbem Weg stehen und wandte sich an die Versammelten. »Im Moment sollten Sie sich lieber über die Männer und Frauen Gedanken machen, die im Weißen Haus festgehalten werden, als über Ihre eigene Karriere.« Damit war aus seiner Sicht alles Notwendige gesagt. Er riss die Tür zum Flur auf und rauschte hinaus.

Nach Direktor Tracys Abgang herrschte schockiertes Schweigen. Kurz darauf wurde der Vorfall vereinzelt im Flüsterton kommentiert und hier und da brachen nervöse Unterhaltungen los. Dallas King fragte seinen Boss, ob er eine solche Aussage zum Secret Service tatsächlich getroffen habe. Baxter musste zähneknirschend eingestehen, dass Tracys Vorwürfe stimmten. Auch Finanzminister Rose bestätigte, dass er schriftlich das Weiße Haus für faktisch uneinnehmbar erklärt hatte.

»Verdammt, wir sind erledigt!«, fasste King das Offensichtliche zusammen.

Baxter reagierte irritiert auf die Bemerkung seines Stabschefs und wandte seine Aufmerksamkeit General Flood am anderen Ende des Tischs zu. Mit einem ungeduldigen Handzeichen forderte er den Versammlungsleiter auf, mit der Tagesordnung fortzufahren. Der General nickte und stellte mit seinem mächtigen Bariton Schweigen her, ehe er Irene Kennedy zunickte. Sie stand auf und begab sich zum Podium.

Rafique Aziz musterte zuerst die Fernseher im Situation Room, dann seine Uhr. Der Vizepräsident dürfte vor etwa 20 Minuten im Pentagon eingetroffen sein. *Das Timing sollte also stimmen,* dachte er und wandte sich dem Telefonapparat zu, dessen 20 Kurzwahltasten säuberlich beschriftet waren. Die meisten Kürzel sagten ihm nichts, andere kamen ihm dagegen bekannt vor. Am Ende der ersten Spalte stieß er auf den gesuchten Eintrag: ›Pentagon JCBR‹ – das musste für den Besprechungsraum der Joint Chiefs stehen. Er ging seinen vorbereiteten Text noch ein letztes Mal durch, dann stellte er die Verbindung her.

General Flood lauschte Kennedys Ausführungen über die bisherigen Vergehen von Aziz, als das Telefon neben ihm klingelte. Er schielte unauffällig auf das Display, um zu sehen, von wo der Anruf kam. ›WH SIT ROOM‹ stand da. Flood hob eine Hand, um Kennedy zu unterbrechen, und nahm mit der anderen den Hörer ab. »Hier spricht General Flood«, meldete er sich.

»Ich hoffe, ich störe nicht bei Ihrer Sitzung.«

Flood krallte die Hand um den Hörer. »Wer spricht da?«

»Das hat Sie nicht zu interessieren. Schalten Sie mich auf Lautsprecher, damit ich mit allen Anwesenden sprechen kann. Ich wiederhole mich nur ungern.«

Flood dachte kurz nach und beschloss dann, der Aufforderung Folge zu leisten. Er aktivierte die Freisprecheinrichtung und verkündete: »Jeder im Raum kann Sie jetzt hören. Fahren Sie fort.«

Aziz' Stimme drang aus dem in der Decke eingebauten Boxensystem. »Ich habe die Kontrolle über Ihr Weißes Haus übernommen. Jeder Versuch, es zurückzuerobern, ist sinnlos. Die Vereinigten Staaten haben derzeit ein Vermögen in Höhe von 14,7 Milliarden Dollar auf Konten des Iran eingefroren. Sie haben sich illegal dieser Summe bemächtigt, nachdem das korrupte Regime des Schahs im Namen Allahs gestürzt wurde. Wenn Sie die Summe bis neun Uhr am morgigen Vormittag wieder freigeben, werde ich ein Drittel meiner derzeit 76 Geiseln freilassen.

Dieses Angebot ist nicht verhandelbar. Wenn meine Forderung nicht vollständig erfüllt wird, töte ich jede Stunde eine Person in meiner Gewalt, bis Sie einlenken. Ich weise Sie erneut darauf hin, dass jeder Befreiungsversuch von Ihrer Seite zum Scheitern verurteilt ist. Ihr so geschätztes HRT-Geiselbefreiungsteam hat keine Chance gegen meine Männer, genau wie Ihr ebenso geschätzter Secret Service keine Chance hatte. In einer Viertelstunde werde ich alle Verwundeten und Verletzten zum Westeingang schaffen lassen. Ärzte und Sanitäter in kurzärmliger Kleidung dürfen sich dem Gebäude mit maximal zwei Personen und einer Trage gleichzeitig nähern, um sie abzuholen. Keine medizinischen Geräte oder Taschen. Nur zwei Personen und eine Trage. Falls Sie gegen diese Vorgaben verstoßen, eröffnen wir sofort das Feuer.«

Nach einer kurzen Pause fuhr die Stimme fort: »Ich nenne Ihnen jetzt die Konten, auf die das Geld überwiesen werden muss …«

Nach einer Minute hatte Aziz sämtliche Bankverbindungen durchgegeben. Ohne seinen Gesprächspartnern eine Gelegenheit für Fragen einzuräumen, wiederholte er die Forderungen ein letztes Mal und trennte die Verbindung. In Gedanken ließ er seinen Auftritt Revue passieren. Er hatte sich kurz gefasst, sie regelrecht überrumpelt und keinen Zweifel daran gelassen, wer die Zügel in der Hand hielt. Er ging fest davon aus, dass alle Vorgaben ausnahmslos eingehalten werden würden und er morgen um neun Uhr ein reicher Mann war. Immerhin hatte er sämtliche Bücher gelesen, die ehemalige Verhandlungsführer des FBI über Geiselnahmen geschrieben hatten. Außerdem wusste er, dass nun Vizepräsident Baxter und damit auch Justizministerin Tutwiler in der Regierung das Sagen hatten.

Aziz hatte seine Hausaufgaben bezüglich Tutwiler gemacht. Im Internet hatte er Manuskripte ihrer Reden und Vorträge gefunden, in denen sie sich überaus kritisch über die Arbeitsweise des FBI bei den Zwischenfällen in Ruby Ridge und Waco äußerte. Nach Tutwilers Auffassung hätte das Bureau seinerzeit die Täter zermürben und durch Verhandlungen die schrittweise Freilassung der Gefangenen erwirken müssen, indem man einige kleinere Forderungen der Geiselnehmer erfüllte.

Was für eine Dummheit von ihr, sich zu solchen Strategien öffentlich zu äußern und damit Einblick in ihre Denkweise zu geben, fand Aziz. Diese Amerikaner waren nachlässig und bequem. Dadurch konnte er jeden ihrer

Schritte voraussagen. Innerhalb von zwei Tagen würde er sie so weit haben, wie er wollte. Und wenn Baxter endlich merkte, dass es besser war, auf den Rat seiner Generäle zu hören, hatte er längst verloren. Denn bis dahin würde Aziz den Präsidenten in seiner Gewalt haben und sich in der Position befinden, seine finale Forderung durchzusetzen.

Präsident Hayes sah Valerie Jones an. »Was zur Hölle ist hier eigentlich los?«

Die beiden saßen nebeneinander auf der Couch. Jones schien sich nicht besonders wohl in ihrer Haut zu fühlen. Hayes hatte sich endlich durchgerungen, die entscheidende Frage zu stellen, und seine Stabschefin wusste nicht, was sie darauf antworten sollte. Sie blickte betreten zu Boden und flüsterte: »Ich weiß es nicht.«

Jones war Hayes vor einigen Jahren als Mitarbeiterin seines Teams im Kongress das erste Mal aufgefallen. Danach hatte die New Yorkerin mit der Ivy-League-Vergangenheit bei CBS angefangen und Karriere gemacht. Er hielt sie für eine clevere, fleißige und zuweilen etwas aufdringliche Frau. Bei Männern hätte man so ein Verhalten als tough bezeichnet, aber da sie Röcke trug, war sie eher als Miststück verschrien. Jones wusste es selbst, störte sich jedoch nicht daran. Um dem Präsidenten lästige Anfragen vom Hals zu halten, kam das durchaus gelegen. Täglich landeten Dutzende Bitten um Gesprächstermine auf ihrem Tisch. Mit Nettigkeit und Geduld darauf zu reagieren sorgte höchstens dafür, dass sich ihre Zahl mit jeder weiteren Woche verdoppelte. Nein, Leute vor den Kopf zu stoßen gehörte zu ihrem Job. Sonst kostete es zu viel Zeit und Kraft.

»Valerie, Sie müssen doch eine Ahnung haben, was es mit diesem Besucher auf sich hat.« Hayes lauerte auf eine verräterische Reaktion, doch es kam keine. Also fasste er weiter nach: »Was hat Russ Ihnen über den Mann erzählt?«

»Er sagte, er sei ein vermögender arabischer Prinz, der sich bereit erklärt habe, der Demokratischen Partei für ein Gespräch mit Ihnen eine beträchtliche Spende zukommen zu lassen.«

»Parteispenden von einem Ausländer?« Hayes schnaubte verächtlich.

»Russ meinte, es sei völlig legitim.«

Hayes runzelte die Stirn. »Wie oft habe ich euch allen eingeschärft, dass ich krumme Geschäfte strikt ablehne?! Alles soll sich streng im Bereich des Legalen bewegen.« Er sprach leise, brachte seine Verärgerung aber deutlich zum Ausdruck.

»Es war eine Menge Geld und wäre über offizielle Kanäle geflossen«, verteidigte sich Jones.

Hayes rang um Fassung. Seit dem ersten Tag als Präsident hatte er sich strikt gegen fragwürdige Zuwendungen ausgesprochen. Er gab seiner Stabschefin mit einer missbilligenden Miene zu verstehen, dass auch die Höhe des Betrags ein solches Vorgehen nicht rechtfertigte. Jones erkannte, dass sie mitten ins Fettnäpfchen getreten war.

»Mit einer simplen Entschuldigung lässt sich eine solche Sache nicht aus der Welt schaffen«, meinte Hayes.

Jones sah ihn mit einem mulmigen Gefühl im Bauch an. »Was soll das heißen?«

»Sie haben mich schon verstanden. Die Lage ist ernst, Val. Menschen sind gestorben und man wird uns deswegen eine Menge unangenehmer Fragen stellen.« Er starrte sie an und hoffte, dass sie die Tragweite des Problems erfasste.

Am anderen Ende des Bunkers hockte Special Agent Jack Warch in der Nähe der massiven Tür auf seinem Bett, das eher an eine Koje auf einem Kriegsschiff erinnerte. Der sonst so korrekte Warch hatte Jackett und Krawatte sauber zusammengefaltet auf die Matratze neben sich gelegt. In dem neun mal sechs Meter großen Raum gab es insgesamt 18 dieser kargen Schlafgelegenheiten, verteilt auf zwei Ebenen. Die Innenseite der Liegeflächen war jeweils mit zwei Scharnieren an der Wand befestigt, außen führte jeweils eine Eisenkette zur Decke. Wenn das Bett nicht benutzt wurde, ließ es sich einklappen.

Der Boden und das untere Drittel der Wand waren mit dem gleichen braunen Teppich versehen wie der Evakuierungstunnel. Im hinteren Teil des Bunkers gab es ein Bad und eine Kochnische. Außerdem hatte man zwei Couchgarnituren und zwei Sofas aus hässlichem braunen Lederimitat in der Mitte des Raums aufgestellt. Den oberen Abschnitt der Wände und die Decke hatte man weiß gestrichen, um die trostlose Erscheinung des Ganzen ein wenig abzumildern.

Warch griff nach dem schwarzen Motorola-Funkgerät mit der integrierten Verschlüsselung. Die fleischfarbene Hörmuschel und das Handmikrofon lagen nutzlos auf dem Kissen. Vor etwas mehr als zehn Minuten hatte das Gerät ›den Dienst quittiert‹, wie sie es beim Secret Service verharmlosend formulierten, wenn Technik komplett den Geist aufgab. Es betraf nicht nur seinen eigenen Empfänger, sondern auch die seiner acht Kollegen. Sie waren abgeschnitten vom Rest der Welt. Die Terroristen mussten das digitale Sicherheitssystem überwunden und mit einem Störsender außer Gefecht gesetzt haben. Warch hatte daraufhin fünf Minuten hektisch an seinem Handy herumgefummelt, um Kontakt zum Joint Operations Command herzustellen. Ohne Erfolg. Es kam zwar ein Wählton, aber auf der anderen Seite nahm niemand ab – bis die Leitung auf einmal komplett stumm blieb.

Sie waren komplett isoliert und er rechnete mit dem Schlimmsten. Hätte der Secret Service den Angriff der Terroristen erfolgreich abgewehrt, säßen sie nicht mehr in diesem Bunker fest. Selbst ohne Rückmeldung hätten Eingeweihte, die die Codes kannten, die Türen längst geöffnet. Das konnte nur bedeuten, dass sich das Weiße Haus fest in feindlicher Hand befand. Warch blickte zum sichtlich bestürzten Präsidenten und seiner Stabschefin. Sie saßen auf einem der Sofas und unterhielten sich im Flüsterton. Es führte kein Weg daran vorbei, sie mit der unangenehmen Wahrheit zu konfrontieren.

11

Nach Aziz' verstörendem Anruf herrschte im Besprechungsraum der Vereinigten Stabschefs im Pentagon erneut Chaos. Links von Mitch Rapp diskutierten seine Vorgesetzten hektisch mit den Joint Chiefs, rechts von ihm stimmte sich Vizepräsident Baxter mit dem restlichen Kabinett ab. Rapp hatte eine ziemlich klare Vorstellung davon, wie die Leute zu seiner Linken mit der Situation umgingen, also konzentrierte er sich beim Lauschen auf die andere Seite.

Nach einigen Minuten gelangte er zu der Schlussfolgerung, dass Baxters Leute völlig überfordert waren. Dabei schien die Vehemenz, mit der sie ihre Argumente vorbrachten, im umgekehrten Verhältnis zu ihrer Kompetenz zu stehen. Je weniger Ahnung jemand hatte, desto lauter brüllte er.

Vokabeln wie ›Umsicht‹ und ›Zurückhaltung‹ schlichen sich in nahezu jeden Satz ein. Rapp beschlich zunehmend der Eindruck, dass diese Politiker überhaupt nicht wussten, mit wem sie es zu tun hatten. Bei mehr als einer Gelegenheit kämpfte er gegen den Drang an, ihnen deutlich die Meinung zu geigen und ihre naiven Vorstellungen zu korrigieren. Zweimal ertappte er sich schon beim Aufstehen, bremste sich dann jedoch. Kennedy hatte recht. Je unauffälliger er sich verhielt, desto besser.

Die zwei Gruppen beratschlagten noch einige Minuten länger, bis Baxter mit den Fingern schnippte und die Aufmerksamkeit auf sich lenkte. Die Gespräche verstummten schrittweise, dann verkündete der Vizepräsident: »Justizministerin Tutwiler hat einen Vorschlag. Ich möchte, dass Sie ihn sich anhören.«

Alle Augen richteten sich von Baxter auf die Ministerin. Sie schob ihren Stuhl zurück, stand auf und nahm die Brille ab. »Finanzminister Rose hat uns gerade bestätigt, dass die von Mr. Aziz angesprochenen Gelder tatsächlich existieren. Wie die meisten von Ihnen wissen, wurden die Konten nach dem Sturz des Schahs von unserer Regierung eingefroren. Insofern muss festgehalten werden, dass diese Summe nicht rechtmäßig im Besitz der Vereinigten Staaten ist.« Tutwiler legte die Brille auf ihre lederne Aktenmappe. »Ich halte es als Zeichen des guten Willens und als vertrauensbildende Maßnahme für angebracht, einen Teil des Geldes bis neun Uhr morgen früh freizugeben. Im Gegenzug werden wir Mr. Aziz um die Freilassung einiger Geiseln bitten.«

Die Leute an ihrem Ende des Tisches blickten erwartungsvoll auf die andere Seite, um zu sehen, wie die Vertreter der Joint Chiefs, der CIA und des FBI diesen Vorschlag aufnahmen. Admiral Nelson, der Vertreter der Navy-Streitkräfte, ergriff als Erster das Wort. Der kahlköpfige Mann mit dem schmalen Gesicht polterte los: »Ich rate entschieden davon ab, diesen Leuten entgegenzukommen. Wir schaffen sonst einen bedenklichen Präzedenzfall. Was den Umgang mit Terroristen betrifft, verfolgen wir seit jeher eine Null-Toleranz-Politik und lassen uns auf keine Verhandlungen ein. Auf *gar keine!*« Er formte eine Null mit den Fingern. »Die Augen der ganzen Welt sind auf uns gerichtet. Es wäre der völlig falsche Zeitpunkt für einen Kurswechsel.«

Vizepräsident Baxter sah zu seinen militärischen Beratern. Er hatte geahnt, dass sie diese Position vertraten, aber er musste sie trotzdem auf seine Seite bringen und einen gewissen Konsens erzielen, um die Sache nicht allein auszubaden, falls es schiefging. Er entschied sich für eine Portion Pathos. »Lassen Sie mich daran erinnern, dass sich Geiseln in der Hand der Terroristen befinden. Amerikanische Bürger. Ja, der Präsident ist in Sicherheit, aber wir dürfen nichts unversucht lassen, um diese unschuldigen Menschen dort herauszuholen. Wenn wir mit ein bisschen Geld, das nicht einmal uns gehört, einige von ihnen befreien können, sollten wir das nach meiner Einschätzung tun.« Der Vizepräsident wollte später noch einmal unter vier Augen mit jedem einzelnen Stabschef sprechen, um sich seiner Unterstützung zu vergewissern.

Nachdem er auf diese Weise an das Gewissen der Versammelten appelliert hatte, setzte er sein Plädoyer fort. »Angesichts der jüngsten Ereignisse werden wir wie folgt reagieren: Direktor Roach, ich möchte, dass Sie mit Ihren Leuten vom FBI das Weiße Haus weiträumig umstellen. Falls Sie Berater aus dem Kreis des Secret Service heranziehen wollen, steht Ihnen das selbstverständlich frei.«

Der FBI-Chef meldete sich zu Wort: »Ich nehme an, Sie erwarten, dass wir eine Strategie zur Befreiung der Geiseln entwickeln?«

»Natürlich, aber ohne meinen ausdrücklichen Befehl werden Sie nichts unternehmen. Wenn wir das Gebäude stürmen müssen, bestehe ich darauf, dass im Vorfeld die Freilassung so vieler Geiseln wie irgend möglich ausgehandelt wurde.«

Als Nächstes wandte sich Baxter an Justizministerin Tutwiler. »Marge, bitte fassen Sie kurz zusammen, wie es morgen weitergeht.«

Tutwiler beugte den Kopf vor, damit sie jeder am Tisch sehen konnte. »Um neun Uhr morgen Vormittag informieren wir Mr. Aziz darüber, dass wir einen Teil des verlangten Betrags auf die von ihm genannten Konten transferiert haben. Das sollte nicht weiter schwierig sein. Laut Finanzminister Rose ist das Geld auf rund ein Dutzend unterschiedlicher Kreditinstitute verteilt. Wir müssen lediglich einen entsprechenden Betrag an eine der iranischen Banken überweisen. Aktuell steht eine Summe von einer Milliarde Dollar als Vorschlag im Raum. Wir teilen ihm mit, dass wir noch etwas Zeit benötigen, um den Rest der Summe zu beschaffen. Im Gegenzug bitten wir ihn, als Zeichen des guten Willens einige der Geiseln freizulassen.«

Ihre Aufmerksamkeit wurde von einem Mann in der Mitte des Tischs abgelenkt, der vehement den Kopf schüttelte. Sie fuhr fort, behielt ihn dabei jedoch im Auge. »Ich habe mich intensiv mit Geiselnahmeszenarien auseinandergesetzt und festgestellt, dass man in Fällen, in denen es gelingt, der Gegenseite Zugeständnisse abzuringen, eine deutlich größere Chance hat, die Geiselnahme unblutig zu beenden.«

Der Mann schüttelte ein weiteres Mal den Kopf und schlug sich mit der Hand gegen die Stirn. Tutwiler war nicht die Einzige, der es auffiel.

Rapp hatte endgültig genug von diesem gutgläubigen Geschwafel. Jedes Mal, wenn Margaret Tutwiler den Mund öffnete, trieb sie den Nagel tiefer in den Sarg der unschuldigen Geiseln hinein.

Rapp vergrub das Gesicht in den Händen und murmelte in sich hinein: *Das kann doch echt nicht sein! Sagt mir, dass das alles nicht wahr ist! Da habe ich so lange darauf hingearbeitet, Aziz zu erwischen, und dann kommt so eine Schnepfe, die keine Ahnung hat, wovon sie redet, und macht alles kaputt!*

Mindestens die Hälfte der Köpfe im Raum zuckte inzwischen wie bei einem Tennismatch zwischen Tutwiler und dem unbekannten Dunkelhaarigen hin und her, der offenbar kurz vor einem Schlaganfall stand. Die Ministerin ahnte, dass sie die Reaktion des Mannes nicht länger ignorieren konnte. Sie räusperte sich und fragte: »Entschuldigung, ist alles in Ordnung bei Ihnen?«

Rapp bekam zunächst gar nicht mit, dass sie mit ihm sprach, doch dann zupfte ihn Kennedy am Ärmel. Langsam zog er die Hände vom Gesicht weg und sah auf, um festzustellen, dass alle Augen auf ihn gerichtet waren.

Tutwiler wiederholte ihre Frage und Rapp meinte entschuldigend: »Tut mir leid, ich hatte Ihre Frage eben nicht gehört.«

Mit wachsender Ungeduld hakte die Ministerin nach: »Haben Sie meinen Ausführungen etwas hinzuzufügen oder sollen wir Ihnen vielleicht eine Aspirin für Ihre … Kopfschmerzen bringen lassen?«

Rapp blickte seine Vorgesetzten fragend an. Sie reagierten nicht, also konzentrierte er sich erneut auf die Justizministerin. Ihr abfälliger Gesichtsausdruck bestärkte ihn in der Ansicht, dass er nicht länger schweigen durfte. Er musste reagieren. Zum ersten Mal seit Beginn dieser beschissenen Hetzjagd wusste er, wo sich Rafique Aziz in den nächsten Stunden und Tagen aufhalten würde. Natürlich riskierte er damit das Auffliegen seiner Tarnung, aber vermutlich handelte es sich um seine letzte Gelegenheit, die Schlacht für sich zu entscheiden. Er dachte gar nicht daran, sich mit haufenweise unbenutzter Munition vom Acker zu machen.

Rapp richtete sich auf und sagte: »Ja, ich habe Ihren Ausführungen definitiv etwas hinzuzufügen. Nicht nur etwas, sondern eine ganze Menge.« Er sortierte kurz seine Gedanken. »Zunächst einmal sollte Ihnen eins bewusst sein. Wenn Sie ihm nur einen Teil des Geldes beschaffen und trotzdem die Freilassung von Geiseln fordern, wird dem Kerl die Sicherung durchknallen. Sie können davon ausgehen, dass er einen oder mehrere Gefangene zum nächsten Fenster zerren wird, direkt ins Blickfeld der Kameras, damit die Bilder von ihrer Erschießung um die ganze Welt gehen. Damit den Menschen beim Abendessen überall der Appetit vergeht, weil in den Nachrichten Hirnmasse durch die Gegend fliegt.«

Tutwiler blickte ihn missbilligend an. »Ach, ist das so, Mr. …«

»Mr. Kruse.«

»Und was genau macht Sie zu einem Experten hinsichtlich der Verhandlung mit Terroristen, Mr. Kruse?«

Rapp fand die Frage so lächerlich, dass er beschloss, diese arrogante Schnepfe auflaufen zu lassen. Er lachte und sagte: »Ach, vergessen Sie's.«

Tutwiler war es nicht gewohnt, dass man so mit ihr umsprang. Sie wandte sich an Baxter und fragte so laut, dass es jeder im Raum mitbekam: »Was hat dieser Mann hier verloren?«

Ihre Arroganz brachte Rapp auf die Palme. Er sprang auf, wurde von Irene Kennedy jedoch beschwichtigend am Arm festgehalten. Er riss sich los und sagte: »Tut mir leid, für mich hängt einfach zu viel daran.« Er trat ans Rednerpult. In seinem Anzug, mit dem weißen Hemd und der Krawatte wirkte er zumindest auf den ersten Blick nicht wie ein Fremdkörper, aber sobald man etwas genauer hinschaute, merkte man, dass es sich bei ihm unmöglich um einen FBI-Analysten handeln konnte.

Er wandte sich an die Menge und wiederholte zunächst Tutwilers Frage: »Was hat dieser Mann hier verloren?« Er starrte zur Decke, als denke er darüber nach. »Nun, diese Frage habe ich mir im Laufe des letzten Jahrzehnts mehr als einmal gestellt. Leider kann ich Ihnen darauf keine triftige Antwort geben.« Er drehte sich mit gespielter Verwunderung zu Tutwiler und fuhr fort: »Aber was Ihre andere Frage betrifft … was mich zu einem Experten hinsichtlich der Verhandlung mit Terroristen macht … nun, dazu kann ich Ihnen etwas sagen.« Er legte eine dramatische Pause ein, bevor er lässig verkündete: »Ich verhandle nicht mit Terroristen, Miss Tutwiler, sondern ich töte sie.« Er klammerte sich am Pult fest, musterte die Anwesenden und fügte als Erläuterung an: »Ich mache Jagd auf sie und dann bringe ich sie zur Strecke.«

Tutwiler setzte sich etwas aufrechter hin, wie um zu demonstrieren, dass diese Enthüllung sie nicht im Geringsten aus der Reserve lockte. Sie bemühte sich, so gelassen wie möglich zu erscheinen, und stellte die erste Frage, die ihr in den Sinn kam: »Für wen arbeiten Sie, Mr. Kruse?«

»Ich bedaure, aber diese Information ist streng vertraulich, Ma'am.« Mit einem ironischen Lächeln fügte er den Standardsatz hinzu, den man allen Agenten für solche Fälle einimpfte: »Und Sie gehören nicht zu dem Personenkreis, dem ich es anvertrauen darf.«

»Nun, Mr. Kruse, sollten wir uns entschließen, diese Terroristen zu töten«, Tutwiler zog seine Worte bewusst ins Lächerliche, »wissen wir ja jetzt, an wen wir uns wenden können. Vorerst würde ich es jedoch begrüßen, wenn Sie wieder Platz nehmen, damit wir uns mit der aktuellen Krise befassen können.«

Tutwilers selbstgefällige Art brachte Rapp zum Kochen. Er stand kurz davor, die Beherrschung zu verlieren. Er musterte sie prüfend, bevor er sie mit einer weiteren Frage konfrontierte: »Miss Tutwiler, sind Sie jemals in Beirut gewesen?« Als sie den Kopf schüttelte, sagte er: »Dachte ich's mir. Nur für den Fall, dass Sie es nicht wussten: Das ist die Geburtsstadt von Rafique Aziz. Und wie steht's mit dem Iran? Waren Sie dort schon mal? Nein? Nun, ich habe das Land erst gestern verlassen«, fügte er beiläufig hinzu. »Ich bin einen Großteil der letzten Woche dort gewesen. Da es dort keine amerikanische Botschaft gibt, dürfte klar sein, dass es dabei nicht um offizielle Regierungsangelegenheiten ging. Sagen Sie, sprechen Sie eigentlich Farsi oder irgendeine arabische Sprache?« Er gab sich selbst die Antwort. »Nun, das habe ich auch nicht erwartet. Wie steht's mit Ihren Kenntnissen zum muslimischen Glauben oder dem Dschihad? Was wissen Sie über die Sitten und Gebräuche von Rafique Aziz und seinesgleichen?«

»Worauf wollen Sie hinaus, Mr. Kruse?«, erkundigte sich Tutwiler trotzig.

Rapp bedachte die blasierte Ministerin mit einem vernichtenden Blick und knurrte mit einer Stimme kurz vor der Explosion: »Ich will darauf hinaus, Miss Tutwiler, dass Sie nicht mal den Hauch einer Ahnung haben, mit wem Sie sich da anlegen.« Er richtete anklagend den Finger auf sie. »Während Sie von Talkshow zu Talkshow tingeln und die Arbeit unserer Sicherheitsbeamten kritisieren, die in einer Woche mehr zur Verbrechensbekämpfung beitragen als Sie in Ihrem ganzen verkopften Akademikerleben, bin ich durch die Gossen so ziemlich aller Krisengebiete im Nahen Osten gekrochen, um Rafique Aziz das Handwerk zu legen.« Tutwiler verschränkte die Arme vor der Brust und rollte mit den Augen.

Diese Geste brachte das Fass endgültig zum Überlaufen. So laut, dass nicht nur die Justizministerin erschrocken zusammenzuckte, brüllte er: »Hören Sie, Lady, das ist kein Spiel! Hier geht's nicht darum, wer die meisten Doktortitel oder den großkotzigsten Posten hat. Es sind eine Menge Menschen gestorben, und in den nächsten Tagen werden weitere dazukommen!« Er drehte den Kopf zur Seite, um ihr die Narbe zu zeigen, die sich an der Seite seines Gesichts nach unten zog. »Sehen Sie das? Nein, da hab ich mich nicht beim Rasieren geschnitten. Niemand anderes als Rafique Aziz hat mir die verpasst. Wenn ich Ihnen also freundlicherweise erzähle, was es mit diesem Mann auf sich hat, dem Sie umgekehrt noch nie im Leben begegnet sind, sollten Sie mir dankbar sein und gefälligst zuhören.«

Seine Finger krallten sich am Rednerpult fest. »Der Mann, um den es hier geht, ist weder ein Bankräuber noch ein irrer Sektenführer wie dieser David Koresh. Wir haben es mit einem religiösen Fanatiker zu tun, der darüber hinaus ein professionell ausgebildeter, äußerst intelligenter Killer ist. Mit Ihrem niedlichen Plan beeindrucken Sie vielleicht einen dahergelaufenen Bankräuber oder einen Angestellten, der nach seiner Entlassung spontan die Exkollegen im Büro mit der Waffe bedroht, aber Aziz ist definitiv eine Nummer zu groß für Sie. Aziz ist kein gewöhnlicher Krimineller. Falls Sie ihm morgen nur ein kleines Häppchen statt des ganzen Steaks zuwerfen, wird er ausflippen und Ihnen eine Lektion erteilen, die sich gewaschen hat.«

Rapp forschte nach Signalen dafür, dass seine Argumente zumindest zu einigen der Politiker am anderen Ende des Raums durchdrangen. Ihr Gesichtsausdruck sprach Bände. Seine Warnungen stießen auf taube Ohren. Die Männer und Frauen starrten ihn an, als ob er in einer fremden Sprache mit ihnen redete. Rapp konnte es nicht fassen. Er kannte Rafique Aziz wie kein Zweiter. Er führte einen persönlichen Feldzug gegen ihn und hatte ein Drittel seines Lebens darauf verwendet, diesen einen Mann zur Strecke zu bringen. Mit jedem weiteren Opfer erhöhte sich der Einsatz in diesem Spiel. Es war längst zu einem Wettlauf geworden, Aziz von weiteren Morden abzuhalten. Niemand in diesem Raum, vermutlich niemand auf der ganzen Welt besaß einen so genauen Einblick in die Denkweise von Rafique Aziz wie Rapp. Und wie dankte man ihm die Weitergabe seines Wissens? Mit Ignoranz und mitleidigen Blicken, als wäre er ein Spinner, dessen Wort nicht zählte.

Rapp biss sich auf die Zunge und unterdrückte den Drang, lauthals zu fluchen. Ihm blieb vermutlich keine andere Wahl, als zuzusehen, wie diese arrogante Marge Tutwiler sie alle ins Verderben stürzte. Sollten diese Idioten doch die lächerlichen Ideen der Ministerin abnicken und sehen, was sie davon hatten. Tutwiler schaufelte sich mit dieser Strategie ihr eigenes politisches Grab. Das war so sicher wie das Amen in der Kirche.

»Nun, es kann zumindest niemand behaupten, ich hätte Sie nicht gewarnt«, meinte er kopfschüttelnd. Er wandte sich zum Gehen und rief dabei noch einmal über die Schulter: »Rufen Sie mich an, wenn Sie merken, dass Ihre albernen Experimente nicht fruchten. Ich komme dann, um den Dreck wegzuräumen.« Mit diesen Worten verschwand er in den Weiten der Gänge.

General Flood verfolgte Rapps Abschied und drehte danach den Stuhl in Richtung Tisch zurück, um einen seiner Adjutanten zu sich zu winken. Als er Direktor Stansfield darum gebeten hatte, den jungen Agenten zu diesem Termin mitzubringen, hätte er nie damit gerechnet, dass die Lage dermaßen eskalieren würde. Trotzdem war er froh, dass zumindest einer den Mund aufgemacht hatte. Der Captain der Air Force beugte sich zu ihm. Flood flüsterte ihm ins Ohr: »Sorgen Sie dafür, dass Mr. Kruse in meinem Büro auf mich wartet, bis wir hier fertig sind.«

Mit Ausnahme der Secret-Service-Agenten waren alle Geiseln in die Cafeteria des Weißen Hauses gebracht worden. Tische und Stühle hatten die Terroristen kurzerhand in den Flur geräumt, wo sie eine chaotische Barriere bildeten. Die Gefangenen hockten auf dem Boden, wie Vieh zusammengepfercht. Sie wurden von bis zu vier Leuten bewacht, manchmal aber auch nur von einem. Die Männer kamen und gingen ohne erkennbares Muster. Mehr als einmal verpassten sie einzelnen Leuten Tritte oder brüllten sie an.

Anna Rielly ließ sich erleichtert wieder auf den blauen Teppich sinken. Bei der Frau neben ihr hatte vorhin ein kurzes Aufsehen zu einem der Bewaffneten genügt, um sich einen Schlag ins Gesicht einzufangen. Sie selbst war eben von einem der Kerle zur Toilette begleitet worden und hatte es als ungeheuer erniedrigend empfunden, nicht mal allein pinkeln zu dürfen. Der Mann hatte jede ihrer Bewegungen mit Argusaugen verfolgt, sogar das Hochziehen ihres Slips. Bei der Erinnerung lief es ihr eiskalt den Rücken hinunter. Instinktiv fasste sie sich an den Kragen ihrer Bluse und fröstelte. Immerhin war sie nicht dumm angemacht worden.

Nach den Anschlägen auf das World Trade Center hatte Rielly für einen NBC-Ableger in Chicago eine Reportage über islamistischen Terror gedreht. Im Rahmen ihrer zweiwöchigen Recherche hatte sie einen tiefen Einblick in die Denkweise radikaler Fundamentalisten erhalten. Selbst als Tochter eines Polizeibeamten aus Chicago fiel es ihr schwer, zu begreifen, was in den Köpfen solcher Menschen vor sich ging. Frauen waren für sie kaum mehr wert als ein Stück Vieh, eine Art Besitz, über den man nach Belieben verfügte. Handelte es sich darüber hinaus noch um vermeintlich Ungläubige, galten sie als unrein und verdorben. Mit anderen Worten: Freiwild.

Was für ein erster Tag im neuen Job, dachte sie. Rielly hatte sich immer gewünscht, Schlagzeilen zu schreiben, und nun steckte sie mittendrin in einer der größten Storys der letzten Jahrzehnte. Sie schob eine Strähne ihrer braunen Haare hinter das Ohr, hielt den Kopf gesenkt und schielte vorsichtig zu einem der Bewacher. Der drehte sich in ihre Richtung und sie drehte rasch den Kopf weg. *Bloß keinen Augenkontakt,* schärfte sie sich ein. *Immer schön unterwürfig verhalten und nicht auffallen.*

Anna Rielly hatte in den Straßen von Chicago einige wertvolle Lektionen über das Leben gelernt. In der Stadt am Michigansee lernte man zwangsläufig die Schattenseiten der Gesellschaft kennen. Ihre Mutter, eine Sozialarbeiterin, und ihr Dad als Cop hatten ihren fünf Söhnen und der einzigen Tochter frühzeitig vermittelt, dass der Alltag auf den Straßen mit der idealisierten Welt, die im Fernsehen gezeigt wurde, wenig zu tun hatte. Entsprechend verfügte sie über einen ausgeprägten Überlebensinstinkt, der ihr vor einigen Jahren schon einmal das Leben gerettet hatte. Sie hoffte, dass sie auch hier in Washington davon profitieren würde.

Rielly hatte ihren Schmuck bereits abgelegt und sich bemüht, die Schminke unauffällig aus dem Gesicht zu entfernen. Sie wusste, dass solche Kleinigkeiten oft den entscheidenden Unterschied ausmachten. Zwei Männern hatte man bereits die Nasen aufgeschlitzt und eine andere Frau so heftig verprügelt, dass seitdem ihr Ohr blutete. *Unauffällig verhalten,* wiederholte Rielly in Gedanken wie ein Mantra. *Mit etwas Glück kommst du mit dem Leben davon.*

Ihr neuer Kollege, Stone Alexander, verhielt sich deutlich weniger tapfer. Seit Beginn der Krise hockte er völlig verängstigt neben ihr und rührte sich keinen Meter vom Fleck. Dass ein Macho wie er sie nicht beschützte, sondern sie eher den Eindruck gewann, ihm den Rücken freihalten zu müssen, empfand sie als schlechten Witz. In diesem Moment lehnte sich Alexander zu ihr und fragte: »Wie lange werden die uns hier festhalten?«

Ohne die Lippen zu bewegen, raunte Rielly: »Ich weiß nur eins: Sobald einer der Kerle mitkriegt, dass Sie hier Small Talk betreiben, kommt er rüber und zieht Ihnen mit dem Gewehrkolben eins über die operierte Nase ... Also halten Sie den Mund!«

Alexander zuckte zusammen und schien jeden Augenblick losheulen zu wollen. Zweimal hatte er das bereits getan. Anna fand es erbärmlich. Laut ihrem Vater zeigten Leute in Krisensituationen ihr wahres Gesicht. Was sie bei Alexander zu sehen bekam, war alles andere als schmeichelhaft für ihn.

Aus dem Augenwinkel registrierte sie, wie ein Neuankömmling die Cafeteria betrat. Sie versuchte, einen Blick auf ihn zu erhaschen, ohne dass es auffiel. Dieser Mann unterschied sich deutlich von seinen Mitstreitern. Zwar trug er ebenfalls einen grünen Kampfanzug, aber die Haare waren sorgfältig frisiert und er ließ sich keinen Bart stehen. Tatsächlich empfand sie ihn als durchaus attraktiv.

Im selben Moment fiel ihr auf, dass sie ihn schon einmal gesehen hatte. Es war der Mann, den Russ Piper ihr vorgestellt hatte. Prinz Irgendwas. Mein Gott, schoss es Rielly durch den Kopf. Wo steckt Russ überhaupt? Unauffällig suchte sie den Raum mit Blicken ab, entdeckte den Freund ihrer Eltern jedoch nirgends. Wenn sie es sich recht überlegte, hatte sie ihn seit heute Morgen nicht mehr gesehen.

Sie spähte erneut in Richtung des Bartlosen. Er musste der Anführer dieser Bande sein! Das merkte man schon allein daran, wie die anderen mit ihm umgingen. Bei seinem Eintreffen schienen die übrigen Terroristen regelrecht zusammenzuzucken. Es fehlte nur noch, dass sie salutierten. Der Glatzkopf, den sie zunächst für den Boss gehalten hatte, kam herein und ging zielstrebig zum Prinzen. Er flüsterte ihm etwas ins Ohr, was dessen Gesichtsausdruck augenblicklich veränderte.

Rafique Aziz stand da und schien zwischen Selbstsicherheit und Wut zu schwanken. Muammar Bengazis Botschaft ließ das Zünglein der Waage in Richtung Wut umschlagen. Aziz hatte damit gerechnet und seine Reaktion darauf im Kopf hundertfach durchgespielt. Umso glaubwürdiger wirkte sie jetzt. »Wer?«, rief er zornig, nachdem Bengazi seine geflüsterte Mitteilung beendet hatte.

Bengazi zeigte zu einer männlichen Geisel, die am Rand der Gruppe hockte, und folgte Aziz, der zielstrebig zu dem Mann ging. Knapp einen Meter vor dem Gefangenen im weißen Hemd mit gelockerter Krawatte vergewisserte sich Aziz: »Er?« Bengazi nickte.

»Aufstehen!«, befahl Aziz. Der Mann folgte der Aufforderung. Er war etliche Zentimeter größer als der Terrorist, schien Anfang bis Mitte 50 zu sein und trug die braunen Haare mit ergrauenden Schläfen kurz. Mit einer Stimme, die laut genug war, dass jeder ihn hören konnte, fragte Aziz: »Sie haben einen Wunsch geäußert?«

»Nun ja«, begann der andere sichtlich nervös. »Es gibt in dieser Gruppe eine Schwangere und mehrere ältere

Leute. Ich hatte Ihren … äh … Kollegen«, der Angestellte des Weißen Hauses zeigte auf Bengazi, »darum gebeten, ob wir vielleicht eine Decke und etwas zu essen für …«

»Nein!«, unterbrach Aziz schroff. Der Mann zuckte zurück. »Aber … ich sagte doch, die Frau dort ist schwanger.«

Aziz blickte auf den gewölbten Bauch der Frau. Sie lag auf dem Rücken und hatte ihren Kopf in den Schoß einer älteren Frau gelegt. Ohne die Augen von der werdenden Mutter abzuwenden, glitt Aziz' rechte Hand zum Gürtel und ertastete den Griff seiner Waffe. Er zog die Pistole aus dem Holster und drehte sich zu dem Mann um, der vor ihm stand. Wortlos und mit ungerührter Miene zielte er auf dessen Stirn und drückte aus weniger als 30 Zentimetern ab.

Der laute Knall des Schusses ließ jeden in der Cafeteria entsetzt zusammenfahren. Noch bevor das Geräusch verstummte, wurde der Getroffene rückwärts durch den Raum geschleudert und stürzte in eine zusammengedrängte Gruppe von Geiseln. Blut, Gehirnmasse und Knochensplitter prasselten auf das halbe Dutzend schockierter Gefangener herab.

Panische Aufschreie begleiteten Rafique Aziz auf dem Weg zum Ausgang. Sein kalter Gesichtsausdruck verriet nichts von der perversen Genugtuung, einen weiteren Teil seines Plans erfolgreich abgeschlossen zu haben. Aziz ließ ein Tollhaus zurück, in dem seine Männer die verstörten Geiseln anherrschten, den Mund zu halten. Auf dem Rückweg zum Situation Room schlich sich ein zufriedenes Lächeln auf seine Lippen. Weiteren Ärger hatten sie von den Menschen in ihrer Gewalt nun nicht mehr zu befürchten. Er ging davon aus, dass sie sich fortan gefügig wie Lämmer verhielten.

12

Als Vorsitzender der Vereinigten Stabschefs war General Flood der ranghöchste Offizier der amerikanischen Streitkräfte. Die Größe und Ausstattung seines Büros, das sich in unmittelbarer Nähe des Besprechungsraums befand, ließen keinen Zweifel an seiner Position. An den Wänden wurden zahllose Orden und Ehrenurkunden zur Schau gestellt und dokumentierten Floods rasanten militärischen Aufstieg. Wie es sich gehörte, hatte er sie chronologisch angeordnet, angefangen mit einem Foto als junger Soldat an der West Point Academy, die ihm über viele Zwischenstationen seinen heutigen Posten beschert hatte.

Der Raum war in drei Abschnitte unterteilt. Im hinteren stand ein rechteckiger Konferenztisch, an dem bis zu 20 Leute Platz fanden, in der Mitte ein ausladender Schreibtisch, bei dessen Anblick selbst Thomas von Aquin vor Neid erblasst wäre. Die gewaltige Holzplatte kaschierte die ebenso gewaltige Leibesfülle des Generals und erlaubte es ihm dank der Hufeisenform, alle Unterlagen zu sichten, ohne sich dafür großartig bewegen zu müssen.

Das vordere Drittel des Büros wurde von einer Sitzgarnitur und Sesseln beansprucht, vor denen ein riesiger Couchtisch mit Glasplatte stand. Mitch Rapp saß in einem der Sessel, die zur Tür hin ausgerichtet waren. General Floods Assistent hatte ihn vor fast einer halben Stunde hergebracht. Seitdem beschäftigte sich Rapp vor allem damit, eine sündhaft teure Flasche Booker's Kentucky Bourbon zu beäugen, die ihn aus der hervorragend ausgestatteten Bar des Generals zu seiner Rechten verlockend anblitzte.

Rapp war müde und genervt. Er hatte seit fast einer Woche nicht mehr trainiert. Da sein Körper normalerweise daran gewöhnt war, dass er ihm zwei Stunden täglich montags bis freitags alles abverlangte, rebellierte er. Außerdem hatte er zuletzt entschieden zu wenig Schlaf bekommen und grauenhaftes Essen in sich hineingeschlungen. Zu allem Überfluss wurde nun auch noch seine Kompetenz von einer Politikerin in Zweifel gezogen, die sich irgendwo an der Uni den Hintern platt gesessen und verzogene Jurastudenten ausgebildet hatte, während er an den Krisenherden der Welt den Arsch riskierte.

Nach weiteren zehn Minuten Wartezeit kehrte General Flood in sein Büro zurück. Er wurde von Irene Kennedy und Thomas Stansfield begleitet. General Campbell, der Leiter des Joint Special Operations Command, vervollständigte die Delegation. Rapp stand zur Begrüßung auf und taxierte dabei unauffällig Stansfield, um zu erkennen, ob der ihn gleich zu seiner Erschießung nach draußen geleiten würde. Wie üblich biss er sich an der Mimik seines Chefs die Zähne aus. Statt Stansfield hätte man genauso gut die Laune der Sphinx interpretieren können. Je länger man hinschaute, desto mehr glaubte man zu sehen. Doch in Wahrheit sah man überhaupt nichts. Im Fall der Sphinx lag das daran, dass da wirklich nichts war. Bei Thomas Stansfield verhielt es sich hingegen völlig anders.

General Flood öffnete die goldenen Knöpfe seiner Uniformjacke, zog sie aus und schleuderte sie auf einen der Sessel. »Nun, Mr. Kruse, Sie haben da gerade für eine Menge Aufmerksamkeit gesorgt.«

»Tut mir leid, wenn ich …«

Flood unterbrach ihn mit einer lässigen Geste. »Ach was. Es gibt keinen Grund, sich zu entschuldigen. Genau das haben diese Leute gebraucht!« Er lief zur Bar. »Will noch jemand einen Drink? Ich brauch jetzt definitiv einen.«

Flood griff zu einem Stielglas und einer Flasche 25-jährigem Macallan, einem schottischen Single-Malt-Whisky. Er goss drei Fingerbreit ein und warf einige Eisklumpen dazu. Nachdem er es hin und her geschwenkt hatte, führte er das Glas an die Lippen und nahm einen großen Schluck, schloss die Augen und zelebrierte den Geschmack. Er schwieg für einen Moment, öffnete die Augen und atmete mit einem befriedigten Gesichtsausdruck aus.

»Irene, was darf ich Ihnen anbieten?«

Kennedy war keine große Trinkerin, wusste aber aus früheren Begegnungen mit dem General, dass es ihm nicht darauf ankam, welchen Drink man bevorzugte, sondern dass man überhaupt einen vor sich stehen hatte. »Einen Wodka bitte.«

Flood kannte die Vorlieben von Stansfield und Campbell und hatte ihnen bereits eingegossen. »Mr. Rapp?« Er sah auf. »Ich hoffe doch, Sie haben kein Problem damit, wenn ich Sie mit Ihrem richtigen Namen anspreche?«

Rapp signalisierte seine Zustimmung. »Bourbon. Einen Booker's bitte.«

Flood unterbrach kurz seine Dienste als Barkeeper und musterte ihn mit gehobener Augenbraue. Er schien entweder beeindruckt von Rapps Expertise zu sein oder ihn für unverschämt zu halten. Mit den Gläsern in der Hand gesellte er sich zu ihrer Gruppe. »Wie ich schon sagte,

Mr. Rapp, Sie haben den Leuten da drin gegeben, was sie brauchten. Dallas King, Vizepräsident Baxters Stabschef, kam nach der Besprechung zu mir und erkundigte sich extra noch mal nach Ihnen.« Flood reichte Kennedy ihr Glas. »Bitte schön, Irene.«

»Und?«, hakte Rapp nach.

»Und«, der General schnaubte verächtlich, »ich sagte, er müsse sich schon um eine höhere Sicherheitsfreigabe bemühen, damit ich mit ihm über Sie sprechen kann. Dass Sie lediglich ein Analyst sind, hätte er mir nach Ihrem Auftritt wohl kaum abgekauft.«

Flood hatte die restlichen Drinks serviert und nahm im Sessel gegenüber von Rapp am langen Ende des Glastischs Platz. Kennedy und Stansfield hatten es sich auf einer der Sitzgarnituren bequem gemacht, General Campbell auf der anderen.

Rapp blickte seine Vorgesetzten entschuldigend an. »Tut mir leid, falls ich mich unangemessen verhalten habe, aber ich bin zu dicht vor dem Ziel, um mir das von einer Horde Schwachköpfe versauen zu lassen.«

Der CIA-Direktor balancierte den Scotch in beiden Händen. Er nickte langsam. »Ich hätte es vorgezogen, wenn Sie die Klappe gehalten hätten, aber ich fand, Sie haben da einige wichtige Punkte angesprochen. Auf eine Weise, wie es keiner von uns gekonnt hätte.«

General Flood nickte zustimmend. »Vor allem haben Sie verdeutlicht, was auf dem Spiel steht. Baxter hatte bislang voll auf Marge Tutwiler gesetzt. Dank Ihrer deutlichen Kritik an der Strategie der Ministerin steht sie nun ziemlich unter Druck. Sollte ihre Strategie morgen scheitern, wird Baxter sie fallen lassen wie eine heiße Kartoffel und auf uns hören.«

Rapp lehnte sich zurück. »Also warten wir, bis ihr alles um die Ohren fliegt?«

»Nein.« Flood schüttelte entschieden den Kopf. »Von untätigem Warten halte ich generell nicht viel. Man sollte sich immer gut vorbereiten, bevor man in ein Gefecht zieht.« Er verlagerte sein üppiges Gewicht und stellte das Glas auf einem Beistelltisch zur Rechten ab. »Wir vier« – Flood schloss Kennedy, Stansfield, Campbell und sich selbst in die ausgreifende Geste ein – »sind uns darin einig, dass es nur eine Möglichkeit gibt, diese Krise in den Griff zu bekommen. Wir müssen das Weiße Haus gewaltsam zurückerobern. Sonst führt Aziz Vizepräsident Baxter an der Nase herum, bis wir in eine prekäre Lage geraten … eine Lage, in der wir seine Forderungen nicht mehr erfüllen können oder dürfen. Falls es dazu kommt, müssen wir handlungsfähig sein. Wie gesagt, ich halte nichts davon, unvorbereitet zu agieren.«

Flood nippte am Scotch. »Nachdem ich hier so viele Geheimdienst-Spezialisten sitzen habe«, diesmal meinte er das Trio Stansfield, Kennedy und Rapp, »muss ich euch wohl kaum erklären, dass ein Schlachtplan ohne zuverlässige Hintergrundinformationen nicht viel taugt. Kurz gesagt: Wir brauchen harte, belastbare Fakten, und zwar besser jetzt als gleich.«

Der General lehnte sich zurück und schlug die Beine übereinander. »Jemand muss da rein«, erklärte er und sah Rapp auffordernd an. »Wir brauchen einen Freiwilligen. Jemanden, der bereit ist, Risiken einzugehen. Jemanden, der genau weiß, wie Rafique Aziz tickt. Jemanden mit einzigartigen Talenten wie Ihren, Mr. Rapp.« Die Worte des Generals fühlten sich an wie Sonne auf der Haut nach einem Langstreckenschwimmen im Eiswasser.

Rapp musste unwillkürlich grinsen und verkündete voller Selbstvertrauen: »Ich bin Ihr Mann.«

Flood lächelte. »Das dachte ich mir.« Er wandte sich an den CIA-Direktor. »Thomas?«

Stansfield überlegte kurz und nickte. »Das halte ich für eine gute Idee. Allerdings dürfte es nicht so einfach sein, die Sache durchzuboxen. Dem FBI wird das überhaupt nicht schmecken.«

»Das geht mir komplett am Allerwertesten vorbei«, meinte der General. »Wir befinden uns im Krieg, und da gelten andere Regeln. Ich mag Brian Roach zwar, aber auch der FBI-Chef muss sich mit dem Gedanken anfreunden, dass wir uns nicht streng an Paragrafen orientieren können, während Aziz darauf pfeift. Wir müssen unser A-Team auf die Sache ansetzen, nicht die zweite Riege, und« – Flood zeigte auf Rapp – »Mitch ist der Beste, den wir haben.« Er nahm einen weiteren Schluck, bevor er seine breite Pranke verschwörerisch auf Stansfields Schulter legte. »Ihr bringt euren Mann ins Weiße Haus und ich sorge dafür, dass der Einsatz grünes Licht bekommt.«

Nachdem Stansfield sein Einverständnis signalisiert hatte, zog Flood die Hand zurück, blickte in die Runde und meinte: »Prima, dann fehlt ja nur noch die passende Strategie, um ihn in ein von Terroristen besetztes Regierungsgebäude einzuschleusen.«

»Keine Sorge, ich habe da schon eine Idee«, erklärte Stansfield.

Die Sonne ging bereits unter, als Vizepräsident Baxter das Pentagon verließ. Justizministerin Tutwiler war mit FBI-Direktor Roach und Special Agent McMahon längst ins Hoover Building zurückgekehrt. Baxter saß mit Dallas King allein auf dem Rücksitz der gepanzerten Limousine. Der Vizepräsident spähte erschöpft durch die getönten Scheiben nach draußen. Dallas King rasselte derweil eine Liste von Themen herunter, die seiner Auffassung nach in der Ansprache an die Nation unbedingt zur Sprache kommen sollten. Beide hielten den öffentlichen Auftritt für eine einmalige Gelegenheit, sich politisch ins rechte Licht zu rücken.

Baxter rechnete in Anbetracht der Umstände mit der höchsten Einschaltquote, seit es Fernsehansprachen gab. King beschäftigte dagegen die Frage, ob eine vorbereitete Rede, die vom Teleprompter abgelesen wurde, vorzuziehen war oder doch ein freier Vortrag mit Zwischenfragen. Doch die Überlegungen seines Untergebenen interessierten den aktuell mächtigsten Mann Amerikas nur am Rande. Statt sich wie King mit Zielgruppen und Umfrageergebnissen zu beschäftigen, schweiften seine Gedanken zu diesem unverschämten Mr. Kruse ab, der ihm vorhin in die Parade gefahren war.

Baxter hielt eine Hand hoch, um King zum Schweigen zu bringen. Er ließ seine sorgfältig manikürten Finger in den Schoß fallen und grübelte, was ihn an dem Typen störte. Schließlich spitzte er den Mund. »Rufen Sie unsere Kontakte bei der NSA an. Wir müssen mehr über diesen Mr. Kruse in Erfahrung bringen.«

»Bin schon dran.« King tippte eine kurze Mail in seinen Handheld.

»Finden Sie raus, was genau er bei der CIA macht.« Baxter schaute erneut aus dem Fenster. »Für den Fall, dass er recht behält und wir das Gebäude gewaltsam einnehmen müssen …« Baxter schüttelte entnervt den Kopf.

King sah vom Bildschirm hoch. »Dann werden die Geiseln sterben. Sie wissen genauso gut wie ich, Sir, dass das amerikanische Volk niemals einen Mann zum Präsidenten küren wird, der mit einer Hauruck-Aktion 76 Amerikaner in den Tod geschickt hat.«

Baxter ergänzte sein Kopfschütteln mit einem Augenrollen. »Wenn Sie mich fragen, ist die Gelegenheit doch nicht so günstig, wie wir ursprünglich dachten.«

King klappte den kleinen Rechner zu und verstaute ihn in der Brusttasche der Anzugjacke. »Ich habe nie behauptet, dass es einfach wird. Wenn es um so viel geht, ist es nie einfach. Der Trick besteht darin, unverletzt durch das Minenfeld zu kommen.«

»Ich bin mir nicht sicher, ob das in diesem Fall überhaupt möglich ist.« Baxter seufzte.

»Lassen Sie mich nur machen. Ich bin bisher aus jeder kniffligen Situation rausgekommen.« King ließ sein selbstgefälliges Grinsen aufblitzen. »Ihr Job beschränkt sich darauf, geduldig abzuwarten, bis die anderen in die Minen getappt sind. Morgen schicken wir zum Beispiel Marge vor und lassen sie ihre Verhandlungsstrategie austesten. Sollte es klappen, sind wir alle eine große glückliche Familie. Sollte sie scheitern, muss sie es allein ausbaden.«

»Und wenn es am Ende darauf hinausläuft, dass wir das Gebäude stürmen müssen und 30 … 40 … verdammt, vielleicht sogar alle Geiseln verlieren?« Baxter zeigte mit dem Finger auf sich selbst. »Ich bin der Einzige, der den Befehl dazu geben kann. Und wie Sie eben schon sagten, wird das amerikanische Volk niemals einen Präsidenten wählen, der das Leben so vieler Menschen auf dem Gewissen hat.«

Er zuckte zusammen. »Shit, mir ist gerade noch was ganz anderes eingefallen. Was ist, wenn ich eine Erstürmung des Weißen Hauses auf den Weg bringe und sie scheitert? Dann sitzen die Menschen beim Abendessen und bekommen Bilder von FBI-Agenten serviert, die bei der Attacke auf die Terroristen sterben wie die Fliegen. Das wäre das Ende meiner Karriere … und natürlich auch Ihrer.« Baxter konnte gar nicht mehr aufhören, pessimistisch den Kopf zu schütteln. »Wie man es dreht und wendet, wir sind am Ende die Angeschissenen.«

»Das stimmt nicht«, widersprach King. »Wenn wir es richtig hindrehen, stehen Sie als Held da, Sir. Dann werden Sie der nächste Präsident der Vereinigten Staaten von Amerika sein. Wichtig ist nur, dass wir unsere Karten mit Bedacht ausspielen. Im Umgang mit Direktor Tracy dürfen wir uns keinen weiteren Fehler erlauben. Er hat auf Ihren öffentlichen Tadel völlig anders reagiert, als wir dachten. Wir müssen unbedingt verhindern, dass er morgen früh diese Pressekonferenz abhält. Sollte er wirklich die Zitate aus Ihrem Wahlkampf als Munition einsetzen, sähen Sie ziemlich alt aus. Also schlage ich vor, wir vereinbaren schnellstmöglich ein Treffen mit ihm, unterbreiten ihm ein Friedensangebot und bitten ihn, weiterhin im Amt zu bleiben und als Leiter des Secret Service die Arbeit des FBI nach besten Kräften zu unterstützen.

Wir könnten es so aussehen lassen, als wäre es Tutwilers Idee gewesen, ihn an den Pranger zu stellen. Wenn wir behaupten, Sie hätten sich darauf eingelassen, weil Sie wegen des Terrorangriffs völlig neben der Spur waren, wird er uns das glauben. In Wirklichkeit sind Sie ihm natürlich unglaublich dankbar für alles, was er für unser Land geleistet hat … blabla … Sie wissen ja, wie es läuft. Wir müssen einfach sein Ego ein bisschen tätscheln.«

Baxter dachte darüber nach. Seufzend meinte er: »Von mir aus. Tun Sie, was nötig ist, damit er den Mund hält.«

13

Gegen Mitternacht herrschte völlige Stille im Weißen Haus. Aziz verließ den Situation Room und machte sich auf den Weg zur Horsepower-Einsatzzentrale. Die Tür stand offen und er trat ein, ohne anzuklopfen. Bengazi saß auf einem Drehstuhl und ließ die Schwarz-Weiß-Bildschirme mit den Übertragungen der Dachkameras nicht aus den Augen. Sie deckten verschiedene Abschnitte des Grundstücks, insbesondere die Eingangsbereiche, ab. Normalerweise ließen sich mit dem System auch die meisten Räume überwachen, doch Bengazi hatte aus Furcht, das FBI könnte sich einhacken und Rückschlüsse ziehen, die Kameras innerhalb des Gebäudes deaktivieren lassen.

Aziz schob die Hand auf die Rückenlehne des Stuhls. »Wie sieht's aus?«

»Alles schön ruhig.«

»Gut. Hast du dich schon etwas ausruhen können?«

»Ja.«

»Wie steht's mit den Männern?«

»Die sind fit.«

»Und die Geiseln?«

»Schlafen.«

Aziz wollte sich gerade in die Bilder der Außenmonitore vertiefen, da krächzte das Walkie-Talkie an der Hüfte und sein Name drang aus dem Lautsprecher. Er zog das Gerät von der Halterung ab. »Ja?«

»Rafique, ich habe deutliche Fortschritte erzielt. Komm am besten her und schau's dir an.«

»Ich bin gleich unten.« Aziz hatte schon ungeduldig auf die Nachricht gewartet. Obwohl ihr bisheriger Erfolg alle Erwartungen übertraf, wäre er erst zufrieden, wenn er diesen feigen Präsidenten aus dem Bunker rausbekäme. Er hatte zwar das komplette Weiße Haus in seine Gewalt und die Regierungsgeschäfte der USA zum Erliegen gebracht, aber das reichte ihm nicht.

Aziz erreichte die dritte Kellerebene und näherte sich dem Bunker. Als er um eine Ecke bog, saß dort sein Mann schweißüberströmt auf einer Werkzeugkiste und rauchte. Der untersetzte Fettwanst blickte ihm grinsend entgegen und entblößte dabei eine Reihe nikotingelber Zähne unter einer spitzen Nase mit ergrautem Schnurrbart. Er setzte die riesige Hornbrille mit den dicken Gläsern auf und wies triumphierend auf das äußere Sicherheitstor des Bunkers. »Sesam, öffne dich.«

Aziz trat vor und drückte gegen die schwere Stahltür. Sie schwang nach innen und enthüllte einen weiteren Raum mit glänzend polierter Tresorluke am hinteren Ende. Adrenalin schoss ihm durch den Körper, als er sich den Präsidenten und seine Leibwächter auf der anderen Seite vorstellte, wie sie sich in falscher Sicherheit wiegten. Er schritt zügig über den Betonboden und blieb direkt vor der Luke stehen, streckte die Hand aus, presste sie gegen die glatte Oberfläche, ballte die Faust und hämmerte zweimal dagegen. Man hörte überhaupt nichts.

Er kehrte zu dem rundlichen kleinen Mann zurück, den ihm sein jüngster Gönner in letzter Minute als Verstärkung mitgegeben hatte. Ein Gönner, der selbst ein großes persönliches Interesse am Erfolg dieser Mission hatte. Der schlampig wirkende Tresorknacker machte auf den ersten Blick nicht viel her, verfügte aber über einzigartige Talente. Man hatte Aziz im Vorfeld darüber aufgeklärt, dass das US-Militär für den Bunker des Präsidenten die gleichen Komponenten wie für alle anderen staatlichen Schutzräume einsetzte und diese zwar Sprengungen standhielten, nicht jedoch Attacken mit Spezialbohrern und Schneidbrennern.

»Wie lange wirst du für die Tresorluke brauchen?«, wollte er wissen.

Der Experte blies eine Rauchwolke aus. »Wenn ich so schnell wie möglich arbeite und eine Überhitzung des Bohrers in Kauf nehme, sollte ich es in etwa 30 Stunden geschafft haben.«

»Und wenn der Bohrer dabei kaputtgeht?«

»Dann haben wir ein Problem.« Der kleine Gauner zuckte die Achseln. »Im schlimmsten Fall müssen wir dann zwei, drei Tage auf Ersatz warten.«

»Und wenn du auf Nummer sicher gehst?«

»Ist die Luke in 48 Stunden offen.«

Aziz faltete die Hände wie zum Gebet und traf eine Entscheidung. »48 Stunden sind schnell genug. Aber es darf auf keinen Fall länger dauern«, warnte er. Er klopfte dem Mann aufmunternd auf den Rücken. »Gute Arbeit, Mustafa.« Er verließ den Raum, damit sich der Maulwurf wieder in Ruhe der Beschaffung der Kronjuwelen widmen konnte. Auf dem Weg durchs Kellergewölbe dachte er: *Alles klar, ich muss sie also lediglich zwei Tage hinhalten.*

Die Beleuchtung im Bunker war abgeschaltet und alle bemühten sich, ein wenig Schlaf zu finden. Nur Warch lag hellwach in der Koje neben dem Eingang. Der Secret-Service-Agent hörte Präsident Hayes am anderen Ende des Raums laut schnarchen. Ständig quietschte irgendwo eine Sprungfeder, weil sich jemand unruhig auf seiner schmalen Matratze wälzte.

Warch fragte sich, ob es seiner Frau und den Kindern gut ging. Sicher machten sie sich Sorgen um ihn, aber das konnte er nicht ändern. Sara hatte sich längst daran gewöhnt, mit einem Mann verheiratet zu sein, der in seinem Job ständig in der Schusslinie stand. Sicher lenkten die Kids und ihre Eltern in Baltimore sie ab. Außerdem dürfte seine Dienststelle sie inzwischen informiert haben, dass er wohlauf war.

Seine Gedanken wanderten zu den Familien der Geiseln, die diesen Luxus nicht hatten. Der hektische Funkverkehr über das Headset, während sie den Präsidenten in den unterirdischen Bunkerkomplex gebracht hatten, hallte in seinem Kopf wider. »*Agents down! Agents down!*« Danach die Explosion und das Stakkato der Maschinengewehre. Seitdem waren zwölf Stunden vergangen und sie saßen immer noch hier fest.

Das ließ nur einen Schluss zu: Aziz und die übrigen Terroristen hatten das Weiße Haus eingenommen. In Gedanken ging Warch die Gesichter und Namen der diensthabenden Agenten durch. Ihn quälte die Frage, wer von ihnen den Zwischenfall unbeschadet überstanden hatte, und wer möglicherweise nicht mehr lebte.

Obwohl es sich zweifellos um den schwärzesten Tag in der Geschichte des Weißen Hauses handelte, war es ihnen immerhin gelungen, den Präsidenten aus den Fängen von Aziz zu befreien. Warch kostete diesen kleinen Triumph aus, während ihn allmählich der Schlaf übermannte. Gähnend drehte er sich in Richtung Wand und erstarrte.

Dieses Geräusch hatte er vorher noch nicht gehört, da war er ganz sicher. Er reckte den Kopf in Richtung Luke und lauschte. Ein klirrendes Geräusch, als ob Metall auf Metall traf. Es wiederholte sich mehrmals, bis ein leises Surren einsetzte, fast wie von einem elektrischen Rasierer.

Warch hörte noch ein bisschen länger zu, bis er die Decke zur Seite warf und aus der Nische sprang. Der Betonboden fühlte sich unter den nackten Füßen eiskalt an. In weißem T-Shirt und Boxershorts kniete er sich hin und presste das linke Ohr gegen die Luke. Mit einem Mal dämmerte es ihm. Ein Bohrer. Sie wollten mit einem Bohrer in den Bunker vorstoßen. Das bedeutete zugleich, dass es ihnen bereits gelungen war, die äußere Tür zu überwinden.

Warchs Hände hinterließen einen Schweißfilm auf dem kalten Metall. Laut fluchend schaltete er das Licht an und rief in den Raum hinein: »Aufwachen, Leute! Wir haben ein Problem!«

14

Ein schwaches, gleichmäßiges Piepen drang in Rapps Bewusstsein vor. Ihm war zumute, als müsste er sich aus einem dunklen Loch freikämpfen. Das Geräusch wurde mit jeder weiteren Bewegung deutlicher und klarer. Er näherte sich der Oberfläche.

Abrupt setzte sich Rapp im Bett auf. Seine dichten schwarzen Haare standen nach allen Seiten ab wie bei Medusa. Es dauerte einige Sekunden, bis er begriff, dass er geträumt hatte.

Es war derselbe verdammte Traum, der ihn schon sein halbes Leben plagte. Er ertrank. Immer das Gleiche. Und jedes Mal wehrte er sich verzweifelt dagegen und erreichte mit letzter Kraft das rettende Ufer. Er musste sich erst einmal sammeln, bis er wusste, wo er sich befand. Schwaches graues Morgenlicht drang durch die Fenster des Schlafzimmers. Er drehte sich um und schielte auf die rote Leuchtanzeige des Radioweckers. Eine Vier, gefolgt von einer weiteren, dann kam eine Fünf.

Gott, ist das schön, endlich zu Hause zu sein!, dachte er, hämmerte auf die Schlummertaste, rollte sich auf dem frisch bezogenen weißen Laken auf den Rücken und streckte sich. Dabei trat er die Decke weg.

Noch fühlte er sich nicht fit genug zum Aufstehen, also schickte er seine Gedanken auf Wanderschaft. Vor der Scheibe schlugen die sanften Wogen gegen die felsige Küste der Chesapeake Bay. Sie schienen seinen Namen zu rufen und ihn aufzufordern, das Bett zu verlassen. Rapp legte sich quer auf die 1,80 Meter breite Matratze, rekelte sich und gähnte laut.

Nach den langen Unterredungen des gestrigen Tages hatte er sich regelrecht zwingen müssen, nach Hause zu fahren, um sich dort für ein paar Stunden aufs Ohr zu legen. Dr. Hornig wollte sie heute Morgen ausgiebig über die Ergebnisse des Verhörs von Fara Harut informieren. Bis dahin konnte er nichts tun – und wenn Rapp etwas hasste, dann war es Warten.

Er wälzte sich auf die Seite und schlagartig bedrängte ihn die Erinnerung an die Ereignisse des Vortags und die Krise, die sich aktuell rund 30 Meilen weiter westlich abspielte. Eine leise Stimme im Hinterkopf herrschte ihn an, endlich aufzustehen. Er tappte nackt über den Holzboden zum raumhohen Fenster, zog die Vorhänge zur Seite und lauschte dem Gesang der Vögel in der friedlichen Morgenluft. Auf der anderen Seite der Bucht erklomm die Sonne am waldbewachsenen Horizont über dem Atlantik langsam den Himmel. Ob es ihm gefiel oder nicht, ihm stand ein denkwürdiger Tag bevor.

Die tosenden Wellen schickten weiterhin einen Lockruf in seine Richtung. Mit mehr Begeisterung, als sie ein geistig völlig gesunder Mann aufgebracht hätte, machte er sich über die ausgetretenen, knarzenden Dielen durch das steile Treppenhaus auf den Weg nach unten und lief durch die Küche zum Windfang. An einem Messinghaken hing eine ausgeblichene blaue Badehose mit Salzwasserflecken, die fast so alt wie ihr Besitzer zu sein schien.

Rapp schlüpfte in die abgetragene Hose, nahm die Schwimmbrille und ein Handtuch mit und verließ das Strandhaus durch den Hinterausgang. Das Thermometer neben der Brüstung zeigte angenehme 17 Grad. Gerade frisch genug, um wach zu machen, aber nicht zu kalt, um ihn von seinem Vorhaben abzubringen. Nachdem er den Kreislauf mit ein paar kreisenden Armbewegungen in Schwung gebracht hatte, lief er über den kürzlich gebauten Steg zur Leiter, die ans Ufer führte. Rapp hatte das Haus erst letztes Jahr gekauft und sich bislang lediglich darum gekümmert, die morschen alten Holzbohlen durch neue zu ersetzen.

Er kletterte knapp zehn Meter in die Tiefe, streifte sich die Schwimmbrille über und beschleunigte die Schritte, bis er den Strandabschnitt erreicht hatte, an dem eine Sieben-Meter-Jacht vor Anker lag. Dahinter wartete eine Bank am Rand der Planken, die im 90-Grad-Winkel direkt ans Wasser führten. Rapp schleuderte das Handtuch im Vorbeilaufen auf die Sitzfläche und sprang ins Meer.

Innerhalb von sechs, sieben Zügen hatte er in den gewohnten Rhythmus gefunden und kraulte die knappe

Meile bis zur gegenüberliegenden Küste. Rapp nahm nicht länger an Wettbewerben teil, hatte jedoch bis vor drei Jahren zu den besten Triathleten der Welt gehört und beim Ironman auf Hawaii, der als *das* Event der Szene galt, dreimal Plätze unter den ersten Fünf und einmal sogar die Spitzenposition belegt. Leider forderte die Arbeit bei der CIA ihren Tribut, und der chaotische, unvorhersehbare Einsatzplan erlaubte es ihm nicht länger, sich gezielt auf solche Wettbewerbe vorzubereiten, geschweige denn, daran teilzunehmen.

Gegen 5:40 Uhr kam er aus dem Wasser und fühlte sich erfrischt und belebt. Er rubbelte sich mit dem Handtuch trocken, lief zum Haus zurück und stellte sich unter die Dusche. Eine Viertelstunde später hatte Rapp sich rasiert und angezogen und stieg mit einem Becher dampfend heißem Kaffee in den brandneuen schwarzen Volvo. Langsam fuhr er rückwärts aus der engen Garage und rollte über den holprigen Asphalt der Einfahrt. Das nächste Projekt, um das er sich vor dem Wintereinbruch kümmern wollte.

Nachdem er die Hauptstraße erreicht hatte, beschleunigte er und freute sich über den lauffreudigen Motor. Es fühlte sich gut an, zurück in der zivilisierten Welt zu sein.

Einige Minuten später fuhr er auf der Route 50 zu seinem Treffen in Langley. Dr. Hornig wollte sie um sieben Uhr auf den neuesten Stand bringen, was ihre Sitzungen mit Fara Harut ergeben hatten. Rapp war nicht allzu scharf darauf, mit Dr. Seltsam zu frühstücken, aber in Anbetracht der Informationen, die sie vermutlich mitbrachte, schluckte man schon mal eine Kröte.

22 Minuten später erreichte er den Beltway und die nördlichen Ausläufer von Washington. Der Verkehr wurde

dichter, aber um diese frühe Zeit konnte man trotzdem problemlos leicht oberhalb des Tempolimits fahren. Eine Viertelstunde nach Erreichen des Autobahnrings passierte er den ersten Sicherheitsposten der CIA-Zentrale und parkte die Limousine. Nach der Zugangskontrolle am Old Headquarters Building nahm er den Lift in den sechsten Stock zu Direktor Stansfields Büro.

Da eine Assistentin per Headset sein Eintreffen avisiert hatte, stand Irene Kennedy bereits vor der Aufzugtür, um ihn in Empfang zu nehmen. Sie führte Rapp in das Allerheiligste, wo der Boss bereits hinter dem mächtigen Schreibtisch saß und mit auf die Nasenspitze geschobener Gleitsichtbrille in einer aufgeschlagenen Akte las.

Stansfield las in Ruhe zu Ende, bevor er die Mappe zuklappte, einen Stapel Dokumente in einem abschließbaren Schubfach hinter sich verstaute, aufstand und zu ihnen kam. Das Jackett ließ er über der Rückenlehne hängen und zog die Anzughose im Laufen unauffällig ein Stück nach oben. »Guten Morgen, Mitch. Ich hoffe, Sie haben ein bisschen Schlaf nachgeholt.«

»Das habe ich, Sir. Und Sie?«

Stansfield ließ die zerbrechlich wirkende Hand auf Rapps Schulter ruhen. Er war fast einen ganzen Kopf kleiner als Rapp. »Wenn Sie in mein Alter kommen, Mitch, empfinden Sie Schlaf als reinen Luxus.« Er lotste den jungen Agenten zu einer Tür. »Ich habe heute Vormittag noch ein weiteres Gespräch für Sie arrangiert, aber darüber reden wir später. Dr. Hornig erwartet uns bereits. Erst mal bin ich neugierig, ob sie inzwischen etwas Neues herausgefunden hat.«

Rapp folgte Stansfield und Kennedy in den fensterlosen Besprechungsraum, während er überlegte, um was für ein Gespräch es sich handeln mochte. Dr. Hornig saß bereits am Tisch und ging ihre handschriftlichen Notizen durch. Stansfield nahm am Kopf der Tafel Platz, Rapp und Kennedy setzten sich gegenüber von Hornig an die Längsseite. Rapp fiel auf, dass die Verhörspezialistin dieselbe Kleidung wie am Vortag trug. Offenbar hatte sie die ganze Nacht durchgearbeitet.

Jane Hornig nahm die schwarze Hornbrille ab, legte sie auf ihre Aufzeichnungen und rieb sich die Augen. »Wir haben eine Menge Informationen bekommen. Die Auswertung wird Monate in Anspruch nehmen. Aber ich weiß, dass für Sie im Moment alles, was Mr. Aziz und die Krise im Weißen Haus betrifft, oberste Priorität hat.« Sie blickte auf die Notizen. »Es tut mir leid, dass ich Ihnen keine schriftlichen Zusammenfassungen oder Gesprächsprotokolle mitbringen konnte, aber ich bin bis kurz vor diesem Meeting noch bei Mr. Harut gewesen.«

»Sie müssen sich nicht entschuldigen, Dr. Hornig«, beschwichtigte Stansfield.

»Für den Anfang« – Hornig zog eine Liste aus dem Stapel – »habe ich hier eine Liste der zehn Terroristen, die sich zusammen mit Aziz im Weißen Haus aufhalten. Es war extrem schwierig, die Namen aus ihm herauszubekommen.« Hornig reichte Stansfield das Blatt. Der Director of Central Intelligence schaute nicht länger als fünf Sekunden darauf und gab es an Irene Kennedy weiter, die sich zusammen mit Rapp darin vertiefte.

Stansfield ließ ihnen nicht lange Zeit. »Irene?«, drängte er.

Sie räusperte sich. »Das wird uns eine große Hilfe sein. Die Hälfte der Namen kann ich auf Anhieb zuordnen.

Den Rest werde ich nachher durch unsere Datenbanken jagen. Sollten Details fehlen, können wir immer noch die Kollegen vom MI-6 oder beim Mossad fragen.«

»Gut. Ich möchte so schnell wie möglich ausführliche Profile von jedem einzelnen Beteiligten auf dem Tisch haben.« An Hornigs Adresse ging die Frage: »Wie steht es mit den Forderungen der Terroristen?«

Hornig blätterte hektisch in ihren Mitschriften. »Mr. Harut wusste über alle Einzelheiten Bescheid, was den Transfer der eingefrorenen Gelder von den Konten des Schahs betraf. Da Mitch ihn geschnappt hat, bevor die Forderungen öffentlich bekannt wurden, können wir davon ausgehen, dass Mr. Harut genauestens über die Absichten von Mr. Aziz informiert ist – jedenfalls bis zu einem gewissen Punkt.«

»Was meinen Sie damit? Bis zu einem gewissen Punkt?«, wollte Rapp wissen.

»Dazu komme ich gleich. Die zweite Forderung bezieht sich darauf, dass die Vereinten Nationen sämtliche Sanktionen gegen den Irak fallen lassen sollen.«

Hornig stellte fest, dass sie damit bei ihren Zuhörern keine nennenswerte Reaktion auslöste, und fuhr fort: »Als Drittes will Aziz von den USA die Schaffung eines freien und unabhängigen Palästinenserstaates verlangen.«

Mit gerunzelter Stirn fragte Rapp: »Wo genau?«

»Im Westjordanland und im Gazastreifen.«

Rapp ließ die Kaffeetasse sinken. »Die Regierung in Israel wird sich vor Wut gar nicht mehr einkriegen.«

»Da gebe ich Ihnen recht«, meinte Stansfield. »Was noch?«

»Eine letzte Forderung gibt es noch, aber die kennt Mr. Harut nicht.«

Rapp sah sie zweifelnd an. »Und das sollen wir glauben?«

»Ich gehe davon aus, dass sie ihm wirklich nicht bekannt ist.« Hornig fühlte sich in die Defensive gedrängt. »Immerhin habe ich fast zwei Stunden konkret nachgebohrt.«

»Vielleicht nicht drängend genug«, fand Rapp.

Hornig lehnte sich zurück und verschränkte die Arme. »Ich gehe der Angelegenheit weiter nach, aber vorher braucht Mr. Harut ein bisschen Ruhe.«

»Und Sie auch, Jane«, schaltete sich Stansfield ein. »Ich möchte nicht, dass Sie irgendwann völlig ausgebrannt sind.«

Hornig wurde langsam wütend, dass sich alle in ihre Arbeit einmischten. Sie machte ihnen schließlich auch keine Vorschriften, wie sie ihren Job zu erledigen hatten, und empfand es umgekehrt als ziemlich unverschämt.

Stansfield, der davon nichts mitbekam, wandte sich an Kennedy: »Haben Sie eine Theorie, was Aziz' letzte Forderung betrifft?«

Kennedy starrte sekundenlang zur Decke, bevor sie antwortete: »Sogar mehrere, aber ich möchte selbst erst einige Recherchen anstellen, bevor ich mich voreiligen Spekulationen hingebe.«

Stansfield hätte am liebsten sofort Antworten aus seiner engsten Vertrauten herausgekitzelt, aber er kannte sie gut genug, um zu wissen, dass sie dann auf stur schalten würde. Also musste er sich noch gedulden. Manche Leute musste er gezielt mit Fragen bedrängen, um sie zu Höchstleistungen anzutreiben, bei Kennedy verhielt es sich genau umgekehrt. Sie würde sich von selbst melden, wenn sie etwas Neues hatte.

»Sonst noch etwas?«, erkundigte sich Irene gerade bei Dr. Hornig. Diese ratterte stichpunktartig eine lange Liste herunter, mit der sich die Analysten der CIA monate-, wenn nicht sogar jahrelang beschäftigen konnten. Rapp hörte aufmerksam zu und gewann dadurch neue Einblicke in die Denkweise von Aziz. Hornig verriet ihnen unter anderem, wie sorgfältig Aziz die Männer für diese Mission ausgewählt und darauf vorbereitet hatte. Einige von ihnen hatte er schon vor fast einem Jahr in die USA geschickt, damit sie eine Tarnidentität aufbauten, ohne die Aufmerksamkeit von FBI oder Secret Service auf sich zu lenken.

Sie nannte ihnen sogar den Namen der Klinik in Südamerika und den behandelnden Arzt, der Aziz sein neues Gesicht verpasst hatte. Rapp nahm sich vor, Kennedy und Stansfield später zu bitten, dem Mann einen Besuch abstatten zu dürfen. Ein Schönheitschirurg, dessen Dienste von Männern wie Rafique Aziz in Anspruch genommen wurden, wäre ein äußerst wertvoller Informant für sie. Er hoffte, dass Aziz ihn nicht bereits aus dem Verkehr gezogen hatte.

Hornig reihte endlos Fakten aneinander, die für sich genommen nicht von großer Bedeutung zu sein schienen, in der Summe jedoch wichtige Hinweise lieferten. Sie sprach fast eine halbe Stunde.

Rapp und Kennedy machten sich Notizen, während Stansfield einfach nur dasaß und zuhörte. Als es fast acht Uhr war, kam sie auf etwas zu sprechen, das sie direkt vor dem Aufbruch zu diesem Termin in Erfahrung gebracht hatte.

»Heute Morgen hat Mr. Harut ständig einen konkreten Namen erwähnt. Er war zwar erschöpft und nicht ganz bei sich, aber trotzdem wiederholte er ihn unablässig. *Nebukadnezar.*«

Wie auf ein Kommando beugten sich Stansfield, Kennedy und Rapp gleichzeitig in ihre Richtung. Hornig wirkte überrascht. »Wissen alle Bescheid oder soll ich Ihnen kurz erklären, wer Nebukadnezar war?«

»War und ist«, korrigierte Kennedy. »Nebukadnezar herrschte von 605 bis 562 vor Christus als neubabylonischer König. Er gilt in der arabischen Welt als Legende, weil er im Jahr 586 Jerusalem zerstörte und die Israeliten versklavte. Saddam Hussein bezeichnete sich bei mehreren Gelegenheiten als Reinkarnation Nebukadnezars. Er hält es für seine Bestimmung, alle arabischen Völker zu vereinen und Israel dem Erdboden gleichzumachen.«

»Das meint er allerdings nicht ernst«, fügte Rapp mit finsterer Miene hinzu. »Für ihn ist es nur eine Art PR-Trick, um die religiösen Fundamentalisten auf seine Seite zu ziehen.«

»Und es funktioniert«, fügte Kennedy hinzu. »In welchem Kontext hat Harut den Namen benutzt?«

»Ich habe ihn nach der Finanzierung der Operation gefragt. Da murmelte er ständig diesen Begriff. Ich habe den historischen Kontext erst recherchieren müssen. Dass er mit Nebukadnezar auf Saddam Hussein anspielen könnte, war mir bis zu Ihrer Erklärung nicht bewusst.«

»Wo war Matt Shipley, während Harut davon erzählt hat?« Shipley gehörte zu den mehr als 200 Spezialisten der Terrorabwehr und beherrschte mehrere Regionalsprachen fließend. Kennedy hatte ihn am Vorabend zum Safe House geschickt, um das Verhör Haruts zu unterstützen. Kennedy ließ es sich nicht anmerken, aber es erstaunte sie, dass Shipley eine so offensichtliche Anspielung entgangen war.

Hornig zuckte verlegen die Achseln. »Ich habe heute Morgen gegen fünf alle ins Bett geschickt. Immerhin waren sie die ganze Nacht ununterbrochen im Einsatz. Außerdem sollte sich unser Verdächtiger ein bisschen ausruhen und ich wollte meine Aufzeichnungen für diese Sitzung fertigstellen. Mr. Shipley trifft keine Schuld.«

Kennedy hielt diese Erklärung für nachvollziehbar. »Aber wie konnte er Nebukadnezar erwähnen, wenn er doch geschlafen hat?«

»Ich befand mich im selben Raum und sortierte meine Unterlagen. Immerhin musste ihn jemand im Auge behalten. Auf einmal fing er an, vor sich hin zu murmeln. Das passiert häufiger, dass Befragte im Schlaf plötzlich reden.«

»Haben Sie es aufgezeichnet?«, fragte Kennedy.

»Natürlich. Die Geräte laufen die ganze Zeit mit.«

»Gut.« Kennedy wollte Shipley gleich anrufen und auf das Band ansetzen.

»Kommen wir noch einmal auf den Kontext zurück, in dem Harut Nebukadnezar erwähnt hat«, lenkte Stansfield das Gespräch auf ihre aktuellen Probleme zurück.

»Wie gesagt, er sprach von Geld. Von der Finanzierung der Mission.«

»Das bestätigt frühere Informationen aus anderen Quellen. Demnach soll Saddam Hisbollah und Hamas aktiv unterstützen.« Stansfield schielte auf seine Uhr. »Dr. Hornig, gibt es zu diesem Zeitpunkt noch etwas, das wir wissen sollten?«

»Nein, aber ich bin sicher, ich werde bis heute Nachmittag ein gutes Stück weitergekommen sein.«

Stansfield sah zu den anderen. »Weitere Fragen?«

»Ja«, schaltete sich Rapp ein. »Hat Aziz einen konkreten

Fluchtplan, für den Fall, dass seine Forderungen erfüllt werden?«

»Oh.« Hornig blinzelte verlegen. »Es tut mir leid, aber darauf habe ich Mr. Harut bisher noch nicht angesprochen.«

Rapp bedachte sie mit einem eindringlichen Blick. »Ich schlage vor, Sie setzen das ganz oben auf Ihre Liste.«

»Ja.« Hornig schrieb es auf.

Stansfield leitete das Ende der Besprechung ein. »Gute Arbeit bis hierhin, Dr. Hornig. Wenn Sie uns nun bitte entschuldigen. Ich will noch einige Punkte mit Irene und Mitch unter vier Augen klären.«

Hornig sammelte ihre Unterlagen zusammen, verstaute sie in einem Baumwollbeutel und verließ das Besprechungszimmer. Rapp entging nicht, dass sie auf diese Weise hochsensible Informationen transportierte. Nachdem sich die Tür geschlossen hatte, meinte er: »Ich hoffe, Sie haben jemanden zu Ihrer Beobachtung abgestellt.«

»Natürlich«, versicherte Stansfield. »Aber Sie haben recht, man kann nie vorsichtig genug sein. Irene, sorgen Sie für eine 24-Stunden-Überwachung von Dr. Hornig. Und kümmern Sie sich darum, dass ständig jemand vom CTC bei Harut ist. Nicht dass wieder alle schlafen, wenn unser Verdächtiger gerade wichtige Informationen preisgibt.«

Kennedy nahm den Rüffel zur Kenntnis. »Tut mir leid, Thomas. Ich werde sofort die nötigen Vorkehrungen treffen lassen.«

»Okay, Mitch.« Stansfield konzentrierte seine Aufmerksamkeit auf Rapp. »Irene und ich fahren jetzt in die Stadt. So wie der Termin im Pentagon gestern gelaufen ist, halte ich es für besser, wenn Sie uns diesmal nicht begleiten.«

Rapp hatte bereits damit gerechnet und legte auch keinen gesteigerten Wert darauf, live mitzuverfolgen, wie Tutwilers lächerliche Verhandlungsstrategie scheiterte. Es gab Situationen, da verschaffte es einem keine Genugtuung, wenn man am Ende recht behielt. Die aktuelle Krise im Pentagon gehörte dazu.

»Was soll ich in der Zwischenzeit unternehmen, Sir?«

Stansfield zog einen Zettel aus der Hemdtasche, faltete ihn auseinander und drückte ihn Rapp in die Hand. »Das sind Adresse und Telefonnummer von Milt Adams, über den wir gestern Abend mit Direktor Tracy gesprochen haben. Er erwartet Ihren Anruf bereits.«

»Haben Sie konkrete Wünsche, wie ich die Angelegenheit angehen soll?«

Stansfields Augen verengten sich zu Schlitzen, während er sich die Frage durch den Kopf gehen ließ. »Ich schlage vor, Sie setzen Ihren gewohnten Decknamen ein und stellen sich als CIA-Mitarbeiter vor. Mr. Adams ist ein echter Patriot. Wir können ihm vertrauen, aber trotzdem muss er nicht mehr erfahren als unbedingt nötig.«

Kennedy und Rapp verließen hinter ihm den Raum. Auf dem Weg ins Büro des Direktors drehte sich Stansfield noch einmal um. »Mitch, ich kann gar nicht genug betonen, wie wichtig dieser Job ist. Wenn es eine Möglichkeit gibt, Sie ins Weiße Haus einzuschleusen, werden General Flood und ich alle Hebel in Bewegung setzen, um es möglich zu machen. Es ist allerdings wichtig, dass Sie mir eine ehrliche Einschätzung liefern, ob Sie es für realistisch halten. Haben wir uns verstanden?«

Rapp verbarg seine Aufregung hinter einem schlichten »Ja, Sir«.

15

Rafique Aziz schaute auf den Monitor zu seiner Linken und lächelte. *Sie sind so durchschaubar!*, dachte er mit einem Grinsen. Der Laptop war an eines der verschlüsselten Modems im Situation Room angeschlossen. Er verfolgte die Bewegungen auf den Schweizer Nummernkonten. Von dort aus wollte er das Geld direkt an seine Kontakte im Iran weiterleiten. Aktuell belief sich das Gesamtguthaben auf knapp über eine Milliarde Dollar. Der Gegenseite blieb noch eine knappe Dreiviertelstunde bis zum Ablauf der Frist. Wie erwartet, überwiesen sie nur einen Teil der verlangten Summe.

Der zweite Rechner rechts von ihm war für eine besondere Aufgabe reserviert. Jedes Mal, wenn Aziz auf den Bildschirm sah, strahlte er vor Stolz über seine Cleverness. Er rechnete fest mit einem Angriff der Amerikaner. Falls es ihm gelang, den Präsidenten aus dem Bunker zu holen, stiegen seine Chancen. Bis es so weit war, stellte der zweite Laptop quasi seine private Lebensversicherung dar. Dank der intensiven Beschäftigung mit den amerikanischen Strategien zur Terrorabwehr ging er davon aus, dass sie ihre übliche Technik einsetzten, um ihn am Zünden der Bomben zu hindern. Allerdings setzten sie damit einen tödlichen Countdown in Gang.

Die 24 Bomben, die ihm zur Verfügung standen, verfügten jeweils über ein spezielles Bauteil, das nicht nur als Funkmodem, sondern auch als Fernzünder diente. Der Rechner war mit einem Mobiltelefon gekoppelt, das alle zwei Minuten eine codierte Verbindung zu jedem der Sprengkörper herstellte und eine fünfstellige

Zahlenkombination übermittelte, die nach einem nur ihm bekannten Algorithmus errechnet wurde. Blieb die Kombination einmal aus, wurde sofort ein 60-sekündiger Countdown eingeleitet, nach dessen Ablauf alle Bomben gleichzeitig zünden würden. Aziz trug sicherheitshalber immer einen Pager und ein Handy bei sich. Sobald der Pager vibrierte, wusste er, dass entweder die Amerikaner einen Angriff eingeleitet und den Computer zerstört hatten oder bei diesem eine Fehlfunktion vorlag. In diesem Fall konnte er den Countdown notfalls manuell per Telefon abbrechen.

Der Krisenstab der Critical Incident Response Group des FBI hatte sein Quartier im dritten Stock des Executive Office Buildings in einem Konferenzraum bezogen, der einen perfekten Ausblick auf den Westflügel des Weißen Hauses bot. Der lange Besprechungstisch aus massivem Holz war aus der Raummitte an die Innenwand gerückt worden. Darauf sammelten sich ein halbes Dutzend Telefone, zwei Dockingstationen und zahlreiche Laptops. Den Rest des Mobiliars und die Hälfte der Stühle hatte man entfernt.

Klapptische reihten sich an den kurzen Wandseiten aneinander. Auf ihnen standen weitere PCs, Telefone, Bildschirme und Faxgeräte. Bei vielen der Telefone waren die Hörer mit Kreppband umwickelt und mit schwarzem Edding beschriftet. Etwa die Hälfte war für das Strategic Information Operations Center reserviert. Das SIOC unterstand der FBI-Abteilung zur Verbrechensbekämpfung, die einen Großteil der Fälle bearbeitete, denen große öffentliche Aufmerksamkeit entgegengebracht wurde. Grundrisse und Umgebungskarten des Weißen Hauses hingen an den Wänden. Männer und Frauen in blauen Poloshirts tippten hektisch auf Tastaturen herum oder telefonierten. Zwei Verhandlungsführer, die fließend Arabisch sprachen, befanden sich vor Ort, um im Bedarfsfall zu dolmetschen.

Special Agent Skip McMahon beobachtete durchs Fenster das Spektakel, das sich am Lafayette Square direkt gegenüber dem Regierungsgebäude ereignete. Er war stinksauer. Genau genommen hatte er das Wort ›angepisst‹ benutzt, um seit fünf Uhr morgens jedem zu verstehen zu geben, was er davon hielt, dass sich kurz nach Bekanntwerden der Geiselnahme die ersten Übertragungswagen und Fernsehteams mitten auf der Pennsylvania Avenue breitgemacht hatten. Sie postierten sich direkt vor dem nördlichen Zaun des Weißes Hauses, um von dort aus ihre Liveberichte zu senden. Als McMahon vor Ort eintraf, lautete seine erste Anweisung, die Kameras abziehen zu lassen. So weit weg wie möglich.

Stunden vorher hatte er sich gerade auf die Couch in seinem Büro im Hoover Building gelegt, um eine Weile auszuruhen, als einer seiner Agenten ihn mit der Nachricht aufscheuchte, dass ein Bundesrichter eine einstweilige Verfügung zugunsten der Medien erlassen hatte. Das erklärte auch die Meute von Journalisten und Reportern unten auf dem Platz. Kaum 100 Meter vom Weißen Haus entfernt hatten die drei großen landesweiten Networks und CNN provisorische Außenstudios errichtet. Aktuell kämpfte gerade Fox um einen der letzten freien Plätze. Sie berichteten fortlaufend im Frühstücksfernsehen darüber, als handele es sich um ein großes Sportereignis oder einen Jahrmarkt. *Good Morning America, Today Show, CBS This Morning* … jeder wollte ein Stück vom Kuchen abbekommen.

In den letzten zwei Stunden hatte McMahon gegen den Drang angekämpft, den Richter anzurufen und ihm seine Meinung zu geigen. Stattdessen beschloss er, seine Energiereserven für die hohen Tiere aufzusparen. Der Blick auf die Uhr verriet ihm, dass es inzwischen 8:34 Uhr war. Sie konnten jede Minute eintreffen.

Anna Rielly hatte die ersten 24 Stunden überstanden, ohne Schläge einzustecken. Sie fühlte sich in Anbetracht der Umstände gar nicht so übel. Nur ihr Rücken schmerzte ein wenig vom Schlafen auf dem harten Untergrund – nun, sie hatte zumindest versucht, ein bisschen zu schlafen. Die Terroristen machten das allerdings so gut wie unmöglich, weil sie ihre Geiseln mindestens einmal pro Stunde weckten. Außerdem zogen sie wahllos Leute aus der Gruppe und verprügelten sie vor versammelter Mannschaft.

Für die weiblichen Gefangenen gab es noch weiteren Grund zur Besorgnis. Irgendwann nach Mitternacht riss der Terrorist, der ihr auf dem Klo beim Pinkeln zugesehen hatte, eine junge blonde Frau aus der Gruppe. Rielly konnte nicht genau sagen, wie lange sie verschwunden blieb – man hatte ihnen die Uhren abgenommen, um sie zusätzlich zu verwirren –, aber es schienen einige Stunden zu verstreichen. Als sie schließlich zurückkehrte, war ihre Kleidung zum Teil zerrissen und in ihren Augen lag dieser Blick, den Rielly aus eigener Erfahrung nur zu gut kannte.

Anna betrachtete Stone Alexander, der eingerollt wie ein Fötus auf dem Boden lag, das Jackett säuberlich als Kopfkissenersatz zusammengefaltet. Sie war dankbar, dass er nicht länger weinte. Je weniger Aufmerksamkeit sie auf sich zogen, desto besser. Vorsichtig blickte sie sich im Raum um. Zwei ihrer Aufpasser standen an der Tür und tuschelten. Rielly wusste, dass sie nicht als Einzige dringend auf Toilette musste, aber nach dem letzten Zwischenfall traute sich niemand mehr, darum zu bitten.

Sie hockte sich im Schneidersitz auf den Boden, lugte unauffällig über die Schulter und zuckte zusammen. Der Terrorist mit den ganzen Klunkern und dem zurückgegelten Haar, der die Blondine mitgenommen hatte, saß mit einer Zigarette im Mundwinkel da und gaffte sie an. Anna wollte einen solchen Albtraum kein weiteres Mal durchstehen müssen. Damals hatte sie sich geschworen, lieber zu sterben, als es noch einmal zuzulassen.

Vor vier Jahren war sie spätabends mit der Bahn vom Sender in der Chicagoer Innenstadt zu ihrem Apartment in Lincoln Park gefahren. Beim Verlassen des Bahnhofs sprangen sie plötzlich zwei Männer an, zerrten sie in eine dunkle Gasse und vergewaltigten sie. Bei dem traumatischen Ereignis zog sie sich einige Kratzer und Prellungen zu, aber die körperlichen Verletzungen waren vernachlässigbar im Vergleich zu den mentalen Wunden. Langsam wurde es allerdings besser. Das verdankte sie nicht zuletzt ihrer Therapeutin Coreen Allen. Rielly hatte seit dem Vorfall wöchentlich zwei Sitzungen bei ihr absolviert.

Vor der Vergewaltigung war sie eine fröhliche, selbstbewusste junge Frau gewesen, die nichts gegen einen Flirt einzuwenden gehabt hatte. Mittlerweile war sie deutlich zurückhaltender geworden und begegnete dem starken Geschlecht generell mit gewissem Misstrauen. Dank Allen genoss sie inzwischen wieder die Gesellschaft von Männern, die sich für sie interessierten, sparte das Körperliche aber komplett aus. Ihren neuen Job in Washington hatte sie als ideale Chance gesehen, alles hinter sich zu lassen und von vorn anzufangen.

Zu den wenigen Vorteilen, die sie dieser persönlichen Tragödie abgewinnen konnte, zählte ihre gesteigerte Sensibilität. Sie hatte schon immer ein Gespür dafür besessen, wann etwas aus dem Ruder zu laufen drohte, inzwischen nahm es fast hellseherische Züge an. Man konnte sich kaum vorstellen, dass ihre aktuelle Situation noch schlimmer werden konnte, und doch ahnte sie, dass ihnen noch deutlich größeres Unheil bevorstand.

Irene Kennedy wurde fast über den Haufen gerannt, als sie die Einsatzzentrale des FBI betreten wollte. Zwei kräftige Männer in SWAT-Uniformen kamen durch die Tür geschossen. Der eine hätte ihr beinahe den Schirm seines blauen Basecaps gegen die Stirn gerammt und drehte gerade noch rechtzeitig den Kopf weg. Er entschuldigte sich abwesend, bis er plötzlich merkte, wer da vor ihm stand. »Oh, Irene, tut mir leid.« Sid Slater, der sich mal den wenig schmeichelhaften Spitznamen ›jüdischer Terror‹ eingefangen hatte, war sichtlich verlegen.

Irene reagierte ähnlich überrascht wie er. Sie war es nicht gewohnt, den Leiter des FBI-Geiselbefreiungsteams in voller SWAT-Montur zu sehen. Slater besaß den Körperbau eines Maurers, war kaum 1,80 groß und Mitte 40. Der fassförmige Körper mündete in Popeye ähnlichen Oberarmen und kräftigen Pranken. Bei einem Marathon hätte er wohl kläglich versagt. Er erinnerte an eine menschliche Dampfwalze – wie geschaffen, um Türen aufzustemmen.

»Wo willst du denn so eilig hin?«

»Ich muss noch einige Zusatzinformationen einholen,

bevor wir mit den Verhandlungen beginnen.« Slater zeigte über die Schulter in den Raum und schüttelte den Kopf. »Vor allem will ich nicht da drin sein, wenn die Kacke am Dampfen ist.«

Kennedy spähte hinein. »Was ist denn los?«

»Ich hab jetzt keine Zeit zum Plaudern. Lass dich von Skip auf den aktuellen Stand bringen. Bist du heute Nachmittag beim Abstimmungsmeeting dabei?«

»Ja, bin ich.«

»Gut … dann sehen wir uns dort. Es gibt eine Menge Fragen, die ich dir stellen will.« Mit dieser Bemerkung rauschte der jüdische Terror mit seinem Kollegen im Schlepptau davon.

Kennedy sah ihnen kurz hinterher. Die leuchtend gelben Buchstaben auf ihren Rücken und die dunklen Uniformen der taktischen Spezialeinheit verrieten jedem Eingeweihten, dass sie an vorderster Front kämpften und zu den Leuten gehörten, die das Weiße Haus stürmen sollten. Sie musste unweigerlich an das gewaltige Sprengstoffarsenal von Aziz denken. Ihr wurde ganz mulmig.

Im Kommandoposten des FBI liefen unterdessen die Funkgeräte, Telefone und Faxgeräte heiß und Gesprächsfetzen flogen durch den Raum. Sie hatte gerade den Besprechungsraum auf der anderen Seite des Gebäudes verlassen, in dem Vizepräsident Baxter mit ausgewählten Vertretern des Kabinetts, der Geheimdienste und der Bundespolizei tagte. Von dort aus wollten sie das Gespräch zwischen Aziz und dem Verhandlungsführer verfolgen, um gegebenenfalls kurzfristige Entscheidungen treffen zu können. Auf Wunsch von McMahon sollte Irene Kennedy ihm hier in der Einsatzleitung für direkte Rückfragen zur Verfügung stehen.

Auf der anderen Seite des Raums am großen Fenster mit Blick auf den Westflügel stand Skip McMahon und unterhielt sich mit Justizministerin Tutwiler. Er winkte ständig in Richtung der Telefone. Kennedy blieb in einigen Metern Entfernung stehen, um das Gespräch nicht zu unterbrechen. Sie hörte sich an, was Skip sagte, und ihre inneren Alarmsirenen schrillten. Als sie ihren Blick auf Wanderschaft schickte, gefiel ihr überhaupt nicht, was sie sah … genauer gesagt: was sie *nicht* sah. Es war kurz vor neun Uhr, aber der Vermittler vom FBI schien noch nicht eingetroffen zu sein.

Kurz darauf hatte McMahon seine Erklärungen abgeschlossen, wie die Telefonanlage funktionierte, und drehte sich zu Kennedy um. Er wandte der offenbar ziemlich begriffsstutzigen Ministerin den Rücken zu und verdrehte genervt die Augen. »Morgen, Irene.«

»Guten Morgen.« Sie nickte erst Tutwiler und dann dem Special Agent zu. »Wo ist denn euer Verhandlungsführer?«

Ehe McMahon eine Gelegenheit zum Antworten bekam, meldete sich Tutwiler zu Wort: »Ich werde das übernehmen.«

So gelassen, wie sie es herausbekam, sagte Kennedy: »Verstehen Sie mich bitte nicht falsch, Frau Ministerin, aber ich halte das für keine besonders gute Idee.«

»Ach ja, wieso?«, fragte Tutwiler patzig.

»Weil Rafique Aziz es als Affront werten wird, dass wir eine Frau als Gesprächspartnerin auf ihn ansetzen.«

»Nun, Miss Kennedy, ich übernehme diese Aufgabe als ranghöchste Vertreterin der Vollzugsbehörden. Ich bin hier« – sie zog das Wort unnatürlich in die Länge und zeigte zur Bekräftigung auf einen Punkt in ihrer Nähe –

»um ein klares Signal an diese Terroristen zu übermitteln, wie ernst wir diese Situation nehmen.«

Kennedy rief sich Mitch Rapps Auftritt im Pentagon am Vortag in Erinnerung. Das gab ihr das nötige Selbstvertrauen, um ihre Argumente ebenfalls mit dem nötigen Nachdruck vorzubringen. »Und ich bin hier, um Ihnen als Leiterin der nationalen Terrorabwehr mitzuteilen, dass ich es für einen schweren Fehler halte. Ich respektiere Ihre Leistungen und Ihren Status, Frau Ministerin, aber Rafique Aziz tut es nicht. Er wird Ihre Präsenz als Angriff auf seine Männlichkeit werten.«

Tutwiler verschränkte die Arme. »Ach, wissen Sie, mir sind in meinem Leben schon viele Chauvinisten über den Weg gelaufen. Letztlich gibt es nur eine Möglichkeit, mit ihnen umzugehen: indem man ihnen die Stirn bietet.«

»Ich kann nur noch einmal nachdrücklich betonen, dass Sie im Begriff stehen, einen schweren Fehler zu begehen. Sie haben keine Ahnung, worauf Sie sich da einlassen.« Da die Justizministerin offenbar nicht daran dachte, ihre Strategie zu überdenken, verließ Kennedy die Einsatzzentrale, um Stansfield über die unerwartete Entwicklung zu informieren. Sie war schon im Flur angelangt, als McMahon ihr etwas hinterherrief. Eine Sekunde später hatte er sie eingeholt und legte ihr eine Hand auf die Schulter. »Irene, gib dir keine Mühe. Ich habe auch schon alles probiert. Wir müssen uns wohl damit abfinden, dass Tutwiler ihren Willen bekommt.«

Kennedy stand mit knallroten Wangen da. Mehr zu sich selbst als zu McMahon sagte sie: »Jetzt weiß ich auch, warum Mitch gestern so sauer geworden ist.«

McMahon verstand nicht, worauf sie hinauswollte, und

ignorierte die Bemerkung kurzerhand. »Wenn du mich fragst, Irene, lehnt sich Tutwiler bei der Sache ziemlich weit aus dem Fenster. Wir müssen einfach abwarten, bis sie die Verhandlung gleich vermasselt, dann sind wir sie los.« McMahon betrachtete Kennedys angespanntes Gesicht. Dass der sonst so ruhige Schützling von Thomas Stansfield dermaßen die Fassung verlor, kannte er gar nicht. »Tief Luft holen, Irene. Es bringt keinen weiter, wenn du dich aufregst.«

Kennedy biss sich auf die Unterlippe. »Normalerweise bin ich diejenige, die andere zur Besonnenheit ermahnt.«

»Tja, da hab ich wohl was von dir gelernt.« McMahon schenkte ihr ein gezwungenes Lächeln und schob Kennedy in Richtung Einsatzzentrale. »Ich brauche dich während des Gesprächs an meiner Seite, okay?«

Kennedy nickte und ging widerwillig mit ihm zurück.

Aziz' Finger trommelten auf die glänzende Oberfläche des Konferenztischs im Situation Room, während seine Augen förmlich am Monitor klebten. Er saß im Ledersessel des Präsidenten und schaukelte nervös hin und her. Ein Blick aufs Handgelenk verriet ihm die aktuelle Zeit. Der Saldo der Schweizer Nummernkonten hatte sich seit fast einer halben Stunde nicht mehr verändert.

Noch zwei Minuten, bis die Show anfing. Er schielte über den oberen Bildrand zu den Fernsehschirmen an der hinteren Wand. Alle Sender übertrugen live aus dem Lafayette Park auf der anderen Straßenseite. NBC und CBS hatten Angehörige der Geiseln am Mikrofon, ABC konsultierte einen Psychiater, der ein Buch über das sogenannte Stockholm-Syndrom verfasst hatte – das Phänomen, dass sich Gefangene in ihre Peiniger verliebten.

CNN setzte auf einen FBI-Agenten im Ruhestand, der Aziz ziemlich selbstgefällig vorkam.

Ein dünnes Lächeln trat auf seine Lippen. Wie leicht diese Amerikaner doch zu berechnen waren. Seine Mundwinkel zogen sich noch weiter in die Höhe. Er verschränkte die Hände im Nacken und kippelte vergnügt mit dem Sessel. Auf dem zweiten Laptop wurde ein Briefumschlag eingeblendet. Eine Computerstimme wies ihn auf den Empfang einer neuen Nachricht hin. Aziz startete das Mailprogramm und hatte sie kurz danach auf dem Schirm. Zum Lesen lehnte er sich ganz dicht an den Schirm heran und konnte nicht fassen, was gleich in der ersten Zeile stand. Unmöglich. Wie hatten sie ihn nur in die Finger bekommen? Warum ausgerechnet jetzt?

Da stand: »*Fara Harut wurde gestern am frühen Morgen von einer Kommandotruppe entführt. Die Gruppe hat schwere Verluste erlitten, Harut ist vermutlich noch am Leben. Ausgangspunkt des Angriffs unbekannt; vermutlich Amerika, Großbritannien oder Israel.*«

Auf der anderen Straßenseite hatte Vizepräsident Baxter im Executive Office Building zur exklusiven Audienz in einem Zimmer geladen, das sich nicht weit entfernt von der Einsatzzentrale des FBI am anderen Ende des Korridors befand. Wie üblich saß sein Stabschef Dallas King neben ihm. General Flood hatte auf der linken Seite von Baxter Platz genommen, außerdem zählten FBI-Direktor Roach, CIA-Direktor Stansfield und Secret-Service-Chef Tracy zu den Anwesenden. Auch Außen- und Verteidigungsminister, ein gutes Dutzend Assistenten und die Secret-Service-Agenten, die zur Bewachung des Vizepräsidenten abgestellt waren, hielten sich dort auf. Hinter verschlossenen Türen richteten sich alle Augen erwartungsvoll auf den schwarzen Lautsprecher in der Mitte des Tischs. Nach etwa 20 Sekunden Stille hörte man, wie eine Telefonverbindung hergestellt wurde.

Aziz hatte seine Augen immer noch nicht von der E-Mail losreißen können, als der Apparat klingelte. Er war völlig außer sich und ungeheuer wütend, dass so etwas im denkbar ungünstigsten Moment passierte. Er starrte förmlich ein Loch in den Bildschirm und überschlug in Gedanken die katastrophalen Auswirkungen auf seine Mission. Trotzdem bemühte er sich, die Sache nüchtern zu betrachten. Fara Harut war sein Mentor; der Mann, der ihn direkt von der Schule auf das Schlachtfeld gelockt hatte und dem er das Wissen verdankte, welch finstere Absichten diese elenden Zionisten verfolgten. Wegen Harut war er überhaupt hier. Und jetzt hatten sie sein großes Vorbild entführt.

Das Telefon ging ihm weiter mit schrillem Ton auf die Nerven. Aziz entschied, den Hörer erst abzunehmen, wenn er sich ein wenig beruhigt hatte und seine Stimme die nötige Gelassenheit ausstrahlte. Jetzt stand erst einmal der große Plan im Vordergrund. Über die Katastrophe, von der er gerade erfahren hatte, konnte er sich später noch Gedanken machen.

Er legte die Hände flach auf den Tisch, verdrängte jegliche Anspannung aus dem Körper und ging ganz in seiner Rolle auf. Nachdem es fast ein Dutzend Mal geklingelt hatte, nahm er ab und führte die Sprechmuschel langsam zum Mund. »Ja.«

»Mr. Aziz«, erklang eine ruhige, selbstsichere Stimme. »Hier spricht Justizministerin Margaret Tutwiler. Wir sind bei der Beschaffung des Geldes auf einige unerwartete Schwierigkeiten gestoßen. Bislang haben wir erst …« Sie zögerte.

»… 1,3 Milliarden Dollar auf die von mir genannten Konten überwiesen«, vervollständigte Aziz den Satz und stand auf. Wut machte sich in seinem Körper breit. *Das kann doch nicht wahr sein!* Er hatte sich im Vorfeld über alle Beteiligten auf der Gegenseite und ihre Zuständigkeiten informiert. Natürlich wusste er, dass nach der Flucht von Hayes in den Bunker die Amtsgeschäfte an seinen Stellvertreter Sherman Baxter übertragen wurden und der Justizministerin damit eine wichtigere Rolle innerhalb der Regierung zukam. Trotzdem empfand er es als unglaubliche Frechheit, ausgerechnet sie als Gesprächspartnerin auszuwählen. Für ihn gab es keinen Zweifel, dass es mit voller Absicht geschah.

Eine leicht überrumpelt wirkende Tutwiler bestätigte: »Ganz genau, 1,3 Milliarden.« Sie geriet kurz ins Stottern. »E-es dürfte noch etwas dauern, bis wir den Rest der Summe beschafft haben. Umgekehrt würden wir es sehr begrüßen, wenn Sie uns ein bisschen entgegenkommen.«

Aziz kniff die Augen fest zusammen und zwang sich, an der ursprünglichen Strategie festzuhalten. »Was schwebt Ihnen vor?«

»Die Freilassung einiger Geiseln wäre für uns ein wichtiges Indiz, dass Sie es ernst meinen.«

Nicht zu glauben, was dieses Weibsstück sich einbildete. So gelassen wie möglich erkundigte er sich: »Ach ja, wie viele dürfen es denn sein? Zehn, 20 … vielleicht sogar 30?«

Tutwiler, die glaubte, eine Spur von Spott aus seinen Worten herauszuhören, zögerte. »Ähm … 30 wären natürlich großartig ... sobald sie unbeschadet vor dem Weißen Haus stehen, arbeiten wir gern daran, das restliche Geld zu überweisen.«

Aziz stand fassungslos vor dem Tisch und starrte alles und nichts gleichzeitig an. Er entschied, seinem angestauten Ärger ein Ventil zu verschaffen. Bei aller Liebe zum Plan, so langsam wurde die Sache persönlich. Erst beleidigten sie ihn damit, dass sie diese ... Frau vorschickten. Und dann wollten sie ihn auch noch über den Tisch ziehen. Ob es eine Falle war? Er ging nicht davon aus. Am helllichten Tag wagten sie es wohl kaum, ein Befreiungskommando loszuschicken, zumal die versammelten Medien auf der anderen Straßenseite lauerten. Wenn das ein Test seiner Entschlossenheit sein sollte, würde er ihnen zeigen, dass sie keine Zugeständnisse zu erwarten hatten.

Ihm wurde langsam alles zu viel. Erst die Neuigkeit von Fara Haruts Entführung, dann die Beleidigungen dieses dämlichen Weibsstücks. Er konnte nicht länger an sich halten und brüllte. »Was habe ich Ihnen gestern gesagt? Dass das Geld bis neun Uhr auf den Konten eingetroffen sein muss! Ich habe nicht von einem Teilbetrag gesprochen, sondern von der vollen Summe! Lügen Sie mich nicht an und erzählen was von Schwierigkeiten bei der Überweisung! Ihr Finanzministerium könnte den zehnfachen Betrag innerhalb einer Stunde transferieren, wenn es nötig wäre! Ich denke, es ist höchste Zeit, euch arroganten Amerikanern eine Lektion zu erteilen! Schaut aus dem Fenster, dann seht ihr, was passiert, wenn ihr solche idiotischen Spielchen mit mir treibt!«

Anna Rielly saß unbehaglich da. Ihr Magen knurrte und es schien nur eine Frage der Zeit zu sein, bis sie sich in die

Hose pinkelte. Mehrere andere Geiseln hatten sich bereits eingenässt und der Gestank von Urin hing in der Luft. Sie hörte, wie sich die Ankunft des Anführers mit schweren Stiefeltritten ankündigte. Die ganze Gruppe zuckte beim Anblick des offenbar zornigen Terroristen unwillkürlich zusammen.

Aziz pickte sich wahllos einen Mann heraus und zeigte auf ihn: »Du! Aufstehen! Sofort!« Als der Angesprochene nicht sofort reagierte, riss ihm der Geduldsfaden. »Los!«

Panisch erhob sich der Mann. Rielly erkannte ihn sofort. Es war Bill Schwartz, der Sicherheitsberater des Präsidenten.

Der Terrorist herrschte die Frau an, die sich an Schwartz' Bein festklammerte. »Du auch! Komm!« Da sie für seinen Geschmack offenbar auch zu lange brauchte, bückte Aziz sich und riss sie wie eine Puppe an den Haaren in eine aufrechte Position. Mit der Hilfe eines anderen Mannes zerrte er beide in den Flur.

Aziz drängte die zwei Geiseln eine Treppe hinauf, die ins Erdgeschoss des Westflügels führte. Bevor er unter den Säulenvorbau an der Nordseite des Weißen Hauses trat, zog er sich eine Strumpfmaske über den Kopf, um sein Gesicht unkenntlich zu machen. Er holte eine kleine Fernbedienung aus der schmucklosen grünen Kampfweste und tippte einen Code ein, um den elektronischen Zünder der Sprengladung an der Tür zu entschärfen. Erst dann trat er die Doppeltür auf und ging allein hinaus.

Für einen Moment genoss er die wärmenden Strahlen der Vormittagssonne. Er überquerte die enge Zufahrt und erreichte einen schmalen Pfad am äußeren Ausläufer des Säulengangs. Herausfordernd starrte er zu den mehreren Dutzend Waffen, die auf ihn gerichtet waren. Die langen

Läufe von Scharfschützengewehren ragten über die Dachkanten. Er wusste, dass sie jetzt nicht abdrücken würden. Das durften sie gar nicht, nicht hier in Amerika. Der Erteilung des Schießbefehls standen zahlreiche bürokratische Hürden im Weg. So weit war die Krise noch nicht fortgeschritten, dass die entsprechende Autorisierung erteilt wurde.

Aziz reckte das AK-74 in die Luft und entfesselte eine Salve von acht Schüssen. Mit entschlossenem Blick umklammerte er die Waffe vor der Brust und gab den Amerikanern zu verstehen, dass er keine Angst vor ihnen hatte. Nachdem er das getan hatte, lief er ins Gebäude zurück und sah auf die Uhr. Er wollte den Medien noch 30 Sekunden Zeit geben, um ihre Kameras auf den Eingang zu richten.

Aziz hielt sich exakt an sein Skript – mit einer Ausnahme. Er ließ den Rachegelüsten freien Lauf. Ursprünglich hatte er sich vorgenommen, den Sicherheitsberater des Präsidenten zu töten. Nun gestattete er sich spontan eine kleine Abweichung, um sich Genugtuung für das zu verschaffen, was sie mit Harut angestellt hatten. Mit einem fast spastischen Zucken wirbelte er zu Schwartz herum und verpasste ihm einen Schlag ins Gesicht. Er rückte dem Mann ganz dicht auf die Pelle und brüllte: »Na, wie fühlt sich das an, Angst zu haben, du Hurensohn?«

Dem Amerikaner schossen Tränen in die Augen. Die Frau an seiner Seite begann unkontrolliert zu schluchzen. Schwartz schlang den Arm um seine Sekretärin. Er rechnete damit, jede Minute sterben zu müssen. Es gab nichts, was er dagegen tun konnte. Aziz schrie ihn weiter an und bombardierte ihn mit Fragen. »Wie oft hast du schon den Tod meiner arabischen Brüder befohlen? Wie oft?« In Aziz' Augen loderte der Zorn. Als Schwartz keine Antwort gab, verpasste er ihm einen weiteren Schlag ins Gesicht und packte ihn anschließend am Kragen. Er schob den Sicherheitsberater nach draußen, während sich die Sekretärin verzweifelt an der Hüfte ihres Chefs festklammerte. Aziz schob den Stiefel gegen ihren Hintern und trat zu.

Schwartz und die Frau taumelten ins Freie und stürzten. Aziz blieb im Durchgang stehen und herrschte sie durch die Strumpfmaske an, gefälligst aufzustehen. Die Frau kreischte noch lauter und Schwartz' Tränen flossen ungehindert über die Wangen. Er rappelte sich auf und half seiner Sekretärin hoch. Aziz verlangte, sie sollten loslaufen. Nach einigen Sekunden setzten sie sich in Bewegung, allerdings ziemlich gemächlich.

Aziz beobachtete, wie die beiden Geiseln in Richtung nördliches Tor liefen. Sobald sie die Hälfte der Strecke zurückgelegt hatten und in Reichweite der Kameras gerieten, hob er das Gewehr und zielte.

»Stehen bleiben!«, schrie er. Als der Sicherheitsberater des Präsidenten über die Schulter blickte, geriet sein Gesicht genau ins Fadenkreuz. Aziz drückte ab. Das mächtige Gewehr zuckte und nahm direkt danach die Frau aufs Korn. Ihr Kopf wurde vom kalten Stahl des Visiers eingerahmt. Ohne zu zögern, betätigte der Terrorist den Abzug erneut. Die Sekretärin kam auf Schwartz zum Liegen. Aziz durchsiebte beide mit einem knappen Dutzend weiterer Kugeln. Das laute Klacken der Kalaschnikow hallte über das Gelände.

Der Terrorist kehrte ins Weiße Haus zurück und zog die Tür hinter sich zu. Die rauchende Mündung des AK-74 baumelte an seiner Hüfte. Bevor er sich auf den

Weg ins Untergeschoss machte, schaltete er die Sprengladung wieder scharf und durchquerte die Halle mit hasserfülltem Blick. Er atmete hektisch, sein Puls raste. Rasch sprang er die Stufen hinab und rannte durch den Korridor in den leeren Situation Room. Dort griff er zum Hörer. »Sind Sie noch dran?«

Skip McMahon hielt sich das Telefon ans Ohr und betrachtete dabei die zwei Leichen in der Einfahrt. Den Mann kannte er. Er drehte sich zu Marge Tutwiler um, die reglos am Tisch saß und aus dem Fenster starrte. Irene Kennedy schenkte ihm ein trauriges Kopfschütteln.

»Ich höre«, sagte McMahon.

»Wer spricht da?«, wollte Aziz wissen.

»Special Agent Skip McMahon vom FBI.«

»Gut! Wagen Sie es nicht, mich noch einmal zu beleidigen und diese Frau ans Telefon zu lassen. Meine ursprünglichen Forderungen bleiben unverändert. Ich werde stündlich eine weitere Geisel töten, bis der komplette Betrag auf den genannten Konten eingetroffen ist. Sobald ich das Geld habe, lasse ich ein Drittel der Geiseln frei. Eine Geisel pro Stunde. Haben Sie mich verstanden?«

»Ich verstehe Sie sehr deutlich, aber eine Stunde ist zu wenig Zeit.«

Es wurde Zeit, eine härtere Gangart einzuschlagen. »Hören Sie zu, McMahon.« Aziz sprach ganz ruhig, als habe er noch nie etwas anderes gemacht, als telefonische Verhandlungen zu führen. »Ich kenne Ihre Einsatzregeln. Nachdem ich gerade zwei Geiseln getötet habe, müssen Sie Ihr Hostage Rescue Team aufs Gelände schicken.« Aziz fügte mit drohender Stimme hinzu: »Ich warne Sie, das wäre ein großer Fehler. Ich nenne Ihnen auch gern den Grund. Falls Sie so etwas probieren, sprenge ich das komplette Gebäude samt allen Geiseln in die Luft. Meine Männer und ich sind bereit, als Märtyrer zu sterben, und das wissen Sie.«

Aziz legte eine dramatische Pause ein. »Aber dazu muss es nicht kommen. Die beiden ersten Toten verdanken Sie allein der Dummheit Ihrer Justizministerin. Ich schlage vor, wir halten uns beide an die Regeln, dann muss es keine weiteren Opfer geben. Beschaffen Sie mir das restliche Geld innerhalb einer Stunde, und ein Drittel der Geiseln kommt frei. So einfach ist das. Haben wir uns verstanden?«

»Ja.«

»Gut. Von jetzt an verhandle ich mit Ihnen, McMahon, und mit niemandem sonst. Melden Sie sich, wenn die Überweisung erledigt ist.« Aziz legte seelenruhig den Hörer auf. Er wusste ganz genau, an welchen Schaltern er spielen musste.

16

Der Vizepräsident und die restlichen Personen saßen schweigend am Konferenztisch. Es klopfte an der Tür und nach kurzer Wartezeit schwang sie auf. McMahon und Irene Kennedy kamen herein. Die Männer am Tisch begrüßten sie mit niedergeschlagenen Mienen. FBI-Direktor Roach fragte: »Wen haben sie umgebracht?«

»Wer die Frau war, wissen wir noch nicht«, erwiderte Irene Kennedy, »aber bei dem Mann handelt es sich um Bill Schwartz.«

Jeder im Raum senkte den Kopf. Sie hatten alle schon mindestens einmal mit Schwartz zu tun gehabt. Er galt als ausgesprochen beliebt. Stille trat ein, bis Vizepräsident Baxter sich zu Wort meldete: »Falls wir ihm das Geld geben, lässt er dann wirklich Geiseln frei?« Schulterzucken und unsichere Blicke folgten. Alle Augen richteten sich auf Kennedy, schließlich war sie die Expertin. »Ich glaube, er wird sich daran halten, ja«, meinte sie, ohne restlos überzeugt zu klingen.

Der Vizepräsident quittierte die Aussage mit einem zufriedenen Lächeln. Genau das hatte er hören wollen. Dallas King lehnte sich zu ihm und schirmte das Ohr seines Vorgesetzten mit der Hand ab, bevor er flüsterte: »Wenn er wirklich jede Stunde eine Geisel umbringt, bringt uns das in ernste Schwierigkeiten. Also sollten wir zahlen und uns keine Gedanken machen, was er mit dem Geld anstellt, um zumindest einen Teil der Leute zu retten, die im Weißen Haus festgehalten werden.«

Baxter nickte und wartete, bis King auf seinen Stuhl zurückgekehrt war. Er musste seinem Stabschef beipflichten. Sie saßen in der Klemme und es gab nur zwei Möglichkeiten, die Krise zu bewältigen. Soweit es Baxter anging, kam nur eine Lösung in Frage. Er sprach FBI-Direktor Roach an: »Brian, bitte lassen Sie die nötigen Vorbereitungen treffen, um den Rest des Betrags wie verlangt zu überweisen. Ich will, dass wir seine Forderung erfüllen und abwarten, ob er tatsächlich ein Drittel der Geiseln auf freien Fuß setzt. Danach sehen wir weiter. Oder sieht das jemand anders?«

Er schaute sich um. Alle schüttelten den Kopf. Baxter wandte sich erneut an den Chef der Ermittlungsbehörde. »Geben Sie mir Bescheid, falls Probleme auftreten, und sorgen Sie dafür, dass die Sache noch in dieser Stunde erledigt ist. Wir dürfen nicht riskieren, dass er ein weiteres Opfer erschießt.«

Roach nickte und verließ zusammen mit McMahon den Raum.

Der betagte CIA-Chef saß schweigend da und beobachtete. Vor der Krise war er dem Vizepräsidenten nur selten begegnet und wurde nicht recht schlau aus ihm. Baxter schien kniffligen Entscheidungen aus dem Weg zu gehen. Das gefiel Thomas Stansfield nicht. Echte Führungspersönlichkeiten wuchsen an ihren Aufgaben. Sie blühten förmlich auf, wenn es eine Krise zu bewältigen galt. Dieser Mann schien jedoch eher vor der Verantwortung zurückzuschrecken.

Er konzentrierte sich auf die bevorstehenden Aufgaben: »Mr. Vizepräsident, wir sollten die Zeit nutzen, um über unsere nächsten Schritte nachzudenken.«

Baxter nickte. »Ja. Wobei … Lassen Sie uns einen Schritt nach dem anderen machen. Erst sorgen wir dafür, dass einige der Geiseln in die Freiheit entlassen werden, dann setzen wir uns in aller Ruhe mit den weiteren Forderungen auseinander.«

»Ich fürchte, so viel Zeit haben wir nicht«, gab Stansfield zu bedenken. »Möglicherweise verlangt er etwas, das wir gar nicht erfüllen können.« Stansfield hatte beschlossen, den nächsten Bericht von Dr. Hornig abzuwarten, bevor er den Vizepräsidenten darüber informierte, was sie von Harut erfahren hatten.

»Darüber will ich im Moment lieber nicht nachdenken.«

General Flood reagierte sichtlich genervt auf Baxters Bemerkung. »Uns bleibt gar keine andere Wahl, als darüber nachzudenken. Wir müssen sofort losschlagen, falls die Situation außer Kontrolle gerät.«

Baxter schien sich unwohl zu fühlen. Alle Blicke im Raum richteten sich auf ihn, dabei wollte er doch keinen Fehler machen. Warum musste ausgerechnet er die Entscheidung über Leben oder Tod treffen? Zögernd sprach er die für ihn schwierigen Sätze aus, wobei er nicht gerade überzeugt klang: »Bereiten Sie alles Nötige vor. Wenn es so weit ist, bin ich bereit, den Befehl zu geben.«

Flood und Stansfield tauschten vieldeutige Blicke. Das Ganze schien für Baxter eine Nummer zu groß zu sein. Er wirkte überfordert und nutzte jede Gelegenheit, um sich aus der Affäre zu ziehen.

Der Vizepräsident stützte sich mit den Ellbogen auf der Tischplatte ab und rieb sich die Augen. Ohne aufzusehen, sagte er: »Machen wir eine Pause und treffen uns in 30 Minuten wieder hier. Ich brauche ein bisschen Zeit für mich … zum Nachdenken.«

Alle mit Ausnahme von King standen auf und gingen zur Tür.

Baxter sah seinen Stabschef an und meinte: »Sie auch, Dallas. Kümmern Sie sich um Marge.« King nickte und verließ den Raum zusammen mit den übrigen Teilnehmern der Besprechung.

Es war eine ziemliche Strapaze gewesen, von Langley zum Capitol Hill zu kommen. Wegen der vielen Straßensperren und der Menschenmassen rund um das Weiße Haus spielte der Verkehr völlig verrückt. Rapp lenkte seinen schwarzen Volvo von der 2nd Street auf die Pennsylvania Avenue und wich einem Taxifahrer aus, der fuhr, als steckte sein Kopf zwischen den Beinen. Je weiter sich Rapp vom Capitol entfernte, desto schlimmer wurde der Zustand der Gebäude. Das Spektrum reichte von hübsch restaurierten Häusern bis zu heruntergekommenen, teilweise im Verfall begriffenen Gemäuern.

Einige Kreuzungen weiter bog Rapp nach links ab und erreichte die Adresse, zu der er wollte. Er stieß auf eine makellos instand gesetzte, um die Jahrhundertwende entstandene Stadtvilla, frisch gestrichen und mit kunstvollen Holzarbeiten. Das Grundstück grenzte an zwei ähnliche Häuser, die sich allerdings im für diese Gegend üblichen reparaturbedürftigen Zustand befanden.

Rapp parkte die Limousine vor der Villa und schielte aufs Armaturenbrett: 9:16 Uhr. Im Weißen Haus liefen jetzt bereits die Verhandlungen mit Aziz. Er wollte schon zum Handy greifen, entschied sich dann jedoch gegen einen Anruf bei Irene. Sie hatte im Moment genug um die Ohren. Da musste er ihr nicht auch noch mit Fragen auf den Wecker fallen. Ohnehin war er nicht in Stimmung für schlechte Neuigkeiten. Er stieg aus, die Beretta im Holster beulte die Anzugjacke unter der rechten Achselhöhle aus. Rapp schob die Sonnenbrille von der Stirn auf die Nase und lief den Gehsteig entlang.

Auf der Veranda wurde er von Milt Adams erwartet – mit 1,65 nicht gerade ein Riese. Die schwarze Haut seiner Glatze glänzte in der Sonne. Seine beeindruckende Ausstrahlung machte die geringe Körpergröße schnell vergessen.

Als Rapp die Stufen zum Haus erreichte, kam ein großer Schäferhund auf ihn zugeschossen. Er musste gegen den Drang ankämpfen, die Waffe zu ziehen. Mitch hasste Hunde. Nein, so konnte man das auch nicht sagen; nicht alle Hunde, aber die abgerichteten, bei denen man jederzeit mit einem Angriff rechnen musste. Umso wichtiger war es, sich die Angst nicht anmerken zu lassen. Er stellte sich stocksteif mit den Händen an den Seiten hin. Kurz darauf wurde er im Schritt beschnüffelt und wich ein Stück zurück. Der Köter folgte ungerührt der Bewegung und setzte seine Erkundung fort.

Von der Veranda aus rief Milt Adams im Befehlston: »Rufus, bei Fuß!« Der Hund machte augenblicklich kehrt und sprang die Treppe hinauf, um sich lammfromm neben seinem Besitzer niederzulassen Adams griff nach unten und kraulte ihn am Hals. »Guter Junge, Rufus. Guter Junge.«

Rapp starrte Adams verwundert an. Dass aus einem solch schmächtigen Körper eine dermaßen durchdringende Stimme kam, erstaunte ihn. Adams wog bestimmt nicht mehr als 70 Kilo, steckte mit seinem sonoren Organ aber Typen wie James Earl Jones, Isaac Hayes oder Barry White locker in die Tasche.

»Sind Sie Mr. Kruse?«

»Ja.« Rapp erklomm die unteren zwei Stufen und streckte die Hand aus. »Und Sie müssen Milt Adams sein.«

»Ganz genau. Schön, Sie kennenzulernen.«

»Gleichfalls.«

»Folgen Sie mir. Ich habe drinnen alles vorbereitet.«

Die beiden Männer liefen ins Haus. Der Hund gesellte sich wieder an Rapps Seite. Adams lief geradeaus durch einen ausgedehnten Flur in den hinteren Teil. Das Parkett schien erst kürzlich abgeschliffen und versiegelt worden zu sein, die rustikale Küche war im klassischen schwarzweißen Schachbrettmuster gefliest. Arbeitsfläche und Schränke bestanden aus hell gebeiztem Massivholz.

Adams öffnete einen Oberschrank mit Glastüren und

holte zwei Tassen heraus. »Darf ich raten? Sie trinken ihn bestimmt schwarz.«

»Richtig.« Der Schäferhund pflanzte sich neben Rapp auf den Boden und lehnte sich mit dem Kopf an dessen Unterschenkel. Rapp fühlte sich zunehmend unbehaglich.

Adams schenkte den Kaffee ein und drehte sich um. Ein Blick auf Rapps steife Haltung genügte ihm, um festzustellen: »Sie mögen keine Hunde.«

»Nein … nicht wirklich.«

Adam reichte ihm eine der Tassen. »Wo liegt das Problem? Wurden Sie schon mal gebissen?«

»Mehr als einmal.« Rapp zuckte innerlich zusammen, als er sich eine besonders unerfreuliche Begegnung ins Gedächtnis rief.

Adams inspizierte seinen Gast. Die längeren Haare und die Narbe im Gesicht warfen die Frage auf, ob dieser Kerl wirklich für den Secret Service arbeitete.

»Keine Sorge«, beruhigte er den Gast. »Solange Sie mir nichts tun, tut Rufus Ihnen auch nichts.« Er lief quer durch den Raum zur Kellertür. »Lassen Sie uns nach unten gehen. Dort ist schon alles bereit.« Rapp folgte Adams, wobei der verdammte Köter ihm nicht von der Seite wich. Ihn beeindruckte, mit welcher Leichtigkeit der bestimmt 60-Jährige die Treppe bewältigte.

Im Keller angekommen blieb Rapp stehen und schaute sich in der Werkstatt um, die der feuchte Traum eines jeden Rentners sein musste. Der graue Boden war so makellos sauber, dass man davon hätte essen können. Werkzeuge jeglicher Sorte reihten sich an einer Lochwand aneinander, jede Halterung akribisch mit einer Beschriftung versehen. An der gegenüberliegenden Wand standen sechs geräumige Metallschränke, an denen laminierte

Inventarlisten hingen. Zwei Zeichentische und ein Computer beherrschten die rechte Seite des Raums. Im Zentrum deckten weiße Laken ein Objekt von der Größe eines Billardtischs ab. Rapp legte den Kopf auf die Seite und versuchte, unter die Abdeckung zu spähen, jedoch vergeblich.

Der drahtige Adams blieb vor dem linken Zeichentisch stehen und schaltete eine grelle Deckenlampe an. Er zeigte auf den Grundriss im A0-Format. »Das ist eine Übersichtskarte des Weißen Hauses samt Umgebung. Direktor Tracy sagte, Sie suchen nach einer Möglichkeit, unbemerkt ins Executive Mansion einzudringen.« Rapp nickte. Adams blickte ihn abschätzend an, um wenig später zu verkünden: »Ich habe das Gefühl, Sie arbeiten gar nicht für den Secret Service, Mr. Kruse.«

»Nennen Sie mich bitte Mitch. Und ja, Sie haben recht.«

»Okay, Mitch, für wen arbeiten Sie dann?«

»Ich bin Analyst bei der CIA.«

Ein schiefes Lächeln umspielte Adams' Mundwinkel. Mit seiner sonoren Stimme raunte er: »Analyst? Wer's glaubt, wird selig.« Er krempelte den linken Ärmel hoch und enthüllte eine dicke, wurmartige Narbe, die sich vom Ellbogen bis fast zum Handgelenk erstreckte. »Die habe ich mir in Iwojima eingefangen … durch das Bajonett eines durchgeknallten Japsen.« Adams deutete auf Rapps Gesicht. »Ihre Narbe ist deutlich unauffälliger. Man bemerkt sie eigentlich nur beim Blick aufs Profil. Da hat ein plastischer Chirurg saubere Arbeit geleistet. Ich wette drauf, dass das ursprünglich mal ein genauso hässliches Teil war wie meine.« Er inspizierte ihn kritisch. »So was fängt man sich nicht bei der Auswertung von Satellitenbildern ein.«

Rapp wollte ablenken. »Woher wissen Sie, dass ein plastischer Chirurg dran rumgedoktert hat?«

»Meine älteste Tochter ist Ärztin drüben im GW. Also machen Sie mir nichts vor und reden Sie Klartext. Was tun Sie wirklich für Langley?«

Rapp sah Adams direkt ins Gesicht. Er mochte die direkte Art des Alten und entschied, dass dieser viel zu gerissen war, um Märchen aufgetischt zu bekommen. Daher wählte er die ehrlichste Antwort, die er geben durfte. »Ich kann leider nicht ins Detail gehen, aber ich bin tatsächlich kein Schreibtischtäter.«

»Ist Kruse Ihr richtiger Name?«

Rapp schüttelte den Kopf.

Adams beäugte ihn misstrauisch, dann zuckte er mit den Schultern. »Nun, ich vertraue Direktor Tracy. Wenn er sagt, ich soll Ihnen diese Informationen geben, tu ich's.« Er verlagerte seine Aufmerksamkeit auf den Grundriss und zog eine Linie mit dem Finger. »Es gibt eine Möglichkeit, unterirdisch ins Weiße Haus zu kommen.« Adams klappte den ersten Plan nach oben und enthüllte einen zweiten. »Es ist kein großes Geheimnis … ein Tunnel, der von der Tiefgarage des Treasury Buildings hinüberführt.« Adams zeichnete die Verbindung mit dem Finger nach. »Den haben auch die Terroristen benutzt.«

»Das ist alles? Nur dieser eine Tunnel?«, hakte Rapp überrascht nach.

Adams nickte. »Nur dieser eine Tunnel. Glauben Sie nicht, was sich diese Spinner in Hollywood für ihre Filme so ausdenken. Die meisten Leute glauben, es gebe ein riesiges unterirdisches System mit Dutzenden von Geheimgängen.« Er winkte ab. »Völliger Schwachsinn.«

Enttäuscht stellte Rapp fest: »Also gibt es keinen anderen Zugang?«

»Das habe ich nicht gesagt.« Adams grinste und ging zum rechten Tisch hinüber. »Während der Regierungszeit von Ronald Reagan hat das Army Corps of Engineers ein neues Heizungs- und Belüftungssystem eingebaut. Eine wirklich beeindruckende Konstruktion ... äußerst fortschrittlich. Darüber lässt sich nicht nur die Temperatur im Weißen Haus exakt steuern, sondern es sorgt auch dafür, dass der Luftdruck im Gebäude stets höher ist als draußen.«

»Aus welchem Grund?«

»Damit sämtliche Luft, sei es durch offene Fenster und Türen oder auch durch Risse im Mauerwerk, grundsätzlich von innen nach außen zieht. Wenn jemand also einen Angriff mit biologischen oder chemischen Kampfstoffen plant, reicht es nicht aus, die Substanz außerhalb des Gebäudes freizusetzen. Dafür muss man sich zwangsläufig im Weißen Haus aufhalten, und selbst dort verhindert ein ausgeklügeltes Alarm- und Filtersystem entsprechende Attacken.«

Rapp ahnte, worauf Adams hinauswollte. »Einem solchen System muss natürlich extern Luft zugeführt werden.«

»Genau. Dafür gibt es zwei Lüftungsschächte. Der erste befindet sich auf dem Dach, der zweite direkt hier.« Adams zeigte auf eine Fläche auf dem South Lawn. »Er ist hinter einer Ansammlung von Buschattrappen versteckt und befindet sich kaum 15 Meter hinter dem Zaun an der Ostseite, direkt südlich von Jackie Kennedys Rosengarten. Der Schacht führt zehn Meter senkrecht nach unten und verläuft dann rund 60 Meter geradeaus zum Heizungskeller im dritten Untergeschoss.«

Rapp betrachtete die schematische Zeichnung. »Gibt

es ausreichend Deckung, um unbemerkt zum Schacht zu gelangen? Sieht man es vom Dach aus, wenn jemand reinklettert?«

»An Deckung mangelt es nicht. Kommen Sie, ich zeig's Ihnen drüben am Modell.« Adams lief in die Mitte der Werkstatt und zog stolz das Laken zur Seite. Darunter befand sich auf einem Tisch ein maßstabgetreuer Nachbau des Regierungsgebäudes. »Wenn man erst mal in Rente ist, hat man 'ne Menge Zeit, Mitch. Ich habe vor fast 20 Jahren mit einem meiner Neffen angefangen, es zu bauen. Bis zum Ruhestand hatte ich ungefähr die Hälfte geschafft, den Rest dann innerhalb von nur sechs Monaten.«

Rapp bestaunte das Ergebnis und hielt nach dem besagten Zugang Ausschau. Adams schien Rapps Gedanken zu lesen und deutete auf eine Gruppe von Büschen. »Da geht's rein.« Seine hagere schwarze Hand zeigte auf den grünen Metallschacht, der aus dem Boden ragte und wie ein umgedrehtes U wieder nach unten führte.

Rapp prägte sich alles sorgfältig ein. »Und Sie sind sicher, dass es niemand vom Dach aus mitbekommt, wenn ich mich dem Schacht nähere?«

»Das halte ich für unwahrscheinlich. Wie ich das sehe, ist die entscheidende Frage, ob sich die Terroristen Zugang zum Alarm- und Überwachungssystem des Secret Service verschafft haben. Dieses komplette Gebiet« – Adams deutete auf die Umgebung des Zauns – »ist nämlich mit Sensoren gespickt. Falls sie Zugriff auf das System haben, bekommen sie es sofort mit, wenn jemand über den Zaun klettert.«

Rapp strich sich nachdenklich über das Kinn. Er betrachtete den wie ein Hufeisen geformten Zaun, der die südliche Rasenfläche umschloss.

»Allerdings gibt es auch dafür eine Lösung.« Adams schien nie um einen Einfall verlegen. »Man muss sie einfach vorher mit einem Fehlalarm ablenken. Die eigentliche Schwierigkeit besteht darin, sich im Gebäude zu orientieren, wenn man erst mal drin ist. Es gibt jede Menge Geheimtüren, Aufzüge, Treppen, Verbindungsgänge und was weiß ich noch alles. Die werden Sie in den offiziell zugänglichen Grundrissen und auch in meinem Modell nicht finden. Selbst die persönlichen Leibwächter des Präsidenten kennen nicht mal die Hälfte der Geheimnisse dieses Gebäudes. Da müsste Sie schon jemand begleiten, der sich dort bestens auskennt …« Adams ließ die Bemerkung in der Luft hängen. »Oder Sie verraten mir, was Sie genau vorhaben, dann kann ich Ihnen bei der Detailplanung helfen.«

Rapp sah vom Modell zu Milt Adams auf. Er musste eine Entscheidung treffen. Entweder holte er Adams ins Boot oder er verließ sich blind darauf, die Sache ohne Insiderwissen irgendwie zu schaukeln. Ihm fehlte die Geduld, das Für und Wider im Vorfeld mit Kennedy und Stansfield gegeneinander abzuwägen.

Dallas King stand in einem beengten Büro, nicht weit entfernt von der Einsatzzentrale des FBI. Seit fünf Minuten wartete er nun ungeduldig, während sich eine Sanitäterin um Tutwiler kümmerte. Er musterte die Justizministerin kopfschüttelnd. Die junge Rettungshelferin schloss gerade die Messung des Blutdrucks ab und meinte: »Ich glaube, sie hat einen Schock.«

»Shit.« King lief unruhig hin und her. »Was heißt das? Kann sie eine Ansprache an die Presse halten oder nicht?«

»Nein. Sie muss dringend ins Krankenhaus.«

Tutwiler saß reglos auf dem braunen Ledersofa. Ihre Augen blickten ins Leere.

King hielt sich die Hand vor den Mund und stieß eine unterdrückte Serie von Flüchen aus. Als Nächstes fuhr er sich hektisch durch die Haare. »Verdammt, ich hab's geahnt.« Zur Sanitäterin sagte er: »Lassen Sie sie ins Militärkrankenhaus in Bethesda bringen und sorgen Sie dafür, dass niemand mit ihr spricht.« Er verschwand mit wild rudernden Armen im Flur. Auf der anderen Seite des Trakts ignorierte er die Sicherheitsbeamten und betrat den Besprechungsraum, ohne vorher anzuklopfen. Er knallte die Tür zu und schimpfte.

Vizepräsident Baxter fuhr aufgrund der unerwarteten Störung zusammen und wirbelte mit einem genervten Gesichtsausdruck herum. »Dallas, ich sagte Ihnen doch, ich möchte allein sein.«

»Die blöde Kuh hat einen Schock.«

»Was?« Baxter verstand nicht.

»Tutwiler … Sie hat einen Schock … Wurde ihr wohl alles zu viel«, quetschte er wütend hervor. »Sie bekommt kein Wort raus … ist auf dem Weg ins Krankenhaus.«

Baxter schloss die Augen und stöhnte. »Na großartig!«

King stolzierte unruhig neben dem Konferenztisch auf und ab, während Baxter mit dem Gesicht zwischen den Händen dasaß.

»Das kriegen wir schon in den Griff«, behauptete King, der versuchte, die Sache ins Positive zu drehen. »Nichts als ein kleiner Rückschlag.« Er durchmaß zweimal den Raum mit Schritten, ehe er sagte: »Ich werde einigen Journalisten die Information zuspielen, dass das Ganze Tutwilers Idee war und sie, nachdem die Verhandlung mit dem Terroristen gründlich schiefging, einen Nervenzusammenbruch erlitten hat. Die Leitung der Pressekonferenz übertragen wir einfach an Direktor Roach. Damit sind wir fein raus.«

»Für den Moment vielleicht«, stellte Baxter niedergeschlagen fest. »Aber die Sache ist noch längst nicht ausgestanden. Früher oder später müssen wir das Weiße Haus stürmen lassen. Nach allem, was die Experten sagen, dürften wir dabei eine Menge Geiseln verlieren. Ich hab's doch gestern schon prophezeit: Wir sind erledigt.« Das letzte Wort spuckte ihm Baxter förmlich vor die Füße. »Wie man's dreht und wendet, an meinen Händen wird das Blut einer Menge Menschen kleben und man bringt meinen Namen bis in alle Ewigkeit mit diesem Schlamassel in Verbindung.«

King schüttelte den Kopf. »Nicht so voreilig. Wenn es eine Möglichkeit gibt, heil aus der Sache rauszukommen, werde ich sie finden.« Er rieb die Handflächen gegeneinander, als wollte er sich aufwärmen. »Allerdings steht uns vorher ein heißer Tanz auf dem Drahtseil bevor. Nachdem Marge außer Gefecht gesetzt ist, schicken wir Direktor Roach und das FBI vor. Und sollte dieser kranke Bastard tatsächlich ein Drittel der Geiseln freilassen, schießen wir ein paar hübsche Fotos von Ihnen, wie Sie diese armen, traumatisierten Menschen trösten. Das gibt eine prima PR. Sobald Aziz dann seine nächsten Forderungen stellt, tauchen Sie ab und überlassen anderen die Drecksarbeit. Vertrauen Sie mir, Baxter, alles wird sich regeln.«

17

An Schlaf war nicht länger zu denken. Nachdem Warch mitbekommen hatte, dass jemand in den Bunker eindringen wollte, lagen alle unruhig wach. Die Anspannung wuchs, denn das Geräusch des Bohrers wurde mit jeder verstreichenden Stunde etwas lauter. Hinzu kam, dass sich die Stahlluke nicht länger eiskalt anfühlte, sondern man beim Abtasten an einzelnen Stellen eine deutliche Erwärmung feststellen konnte.

Um die Leute abzulenken und die Konzentration hochzuhalten, hatte Jack Warch zusammen mit Special Agent Ellen Morton von der Tagschicht einen engen Zeitplan mit Aufgaben für jeden Einzelnen aufgestellt. Außerdem sammelten sie sämtliche Funkgeräte und Handys ein. Bei neun Secret-Service-Leuten im Bunker sammelten sich so immerhin neun verschlüsselte Walkie-Talkies von Motorola und neun Mobiltelefone. Um Batterien zu sparen, einigten sie sich darauf, nur Warchs Apparat eingeschaltet zu lassen und die Akkus aus den anderen Geräten zum Tauschen zu verwenden.

Einer der Agenten überwachte den Funkverkehr, ein anderer bezog Stellung am Ausgang des Bunkers, um auf merkwürdige Geräusche oder andere Auffälligkeiten zu achten. Zwei seiner Kollegen wurde die Aufgabe zugeteilt, sich schützend zwischen dem Präsidenten und der Luke hinzustellen. Die übrigen vier sollten in der Zwischenzeit schlafen oder essen und das erste Team nach vier Stunden ablösen.

Warch hatte sich als Einziger aus der Rotation ausgeklinkt. Nachdem er den Akkustand des Handys kontrolliert hatte, lief er zur dicken Stahltür und presste die rechte Hand flach dagegen. Mit der anderen fuhr er sich durch das lichter werdende Haar und versuchte sich die Einzelheiten in Erinnerung zu rufen, die man ihm über die Konstruktionsweise des Bunkers mitgeteilt hatte. Wenn er es richtig mitbekommen hatte, bot dieser Schutz gegen konventionelle und sogar nukleare Angriffe, solange er keinen direkten Treffer abbekam. Wenn das komplette Weiße Haus zerstört würde, mussten sie allerdings mit dem Schlimmsten rechnen. Wie es um die Absicherung gegen eine Bande blutrünstiger Terroristen stand, die Bohrer und andere Werkzeuge einsetzten, davon hatte er nicht die leiseste Ahnung.

Er schielte zum Präsidenten, der mit seiner Stabschefin auf einer der Couchgarnituren saß. Hayes winkte ihn heran. Er gehörte zu den Männern, die sich normalerweise zweimal täglich rasieren mussten. Nachdem er bereits zwei Rasuren verpasst hatte, bedeckten zahlreiche graue und braune Stoppeln sein Gesicht. Krawatte und Jackett hatte er in der Schlafkoje gelassen. Jetzt sagte er zu Special Agent Warch: »Jack, bitte legen Sie den Schlips ab und fordern Sie Ihre Männer auf, es ebenfalls zu tun.«

Unmittelbar nach dem Angriff der Terroristen hatte sich Warch zornig die Krawatte abgerissen. Zu diesem Zeitpunkt war er stinksauer auf Hayes und seine Stabschefin gewesen, die sich einen feuchten Kehricht um die Sicherheitsvorschriften des Secret Service gekümmert und damit Menschen zum Tod verurteilt hatten. Inzwischen war seine Wut verraucht und er nahm die Sache nicht länger persönlich. Schließlich musste er einen Job erledigen, und dazu gehörte auch, dem Präsidenten mit dem gebotenen Respekt zu begegnen. Deshalb nickte er dankbar und löste den Knoten der Seidenkrawatte, die er zwischenzeitlich wieder angelegt hatte.

»Gibt es irgendwelche Neuigkeiten?«, fragte Hayes.

»Bedauerlicherweise nicht, Sir.« Warch entschied sich für einen neutralen Gesichtsausdruck.

»Können wir absolut sicher sein«, schaltete sich Valerie Jones ein, »dass es nicht unsere Leute sind, die sich mit dem Bohrer einen Zugang zum Bunker verschaffen wollen?«

Warch kämpfte gegen den Drang an, die Stabschefin anzufahren. Diese Frage stellte sie mittlerweile schon zum dritten Mal. »Es sind *nicht* unsere Leute.«

»Ganz sicher?« Jones' Stimme klang eher flehend als fragend.

Warch stieß einen erschöpften Seufzer aus. »Mir gefällt das ebenso wenig wie Ihnen, aber wieso sollten unsere eigenen Leute gewaltsam hier eindringen? Sie haben den Zugangscode. Sie müssen ihn einfach nur eingeben, so wie wir es getan haben, und die Luke öffnet sich.«

Jones rutschte unruhig auf der Couch hin und her und zog dabei den Saum ihres schwarzen Rocks nach unten. »Und falls die Terroristen den Öffnungsmechanismus zerstört haben?«

Warch mahnte sich, geduldig zu bleiben. Auch dieser Theorie waren sie bereits nachgegangen. Er entschied, es ihr ein letztes Mal zu erklären. »Vor dieser Luke« – Warchs Finger zuckte in die entsprechende Richtung – »befindet sich ein weiterer Raum mit zwei verstärkten Stahltüren. Eine führt in das Tunnelsystem, die andere in den Keller des Weißen Hauses. Auch durch diese Türen gelangen meine Leute mit den entsprechenden Codes. Welchen Grund hätten sie also, mit dem Bohrer anzurücken?«

»Keinen«, antwortete Jones. »Aber Sie hören mir nicht richtig zu. Es könnte ja sein, dass sie eine der anderen Türen aufgesprengt haben und dabei der Öffnungsmechanismus für diese Luke beschädigt wurde.«

»Miss Jones, Sie sind diejenige, die nicht richtig zuhört.« Warch sprach ruhig, aber mit Nachdruck. »Für den Fall, dass das unsere Leute da draußen sind, hätten sie sich längst gemeldet, um uns darüber zu informieren.« Warch lenkte ihre Aufmerksamkeit auf den Tisch mit den gesammelten Mobiltelefonen und Funkgeräten. »Wäre das eine gezielte Rettungsaktion, hätten sie den Störsender aus dem Verkehr gezogen, der aktuell jegliche Kommunikation unterbindet.« Sein Job verlangte von ihm, jedem Mitarbeiter des Weißen Hauses mit dem gebotenen Respekt zu begegnen, aber diese Valerie Jones ging ihm zunehmend auf die Nerven.

Jones wollte erneut widersprechen, aber Präsident Hayes hielt sie davon ab, indem er eine Hand auf ihr Knie legte und sagte: »Ich glaube, Jack hat es Ihnen jetzt oft genug erklärt. Ich sehe das genau wie er. Es ergibt keinen Sinn, zu denken, dass das unsere Leute sind.«

»Wer hat denn behauptet, dass hier irgendetwas einen Sinn ergibt?«

Hayes verdrehte die Augen. »Valerie …«

Jones blickte ihn trotzig an. »Tut mir leid. Ich mach mir ja nur Gedanken, wie wir heil hier rauskommen.«

Hayes ignorierte sie. »Mr. Warch, was schlagen Sie vor?«

Warch verspürte größte Lust, dieser weiblichen Nervensäge zu verdeutlichen, dass sie sich überhaupt nur in dieser misslichen Lage befanden, weil sie klare Dienstanweisungen missachtet hatte, aber das würde nichts bringen. Das konnte er später nachholen, falls sie heil aus diesem Durcheinander herauskamen.

Warch überlegte, wie er auf die Frage des Präsidenten antworten sollte. Aktuell beschäftigte ihn vor allem das Rätsel, wie lange die angeblich unüberwindbare Stahltür dem Bohrer der Terroristen noch standhielt. Er beschloss, Optimismus zu verbreiten. »Das Geiselbefreiungsteam des FBI versteht sein Geschäft. Ich bin davon überzeugt, dass sie in diesem Moment bereits Vorbereitungen zur Rückeroberung des Weißen Hauses treffen.«

Rafique Aziz grinste, während er auf dem Bildschirm verfolgte, wie der Kontostand auf seinen Schweizer Nummernkonten sekündlich weiter kletterte. Er hatte seine iranischen Kontakte darauf angesetzt, das Geld so schnell wie möglich auf andere Bankverbindungen zu verteilen. Er war fast am Ziel, aber die Nachricht von der Entführung seines Mentors Fara Harut verpasste seiner Euphorie einen herben Dämpfer. Aziz fragte sich, was der Feind alles aus ihm herausbekam – sofern er überhaupt noch lebte. Harut war ein harter Brocken, aber niemand war hart genug, um eine längere Folter durchzustehen.

Aziz überlegte, ob er sich eine Abweichung vom ursprünglichen Prozedere erlauben konnte, indem er die Freilassung Haruts verlangte. Welchen Schaden konnte das schon anrichten? Er trommelte mit den Fingern auf die Tischplatte und entschied sich dagegen. Möglicherweise hatten ihn gar nicht die Amerikaner geschnappt, sondern die Israelis oder die Briten. Dann riskierte er eine vorzeitige Erstürmung des Gebäudes, weil sie eine entsprechende Forderung gar nicht erfüllen konnten. Nein, erst musste er den Präsidenten in seiner Gewalt haben, sonst tendierten seine Überlebenschancen gegen null.

Bis auf Weiteres blieb es also bei der festgelegten Strategie. Als Nächstes musste er mit dem FBI sprechen. Er hatte bereits Vorbereitungen getroffen, um zehn Uhr eine weitere Geisel zu töten, doch nachdem jetzt Geld floss und nahezu vollständig eingetroffen war, bestand dazu keine Notwendigkeit mehr. Er griff nach dem Hörer und wählte die Nummer, die McMahon ihm gegeben hatte. Nach zweimaligem Klingeln meldete sich der Agent.

»Sie haben Ihr Versprechen gehalten«, sagte Aziz anstelle einer Begrüßung, »also halte ich meins. Um 12:30 Uhr lasse ich ein Drittel der Geiseln frei. Sorgen Sie dafür, dass Ihre Leute keine Dummheiten machen. Sollte ich auch nur einen Agenten sehen, eröffne ich sofort das Feuer. Haben wir uns verstanden?«

»Ja. Durch welche Tür werden die Geiseln kommen?«

»Das geht Sie nichts an«, sagte Aziz gereizt. »Meine nächsten Forderungen werde ich morgen früh um sieben Uhr stellen. Bis dahin gibt es keinen weiteren Kontakt.« Er legte auf und sah auf die Uhr. Genau 11:53 Uhr. Er beschloss, die Geiseln sofort nach draußen zu führen, statt noch zu warten. Auf diese Weise überrumpelte er das FBI. Er ging zwar nicht davon aus, dass sie Dummheiten wagen würden, aber nachdem er den Sicherheitsberater des Präsidenten erschossen hatte, wollte er keine überflüssigen Risiken eingehen.

Anna Rielly fühlte sich schwach. Die Kidnapper hatten ihr gegen elf erlaubt, zur Toilette zu gehen. Dort hatte sie auch einige Schlucke Wasser aus dem Hahn getrunken.

Beim Kontakt mit ihrem Magen hatte sie erst gemerkt, wie hungrig sie war. Der Terrorist mit dem zurückgegelten Haar war ihr erneut in die Kabine gefolgt, um jede ihrer Bewegungen zu beobachten. Zurück in der Cafeteria schielte sie aus ihrer unbequemen Position nach oben und stellte fest, dass er sie weiterhin angaffte. Sie rechnete jeden Moment damit, dass er sich an ihr verging, entweder allein oder zusammen mit den anderen Männern.

Vor ihren Augen verschwamm alles. Sie senkte den Kopf und ballte die Hände zu Fäusten, um gegen die Tränen anzukämpfen, die unkontrolliert herausbrachen. Damit wurde sie auf keinen Fall noch einmal fertig. Ob es nicht das Beste war, sich einfach hinzulegen und zu sterben?

Rafique Aziz betrat die Cafeteria und streifte die zusammengekauerte, verängstigte Menschenmenge mit einem geringschätzigen Blick. Niemand wagte es, ihn anzusehen, seit sie wussten, wozu er fähig war. Mit in die Hüfte gestemmten Händen sagte er: »Hört mal alle her, dann wird keinem von euch etwas passieren.« Er umkreiste das versammelte Häufchen Elend. »Jeder, dem ich gleich auf die Schulter tippe, begibt sich zu der Wand neben der Tür. Ein Drittel von euch wird jetzt freigelassen. Wenn eure Regierung morgen meine weiteren Forderungen erfüllt, lasse ich ein weiteres Drittel gehen.«

Der letzte Satz war eine glatte Lüge, aber sie ging ihm problemlos über die Lippen. »Falls jemand nicht spurt und Dummheiten macht, muss er sich wieder hinsetzen.« Er tippte nacheinander auf die Schultern der Geiseln neben der Tür. Den Leuten im hinteren Teil des Raums wurde schnell klar, dass sie nicht zu den Glücklichen gehören würden. Erste Schluchzer ertönten. Aziz brüllte: »Ruhe, sonst komm ich rüber und erschieß euch!«

Anna Rielly konnte ihr Glück kaum fassen. Ihre stummen Gebete schienen erhört worden zu sein. Der Anführer der Terroristen kam langsam näher und sie triumphierte innerlich. Sie gehörte ebenfalls zu den Auserwählten. Unauffällig verpasste sie Stone Alexander einen Stoß in die Rippen, damit er sich aufrecht hinsetzte. Die Haare des eitlen Reporters waren bis auf eine widerspenstige Tolle, die rebellisch in die Höhe ragte, am Kopf platt gedrückt. Er schien gar nicht mitzubekommen, was gerade passierte. Aziz tippte erst Rielly an die Schulter, dann Alexander. Sie stand auf und zog den Kollegen hinter sich her.

Auf dem Weg zur Tür kam ihr das Ganze wie ein surrealer Traum vor. Rielly lächelte die Männer und Frauen an, die dort warteten. Sie kam tatsächlich frei. Ihr Lächeln verflüchtigte sich abrupt, als sie von einer Hand am Weitergehen gehindert wurde. Sie versuchte die Berührung zu ignorieren, aber die Finger gruben sich tief in ihre Schulter und hinderten sie am Vorankommen. Alexander setzte seinen Weg wie in Trance fort.

Der Terrorist mit dem zurückgegelten Haar, der den Lieferwagen in die Tiefgarage des Treasury Building gefahren hatte, hielt Anna Rielly fest und rief Rafique Aziz etwas auf Arabisch zu. Dieser hielt für eine Sekunde im Zählen inne, betrachtete die Frau, von der sein Kollege sprach, und nickte. Dann zeigte er auf eine andere Geisel, die noch am Boden saß, und entschied: »Du nimmst ihren Platz ein.« Es war ihm völlig egal, was seine Männer mit diesen westlichen Huren anstellten. Für ihn gehörten sie zur Kriegsbeute.

Mit einem Ruck befreite sich Anna aus dem Griff des Terroristen. »Nimm deine dreckigen Hände weg.« Abu Hasan, überrascht von der Vehemenz dieser zierlichen Person, zögerte kurz, dann holte er aus, um ihr mit der offenen Hand einen schwungvollen Hieb ins Gesicht zu verpassen.

Rielly hatte auf Empfehlung ihres Vaters nach der Vergewaltigung einen Kurs in Selbstverteidigung belegt und dort eine Menge gelernt. Sie wusste genau, was zu tun war, sah den Schlag kommen und hob den Unterarm, um ihn abzublocken. Durch die Wucht des Treffers geriet sie zwar kurzzeitig aus dem Gleichgewicht, hielt sich aber auf den Beinen. In diesem Fall hätte sie jedoch besser daran getan, sich zurückzuhalten. Wie die meisten arabischen Männer setzte Abu Hasan voraus, dass sich Frauen widerstandslos unterordneten. Ein solches Benehmen konnte er nicht hinnehmen, schon gar nicht vor den Augen der anderen. Er ballte die Rechte zur Faust und landete einen Volltreffer an Riellys Schläfe. Der Aufprall schickte sie zu Boden, wo sie sich instinktiv zusammenkrümmte. Der Terrorist trat ihr brutal in den Rücken, zerrte sie an den Haaren in die Höhe und schleifte sie zu den übrigen zusammengekauert dasitzenden Geiseln. Dort ließ er sie los, wodurch sie wie ein Mehlsack auf den Boden plumpste. Sie verbarg das Gesicht zwischen den Händen und weinte, nicht wegen der immensen Schmerzen an Kopf und Rücken, sondern vor allem wegen der seelischen Qualen. Die schreckliche Vorstellung, was der Terrorist alles mit ihr anstellen würde, verstärkte das Gefühl tiefer Hoffnungslosigkeit.

18

PENTAGON
12:48 UHR

Im Besprechungszimmer der Vereinigten Stabschefs herrschte erneut reges Gedränge. Anstelle der Politiker vom Vortag hatten sich jetzt Mitglieder des militärischen Sondereinsatzkommandos JSOC und des HRT-Geiselbefreiungsteams eingefunden. Am hinteren Kopfende des Tischs saß FBI-Direktor Roach mit mehreren seiner Stellvertreter, den Leitern der inländischen und ausländischen Terrorabwehr und dem Kommandanten des Hostage Rescue Teams, Sid Slater.

Skip McMahon war in der Einsatzzentrale zurückgeblieben, um die aktuelle Entwicklung im Auge zu behalten und die Befragung der kürzlich freigelassenen Geiseln zu koordinieren. Dafür hatte sich Secret-Service-Chef Alex Tracy mit einigen seiner Assistenten eingefunden. CIA-Direktor Stansfield und Irene Kennedy saßen neben Flood mit Blick auf die FBI-Delegation. Pentagon-Vertreter und Einsatzkräfte von den Special Forces komplettierten die Runde.

General Flood fühlte sich in dieser Gesellschaft deutlich wohler als bei der gestrigen Zusammenkunft mit der Politprominenz. Hier musste er sich nicht ständig auf die Zunge beißen, sondern konnte reden, wie ihm der Schnabel gewachsen war. Außerdem trugen die Informationen, die Stansfield und Kennedy vor einer Stunde an ihn weitergegeben hatten, deutlich zur Steigerung seiner Zuversicht bei. Nun wusste er deutlich genauer, was Aziz ausheckte, und konnte mit einem geeigneten Schlachtplan kontern. Was den General betraf, handelte es sich um genau das: einen Schlachtplan.

Flood und Stansfield waren nach dem morgendlichen Debakel im Weißen Haus übereinstimmend zu der Einschätzung gelangt, dass es Vizepräsident Baxter an Willenskraft und Weitblick mangelte, um sie erfolgreich durch diese Krise zu führen. Zumindest hatte Stansfield diese Formulierung gewählt. Der General bezeichnete Baxter wahlweise als Memme oder Lusche.

Als Militärhistoriker wusste Flood natürlich um die Fallstricke, wenn man sich in Krisenzeiten für den einfachen Weg entschied und bei Verhandlungen stur die akuten Interessen verfolgte, ohne die künftige Entwicklung im Auge zu behalten. Im Zweiten Weltkrieg hatte Neville Chamberlain der ganzen Welt gezeigt und für künftige Generationen Maßstäbe gesetzt, wie man mit einem Verrückten umspringen musste, wenn normale Verhandlungstaktiken und Beschwichtigungspolitik nicht fruchteten. Auch aus George Bushs Umgang mit einem größenwahnsinnigen Diktator hatte er einiges gelernt. Es reichte nicht, die Hydra mit dem Schwert zu zerteilen. Um solche Gegner dauerhaft zu besiegen, musste man denjenigen beseitigen, der im Hintergrund die Fäden zog.

Der General hatte beschlossen, seine nicht unbeträchtlichen Möglichkeiten voll auszuschöpfen, um die Krisensituation im Weißen Haus rasch und entschlossen zu beenden. Verhandlungen, Verzögerungstaktiken und Zugeständnisse lenkten letztlich nur vom entscheidenden Punkt ab: der Bekämpfung des internationalen Terrorismus und seiner bedrohlichen Auswirkungen auf die Sicherheit des amerikanischen Volks. Das Geld, das sie am heutigen Morgen freigegeben hatten, rettete zwar 25 Menschen kurzfristig das Leben, konnte aber in Zukunft dazu eingesetzt werden, um unzählige weitere zu töten. Nämlich dann, wenn es in die Ausbildung von Terroristen und die Finanzierung von Attentaten floss, um vor der eigenen Haustür und im Ausland das Leben Unschuldiger zu bedrohen.

Flood und Stansfield hatten einen Pakt geschlossen, alles Menschenmögliche zu unternehmen, um den Vizepräsidenten zum raschen Handeln zu bewegen. Rafique Aziz durfte das Weiße Haus höchstens in einem Sarg verlassen. Um dieses Ziel zu erreichen, stand ihnen eine Vielzahl von Optionen offen. Die Vereinigten Staaten durften sich glücklich schätzen, dass ihnen nicht nur ein, sondern gleich drei hervorragend ausgebildete, weltweit führende Terrorabwehrteams zur Verfügung standen.

Neben dem Hostage Rescue Team des FBI waren das die Delta Force der U.S. Army und das SEAL Team Six der U.S. Navy. Diese drei Gruppen verfeuerten im Laufe des Jahres mehr Munition als eine ganze Marineinfanterie, und das zahlte sich aus. Jede dieser Spezialeinheiten verfügte über ständig einsatzbereite Leute, sogenannte Go-Teams. Von diesen wurde erwartet, dass sie sich nicht zu weit von der eigenen Wohnung entfernten, rund um die Uhr einen Pager bei sich trugen und im Bedarfsfall alles stehen und liegen ließen, um innerhalb von zwei Stunden im Hauptquartier anzutanzen. Im Fall des FBI befand es sich in Quantico, Virginia. Das SEAL Team Six sammelte sich in Little Creek im selben Bundesstaat und die Delta Force in Fort Bragg, North Carolina.

Nach dem gestrigen Angriff auf das Weiße Haus hatten ihre sämtlichen Pager vibriert. Innerhalb von Stunden wetteiferten die Teams darum, möglichst als Erster in Washington zu sein, um sich die beste Ausgangsposition zu verschaffen. Der Konkurrenzkampf zwischen den einzelnen Units wurde durch regelmäßige Wettbewerbe und gemeinsame Manöver gezielt angeheizt. Sie tauschten sich zwar regelmäßig über Trainingsmethoden und -inhalte aus, doch am Ende des Tages war jeder davon überzeugt, die Konkurrenten zu übertrumpfen.

Das führte allerdings auch zu Spannungen. Genau wie die besten Sportler bei ihrem Trainer um eine Startplatzgarantie kämpften, rasselten auch die Einsatzkräfte aufgrund ihrer enormen Egos ständig aneinander. Zu General Floods Aufgaben gehörte es, dafür zu sorgen, dass sie sich nicht gegenseitig die Augen auskratzten, sondern zielführend zusammenarbeiteten.

Er blickte auf die Versammelten und verkündete mit ruhiger Stimme: »Wir haben vom Vizepräsidenten die Freigabe erhalten, eine Strategie zur Befreiung sämtlicher Geiseln und zur Rückeroberung des Weißen Hauses zu entwickeln. Es versteht sich von selbst, dass nichts von dem, was in dieser Runde besprochen wird, an die Öffentlichkeit dringen darf.«

Er hob einen Finger. »Erster wichtiger Punkt: Seit einigen Jahrzehnten hält sich hartnäckig das Gerücht, dass der Einsatz militärischer Streitkräfte zur Beilegung politischer Krisen im Inland gesetzlich untersagt ist. Was mich und viele andere der hier Versammelten angeht, Direktor Roach eingeschlossen, gilt diese sehr enge Auslegung nicht für unsere aktuelle Situation. Wir haben es hier nicht mit einem zweiten Waco oder Ruby Ridge zu tun, sondern mit einem paramilitärischen Angriff auf ein Regierungsgebäude durch ausländische Kämpfer. Aus diesem Grund werden wir alle verfügbaren Mittel zur Bewältigung dieses Konflikts einsetzen.«

Flood schob hinterher: »Uns stehen drei erstklassige Terrorabwehrteams zur Verfügung und wir beabsichtigen, alle auf die eine oder andere Weise einzuspannen.« Flood sah den Verantwortlichen jeder Einheit ins Gesicht, um den nächsten Worten Nachdruck zu verleihen: »Ich glaube fest daran, dass eine gewisse Rivalität zwischen den unterschiedlichen Gruppen zielführend ist. Sie verstärkt den Zusammenhalt und ist förderlich für den Teamgeist. Allerdings«, gab er zu bedenken, »ist solches Konkurrenzdenken in einem Krieg fehl am Platz, und wir befinden uns hier im Krieg. Mehr als 20 Leute sind bereits tot und sie werden nicht die Letzten bleiben. Mir wurde zugetragen, dass sich Ihre Truppen seit der Ankunft in Washington enorme Kompetenzgerangel liefern.« Erneut fixierte er nacheinander die Kommandanten von Delta, HRT und SEAL Team Six. »Damit ist ab sofort Schluss.« Es klang wie eine Drohung.

»Wir wissen um Ihre jeweiligen Stärken. Die Deltas sind unbestritten die Besten, wenn es darum geht, Flugzeuge vom Himmel zu holen oder Luftlandemanöver zu begleiten. Dem HRT macht keiner etwas vor, wenn's ums Führen von Verhandlungen oder die Befreiung von Geiseln aus einer schier ausweglosen Lage geht. Und beim SEAL Team Six sitzen die Experten in Sachen Fallschirmeinsätze, Tauchoperationen und Sprengungen. Ich habe mich bereits mit den Direktoren Roach, Tracy und Stansfield sowie General Campbell abgestimmt. Wir sind übereingekommen, wie folgt vorzugehen. Erstens: Das Hostage Rescue Team des FBI wird im Executive Office Building gegenüber vom Westflügel Stellung beziehen und einen Bodenangriff vorbereiten. Wenn es schnell gehen muss, ist das voraussichtlich unsere beste Option.«

Flood richtete das Wort an Colonel Bill Gray, den Verantwortlichen der Delta Force. Der frühere Ranger gehörte den Deltas seit ihrer Gründung 1977 an. »Billy, Sie und Ihre Jungs sind doch bestens vertraut mit den umliegenden Flughäfen? Andrews, National, Dulles, Baltimore …«

»Ja, General.« Zu den Spezialitäten der Delta Force gehörte das Vorgehen gegen Hijacker. Deshalb hatten sie Personal an potenziell betroffenen Airports eingeschleust, die in enger Abstimmung mit dem jeweiligen Management als Mechaniker, Flugbegleiter und Gepäckabfertiger ausgebildet wurden, um im Fall einer Entführung an strategisch günstigen Punkten in Aktion treten zu können. Die Deltas führten außerdem regelmäßig interne Sicherheitschecks in den Terminals durch, um zu überprüfen, ob technische Systeme, Abläufe und Know-how des Personals einer konkreten Bedrohungssituation standhielten.

Delta-Operators trieben sich auf dem Gelände herum, mal mit und mal ohne Vorwarnung, kontrollierten unterirdische Fluchtwege, suchten nach den besten Schusspositionen auf Gebäudedächern und hakten eine Vielzahl weiterer Punkte ab. Die Devise lautete: Je mehr sie sich im Vorfeld mit den Besonderheiten eines Flughafens auseinandersetzten, desto effizienter konnten sie im Krisenfall arbeiten.

Flood fuhr fort: »Gut. Wir haben beschlossen, dass die Delta Force die Flughäfen kontrolliert und gegebenenfalls die notwendigen Vorbereitungen für einen Luftschlag trifft. General Campbell wird Sie später noch zu den Einzelheiten briefen, Colonel Gray.«

Er blickte mit ernster Miene in die Runde: »Ladys und Gentlemen, sobald der Befehl für den Zugriff erteilt wurde, gibt es kein Zurück mehr. Dann gehen wir rein und bleiben drin, bis das Weiße Haus wieder in unserer Hand ist. Wenn wir das HRT durch die Vordertür reinschicken, brauchen wir die Delta Force als Absicherung in der Luft.«

Flood sah Dan Harris an, den Commanding Officer des SEAL Team Six, der Rapp bei der Entführung von Fara Harut unterstützt hatte. »Ihr Team wird gleich zwei Aufgaben übernehmen. Zunächst stellen Sie Deltas und HRT ihr Know-how bezüglich Sprengstoffen zur Verfügung, zum anderen nehmen Sie die Verfolgung auf, falls Aziz außer Landes fliehen will.« Flood hatte noch weitere Pläne für die SEALs, aber über die wollte er mit Harris später unter vier Augen reden.

»Direktor Roach und ich möchten, dass General Campbell vom Joint Special Operations Command« – er zeigte auf den Ranger mit dem Bürstenschnitt am anderen Ende des Tisches – »die Koordinierung der drei Einheiten übernimmt. Dr. Irene Kennedy von der CIA« – ein kurzer Fingerzeig nach links – »wird Sie im Anschluss an meine kleine Ansprache mit allen nötigen Informationen versorgen. Außerdem verstärken wir sämtliche Teams mit Agenten des Secret Service, die nicht nur als Verbindungsoffiziere fungieren, sondern wegen ihrer langjährigen Erfahrung im Weißen Haus alle Fragen zu strategisch relevanten baulichen Gegebenheiten beantworten können. Die Mehrheit der Geiseln wird nach unseren Informationen im Westflügel gefangen gehalten.«

Flood schielte auf die Uhr. »Ich erwarte, dass wir bis heute Abend um 21 Uhr einsatzbereit sind. Damit bleiben uns noch etwa acht Stunden.« Er wandte sich an die übrigen Stabschefs. »Diese Männer und ihre Einheiten sind unser wichtigstes Kapital. Wenn sie einen Wunsch äußern, wird er erfüllt. Und jetzt gibt Dr. Kennedy die vorliegenden geheimdienstlichen Erkenntnisse an Sie weiter. Ich übertrage die Leitung der Sitzung hiermit an Direktor Roach.« Er nickte dem FBI-Chef zu. »Direktor Stansfield und ich haben noch einige Dinge zu erledigen.« Damit standen die beiden Männer auf und liefen zur Tür. Im Gehen drehte sich Flood noch einmal um und bat einen seiner Assistenten: »Warten Sie noch fünf Minuten und bringen Sie dann Admiral DeVoe und Lt. Commander Harris in mein Büro.«

Die Grundrisse lagen ausgebreitet auf dem großen Tisch in General Floods Büro. Mitch Rapp bekräftigte mit einem Kopfnicken, dass er Milt Adams' Ausführungen über die Position eines nicht auf dem Plan verzeichneten Geheimgangs verstanden hatte. Adams trug inzwischen angemessenere Kleidung – einen blauen Anzug mit weißem Hemd und weinroter Krawatte, an der eine Messingspange mit USMC-Logo befestigt war.

Rapp betrachtete die frisch eingezeichnete Markierung und fragte: »Die Tür ist also eine Attrappe?«

»Na ja, so kann man das nicht sagen. Sie funktioniert schon, ist aber immer abgeschlossen.«

»Und wie kommen wir durch? Müssen wir das Schloss vorher knacken?«

»Nein.« Adams grinste verschmitzt und zog einen großen Schlüsselring aus der Tasche. »Das hier« – er zeigte ihn Rapp nicht ohne Stolz – »ist ein S-Schlüssel.«

»Was zum Teufel ist ein S-Schlüssel?«

»Ein S-Schlüssel«, erklärte Adams mit übertriebenem

Pathos, »verschafft einem Zutritt zu allen sicherheitsrelevanten Bereichen. Alle Agenten, die als Personenschützer des Präsidenten eingesetzt werden, haben einen, ansonsten noch ein ausgewählter Kreis weiterer Mitarbeiter. Dieser kleine Freund öffnet nicht nur Waffenschränke, sondern« – Adams tippte auf die Karte – »auch Türen, die an Orte führen, die offiziell gar nicht existieren.«

Rapp untersuchte den Schlüssel aufmerksam. Der alte Mann wurde ihm zunehmend sympathischer. Er verstand sein Handwerk und schien jemand zu sein, dem man blind vertrauen konnte. »Wenn diese Schlüssel so sorgsam gehütet werden, wie haben Sie es dann geschafft, einen mit in Rente zu nehmen?«

Adams steckte den Schlüsselring mit gespielter Empörung in die Tasche. »Wie oft muss ich es Ihnen denn noch erklären? Ich habe den Laden quasi geschmissen. Diese albernen Clowns im Weißen Haus stolzieren durch die Gegend, als wären sie die Chefs im Ring, aber in Wirklichkeit hatte ich dort das Sagen. Wenn Probleme auftraten, war ich der Erste, den man um Hilfe bat.«

»Ist ja schon gut, Milt. Ich glaub Ihnen doch. Ich wollte Sie nur ein bisschen auf den Arm nehmen.«

»Sie sind ein witziges Kerlchen, Mr. Geheimagent.« Adams ließ die Hand mit beeindruckender Schnelligkeit vorschnellen und verpasste ihm einen Rippenstoß. Im selben Moment öffnete sich die Tür zu General Floods Büro und Direktor Stansfield betrat mit dem Vorsitzenden der Joint Chiefs den Raum. Flood hatte kaum einen Schritt hinein gemacht, da zerrte er auch schon an den Knöpfen seiner Uniformjacke. Er schien es eilig zu haben, das beengende Kleidungsstück loszuwerden. Als er den Tisch erreichte, hatte er es bereits abgelegt.

»Sie müssen Milt Adams sein«, sagte er, lief zu dem deutlich kleineren Besucher und schüttelte ihm die Hand. »Schön, Sie kennenzulernen, Milt. Kennen Sie Thomas Stansfield?«

Adams schüttelte den Kopf. »Nö.«

Stansfield musste unwillkürlich grinsen. »Ist mir ein Vergnügen, Sir. Ich habe schon eine Menge von Ihnen gehört. Laut General Flood haben Sie mit den Marines in Iwojima gekämpft?«

»Jep. In der Sixth Ammunition Company.«

Für einen Moment trat ein peinliches Schweigen ein, ehe der General sagte: »Mitch hat mir erzählt, Sie haben für uns einen Weg ins Weiße Haus gefunden?« Er betrachtete die Karte auf dem Tisch.

»Genau.« Adams winkte sie heran und zeigte auch Stansfield und Flood die geheime Zugangsmöglichkeit. Adams war mitten in seinen Ausführungen, als dem CIA-Direktor plötzlich auffiel, dass er dabei ständig von ›wir‹ sprach. Fragend blickte er Rapp an, der sich sofort dafür begeistert hatte, Milt Adams als ortskundigen Führer mit ins Weiße Haus zu nehmen. Wie er die Idee seinem Boss verkaufen sollte, war ihm allerdings schleierhaft.

General Flood ließ keine Ausflüchte gelten und brachte die Sache auf den Punkt, als er Adams unterbrach und fragte: »Wen meinen Sie eigentlich mit ›wir‹?«

Adams sah von der Karte hoch und ließ den Daumen zwischen sich und Rapp hin und her pendeln. »Mitch und mich … wen denn sonst?«

»So, so.« Flood hüstelte und setzte einen finsteren Blick auf. »Sind Sie für solche Abenteuer nicht schon ein bisschen zu alt, Milt?«

»Alt bin ich, aber fit wie ein Turnschuh.« Er wandte sich an Rapp. »Ob ich's denen mal zeigen soll?«

Rapp wirkte ein wenig verlegen, meinte aber: »Klar.« Milt hatte ihm vorhin schon bewiesen, dass er top in Form war. Adams warf sich auf den Boden und legte in Rekordzeit 20 Liegestütze hin. Er sprang auf und schien nicht im Geringsten außer Atem zu sein. »Ich mache jeden Morgen 100 Liegestütze und 200 Sit-ups nach dem Aufstehen. Außerdem jogge ich täglich fünf Meilen.« Er leckte sich über die Lippen. »Außer sonntags. Das ist mein freier Tag.«

General Flood beäugte das kleine Energiebündel mit einer Mischung aus Erstaunen und leichtem Neid, denn er selbst hatte seine Fitness in den letzten Wochen schleifen lassen.

»Ich gehe davon aus, dass er den körperlichen Anforderungen an die Mission gewachsen ist«, sprang ihm Rapp zur Seite. »Falls es etwas Schweres zu heben oder tragen gibt, übernehme ich das. Entscheidend ist, dass sich niemand im Weißen Haus so gut auskennt wie er. Das ist von unschätzbarer Bedeutung.«

Stansfield blieb skeptisch. »Sollten Sie nicht lieber jemanden vom Secret Service mitnehmen?«

»Ach, die haben von den meisten Schleichwegen keine Ahnung«, meinte Adams verächtlich. »Die kennen ein paar Geheimnisse des Gebäudes, aber bei Weitem nicht alle. Mir ist dagegen jeder Winkel vertraut.«

Flood betrachtete ihn nachdenklich. »Ihnen ist schon bewusst, dass Sie da drin in knifflige Situationen geraten könnten?«

Milt Adams machte einen entschlossenen Eindruck. »Wissen Sie, General – ich war fast zwei Monate bei der

Schlacht um Iwo dabei. Wir haben damals mehr als 6000 Marines verloren, aufseiten der Japsen fielen über 20.000 Soldaten. Ich habe erlebt, wie Kameraden im wahrsten Sinne des Wortes der Schädel weggepustet wurde und Männer bei lebendigem Leib verbrannten. Das war schlimmer, als es sich irgendjemand vorstellen kann. Nehmen Sie's mir nicht übel, Gentlemen, aber verglichen mit dem, was ich auf dieser Insel durchgestanden habe, ist alles andere automatisch ein Kindergeburtstag.«

Flood hatte selbst im Krieg gekämpft, aber seine Erfahrungen kamen nicht im Entferntesten an die Hölle während der Schlacht um Iwojima heran. »Ich nehme an, da haben Sie recht.« Die kompromisslose Haltung des alten Mannes nötigte ihm Respekt ab. Er überlegte kurz und entschied: »Mitch, wenn Sie es für eine gute Idee halten, spricht von meiner Seite aus nichts dagegen. Wie steht's mit Ihnen, Thomas?«

Stansfield antwortete in seiner typisch bedachten Manier: »Wenn Mitch es für klug hält, unterstütze ich den Vorschlag.«

Es klopfte an der Tür und alle Köpfe zuckten herum. »Herein!«, rief General Flood.

Lt. Commander Harris und Admiral DeVoe traten ein und salutierten. »Sie wollten uns sehen, General?«

Flood erwiderte den Salut. »Ja. Kommen Sie her, Gentlemen. Nicht dass Sie glauben, Ihre Talente blieben ungenutzt, während die Delta Force und das FBI die Show im Alleingang schmeißen. Ich habe große Pläne für Sie, aber das wollte ich vorhin nicht vor den anderen zur Sprache bringen.«

Die beiden Navy-Offiziere kamen an den Tisch. Admiral DeVoe führte als Kommandant der Naval Special

Warfare Group den Oberbefehl über sämtliche SEAL-Teams. Harris, der deutlich förmlicher wirkte als bei seiner letzten Begegnung mit Rapp, blieb neben seinem Boss stehen. Er hatte sich Pferdeschwanz und Bart auf Anweisung von DeVoe abrasiert. Im Außeneinsatz oder im Hauptquartier in Little Creek durfte er herumlaufen wie ein verwahrloster Terrorist, aber für eine Besprechung in Anwesenheit der Joint Chiefs galten natürlich striktere Regeln.

»Ich denke, die Herren kennen sich bereits?« Flood zeigte auf Rapp und Stansfield. Harris beließ es bei einem professionellen Nicken.

»Direktor Stansfield, Mr. Kruse.« Der Admiral tat es ihm nach.

Rapp hielt ihm die Hand hin. »Schön, dich wiederzusehen, Harry.« Harris drückte kräftig zu. »Finde ich auch, Mitch.«

Flood lenkte die Aufmerksamkeit der beiden Offiziere auf das Kartenmaterial auf dem Tisch. »Meine Herren, ich habe Sie hergebeten, weil mich Ihre Einschätzung interessiert.«

19

Washington, D. C.

Während die Sonne über der Hauptstadt unterging, setzten zwei schwerfällige C-130-Transportflugzeuge zur Landung auf der Andrews Air Force Base an. Der offizielle Regierungsflughafen befand sich rund zehn Meilen südöstlich der Hauptstadt. Die Vereinigten Stabschefs hatten sie als Basis für Operation Rattenfänger ausgewählt. Vor dem Eintreffen des zusätzlichen Kontingents hatte man die Sicherheitsmaßnahmen deutlich aufgestockt und einen Großteil des nicht zwingend benötigten Personals abgezogen. Die Armee legte Wert auf absolute Diskretion, wenn es um Delta-Force-Einsätze ging.

Die beiden mattgrün lackierten Frachtmaschinen bewegten sich absolut synchron und setzten nahezu gleichzeitig auf ihrer jeweiligen Landebahn auf, bis die einwelligen Turboprop-Triebwerke in der feucht-schwülen Umgebung des benachbarten Potomac River dröhnend zum Stillstand kamen. Der Tower dirigierte beide Flugzeuge zu einer Gruppe riesiger Hangars, wo sie von Bodenpersonal der Air Force in Empfang genommen wurden, dem man im Vorfeld eingeschärft hatte, die Flutlichter am Rollfeld ausgeschaltet zu lassen. Das Personal, das von der Pope Air Force Base in North Carolina eingeflogen worden war, arbeitete oft im Schutz der Dunkelheit und zog dies sogar vor.

Die beiden C-130s kamen zum Stillstand, legten eine 90-Grad-Drehung mit in Anbetracht ihrer Abmessungen überraschend geringem Wendekreis hin und blieben mit dem Heck vor den geöffneten Toren stehen. Die Räder wurden von der Ground Crew mit neongelben Bremsklötzen fixiert, dann schalteten die Piloten die Triebwerke ab. Ein hydraulisches Surren kündigte das Herunterlassen der hinteren Rampen an. Gruppen ganz in Schwarz gekleideter Männer verließen in zwei Reihen den Frachtraum, insgesamt fast 70 pro Maschine. Dabei handelte es sich um die A- und B-Schwadronen der Delta Force, der streng geheimen Spezialeinheit der

Army mit den Schwerpunkten Terrorismusbekämpfung und Geiselbefreiung.

Sie befanden sich allesamt in erstklassiger körperlicher Verfassung, bewegten sich mit der Geschmeidigkeit und dem Selbstvertrauen von Weltklasseathleten und trugen schwere, mit Ausrüstung vollgestopfte Rucksäcke auf dem Rücken. Die meisten von ihnen hatten MP5-Maschinenpistolen von Heckler & Koch mit integriertem Schalldämpfer im Gepäck, andere waren mit Sturmgewehren, Scharfschützengewehren und teilweise sogar mit großkalibrigen 7,62-Millimeter-Maschinengewehren bewaffnet.

Colonel Bill Gray, der Kommandant der Delta Force, stand neben den Toren der im Dunkeln liegenden Hangars und betrachtete voller Stolz seine Männer, während sie an ihm vorbeiliefen. Gray trug ebenfalls die typische schwarze Ninjamontur, obwohl er im Gegensatz zu seinem Cowboy-Kollegen vom SEAL Team Six vermutlich nicht selbst am Einsatz teilnahm. Gray mochte Lt. Commander Harris, hielt es aber für unverantwortlich, dass dieser Missionen begleitete – er hatte sich erst kürzlich vor dem Generalstab des Joint Special Operations Command kritisch zu diesem Thema geäußert.

Colonel Gray war nach seinem nachmittäglichen Meeting im Pentagon direkt in Washington geblieben, statt sich nach Fort Bragg fliegen zu lassen und später hierher zurückzukehren. Der Colonel war knapp über 1,80 groß, ein gebürtiger Texaner mit schwarzem Kurzhaarschnitt und buschigen Augenbrauen. Seine Männer respektierten ihn, weil er nie etwas von ihnen verlangte, das er nicht selbst schon getan hatte oder jederzeit riskieren würde.

Am Ende beider Kolonnen entdeckte er die zwei

Männer, nach denen er Ausschau gehalten hatte, und lief zu ihnen. Sie salutierten. Gray erwiderte den Salut und fragte: »Sind Sie gut hergekommen?« Vor ihm standen die beiden Kommandanten seiner A- und B-Schwadron, Lt. Colonel Hank Kleis und Lt. Colonel Pat Miller.

»Alles völlig entspannt«, meinte Kleis. »Wir sind seit 14 Uhr einsatzbereit und mussten nur warten, bis es dunkel wurde.«

Colonel Gray nickte. »Wie steht's mit Ihren Leuten?«

»Voll motiviert. Wenn ich sie für eine solche Mission nicht begeistern könnte, müsste ich wohl ernsthaft über den Ruhestand nachdenken.«

Der Colonel wandte sich an Miller, den Ruhigeren der beiden. »Sie sind bereit«, bestätigte auch der.

Gray spähte über die Schulter seiner Offiziere. Die Lademeister waren gerade damit beschäftigt, die Ausrüstung aus dem Frachtraum zu schleppen. »Okay, es sieht folgendermaßen aus: Pat, Sie übernehmen mit Ihrer B-Schwadron die Flughäfen. Hank, Sie leiten den Luftangriff auf das Weiße Haus. Sorgen Sie dafür, dass der Funkverkehr so schnell wie möglich gesichert ist, und trommeln Sie in 30 Minuten alle für eine Einsatzbesprechung zusammen.« Er zeigte in Richtung des Hangars. »Im hinteren Teil gibt es einen Besprechungsraum, den werden wir nutzen. Die Truppenführer sollen ihre Sergeant Majors mitbringen. Wir müssen uns durch einen Riesenberg an Informationen von CIA und Secret Service wühlen, da brauchen wir jede verfügbare Kraft.«

Gray setzte sich in Bewegung. Ohne dass er sie dazu auffordern musste, gesellten sich die beiden Untergebenen an seine Seite. »Die Vorbereitung wird ein wenig knifflig. Uns bleibt nicht genug Zeit, um Attrappen zu bauen.«

Der Colonel bezog sich auf die hollywoodähnlichen Kulissen, die von den Deltas üblicherweise eingesetzt wurden, um Realsituationen vorab durchzuspielen. In der Regel wurden die maßstabsgetreuen Modelle in einem abgelegenen Bereich der riesigen Eglin Air Force Base im Norden Floridas vorbereitet. Dafür wurden Skizzen der CIA und Satellitenaufnahmen aus NSA-Quellen eingesetzt.

»General Flood geht davon aus, dass die Sache nicht länger als eine Woche dauern wird. Es steht zu erwarten, dass wir schon heute loslegen müssen, also dürfen wir keine Sekunde verlieren. Hank« – Gray sah den Kommandanten seiner A-Schwadron an – »teilen Sie das Weiße Haus in einzelne Sektionen auf und weisen Sie Ihren Truppenteilen jeweils unterschiedliche Bereiche des Gebäudes zu. Falls der Anruf schon in zwei Stunden kommt, muss bis dahin zumindest eine grundlegende Strategie feststehen. Je mehr Zeit uns bleibt und je weiter wir mit der Datenauswertung kommen, desto mehr Feinschliff können wir betreiben.

Sie, Pat, schicken Vortrupps zu den Flughäfen – Reagan, Dulles und Baltimore. Bauen Sie in mindestens zwei Maschinen an jedem Airport Abhörvorrichtungen für Bild und Ton ein … aber so, dass die Presse davon keinen Wind bekommt. Stecken Sie Ihre Jungs am besten in Mechanikeruniformen, damit es nicht auffällt. Je weniger Aufmerksamkeit, desto besser. Laut Langley hat sich Aziz im Situation Room eingenistet. Wir müssen also davon ausgehen, dass er Zugang zur Berichterstattung der Fernsehsender hat. Das FBI schickt uns ein paar Agenten mit dem Papierkram.« Gray blieb abrupt stehen und klopfte beiden Männern auf den Rücken. »Legen Sie los. Ich erwarte ein erstes

Update bei der Einsatzbesprechung in« – er schaute auf die Uhr – »28 Minuten.«

Die beiden Kommandanten stürmten davon, um ihre Einheiten zu formieren. Gray lief unterdessen durch das offene Tor des Hangars, griff nach dem Telefon an der taktischen Kampfweste und kontaktierte per Schnellwahltaste den Kommandostab im Pentagon. Während er auf den Aufbau der gesicherten Verbindung wartete, senkte sich eine Gruppe von Positionslichtern in Richtung Landebahn. Das mussten seine MD-530 Little Birds sein, die vom 160. Special Operations Regiment der Army geflogen wurden. Hervorragend getarnte, nahezu lautlose Helikopter, denen bei der unauffälligen Annäherung ans Weiße Haus eine entscheidende Rolle zukommen würde.

Im abgelegenen Teil des Talkessels blinkten weitere rote und grüne Lichter. Im Gegensatz zu den Little Birds konnte Gray dieses Hubschraubergeschwader bereits deutlich hören. Die MH-60 Black Hawks waren schneller, größer, vor allem aber lauter als ihre kleinen Geschwister. Damit wollten sie Aziz jagen, falls er sich in Richtung Flughafen absetzte.

Der erste der Little Birds setzte fast unhörbar auf. Sieben weitere folgten in kurzen Abständen. Gray schüttelte den Kopf. Alles ging viel zu schnell. Falls sie heute noch zuschlagen mussten, versprach das kein kalkulierter Luftangriff zu werden, sondern ein reines Gemetzel. Dann drohte ihnen nicht nur der Verlust von Geiseln, sondern auch von eigenem Personal. Sie brauchten einfach mehr Zeit für die Vorbereitungen.

Zwei Meilen nordwestlich des Weißen Hauses befand sich auf dem Gelände des Naval Observatory der offizielle

Wohnsitz des Vizepräsidenten der Vereinigten Staaten. Das weiße Gebäude mit der halbrunden Veranda, das offiziell die Bezeichnung ›Number One Observatory Circle‹ trug, stand auf einer kleinen Erhebung an der Embassy Row. Die zahlreichen Gärten und hügeligen Rasenflächen sorgten für eine friedliche Abgeschiedenheit, von der man im Executive Mansion nur träumen konnte.

Irene Kennedy rollte in ihrem bordeauxroten Toyota Camry die Massachusetts Avenue entlang. Jedes Mal, wenn sie in diesen Teil von Washington fuhr, dachte sie darüber nach, dass es wohl nirgends auf der Welt so viele Überwachungsvorrichtungen im Umkreis einer Meile gab wie hier. Das lag an den vielen Botschaften, die sich nicht nur gegenseitig ausspionierten, sondern auch ihr Gastgeberland. Umgekehrt richteten FBI, CIA, NSA, Defense Intelligency Agency und National Reconnaissance Office ihre elektronischen Augen und Ohren auf die ausländischen Vertretungen. Vermutlich wurde hier jedes Gespräch mindestens doppelt aufgezeichnet.

Kennedy setzte ihren Weg nach Norden fort. Das weitläufige Anwesen des Vizepräsidenten im Stil einer Plantage geriet auf der linken Seite in Sicht. Die frisch gestrichene weiße Außenfassade wurde von Flutlichtern angestrahlt. Kennedy fuhr durch das Haupttor, vorbei an den Reportern und Kamerateams, die das Gelände belagerten. Ein Stück dahinter bog sie links auf den Observatory Circle ab und umrundete das Haupthaus. Ein kleines Tor ohne Beschriftung führte sie zu einer privaten Zufahrt. Vier uniformierte Beamte des Secret Service und ein Schäferhund näherten sich dem Toyota. Die Männer trugen Splitterschutzwesten über den weißen Hemden. Kennedy ließ das Fenster herunter und zeigte ihren Ausweis vor.

Einer der Officer bat sie, den Kofferraum zu öffnen. Nachdem der Hund zwei Runden um die kompakte Limousine gedreht und der Mann die Inspektion beendet hatte, durfte sie die Fahrt fortsetzen. Zwei weiße Stahlpoller, jeweils einen Meter hoch, senkten sich in den Boden und das schwere schwarze Eisentor schwang nach innen.

Kennedy steuerte den Wagen die gewundene Einfahrt hinauf und passierte dabei mehrere Nebengebäude, die überwiegend als Büros genutzt wurden. In der Nähe des Haupthauses stand der Wagen ihres Chefs. Sie parkte direkt daneben, weil sie ohnehin schon einige Minuten zu spät zu dem für 21:30 Uhr anberaumten Treffen kam.

Das übliche Arsenal uniformierter Sicherheitskräfte wurde am heutigen Abend durch die schwarz gekleideten Männer des Emergency Response Teams verstärkt. Die mit schweren Maschinenpistolen bewaffneten Soldaten patrouillierten an der Baumgrenze auf der Kuppe entlang, direkt an der Umzäunung. Sie huschten von Schatten zu Schatten, um weitere Zwischenfälle zu verhindern. Eine weitere Gruppe bewachte die Außenseite des Gebäudes. Drinnen hielt sich immer mindestens ein Personenschützer in direkter Nähe des Vizepräsidenten auf.

Einer seiner Bediensteten tauchte im Eingangsbereich auf, um Kennedy ins ausladende Foyer zu geleiten. Direktor Stansfield saß mit übereinandergeschlagenen Beinen auf einer Couch. Wie üblich trug er einen dunklen, konservativ geschnittenen Anzug, ein weißes Hemd und eine gestreifte Krawatte. Er schielte mit einem fragenden Gesichtsausdruck über den Brillenrand, als Kennedy hereinkam.

Sie plumpste neben ihm auf die Sitzfläche. »Es sieht gut aus. Mitch hat den Zaun am Weißen Haus bereits inspiziert. Er geht davon aus, dass er sich unbemerkt zum Lüftungsschacht schleichen kann.«

Stansfield nickte in Gedanken versunken. »Was halten Sie von der Sache?«

Kennedy starrte kurz an die Decke. »Wir brauchen jemanden da drin. Er ist der Beste, den wir haben.«

»Und dass er Adams mitnimmt?«

»Ich war anfangs nicht gerade begeistert von der Idee, aber wenn Mitch ihn für fähig hält, genügt mir das. Immerhin verfügt er über eine Menge Einsatzerfahrung.« Sie schielte zu ihrem Boss. »Aber Sie sehen das offensichtlich anders.«

Stansfield dachte kurz darüber nach. »Nein, ich vertraue Mitch. Ist bei Ihnen alles in Ordnung?«

Kennedy verdrehte die Augen. »Etwas mehr Schlaf wäre schön, aber ansonsten geht's mir gut.«

Das Geräusch von Halbschuhen, die auf dem Parkett klickten, lenkte ihre Aufmerksamkeit auf sich. Beide schauten auf, während sich Dallas King durch den Korridor näherte. Baxters Stabschef trug ein elegantes Hemd in Royalblau und eine makellos gebügelte schwarze Hose. Er blieb einige Meter vor ihnen stehen. »Der Vizepräsident ist bereit, Sie zu empfangen.«

Stansfield und Kennedy folgten dem jungen Mann mit dem enormen Ego, der sie ohne vorheriges Anklopfen in Baxters Arbeitszimmer führte. Dort saß ihr Gastgeber in einem großen Ledersessel vor dem Kamin und las die Ansprache, mit der er sich in knapp einer Stunde an die Nation wenden wollte. Als er die Ankunft seiner Gäste bemerkte, legte er das Manuskript samt Stift zur Seite.

Stansfield und Kennedy setzten sich auf eine Couch, King blieb am prasselnden Feuer neben seinem Chef stehen. Baxter faltete die Hände. »Worüber möchten Sie mit mir sprechen?«

»Wir glauben«, begann Stansfield, »dass wir eine Möglichkeit gefunden haben, jemanden unbemerkt von den Terroristen ins Weiße Haus zu schmuggeln.«

»Ach, wirklich?« Baxter rutschte an den vorderen Rand der Sitzfläche und wirkte äußerst interessiert. »Und wie?«

Kennedy antwortete. »Durch das Lüftungssystem. Die Hauptschächte befinden sich auf dem Dach, aber es gibt noch eine weitere Verbindung, die vom Keller des Weißen Hauses an den Rand des South Lawn führt.«

Der Vizepräsident blickte Stansfield irritiert an. »Mir sind noch nie irgendwelche Lüftungsschächte auf dem Rasen aufgefallen.«

»Mir auch nicht«, entgegnete der CIA-Direktor. »Sie sind mit künstlichen Büschen gut getarnt. Wir haben den Bereich auskundschaften lassen und sind davon überzeugt, dass wir auf diesem Weg ins Gebäude eindringen können, ohne dass es jemand mitbekommt.«

»Was genau haben Sie vor?«

»Bevor wir eine Befreiungsaktion für die Geiseln einleiten, müssen wir uns ein genaues Bild von der Lage verschaffen. Wir brauchen jemanden vor Ort, der den Einsatz koordiniert, sonst halte ich die Erfolgschancen für äußerst gering.«

»Wir sprechen also nicht davon, das Gebäude stürmen zu lassen?« Baxter knetete nervös die Hände. »Damit wäre ich nämlich definitiv nicht einverstanden. Solange wir nicht ganz genau wissen, was dieser Aziz verlangt, dürfen wir nichts überstürzen.«

»Nein, es geht nur um eine Person«, beruhigte ihn Kennedy. Sie hielt es für das Beste, Milt Adams vorerst zu verschweigen. »Sobald sie uns informiert hat, womit wir es zu tun haben, können wir einen Plan ausarbeiten, um das Weiße Haus unter Kontrolle zu bringen.«

»Falls das überhaupt nötig ist«, meldete sich King zu Wort.

»Falls das überhaupt nötig ist«, bestätigte Kennedy und streifte ihn mit einem leicht irritierten Blick.

King stützte sich mit einer Hand auf den Kaminsims und stemmte die andere in die Hüfte. Er hatte so eine Ahnung, wen die CIA schicken wollte. »Bei dieser Person«, fragte er, »handelt es sich nicht rein zufällig um einen gewissen Mr. Kruse?«

Kennedy und Stansfield sahen sich kurz an. »Doch.«

»Tja, das ist schon witzig«, meinte King in leicht ironischem Tonfall. »Ich habe mich nämlich etwas genauer mit Ihrem Mr. Kruse befasst. Allerdings passt das, was sich in den Unterlagen findet, so überhaupt nicht zu dem Mann, den ich gestern kennengelernt habe.«

»Weil es ein Deckname ist«, gab Stansfield offen zu.

»Und wie heißt er wirklich?«

»Das ist streng vertraulich.«

»Also hören Sie mal«, drängte King. »Wenn wir schon das Leben all dieser Geiseln aufs Spiel setzen, indem wir Ihren Mann da reinschicken, sollten wir zumindest erfahren, mit wem wir es zu tun haben.«

Stansfield musterte King einen Augenblick lang, dann richtete er das Wort an den Vizepräsidenten: »Mir fällt kein triftiger Grund ein, weshalb wir seine Identität preisgeben sollten.«

»Oh, mir schon«, versetzte King selbstgefällig. »Wenn

wir dafür unseren Kopf hinhalten, möchte ich auch wissen, wer dieser Kerl ist und was er bisher so alles getrieben hat.«

Geheimhaltung gehörte zu den Punkten, bei denen sich Stansfield nicht auf Kompromisse einließ. Als früherer Agent im aktiven Einsatz wusste er aus eigener Erfahrung um die Gefahr, dass Informationen in die falschen Hände gerieten. Außerdem hielt er es für dringend angebracht, Kings überbordendes Selbstbewusstsein ein wenig zurechtzustutzen. »Mr. Kruse wurde von drei Präsidenten in höchst delikate Einsätze geschickt. Keiner von ihnen hat je seine wahre Identität erfahren. Daher werde ich ganz bestimmt nicht einem Stabschef des Vizepräsidenten, der nicht gerade für seine Verschwiegenheit gegenüber den Medien bekannt ist, solche Auskünfte über einen meiner besten Agenten erteilen.«

Stansfield sah Baxter fragend an, um im selben ruhigen Tonfall hinzuzufügen: »Mr. Vizepräsident, ich halte es für besser, wenn wir kurz unter vier Augen über dieses Thema reden.«

Baxters Seitenblick zu King sendete ein klares Signal: *Gehen Sie zurück in Ihren Käfig und halten Sie den Mund!* Dann meinte er: »Ich muss seine wahre Identität nicht kennen, Direktor Stansfield. Ich vertraue Ihnen da voll und ganz. Allerdings beunruhigt mich ein wenig, dass dieser Mr. Kruse recht … impulsiv wirkt. Potenziell unberechenbar.«

»Woran machen Sie das fest?«

»An meinen eigenen Beobachtungen im Pentagon.«

»Wie Sie ihn gestern erlebt haben, Sir«, antwortete Kennedy, »könnte man tatsächlich auf die Idee kommen, dass er schwer zu kontrollieren ist. Allerdings gehört er zu unseren zuverlässigsten Leuten. Er hält sich genau an seine Befehle und, noch wichtiger, er liefert Ergebnisse.« Kennedy wusste, dass sie ein bisschen übertrieb, doch sie wusste auch, dass es für diesen Job keinen Besseren gab als Mitch Rapp. »Seine einzige Schwäche, die manche wiederum als Stärke auslegen, ist seine mangelnde Toleranz für Fehler und Dummheit.« Kennedy stockte kurz. »Im Fall von Justizministerin Tutwiler halte ich das durchaus für nachvollziehbar.«

Baxter nickte. »Allerdings.«

»Mr. Vizepräsident«, schaltete sich Stansfield ein. »Ich kenne keinen besseren Agenten als Mr. Kruse. Und Sie wissen, wie lange ich schon im Geschäft bin.«

Baxter lehnte sich zurück und fuhr sich nachdenklich über das Kinn. »Gibt es rechtliche Aspekte, die uns Probleme bereiten könnten?«

»Woran genau denken Sie?«

»Nun, dass wir jemanden von der CIA bei einer Krisensituation im Inland einsetzen. Die amerikanische Bevölkerung reagiert sehr empfindlich auf Agenteneinsätze vor der eigenen Haustür.«

»Juristisch ist die Sache wasserdicht. In Anbetracht der Umstände kann ich mir auch nicht vorstellen, dass jemand deswegen Vorbehalte anmeldet.«

»Solange er Erfolg hat«, gab King zu bedenken. »Ist das FBI in Ihre Planungen involviert?«

»Nein.«

Der Vizepräsident stand auf und lief zu einem Fenster, um in Ruhe die möglichen Fallstricke zu überdenken. Falls dieser Kruse nicht lieferte, würde das zwangsläufig kritische Fragen nach sich ziehen. Wieso hatten sie nicht jemanden vom FBI reingeschickt oder abgewartet, ob durch Verhandlungen weitere Geiseln freigelassen würden? Ihm fielen noch Dutzende weiterer Stolpersteine ein. Baxter erkannte die Risiken – verdammt, diese ganze Krise war ein einziges Risiko. Seine politischen Instinkte rieten ihm, sich selbst zu schützen. Er hing eine weitere Minute seinen Gedanken nach und gelangte zu der Entscheidung, dass sich dieser Drahtseilakt für ihn möglicherweise auszahlte.

Er ging zurück zu seinen Besuchern. »Direktor Stansfield, ich habe Ihnen meine …« Baxter suchte nach einer möglichst unverfänglichen Formulierung. »… Erlaubnis gegeben, Informationen in dieser Sache einzuholen. Auf welche Weise Sie das tun, ist allein Ihre Entscheidung. Sie müssen mich nicht über jeden einzelnen Schritt in Kenntnis setzen.«

Stansfield war ein Experte auf dem Gebiet der Diplomatie und wusste genau, worauf der Vizepräsident abzielte. Baxter wollte, dass Stansfield und die CIA ihre Köpfe hinhielten, damit er selbst eine reine Weste behielt, falls der Einsatz nach hinten losging. Er konnte dann behaupten, von nichts gewusst zu haben. Mit einem kurzen Nicken signalisierte Stansfield, dass er verstanden hatte. Für Diskussionen war später noch Zeit, im Moment ging es darum, den Ball ins Rollen zu bringen.

Baxter fuhr fort: »Ich möchte allerdings betonen, dass ich davor zurückschrecke, weitere Schritte einzuleiten, bevor Aziz morgen früh seine nächsten Forderungen stellt. Sollte es die Möglichkeit geben, durch Zahlungen die Freilassung weiterer Geiseln zu bewirken, hielte ich das für empfehlenswert.«

»Sir«, sagte Kennedy. »Ich glaube nicht, dass er erneut Geld verlangen wird.«

»Sondern?«

»Das kann derzeit wohl niemand voraussagen«, meinte Stansfield. Er beschloss, sein Ass im Ärmel – die Informationen aus dem Verhör von Fara Harut – noch nicht auszuspielen. Erst recht nicht in Anwesenheit dieser Plaudertasche King. »Aber ich teile Irenes Einschätzung.«

Baxter lenkte das Gespräch zurück auf das eigentliche Thema: »Wer ist in Ihren Plan mit Mr. Kruse eingeweiht?«

»General Flood, einige wenige Vertraute im Pentagon und wir.«

»Niemand vom FBI?«, wollte Baxter wissen.

»Nein.«

»Dann halte ich es für das Beste, wenn es dabei bleibt. Das Federal Bureau hat derzeit ohnehin genug um die Ohren.«

Erneut las Stansfield zwischen den Zeilen. Okay, das FBI sollte nichts über den Einsatz von Rapp erfahren. Das zeigte eindeutig, dass sich der Vizepräsident für den Fall eines Fehlschlags absichern wollte.

»War das alles?«, fragte Baxter.

»Ich denke, schon.«

»Gut. Danke, dass Sie mich informiert haben.« Er wies in Richtung Tür. »Wenn Sie mich jetzt bitte entschuldigen. Ich muss meine Rede an die Nation vorbereiten.«

Stansfield und Kennedy standen auf und verließen den Raum. Der Vizepräsident rief ihnen hinterher: »Ach ja, und sollten Sie Ihren Mann tatsächlich reinschicken, nehmen Sie ihn bitte an die kurze Leine.«

Stansfield nickte schweigend und folgte Irene in den Gang.

20

Sie erreichten den ersten Checkpoint drei Kreuzungen vom Weißen Haus entfernt. Der Neumond leuchtete am wolkenlosen Nachthimmel. Rapp saß mit Milt Adams auf dem Rücksitz des schwarzen Suburban, der von Chief Petty Officer Mick Reavers gelenkt wurde. Lt. Commander Harris vom SEAL Team Six hatte es sich auf dem Beifahrersitz bequem gemacht.

Hinter dem Geländewagen folgten ein unauffälliger blauer Van und ein größerer schwarzer SUV. Lt. Commander Harris regelte die Kontrollen mit der D.C. Metropolitan Police an den ersten beiden Kontrollpunkten und mit den Secret-Service-Beamten am letzten Posten. Ein einflussreicher Kontakt hatte sie im Vorfeld informiert, dass die CIA empfindliche Ausrüstung zur Durchführung von Beobachtungen zum Regierungsgebäude transportierte.

Sie näherten sich von Osten her und passierten den letzten Posten an der Ecke Pennsylvania Avenue und 15th Street. Reavers, der bullige Linebacker-Typ, der an der Ergreifung von Harut beteiligt gewesen war, lenkte den Suburban am Hamilton Place vorbei zur Südseite des Treasury Building. Von dort aus war das obere Stockwerk des Executive Mansion zwischen den Bäumen zu erkennen. Rechts von ihnen führte die Rampe hinunter zur Tiefgarage, die den Terroristen am gestrigen Tag Zugang zum Weißen Haus verschafft hatte.

Ein weißer Suburban blockierte die Zufahrt. Vor ihnen ragte ein verschlossenes Tor in die Höhe, dahinter lag der South Lawn. Reavers machte die Scheinwerfer aus, bog links auf die East Executive Avenue ab und ließ den Wagen ausrollen. Er riss das Lenkrad hart nach rechts und kam wenige Meter vor dem massiven schwarzen Zaun zum Stehen. Wie vorher abgesprochen, hielt der blaue Van ein paar Meter weiter und setzte zurück, bis die hintere Stoßstange den Zaun fast touchierte. Der schwarze SUV blieb zwischen beiden Fahrzeugen mitten auf der Fahrbahn stehen, um sie vor neugierigen Blicken abzuschirmen.

Türen klappten leise auf und Gestalten huschten aus allen drei Wagen. Sie alle, Milt Adams eingeschlossen, trugen schwarze Nomex-Overalls, die typische Arbeitskleidung der Navy SEALs. Drei von Harris' Leuten errichteten eine Sicherheitszone rund um die Fahrzeuge, vier weitere entfalteten eine riesige dunkle Plane. Innerhalb einer Minute hüllte diese sowohl den Suburban als auch Van und SUV ein und wurde am Boden fixiert. Danach machten sich zwei der Männer am Zaun zu schaffen. Mit einem hydraulischen Wagenheber im Miniaturformat drückten sie die vertikalen Stäbe zur Seite, damit Rapp und Adams durch die entstandene Lücke schlüpfen konnten.

Harris und Rapp näherten sich dem Zaun und versuchten, einen Blick auf das Dach des Weißen Hauses zu erhaschen. Die Bäume und Büsche wuchsen so dicht, dass sie davon ausgingen, von oben nicht gesehen zu werden. Lt. Commander Harris führte das kleine Motorola-Funkgerät an die Lippen: »Slick, wie sieht's aus?«

Charlie Wicker hatte knapp 50 Meter weiter auf dem Dach an der Rückseite des Treasury Building Stellung bezogen. Er lag auf dem Bauch und spähte durch sein Nachtsichtfernglas. Er war bereits vor einer halben

Stunde eingetroffen, um die Terroristen auf dem Dach des Weißen Hauses ins Visier zu nehmen und sich einen Eindruck von ihren Bewegungsmustern und Routinen zu verschaffen. Er aktivierte das Mikrofon am Headset. »Keiner weiß, dass wir hier sind. Der Wachposten auf dem Dach glotzt die meiste Zeit nach Westen, zu diesem hässlichen Bunker auf der anderen Seite.«

»Gut. Gibt's sonst noch was Erwähnenswertes?«

Wicker kniff die Augen zusammen, um den Mann mit der Kapuze knapp 40 Meter entfernt zu beobachten. Ein Zentimeter kugelsicheres Plexiglas bildete das einzige Hindernis zwischen ihm und der Wache. »Allerdings. Ich denke, ich könnte den Typen mit meinem 50er erledigen«, meinte er in Anspielung auf sein Kaliber-50-Scharfschützengewehr. Bei den Special Forces eliminierten sie damit Ziele aus Entfernungen von über einem Kilometer.

»Okay, ich komm möglicherweise drauf zurück. Gib Bescheid, falls er in unsere Richtung schaut. Over.« Harris wandte sich an Rapp. »Alles okay.«

»Prima.« Mitch übernahm die Führung und lief mit Harris und Adams im Schlepptau zum blauen Van. Die Tür zur Ladefläche stand offen und gab den Blick auf jede Menge Technik frei, die in speziellen Racks aufgebaut war. Der Mann am Kontrollpunkt nannte sie liebevoll ›meine Pizzagestelle‹, obwohl niemand den Hintergrund dieser Bezeichnung kannte. Marcus Dumond war ein 26-jähriges Computergenie, nur mit Mühe einer Verurteilung entgangen. Rapp hatte ihm vor drei Jahren eine Anstellung bei der CIA verschafft. Damals war der junge Hacker mit dem Gesetz in Konflikt geraten, während er gerade an seinem Master in Informatik am MIT bastelte. Angeblich hatte er sich in die Systeme einiger Großbanken in New

York eingehackt und enorme Geldbeträge auf Konten im Ausland transferiert.

Was ihn für die CIA besonders interessant machte, war der Umstand, dass er nicht etwa aufflog, weil er dabei Spuren hinterlassen hatte, sondern weil er eines Nachts betrunken in einem Pub dem Falschen von seinem Coup berichtete. Dumond hatte damals in einer WG mit Mitchs jüngerem Bruder gewohnt. Als der ältere Rapp von Dumonds Problemen mit dem FBI erfuhr, rief er Irene Kennedy an und schlug vor, sich den raffinierten Datendieb einmal genauer anzusehen.

Langley ging nicht gerade damit hausieren, dass sie einige der besten Computerkriminellen der Welt in ihren Diensten hatten, aber sie ermutigten diese meist jungen Geeks ausdrücklich, sich in fremde Datennetze einzuklinken. In der Regel richteten sich diese Cyberattacken gegen ausländische Konzerne, Kreditinstitute, Regierungen oder Militärs. Dabei reichte es nicht, lediglich die Zugangsbeschränkungen zu überwinden, sondern es ging darum, Daten so geschickt abzugreifen, dass hinterher niemand den Diebstahl bemerkte.

Der gertenschlanke Marcus Dumond begrüßte die Neuankömmlinge mit Zigarette im Mundwinkel und einer breitrandigen Nerd-Brille auf der Nase. »Commander Harris, könnten Sie Ihre Leute bitten, ein Loch in die Plane zu schneiden? Sonst kann ich den Ausleger der Antenne nicht ausfahren.«

Harris forderte einen seiner Männer in der Nähe auf, sich darum zu kümmern. Dumond kam mit einer übergroßen Gürteltasche aus dem Kleinbus. Am SUV hatte man einen langen Klapptisch aufgestellt und zahlreiche Skizzen und Karten seitlich an den Geländewagen geklebt. Stativlampen mit Rotlicht spendeten begrenztes Licht und umgaben die Gesichter der Versammelten mit einem gespenstisch fahlen Leuchten.

Dumond legte die Tasche auf den Tisch, öffnete den Reißverschluss und zog einen kleinen schwarzen Gegenstand heraus. Er zeigte ihn erst Rapp, dann Harris und schließlich Adams. »Video- und Audio-Aufzeichnung auf kleinstem Raum. Ihr kennt euch mit den Teilen aus, oder?« Rapp und Harris nickten. Das Gehäuse maß lediglich sieben mal zehn Zentimeter und war nur vier Zentimeter dick. An der Oberseite ragte ein Vorsatz heraus, kaum größer als eine Kugelschreiberspitze. Das winzige, hochempfindliche Mikrofon wurde durch eine fragil wirkende Schaumstoffschicht geschützt. Daneben baumelte an einem kurzen Glasfaserkabel eine kleine Linse.

Dumond erklärte Adams: »Diese Babys lassen sich entweder im Normalmodus oder im Pulsbetrieb nutzen. Im Normalmodus reichte eine Akkuladung etwa drei Tage, auf Pulsstellung sogar zwölf. Allerdings wird dann zwar durchgehend Ton aufgezeichnet, aber nur alle fünf Sekunden ein Standbild übermittelt. Ich überlasse es euch Jungs, wie ihr sie einsetzt, aber ich schlage eine gesunde Mischung aus beidem vor. Man weiß ja nie, wie lange so ein Einsatz dauert.«

Er drehte das Gehäuse um und griff zu einem Plastikbeutel. »Hier sind die passenden Klettverschlüsse, um sie zu befestigen. Ein Gegenstück habe ich bereits an jeder der Wanzen angebracht. Außerdem habe ich noch ein paar mit Alkohol getränkte Tücher eingepackt, damit ihr die Oberfläche vor der Anbringung reinigen könnt und sie besser haften. Das ist vor allem in staubigen Umgebungen wie Ventilationsschächten nie verkehrt. Ihr habt zwölf schwarze und zwölf weiße Wanzen, je nach Bedarf.«

Dumond richtete sich an Rapp: »Du weißt ja, wie es läuft. Installiert sie am besten dort, wo viel Betrieb herrscht, und achtet auf eine vernünftige Ausrichtung. Ich kann die Optik zwar per Fernsteuerung in einem gewissen Radius rotieren lassen, aber das frisst eine Menge Akku. Sonst noch Fragen?« Als keine kamen, sagte er: »Alles klar, versorgen wir euch noch mit Funkgeräten, dann kann's losgehen.«

Dumond führte die Männer zurück zum blauen Van und holte zwei abhörsichere Modelle mit passenden Headsets. Er hatte sich bereits während der Hinfahrt vergewissert, dass sie funktionierten. Nun half er Adams, die speziell dafür vorgesehene Tasche am Overall direkt oberhalb des linken Schulterblatts zu finden und das Gerät darin zu verstauen. Als Nächstes klemmte er ihm das Headset ans Ohr und demonstrierte die korrekte Ausrichtung des Lippenmikrofons. In der Zwischenzeit erledigte Rapp das Gleiche bei sich und drehte den Schirm seines schwarzen Basecaps nach vorn, um das Mikro daran festzuklemmen. Er führte eine kurze Funkprobe mit Harris durch.

Da die Kommunikation einwandfrei klappte, gab ihnen Dumond noch eine Warnung mit auf den Weg: »Ich gehe davon aus, dass der Kontakt abbricht, während ihr im Tunnelsystem seid. Der Störsender, den sie einsetzen, erzeugt einen Kommunikations-Blackout rund um den Bunker des Präsidenten. Laut unseren Messungen nehmen die Interferenzen in den oberen Etagen des Gebäudes deutlich ab. Mein Vorschlag lautet, dass ihr so schnell wie möglich in den ersten Stock des Executive Mansion vordringt, damit wir uns normal verständigen können.«

Dumond holte noch ein weiteres Gerät aus seinem Arsenal. »Hier, für alle Fälle. Das ist ein leistungsstärkeres Modell mit höherer Reichweite. Außerdem gebe ich euch noch ein paar Ersatzakkus mit.« Er schwenkte einen schwarzen Nylonbeutel.

Rapp fragte sich so langsam, wie sie das ganze Zeug durch den engen Lüftungsschacht bekommen sollten. »Alles klar«, bestätigte er. »Wir probieren, in den ersten Stock zu kommen, aber ich kann nichts versprechen. Erst müssen wir uns mal ein Bild verschaffen, wie es dort drinnen aussieht. Falls Sprengfallen angebracht sind, kommen wir vielleicht gar nicht aus den Kellergeschossen raus.«

»Oh doch, dafür werd ich schon sorgen«, verkündete Adams selbstbewusst.

Rapp nahm die zusätzliche Ausrüstung entgegen und fragte: »Sonst noch was?«

»Nein.« Dumond streckte ihm die Faust hin und Rapp schlug dagegen. »Viel Glück, Mitch.« Und an Adams' Adresse: »Bringen Sie mir den Kerl heil zurück, okay?«

»Das werd ich«, bestätigte Adams mit einem Grinsen.

Rapp bedankte sich bei Dumond und lief mit Adams zurück zum Suburban. Nun musste er eine Entscheidung treffen, über die er schon den ganzen Tag nachdachte: ob er Adams eine Waffe in die Hand drücken sollte. Er bezweifelte nicht, dass sein Begleiter in der Lage war, Ziele zu treffen. Allerdings beunruhigte ihn die Vorstellung, möglicherweise aus Versehen einen Treffer in den Rücken zu kassieren. Es verging selten ein Jahr in der Special-Forces-Gemeinschaft, ohne dass jemand auf diese Weise ums Leben kam, dabei gehörten sie alle zur absoluten Elite.

Vorsichtig fühlte er vor: »Milt, was halten Sie davon, eine Waffe mitzunehmen? Nur für alle Fälle?«

Adams griff in die Tasche und präsentierte einen 357er-Revolver. »Hab schon eine.«

Überrascht streckte Rapp die Hand aus. »Darf ich mal sehen?« Er erkannte sofort, dass es sich um einen Ruger Speed-Six handelte. Bevor sich bei Polizisten Automatikwaffen durchgesetzt hatten, war der Speed-Six quasi der letzte Schrei gewesen. Eine zuverlässige Waffe mit kurzem Lauf, die sich schnell ziehen ließ und – da es sich um einen Revolver handelte – nicht blockierte. Rapp überlegte kurz, ob er Adams eine seiner schallgedämpften Pistolen geben sollte, entschied sich jedoch dagegen. Besser, Milt schoss mit etwas, womit er sich wohlfühlte. Und überhaupt, wenn es dazu kam, dass er einen Schuss abgeben musste, spielte Tarnung ohnehin keine Rolle mehr.

Rapp reichte ihm den Ruger zurück. »Okay, dann sind wir jetzt Waffenbrüder. Ich schlage vor, wir wechseln aufs Du?«

»Klar, ich dachte schon, du fragst nie.«

»Brauchst du ein Holster?«

»Nö … ich bin's gewohnt, das Ding in der Tasche zu tragen.«

»Okay.« Rapp betrachtete den anderen nachdenklich und überlegte, ob dieser wirklich wusste, worauf er sich da einließ.

Adams schien es nicht zu entgehen. »Mach dir keine Sorgen um mich, Mitch. Ich hab mir das gut überlegt. Wir kämpfen auf der richtigen Seite.«

Rapp lächelte. Sein Respekt für den Alten wuchs langsam ins Unermessliche. *Auf der richtigen Seite.* Da waren sie sich einig, obwohl sie aus unterschiedlichen Generationen stammten.

Rapp nutzte die kommenden fünf Minuten, um die Ausrüstung zusammenzupacken. Mit den ganzen Waffen, Kommunikationsgeräten, Überwachungsvorrichtungen und etwas Proviant mussten sie fast 40 Kilo mit sich herumschleppen. Aufgrund der beengten Bedingungen im Schacht hatten sie entschieden, das meiste an einem Seil hinter sich herzuziehen. Nachdem die Vorbereitungen abgeschlossen waren, wartete er mit Adams und Harris auf grünes Licht.

In einem fensterlosen Raum im sechsten Stock des Hauptquartiers von Langley hatten sich einige Eingeweihte versammelt, um den Fortschritt von Mitch Rapp und Milt Adams zu verfolgen. Die Ausstattung erinnerte an den Regieraum eines Fernsehsenders. An der größten Wand hingen 19-Zoll-Monitore, jeweils zehn Stück in vier Reihen. Auf einem leicht erhöhten Podest davor hatten sich vier Techniker eingefunden, die auf modernste Gerätschaften zurückgreifen konnten.

Hinter ihnen, ebenfalls in erhöhter Position, saßen Dr. Irene Kennedy, General Campbell und mehrere Assistenten. Telefone und Laptops verteilten sich um sie herum. Die zweite Reihe besetzten Direktor Stansfield, General Flood, Colonel Bill Gray und Admiral DeVoe. Am weitesten von den Bildschirmen entfernt saßen schließlich noch ein halbes Dutzend hochrangige Offizielle von Pentagon und CIA. Seltsamerweise war niemand vom FBI dabei, was Irene Kennedy überhaupt nicht gefiel.

Die vier Monitore in der unteren linken Ecke zeigten das laufende Programm der großen Fernsehsender, die in Kürze die Ansprache des Vizepräsidenten übertragen würden. Zehn weitere Bildschirme direkt darüber fingen den Außenbereich des Weißen Hauses aus unterschiedlichen Blickwinkeln ein. Einer lieferte eine Großaufnahme des Terroristen, der in der Wachbude auf dem Dach hockte, die anderen nahmen entweder bestimmte Türen, Fenster oder bestimmte Teile des Grundstücks ins Visier. Auf den übrigen 26 Displays war aktuell nichts außer einem blauen Hintergrund mit Kanalnummer zu sehen. Die einzige Ausnahme bildete ein Gerät im Zentrum, das Rapp und seine Kollegen in einem merkwürdig roten Licht bei den Vorbereitungen zeigte.

Irene Kennedy trug die Haare hochgesteckt und hatte genau wie die anderen Personen in den ersten beiden Sitzreihen ein Headset aufgesetzt. Sie lauschte den Instruktionen von Marcus Dumond und drehte sich zu den zwei Männern hinter sich um. »Alles ist bereit. Sie warten auf unsere Freigabe.« Stansfield und Flood sahen sich an. Flood nickte zuerst, sein Nebenmann folgte dem Beispiel und gab Kennedy das Okay.

Der CIA-Direktor verfolgte, wie Kennedy die Anweisung weitergab, und überlegte, ob er nicht doch FBI-Direktor Roach informieren sollte. Er hatte sich mit der Aussage, sie würden elektronische Überwachungen durchführen, zwar hinreichend abgesichert, aber alle Beteiligten wussten, dass es um wesentlich mehr ging. Falls der Einsatz aus dem Ruder lief, gefährdeten sie damit akut die Sicherheit der Geiseln.

21

Der Einsatzbefehl traf ein und die roten Lampen wurden abgeschaltet. Die relativ kühle Nachtluft sorgte unter der Abdeckplane für stickige Luft. Sie hatten entschieden, dass Rapp als Erster zum Zaun gehen sollte, gefolgt von Adams und mit Harris als Nachhut. Mitch tastete nach dem Schlitz in der Plane. Er hievte das Hauptpaket mit der Ausrüstung durch die Öffnung und drehte sich mit den kleineren Bündeln zur Seite, um zwischen den auseinandergebogenen Stahlstreben durchzuklettern. Adams und Harris kamen direkt hinterher. Zu dritt huschten sie leise durch das Unterholz, duckten sich unter Ästen und bogen kleinere Zweige zur Seite.

Dabei hielten sie sich gezielt von den Pfaden fern, die der Secret Service angelegt hatte, weil diese Eindringlinge gezielt in die mit berührungsempfindlichen Sensoren gespickten Sektoren lockten. Zwar hielten sie es für eher unwahrscheinlich, dass die Terroristen die Systeme zur Außenüberwachung nutzten, aber man konnte ja nie wissen.

Kurz vor dem Lüftungsschacht flüsterte Lt. Commander Harris in sein Mikrofon: »Slick, tut sich was auf dem Dach?«

Die Antwort kam sofort. »Nein. Der Aufpasser schaut stur nach Westen.«

Die Straßenlaternen spendeten gerade genug Licht, dass die drei sich gegenseitig sehen konnten. Rapp nickte Adams zu. Sie hatten beide mitgehört. Auf sein Zeichen rupfte Adams mehrere der künstlichen Büsche aus der Erde. Sie waren witterungsbeständig, um auch im Winter die Abdeckung des Ventilationsschachts zu kaschieren.

Adams schuf Platz, während Rapp und Harris eine Plane über dem Schacht ausbreiteten. Die drei Männer krabbelten darunter und machten sich an die Arbeit. Rapp hielt ein kleines Werkzeugkit in der Hand, Harris richtete eine Taschenlampe mit rotem Filtervorsatz auf Adams. Das älteste Mitglied der Gruppe sprühte zuerst Schmiermittel auf das Metallblech und löste dann mit einem Akkubohrer insgesamt acht Schrauben. Vorsichtig kippelten sie die Abdeckung hin und her, um schleifende Geräusche zu vermeiden. Das Silikon leistete ganze Arbeit. Innerhalb von 60 Sekunden hatten sie die Haube entfernt.

Harris stellte ein Aluminiumstativ auf, während Rapp die Ausrüstung an einem Kletterseil nach unten ließ. Derweil befestigte Harris eine Seilwinde am Stativ, band eine Rolle Nylonschnur daran fest und fixierte das andere Ende an einer Winde an der vorderen Stoßstange des direkt am Zaun parkenden Suburban.

Rapp leuchtete mit einer Maglite in den Schacht hinein. Kurz darauf kehrte Harris zurück, band die Schnur um Rapps Fußgelenke und streifte Handschuhe über. Sobald er das Nylon fest gepackt hielt, nickte er Rapp zu und stemmte die Füße in den Boden. Rapp gab das Daumen-hoch-Signal, beugte sich nach vorn, steckte den Kopf in die Öffnung und zwängte den Oberkörper hinein.

»Lasst mich runter«, befahl er über das Headset.

Lt. Commander Harris gab dem Seil langsam Spiel. Dann flüsterte er ins Headset, um die Männer am Suburban aufzufordern, es von der Winde abrollen zu lassen. Rapp glitt im Schacht nach unten und knipste die Bergarbeiterlampe auf seiner Stirn an. Er näherte sich dem Boden und raunte leise ins Mikro: »Stopp.« An der Schnur baumelnd drehte er sich langsam, um die 90-Grad-Wende des Tunnels mit dem Körper nachzuvollziehen, ohne sich den Rücken verrenken zu müssen.

»Okay, ganz langsam Seil freigeben. Etwa einen Meter.« Als er weiter hinabsank, klammerte er sich an den Seiten des horizontalen Schachts fest und schob sich hinein. Ein statisches Rauschen ertönte im Kopfhörer. »Halt. Das reicht.« Rapp winkelte die Beine an und brachte sich in eine halb sitzende Position, zielte mit der Minenlampe auf seine Füße und knotete das Seil los. »Ihr könnt es jetzt wieder raufziehen.«

Es verschwand aus dem Sichtbereich und Rapp wälzte sich auf den Bauch, verlor keine Zeit, sondern zog sofort das vorher heruntergelassene Paket mit der Ausrüstung zu sich heran. Er verband ein Ende des kurzen Taus, das er mitgebracht hatte, mit dem Bündel und das andere mit dem linken Fußgelenk. Er richtete den Lichtkegel in die lange, enge Röhre. Sie schien gar nicht mehr aufzuhören. Die laut Skizze etwa 60 Meter entfernte Biegung konnte er nur mit viel Fantasie erkennen. Der Schacht schien zudem fortwährend enger zu werden. Rapp zog eine Grimasse. Er litt unter einer gesunden Phobie, wie er es selbst bezeichnete. Sie suchte ihn heim, sobald er sich in einer grabähnlichen Umgebung wiederfand.

Zögernd kroch Rapp vorwärts, wobei seine Unterarme den größten Teil der Arbeit leisten mussten. »Ich mach mich auf den Weg, Milt«, raunte er ins Mikro und kroch mit dem Equipment im Schlepptau wie ein Alligator durch das Tunnelsystem. Das Funksignal im Ohrhörer wurde zunehmend schwächer.

Kurz nachdem sie den Kontakt zu Rapp verloren hatten, brach auch die Verbindung zu Milt Adams ab. Kennedy und den übrigen Anwesenden blieb nichts anderes übrig, als sich in Geduld zu üben. So ähnlich mussten sich die Verantwortlichen der NASA bei der ersten Mondlandung gefühlt haben. Sobald sie die Rückseite des Erdtrabanten erreicht hatten, war jegliche Kommunikation mit den Astronauten verstummt. Die Wissenschaftler in der Mission Control konnten nur darauf hoffen, dass die Rakete und ihre Besatzung heil zur Erde zurückkehren würden.

In einer vergleichbaren Lage befanden sie sich in diesem Moment. Sie waren zu untätigem Warten verdammt. Kennedy streifte das Headset ab. Beim Blick auf die Uhren an der Wand fiel ihr ein, dass es doch noch etwas gab, das sie tun konnte. Der Chronograf in der Mitte war auf Washingtoner Ortszeit eingestellt. 23 Uhr abends. Ein Stück weiter rechts entdeckte sie die Uhr, nach der sie gesucht hatte. Sie griff zum Handy und stellte die verschlüsselte Verbindung zu einer Telefonnummer her, die sie aus dem Gedächtnis wählte. In Tel Aviv war es kurz vor sieben Uhr morgens. Sollte ihr Kollege noch nicht im Büro sein, traf er in Kürze dort ein. Nach mehreren Klickgeräuschen und einem lauten Surren wurde auf der anderen Seite abgehoben.

»Fine.« Das war der Nachname ihres Gesprächspartners. Colonel Ben Fine vom israelischen Auslandsgeheimdienst Mossad. Genau wie Kennedy war er bei seinem Arbeitgeber für die Terrorabwehr verantwortlich.

»Ben, hier spricht Irene Kennedy.«

»Irene!« Fine klang fast ein bisschen aufgeregt. »Tut mir leid, dass ich noch nicht angerufen habe, aber ich dachte, ihr hättet gerade alle Hände voll zu tun.«

»Haben Sie die Krise im Weißen Haus verfolgt?«, fragte Kennedy mit matter Stimme.

»Natürlich. Gibt es etwas, das ich für euch tun kann?«

»Na ja, da gäbe es schon etwas.« Irene sah auf einen Zettel, der vor ihr lag. »Sie könnten ein paar Namen für mich überprüfen.«

»Wie viele?«

»Zehn. Zu sieben von ihnen haben wir einiges an Material in unseren Datenbanken, aber in drei Fällen gab es überhaupt keinen Treffer.« Sie überflog die Liste, die Dr. Hornig ihr zur Verfügung gestellt hatte.

»Sie können sich darauf verlassen, dass ich meine besten Leute mit höchster Priorität darauf ansetze. Schicken Sie mir die Liste und ich sorge dafür, dass sie sofort mit den Recherchen anfangen.«

»Danke, Ben. Sie haben was gut bei mir.«

Der Colonel sagte: »Ich hätte übrigens umgekehrt auch eine Frage, wo ich Sie schon gerade in der Leitung habe. Uns haben zahlreiche Berichte erreicht, natürlich allesamt unbestätigt, wonach ein hochrangiges Hisbollah-Mitglied verschwunden sein soll.« Der israelische Geheimdienstler zögerte. »Sie wissen nicht zufällig mehr darüber?«

Kennedy blickte kurz zu den Fernsehschirmen. Die Ansprache des Vizepräsidenten hatte noch nicht begonnen. »Nun, es ist durchaus möglich, dass ich Ihnen da weiterhelfen kann.«

Fine wartete. Als nichts weiter kam, schien er zu begreifen, dass es sich um einen klassischen Fall von *Eine Hand wäscht die andere* handelte. »Gut, dann will ich hoffen, dass Sie mich ins Vertrauen ziehen, sobald ich Ihnen umgekehrt die erbetenen Informationen liefere.«

»Das habe ich vor«, stellte Kennedy vage in Aussicht.

»Gut.« Fine schien das für den Moment zu genügen. »Brauchen Sie sonst noch was?«

Kennedy dachte nach. »Nein, das war's fürs Erste. Ich hoffe wirklich, Sie kommen mit den Namen, die ich Ihnen schicke, weiter als wir.«

»Wie gesagt, ich setze meine Leute sofort auf die Recherche an. Falls noch etwas ist, melden Sie sich einfach.«

»Mach ich. Vielen Dank, Ben.« Sie legte den Hörer auf, legte die Liste mit den Namen in eine Aktenmappe und winkte zum Ende der Sitzreihe. Einer ihrer Assistenten, ein Mann Anfang 30, kam zu ihr. Sie drückte ihm die Mappe in die Hand. »Schicken Sie das sofort an Colonel Fine.« Der Mann nickte pflichtbewusst und eilte damit zum nächsten Faxgerät.

Weißes Rauschen drang aus dem Kopfhörer. *Ich muss schon fast am Ende des Schachts sein,* dachte Rapp. Der Tunnel schien inzwischen noch enger geworden zu sein. Er schwitzte wie ein Stier und sein Herz schlug deutlich schneller, als es ihm gesund vorkam. Da ihn das Rauschen nervte, zog er den Ohrhörer heraus und hängte sich das Kabel um den Hals. Er wusste, dass Milt Adams dicht hinter ihm war, denn der hustete gelegentlich. Die dünne Staubschicht an den Wänden reizte die Schleimhäute. Auch er hatte mehrmals gegen den Drang zum Niesen ankämpfen müssen.

Rapp hielt kurz inne und holte tief Luft. Er stützte den schweißnassen Kopf auf den Arm und ermahnte sich, nicht in Panik zu verfallen. Andernfalls verschwendete er deutlich mehr Kraft als nötig. Er blieb fast eine Minute still liegen und bekam seine hektische Atmung langsam wieder unter Kontrolle. Laut seiner Uhr hielt er sich seit etwa einer Viertelstunde im Schacht auf – länger als erwartet. Es konnte nicht mehr weit sein. Nach der letzten Linkskurve vor dem Erreichen des Kellers hatte er die Minenlampe ausgeschaltet. Zwar hielt er es für unwahrscheinlich, dass sich jemand dort aufhielt – Aziz verfügte nicht über genug Männer, um alle Bereiche des Weißen Hauses abzudecken –, aber er wollte trotzdem nicht das Risiko eingehen, dass ein Lichtstrahl den Terroristen ihr Eintreffen ankündigte.

Nach einigen weiteren Minuten, die sich schier endlos in die Länge zogen, erreichte Rapp endlich das Ende des Schachts. Sein ganzer Körper badete in Schweiß. Daran war nur seine Klaustrophobie schuld. Sanft ließ er den Kopf auf den Unterarm sinken und lauschte, um sicherzugehen, dass sich niemand im Heizungsraum aufhielt. Auf weitere Anstrengungen verzichtete er während der nächsten gut 120 Sekunden. Im Keller hörte er charakteristische Geräusche, mit denen Boiler, Lüftung und Klimaanlage ihren Dienst verrichteten. Ansonsten war da nichts außer Milt Adams und den gelegentlichen Niesattacken.

Rapp hielt es für das Beste, den Zugang zum Keller zu öffnen, bevor Adams' allergische Reaktionen sie noch verrieten. Er schaltete die Lampe wieder ein und fuhr mit der Hand über die glatte Oberfläche der Röhre, bis er eine Vertiefung ertastete. Er leuchtete in die entsprechende Richtung und entdeckte sofort die von Milt angekündigte Luke, die kurz vor dem eigentlichen Ende des Schachts zu einer Nitrierungskammer führte. Er verspürte eine immense Erleichterung. Die Vorstellung, dass sie keinen Ausgang fanden und er den ganzen Weg zurückkriechen musste, hatte ihm in den letzten Minuten enorm zu schaffen gemacht.

Bevor er die Flügelschrauben aus Metall löste, zog Rapp die schallgedämpfte Beretta aus dem Holster und knipste die Grubenlampe aus. Mit der Waffe in der Linken tastete er mit rechts nach den Halterungen und drehte die erste von ihrer horizontalen Ausgangsposition in die Vertikale. Adams hatte ihm erklärt, dass die Klappe von Scharnieren auf der Unterseite und den Flügelverschlüssen an der Oberseite fixiert wurde.

Nachdem er die zweite Schraube gelöst hatte, ließ er die Klappe langsam nach unten schwingen und lugte in den schwach erleuchteten Keller des Weißen Hauses. Der Lüftungsschacht zog sich von der Decke hinab, um in der Mitte der Wand in die riesige Heizungs- und Belüftungsanlage zu münden, die einen Großteil der Fläche einnahm.

Er steckte lediglich den Kopf durch die Öffnung und suchte die Umgebung systematisch nach Bewegungssensoren oder Stolperdrähten ab. Da er nichts fand, zwängte er sich zurück in den Schacht und rollte sich auf den Rücken. Er löste das Seil um das Fußgelenk und sah, dass Adams nur noch etwa zehn Meter entfernt war.

Keiner von ihnen sagte ein Wort. Das hatte Rapp seinem Begleiter unmissverständlich eingeschärft. Geredet wurde nur, wenn es unbedingt nötig war. Er ließ das Seil in den Heizungskeller hinab, bis das Ende gut einen Meter über dem Boden pendelte, schwang sich selbst nach unten und holte, nachdem er festen Halt gefunden hatte, das Paket mit der Ausrüstung nach. Sofort öffnete er es, um die MP5-Maschinenpistole mit dem Schalldämpfer herauszuholen und die kleine Taschenlampe, die an der Unterseite der Mündung montiert war, anzuknipsen.

Sollte Aziz hier irgendwelche Sicherheitsvorkehrungen getroffen haben, sah man zumindest nichts davon. Einige Momente später streckte Milt den klatschnassen kahlen Schädel in den Heizungskeller und hielt sich die Hände vor den Mund, um einen weiteren Hustenanfall zu ersticken.

Rapp zuckte zusammen, legte die MP5 zur Seite und streckte die Arme aus, um Adams unter die Achseln zu fassen und ihm zu helfen.

Sobald Adams' Füße den Boden berührten, zog er ein Taschentuch hervor. Rapp flüsterte: »Was ist denn los?« Adams schnäuzte sich so leise wie möglich und meinte: »Der ganze Staub hier drin … das reinste Gift für meine Allergien.«

Rapp runzelte besorgt die Stirn. »Muss ich mir Sorgen machen?«

»Ach was! Bin schon so gut wie geheilt.« Grinsend streckte er das Taschentuch weg.

Rapp machte sich an die Arbeit. Er schnürte den Rucksack auf und holte einen kleinen Überwachungsbildschirm heraus. Ein halbstarres Glasfaserkabel mit einem kleinen Objektiv diente als Bildlieferant. Damit konnten sie um die Ecke und unter Türen spähen. Der Schwarz-Weiß-Monitor war kaum 15 Zentimeter groß und stoßfest in eine schwarze Nylonhülle eingepackt. Rapp half Adams, sie vor der Brust festzuschnallen. Das Kabel mit der Kamera baumelte lose am Körper herunter.

Mitch stellte sich auf die Zehenspitzen und schob mit dem Lauf seiner Waffe die Deckenluke zu, durch die sie gekommen waren. Er drehte sich zur Tür, die in die weiteren Ausläufer des Kellers führte. »Noch Fragen?«

»Keine.«

»Okay. Dann nichts wie weg hier.« Rapp schlich über den Betonboden zum Durchgang und hielt dabei die MP im Anschlag. Adams folgte einen Schritt hinter ihm. Bevor sie die Tür aufzogen, schob er das Kabel unter dem Spalt hindurch, damit sie auf der anderen Seite nach dem Rechten sehen konnten. Rapp beobachtete, wie Adams mit einem kleinen Rädchen am Monitor die Position der Kamera veränderte. Die Luft schien rein zu sein.

22

Vizepräsident Baxters Rede hatte nicht ganz fünf Minuten gedauert. Da er und King bis zum Schluss um den genauen Wortlaut gestritten hatten, war er erst um 23 Uhr Ortszeit vor die Mikrofone getreten – eine Stunde später, als es normalerweise bei solchen Ansprachen üblich war. Letzten Endes beschränkte sich der Inhalt auf die üblichen Floskeln. Baxter verdammte jegliche Form von Terrorismus, versicherte der Bevölkerung, dass sich Präsident Hayes im Bunker des Weißen Hauses in Sicherheit befand, appellierte an den Patriotismus der Wähler und forderte sie am Ende auf, ein Gebet zu sprechen.

Den Fernsehsendern bescherte die Berichterstattung erwartungsgemäß neue Quotenrekorde. Längst wurde der Dramatik wegen auf allen Kanälen davon gesprochen, dass sich das Land in einem Belagerungszustand befand. Immerhin war die Rede zur Lage der Nation erstmals in der amerikanischen Geschichte nicht aus dem Weißen Haus übertragen worden, sondern aus der offiziellen Residenz des Vizepräsidenten.

Dallas King stand nervös im Arbeitszimmer des Number One Observatory Circle, hatte sich gegen ein Bücherregal gestützt und hörte zu, wie ein Wahlforscher der Demokraten erste Auswertungen der Rede präsentierte. Andere Berater hatten sich um ihren Chef versammelt und gaben ungefragt ihren Senf dazu. Kameras und Scheinwerfer hatten sie gar nicht erst abgebaut, weil sie davon ausgingen, dass sich Baxter noch vor Ende der Krise erneut an die Bevölkerung wenden würde. Die ersten Umfrageergebnisse fielen wie erwartet glänzend aus, aber Dallas King hörte gar nicht richtig hin. Seine Gedanken kreisten gerade um ganz andere Themen.

King sah auf die chromfarbene TAG Heuer am Handgelenk und fuhr sich nervös mit der rechten Hand durch das sonnengebleichte Haar. Er war spät dran für ein Meeting, bei dem er auf eine Mischung aus Geschäftlichem und Vergnügen hoffte. Dem gut aussehenden Stabschef gefiel die Idee nicht, Baxter mit den übrigen Assistenten allein zu lassen, aber es ließ sich in diesem Fall nicht vermeiden. Er stieß sich von dem Buchregal ab und ging zur anderen Seite des Arbeitszimmers. Die spitzen schwarzen Halbschuhe hinterließen ein hörbares Echo auf dem makellosen Holzboden. Vor einem verschlissenen orientalischen Teppich blieb er stehen und zog sein Sakko von der Lehne eines antiken Stuhls.

Vizepräsident Baxter verschränkte die Arme vor dem kleinen Bäuchlein und schob eine verirrte Strähne der zurückgekämmten Haarpracht zurecht. »Wo wollen Sie hin?«

»Es gibt ein paar Sachen, die ich regeln muss.« King zwinkerte seinem Boss zu und warf das Sakko lässig über die Schulter. Das Zwinkern war ein verabredetes Signal, das Baxter verriet, dass sie zu gegebener Zeit unter vier Augen darüber sprechen würden. Dieser nickte. Dallas ging zur Tür. »Wir sehen uns morgen früh. Falls etwas ist, können Sie mich jederzeit auf dem Handy erreichen.«

Damit verließ er den Raum, nickte den zwei Secret-Service-Beamten im Flur zu und entfernte sich mit beschwingtem Schritt. Das metallicblau lackierte BMW-Cabrio parkte an der gewohnten Stelle neben einem schwarzen Suburban. King warf die Jacke auf den Beifahrersitz und setzte sich ans Steuer. Er ließ den Motor an und streckte die Finger nach dem Knopf zum Schließen des Verdecks aus, beschloss dann jedoch, damit zu warten, bis er den Reporteransturm am Haupttor hinter sich gelassen hatte. Er lenkte den Sportwagen aus der Parklücke und brauste den Hügel hinunter in Richtung Haupttor. Er ließ die Scheinwerfer zweimal aufblitzen, um den Wachposten seine Ankunft anzukündigen. Als er die Ausfahrt erreichte, hatten sie den Öffnungsmechanismus bereits betätigt.

Statt zu bremsen, trat King abrupt auf die Kupplung und schaltete in den ersten Gang zurück. Der Motor geriet kurzzeitig aus dem Takt. Sobald genug Platz zum Durchfahren vorhanden war, wechselte er wieder in den zweiten und beschleunigte. Die riesige Freifläche vor dem Tor, fast doppelt so groß wie das gesamte Grundstück des Weißen Hauses, wurde von Medienvertretern belagert. Übertragungswagen standen kreuz und quer am Straßenrand. Reporter und Kameraleute mühten sich ab, Kings Cabrio ins Bild zu bekommen, während er an ihnen vorbeirauschte. King blieb mit dem Fuß auf dem Gaspedal und schoss die Massachusetts Avenue entlang, auf der Beamte in beiden Richtungen den Verkehr stoppten.

Der Stabschef fuhr mit hohem Tempo in Richtung Norden, beobachtete das Spektakel vergnügt im Rückspiegel und drehte das Autoradio laut. Vier Straßen nördlich vom Observatory, inzwischen außer Sichtweite des Haupttors, riss er das Steuer hart nach rechts und ließ die Breitreifen des BMW in einem 100-Grad-Winkel quietschend auf die Garfield Street schlittern, um mit deutlich erhöhter Geschwindigkeit durch die angrenzenden Wohngebiete zu rasen.

An der 29th Street wechselte er erneut die Richtung, bog eine Kreuzung weiter an der Calvert ohne Vorwarnung um die Ecke, missachtete dabei ein Stoppschild und schnitt einem Taxifahrer, der aus der Einmündung kam, den Weg ab. Dieser revanchierte sich mit lautem Hupen und zeigte ihm den Mittelfinger. King ignorierte beides, überfuhr an der Connecticut eine rote Ampel und erreichte schließlich das Adams-Morgan-Wohnviertel.

Verflucht, er kam zu spät. Die Frau, mit der er verabredet war, würde darüber nicht sonderlich glücklich sein. In der 18th Street musste er an einer der verkehrsreichsten Stellen der Stadt jäh bremsen. Zwei Blocks weiter hielt er vor dem Stone's, einer angesagten neuen Bar. Er zog gerade die Handbremse, als auch schon ein Mann vom Parkservice vor dem Fenster auftauchte. King fischte in den Taschen des Sakkos, drückte ihm einen Zehn-Dollar-Schein in die Hand und bat: »Stellen Sie ihn bitte irgendwo in der Nähe ab.«

Direkt hinter dem Eingang wurde er von einer Asiatin im körperbetonten roten Kleid, dessen Schlitz vom Boden bis zur linken Hüfte reichte, in Empfang genommen. Als er ihr einen Kuss auf die Wange hauchte, enthüllte der Schlitz den Blick auf einen gebräunten, wohlgeformten

Schenkel. Dessen junge Besitzerin hatte keine Ahnung, was King beruflich machte, es spielte auch keine Rolle für sie. Ihr genügte, dass er attraktiv und stets gut gekleidet war und mindestens einmal pro Woche ihren Laden mit seiner Anwesenheit beehrte – so gut wie jedes Mal mit einer anderen Frau. Sie selbst war schon von so gut wie jedem männlichen Gast ihres Etablissements angebaggert worden und fragte sich bereits, wann sie bei ihm endlich zum Zug kommen würde.

Als King sie küsste, ließ sie die Hand unter seine Jacke gleiten und direkt oberhalb des Schritts ruhen. Er fühlte sich augenblicklich erregt und spürte, wie es in der Hose eng und enger wurde. Seine Nase schnupperte an ihrer weichen Haut, er genoss den dezenten Duft des floralen Parfüms. Mit einem verstohlenen Grinsen sagte er: »Kim, du siehst wie üblich ganz bezaubernd aus.«

Sie nahm das Kompliment mit einem Lächeln entgegen und löste langsam die Hand von seiner Hüfte. »Danke.« Er wartete kurz, um ihr eine Gelegenheit zu geben, die naheliegende Frage zu den jüngsten Ereignissen im Weißen Haus zu stellen. Der Moment verstrich in Schweigen. King dämmerte es, dass die asiatische Schönheit entweder nicht zu den hellsten Kerzen auf der Torte zählte oder wirklich keine Ahnung hatte, wer er war. So oder so beantragte sie in absehbarer Zeit wohl keine Mitgliedschaft beim örtlichen Hochbegabtenverein.

King blinzelte erstaunt, dann schob er sich durch die Menge. Rund um den Tresen herrschte reger Betrieb. Das Geiseldrama lieferte der Stadt willkommenen Gesprächsstoff. Politische Skandale oder Krisen waren für Washington das Gleiche wie für andere Städte große Sportereignisse. Einige der besser informierten Besucher erkannten in dem jungen Kalifornier den Stabschef von Vizepräsident Baxter und tuschelten aufgeregt, während er sich an den trendigen Raumteilern vorbei den Sitznischen im Restaurantbereich näherte. Dort hielt er nach seiner jüngsten Eroberung Ausschau. Er entdeckte sie in der hintersten Nische vor der Telefonzelle und den Toiletten. Sheila Dunn hatte ihren Laptop aufgeklappt, hielt ein Handy in der linken und ein Weinglas in der rechten Hand.

Bei seinem Anblick sagte sie zu ihrem Gesprächspartner: »Er ist da. Ich ruf später zurück.« Die 34 Jahre alte Reporterin legte das Telefon auf den Tisch, hielt sich jedoch weiterhin am Weinglas fest. »Dallas, wo zum Teufel hast du gesteckt?«

»Tut mir leid.« King beugte sich hinunter, um die blonde Frau zu küssen. Dunn hielt ihm die Wange hin. »Mir bleibt nur noch eine Viertelstunde, um die Story abzuliefern. Mein verantwortlicher Redakteur sitzt mir schon im Nacken.« Sie war merklich angesäuert. »Also leg schon los. Was hast du für mich?«

King setzte sich, und in derselben Sekunde rauschte ein Kellner heran. Dunn hielt ihm das fast leere Glas hin: »Noch zwei davon.« Freundlichkeit schien für sie ein überflüssiger Luxus zu sein. Anklagend wandte sie sich an King: »Eine Stunde zu spät! Du hast eine komische Art, mir zu zeigen, dass du mich magst.«

»Tut mir leid«, brachte King hervor, den ihr Tonfall spürbar irritierte. »Ich weiß nicht, ob du's mitbekommen hast, aber wir haben gerade mit einer schweren Krisensituation zu kämpfen, und ich steh deshalb ziemlich unter Strom.«

»Verkauf mich nicht für blöd, Dallas. Ich weiß ganz genau, was Sache ist. Allerdings muss ich meine Deadlines einhalten. Wenn du dich also zu einer bestimmten Zeit mit mir verabredest und ohne Vorwarnung erst eine Stunde später auftauchst, musst du auch damit rechnen, dass ich nicht so verständnisvoll reagiere wie die niedlichen Hohlbratzen, mit denen du dich sonst abgibst.« Dunn spielte ganz bewusst die Empörte. Sie ging davon aus, je überzeugender sie wirkte, desto höher war die Chance, dass Dallas aus schlechtem Gewissen mit ein paar anständigen Insider-Informationen herausrückte.

Genau aus diesem Grund mochte King sie. Sheila Dunn war eine Wildkatze. Die meisten Ladys, mit denen er sonst ausging, waren fotogen, aber hinter der Fassade fehlte es an Substanz. Nicht bei ihr. Sie sah vielleicht nicht absolut umwerfend aus, aber Intellekt und Temperament machten das mehr als wett. Genau genommen fand er sie optisch eher nichtssagend. Fast schon ein bisschen zu mager, ohne jegliche Kurven. Aber während viele Frauen ihre besten Tage hinter sich hatten, standen sie Sheila erst noch bevor. Sie versprühte das abgeklärte Selbstbewusstsein von jemandem, der mit beiden Beinen fest im Leben stand. Besser noch, sie war verheiratet. Was King inzwischen nicht länger als Hindernis betrachtete, sondern als Bonus. Für verheiratete Frauen stand Sex im Mittelpunkt. Das ersparte ihm teure Investitionen und ermüdende Spielchen.

Dunn hatte bislang zwar alle romantischen Avancen von King abgewehrt, doch er wähnte sich kurz vor dem Ziel. Sie arbeitete als politische Korrespondentin für die *Washington Post* und King hatte sie seit seinem Umzug in die Hauptstadt zunehmend besser kennengelernt. Als Stabschef von Baxter gehörte es ohnehin zu seinen Prioritäten, gute Kontakte zur Presse aufzubauen, um bei

Bedarf gezielt Informationen an die Öffentlichkeit durchsickern zu lassen.

Er griff über den Tisch nach ihrer Hand. »Wie läuft's mit deinem Mann?«

»Beschissen«, versetzte Dunn schroff.

Er streichelte ihre Finger. »Wann habt ihr beide das letzte Mal miteinander geschlafen?«

Sie zog die Hand zurück. »Dallas, das geht dich überhaupt nichts an.«

»Okay … du musst mir keine Antwort darauf geben, aber ich finde, eine schöne Frau wie du hat es nicht verdient, so einsam zu sein.«

»Lass uns das Thema wechseln.«

King sprach diesen wunden Punkt nicht zum ersten Mal an und spürte, dass er langsam Fortschritte machte. Dunn wiederum war in ihrer Ehe tatsächlich nicht glücklich. Sie wusste, dass King an ihr interessiert war, und hielt den Zeitpunkt für ideal, auf seine Avancen einzugehen. Immerhin entwickelte sich gerade die größte Story der letzten drei Jahrzehnte und niemand hatte eine Ahnung, was im Weißen Haus oder in der Einsatzzentrale des FBI vor sich ging. Keiner packte aus, die Verantwortlichen wimmelten einen sofort ab. Wenn sie mit King schlafen musste, um als Erste mehr zu erfahren, brachte sie dieses Opfer gern.

Der Kellner servierte den Wein. King stürzte einen großen Schluck trockenen Merlot hinunter, bevor er sagte: »Du glaubst gar nicht, was bei uns im Moment abgeht.«

Dunn beugte sich vor. »Was denn?«

King verdrehte die Augen. »Ach, Tutwiler, diese nervige Schnepfe. Sie ist schuld dran, dass Schwartz und seine Sekretärin sterben mussten. Sie hatte die bescheuerte Idee, den Terroristen an der Nase rumzuführen und ihm nur einen Teil des geforderten Betrags zu überweisen.« King griff zum Weinglas und erinnerte sich daran, dass der temperamentvolle Typ von der CIA bei der Sitzung im Pentagon genau diese Reaktion von Aziz prophezeit hatte.

»Ich wollte es ihr ausreden, aber sie hat auf stur geschaltet. Du weißt, wie sie ist. Sie hat die komplette Sitzung gestern an sich gerissen. Sicher, sie ist eine Frau, aber einen schlimmeren Fall von Penisneid habe ich nie zuvor erlebt. Vermutlich ist ihr einer abgegangen, weil sie den ganzen Jungs vom Militär mal so richtig gezeigt hat, wo der Hammer hängt. Und das Allerschlimmste ist, dass sie den Mist nicht mal selbst ausbaden muss. Nachdem Schwartz erschossen worden war, erlitt sie einen Nervenzusammenbruch. Wir mussten sie ins Bethesda-Krankenhaus bringen lassen.«

Dunn stand der Mund offen. »Du machst Witze!«

»Nein.« King schüttelte zur Bekräftigung den Kopf. »Ich wünschte, es wär so. Die blöde Kuh sollte dafür bluten, was sie angerichtet hat. Stattdessen bleibt nun alles an mir hängen.«

Dunn stellte ihr Weinglas ab und machte sich Notizen am Laptop. »Tutwiler ist also raus … und was ist da gerade beim FBI los?« King zuckte die Achseln und trank einen weiteren Schluck. Offenbar musste sie eine Schippe draufpacken, damit er redete.

»Komm schon, Dallas. Ein paar Hintergrundinformationen reichen mir. Ich verlang ja nicht, dass du Staatsgeheimnisse ausplauderst.« Sie gab ihm einen Moment Bedenkzeit, bevor sie mit sanfter Stimme nachhakte: »Bitte, sag's mir, was hat das FBI vor?«

King lugte über den Rand seines Weinglases. »Sie rüsten sich für sämtliche Eventualitäten, sammeln Informationen und suchen nach möglichen Lösungsansätzen. Sherman hat ihnen eingeschärft, nichts zu unternehmen, solange sie die Sicherheit der restlichen Geiseln nicht garantieren können.«

»Und was ist mit dem Präsidenten? Stimmt der ganze Quatsch, den dein Boss in seiner Rede von sich gegeben hat?«

»Ja, Hayes ist wohlauf. Das entspricht den Tatsachen.« Er wischte das Problem mit einer Handbewegung vom Tisch. »Die Experten im Pentagon meinen, er kann wochenlang in dem Bunker durchhalten.« Er beugte sich über den Bildschirm ihres Laptops, atmete tief ein und sagte: »Du riechst toll.«

»Danke.« Dunn lächelte halbherzig und kam sofort wieder auf den Punkt: »Was passiert als Nächstes? Haben die Terroristen schon weitere Forderungen vorgebracht?«

»Nein. Dazu wollen sie sich morgen früh äußern.« Kings Aufmerksamkeit wurde jäh abgelenkt. Dunn hatte ihre Bluse einen Knopf weiter geöffnet als sonst. Eine faszinierend große Fläche nackter Haut lenkte seine Gedanken in eine völlig andere Richtung. Er spähte in ihren Ausschnitt. »Wenn du wüsstest, wie scharf ich drauf bin, mich mit dir nackt auf einer Matratze zu wälzen.«

Dunn blieb ungerührt, riss sein Kinn nach oben und zwang ihn dazu, ihr in die Augen zu sehen. »Das Material, das du mir über Tutwiler geliefert hast, ist gut. Aber du verschweigst mir eine Menge, Dallas. Wenn du mich wirklich in die Kiste bekommen willst, musst du dich ein bisschen mehr anstrengen … und zwar dalli.«

Das Blut schoss King in den Schritt. Hastig überlegte

er, mit welchen Informationen er ihren Pakt besiegeln konnte. Allerdings hatte er schon so gut wie alles erzählt, was er wusste. Im Prinzip passierte derzeit nicht besonders viel. Alle saßen nur herum und warteten ab … bis auf … einen Mann. King überlegte. Nein, darüber durfte er auf keinen Fall sprechen. Allerdings gab es etwas, das damit zusammenhing, und das konnte er ihr ruhig verraten. Zumal es eine großartige Schlagzeile hergab. »Eine Sache ist da noch …« Er legte sich die nächsten Worte sorgfältig zurecht.

Sie bemerkte sein Zögern und lehnte sich dichter heran. »Ach … was denn?«

King schaute sich nach ungebetenen Zuhörern um, bevor er leise sagte: »Hör zu, niemand darf erfahren, dass du das von mir hast.«

Dunn mimte die Empörte. »Dallas, ich habe noch nie eine meiner Quellen preisgegeben.«

So leicht ließ King sich nicht einwickeln: »Trotzdem ist es mir in diesem Fall besonders ernst. Kann ich mich auf dich verlassen?«

Dunn nickte eifrig. »Ich schwöre, dass ich deinen Namen aus der Geschichte raushalte.«

Der Stabschef des Präsidenten schaute sich ein letztes Mal nervös um. »Die CIA wusste von diesem Terrorangriff, bevor er überhaupt passiert ist«, flüsterte er.

Dunn schaute ihn mit weit aufgerissenen Augen an. »Was? Und sie haben nichts dagegen unternommen?«

»Nein«, bestätigte King. »Weil Sie es erst kurz vorher erfahren haben. Sie haben dann sofort den Secret Service alarmiert. Allein deswegen ist Hayes rechtzeitig in den Bunker gebracht worden.«

»Also verdankt der Präsident der CIA sein Leben.«

King zuckte die Achseln. »Sie hatten sicher schon ruhmreichere Tage, aber im Prinzip schon.«

Dunn lächelte breit. »Das ist ja eine tolle Geschichte.« Sie tippte hektisch auf ihrem Laptop herum, bevor sie das Gerät nach einer oder zwei Minuten zuklappte, es in einer mitgebrachten Hülle verstaute, ihr Handy in die Handtasche schob und verkündete: »Ich muss so schnell wie möglich in die Redaktion, bevor die morgige Ausgabe gedruckt wird.«

Dunn stand auf. Sie trug einen knappen blauen Rock, der ihren schlanken Körper ideal in Szene setzte. Sie lehnte sich über den Tisch, streichelte Kings Wange und flüsterte: »Du und ich, wir sind noch lange nicht fertig miteinander. Mach nur so weiter, dann kriegst du mich bald.« Sie fuhr ihm verführerisch mit der Zunge über die Oberlippe, gerade lange genug, dass er sich nach mehr sehnte. Dann machte sie kehrt und verließ die Bar.

23

Jack Warch stand an der Luke des Bunkers und strich mit der Hand über die glatte metallische Oberfläche. Soweit er es beurteilen konnte, fühlte sie sich deutlich wärmer als vor wenigen Stunden an. Er wertete das als schlechtes Zeichen. Warch hatte sich den ganzen Tag das Hirn zermartert, was sie tun sollten, falls die Terroristen hier eindrangen, bevor das Geiselbefreiungsteam des FBI anrückte. Nach den Explosionen beim ursprünglichen Angriff ging er davon aus, dass die Gegner über Granaten verfügten. Das versprach ein kurzer Kampf zu werden.

Wenn er den Präsidenten in die kleine Nasszelle am hinteren Ende des Bunkers bringen würde, verschaffte ihnen das maximal fünf Minuten zusätzlich. Danach drohte es noch mehr tote Agenten zu geben. Hayes würde man entweder erschießen oder als Druckmittel mitnehmen.

Warch ließ sich mit einem lauten Seufzer in die Koje sinken. Er sah, dass der Präsident zu ihm herüberkam, und wollte aufstehen. Hayes winkte ab und klopfte auf die Matratze. »Haben Sie was dagegen, wenn ich mich zu Ihnen setze?«

»Natürlich nicht.« Er rutschte ein Stück zur Seite.

»Sie stammen aus Wisconsin, oder?«

»Ja, Sir.«

»Dacht ich's mir doch. Ich hab ihre beiden Jungs irgendwann mal samstags mit ihren Packer-Trikots auf der Wiese rumflitzen sehen. Da wusste ich, dass entweder Sie oder Ihre Frau gebürtig aus Wisconsin sind.«

Warch musste unwillkürlich grinsen. »Nein, meine Frau stammt aus Minnesota. Sie hasst es, wenn ich den Jungs die Trikots anziehe.«

»Das hätte sie sich wohl besser vor der Hochzeit überlegt.«

»Meine Worte.« Warch lächelte den Präsidenten an.

»Aus welchem Teil kommen Sie denn genau?«

»Appleton.«

»Ah, die Geburtsstadt von Rocky Bleier.«

»Genau.« Es beeindruckte Warch, dass der Präsident wusste, wo der vierfache Super-Bowl-Champion zur Welt gekommen war. »Ich hab ihn sogar mal getroffen«, verkündete er stolz. »Ein großartiger Mann. Mit einer großartigen Karriere.«

»Ja, er hat nicht aufgegeben. Vor allem ist ihm der

sportliche Erfolg nie zu Kopf gestiegen. Er engagiert sich auch heute noch für viele soziale Projekte.«

»Das habe ich auch schon mitbekommen.«

Die Unterhaltung verstummte. Beide schienen zu merken, dass Small Talk in dieser Situation irgendwie fehl am Platz war. Hayes stützte die Ellbogen auf die Knie und betrachtete den hässlichen braunen Teppich. Dann lehnte er sich zurück und schielte zu Warch. »Jack, mir tut das alles so leid. Ich weiß sehr zu schätzen, was Sie und Ihre Leute für mich und meine Familie getan haben.«

»Danke, Sir.«

Nach einem Moment betretenen Schweigens sah Hayes auf die Uhr. Es war fast Mitternacht. »Na, ich denke, in etwa sechs Stunden wissen wir, ob jemand kommt, um uns zu retten.«

»Wie kommen Sie gerade auf sechs Stunden, Sir?«, wollte Warch wissen.

»Nur so ein Gefühl. Wenn ich General Flood und Direktor Stansfield richtig einschätze, arbeiten sie mit Hochdruck an unserer Befreiung«, erwiderte der Präsident, bevor seine Gedanken abzuschweifen schienen und er unwirsch den Kopf schüttelte.

»Was ist denn los, Sir?«

»Nun, bei meinem Vize bin ich mir da nicht so sicher.«

»Wie meinen Sie das?«

Hayes sah Warch nachdenklich an. »Jack, ich vertraue darauf, dass alles, was ich Ihnen jetzt sage, unter uns bleibt.«

»Das versteht sich von selbst, Sir.«

»Dachte ich mir.« Er blickte sich kurz um, ehe er aus dem Mundwinkel zischte: »Ich traue Baxter nicht über den Weg. Er war damals nicht meine erste Wahl. Genau genommen tauchte er nicht mal in meinen Top Ten auf. Die Partei hat ihn mir letztlich aufgezwungen. Sie sagten, mit seiner Unterstützung bekäme ich die Mehrheit in Kalifornien und üppige Spendengelder aus Hollywood. Beides braucht man, um als Sieger aus dem Rennen hervorzugehen, also blieb mir kaum eine andere Wahl. Dummerweise ist bei der Entscheidung der Blick auf Charakter und menschliche Qualitäten vernachlässigt worden. Ich merkte schon eine Woche nach der Vereidigung, dass er der falsche Mann ist, aber da war es zu spät.«

»Stellen Sie ihn deshalb bewusst ins politische Abseits?«

Die Frage schien Hayes zu überraschen. »Ist das so auffällig?«

»Sie sind bereits der vierte Präsident, unter dem ich arbeite, Sir. Man rät uns zwar zur Diskretion, aber das heißt ja nicht, dass wir blind und taub sind.«

Hayes nickte nur. »Nun, Baxter ist ein großer Unsicherheitsfaktor. Genau wie Tutwiler. Am liebsten hätte ich mit den beiden nichts zu tun, aber es war nun mal Teil des Deals.«

»Was halten Sie von Direktor Roach? Er ist doch ein guter Mann, oder?«

»Ja, das sehe ich genauso. Einer der Besten. Dummerweise ist das Justizministerium ihm gegenüber weisungsbefugt.«

Warch sah nervös zur Tür, dann zurück zu seinem obersten Vorgesetzten. »Sir, für den Fall, dass das Team vom HRT nicht rechtzeitig eintrifft, um uns rauszuholen, sollten wir einige Vorkehrungen treffen.«

»Was schwebt Ihnen vor?«

Warch verschwieg einige unangenehmere Details, während er dem Präsidenten schilderte, was seiner Meinung nach passieren würde. Er wollte Hayes nicht unnötig beunruhigen. Dieser lauschte aufmerksam den vagen Grundzügen von Warchs Plan.

Anna Rielly wurde ohne Vorwarnung aus dem Tiefschlaf gerissen. Sie schlug gerade die Augen auf, da wurde sie bereits an der Schulter gepackt. Eine Sekunde später stand sie auf den Beinen, vor ihr der Terrorist, der in letzter Minute ihre Freilassung verhindert hatte. Instinktiv begann sie, um sich zu schlagen.

Die rechte Hand des Mannes schloss sich um ihren Hals und drückte zu. Die junge Journalistin ruderte hilflos mit den Armen und ihre Augen traten aus den Höhlen, während ihr die Luft aus der Lunge gequetscht wurde. Weiße Punkte tanzten durch ihr Blickfeld. In einem letzten, verzweifelten Versuch, sich zu befreien, rammte sie das Knie nach hinten in den Schritt ihres Peinigers. Die meisten Männer hätte sie damit ausgeknockt, doch Abu Hasan stöhnte lediglich und wich einen halben Schritt zurück. Dann schoss seine rechte Hand vor und donnerte gegen Riellys Unterkiefer. Sie taumelte zu Boden und blieb reglos liegen.

In den nächsten fünf Sekunden trat eine gespenstische Stille ein. Keiner der anderen Gefangenen gab auch nur das kleinste Geräusch von sich. Die übrigen Terroristen warteten neugierig, was als Nächstes passieren würde. Schließlich beugte sich Hasan vor und keuchte. Die übrigen drei Araber, die Wache standen, konnten sich ein leises Glucksen nicht verkneifen. Einige Frauen wollten Anna zu Hilfe eilen, doch bevor sie auch nur in ihre Nähe kamen, hatte sich der Terrorist auf die Beine gekämpft und rief ihnen eine Warnung zu.

Der Tritt in den Schritt schien ihm allerdings zu schaffen zu machen. Er stand breitbeinig und mit krummem Rücken da wie ein Affe, schnappte sich die bewusstlose Rielly, hievte sie sich auf die Schulter und verschwand mit ihr in Richtung Tür. Seine Kameraden, die sich prächtig über sein Missgeschick zu amüsieren schienen, bedachte er mit einem finsteren Blick. »Ich bringe diese Hure nach oben«, kündigte er an. »Wer sie haben will, darf gern nachkommen, wenn ich mit ihr fertig bin.«

1948 hatte sich der damalige Präsident Harry Truman besorgt über die schwächelnde Bausubstanz des fast 150 Jahre alten Weißen Hauses gezeigt. Er beauftragte Ingenieure und Statiker mit einer Prüfung. Sie stellten fest, dass das Gebäude akut vom Einsturz bedroht war. Halbherzige Reparaturen, durchgeführt 1902, und die Erweiterung um ein zusätzliches Stockwerk im Jahr 1927 sorgten für massive Probleme mit der Statik. Man riet Truman und seiner Frau aus Sicherheitsgründen zum sofortigen Auszug.

Bis zum Ende einer aufwendigen Renovierung, die 39 Monate in Anspruch nahm, bezogen sie auf der anderen Straßenseite Quartier im Blair House. Danach wurden zunächst sämtliche Möbel, Kunstwerke und Einbauten aus dem Wohnsitz des Präsidenten entfernt und mit enormem Aufwand Böden, Decken und Wände Schicht für Schicht abgetragen. Das Executive Mansion verkam zu einem reinen Skelett und die Bautrupps baggerten zunächst zwei weitere Kellergeschosse aus. Anschließend wurde das Fundament durch Stahlträger, Betondecken und 126 zusätzliche Stützpfeiler verstärkt.

Das untere Tiefgeschoss, im Rahmen der Arbeiten neu entstanden, wies nur ungefähr ein Viertel der Fläche der übrigen Stockwerke auf. Es war speziell für eine erweiterte Heizungsanlage konzipiert worden. Bereits im Laufe der letzten Jahrzehnte hatte man das massive Boilersystem schrittweise durch effizientere Einbauten ersetzt, die darüber hinaus auch der Abwehr chemischer und biologischer Angriffe auf den Sitz des Präsidenten dienten.

Während Rapp und Adams vor dem Durchgang des Heizungskellers standen, klärte Adams ihn über die jüngsten baulichen Veränderungen auf. »Am Ende des Gangs links befindet sich der neue Bunker des Präsidenten. Nachdem man um die Ecke gebogen ist, läuft man zunächst durch einen etwa 15 Meter langen Gang, bis man zu einer verstärkten Stahltür gelangt. Wenn man sie passiert hat, steht man im Vorraum des Bunkers.«

Rapp nickte. »Aber wir gehen über die Treppe links hoch … genau in die entgegengesetzte Richtung, stimmt's?«

»Stimmt.«

»Alles klar. Lass uns mit der Kamera noch ein letztes Mal nach dem Rechten sehen, dann machen wir uns auf den Weg.« Adams suchte mithilfe der beweglichen Linse alles ab, bis Rapp überzeugt war, dass hinter der Tür keine Gefahr lauerte. Dann öffnete er sie langsam mit gezückter Waffe und trat in den Tunnel. Sie wandten sich nach links zu den Betonstufen und stiegen hinauf ins zweite Untergeschoss. Auch hier wurde Adams nicht fündig, als er die kleine Linse unter einer Metalltür durchgleiten ließ. Mit Rapp und seiner MP5 an der Spitze drangen sie in die obere Kellerebene vor und blieben stehen. Rapp wurde zunehmend misstrauisch, weil sie so weit gekommen waren, ohne auf Hindernisse zu stoßen. Er hatte fest mit einer Art Frühwarnsystem von Aziz gerechnet.

»Keine Fallen«, raunte Adams in Rapps Ohr.

Rapp schaute auf den Schirm, während Adams die winzige Linse hin und her bewegte. »Wie steht's mit dem Gang?«

Nachdem er das Kabel ein wenig gebogen hatte, lieferte Adams Rapp eine deutliche Aufnahme. »Auf halbem Weg rechts, das ist die Tür, durch die wir müssen.«

»Gut«, flüsterte Rapp zurück. »Hol die Kamera wieder rein. Auf mein Zeichen öffnest du die Tür und folgst mir. Halt dich stur an meiner rechten Seite, immer mit einem Schritt Abstand, egal was passiert.«

Adams klappte den Bildschirm vor die Brust, rollte das Kabel mit der Kamera zusammen und befestigte es an der Hüfte. Rapp umfasste den Griff der Maschinenpistole mit beiden Händen und klemmte den klappbaren Schaft zwischen Wange und Schulter. Nachdem er den Lauf mit dem schweren schwarzen Schalldämpfer auf die geschlossene Tür gerichtet hatte, nickte er.

Adams riss sie auf und Rapp schoss in den Gang, ließ die Mündung von links nach rechts streichen. Er bewegte sich mit hoher Geschwindigkeit, trotzdem hielt Adams mühelos Schritt. Die schwere Feuertür fiel automatisch hinter ihnen ins Schloss.

Beide Männer bewegten sich fast geräuschlos. Rapp wirbelte mehrere Male herum, blickte nervös über die Schulter und hielt nach möglichen Bewegungssensoren oder Stolperfallen Ausschau. Als sie den besagten Durchgang erreicht hatten, zückte Adams den S-Schlüssel und öffnete die Tür. Dahinter kam ein versteckter Aufzugsschacht zum Vorschein.

Rapp fluchte leise, während sie ungeduldig auf die Ankunft des Lifts warteten, weil sie schutzlos mitten im

Gang standen. Als die Türen endlich zur Seite glitten, schob Adams ihn schweigend in die enge Kabine und drückte die passende Taste. Mehr als vier Leute passten hier nicht hinein.

Die Fahrt nach oben begann. Rapp reichte Adams seine Waffe, legte mit beiden Händen das Headset an und klemmte das Mikro erneut am Schirm des Basecaps fest. Im Ohrhörer ertönte lediglich ein Rauschen, aber je höher sie kamen, desto schwächer wurde es. Der Aufzug bewegte sich schnell und fast lautlos. Als sie im ersten Stock ankamen, waren die Interferenzen fast vollständig verschwunden. Rapp hielt wieder die MP im Anschlag.

Der Lift blieb stehen und Adams blickte Rapp besorgt an. »Keine Sorge«, meinte der und grinste kurz, um die Anspannung zu lockern. »Ich geh wieder vor.« Dann aktivierte er das Mikro und flüsterte: »Iron Man an Kommandozentrale. Over.« Er wartete einige Sekunden auf eine Antwort, ehe er den Funkspruch wiederholte.

Nach dem dritten Versuch bildete er sich ein, etwas zu hören, aber es war zu undeutlich, um sich einen Reim darauf zu machen. Sie mussten gleich im Versteck das leistungsstärkere Funkgerät in Betrieb nehmen. Er spähte zu der kleinen Lampe an der Aufzugsdecke. Die mussten sie definitiv ausschalten, damit kein verräterisches Licht aus der Kabine drang. Rapp entfernte die Glasabdeckung und schraubte die heiße Glühbirne vorsichtig mit mehreren kurzen Umdrehungen aus der Fassung. Sie flackerte ein letztes Mal auf, bevor es dunkel wurde. Er zog einen kreisförmigen roten Plastikfilter aus der Tasche und fixierte ihn an der Taschenlampe unter der Mündung der Maschinenpistole. Als er die Lampe einschaltete, breitete sich ein fahles rotes Leuchten aus.

Adams drückte einen Knopf, und die Türen öffneten sich und gaben den Blick auf eine solide Wand frei. Da es keinen Spalt gab, durch den sich die Spionagekamera schieben ließ, mussten sie diesmal das Risiko eingehen, erwartet zu werden. Langsam fuhr Rapps Begleiter mit der Hand über die Mauersteine, bis er fand, wonach er gesucht hatte. Er drückte gegen den verborgenen Mechanismus, und die Wand fuhr ein Stück vor und gab den Blick auf die Fliesen im Bad der Präsidentenwohnung frei. Die Deckenlampe war ausgeschaltet, lediglich die Lampe an Rapps Waffe spendete etwas rötliche Helligkeit.

Rapp sondierte die Umgebung und glitt durch den schmalen Spalt. Mit drei vorsichtigen Schritten hatte er den Durchgang zum Schlafzimmer erreicht. Auch hier suchte er nach möglichen Fallen und stellte fest, dass die Tür zum Flur nur angelehnt war. Ein schmaler Lichtspalt drang ein. Flüsternd forderte er Milt auf: »Geheimtür schließen.« Adams drückte mit beiden Händen gegen die Mauer und beseitigte mit einem leisen Klicken sämtliche Spuren des Transportmittels.

Rapp betrat vorsichtig das Schlafzimmer und lief zur Tür, die zum Truman-Balkon führte, dem halbkreisförmigen Vorbau mit Aussicht auf den South Lawn. Wie angewurzelt blieb er stehen, als ihm der dünne durchsichtige Draht knapp 30 Zentimeter oberhalb des Bodens auffiel, den er beim ersten Check übersehen hatte. Er streckte die rechte Hand als geballte Faust in Kopfhöhe. Milt Adams kannte das Zeichen als Soldat nur zu gut und erstarrte.

Zunächst bewegten sich nur Rapps Augen von links nach rechts, dann der ganze Kopf. Adams war schlau genug, um nicht nachzufragen. Rapps Körpersprache verriet ihm, dass sein Begleiter etwas gefunden hatte. Im konkreten

Fall schien ihm weniger der Stolperdraht Sorgen zu bereiten als vielmehr das, was daran befestigt war. Rapp hasste Bomben. Die Erfolgsgeschichte, die er in den vergangenen zehn Jahren bei der CIA geschrieben hatte, beruhte vor allem darauf, dass er seine eigenen Schwächen kannte. Dazu gehörten die mangelnde Geduld und das fehlende Fachwissen im Umgang mit Sprengkörpern, weshalb er am liebsten einen großen Bogen um sie machte.

Das Problem mit Bomben bestand darin, dass es Hunderte von Möglichkeiten gab, sie auszulösen. Bei Dutzenden davon musste man nicht mal in ihre direkte Nähe gelangen. Ein druckempfindlicher Sensor unter dem Teppich, eine Magnetplatte, Infrarot- oder Mikrowellenstrahlen, Bewegungssensoren, Quecksilberschalter – die Palette war schier endlos. Und da Rafique Aziz seine Finger im Spiel hatte, rechnete Rapp mit dem Schlimmsten. Bislang hatte er noch nicht genau gesehen, was für eine Vorrichtung an dem Stolperdraht befestigt war. Er musste es unbedingt herausfinden.

Der Durchgang zum Balkon wurde an beiden Seiten von Vorhängen eingerahmt. Rapp machte einen vorsichtigen Schritt nach rechts und spähte hinter einen Stuhl, der zwischen der Balkontür und einem Fenster weiter rechts stand. Behutsam schob er die MP hinter den Vorhang und hielt die Mündung nach unten, um den Boden mit der Lampe am Lauf abzusuchen. Auf seiner Seite fand er nichts, hinter der anderen Gardine zeichneten sich jedoch die quadratischen Umrisse eines kleinen Kästchens ab. Der Stolperdraht führte zu einem Schalter an der Seite. Er beugte sich vorsichtig hinüber, um sich den Aufbau genauer vorzunehmen. Es sah ganz danach aus, als stellte der Draht die einzige Möglichkeit zum Auslösen dar.

Rapp wischte sich einen Schweißtropfen von der Augenbraue und zog den Vorhang ganz vorsichtig zur Seite. Die Kiste war etwa 20 Zentimeter hoch und 15 Zentimeter breit. Oben rechts prangte eine rote Digitalanzeige, daneben ein grünes Licht, das alle drei Sekunden blinkte. Ganz sachte ließ er den Vorhang los und wich einen Schritt zurück. Für den Fall, dass darin Semtex steckte, die tschechische Variante von C4-Sprengstoff, reichte die Sprengkraft vermutlich aus, um die halbe Außenmauer bis zum South Lawn wegzupusten.

Milt Adams lehnte sich heran und fragte: »Was hast du entdeckt?«

»Eine Bombe.« Rapp entfernte weiteren Schweiß aus dem Gesicht. »Falls das Teil hochgeht, können sie unsere Reste mit dem Staubsauger entfernen, Milt. Lassen wir besser die Finger davon und hauen ab.«

Adams führte ihn durchs Schlafzimmer zu einem begehbaren Kleiderschrank. Rapp huschte hinter ihm hinein und ließ die Tür so angelehnt, wie sie sie vorgefunden hatten. Links befand sich ein raumhohes Regal. Die kleineren Fächer im unteren Teil waren mit Schuhen gefüllt, in den größeren weiter oben lagen zusammengelegte T-Shirts und Pullover. Adams tastete unweit der hinteren Ecke den Rand des Schranks ab. Nach einer Sekunde fand er den versteckten Knopf. Das Regal schob sich etwas nach vorn. Adams zog daran, bis sich die Lücke auf fast einen Meter vergrößert hatte.

Sie betraten einen Geheimraum und schoben das Regal in die Ausgangsposition zurück. Adams schaltete die Deckenbeleuchtung an und schob einen schweren Metallriegel davor. Die kleine Kammer, die der Secret Service in internen Unterlagen als *stash room* bezeichnete, war nur knapp fünf Quadratmeter groß, dafür aber fast drei Meter hoch. Kugelsicheres Kevlar und feuerhemmende Platten, sowohl an der inneren als auch an der äußeren Wand, schützten die Benutzer. Außerdem wurden hier vier Schutzanzüge gegen biologische Gefahrenstoffe samt Sauerstoffflaschen und Gasmasken vorgehalten und es lagerten einige Waffen und ein Erste-Hilfe-Koffer in den über ihren Köpfen verschraubten Stahlschränken. Man hatte diese Zuflucht nach dem gezielt herbeigeführten Absturz einer gestohlenen Cessna im Herbst 1994 eingerichtet.

Die Techniker im Kontrollraum in Langley hatten Rapps ersten Funkspruch nur mit Mühe aufgefangen. In den kommenden Minuten arbeiteten sie fieberhaft an einer besseren Verbindung. Irene Kennedy und General Campbell verfolgten die Anstrengungen von ihrem Podest aus. Sie verzichteten auf störende Zwischenfragen und ließen die Spezialisten in Ruhe arbeiten.

Dank der Unterstützung von Marcus Dumond, der weiterhin den CIA-Technikwagen vor dem Zaun des Weißen Hauses bemannte, gab es erste Fortschritte. Die Teleskopantenne auf dem Dach des Vans half bei der Neutralisierung des Störsenders, den die Terroristen einsetzten. Sobald Rapps erste Übertragungen mit dem leistungsstärkeren Funkgerät eintrafen, erklang ein kollektiver erleichterter Seufzer, weil damit über 40 Minuten ohne verständliche Kommunikation endeten.

General Campbell ergriff als Erster das Wort. »Liefern Sie uns einen Lagebericht, Iron Man.«

Rapps Antwort traf leicht zerhackt, aber verständlich ein. Er berichtete vom erfolgreichen Eindringen in das

Gebäude und der Vorrichtung, die sie im Schlafzimmer des Präsidenten entdeckt hatten. Nachdem er so viele Details wie möglich zu dem potenziellen Sprengkörper geliefert hatte, fragte er Campbell und Kennedy, wie sie sich das weitere Vorgehen vorstellten.

Campbell musste nicht lange nachdenken. »Setzen Sie die Erkundung fort. Wir überlegen uns in der Zwischenzeit, was wir wegen der Bombe unternehmen.«

»Roger«, kam es aus dem Lautsprecher. »Wir machen uns an die Arbeit.«

Einer der Techniker im Kontrollraum von Langley hob die Hand und schnippte mit den Fingern, um sich bemerkbar zu machen. Kennedy hörte sich an, was er zu sagen hatte, dann sagte sie in ihr Headset: »Iron Man, wir brauchen eine kurze Funkprobe auf dem tragbaren Gerät von Ihnen. Over.«

»Roger«, bestätigte er, wechselte auf das Handgerät und justierte die Position des Mikrofons. »Test. Eins, zwei, drei, vier. Könnt ihr mich verstehen? Over.« Es reichte, um zu verstehen, was er sagte, aber die Übertragung war bei Weitem nicht so deutlich wie mit dem leistungsstärkeren Standmodell. Als eigentliches Problem erwies sich jedoch, dass Rapp ihre Antworten nur bruchstückhaft empfing. Nach mehreren vergeblichen Versuchen gab er es auf. »Über das Walkie-Talkie kommt so gut wie gar nichts rein. Over.«

»Wir verstehen Sie umgekehrt gut, Iron Man«, antwortete Kennedy. »Wollen Sie damit sagen, dass der Empfang gestört ist?«

»Korrekt.«

Kennedy wandte sich Hilfe suchend an einen der Techniker, der lediglich unbestimmt mit den Achseln zuckte.

»Iron Man, wir kümmern uns drum. Was halten Sie davon, sich erst mal den Rest des ersten Stocks vorzunehmen? Wir melden uns in einer halben Stunde wieder.«

»Roger. Ich kümmere mich in der Zwischenzeit um die Installation der Überwachungsvorrichtungen. Over and out.« Er schob das Mikrofon in die Halterung zurück und suchte sein Equipment zusammen. Er holte fünf der Miniaturkameras aus der Gürteltasche und steckte sie in die Weste.

»Zuerst die Treppen?«, wollte Adams wissen.

»Genau.« Rapp griff zu seiner MP. »Genau wie eben. Du passt gut auf und läufst nirgends hin, wo ich noch nicht gewesen bin. Verstanden?«

Adams nickte.

»Sonst noch Fragen, bevor es losgeht?«

»Ähm ...« Adams schien es sichtlich peinlich zu sein. »Ich muss mal pinkeln.«

Rapp grinste und genoss die kleine Auflockerung. »Das kriegen wir schon hin. Erledigen wir das direkt. Komm mit.«

Adams schob den Riegel zur Seite und sie schlichen leise in den begehbaren Schrank und ließen das Regal mit einem sanften Klicken einrasten. Mit der MP im Anschlag hielt Rapp vor dem Bad Wache, während Adams sein Geschäft erledigte. Rapp nutzte die Zeit, um sich noch einmal umzusehen. Dabei bemerkte er etwas, das ihm vorhin entgangen war. Etwas Merkwürdiges. Das Bett des Präsidenten war zerwühlt.

Rapp ging zur Matratze. Der Anblick, der sich ihm bot, brachte sein Blut in Wallung. Auf dem weißen Laken prangte ein beträchtlicher Blutfleck und am Bettpfosten baumelte ein BH. Rapp schüttelte angewidert den Kopf.

Einen Moment später kam Adams aus dem Badezimmer. Rapp zeigte ihm den verstörenden Fund.

Keiner von ihnen sagte ein Wort. Schließlich lief Rapp quer durchs Zimmer zu einem Beistelltisch unweit der Flügeltür, die auf den Truman-Balkon hinausführte. Er zog eine der Spycams aus der Tasche, klebte einen der Klettstreifen an die Unterseite der Tischplatte und befestigte die Kamera daran. Dann winkte er Adams. »Gehen wir.«

Beim Erreichen der Tür stoppte er. Sein Begleiter ließ die kleine Linse unter dem Spalt durchrutschen und checkte den Flur. Da dort Licht brannte, war die Darstellung auf dem Monitor sehr deutlich. Der Korridor war fast fünf Meter breit. Buchregale und zahlreiche Ölgemälde früherer Präsidenten zierten die Wände. Sofas, Stühle, Tische und Lampen standen herum und verwandelten den Korridor in eine Art alternatives Wohnzimmer.

Adams ließ das Kabel vor und zurück fahren und flüsterte: »Wirkt verlassen.« Rapp nickte. »Ich seh trotzdem erst mal allein nach dem Rechten und wink dir, wenn die Luft rein ist.« Ein letztes Mal schielte er auf den kleinen Bildschirm, bevor er vorsichtig den Türknauf drehte und in das grelle Licht hinaustrat.

24

Anna Rielly musste mehrmals blinzeln, bis sie es schaffte, die Augen dauerhaft offen zu halten. Sie stieß ein leises Stöhnen aus und brauchte noch einige Sekunden, um vollständig zu sich zu kommen. Sie hatte nicht die geringste Ahnung, wo sie sich befand. Dafür spürte sie, dass ihr Kopf dröhnte und ihr das Atmen schwerfiel. Sobald sich ihr Blick etwas geschärft hatte, sah sie eine Treppe, dann Stiefel und die dazugehörigen Beine – jedoch alles auf dem Kopf. Eine Sekunde glaubte sie zu träumen, doch dann begriff sie schlagartig. Der Terrorist schleppte sie die Treppe hinauf.

Anna versuchte den Kopf zu bewegen, doch ein stechender Schmerz schoss ihr durch den Nacken. Sie wusste, dass sie dagegen ankämpfen musste, und ignorierte das Stechen. Mit jedem Quäntchen Kraft, das sie aufbringen konnte, richtete die junge Journalistin den Oberkörper auf und zerrte an den Haaren im Nacken des Manns, der sie über der Schulter trug. Parallel strampelte sie hektisch mit den Füßen und brüllte, so laut sie konnte.

Mitch Rapp wäre fast das Herz stehen geblieben. Die weibliche Stimme war so schrill und durchdringend, dass sie ihn zusammenzucken ließ. Er stand mitten im hell erleuchteten Gang. Der markerschütternde Schrei durchbrach die Stille und versetzte seine Nerven in einen Ausnahmezustand. Er orientierte sich, von wo der Laut gekommen war, und brachte sofort die Waffe in Position. Milt Adams stand wie erstarrt hinter ihm. Wie eine Raubkatze nahm Rapp die Witterung auf. Mit der Linken zielte er mit dem Lauf der MP in Richtung Schrei, mit der Rechten schob er Adams ins Schlafzimmer des Präsidenten zurück.

Gemeinsam huschten sie in den Wandschrank. Rapp zog die Tür hinter ihnen zu. Adams hatte unterdessen bereits den Zugang zum Geheimversteck geöffnet und blickte Rapp fragend an. Dieser drängte ihn in den engen Verschlag und schob das Regal in Position.

Adams schaltete das Deckenlicht an und fasste sich an die Brust. »Großer Gott, und mit so einem Scheiß verdienst du dein Geld?«

Rapp, dessen Adrenalin ihn aufpeitschte, griff nach dem Bildschirm, den Milt um den Hals trug, klappte ihn auf und verfolgte die Übertragung der Überwachungskamera, die sie im angrenzenden Raum platziert hatten.

Anna Rielly umklammerte ihre Magengegend mit der einen und das Handgelenk des Terroristen mit der anderen Hand. Die Schuhe waren ihr von den Füßen gerutscht und lagen auf halbem Weg den Flur hinunter. Rücksichtslos schleifte sie der miese Typ über den Teppich. Tränen liefen ihr übers Gesicht und die Schmerzen nach dem Tritt in den Bauch waren so heftig, dass sie fürchtete, sich gleich übergeben zu müssen.

Abu Hasan hingegen hatte seinen Spaß. Dass sich diese Hure wehrte, machte es für ihn noch reizvoller. Er musste sie erst erobern. Diese Brünette machte ihm jetzt schon mehr Spaß als die Blonde, die er letzte Nacht mitgenommen hatte. Die war stinklangweilig gewesen und hatte sich heulend ihrem Schicksal gefügt.

Hasan grinste breit und bog um die Ecke zum Schlafzimmer des Präsidenten. Der perfekte Ort, um diese amerikanische Schlampe zu vergewaltigen. Er stieß die Tür mit der einen Hand auf, während er mit der anderen an Riellys Pferdeschwanz riss. Er zerrte sie in den Raum und schleuderte sie auf das breite Bett. »Ausziehen!«, forderte er und verlieh seiner Forderung mit dem Messer Nachdruck.

Anna dachte nicht daran, so rasch aufzugeben. Lieber würde sie sterben, als zuzulassen, dass sich noch einmal ein Mann an ihr verging. Der Terrorist packte sie an den Armen und stieß den Griff des Messers mit voller Wucht gegen ihre Stirn. Der Aufprall ließ sie bewusstlos werden. Ihr Körper erschlaffte und leistete keine Gegenwehr mehr.

Abu Hasan verlor keine Zeit. Mit der Klinge zerschnitt er ihre Kleider. Je mehr Haut er freilegte, desto hastiger wurden seine Bewegungen. Nachdem ihre Hose in Fetzen auf dem Boden lag, riss er die Bluse auf und hielt kurz inne. Voller Lust bestaunte er die makellose, straffe Haut der jungen Frau, die vor ihm lag. Langsam ließ er die Hand nach unten gleiten und streichelte ihr Bein, arbeitete sich hoch zum Slip und entfernte ihn mit einem brutalen Ruck.

Milt Adams war zutiefst schockiert über das, was sich im Schlafzimmer nebenan abspielte. Als ungleich verstörender empfand er jedoch die Verwandlung, die sich direkt vor seinen Augen vollzog. Mitch Rapps Gesicht nahm einen völlig veränderten Ausdruck an. Mit einem ungemein bedrohlichen Blick spannte er den Unterkiefer an, als wollte er ihn zermalmen. Ein dicker Schweißfilm bedeckte seine Stirn.

Rapp schüttelte mehrmals den Kopf und murmelte wütend etwas in sich hinein. In seinem Verstand herrschte Krieg. Die rationale Seite mahnte, die Mission sei wichtiger als das, was im Nachbarzimmer vor sich ging. Im Rahmen der Ausbildung hatte er gelernt, in solchen Fällen nicht einzugreifen, sondern ruhig zu beobachten und sich auf keinen Fall aus der Deckung zu wagen. Im

Vordergrund standen der Schutz der übrigen Geiseln und die Tötung von Rafique Aziz. Trotzdem meldete sich eine andere Stimme lautstark zu Wort und forderte ziemlich genau das exakte Gegenteil.

Im Kontrollraum in Langley richteten sich sämtliche Augen auf die große Bildwand. Rapp hatte eine Überwachungskamera aktiviert und die von Pixelfehlern durchzogene Übertragung wurde auf einem der Monitore in der Mitte eingeblendet. Die CIA-Techniker arbeiteten eng mit Marcus Dumond zusammen, um die Störungen bestmöglich herauszufiltern. Nahezu sekündlich wurde die Darstellung deutlicher. Inzwischen konnte man erkennen, dass ein Mann in einer erleuchteten Türöffnung stand.

Ohne die Augen vom Bildschirm zu lösen, erkundigte sich General Campbell bei Kennedy: »Ist das etwa das Schlafzimmer des Präsidenten?«

»Sieht ganz so aus.« Kennedy kniff die Augen zusammen und beobachtete, wie der Unbekannte in der Tür herumwirbelte und hastig den Raum betrat. Das Profil eines zweiten Mannes erschien. Es schien sich um Adams und Rapp zu handeln.

»Warum laufen die beiden denn zurück in den Wandschrank?«, wollte Campbell wissen.

Kennedy hatte sich gerade die gleiche Frage gestellt. »Keine Ahnung.«

Einer der Techniker drehte sich zu ihnen um. »Die Tonübertragung funktioniert jetzt auch.«

»Auf Lautsprecher legen«, befahl Kennedy, ohne den Mann anzusehen. Eine Sekunde später drang ein lautes Geräusch aus den Boxen unter der Decke.

»Was zum Teufel war das?«

Kennedy starrte auf das Kamerabild, das die offene Tür im Schlafzimmer des Präsidenten zeigte. »Für mich klang das nach einem Schrei.«

Im selben Moment erschien ein Mann in der Öffnung, der eine Frau hinter sich herzerrte. Wie auf Kommando beugte sich jeder im Kontrollraum näher an die Monitorwand heran, um zu erkennen, was vor sich ging. Innerhalb von Sekunden gab es keine Zweifel mehr. Mit angespannter Stimme forderte Kennedy: »Holen Sie mir sofort Iron Man in die Leitung!«

Kennedy kannte Rapp besser als jeder andere im Raum, vermutlich sogar besser als jeder andere Mensch auf der Welt. Sie musste ihn so schnell wie möglich erreichen und davon abhalten, dass er in die Tat umsetzte, worüber er garantiert gerade nachdachte.

Rapp hatte die MP5 in die Ecke gelegt und durch seine bevorzugte 9-Millimeter-Beretta ersetzt. Er starrte die Pistole mit wachsendem Zorn an und hätte am liebsten ein Loch in die Wand geschlagen. Er zwang sich, einen Gang runterzuschalten. Zu viel Wut führte oft zu falschen Entscheidungen. Aber Rapp hasste Menschen, die sich ohne Rücksicht auf Verluste holten, was sie wollten, andere benutzten und sich nicht die geringsten Gedanken machten, was sie damit anrichteten.

Im Grunde hatte er seine Entscheidung längst gefällt. Nichts und niemand konnte daran noch etwas ändern. Die Frau nebenan hatte Eltern, wahrscheinlich auch einen Mann oder sogar Kinder. Auf keinen Fall durfte er sich in dieser kugelsicheren Kammer verkriechen, während man ihr unsägliches Leid zufügte.

Das Funkgerät auf dem Tisch gab ein leises Piepen

von sich, ein grünes Licht signalisierte ein ankommendes Signal. Adams wollte schon zum Mikrofon greifen, doch Rapp hielt ihn davon ab. »Nicht reagieren.«

Adams zog langsam die Hand zurück. Er erkannte den Mann, der neben ihm saß, nicht wieder. Rapp schaltete das Gerät mit einer raschen Bewegung aus, schleuderte sein Headset auf den Tisch und stand auf. Er zog das Kampfmesser mit der schwarzen Klinge aus der Scheide und wiegte es prüfend in der linken Hand, während er mit der Rechten die Beretta festhielt.

Milt Adams leckte sich über die spröden Lippen und fragte mit besorgter Miene: »Was hast du vor?«

Rapp schielte ihn von der Seite an. »Ich geh jetzt da raus und töte diesen Scheißkerl. Ich weiß, dass es verkehrt ist, aber ich kann nicht anders.«

Adams schluckte. »Gut.« Dann fügte er hinzu: »Soll ich dir helfen?«

Rapp schüttelte den Kopf und schloss die Augen. »Nein … lösch einfach das Licht und öffne die Tür. Warte hier und sei leise.«

Milt befolgte die Anweisung. Er konnte Rapp nicht länger sehen, spürte jedoch den Luftzug, als sein Begleiter in den Wandschrank huschte.

Anna Rielly schlug die Augen auf und konzentrierte sich. Nichts als Dunkelheit. Nein, Moment, ein Stück weiter rechts brannte eine Lampe. Langsam wandte sie den Kopf und musterte ihren Peiniger. Der hatte bereits das Hemd ausgezogen und fummelte gerade am Hosenknopf. Rielly wollte sich bewegen, doch ihre Arme verweigerten den Dienst. Sie schaute durch verquollene Augen auf ihre nackte Brust. Der Albtraum begann von Neuem.

Mitch Rapp stand im Schrank und lauschte. Er hatte die Augen geschlossen, um sie so gut wie möglich an die Dunkelheit zu gewöhnen. Aus dem Schlafzimmer drang ein Geräusch. Die Frau schien zu schluchzen, dann lachte ein Mann auf. Rapp öffnete die Augen und betrachtete die beiden Waffen. Er konnte mit beiden Händen gleich gut zielen, aber mit dem Messer in der Linken fühlte er sich am wohlsten. Er beschloss, sich so dicht wie möglich heranzuschleichen und den Terroristen zu erstechen. Bevor Rapp hinausging, stellte er den Timer an der Uhr, entriegelte ganz langsam und behutsam die Tür des Kleiderschranks und schob sie leise auf.

Rielly schluchzte, während der Mann bedrohlich über ihr aufragte. Er stieß ein verächtliches Lachen aus und stank widerlich nach Zigarettenqualm. In einer Hand hielt er seinen steifen Schwanz, mit der anderen betatschte er Rielly im Schritt. Die junge Reporterin presste verzweifelt die Beine zusammen und schrie. Der Terrorist zwang die Schenkel auseinander und verpasste ihr eine schallende Ohrfeige. Annas Gegenwehr erlahmte. Sie hatte keine Kraft mehr und weinte hemmungslos, während der Körper ihres Vergewaltigers bedrohlich näher kam.

Rapp spähte durch den Spalt in der Tür. Licht drang vom Flur her in den Raum ein. Der Mann stand mit dem Rücken zu ihm am Fuß des Betts und zog sich gerade aus. Er kletterte auf das Bett und bedrängte sein Opfer. Mitch durfte keine Sekunde länger warten. Mit dem Messer in der Linken und der Pistole in der Rechten schlich er durch den Raum.

Nach dem ersten Schritt vergewisserte er sich mit einem kurzen Blick, dass sonst niemand im Schlafzimmer war. Konzentriert setzte er einen Fuß vor den anderen, ohne einen Laut von sich zu geben oder die geringste Erschütterung zu verursachen. Auf halbem Weg schob er die Pistole ins Holster zurück. Der Terrorist hielt der Frau die Hände über dem Kopf fest und versuchte, gewaltsam in sie einzudringen. Ihre erstickten Schreie wurden von seinem massigen Körper abgeschirmt.

Rapp huschte blitzschnell zum Bett, die rechte Hand ausgestreckt, in der Linken das zum Stoß erhobene Messer. Mit antrainierter Präzision riss er in einer fließenden Bewegung den Kopf des Manns an den Haaren zurück, versenkte das Messer in dessen Hals und riss die Klinge nach oben.

Zuerst erwischte er einen Muskelstrang, kappte dann die Nervenverbindung zum Gehirn und zertrümmerte mit einer kraftvollen Drehung des Messers das fragile Hirngewebe. Abu Hasan bekam von der letzten Sekunde seines Lebens nichts mehr mit.

Mitch hielt den Mann weiterhin an den Haaren fest, zog ihn von der Frau herunter und beförderte den leblosen Körper so leise wie möglich auf den Teppich. Er verstaute die blutige Schneide im Futteral und sprach die Nackte auf dem Bett an: »Nicht schreien. Wir müssen so schnell wie möglich hier weg.« Die Angesprochene blickte schockiert zu ihm auf und bemühte sich, die blanken Brüste mit den Armen zu verdecken. Rapp zog das Laken, auf dem sie lag, sanft unter ihrem Körper hervor und wickelte es um sie. Er wusste, dass ihm nicht viel Zeit blieb. Jeden Moment konnte einer der anderen Terroristen hereinkommen.

»Hören Sie«, redete er eindringlich auf die Frau ein. »Wir können hier nicht bleiben. Ich muss Sie ein paar Meter weit tragen, dann sind Sie in Sicherheit.« Rapp beugte sich vorsichtig zu ihr und sie zuckte zusammen wie ein geprügelter Hund. »Es könnten jeden Moment weitere von ihnen auftauchen. Wir müssen hier weg.«

Nachdem er ihr einige Sekunden gegeben hatte, um über die Alternative nachzudenken, schob Rapp vorsichtig eine Hand unter ihre Beine und die andere hinter ihren Rücken. Er stand auf, wiegte sie sanft hin und her und flüsterte: »Alles wird gut.« Rasch huschte er durch den Raum in den Wandschrank. Leise raunte er: »Milt, schalt das Licht an.« Fast sofort wurde es in dem angrenzenden Versteck hell und der versteckte Zugang schwang auf.

Rapp schob die Frau hinein und legte sie auf dem Boden ab, um ein Erste-Hilfe-Set aus dem Rucksack zu holen. Er drückte es Adams in die Hand. »Sie braucht Wasser und ein paar von denen.« Damit deutete er auf ein Päckchen Tylenol-Schmerztabletten. »Ich muss wieder raus und mir was für die Leiche überlegen.«

Ragib Quasar betrachtete die Gruppe gekrümmt daliegender Leichen und blickte auf die Uhr. Fast Mitternacht, bald durfte er Abu Hasan oben ablösen. Zwei weitere Terroristen hielten sich in der Nähe auf. Ragib blickte einen von ihnen fragend an. Der Mann nickte und gab ihm mit einer Handbewegung zu verstehen, dass er gehen sollte. Sie alle warteten darauf, an die Reihe zu kommen. Je eher Ragib mit der Frau seinen Spaß gehabt hatte, desto schneller kamen sie zum Zuge.

Ragib grinste und hob dreimal die linke Hand mit allen Fingern ausgestreckt nach oben, um zu signalisieren, dass er mit etwa 15 Minuten rechnete. In seliger Vorfreude rannte er die Treppe hinauf.

Nachdem Rapp die Tür zum Flur zugezogen hatte, untersuchte er den Toten. Es nützte nichts, ihn zu verstecken. Aziz würde schnell merken, dass einer seiner Männer fehlte, und zu dem Schluss gelangen, dass man ihn getötet hatte. Es musste eine andere Lösung geben. Mit wachsender Ungeduld musterte er die Leiche und zermarterte sich das Hirn. Während er die achtlos zur Seite geworfenen Kleidungsstücke des Terroristen nach Dokumenten durchwühlte, hatte er eine Idee. Er schnappte sich das Messer seines Opfers aus dem Kleiderhaufen, hievte den Mann bäuchlings auf die Matratze und stach ihm mit der eigenen Waffe dreimal in den Rücken.

Rapp achtete darauf, nicht mit voller Kraft zuzustoßen, sondern die Klinge nur wenige Zentimeter tief in der Haut zu versenken. Kurz darauf wälzte er das Opfer auf den Rücken und fügte drei Stiche in den Brustkorb und zwei in den Hals hinzu. Blut strömte über das weiße Laken. Um dem Ganzen den letzten Schliff zu verpassen, schlitzte er Unterarme und Hände auf, damit es so aussah, als habe der andere versucht, die Attacken mit dem Messer abzuwehren.

Er trat einige Schritte zurück und musterte sein Werk. Dabei achtete er akribisch darauf, nicht in die blutige Lache zu treten, um keine verräterischen Fußspuren zu hinterlassen. Anschließend zog er die Leiche erneut von der Matratze auf den Boden. Mit der Unordnung auf dem Bett und dem überall verteilten Blut wirkte die Inszenierung für seinen Geschmack ziemlich glaubwürdig.

Ragib sprang die letzte Stufe hinauf und spähte in den langen Korridor. Er wusste, dass sich das Schlafzimmer des Präsidenten auf der linken Seite befand. Er war gestern Abend schon einmal dort gewesen. Bei der Erinnerung an den Spaß, den er mit der Blonden gehabt hatte, trat ein Lächeln auf seine Lippen. Sie hatte keinen nennenswerten Widerstand geleistet. Heute rechnete er fest damit.

Die Kleine wusste, wie man sich wehrte. Ragib hoffte nur, dass Abu sie nicht zu stark verprügelt hatte. Er kam ein bisschen zu früh und rechnete halb damit, Abu Hasans lustvolles Keuchen und Stöhnen zu hören. Voller Erwartung näherte sich der bärtige Terrorist dem Ort des Geschehens.

Rapp durchwühlte den Kleiderhaufen ein weiteres Mal. In der Kampfweste stieß er auf ein Funkgerät und hielt es sich ans Ohr. Im Moment war nichts zu hören. Er überlegte kurz, das Gerät mitzunehmen, doch damit hätte er Aziz nur auf seine Spur gelenkt. Zudem musste er dann damit rechnen, dass die Terroristen die Frequenz wechselten und den Verdacht hegten, dass der Frau möglicherweise ein erfahrener Helfer zur Seite stand.

Rapp betrachtete das Gehäuse. Ein französisches Fabrikat, mit dem er sich nicht besonders gut auskannte. Er schob es zurück und stellte nach einem kurzen Blick aufs Handgelenk fest, dass seit Betreten des Raums vier Minuten und 23 Sekunden verstrichen waren. Als er so vor der Leiche stand, nahm er plötzlich eine sanfte Erschütterung des Bodens wahr.

Jemand kam durch den Gang! Rapp zog die Waffe und lief zum Wandschrank. Kaum hatte er die Schranktür geschlossen, betrat jemand das Zimmer. Rapp schlich ganz leise in den geheimen Raum und schob den Riegel vor.

In der Überwachungszentrale in Langley hatte Irene Kennedy es unterdessen aufgegeben, Rapp per Funk erreichen zu wollen. Stattdessen saßen alle schweigend da und warteten ab, was als Nächstes passierte. In Echtzeit entwickelte sich auf den Bildschirmen ein kleines Drama. Zunächst begriff niemand, wieso Rapp auf den Mann einstach, der bereits tot auf dem Boden lag. Dann dämmerte es einigen von ihnen.

General Flood wandte sich mit einem anerkennenden Blick an Stansfield: »Verdammt, der Junge ist ganz schön clever.«

Bevor Stansfield darauf reagieren konnte, war der Agent bereits im Versteck verschwunden. Nahezu im selben Augenblick öffnete sich die Tür zum Schlafzimmer und die Silhouette eines Mannes in olivgrüner Kampfmontur zeichnete sich vor der Deckenbeleuchtung des Flurs ab. Der Fremde griff nervös zur Maschinenpistole und wirbelte einmal um die eigene Achse. Als Nächstes schaltete er das Licht im Raum ein, fuhr zusammen und erstattete über das Funkgerät hektisch Meldung.

25

Washington, D.C. ist nicht nur eine Metropole und ein Bundesdistrikt, sondern zudem die Hauptstadt der Vereinigten Staaten von Amerika. Sie erstreckt sich auf einer ursprünglich quadratischen Fläche, dort, wo sich

Potomac und Anacostia River treffen. An drei Seiten grenzt der Stadtstaat an Maryland, im Südwesten an Virginia. Bei seiner Gründung 1790 hatte man ihn ursprünglich Columbia getauft – nach Christoph Kolumbus –, bevor sich der Kongress auf eine Umbenennung zu Ehren des ersten US-Präsidenten entschied.

Da die vier Ecken des Stadtgebiets exakt den vier Himmelsrichtungen entsprechen, hat man sie in Quadranten unterteilt. Der südöstliche Quadrant, Anacostia, gilt als Hochburg des Verbrechens. Hier werden mehr als die Hälfte aller Mordfälle in Washington verübt. Es handelt sich quasi um ein Kriegsgebiet im Schatten des Regierungsviertels.

Im oberen Stockwerk einer von Ratten heimgesuchten Mietskaserne mitten in Anacostia saß ein junger Mann mit blondierten Haaren und frischen Tätowierungen auf einem Klappstuhl und ging kurz vor Mitternacht seiner Arbeit nach. Das Gebäude stand in weiten Teilen leer. Nur in den unteren Stockwerken trieben sich einige Junkies herum, um Sex, Hehlerware und manchmal sogar Geld gegen die bewusstseinserweiternde Droge ihrer Wahl einzutauschen. Sie hatten das Gebäude gezielt ausgewählt, weil sich Polizisten aus Angst um die eigene Sicherheit in dieser Gegend nur selten blicken ließen.

Bei der schmuddeligen Wohnung im vierten Stock waren die Fenster mit zwei Zentimeter dicken Brettern vernagelt worden. Auch die Tür hatte man mit Kanthölzern und Latten verstärkt und neue Schlösser eingebaut. Zwei Bewegungssensoren, in gegenüberliegenden Winkeln des Hauptraums verbaut, hielten seit etwa zwei Wochen ungebetenen Besuch fern.

Rafique Aziz hatte den blondierten Mann schon vor fast fünf Monaten darauf angesetzt, diesen Unterschlupf ausfindig zu machen, jedoch darauf bestanden, die notwendigen Vorbereitungen erst in letzter Minute vorzunehmen. Er wollte keine unnötige Aufmerksamkeit auf sich lenken. Der Name des Mannes, der umgeben von Dreck auf dem Klappstuhl saß, lautete Salim Rusan. Seit einem halben Jahr hatte er im Washington Hotel als Angestellter gearbeitet und erst gestern mit dem Dragunow-Scharfschützengewehr die Secret-Service-Agenten auf dem Dach des Weißen Hauses ins Visier genommen.

Rusan galt nicht länger als unbescholtener Bürger. Das FBI hatte dafür gesorgt, dass sein Foto aus der Personalakte des Hotels an sämtliche Fernsehsender und Zeitungen des Landes weitergeleitet wurde. Deshalb hatte er seit Betreten dieses Apartments am frühen Morgen kein Tageslicht mehr zu Gesicht bekommen. Das gehörte alles zu Aziz' akribischem Plan rund um den Anschlag auf das Weiße Haus. Da er Rusan noch für weitere Aufgaben benötigte, hatte er dafür gesorgt, dass sein Schützling nach den Schüssen, wenn Polizei und FBI eintreffen würden, längst in Sicherheit war.

Nachdem Rusan seine zwei Magazine mit insgesamt 20 Patronen abgefeuert hatte, hatte er das Gewehr aus sowjetischer Fertigung absichtlich auf der Dachterrasse des Hotels liegen lassen und war durch das nächstgelegene Treppenhaus geflohen. Auf der Straße angekommen war er zwei Kreuzungen weiter an der Ecke IF Street in die nächste U-Bahn-Station abgetaucht und in den ersten Zug Richtung Süden gestiegen. Zehn Minuten später war er bereits durch das Getto von Anacostia gelaufen und hatte die Hotelkluft gegen ein Basecap der Chicago Bulls und eine Lederjacke eingetauscht.

Das Versteck war bei Rusans Ankunft bereits vorbereitet gewesen. Aziz' Helfer hatten den Rattenkot und die Spinnweben entfernt und Lebensmittel und Ausrüstung in der Wohnung deponiert. Damit die Einkäufe nicht zurückverfolgt werden konnten, waren sie südwestlich der Stadt bei einem Outdoor-Spezialisten in Bailey's Crossroads erledigt und in bar bezahlt worden. Zu den Anschaffungen gehörten eine Pritsche, ein Schlafsack, mehrere Klappstühle, zwei Tische und eigentlich für Camper gedachte Kochutensilien. Ein batteriebetriebener Generator brummte in der Ecke und lieferte genug Strom für einen kleinen Fernseher, ein Radio, einen Funkscanner und mehrere Lampen. Zwei rote Coleman-Kühlboxen enthielten genug Vorräte für mindestens fünf Tage. Er ging nicht davon aus, so lange zu brauchen. Schon morgen wollte er sich aus der Deckung wagen, um eine ganz besondere Überraschung vorzubereiten.

Rusan hatte Aziz' Instruktionen detailliert befolgt, den Bart abrasiert und nur einen Schnäuzer und einen Goatee stehen lassen, sich mit einem Haarschneider einen militärischen Schnitt verpasst und den Mecki blond gefärbt. Als Nächstes wurden Bart und Augenbrauen mit Wasserstoffperoxid gebleicht und das rechte Ohrläppchen durchstochen. Gar nicht so einfach, das mit Blick in den Spiegel hinzubekommen und gleichzeitig die von der Nadel hervorgerufene Blutung zu stoppen. Zum Schluss musste eine Reihe falscher Tattoos her. Mit Abstand am auffälligsten war der rosa Wimpel auf dem rechten Bizeps mit dem Schriftzug ›Queer Nation‹ darunter. Rusan hasste Schwule und fühlte sich damit alles andere als wohl, aber die Anweisung stammte von Aziz – und was der Boss einem befahl, war Gesetz.

Rusan musste noch eine letzte Aufgabe erledigen, bevor er das Haus am nächsten Morgen verlassen konnte. Nach einem kurzen Blick auf die Uhr überlegte er, ob er es noch heute Nacht abhaken sollte oder vorher lieber noch ein paar Stunden schlief. Er fingerte am Semtex-Sprengstoff herum und beschloss, dass es bis nach dem Aufstehen warten konnte. Solange die Bomben nicht scharf waren, schlief er definitiv besser.

Rafique Aziz und Muammar Bengazi eilten die Haupttreppe hinauf, die zu den privaten Räumlichkeiten des Präsidenten im Executive Mansion führte. Aziz war ungeheuer wütend. Es war ihnen gelungen, das Weiße Haus einzunehmen, ohne einen einzigen Mann zu verlieren, und jetzt musste er kaum 24 Stunden später einen verdienten Kämpfer wegen dessen eigener Dummheit abschreiben. Auf den Schlachtfeldern der Geschichte stapelten sich die Leichen von Soldaten, deren Kommandanten ihren immensen Beitrag zum Gesamterfolg nicht erkannt hatten. Aziz gehörte nicht dazu, umso mehr ärgerte ihn der unnötige Verlust. Bengazi beschäftigte unterdessen vor allem der Umstand, dass einer seiner Leute ausgerechnet von einer Frau getötet worden war.

Sie erreichten die Wohnung im ersten Stock und liefen zielstrebig zum Schlafzimmer des Präsidenten. Sämtliche Lampen im Raum brannten. Aziz inspizierte die blutige nackte Leiche vor dem Bett. Ragib, der Mann, der seinen gefallenen Kameraden entdeckt hatte, stand mit Funkgerät und Gewehr vor dem Toten. Er wollte etwas sagen, doch Aziz brachte ihn mit einer schroffen Handbewegung zum Schweigen. Lange Zeit sagte der Anführer der Gruppe kein Wort und ließ die Szene auf sich wirken.

Nach einigen Minuten schaute er mit mühsam unterdrücktem Zorn auf und fragte schroff: »Was zum Teufel ist hier passiert?«

Ragib lieferte nervös eine Zusammenfassung der Ereignisse und schätzte sich glücklich, von Aziz nicht gleich an Ort und Stelle exekutiert zu werden. Er schilderte, wie Abu Hasan die Frau bewusstlos geschlagen und hierhergeschleppt hatte, wie er selbst ihn später beim Betreten des Schlafzimmers vorgefunden hatte und was er über die vermeintliche Mörderin wusste. Aziz blickte erst die Leiche und dann das nervöse Häufchen Elend vor sich an. Sünden durften nicht ungesühnt bleiben. Man musste in solchen Fällen ein Exempel statuieren, um sich den Respekt der Untergebenen zu sichern. Deshalb hob er ohne Vorwarnung die Hand und verpasste Ragib einen wuchtigen Schlag ins Gesicht.

Ragib nahm die Bestrafung ungerührt hin und wappnete sich für einen zweiten Treffer. Obwohl er größer und kräftiger als Aziz war, respektierte er seinen Anführer. Sich zu wehren oder den Schlag abzublocken, stand deshalb nicht zur Diskussion.

Aziz rammte ihm den Griff der Maschinenpistole unter das Kinn und drängte ihn gegen die Wand. »Nenn mir einen guten Grund, wieso ich dich nicht wegen deiner Dummheit töten soll.«

»Ich kann dir keinen Grund nennen«, verkündete Ragib so ruhig wie möglich. Er ging davon aus, dass der geringste Anflug von Respektlosigkeit oder Angst sein Ende besiegeln würde. »Ich verdiene den Tod. Ich habe mich dumm verhalten.«

Mitch hatte das Versteck gerade noch rechtzeitig erreicht. Milt Adams kniete sich neben die gerettete Frau und sprach beruhigend auf sie ein. Nach allem, was sie durchgemacht hatte, saß sie seit mehreren Minuten zitternd da. Adams befürchtete, dass sie unter einer Art Schock stand.

Rapp bemühte sich, die Situation auszublenden, um konzentriert den Anweisungen des Oberkommandos aus Langley zu lauschen. ›Oberkommando‹ war seine Bezeichnung für Leute, die bequem in abgedunkelten Räumen vor Computermonitoren und Fernsehern saßen und den Agenten im Einsatz vorschrieben, was sie zu tun hatten. In diesem konkreten Fall brachte er den Leuten, von denen die Anweisungen kamen, Wertschätzung entgegen. Kennedy vertraute er mittlerweile fast blind. Campbell, Flood und Stansfield verfügten allesamt über Einsatzerfahrung, weswegen er sich auf ihre Einschätzungen verließ.

Rapp folgte seit einiger Zeit einer neuen Maxime. Der sture Agent mit deutscher Abstammung hatte gelernt, dass man das System ohnehin nicht ändern konnte. Also war es in vielen Fällen besser, die Vorgaben abzunicken und anschließend trotzdem zu tun, was man selbst für das Beste hielt. Washington war ein bürokratisches Monstrum und bewegte sich entsprechend gemächlich und schwerfällig. Wie die meisten Spione hielt er die Rolle der Mitarbeiter in der Administration für vernachlässigbar und gab deshalb Erkenntnisse aus dem aktuellen Einsatz immer nur mit einer gesunden Portion Zurückhaltung weiter. Je weniger die Leute zu Hause wussten, desto mehr Unterstützung erhielt man in der Regel. Überschüttete man sie hingegen mit negativen Informationen, wurde man oft an die kurze Leine genommen. Bei

Kennedy musste er so etwas nicht befürchten, aber es gab genug andere Verantwortliche in der Hauptstadt, die ohne nennenswerte eigene Leistungen Karriere gemacht hatten.

Rapp hockte da, ließ den Monitor nicht aus den Augen und empfing über den Knopf im linken Ohr den Ton aus dem Schlafzimmer des Präsidenten, während rechts die Rückmeldungen aus Langley eintrafen. Nur Kennedy, Campbell, Stansfield und Flood sprachen. Keiner von ihnen verurteilte die Rettung der Frau, weil sie an seiner Stelle das Gleiche getan hätten. Flood gab ihm jedoch deutlich zu verstehen, dass er bei den nächsten Schritten eine strikte Einhaltung der Befehlskette erwartete.

Rapp rief sich seine neue Maxime in Erinnerung und beließ es bei einem simplen »Ja, Sir«.

In den kommenden Minuten gingen sie in angespannter Erwartung die möglichen nächsten Schritte der Terroristen durch. Bald wurden Mutmaßungen jedoch überflüssig, als zwei Männer ins Schlafzimmer des Präsidenten platzten und den Funkverkehr abrupt zum Verstummen brachten.

Rapp kniff die Augen zusammen und beobachtete das Geschehen auf dem winzigen Kontrollmonitor. Die Körpersprache von einem der beiden war ihm bestens vertraut. Rapps Nackenhaare straubten sich und er bekam feuchte Hände. Als die Stimme des Mannes erklang, beschleunigte sich sein Herzschlag. Instinktiv griff er nach der MP5. Der Wunsch, seinen Widersacher zu töten, wurde schier übermächtig. Rafique Aziz befand sich auf der anderen Seite der Wand, nur wenige Meter entfernt und mit dem Rücken zu ihm.

Rapp richtete sich auf ein Knie auf. Prompt meldete sich Irene Kennedys Stimme aus dem Kopfhörer: »Iron

Man, ich weiß, was Sie gerade denken. Lassen Sie es. Das Risiko ist zu hoch.«

Rapp hätte am liebsten so getan, als wäre die Bemerkung von einem Funkloch verschluckt worden. Dummerweise hatte er diese Erklärung vorhin schon einmal strapaziert. Ein zweites Mal kam er damit garantiert nicht durch. Er atmete schnaufend aus. »Ich könnte sie alle abknallen und diesem Drama damit ein vorzeitiges Ende setzen.« Seine Stimme klang angespannt.

Kennedy erwiderte ruhig: »Oder Sie werden erschossen und zerstören damit unsere einzige Chance zu erfahren, was im Weißen Haus vor sich geht.«

»Niemand erschießt mich«, erklärte er mit gepresster Stimme. »Zumindest nicht, bevor ich diesen Verbrecher ins Jenseits befördert habe.«

In Langley wirbelte Kennedy auf dem Stuhl herum und sah Direktor Stansfield an. Sie schüttelte energisch den Kopf. Ihr Vorgesetzter saß betont ruhig da, einen Arm vor der Brust, die andere Hand unter das Kinn gestützt. Er aktivierte sein Headset. »Iron Man, bleiben Sie kurz in der Leitung. Wir müssen uns hier über das weitere Vorgehen abstimmen.«

Stansfield schaltete die Verbindung stumm. General Flood schob den Stuhl dichter heran. Kennedy und General Campbell stellten sich vor den CIA-Chef und lehnten sich auf die Tischplatte. Irene ergriff zuerst das Wort. »Ich halte das für viel zu riskant.«

Der General meinte: »Ich weiß nicht … ich halte die Idee für verlockend. Wir jagen den Kerl schon so lange. Und jetzt hat Mitch ihn quasi direkt im Visier.«

Flood fuhr sich über die Kinnspitze und runzelte die Stirn. »Die Operation hat vor nicht mal einer Stunde begonnen und das Überleben von mehr als 60 Geiseln steht auf dem Spiel. Ich finde, wir sollten abwarten. Wenn er nicht alle ausschaltet, stecken wir tief in der Scheiße.«

Auf dem Monitor verfolgten sie, wie sich einer der Terroristen umdrehte und sich der Tür zum Flur näherte. Stansfield traf eine Entscheidung. Er betätigte den Knopf an der Konsole, um die Stummschaltung aufzuheben, rückte das Mikrofon vor dem Mund zurecht und sagte: »Iron Man, bleiben Sie auf Position. Ich wiederhole, bleiben Sie auf Position.«

Im Versteck umklammerte Rapp das Handteil des Funkgeräts so fest, dass seine Knöchel hervortraten. Innerlich wiederholte er unablässig den gleichen Fluch und machte sich Vorwürfe, Kennedys Funkspruch überhaupt angenommen zu haben. Hätte er doch nur eine Kugel in das Gerät gejagt und wäre rausgelaufen, um die Sache zu beenden. Er sah noch den Hauch einer Chance, das Ruder herumzureißen. »Bei allem Respekt, die drei Zielpersonen stehen weniger als fünf Meter voneinander entfernt da. Es wäre ein Leichtes, sie zu erschießen, zumal sie mir den Rücken zuwenden und nicht mit einem Angriff rechnen.«

Diesmal antwortete ihm General Flood: »Iron Man, Sie rühren sich nicht von der Stelle, das ist ein Befehl! Wir brauchen Sie, um die Lage weiter zu beobachten und den Gegner zu belauschen. Es gibt keinen Grund, etwas zu überstürzen.« Seine Stimme ließ keinen Zweifel daran, wie ernst es ihm war. Etwas weniger schroff ergänzte er: »Sie bekommen Ihre Chance noch, Junge. Haben Sie etwas Geduld.«

Zögernd bestätigte Rapp: »Roger.« Anschließend nahm er den Ohrhörer heraus und schlug ihn sich mehrmals gegen die Stirn. *Beim nächsten Mal machst du es einfach. Lass dich gar nicht erst auf Diskussionen ein.*

Rafique Aziz hielt Ragib nach wie vor den Lauf der MP unter das Kinn. Unter normalen Umständen hätte er den Kerl längst erschossen, aber ihm standen bei Weitem nicht genug Männer zur Verfügung. Deshalb hatte er auch so viel Sprengstoff mitgebracht. Nur so ließ sich die Überzahl der Amerikaner halbwegs kompensieren.

Ragib, dem das Genick durch die unnatürliche Kopfhaltung schmerzte, versprach: »Ich werde sie für dich finden. Versprochen, Rafique.«

Langsam trat Aziz zurück, ließ die Waffe sinken und überlegte, ob sich überhaupt die Mühe lohnte, dieses Weibsstück zu suchen. Er wühlte in dem Kleiderhaufen auf dem Boden herum. Hasans Pistole steckte im Holster, das Gewehr des Toten lag auf dem Nachttisch, das blutverschmierte Messer auf dem Boden in der Nähe der Kleidung. Demnach war die Frau unbewaffnet. Er starrte Ragib an und fragte: »Ist es dieselbe Frau, bei der Abu Hasan mich heute Morgen gebeten hat, sie nicht freizulassen?«

Ragibs Kopf sprang wie ein Jo-Jo auf und ab. »Ja, genau die.«

Aziz nahm Bengazi, der neben der Tür stand, mit einem spöttischen Blick ins Visier. »Ich kenne diese Frau. Ich bin ihr begegnet, als ich mit diesem fetten Schwein Russ Piper zum Treffen mit dem Präsidenten ging.« Bengazi reagierte nicht auf die Bemerkung. Aziz nickte, als ihm einfiel, was Piper über ihre Familie erwähnt hatte. »Ihr Vater arbeitet bei der Chicagoer Polizei. Das erklärt einiges.« Er betrachtete den Toten, bevor er sich nach unten beugte,

Pistole und Funkgerät aus dem Kleiderstapel holte und das Scharfschützengewehr vom Nachttisch nahm. Er warf es Ragib zu. Dieser fing die zweite Waffe mit der freien Hand auf. »Du möchtest also, dass ich diese Mörderin suche?«

Aziz dachte kurz nach. »Nein, von ihr haben wir nichts zu befürchten. Die Ausgänge sind alle verkabelt. Falls sie zu fliehen versucht, löst sie eine der Sprengfallen aus und jagt sich selbst in die Luft.«

Bengazi räusperte sich, um Aziz' Aufmerksamkeit auf sich zu lenken. Dieser blickte seinen Adjutanten fragend an. »Ja?«

»Ich schlage vor, dass wir zumindest dieses und das darüberliegende Stockwerk durchsuchen.« Er zögerte. »Das dauert auf keinen Fall mehr als 20 Minuten.«

»Von mir aus, aber lass es uns zügig erledigen.«

Sie wandten sich zum Gehen, als Ragib auf ihren toten Kameraden auf dem Boden deutete. »Und was machen wir mit Hasan?«

Ohne sich noch einmal umzusehen, meinte Aziz: »Lass den Schwachkopf hier liegen. Von mir aus soll er da verrotten.«

26

In der CIA-Zentrale war inzwischen eine lebhafte Diskussion ausgebrochen. General Campbell wollte ihre Erfolgschancen erhöhen, indem er zwei weitere Leute durch den Lüftungsschacht schickte. Seine Argumentation klang schlüssig. Sie wussten, dass Aziz größere Mengen explosiver Substanzen ins Weiße Haus geschmuggelt hatte. Seine jüngsten Aussagen verrieten, dass er sie an strategischen Stellen platziert hatte. Ein Erstürmen des Gebäudes kam erst nach Beseitigung der Sprengfallen infrage. Dafür brauchten sie jemanden vor Ort, der über das entsprechende Know-how zur Entschärfung verfügte.

General Campbell und Irene Kennedy redeten auf ihre jeweiligen Vorgesetzten ein. Der JSOC-Kommandant meinte gerade: »Die SEALs haben geschultes Personal und die nötige Ausrüstung vor Ort. Niemand kennt sich besser mit Sprengstoffen aus als sie. Wir müssen Lt. Commander Harris nur Bescheid geben, dann ist innerhalb von fünf Minuten jemand im Schacht.«

»Mir wäre wohler dabei, wenn sich Iron Man erst noch ein bisschen genauer umschaut«, meinte Stansfield.

Campbell seufzte. »Wenn es nach mir gegangen wäre, hätten wir Iron Man vor ein paar Minuten aufgefordert, dieses Trio aus dem Weg zu räumen.«

Stansfield hob eine Augenbraue. »Das halte ich in einer derart frühen Phase des Einsatzes für ein unnötig hohes Risiko.«

»Möglicherweise hätte es sich trotzdem gelohnt. Und da wir unter Umständen noch einmal eine solche Gelegenheit erhalten, will ich ihm bis dahin weitere Männer zur Seite gestellt haben.«

»Sie wollen die SEALs also sofort reinschicken?«, fragte Flood.

»Ja.« Campbell sah auf die Uhr. »Es ist fast ein Uhr. Die Sonne geht in fünf Stunden auf. Je früher wir uns ein klares Bild der Lage vor Ort verschafft haben, desto eher können wir die Krise beenden. Außerdem sind unsere

Special-Forces-Leute in zahlreichen Disziplinen geschult. Wenn wir Iron Man zwei Leute von Team Six zur Seite stellen, ist es nur eine Frage der Zeit, bis sie Aziz bei der nächsten sich bietenden Chance erledigen.«

Stansfield mahnte zur Vorsicht. »Im Moment streifen drei ziemlich schlecht gelaunte, bewaffnete Terroristen durch die Gänge. Ich halte es für klug, dass die sich erst mal ein wenig beruhigen, bevor wir die Lage potenziell eskalieren lassen.«

»Da bin ich ganz Ihrer Meinung«, antwortete Campbell. »Aber sie haben ja gerade angekündigt, sich den ersten und zweiten Stock vornehmen zu wollen und dafür etwa 20 Minuten zu brauchen. Selbst wenn wir unsere Männer in zehn Minuten losschicken, dauert es mindestens eine halbe Stunde, bis sie drin sind. Außerdem laufen sie ihnen ja auf keinen Fall da oben über den Weg, sondern dringen über die untere Kellerebene ins Gebäude ein.«

»Was ist mit Mitch?«, wollte Kennedy wissen.

»Der wartet, bis Aziz und seine Leute die Räume gecheckt haben, und fährt dann mit dem Aufzug nach unten.«

»Klingt vernünftig«, fand sie.

Kennedy und Campbell sahen Flood und Stansfield fragend an. Der General sagte: »Commander Harris soll seine Jungs in Bereitschaft versetzen, sie aber erst über den Zaun schicken, wenn ich es ausdrücklich befehle.« Campbell und Kennedy eilten davon, um die Anweisung umzusetzen. Flood lehnte sich zu Stansfield und fragte: »Sollten wir den Vizepräsidenten darüber unterrichten?«

Stansfield überlegte. »Das halte ich eigentlich nicht für nötig. Er gab mir durch die Blume zu verstehen, dass er so wenig wie möglich über unser weiteres Vorgehen erfahren möchte – es sei denn, wir entscheiden uns für eine Erstürmung des Gebäudes.«

Flood schüttelte den Kopf und brummelte: »Dieser Baxter ist wirklich keine Führungspersönlichkeit und nicht gerade der Mann, den man sich in einer solchen Krisensituation als Entscheider wünscht.«

Stansfield musste dem General recht geben. »Er sichert sich in alle Richtungen ab.«

»Was tun wir also?«

»Nun, ich unterstelle ihm Absicht. Falls eine unserer Strategien scheitert, wird er im Nachhinein behaupten, von nichts gewusst zu haben.«

»Er will also seinen Arsch retten«, brachte es Flood auf den Punkt. »Von mir aus – schicken wir die Kavallerie also ohne sein Wissen los. Es reicht, wenn er morgen früh davon erfährt, nachdem er seinen faulen Hintern aus dem Bett bewegt hat.«

An der Ostseite des Weißen Hauses bereiteten sich Lieutenant Commander Harris und seine SEALs auf den Einsatz vor. Die Luft unter der Abdeckplane war stickig. Kondensierende Nässe führte dazu, dass Flüssigkeit an den Fahrzeugen nach unten lief und ins Erdreich einsickerte. Die Männer schwitzten wie verrückt, störten sich aber nicht daran. Sie waren daran gewöhnt, unter wesentlich schlechteren Bedingungen zu arbeiten.

Harris hatte bereits entschieden, wen er in die Ventilation schicken wollte. Zum einen Nick Shultz, einen 38-jährigen Chief Petty Officer, der kurz nach seiner Volljährigkeit bei ihnen angefangen hatte und erklärter Sprengstoffexperte war. Seine Vorliebe, Sachen in die Luft fliegen zu lassen, hatte ihm schnell eine Position als Ausbilder für Unterwassersprengungen verschafft. Neben dem immensen Fachwissen sprach vor allem die unerschütterliche Ruhe, die Shultz selbst unter extremen Bedingungen ausstrahlte, für seinen Einsatz.

Dass Harris als zweiten Mann Danny Craft mitschickte, ergab sich quasi von selbst, denn der zehn Jahre Jüngere begleitete Shultz bei den meisten Einsätzen als Tauchpartner. Im Gegensatz zu seinem zurückhaltenden, eher in sich gekehrten Kameraden war Craft ein impulsiver, extrovertierter Typ. Und während Shultz ein unscheinbares Äußeres besaß, versprühte sein Konterpart einen jungenhaften Charme und scharte mit seinen blaugrauen Augen überall Verehrerinnen um sich. Selten blieb der junge SEAL mal einen Abend ohne weibliche Gesellschaft.

Die beiden Männer waren absolut gegensätzlich, was sich in ihrem Fall perfekt ergänzte. Craft fielen Kleinigkeiten auf, die Shultz übersah, und umgekehrt. Im Verlauf der letzten zwei Jahre hatten sie sich zu einem idealen Team entwickelt. Nun standen sie vor einem der Klapptische und überprüften ihre Ausrüstung ein letztes Mal. Neben Waffen und Sets mit Spezialwerkzeug hatten sie noch ein besonderes Utensil im Gepäck: ein mobiles Röntgengerät, hergestellt von Safety and Security Instruments aus San Diego. Es setzte sich aus einer RTR-4-Durchleuchtungseinheit und einem XR-200 zur Generierung von Röntgenstrahlung zusammen. Sie wurden gemeinsam von einer Kontrolleinheit gesteuert, bei der es sich im Prinzip um einen Laptop mit Pentium-Prozessor und stoßsicheren Komponenten handelte, der in einem Koffer aus superstabilem Aluminium mitgeführt wurde.

Der farbige Flachbildmonitor mit Aktiv-Matrix-Display erlaubte es Shultz und Craft, in Echtzeit einen

Blick in das Innenleben von Aziz' Bomben zu werfen. Ohne das mobile Röntgengerät wäre jeder Versuch, die Außenhülle der Sprengkörper zu öffnen, auf eine Runde russisches Roulette hinausgelaufen.

Einige Meter entfernt stand Lt. Commander Harris in der geöffneten Tür des CIA-Vans und lauschte den Anweisungen von General Campbell und Irene Kennedy. Harris wartete bislang vergeblich auf eine kurze Gesprächspause, um seinen Vorschlag ins Spiel zu bringen. Campbell und Kennedy bestürmten ihn regelrecht mit Fragen. Als endlich kurzes Schweigen in der Leitung herrschte, nutzte er die Gelegenheit: »General Campbell, ich bitte um Erlaubnis, meine Männer zu begleiten. Ich finde …«

»Abgelehnt!«, unterbrach Campbell. »Ich brauche Sie bei Ihrem Team.«

Harris ließ sich nicht so leicht abwimmeln. »Bei allem Respekt, Sir, ich könnte bei der Aufklärung des Gebäudes deutlich wichtigere Dienste leisten als hier.«

»Nein. Sie bleiben, wo Sie sind, Commander.« Diesmal stammte der Befehl nicht von Campbell, sondern von General Flood. Harris hatte nicht damit gerechnet, dass der Vorsitzende der Vereinigten Stabschefs das Gespräch mithörte. Der ranghöchste Offizier des gesamten US-Militärs fuhr fort: »Sollte alles nach Plan laufen, können Sie davon ausgehen, dass wir Sie und Ihr Team später nachschicken.«

»Ja, Sir.« Mehr brachte Harris für den Moment nicht heraus.

»Und jetzt sorgen Sie dafür, dass Ihre Jungs aufbrechen. Iron Man erwartet sie auf der anderen Seite.«

Im Versteck im Wandschrank wählte Mitch Rapp in der Zwischenzeit die passende Ausrüstung aus, um erneut in die Gewölbe des 200 Jahre alten Gebäudes vorzudringen. Es ging alles ziemlich schnell, aber die Unterstützung eines professionellen Teams von SEAL-Sprengstoffexperten kam ihm sehr gelegen; insbesondere weil es ihm so erspart bleiben würde, sich selbst mit den Bomben auseinandersetzen zu müssen.

Vorher wollte er jedoch noch mit der Frau reden, die er aus dem Bett des Präsidenten gerettet hatte. Die Gespräche mit Kennedy und den anderen hatten ihn so stark in Beschlag genommen, dass er noch gar nicht wusste, wer sie war und ob sie möglicherweise über hilfreiches Wissen verfügte. Er schob sein Zeug zur Seite, setzte das Basecap ab und kratzte sich am Kopf. Während Adams der Frau etwas zu trinken gab, fiel ihm zum ersten Mal auf, dass sie äußerst attraktiv war – geradezu atemberaubend schön. Auf den Knien rutschte er leise in ihre Richtung und fragte: »Wie fühlen Sie sich?«

Rielly hatte sich eng in die Decke eingewickelt, ein Arm lugte darunter hervor. Sie sah den Mann zu ihren Füßen an und antwortete scheu: »Es geht mir gut.« Bevor die letzte Silbe ihren Mund verlassen hatte, kamen ihr erneut die Tränen. Sie wischte sie von der Wange und fügte hinzu: »Nein, das ist glatt gelogen. Mir geht's beschissen.«

Rapp musste lachen, berührte sie sanft an der Schulter und versicherte: »Keine Sorge, es kommt alles wieder in Ordnung.«

Ihre Unterlippe zitterte. »Ich kann Ihnen gar nicht sagen, wie dankbar ich Ihnen für die Rettung bin.« Sie griff nach seiner Hand und drückte sie fest. »Ich verdanke Ihnen mein Leben.«

Rapp wurde verlegen. »Ach was, jetzt übertreiben Sie.« Er wusste nicht recht, wie er mit der überschwänglichen Dankbarkeit dieser Frau umgehen sollte, zumal seine guten Taten normalerweise unbemerkt blieben, von einigen Eingeweihten mal abgesehen.

»Ich mein's ernst.« Rielly drückte seine Hand noch etwas fester. »Und ich übertreibe nicht. Sie haben mein Leben gerettet.«

»Nun.« Rapp rutschte unruhig hin und her. »Er hätte Sie bestimmt nicht getötet.«

»Oh«, stieß sie schniefend hervor. »Das ist ja ein toller Trost.« Ihr Schluchzen wurde heftiger.

Milt Adams sah Mitch missbilligend an und schüttelte den Kopf. »Du musst wirklich lernen, mit der Dankbarkeit anderer Menschen umzugehen, du Trampel. ›Danke, gern geschehen!‹ Das ist es, was die hübsche Lady jetzt hören will.«

Ohne Anna loszulassen, funkelte Rapp Adams wütend an. Was die Etikette vorschrieb, war ihm in dieser Situation herzlich egal. Die tränenfeuchte Wange der Frau strich gegen seine Hand. Er drückte aufmunternd ihre Schulter und wischte ihr über die Wange.

»Gern geschehen«, brachte er zögernd heraus. »Es freut mich, wenn ich Ihnen helfen konnte.« Er hielt die Berührung an der Wange noch für einen Moment länger aufrecht und rückte ihren Kopf ein paar Zentimeter nach oben, um ihr ins Gesicht sehen zu können. Erst da fiel ihm auf, dass sie die grünsten Augen hatte, die ihm je begegnet waren. Ein so herrlicher Anblick, dass er für einen Moment völlig vergaß, was er eigentlich von ihr wollte.

Er blinzelte mehrmals und riss sich zusammen. »Ich muss Ihnen ein paar Fragen stellen. Ist das in Ordnung?«

Rielly nickte, schnäuzte in die Decke und meinte: »Mensch, so viel habe ich schon seit Jahren nicht mehr geflennt.«

»Nun, Sie haben ja auch eine Menge durchgemacht.« Rapp bemühte sich, bloß nichts Falsches zu sagen.

»Ja, das waren ziemlich beschissene Tage.« Sie schüttelte den Kopf und brachte ein Lachen zustande.

»Kann mir vorstellen, dass es nicht viel schlimmer geht.« Rapp schielte auf die Uhr. »Hören Sie, ich muss ein paar Sachen erledigen, aber vorher wollte ich noch das eine oder andere von Ihnen erfahren.«

»Kein Problem.«

»Gut. Fangen wir mit Ihrem Namen an.«

»Anna … Anna Rielly.«

»Ich bin Mitch. Und mein Kollege heißt Milt.«

Rielly wischte sich unauffällig die Hand an der Decke ab und hielt sie ihm hin. »Schön, Sie kennenzulernen, Mitch.« Ihr warmherziges Lächeln setzte ihre Grübchen perfekt in Szene.

»Und mich erst«, sagte er und erwiderte den Händedruck.

Rielly wandte sich Adams zu und begrüßte auch ihn.

»Was machen Sie hier im Weißen Haus?«, wollte Rapp als Nächstes wissen.

»Ich bin Reporterin.« Rapp glotzte sie an, als habe sie ihm beim ersten Date gerade gestanden, dass sie verheiratet war.

Shit, dachte er. *Das könnte zum Problem werden.* »Für wen arbeiten Sie denn?«

»NBC. War mein erster Tag im neuen Job.«

»Tolles Timing.«

»Das können Sie laut sagen.«

»Und wo sind Sie in den letzten Tagen gewesen?«

»Ich wurde zusammen mit anderen Geiseln in der Cafeteria im Untergeschoss festgehalten.«

Adams nickte. »Das dachte ich mir fast, dass sie die Gefangenen dorthin bringen. Der Raum ist ziemlich groß, aber von außen nicht einsehbar.«

Rapp fragte sich, ob Aziz die Geiseln alle am selben Ort eingesperrt oder auf mehrere Räume verteilt hatte. Da er allerdings wusste, dass dem Terroristen ein gewisser Personalengpass zu schaffen machte, ging er davon aus, dass es nur diesen einen Raum gab. Nachzufragen konnte trotzdem nichts schaden. »Wurden alle Geiseln in der Cafeteria festgehalten?«

»Ja. Zumindest gehe ich davon aus.«

»Wie viele?«

Rielly überlegte angestrengt. »Gute Frage. 80 … 100 … 120? So was in der Größenordnung.«

»Bitte denken Sie noch einmal über die genaue Zahl nach. Ich brauche nicht sofort eine Antwort, aber es hilft uns weiter, wenn Sie mir möglichst genau sagen, wie viele Leute es sind.«

Rielly nickte. »Ich werd's versuchen.«

»Was ist mit Agenten vom Secret Service? Sind Ihnen da welche aufgefallen?«

Rapp glaubte, Aziz gut genug zu kennen, um vermuten zu können, dass er zumindest die Geheimdienstleute von den restlichen Gefangenen getrennt hatte.

»Gute Frage. Als das alles anfing, war ich gerade mal eine Viertelstunde im Dienst. Insofern hatte ich noch keine Gelegenheit, die Agenten kennenzulernen.«

»Man muss sie dazu nicht persönlich kennen. Letztlich sehen alle gleich aus. Militärisch kurzer Haarschnitt, athletischer Körperbau … Sie stechen aus der Masse hervor.« Rapp sah sie drängend an. »Kommen Sie schon, Sie sind Reporterin. Es gehört zu Ihrem Job, dass Ihnen so was auffällt.« Er grinste, um zu verdeutlichen, dass er es nicht ganz ernst meinte.

Rielly überlegte. »Ich kann mich nicht erinnern, solche Männer gesehen zu haben.«

»Und andere in Uniform, die so wirkten, als wären sie Soldaten?«, hakte Milt Adams nach.

Rielly schüttelte sofort den Kopf. »Nein, Männer in Uniform waren definitiv nicht dabei.«

Damit stand für Rapp fest, dass Aziz entweder alle Agenten und Militärs getötet hatte oder sie in einem anderen Raum festhielt. Ersteres schien bei einem Mann wie Aziz nicht völlig ausgeschlossen zu sein.

»Wie viele Terroristen sind Ihnen insgesamt aufgefallen?«

Rielly schloss für einen Moment die Augen. »Es müssten sechs gewesen sein. Einer von ihnen war definitiv der Anführer. Ein Prinz Sowieso. Ich bin ihm schon vor der Geiselnahme morgens begegnet. Er stieg mit Russ Piper, dem Vorsitzenden des Demokratischen Komitees, aus einem Wagen. Russ ist ein alter Freund meiner Familie.« Sie wurde nachdenklich. »Seitdem habe ich ihn nicht mehr gesehen. Ich hoffe, ihm ist nichts passiert.«

»Der Anführer ist eigentlich kein Prinz«, klärte Rapp sie auf. »Sein wahrer Name lautet Rafique Aziz.«

Rielly zuckte unwillkürlich zusammen. »Nun, auf jeden Fall ist er ein böser Mensch. Nicht einfach nur durchgeknallt oder seltsam, sondern grundböse. Er hat jemanden kaltblütig erschossen, nur weil er um eine Decke und etwas zu essen für andere Gefangene gebeten hat. Er hob ohne Ankündigung die Waffe und schoss dem Mann eine Kugel in den Kopf.«

»Das passt zu Rafique Aziz«, meinte Rapp ernst. Ein kurzer Blick auf die Uhr verriet ihm, dass es höchste Zeit wurde, sich auf den Weg zum Keller zu machen. »Nun, Miss Rielly, wir müssen unsere kleine Unterhaltung leider ein andermal fortsetzen. Ich muss dringend etwas erledigen.«

»Nennen Sie mich doch bitte Anna.« Sie lächelte ihn an.

»Gut, Anna. Ich weiß noch nicht, wie lange es dauert, aber ich denke, ich bin in spätestens einer Stunde wieder da. Milt wird sich bis dahin um Sie kümmern, also machen Sie sich keine Sorgen. Er wirkt zwar recht unscheinbar, aber hinter der Fassade steckt doch ein bisschen mehr.«

Adams verzog keine Miene. Rapp schnallte sich für seine Expedition in die Tiefen des Gebäudes die Gürteltasche um, setzte das Basecap mit dem Schirm nach hinten auf, legte das Headset an und deaktivierte es kurzerhand, da nichts als Rauschen aus dem Ohrhörer drang.

Anna beobachtete ihn, wie er so auf den Knien herumrutschte. Als er nach seiner Maschinenpistole griff und aufstand, fragte sie: »Für wen arbeiten Sie eigentlich, Mitch?«

»Für die Poststelle.« Rapp zwinkerte ihr aufmunternd zu. »Ihre restlichen Fragen müssen leider warten. Aber tun Sie mir den Gefallen und passen Sie gut auf Milt auf.«

27

Die Durchsuchung des ersten und zweiten Stockwerks nahm schließlich fast 25 Minuten in Anspruch. Zu dritt arbeiteten sie sich voran, während immer einer von ihnen den anderen Deckung gab. Sie durchquerten einen Raum nach dem anderen, schauten in alle Schränke und unter die Betten. Aziz war fest davon ausgegangen, dass die Frau sich hier irgendwo versteckte, aber er sah sich enttäuscht.

Sie kamen aus dem zweiten Stockwerk nach unten. Der Anführer hing seinen Gedanken über den alten Bau nach und stellte einmal mehr fest, wie sehr es ihn störte, dass man nicht von einem Gebäude in das andere wechseln konnte, ohne dafür ins Freie zu gehen. Hätte er den Präsidenten direkt im Oval Office in die Finger bekommen, hätte er sich jetzt nicht mit einem Personalengpass herumschlagen müssen. Damit die Amerikaner seine Forderungen vollständig erfüllten, blieb ihm nichts anderes übrig, als dieses feige Staatsoberhaupt aus dem Bunker zu holen. Das würde jedoch nur gelingen, wenn es der kleine Maulwurf, sein Geschenk von Saddam, schaffte, seinen Auftrag erfolgreich zu erledigen.

Aziz blieb abrupt stehen und machte kehrt. Bengazi und Ragib wären um ein Haar in ihn hineingerannt. Sie waren müde und reagierten deshalb träger als gewohnt. »Kommt mit. Wir müssen etwas überprüfen.«

Die beiden Männer traten zur Seite und ließen ihn vorgehen. Am Ende des Treppenhauses, das zur ersten Kellerebene führte, öffnete Aziz die Feuertür und trat in den Gang. Er blieb mehrere Sekunden stehen und schaute sich suchend um, dann lief er zurück zum Treppenhaus und wiederholte das gleiche Prozedere eine Etage tiefer. Im unteren Stockwerk forderte er Ragib auf: »Du wartest hier.« Dann marschierte er mit Bengazi in Richtung Tunnel. Am hinteren Ende bogen sie links ab und liefen einige Meter weiter.

Aziz bemerkte sofort, dass die lauten Bohrgeräusche, die seine Stippvisite vor einigen Stunden begleitet hatten, mittlerweile verstummt waren. Das beunruhigte ihn so stark, dass er zum Gewehr griff. Bengazi, der die Anspannung seines Begleiters spürte, tat es ihm gleich. Die äußere Tür, die Mustafa in der ersten Nacht aufgebrochen hatte, stand halb offen. Im Näherkommen konnte Aziz nur einen Teil des dahinterliegenden Vorraums zum Bunker erkennen. Keine Spur von dem Tresorknacker.

Aziz lief ein Stück nach links, um in die andere Hälfte des Vorraums spähen zu können. Nichts. Kein Geräusch, kein Mustafa. Im Laufen ließ er die Mündung der MP5 nach links schnellen. Der Anblick, der sich ihm bot, machte ihn stinksauer. Mustafa lehnte aufrecht an der Wand und schien im Sitzen eingeschlafen zu sein – die plumpen Arme umklammerten den beträchtlichen Bauch und aus dem offenen Mund tropfte ihm Sabber auf das Kinn. Mit drei Schritten war Aziz bei ihm und trat ihm mit voller Wucht auf den Fuß.

Mustafas Augen öffneten sich sofort. Aziz rammte ihm den Lauf der Maschinenpistole ins Gesicht. »Verdammt, was treibst du da?«

»Ich habe ein kleines Nickerchen gemacht«, antwortete der Untergebene nervös.

»Das sehe ich. Warum läuft der Bohrer nicht?«

»Er muss abkühlen.« Der Safeknacker wollte vor der Waffe zurückweichen, hatte aber keinen Raum zum

Manövrieren. »Wenn man ihn nicht zwischendurch mal abschaltet, geht er kaputt. Das hab ich doch erklärt.«

Aziz ließ den Lauf der Waffe sinken. Für den Moment stellte ihn die Antwort zufrieden. »Ist zeitlich noch alles im grünen Bereich?«

»Ja.« Mustafa wuchtete seinen massigen Körper in eine aufrechte Position. »Ich habe sogar einige Stunden Vorsprung herausgeholt.«

Aziz' Augenbraue zuckte interessiert in die Höhe. »Ach ja? Für wann rechnest du damit, in den Bunker vorgedrungen zu sein?«

»Wenn es weiter so gut läuft, dürfte ich die Luke spätestens um 19 Uhr morgen Abend geöffnet haben.«

Aziz strahlte. »Darüber wäre ich sehr glücklich.« Er klopfte dem untersetzten Mann auf den Rücken. »Gute Arbeit, Mustafa.«

»Danke.« Der andere beugte den Kopf leicht und freute sich über das seltene Kompliment.

Aziz betrachtete die metallisch glänzende Luke. In weniger als 24 Stunden hatte er den Präsidenten vermutlich in seiner Gewalt. Dass Mustafa schneller als geplant vorankam, tröstete ein wenig über den Verlust von Hassan hinweg.

Sobald Hayes nach seiner Pfeife tanzte, würde ihn niemand mehr aufhalten können.

Unbemerkt aus dem Geheimraum hinauszukommen erwies sich schwieriger als gedacht. Milt hatte ihn davor gewarnt, sich blind auf die Bilder der Überwachungskamera zu verlassen, die er unter dem Tisch im Schlafzimmer des Präsidenten versteckt hatte. Der Schrank besaß nämlich auf der gegenüberliegenden Seite noch eine weitere Tür, die sich zum Schlafzimmer der First Lady hin öffnen ließ.

Als Milt das Regal, das den Zugang zu ihrem Versteck verbarg, ein Stück zur Seite schob und Rapp mit angehaltenem Atem durch den Spalt lugte, stellte er prompt fest, dass die Schranktür zum Raum der First Lady ein Stück offen stand. Vorsichtig trat er hinaus und blickte sich um. Niemand da.

Auf der anderen Seite des ihm bisher unbekannten Zimmers gab es eine weitere Tür, diese war jedoch geschlossen. Rapp ging davon aus, dass sie entweder in ein angrenzendes Bad führte oder sich dahinter ein weiterer Schrank verbarg. So oder so machte es keinen Unterschied. Es bewies lediglich, dass Aziz und seine Männer bei der Durchsuchung schlampig vorgegangen waren. In solchen Fällen öffnete man sämtliche Türen, schaute in den Raum und schloss sie danach wieder.

Aufgrund dieser Nachlässigkeit hielt es Rapp für ungefährlich, seinen Schrank zu schließen. Rasch fand er ein Sweatshirt, eine Trainingshose und ein Paar weiße Socken, schob das Regal zur Seite und reichte sie Adams hinein. »Die sind für Anna.« Auf einem rechts halbhoch montierten Brett bemerkte er im selben Moment eine Decke und zwei Kissen. »Hier, vielleicht schaffen wir es, dass sie ein bisschen Schlaf bekommt.« Er zog den Kopf zurück und sagte: »Ach ja, und schieb den Riegel nicht vor. Falls ich's bei meiner Rückkehr eilig habe, will ich nicht erst klopfen müssen.«

Adams nickte. »Viel Glück.«

Rapp schob das Regal wieder in Position und schlich in das Schlafzimmer des Präsidenten. Mit drei schnellen Schritten stand er im Badezimmer, tastete nach dem

Knopf links vom Medikamentenschrank und fand ihn sofort. Die Wand fuhr einige Zentimeter nach vorn. Rapp, der Handschuhe trug, schob sie ein Stück weiter. Mit einem zweiten Knopf öffnete er die Tür zum Aufzug und kehrte auf dem gleichen Weg wie vorhin in das dritte Kellergeschoss zurück.

Vor der Tür, die in den Tunnel führte, blieb er stehen. Im Treppenhaus war es dunkler als in dem schwach beleuchteten Gang auf der anderen Seite. Ein schmaler Streifen Helligkeit drang durch den Spalt unter der Tür. Rapp hatte etwas bemerkt. Eine Bewegung, die das Licht kurzzeitig abgelenkt hatte. Waren die SEALs schon eingetroffen? Eher unwahrscheinlich. Rapp wich einen Schritt zur Seite, zielte mit der Waffe auf den Durchgang und konzentrierte sich auf den schmalen Zwischenraum.

Nach einigen Sekunden war erneut ein Schatten zu sehen. Vorsichtig klappte er den Monitor auf, diesmal ohne die Waffe vorher ins Holster zu stecken. Mit dem Bildschirm im Blick, der Waffe in der linken und der Kameralinse in der rechten Hand duckte er sich und schob den kleinen Spion am Kabel so leise wie möglich unter der Tür durch. Auf dem Monitor verfolgte er die Bewegungen der Linse über den Betonboden. Millimeterweise schob er sie weiter. Zuerst tauchte ein Stiefelpaar auf. Eine kurze Berührung des Steuerungshebels rückte erst eine dunkelgrüne Tarnmontur ins Bild, dann die charakteristische abklappbare Skelettschulterstütze und das gebogene Magazin einer AK-74. Rapp zog so behutsam wie möglich am Kabel und fluchte in sich hinein.

Was hatte einer der Gegner auf einmal im Keller verloren? Bei ihrer Ankunft war hier unten niemand gewesen. Wieso jetzt? Rapp lehnte sich flach gegen die

Wand und forschte nach einer Erklärung. Vermutlich hatten sie nach der vermuteten Flucht des Mädchens die Sicherheitsmaßnahmen ausgeweitet. Er musste eine Entscheidung treffen – je früher, desto besser. Hier im Treppenhaus zu warten, war keine Alternative. Es gab keinerlei Deckung und er konnte jederzeit von jemandem überrascht werden. Das Risiko war zu groß. Die Tür zu öffnen und den Terroristen zu erschießen, hielt er für eine Möglichkeit, aber nur im äußersten Notfall. Rapp blieb eigentlich nur eine Option: zurückzugehen und Kennedy und Campbell zu bitten, die SEALs erst loszuschicken, wenn die Luft hier unten rein war.

Rapp inspizierte prüfend die Stelle, an der die weiße Betonwand auf das Türscharnier stieß. Er griff in die hintere Tasche der Hose und zog eine der Mikro-Überwachungseinheiten heraus, die Dumond ihnen mitgegeben hatte. Er kniete sich hin, befestigte sie mit dem Klettverschluss kurz oberhalb des Spalts und verdrehte das Glasfaserkabel, bis das Objektiv auf den Bereich unter der Tür zielte. Er lief zurück zum Aufzug und hatte nach weniger als zwei Minuten wieder den ersten Stock des Executive Mansion erreicht. Dort konsultierte er zunächst den Monitor, um sich zu vergewissern, dass im Schlafzimmer des Präsidenten kein ungebetener Besuch wartete. Da alles ruhig war, klappte er das Display ein, sprang auf den Fliesenboden und schlich zurück in den Wandschrank. Dort angekommen fand er schnell den verborgenen Schalter und öffnete die Tür zum versteckten Zimmer.

Adams und Rielly blickten ihm mit weit aufgerissenen Augen entgegen. »Das ging aber ziemlich flott«, kommentierte Adams.

Rapp war bereits damit beschäftigt, das Tischfunkgerät in Betrieb zu nehmen. »Es gibt ein Problem im Keller.«

»Und zwar?«

»Im dritten Untergeschoss läuft ein Tango rum.«

»Hä?« Anna verstand kein Wort.

Rapp stellte mit dem Tastenfeld des Funkgeräts eine Verbindung her. »Ein Tango … ein Gegner … ein Terrorist.« Er führte das Handmikro zum Mund.

Mit besorgtem Gesichtsausdruck fragte Adams: »Hat er dich bemerkt?«

»Dann würde er ja nicht mehr da unten rumlaufen, Milt.« Rapp konzentrierte sich auf den Funkspruch. »Iron Man an Control. Over.«

Kennedys Stimme kam deutlich herein. »Iron Man, hier Control. Wir hören Sie. Over.«

»Wir haben ein Problem. Im unteren Keller flitzt mindestens ein Tango herum. Ich wiederhole, ein Tango im unteren Keller.«

»Wo genau?«, wollte General Campbell wissen.

»Vor zwei Minuten stand er direkt am Durchgang zum Treppenhaus, hinter der Tür zum Heizungsraum.«

»Könnten noch weitere unterwegs sein?«

»Ich habe zwar keine gesehen, aber mit dem Kameraspion habe ich auch nur den Bereich direkt hinter der Tür erfasst«, meinte Rapp. »Ich schlage jedenfalls vor, die Verstärkung vorerst nicht durch den Lüftungsschacht reinzuschicken. Die Gefahr, dass sie in einem ungesicherten Bereich auf Widerstand stoßen, ist zu groß.«

»Warten Sie kurz, Iron Man«, lautete Campbells Antwort.

Während Rapp darauf wartete, dass die Bosse bei ihrem Kriegsrat zu einer Entscheidung gelangten, klappte er den Monitor auf, um die Übertragung der zweiten Überwachungseinheit im Keller zu verfolgen. Er war noch mit den Einstellungen beschäftigt, als Kennedys Stimme aus dem Lautsprecher kam: »Iron Man, haben Sie eine Idee, was der Tango dort unten treibt?«

»Wahrscheinlich sucht er nach der Frau, von der sie glauben, dass sie den Terroristen im Bett auf dem Gewissen hat. Aziz und Bengazi könnten also ebenfalls in der Nähe sein.«

Nach einer kurzen Abstimmung verkündete Kennedy zehn Sekunden später die Entscheidung: »Wir sind derselben Meinung, Iron Man. Bleiben Sie in Deckung und beobachten Sie. Halten Sie uns auf dem Laufenden, wie es sich entwickelt.«

»Roger.« Rapp schob das Handteil in die Halterung des Funkgeräts zurück. Ein leises Rauschen aus dem Lautsprecher verriet ihm, dass die Verbindung weiterhin bestand. Er wandte sich dem vor die Brust geschnallten Monitor zu, um Bilder von der Spycam an der Kellertür auf den Schirm zu bekommen.

Aziz' Laune hatte sich merklich verbessert. Die Neuigkeit, dass er noch heute den Präsidenten in die Finger bekommen würde, machte alle weiteren Fehlschläge vergessen. Wenn sich bis dahin keine weiteren Zwischenfälle ereigneten, würden seine Erfolgschancen auf das Doppelte klettern, wenn nicht sogar auf das Dreifache. Die nächsten 15 Stunden würden eine kritische Phase sein. Nein, Aziz korrigierte sich selbst: In fünf Stunden würden sie aus dem Gröbsten heraus sein. Sobald die Sonne aufging, drohte keine Gefahr mehr. Erst bei Dunkelheit mussten sie mit einem Sturm auf das Gebäude rechnen.

Aziz hatte sich ausgiebig mit den Arbeitsweisen der besten Anti-Terror-Kommandos weltweit beschäftigt, etwa der deutschen GSG-9, der französischen GIGN, Großbritanniens SAS und natürlich den drei amerikanischen Eliteteams. Sie tauschten untereinander regelmäßig Know-how zu Trainingsmethoden, Vorgehensweisen im Einsatz, Informationsbeschaffung und Strategie aus und hielten sogar jährlich gemeinsame Manöver ab, um sich den letzten Schliff zu verpassen.

Alle Gruppen gingen nach ähnlichen Mustern vor, wenn sie es mit einer Geiselnahme zu tun bekamen: Vorbereitung der Teams, Zusammentragen von Hintergrundmaterial, Planung und Testläufe auf dem Trockenen, schließlich Erteilung des offiziellen Einsatzbefehls und Durchführung. Alle Gruppen spielten in einer ähnlichen Liga. Die drei amerikanischen Teams landeten bei Leistungsvergleichen regelmäßig auf den ersten Plätzen – mit einer Ausnahme: Wenn es um die Freigabe der Missionen ging, agierten die USA entschieden zu unflexibel. Ihre internationalen Kollegen kritisierten oft, dass die Befehlsketten zu lang und komplex gestaltet waren. Zu viele Personen wurden involviert und brachten Einwände vor, was den Prozess unnötig verlangsamte und ineffizient gestaltete.

Genau diese Schwäche gedachte Aziz auszunutzen. Außerdem wollte er sich die amerikanischen Medien und die Möglichkeit der Beeinflussung der öffentlichen Meinung zunutze machen. Am kommenden Vormittag wollte er dafür neues Futter liefern und die Weichen für die entscheidende Phase seines Plans stellen. Er hoffte, dass es ihm Störungen für mindestens einen weiteren Tag vom Hals halten würde. Die Politiker waren letztlich seine Verbündeten. Er musste sie lediglich im Glauben wiegen, dass es eine Chance zur friedlichen Beilegung der Krise gab. Dann hielten sie die Generäle lang genug vom Zuschlagen ab.

Aziz lief mit Bengazi durch den Gang und bemerkte dabei, dass in seinen Überlegungen ein grundlegender Fehler steckte. Er hatte den Nachteil der fehlenden Manpower kompensiert, indem er Sprengstoff einsetzte und auf die Überwachungskameras des Secret Service im Außenbereich des Weißen Hauses zurückgriff. Die überall verteilten Explosionskörper sorgten im Fall eines Zugriffs für den Tod sämtlicher Rettungskräfte, gegebenenfalls erledigten sie die Geiseln gleich mit. Das Problem, wie Aziz jetzt erkannte, bestand einmal mehr in der räumlichen Trennung von Westflügel und Executive Mansion. Den West Wing hatten sie komplett unter Kontrolle, nicht jedoch den privaten Wohnbereich. Sollten die Amerikaner herausfinden, dass sie ihre Energie darauf konzentrierten, den Präsidenten aus dem Bunker herauszuholen, musste er mit dem Schlimmsten rechnen. Unter Umständen würden sie maximales Risiko eingehen, um zu verhindern, dass ihr Staatsoberhaupt in die Hände von Terroristen geriet.

Aziz und Bengazi näherten sich dem Ende des Korridors. Der Anführer blieb abrupt stehen. »Muammar, ich möchte, dass du für den Rest der Nacht hierbleibst. Ich schicke dir eine Ablösung gegen« – er schaute auf die Uhr – »sieben. Du musst meinen kleinen Maulwurf beschützen. Solltest du erneut versagen, wirst du dir einen schnellen Tod wünschen.« Der Untergebene nickte und behielt dabei strikt die stramme Haltung bei.

Aziz wollte gerade über die Treppe nach oben gehen, als er stutzte. Da war noch eine zweite Tür. »Wo führt die hin?«, fragte er Bengazi.

»Zum Heizungsraum«, erhielt er von dem Bärtigen zur Antwort.

»Ein Heizungsraum.« Aziz klang nachdenklich. »Hat ihn einer von unseren Männern überprüft?«

»Ja«, versicherte Bengazi. »Das habe ich persönlich übernommen.«

Aziz blieb stehen und dachte nach. »Erinnerst du dich an den Vorfall im indonesischen Konsulat in Amsterdam … damals in den 70ern?«

Bengazis Gesicht wirkte angestrengt, während er im Gedächtnis nach den Einzelheiten kramte. »Ja«, meinte er schließlich. »Jetzt weiß ich's wieder. Die Terroristen ergaben sich nach einer langen Pattsituation mit der Polizei.«

»Nach zwei Wochen«, präzisierte Aziz. »Und hast du gewusst, dass die CIA der niederländischen Regierung damals geholfen hat, einen ihrer Leute durch die Kanalisation in das Gebäude zu schmuggeln?«

»Nein.«

»Die Terroristen wussten es auch nicht. Der Mann kam durch den Keller rein und verwanzte das Gebäude. So konnten die örtlichen Behörden jedes Wort mithören.«

Aziz schielte zur Tür. »Wann hast du dir den Heizungskeller das letzte Mal vorgenommen?«

»Gestern Nachmittag.«

»Seitdem ist eine Menge passiert. Ich schlage vor, wir sehen noch mal nach.« Ohne auf Bengazis Rückmeldung zu warten, öffnete er die Tür.

Die beiden SEALs krochen in völliger Dunkelheit durch den engen Schacht, Craft vorneweg und Shultz dicht hinter ihm. Für genau solche Einsätze trainierten sie hart. Es gab kaum einen ernst zu nehmenden Agenten der Special Forces, der nicht seinen linken Hoden dafür gegeben hätte, jetzt an ihrer Stelle sein zu dürfen. Das harte Fitnesstraining, die Laufrunden direkt nach Sonnenaufgang, das Schwimmen im Eiswasser, stundenlange Übungen am Schießstand, Bergungen aus brennenden Häuserattrappen, eine dreistellige Zahl von Fallschirmsprüngen – das alles bereitete einen auf Situationen wie diese vor.

Begriffe wie Angst gehörten nicht zu ihrem Vokabular. Höchstens Vorsicht, aber nicht Angst. Diese Männer genossen die Herausforderungen, denen sie sich stellten, und wussten nur zu gut, welche Wagnisse sie dabei eingingen. Der eigene Tod lag immer im Bereich des Möglichen. Sie hatten miterlebt, wie Teammitglieder bei Manövern und verdeckten Einsätzen starben. Doch für ein solches Leben entschied man sich aus freien Stücken und bisher hatten sie es nicht einen Tag bereut.

Der jüngere Craft bildete die Vorhut, weil er darum gebeten hatte. Aktuell hatten sie mit den gleichen Schwierigkeiten zu kämpfen wie vor ihnen Rapp und Adams. Je dichter sie an das Weiße Haus heranrückten, desto schwächer wurde das Funksignal. Deshalb hatten sie schon vor einiger Zeit die Ohrhörer herausgenommen. Das Rauschen war einfach zu laut gewesen.

Weder bei der CIA noch im mobilen Kommandoposten von SEAL Team Six war jemand auf die Idee gekommen, Shultz und Craft mit einer konventionellen Leitung zu verkabeln, um in Verbindung zu bleiben. Dabei nutzte man diese Möglichkeiten beim Militär seit mittlerweile gut einem Jahrhundert. Im Zuge der jüngsten technischen Umwälzungen mit digitalen Funkgeräten und milliardenschweren Kommunikationssatelliten waren solche Alternativen zunehmend in Vergessenheit geraten. Aufgrund der knappen Vorbereitungszeit hatte in diesem Fall schlicht niemand daran gedacht.

Craft war froh, dass er vor dem Abstieg in den Lüftungsschacht Arm- und Knieschoner angelegt hatte. Er schleppte fast 15 Kilo Ausrüstung am Körper und zog noch mal so viel an einem Seil hinter sich her. Obwohl er sich wand wie eine Schlange, kam er nur zentimeterweise voran und der Großteil der Arbeit blieb an seinen Ellbogen hängen.

Die beiden Männer bewegten sich überwiegend schweigend. Die einzigen Geräusche wurden vom mitgeschleiften Equipment erzeugt. Allerdings nicht besonders laut – in etwa vergleichbar mit einem T-Shirt, das in einen Wäscheschacht fiel. Sie wussten nicht genau, wie weit es noch war, aber Craft hatte das Gefühl, dass sie sich dem Ziel näherten. Er hielt kurz inne und spähte über die Schulter. Nichts als Schwärze und das leise Schnaufen seines Tauchpartners.

Er beschloss, Licht ins Dunkel zu bringen, drehte sich vorsichtig auf die Seite und zog seine Waffe, eine Heckler & Koch USP .45 ACP. An der Mündung war nicht nur ein walzenförmiger Schalldämpfer befestigt, sondern auch ein Laserzielmodul. Er schaltete es ein und ließ den roten Lichtpunkt an den Rundungen der Röhre entlangtanzen. Dann richtete er die Pistole nach vorn, um festzustellen, dass das Ende des Schachts kaum zehn Meter vor ihnen lag.

Bevor Aziz den Heizungskeller betrat, nickte er Bengazi kurz zu. Dieser bezog Position auf der anderen Seite der Tür und gab das Okay-Zeichen. Mit dem Gewehr im Anschlag sprang er in den Raum und musterte das lang gestreckte Gewölbe von seiner leicht erhobenen Position aus.

Bengazi fand sich auf einer kleinen Metallbrüstung wieder, von der drei Stufen auf den nackten Betonboden hinunterführten. Eine schwache Lampe zur Linken spendete ein bisschen Helligkeit. Nachdem er nichts Verdächtiges bemerkt hatte, hielt er zunächst nach Schaltern für weitere Lichtquellen Ausschau. Am Ende der Treppe erspähte er gleich vier davon. Er schlich hinunter und betätigte mit der flachen Hand alle gleichzeitig. Eine ganze Batterie von Deckenleuchten flackerte auf.

Aziz trat auf das kleine Podest und schaute sich um. Dabei hielt er die MP5 mit beiden Händen gepackt. Mit einer abgehackten Kopfbewegung forderte er Bengazi auf, weiter in den Raum vorzudringen, und folgte ihm. Keiner sagte etwas. Bengazi kannte den Anführer lang genug, um zu wissen, dass er beunruhigt war.

Aziz wusste nicht genau, wonach er suchte. Während er den Blick über die karge Umgebung schweifen ließ, beschäftigte ihn die Frage, ob er langsam durchdrehte. In der letzten Woche hatte er so gut wie keinen Schlaf bekommen und seine Nerven lagen blank. Andererseits konnte man kaum vorsichtig genug sein, wenn man sich mit der CIA anlegte. Ihm hätte schon früher einfallen müssen, den Heizungskeller zu überprüfen. Allerdings zwangen die aktuellen Entwicklungen sie ständig zum Improvisieren. Trotzdem hielt er es für ein unverzeihliches Versäumnis. Er hatte sich durch zu viele Kleinigkeiten vom Wesentlichen ablenken lassen: den Präsidenten in seine Gewalt zu bringen. Damit nichts schiefging, musste er oben einige Leute abziehen, damit sie diesen Bereich des Kellers im Auge behielten.

Aziz durchquerte den Raum gut zehn Schritte hinter Bengazi. Er richtete die Blicke auf den Boden, forschte gezielt nach Abflüssen, Gittern oder Rohren. Wie dick musste ein solches Rohr wohl sein, damit wie seinerzeit in Amsterdam Menschen hindurchgelangen konnten? *Schon ziemlich dick,* entschied er. Er ging nicht davon aus, dass im Weißen Haus solche massiven Zuleitungen existierten.

Er schielte gerade unter einen der gewaltigen Heizkessel, als ihn ein leiser Pfiff von Bengazi aufschreckte. Er richtete sich auf und sah zu seinem Untergebenen hinüber, der einen Finger auf die Lippen gelegt hatte und mit dem Gewehr in Richtung Decke wies. Aziz legte den Kopf in den Nacken und schaute nach oben. Dort führte ein massiver Metallschacht quer durch den Raum zur Heizungsanlage. Er konzentrierte sich voll und ganz darauf. Nach einigen Sekunden bildete er sich ein, etwas zu sehen: eine Reflexion, die da nicht hingehörte, eine leichte Wölbung im Metall. Aziz' Stirn furchte sich. Kein Zweifel, irgendetwas bewegte sich da. Er trat aus der Deckung, um es zu inspizieren.

Bengazi schüttelte hektisch den Kopf und versuchte ihn davon abzuhalten. Aziz ignorierte es und näherte sich dem Schacht. Als er direkt darunter stand, hörte er etwas. Es klang wie eine Ratte, die hinter den Wänden eines alten Gemäuers hin und her huschte. Er schielte über die Schulter, wich ein paar Schritte zurück, hob die MP5 und zielte auf den Teil des Schachts, der direkt an die Mauer grenzte. Er klemmte den Kolben der Waffe zwischen Wange und rechter Schulter ein, drückte ab und entfesselte eine automatische Feuersalve. Die schweren Projektile durchschlugen das dünne Metall mit Leichtigkeit.

Insgesamt gab er neun Schüsse ab. Sie wurden von Beton und Mauerwerk ohrenbetäubend laut verstärkt und brachten die Ohren der beiden Terroristen zum Klingeln. Ein schwefliger Gestank hing in der Luft und einige leere Patronen rollten unweit von Aziz' Füßen über den Boden.

Aziz rührte sich nicht von der Stelle, visierte mit der Pistole weiterhin den Schacht an und begutachtete die gerade Linie von Einschusslöchern, die sein Feuerstoß hinterlassen hatte. Zuerst passierte überhaupt nichts, nur das Echo der Schüsse hing in der Luft. Doch dann formte sich in einem der Löcher eine dunkle Substanz zu einem Tropfen, der nach einer gefühlten Ewigkeit nach unten fiel. Sowohl Aziz als auch Bengazi beobachteten, wie er auf den grauen Betonbelag prallte und einen blutroten Fleck hinterließ. Ohne weiteres Zögern überzogen sie den Schacht mit einem Kugelhagel.

28

Das Apartment machte einen ausgesprochen gemütlichen Eindruck. Seine Mutter hatte darauf bestanden, es für ihn einzurichten. Sie war extra nach Washington geflogen, um ihrem Sohn zu helfen. Seit Dallas in der Hauptstadt mittlerweile als einflussreiche Persönlichkeit galt, musste er gelegentlich auch Gäste zu Hause empfangen. Also hatte Mrs. King für ihren Sohn das Beste aufgefahren, was Williams-Sonoma, Pottery Barn, Restoration Hardware und ihre anderen Lieblingsläden zu bieten hatten.

Die Dreizimmerwohnung im Adams-Morgan-Viertel kostete satte 1900 Dollar Miete im Monat, aber die schienen ihm gut angelegt zu sein. Immerhin wohnte er nur einen Katzensprung entfernt von einem der beliebtesten Ausgehviertel der Stadt, konnte sich also über einen Mangel an attraktiven Frauen in der Gegend nicht beklagen und hatte es nicht weit bis zur Arbeit.

Dallas King saß an der Frühstückstheke in der Küche, schlürfte eine Tasse Kaffee und schaltete mit der Fernbedienung den Fernseher an. Er wartete auf die 7-Uhr-Schlagzeilen auf CNN. Durch den Spalt der Schlafzimmertür erhaschte er einen Blick auf den schlanken Unterschenkel von Kim, der attraktiven Barbesitzerin. Sie hatte seine hohen Erwartungen sogar noch übertroffen. Nach der Besprechung mit Sheila Dunn war er mit einem Glas Wein an den Tresen gewechselt. In der Zwischenzeit musste sie jemand über ihn aufgeklärt haben, denn sie bestürmte ihn mit Fragen zu der Krise im Weißen Haus. King trug ziemlich dick auf, hob seine Rolle als engster Vertrauter des Vizepräsidenten hervor und bot ihr schließlich an, die Nacht mit ihm zu verbringen. Gegen ein Uhr hatte er sie endlich weichgeklopft und nahm sie mit nach Hause.

Er trank einen weiteren Schluck Kaffee, als die Werbepause auf CNN endete. King drehte den Ton lauter und der Moderator kommentierte die Bilder einer Mahnwache mit Kerzen vom Vorabend. Demnach hatten sich geschätzte 50.000 Bürger einem Schweigemarsch vom Lincoln Memorial zum Capitol angeschlossen. Danach folgten Aufnahmen von massiven Menschenmengen, die gegen Absperrungen drängten, um einen Blick auf das Weiße Haus zu erhaschen. Nach einem ziemlich abrupten Schnitt sah man wütende Demonstranten, die im Gazastreifen, im Westjordanland, in Bagdad und Damaskus amerikanische Flaggen verbrannten. King schüttelte den Kopf. »Wenn die so weitermachen, lassen sie uns keine andere Wahl als einen Sturm auf das Gebäude.«

Der Moderator im Studio und der zugeschaltete Korrespondent tauschten sich fast eine Minute lang über die offiziellen Stellungnahmen von Regierungsvertretern im Nahen Osten aus, bis live zu einer Pressekonferenz von FBI-Direktor Roach umgeschaltet wurde. Roach stand auf einem Podium im Justizministerium und zeigte auf ein neben ihm aufgehängtes Bild. »Hier sehen sie das Fahndungsfoto von Mohammed Battikhi, das wir gestern freigegeben haben. Er ist der Mann, der zu Beginn der Angriffe auf das Weiße Haus mutmaßlich mehrere Schüsse vom Dach des Washington Hotels abgegeben hat. Inzwischen wissen wir, dass sein wahrer Name Salim Rusan lautet. Er befindet sich auf der Flucht und gilt als extrem gefährlich. Wir haben daher eine Belohnung in Höhe von einer Million Dollar für Informationen ausgesetzt, die zu seiner Ergreifung führen.

Dasselbe gilt für diesen zweiten Verdächtigen.« Einer von Roachs Helfern ersetzte die erste Aufnahme durch die eines anderen Mannes, der eine Art grünen Overall trug. Er trug die Haare nach hinten gekämmt. Eine Goldkette mit Kreuz blitzte unter dem aufgeknöpften Kragen hervor. »Er war als Mitarbeiter unter dem falschen Namen Vinney Vitelli für den White-Knight-Wäscheservice tätig. In Wirklichkeit heißt er Abu Hasan und gehört zu den Terroristen, die in das Weiße Haus eingedrungen sind. Sollten Sie ihm im Laufe des letzten Jahres begegnet sein, wären wir Ihnen für Hinweise dankbar.«

Roach redete weiter und nannte die Nummer einer extra zu diesem Zweck eingerichteten Telefon-Hotline, doch King hörte gar nicht mehr zu. Er starrte ungläubig auf den Bildschirm. Das konnte unmöglich wahr sein. Er sprang auf und hätte dabei fast seinen Kaffee fallen lassen, zupfte nervös am weißen Frottee-Bademantel und beugte sich ganz dicht an den Bildschirm heran. »Mein Gott, er ist es wirklich!«

Niemand im Bunker hatte in dieser Nacht länger als eine halbe Stunde am Stück geschlafen, einige der Agenten sogar überhaupt nicht. Das kreischende Geräusch, mit dem Metall gegen Metall schleifte, schien zunehmend lauter zu werden. Präsident Hayes blieb optimistisch, dass das FBI bald anrücken würde, um sie zu befreien. Er hatte an sämtlichen Briefings zu diesem Thema teilgenommen. Dabei betonten die Experten stets, dass sich die Zeit kurz nach Sonnenaufgang am besten eignete, weil der menschliche Organismus dann am trägsten war.

Zu dieser Jahreszeit dämmerte es gegen halb sechs. Jeder der elf Leute im Bunker wartete gespannt auf die ersehnte Rettung, doch es passierte nichts. Stattdessen bescherte ihnen das monotone Lärmen des Bohrers ein Gefühl von tiefer Enttäuschung und zunehmender Hoffnungslosigkeit. Jeder Anwesende, den Präsidenten eingeschlossen, stellte sich immer wieder dieselbe Frage: Halten wir noch einen weiteren Tag durch?

Valerie Jones kam gerade aus der kleinen Nasszelle zurück. Nach zwei Tagen hatte sie sich endlich dazu durchgerungen, ihr Make-up abzuwischen. In Anbetracht der Situation hielt sie es für albern, die dunklen Ringe unter den Augen und die Krähenfüße kaschieren zu wollen. Die Vorwürfe des Präsidenten vom Vortag machten ihr zu schaffen. Sie hatte für diesen Posten entschieden zu hart gearbeitet, um sich jetzt die Schuld in die Schuhe schieben zu lassen, einem Terroristen den Weg ins Weiße Haus geebnet zu haben. Jones fand, dass die Wahrheit nie so simpel war. Für jedes Problem gab es mindestens acht mögliche Ursachen – das lernte man schnell, wenn man sich im Umfeld von Politikern bewegte.

Auf keinen Fall gab sie jetzt klein bei und ließ zu, dass ihre Karriere sich in Luft auflöste. Die ganze Nacht hatte sie gegrübelt. Wer konnte ihr helfen, das lädierte Image bei Hayes geradezurücken? Auf wen konnte sie Hayes Wut umlenken? Die erste Frage ließ sich leicht beantworten. Jones kannte genug einflussreiche Senatoren und großzügige Spender, die auf Kommando beim Präsidenten in höchsten Tönen von ihr schwärmen würden oder ihn notfalls sogar unter Druck setzten. Die Schuld auf Russ Piper und das Demokratische Komitee abzuwälzen, dürfte nicht weiter schwierig sein. Sie selbst hatte schließlich nur besagten Termin in den Kalender eingetragen. Daraus konnte man ihr wohl kaum einen Strick drehen.

Was das Problem betraf, die Wut ihres Chefs auf einen anderen Schuldigen umzulenken, so hatte sie bereits eine Idee. Sie ging zu den Sofas und setzte sich neben ihn. Falls es ihr gelang, seine Überlegungen zu diesem Thema in eine andere Richtung zu drängen, rettete sie mit etwas Glück nicht nur ihren Job, sondern auch ihre weiteren Aufstiegsmöglichkeiten.

Präsident Hayes schien die Ankunft seiner Stabschefin kaum zu registrieren. Sie betrachtete ihn mit gespielter Sorge und fragte: »Was meinen Sie, warum ist niemand vom FBI gekommen?«

Hayes schüttelte den Kopf. »Ich weiß es nicht. Es muss einen triftigen Grund dafür geben.«

»Welchen denn? Ich dachte immer, es sei Teil des Protokolls, nicht mit Terroristen zu verhandeln?«

»Nun, nicht jeder hält sich an das Protokoll.«

»Wer trifft denn aktuell die Entscheidungen?«

Er musterte sie aus müden Augen. »Wie ich Ihnen gestern schon erklärt habe, sieht die Verfassung vor, dass in solchen Fällen die Regierungsgewalt auf den Vizepräsidenten übergeht.«

Jones rollte die Augen. »Baxter? Das sind keine guten Neuigkeiten.«

Der Präsident reagierte zunächst gar nicht, dann nickte er langsam.

»Warum schickt er uns nicht das FBI?«

»Ich weiß es nicht, Valerie!«, platzte Hayes heraus. Der Schlafentzug und die Anspannung nagten sichtlich an seinen Nerven.

»Das ergibt doch keinen Sinn«, lenkte Jones das Gespräch vorsichtig auf einen anderen Aspekt um. »Was Sie uns über eine Befreiungsaktion bei Sonnenaufgang erklärt haben, klang für mich absolut logisch. Ich begreife nicht, warum wir immer noch hier festsitzen.«

»Nun, es gibt vieles, was wir nicht wissen. Möglicherweise gibt es gute Gründe, den Zugriff hinauszuzögern.«

Jones wusste um die Spannungen zwischen Präsident Hayes und seinem Stellvertreter. Sie hatte oft genug mit ihm über dieses Thema gesprochen. Falls es ihr gelang, dass sich der Ärger des Präsidenten auf Baxter konzentrierte, geriet ihre wenig schmeichelhafte Rolle bei diesem Debakel mit etwas Glück in Vergessenheit.

So leise, dass es außer ihnen beiden niemand hörte, legte sie den Grundstein für einen Gedankengang, der

Hayes hoffentlich auf 180 bringen würde: »Vielleicht will Baxter einfach so lange wie möglich Präsident bleiben.«

Irene Kennedy stand in ihrem Büro und beobachtete durch das Fenster, wie die Sonne über den Bäumen am Ufer des Potomac River aufging. Sie überschlug, wie viel Schlaf sie in der letzten Woche bekommen hatte. Jedenfalls deutlich zu wenig. Kein Wunder, im Moment ging ihr mehr als genug durch den Kopf – nicht zuletzt machte sie sich Sorgen um Rapp.

Sie hatte darauf spekuliert, sich nach dem erfolgreichen Vorstoß der beiden SEALs in das Weiße Haus und ihrem ersten Bericht über die angetroffenen Bomben ein paar Stunden hinlegen zu können, doch dazu war es nie gekommen. Die Mission war kläglich gescheitert.

Um 2:23 Uhr hatte Kennedy in Langley im Kontrollraum gesessen, als sich ein hörbar gereizter Skip McMahon telefonisch bei ihr meldete. Er war wenige Minuten vorher durch einen Anruf von Rafique Aziz geweckt worden und in Boxershorts und T-Shirt in die Kommandozentrale gestolpert, um das Gespräch entgegenzunehmen. Aziz bombardierte ihn mit einer Serie wüster Anschuldigungen. McMahon stritt alles ab, was den Terroristen nur noch wütender machte. Er drohte sogar mit der Tötung weiterer Geiseln. Da machte es auf einmal *klick* bei McMahon und er erinnerte sich an einen vermeintlich bedeutungslosen Anruf von Roach am Vorabend, bei dem ihm der FBI-Direktor angekündigt hatte, dass die CIA einige Überwachungsvorrichtungen am Ostzaun des Weißen Hauses in Position bringen wollte.

Kaum eine Minute später beorderte McMahon einen Assistenten zu sich, der kurz danach einen Geländeplan vor ihm ausbreitete und anklagend mit dem Finger auf einen Lüftungsschacht direkt hinter dem Zaun auf dem South Lawn deutete. McMahon wurde schlagartig klar, was passiert sein musste. Er versicherte Aziz, der Sache innerhalb der nächsten fünf Minuten auf den Grund zu gehen. Danach rief er sofort bei seiner Kollegin und guten Freundin Irene Kennedy an.

Schnell wurde allen Beteiligten klar, was passiert sein musste. McMahon wies General Campbell an, einen seiner Männer in den Schacht zu schicken, um nach dem Rechten zu sehen. Wenig später wurden die beiden SEALs mit einer elektrischen Seilwinde herausgezogen. Shultz hatte sich strikt an den Ehrencodex des Team Six gehalten, dass man einen Kameraden im Kampf niemals zurückließ – weder tot noch lebendig.

Bei Aziz' ersten Schüssen hatte sich Shultz weit genug hinter Craft befunden, um nicht selbst getroffen zu werden, aber dicht genug an der Ausrüstung, die sein Tauchpartner hinter sich herzog. Zentimeterweise schaffte er es, seinen langjährigen Begleiter und Freund rückwärts durch die enge Röhre zu hieven, inständig hoffend, dass dieser keinen lebensbedrohlichen Treffer kassiert hatte. Eine Hoffnung, die sich am Ende als vergeblich erwies. Craft war seinen Verletzungen bereits erlegen, als sie ihn auf den Rasen hoben.

Nun, als Kennedy nach Anbruch der Dämmerung an der Scheibe ihres Büros im sechsten Stock des CIA-Hauptquartiers stand, wünschte sie sich, die Uhr zurückdrehen und bei einem neuen Anlauf alles anders machen zu können. Diesmal richtig, so wie sie es von Anfang an hätte tun müssen. Sie hatte sich einmal selbst das Versprechen gegeben, bei Einsätzen, die Männer potenziell in den Tod schickten, nie wie eine abgehobene Bürokratin zu handeln. Seit Dienstantritt hatte sie insgesamt 17 Einsatzkräfte verloren, den Großteil davon bei einer einzigen spektakulär gescheiterten Mission. Mit Craft wuchs die Zahl auf 18. Auch in diesem Fall nahm sich Kennedy vor, ihm am Grab die letzte Ehre zu erweisen.

Ein Klopfen riss sie aus ihren trüben Gedanken. »Herein.«

Die Tür öffnete und schloss sich, ohne dass der Besucher ein Wort sagte. Kennedy drehte sich um und stand Skip McMahon gegenüber, der sie finster anstarrte.

»Skip, es tut mir leid, dass du es so erfahren musstest. Es ging gestern alles viel zu schnell.«

McMahon stand in Anzug und Krawatte da und nahm sie mit in die Hüfte gestützten Händen und dunklen Ringen unter den Augen ins Visier. »Ich kann's nicht glauben, dass du mir nichts davon gesagt hast.«

»Es tut mir leid.«

McMahon bewegte den Kopf wie in Zeitlupe hin und her. »Du und ich, wir haben uns aus diesen Spielchen immer ausgeklinkt und sind ehrlich zueinander gewesen.«

»Ich weiß. Ich kann mich nur entschuldigen. Wie gesagt, es ging gestern Abend alles viel zu schnell. Ich wollte dir Bescheid geben ... ich habe sogar explizit darum gebeten, dich einweihen zu dürfen, aber man bat mich, damit zu warten.«

»Wer? Thomas?«

»Nein, jemand von weiter oben.«

McMahon blickte sie skeptisch an. »Wie weit oben?«

Kennedy wandte sich ab und überlegte, ob sie McMahon einweihen durfte.

Er hielt ihr Kinn fest und zwang sie, ihm in die Augen zu sehen. »Keine Ausflüchte. Ich will die Wahrheit.«

Kennedy schob seine Hand weg. »Du musst mir versprechen, dass du es für dich behältst.«

»Gar nichts verspreche ich!«, tobte er.

»Red nicht in diesem Ton mit mir.« Kennedy wich einen Schritt zurück. »Wir sind Freunde.«

»Ach ja? Seit wann lassen Freunde ihre Freunde so im Regen stehen?«

»Skip, die Anweisung kam von ganz oben. Ich wollte dich informieren, aber es wurde mir untersagt. Und für eine längere Auseinandersetzung blieb in der Situation keine Zeit.«

»Wer hat befohlen, diese Männer reinzuschicken und dem FBI den Einsatz zu verschweigen?«

Kennedy seufzte. »Vizepräsident Baxter.«

»Dieser Hurensohn!« McMahon ballte wütend die Fäuste. »Dieser arrogante Mistkerl! Was fällt dem ein, mich dermaßen …« McMahon hielt inne und kämpfte um Beherrschung. Zwischen den Zähnen presste er hervor: »Das ist eine FBI-Operation. CIA und Pentagon haben da keine Alleingänge zu unternehmen. Wenn man mich nicht über sämtliche Schritte in Kenntnis setzt, marschiere ich gleich rüber u…«

Die Gegensprechanlage auf Kennedys Schreibtisch schnitt ihm das Wort ab. »Dr. Kennedy?«

Irene lief hin und drückte auf die Taste. »Ja?«

»Sie werden im Besprechungszimmer des Direktors erwartet.«

Kennedy schaute verblüfft auf die Uhr. Tatsächlich, schon kurz nach sieben. »Wir kommen sofort.« Sie sah McMahon an. »Lass uns rübergehen. Bitte versprich mir, dass du die Sache erst mal für dich behältst, bis ich dir alles erklärt habe.«

Er schüttelte den Kopf. »Auf keinen Fall. Ich geh da jetzt rein und reiß jemandem den Arsch auf!«

Kennedy packte ihn am Handgelenk. »Nein, das wirst du nicht tun, Skip. Dafür steht zu viel auf dem Spiel. Wenn du erfahren willst, was wirklich läuft, halt dich während der Sitzung zurück. Hinterher klär ich dich auf, versprochen.«

Sie wurden bereits ungeduldig erwartet. Während Kennedy und McMahon Platz nahmen, gab ein sichtlich erregter Direktor Roach den übrigen Anwesenden bereits zu verstehen, was das FBI von der Sache hielt. »Scheiße« war das Wort, mit dem er nicht nur den angerichteten Schlamassel beschrieb, sondern auch die Art und Weise, wie die anderen das FBI behandelt hatten.

Am Kopf der Tafel saß CIA-Chef Thomas Stansfield, zu seiner Linken Vizepräsident Baxter und Dallas King. Rechts hatten sich General Flood und Direktor Roach niedergelassen. McMahon und Kennedy besetzten die noch freien Stühle neben Roach. Es handelte sich bewusst um eine Besprechung im kleinen Kreis.

FBI-Direktor Roach sagte gerade: »Ich sehe keinen vernünftigen Grund, warum man uns nicht darüber in Kenntnis gesetzt hat, dass die beiden SEALs in den Schacht geschickt wurden. Es ist mir ein völliges Rätsel.« Roach schüttelte den Kopf. »Ich habe mit Skip schon darüber gesprochen. Wir hätten dem Einsatz sogar zugestimmt. Aber uns nicht in die Planungen zu involvieren …«

Vizepräsident Baxter fuchtelte wütend mit dem Zeigefinger und polterte in General Floods Richtung: »Das Ganze fand ohne mein Wissen statt!«

Floods verächtlicher Blick streifte Baxter nur für einen Sekundenbruchteil, ehe er sich Roach zuwandte. »Das geht auf meine Kappe. Ich hatte grünes Licht für die Durchführung von Aufklärungsoperationen gegeben und wollte die einzigartige Gelegenheit nutzen.«

»Schön und gut, aber wieso haben Sie nicht zum Hörer gegriffen, um uns Bescheid zu geben?«, wollte Roach wissen.

Flood rutschte unbehaglich auf dem Stuhl hin und her. Am liebsten hätte er dem FBI-Direktor erklärt, dass der Vizepräsident es verlangt hatte, aber das wäre ein glatter Verstoß gegen die ungeschriebenen Gesetze Washingtons gewesen.

»Aufgrund der sich überschlagenden Ereignisse beging ich den schweren Fehler, Sie beide nicht zu informieren.« Er sah nacheinander Baxter und Roach an. »Sie können sich darauf verlassen, dass so etwas nicht noch einmal vorkommt.«

Sowohl Roach als auch Baxter akzeptierten die Entschuldigung des Generals mit einem kurzen Nicken. Für Skip McMahon war das Thema damit aber noch nicht erledigt. Mit seiner barschen Art stand er dem General in nichts nach. Er schlug mit der Faust auf den Tisch und fragte: »Gibt es vielleicht noch mehr entscheidende Details, die Sie uns verschwiegen haben?«

Flood und Stansfield präsentierten ein perfektes Pokerface, aber der nervöse Blick, den Baxter und King wechselten, veranlasste McMahon, noch einmal nachzuhaken: »Raus damit! Ich lasse mich von Ihnen nämlich nicht verheizen. Ich muss alles wissen, was mir irgendwie einen Vorteil gegenüber Aziz verschafft.«

Direktor Stansfield konnte Skip McMahon gut leiden

und verstand seine Reaktion gut. Immerhin stand er unter gehörigem Druck, weil er mit dem Terroristen verhandeln musste. Aziz akzeptierte keinen anderen Gesprächspartner. Der CIA-Direktor dachte allerdings immer mindestens ein Dutzend Schritte voraus. Deshalb gefiel ihm die Vorstellung nicht, McMahon in alles einzuweihen. Was, wenn Aziz einer Geisel die Waffe an den Kopf halten und eine Forderung stellten würde, die sie nicht erfüllen konnten? Falls McMahon zu viele Hintergründe kannte, geriet er möglicherweise in Versuchung, einige dieser Informationen im Tausch gegen das Leben der Geisel preiszugeben.

Nein, das durfte Stansfield nicht zulassen. Deshalb beschloss er, dem Special Agent nichts über Mitch Rapp zu erzählen, der zunehmend zu einer Trumpfkarte in ihrem Kampf gegen den Terror wurde. Und bevor der junge Mann in seiner Wut auf Baxter oder King noch irgendwelche Dummheiten machte, beschloss Stansfield, ein Täuschungsmanöver zu starten und so zwei Fliegen mit einer Klappe zu schlagen.

»Es gibt da etwas, das Sie wissen sollten.« Er griff nach der Morgenausgabe der *Washington Post,* die neben seinem Stuhl lag. Um McMahons Aufmerksamkeit vollständig vom Vizepräsidenten und seinem Stabschef abzulenken, stand er auf, lief um den Tisch herum und legte die Zeitung vor Skip auf den Tisch. Er zeigte auf die Schlagzeile auf der Titelseite: ›CIA-Warnung an den Secret Service rettet den Präsidenten‹.

»Wie die *Post* davon erfahren hat, wird uns später noch beschäftigen.« Sein Blick an die Adresse von Dallas King sprach Bände. »Vorher möchte ich mit Ihnen über eine streng vertrauliche Angelegenheit sprechen. Uns wurden geheimdienstliche Informationen zugespielt, an deren

Authentizität kein Zweifel besteht. Dieser Quelle verdanken wir das Wissen, das es uns erlaubte, den Secret Service wenige Minuten vor dem tatsächlichen Angriff auf den Präsidenten vorzuwarnen. Außerdem lieferte sie uns Angaben zu weiteren Forderungen, die Mr. Aziz künftig stellen wird, sowie zu seiner personellen und technischen Ausstattung.«

McMahon starrte Stansfield an, der inzwischen auf seinen Platz zurückgekehrt war. »Deshalb wussten Sie auch von dem Plastiksprengstoff?«

»Ja.«

»Und welche Forderungen wird er noch stellen?«

»Ich bin bereit, Ihnen das zu verraten, aber« – ein weiterer mahnender Blick in Dallas Kings Richtung – »es handelt sich um extrem vertrauliche Angaben, die auf keinen Fall in falsche Hände geraten dürfen. Mr. McMahon, Mr. Roach, ich vertraue Ihnen beiden, also kann ich mich auf Ihre Verschwiegenheit verlassen.«

Beide FBI-Vertreter nickten. Stansfield fuhr fort: »Aziz' nächste Forderung betrifft die Aufhebung sämtlicher UN-Handelssanktionen gegen den Irak. Er wird ein kleineres Zugeständnis machen, um sich kooperativ zu zeigen, und zulassen, dass die Restriktionen gegen Massenvernichtungswaffen aufrechterhalten werden.«

»Können die Vereinten Nationen einen solchen Beschluss überhaupt so kurzfristig umsetzen?«, wollte McMahon wissen.

»Wenn es unbedingt nötig ist, bekommen wir das hin«, antwortete Flood.

»Und dann wäre da noch eine dritte Forderung.« Er beschloss, auf Nummer sicher zu gehen. »Aber bedauerlicherweise ist sie uns inhaltlich nicht bekannt.«

McMahon war in seiner FBI-Laufbahn noch nie ein Mann mit einem so perfekten Pokerface wie Stansfield begegnet – weder auf seiner Seite des Gesetzes noch auf der anderen. Stansfield blieb stets cool und analytisch, gab mit seiner Körpersprache nichts preis. Er beschloss, sich stattdessen auf Kennedy zu konzentrieren. Vielleicht verriet ihre Miene ja, ob Papa die Familienjuwelen vollständig auf den Tisch gepackt hatte oder noch etwas in Reserve behielt. Doch genau wie ihr Boss lieferte auch sie ihm nicht den geringsten Hinweis.

Als Nächstes versuchte er sich einen Reim auf die Ungereimtheiten bezüglich Baxter zu machen. Vor Beginn des Meetings hatte Kennedy behauptet, der Vizepräsident habe die Einschleusung der SEALs ins Weiße Haus befohlen. Wenige Minuten später nahm dann plötzlich General Flood die Verantwortung dafür auf seine Kappe. Entweder log die Terrorabwehrchefin des CIA oder Flood deckte den Vizepräsidenten. McMahon beschloss, auf eine Gelegenheit für ein Vier-Augen-Gespräch mit Kennedy zu warten, um der Sache nachzugehen.

Dallas King wischte sich mit dem Zeigefinger so unauffällig wie möglich den Schweiß von der Oberlippe. Er fühlte sich, als stünde er im Hochsommer mitten in Phoenix in der prallen Mittagssonne. Jedes Mal, wenn ihn jemand ansah, fragte er sich, ob derjenige Bescheid wusste. Seit er heute Morgen auf CNN das Foto seines Bekannten gesehen hatte, mit dem er durch die Bars der Umgebung gezogen war, stand er kurz vor dem Durchdrehen. Zuerst hatte er sich eingeredet, dass es unmöglich derselbe Mann sein konnte. Schließlich hieß sein Kneipenbuddy Mike und war Student. Außerdem trug er die Haare nicht zurückgegelt wie der Typ im Fernsehen.

Irgendwann merkte er, dass er sich selbst etwas vormachte. Zunehmend fielen ihm seltsame Zufälle rund um den mysteriösen Mike ein. Allein schon, dass er ihm wochenlang ständig über den Weg lief und ausgerechnet ebenfalls Fan der Basketball-Mannschaft seines früheren Colleges war.

King schloss die Augen und rieb sich die Nasenwurzel, während er sich die Einzelheiten ihrer nächtlichen Tour durch das Weiße Haus in Erinnerung rief. Mike hatte behauptet, einer seiner Onkel habe dort zu Kennedys Zeiten gearbeitet. Er hatte ihn schließlich dazu überredet, ihm den Treasury-Tunnel zu zeigen, der im Zweiten Weltkrieg angeblich als Bunker genutzt worden war. Laut seinem Onkel hätten Mitarbeiter der Kennedy-Regierung Frauen nach dort unten gebracht, um mit ihnen Sex zu haben.

Dasselbe hatten sie dann auch in jener Nacht getan. Präsident Hayes war nicht in der Stadt gewesen und King sah kein Problem darin, seinem neuen Freund und ein paar heißen Bräuten Zutritt zu verschaffen. Er konnte sein Pech kaum fassen. Hunderte von Leuten arbeiteten für das Weiße Haus, aber dieser durchgeknallte Terrorist hatte ausgerechnet ihn herausgepickt. Er rieb sich die Nase langsam wund und grübelte: *Wie konntest du nur eine solche Scheiße bauen?* Das würde kein gutes Ende nehmen. Er musste in Ruhe nachdenken, wie er am besten verhindern konnte, dass jemand sein Geheimnis aufdeckte.

Mitch Rapp wachte von Milt Adams' lautem Schnarchen auf. Irritiert stellte er fest, dass ihm Anna Riellys Pferdeschwanz im Gesicht hing, sein linker Arm an ihrem Hals ruhte und er mit dem rechten ihre Brust berührte. Er hob den Kopf und versuchte vorsichtig, die Hand zu lösen, was lediglich dazu beitrug, dass sie sich im Halbschlaf noch enger an ihn kuschelte. Wie sie in dieser Position gelandet waren, gab ihm Rätsel auf. Allerdings ging es in der versteckten Kammer ziemlich beengt zu.

Nach der Katastrophe, die sich im Keller ereignet hatte, war Rapp bis gegen vier Uhr morgens mit Langley in engem Funkkontakt geblieben. Das FBI verlangte lautstark zu erfahren, was eigentlich passiert war, und die komplette Operation wurde zunächst auf Eis gelegt. Kennedy forderte Rapp schließlich auf, sich ein wenig hinzulegen und weitere Instruktionen am Vormittag abzuwarten.

Rapp machte gegenüber der CIA keinen Hehl daraus, was er von der Sache hielt. Hätten sie ihn nicht zurückgepfiffen, als er Aziz und die beiden anderen Terroristen töten wollte, lägen die jetzt längst im Sarg und der Navy SEAL wäre noch am Leben. Es überraschte ihn nicht, dass seine Vorwürfe wortlos zur Kenntnis genommen wurden. Er sagte sich, dass es nichts brachte, darüber nachzugrübeln. Besser, er nutzte die Gelegenheit, ein paar Stunden zu schlafen, und tröstete sich mit dem Gedanken, bei seiner nächsten Begegnung mit Aziz erst zu schießen und hinterher um Erlaubnis zu betteln. Noch einmal ließ er sich eine solche Chance nicht entgehen.

Rielly hatte Rapp damit überrascht, dass sie einen Arm um ihn schlang, als er sich neben sie legte. Als er bereits weggedämmert war, hatte sie seine Hand geküsst und flüsterte etwas, das er nicht mehr ganz mitbekam. Auf jeden Fall schickte der Kontakt mit ihren Lippen einen wohligen Schauer durch seinen Körper.

Nun verrenkte er sich fast den Hals, um das Funkgerät zu betrachten, das zwischen ihm und Adams auf dem Tisch stand. Das Deckenlicht brannte noch und ein Blick auf die Anzeige verriet, dass er ebenfalls vergessen hatte, das Gerät auszuschalten. Wie lange mochte er geschlafen haben? Eigentlich wollte er Anna nicht wecken, aber ihm blieb keine andere Wahl. Er befreite die Hände aus ihrer Umklammerung und schielte auf die Uhr am Handgelenk: 7:41. Etwa zwei Stunden war er weggedämmert, vielleicht auch zweieinhalb. Das musste an Erholung vorläufig reichen. Schließlich galt es eine Mission zu erledigen. Wenn Langley nicht von selbst anrief, musste er nachhelfen und dafür sorgen, dass Bewegung in die Sache kam.

29

Rafique Aziz hatte geduscht und sich rasiert. Er trug den teuren Anzug, den er bereits für seinen wegweisenden Besuch beim Präsidenten angezogen hatte. Seine Männer befanden sich alle auf dem Posten – bis auf einen, der als Kameramann im Presseraum herhalten musste, während er selbst hinter dem vertrauten Rednerpult stand und die Morgensonne durch ein Fenster an der schmalen Seite hereindrang. Er schaute auf die Uhr. Fast acht. Hinter ihm prangte auf einem blauen Vorhang das Logo des Weißen Hauses.

Aziz beobachtete, wie sich sein Untergebener an einem Kontrollpult im hinteren Teil des Raumes zu schaffen machte. Der sah auf und rief: »Ich habe den zweiminütigen Countdown eingeleitet. Das Live-Signal wird gleich an alle Sender weitergeleitet.«

Der Anführer der Terroristen grinste voller Vorfreude, gleich die nächste Stufe seines genialen Plans zu zünden.

Diesmal wollte er die Anführer des Militärs und das FBI überrumpeln, indem er seine Worte direkt an das amerikanische Volk – und damit auf Umwegen an die Politik – richtete. Als einzige Änderung wollte er auf den gescheiterten nächtlichen Versuch eingehen, zwei Soldaten in das Gebäude zu schmuggeln. Das verlieh der Sache einen besonderen Kick. Es war wirklich ziemlich knapp gewesen. Inzwischen hatte er auch einige Geiseln verkabelt, um sie im Fall eines Befreiungsangriffs in die Luft jagen zu können. Jede weitere Aktion der Amerikaner mündete also zwangsläufig in einem Blutbad.

Diesen Preis war er bereit zu zahlen. Sein Selbsterhaltungstrieb wehrte sich zwar dagegen, aber wenn ihm keine andere Wahl blieb, würde er keine Sekunde zögern, sämtliche Menschen in diesem Gebäude auszulöschen, ihn eingeschlossen. Die Rede, die er gleich hielt, würde garantieren, dass das FBI keine Gelegenheit bekam, weitere Dummheiten zu versuchen. Politiker in Amerika reagierten in Konfliktsituationen äußerst berechenbar.

Aziz war ein glühender Verehrer von Saddam Hussein, dessen Handlungen und Rhetorik sich eng an die Adolf Hitlers anlehnten. Genau wie der Anführer der Nazis vor dem Zweiten Weltkrieg beherrschte Saddam die komplette Klaviatur von Erpressen, Lügen, Betrügen und Unter-Druck-Setzen, bis hin zu Honig-ums-Maul-Schmieren. Auf diese Weise bekam er, was er wollte, und führte die schwachen Vereinten Nationen, die Liberalen in Amerika und einen Großteil Europas an der Nase herum. Er bombardierte die westlichen Kräfte mit Unverschämtheiten, bis er sie an den Rand einer bewaffneten Auseinandersetzung getrieben hatte, und dann schickte er seine Gesandten zur UNO, um in letzter Minute einen

Militärschlag am Verhandlungstisch zu verhindern. Und wenn Kriegsschiffe und Luftwaffe der Amerikaner und ihrer Verbündeten vor seiner Haustür auftauchten, gab er sich bis zur letzten Sekunde unnachgiebig und lenkte höchstens im Falle eines drohenden Angriffs ein. Ein halbes Jahr später begann das Ganze dann von vorn, mit dem Ziel, die arroganten Machthaber stufenweise zu zermürben.

Dank Saddam wusste Aziz, dass die Amerikaner ganz vernarrt in ihre strategischen Planspiele waren und gern mit dem Einsatz ihrer Langstreckenraketen drohten, aber in Wirklichkeit steckte nicht viel dahinter. Wenn man jenseits der markigen Sprüche hinter die Kulissen schaute, richteten sie kaum Schaden an. Entsprechend wollte er das Volk der Vereinigten Staaten von Amerika gleich mit der Aussicht auf Frieden locken und damit den Weg für seine letzte Forderung und die triumphale Rückkehr in die Heimat ebnen.

Aziz blickte in die Kamera und rückte die Krawatte zurecht. Ursprünglich hatte er geplant, die Ansprache im Oval Office zu halten, aber das hätte sich als kontraproduktiv erweisen können. Die Menschen empfanden es vermutlich als anmaßend, wenn er auf dem Sessel ihres Präsidenten Platz genommen hätte. Trotzdem war es ihm schwergefallen, der Versuchung zu widerstehen. Immerhin hatten sich seit Jahrzehnten alle Staatschefs der USA von dort aus an die Bevölkerung gewandt. Damit hätte er ein klares Statement abgegeben – dass er das Weiße Haus kontrollierte. Aber solche Eitelkeiten waren im Moment fehl am Platz. Es ging vielmehr darum, eine versöhnliche Botschaft auszusenden und die Politiker auf seine Seite zu ziehen.

Aziz' Kameramann hielt eine Hand hoch und zählte mit den Fingern den Countdown herunter. Der Anführer der Terroristen stützte beide Hände auf das Pult, räusperte sich kurz und hielt seine Ansprache aus dem Gedächtnis. »Schweren Herzens wende ich mich am heutigen Morgen an die Bürger der Vereinigten Staaten.« Mit betrübter Miene starrte er aus dunklen Augen in die Kamera und fuhr in fast akzentfreiem Englisch fort: »Ich verfolge keine bösen Absichten und hoffe auf eine schnelle Beilegung dieses Konflikts. Mein Beileid gilt den Familien der Männer und Frauen, die unschuldig ihr Leben lassen mussten. Ich bin mir sicher, dass das für viele von Ihnen nach einer hohlen Phrase klingt, aber leider befinden wir uns im Krieg ... einem Krieg, den Ihr Militär und Ihre führenden Politiker angezettelt haben. Ich appelliere an Sie als Nation, sich im Angesicht Ihres Gottes mit der Frage zu beschäftigen, wer bei dieser Auseinandersetzung letztlich wen verletzt hat.«

Aziz blickte den imaginären Zuschauern in die Augen und verkündete frei von jeglicher Aggression: »Seit dem Ende des Zweiten Weltkriegs haben westliche Zivilisationen, allen voran Sie, die Amerikaner, mit Ihren westlichen Verbündeten, mehr als eine halbe Million meiner arabischen Brüder getötet. Über 500.000 Menschen.« Er machte eine kurze Pause, um die Zahl wirken zu lassen. »Nun leben Sie in diesem wunderbaren Land mit all Ihren Reichtümern, Ihren Bequemlichkeiten und Ihren technischen Errungenschaften, ohne die Schmerzen und das Leid meines Volks, das wir erlitten haben und noch erleiden müssen, überhaupt zur Kenntnis zu nehmen. Ich bitte Sie, sich für einen Moment in unsere Lage zu versetzen, in die Lage des arabischen Volkes. Wer ist nun der größere

Barbar, frage ich Sie. Der Terrorist, der 30 Menschen mit einer Autobombe tötet, oder der Präsident, der seiner Luftwaffe den Befehl erteilt, mit einem Bombardement Tausende auszulöschen?

Vermutlich werden wir in dieser Hinsicht nie auf einen Nenner kommen, aber zumindest sollten wir alle die Ausmaße dieser humanitären Tragödie anerkennen. Ich spreche heute nicht zu Ihnen, um vorwurfsvoll den Finger auf Sie zu richten, sondern um den ersten Schritt zu machen, um all dieses Leid hinter uns zu lassen. Ich spreche zu Ihnen, weil ich den Frieden will.

Zu Beginn dieses jüngsten Konflikts habe ich die Vertreter Ihres FBI gewarnt, dass jeder Versuch, dieses Gebäude gewaltsam zurückzuerobern, zum Scheitern verurteilt ist. Ich habe Sie ferner gewarnt, dass jede solche Bemühung zwangsläufig den Tod weiterer Geiseln nach sich zieht. Ungeachtet dieser Warnungen wurden in der vergangenen Nacht von den arroganten Verantwortlichen Ihres Federal Bureau of Investigation Bemühungen in die Wege geleitet, eine Gruppe von Soldaten in das Weiße Haus einzuschleusen. Die Attacke wurde vereitelt und führte zum Tod einer bisher unbekannten Zahl von Angreifern.

Eigentlich hatte ich geplant, deswegen heute Morgen einen Ihrer Mitbürger zu exekutieren, um das FBI und Ihre skrupellosen Anführer zu bestrafen … doch ich verschone dieses Leben, um meinen guten Willen zu demonstrieren. Ich halte es nicht für richtig, dass ein Unschuldiger für die Dummheit und Arroganz der Gruppe von Kriegstreibern bezahlen muss, die Ihr Land regieren.

Ich möchte der Hoffnung Ausdruck verleihen, dass es uns gelingt, diesen Konflikt friedlich beizulegen. Deshalb appelliere ich an Sie, das friedlich gesinnte amerikanische Volk. Es ist bereits genug Blut geflossen. Daher wird es höchste Zeit, unsere Feindschaft zu beenden.« Aziz sah kurz nach unten, als müsse er die nächsten Worte vom Manuskript ablesen. »Bevor das gelingt, muss Amerika jedoch die Ernsthaftigkeit seiner Absichten unter Beweis stellen und als wirklich unabhängiger Vermittler am Verhandlungstisch im Nahen Osten teilnehmen, nicht als großer Bruder Israels. Ich stelle jetzt zwei Forderungen. Sollten diese erfüllt werden, gebe ich Ihnen dieses großartige Bauwerk zurück und lasse die Menschen frei, die sich darin aufhalten.

Meine erste Forderung ist denkbar simpel. Bis 18 Uhr am heutigen Abend müssen die USA die Vereinten Nationen dazu bewegen, sämtliche Handelssanktionen gegen den Irak aufzuheben. Natürlich darf diese Freigabe nicht für Güter und Substanzen gelten, die zur Herstellung von Massenvernichtungswaffen geeignet sind. Diese Blockade sollte in Kraft bleiben. Allerdings müssen meine arabischen Brüder und Schwestern Hunger leiden, weil die politischen Führer des Westens und im Irak verfeindet sind. Das halte ich für falsch, und damit muss Schluss sein.

Sollte diese Forderung zum genannten Zeitpunkt nicht erfüllt sein« – Aziz' Miene wurde abrupt ernst – »bleibt mir keine andere Wahl, als bis zur Umsetzung jede Stunde eine der Geiseln töten zu lassen. Ich möchte noch einmal betonen, dass jeder neuerliche Versuch, die Menschen im Weißen Haus zu befreien, augenblicklich bestraft wird. In diesem Fall werde ich mit einem Knopfdruck das gesamte Gebäude in Schutt und Asche legen und alle Menschen, die sich darin aufhalten, unter den Trümmern begraben.«

Er blickte etwas freundlicher drein. »Sollte meine Forderung jedoch fristgerecht erfüllt werden, lasse ich die Hälfte der verbliebenen Geiseln frei und teile anschließend meine letzte Forderung mit. Wird auch sie erfüllt, verschone ich auch die übrigen Unschuldigen, die zufällig in diesen Konflikt geraten sind, und wir können gemeinsam darauf hinwirken, das gestörte Verhältnis zwischen unseren beiden Völkern zu reparieren.«

Um dem Schlussteil seiner Botschaft besonderen Nachdruck zu verleihen, legte er eine mehrsekündige Pause ein und sah auf einen imaginären Punkt hinunter. Dann fokussierte er wieder das Objektiv der Kamera. »Ich appelliere an Sie alle als Vertreter dieser großartigen Nation, wie es sie auf der Erde kein zweites Mal gibt, mit mir gemeinsam diese ersten Schritte hin zu einem dauerhaften Frieden zu gehen. Ich wünsche Ihnen alles Gute und werde Sie in meine Gebete einschließen. Möge Ihr Gott Sie alle segnen.«

Mit einer kurzen Kopfbewegung gab er dem Mann hinter der Kamera das vereinbarte Zeichen zum Kappen des Sendesignals, huschte nach rechts aus dem Bildbereich, schnappte sich die Maschinenpistole und riss die Krawatte herunter. Er ging direkt in den Situation Room, um seine Rede auf den Fernsehschirmen noch einmal zu genießen und sich darüber zu amüsieren, wie neunmalkluge Kommentatoren jedes seiner Worte auf die Goldwaage legten.

Vizepräsident Baxter saß mit offenem Mund da und verfolgte bereits zum zweiten Mal die Ansprache des Terroristen an das amerikanische Volk. Die gepanzerte Limousine schaukelte fast unmerklich, als sie auf dem Rückweg von

Langley die Chain Bridge auf dem Weg zu seiner Residenz auf dem Gelände des Naval Observatory überquerte. Eine Kolonne aus Motorrädern, Streifenwagen, Limousinen, Transportern und weiteren Limousinen fuhr sowohl vor als auch hinter dem schwarzen Cadillac. Dallas King saß neben Baxter auf der geräumigen Rückbank und presste sich das Handy ans Ohr. Er führte bereits das zweite Gespräch in ebenso vielen Minuten, hatte auf klassischen Krisenbewältigungsmodus umgeschaltet und war dankbar für die Ablenkung von seinen persönlichen Problemen und dem drohenden Aus seiner kurzen politischen Laufbahn. Noch vor dem Ende der Liveübertragung von Aziz' Rede hatte er die erste Nummer gewählt und Befehle in das Mikrofon des Mobiltelefons gebrüllt.

Aktuell ließ er den kleinen Farbbildschirm nicht aus den Augen, der in die Lehne des Vordersitzes eingelassen war. »Nein«, schimpfte er. »Verschwendet eure Zeit nicht mit den üblichen Wischiwaschi-Fragen. Es ist mir völlig egal, wen die Leute beim letzten Mal gewählt haben oder wem sie bei der kommenden Wahl ihre Stimme geben wollen. Diese Sache hat nichts mit dem ganzen Parteizirkus zu tun. Ich will einfach nur die ungefilterte Meinung des Volkes haben, und zwar noch in dieser Stunde. Die Details können wir später immer noch nacherfassen.«

King lauschte kurz, was der Wahlforscher der Demokraten am anderen Ende der Leitung zu sagen hatte. Er schüttelte frustriert den Kopf. »Hörst du mir überhaupt zu? Es geht nicht darum, die Ergebnisse zu manipulieren … zumindest jetzt noch nicht. Ich brauche einfach ein Gefühl dafür, wie die Leute ticken.« Er hörte zu und nickte. »Ganz genau. Wenn wir erst mal offiziell Stellung bezogen haben, kümmern wir uns um Schadensbegrenzung und

Absicherung, aber vorerst interessiert mich, was die Menschen von der Rede dieses Terroristen halten.«

King schielte auf den Bildschirm. Es war ihm nicht entgangen, dass sich Aziz perfekt verkaufte – wesentlich besser als die meisten Politiker in Washington. Er drückte sich gewählt aus, wirkte überzeugend und sah darüber hinaus auch noch aus wie ein Filmstar. »Ich brauche auf jeden Fall eine Differenzierung nach Männern und Frauen. Vermutlich fressen die Soccer-Moms dem Typen aus der Hand. Hm? Ja, ein Dutzend Fragen reicht. Ruf mich in fünf Minuten mit einem Entwurf zurück, okay?«

Er beendete das Gespräch und beobachtete seinen Chef. Baxters Gesichtsausdruck wirkte nicht länger überrascht, sondern eher beunruhigt. »Was halten Sie davon, Boss?«

»Wir sind erledigt«, murmelte Baxter, ohne die Augen vom Fernseher zu lösen. »Die Pressemeute wird sich wie die Aasgeier auf diesen gescheiterten Rettungsversuch stürzen.«

King dachte bei sich: *Ach, das hältst du für ein Problem? Wart erst mal ab, bis sie herausfinden, dass ich letzte Woche einem der Terroristen eine private Führung durchs Weiße Haus gegeben habe.* Er riss sich zusammen. »Ich glaube, die Presse ist aktuell unser geringstes Problem. Die Tragweite des Ganzen ist viel zu gewaltig, als dass sich darüber jemand morgen früh noch einen Kopf macht.«

»Das sehe ich anders.« Baxter schien für Zweckoptimismus nichts übrigzuhaben. »Der Kongress wird sich damit befassen und ein Ermittlungsverfahren einleiten.« Zunehmend mutlos verfolgte er die Übertragung.

»Blödsinn«, meinte King. »Klar werden sie eine Untersuchungskommission einberufen, aber sicher nicht aus diesem Grund. Der taugt höchstens als Fußnote.

Außerdem haben wir nichts zu befürchten. General Flood hat sämtliche Schuld auf sich genommen, und zwar in Anwesenheit von Direktor Roach, der die Kommission vermutlich leiten wird.«

»Ich weiß nicht … es hat trotzdem einen unangenehmen Beigeschmack.«

»*Alles* hat einen unangenehmen Beigeschmack. Aber am Ende zählt, wer am wenigsten Dreck am Stecken hat und heil aus der Geschichte rauskommt. Und ich werde dafür sorgen, dass Sie das sind, Boss.«

»Dallas.« Baxter schien sich nicht wohl in seiner Haut zu fühlen. »Ich glaube, Sie schätzen das Ganze nicht realistisch ein. So etwas lässt sich nicht mal eben unter den Teppich kehren. Die Presse wird nach Antworten verlangen. Sie wird wissen wollen, warum ich zugestimmt habe, diese Männer letzte Nacht da reinzuschicken.«

King rekelte sich unbehaglich auf dem Sitz. Am liebsten hätte er seinen Boss gewürgt und ihm ins Gesicht gebrüllt: »Seien Sie froh, dass Sie nicht meine Probleme haben!« Stattdessen rang er sich mit besänftigender Stimme ab: »Noch mal: Um die Medien müssen Sie sich keine Sorgen machen, mit denen werde ich fertig. Reißen Sie sich zusammen und verhalten Sie sich wie ein amtierender Präsident. Wir müssen auf diese neue Entwicklung reagieren. Falls die Umfragen so ausfallen, wie ich das glaube, sehe ich eine realistische Chance, dass wir mit einem blauen Auge davonkommen.«

»Und wie?«

»Das weiß ich noch nicht, aber mir fällt schon was ein.«

Der Vizepräsident schaute auf die Uhr und stellte seufzend fest: »Ich fürchte, ich werde ein Treffen des Nationalen Sicherheitsrats einberufen müssen.«

King nickte. »Das wäre der logische nächste Schritt.«

Baxter wedelte mit der rechten Hand, als wollte er eine lästige Fliege verscheuchen. »Kümmern Sie sich drum.«

»Wann und wo?«

Baxter verzog das Gesicht und sah aus dem Fenster. »Um zehn im Pentagon.«

30

»Sie wissen, was er vorhat, nicht wahr, Mitch?«

Rapps Finger krallten sich um das Handteil des Funkgeräts. Er starrte mit leerem Blick an die Wand vor sich, während er sich General Campbells Einschätzung zu Aziz' Ansprache an die Nation anhörte. Sie hatten ihm die Aufzeichnung gerade über Funk vorgespielt und gefragt, ob er sie noch einmal hören wolle. Rapp wollte nicht. Er wusste genau, was Aziz plante, und hielt es für Zeitverschwendung, sich zu lange mit der Analyse aufzuhalten.

Er nickte als Antwort auf General Campbells Frage. Als er merkte, dass der andere das wohl kaum mitbekam, sagte er: »Und ob. Er will euch alle verarschen.«

»Ich muss doch sehr bitten«, kam die schroffe Erwiderung.

»Verarschen«, wiederholte Rapp provozierend. Jeder wusste, dass er um klare Worte nie verlegen war. »Er will, dass Vizepräsident Baxter und die anderen Politiker auf dem Capitol Hill mächtig rotieren und sich mit ihm an den Verhandlungstisch setzen. Sobald er bekommen hat, was er will, setzt er sich in seine Heimat ab, taucht unter und kehrt in einem Jahr mit weiteren Bomben zurück, um noch mehr Menschen zu töten.«

»Und wenn es ihm mit seinen Friedensbemühungen ernst ist?«, schaltete sich Irene Kennedy ein.

»Das glauben Sie doch selbst nicht!«, versetzte er mit Nachdruck.

»Wie können Sie da so sicher sein?«

»Irene, ersparen Sie mir diesen Quatsch. Ich habe weder die Zeit noch die Geduld, mir eine Verteidigungsrede für diesen Verbrecher anzuhören. Sie wissen ebenso gut wie ich, dass diesem Rafique Aziz das amerikanische Volk am Allerwertesten vorbeigeht. Seine arabischen Brüder und Schwestern übrigens genauso. Ihn kümmern allein die Araber, die Israel von der Landkarte radieren wollen. Er schlitzt jedem, der ihn daran hindern will, ohne Skrupel die Kehle auf.«

»Und was genau plant er?«, wollte Kennedy wissen.

Rapp lehnte sich an die Wand und ließ nachdenklich das linke Bein hin und her zucken. »Er will unbedingt heil aus der Sache rauskommen. Wobei wir wissen, dass er einen Planungsfimmel hat. Er dürfte alles sorgfältig durchdacht und alle Eventualitäten berücksichtigt haben. Für mich stellt sich die Frage, wie er unbehelligt das Land verlassen und nach Hause zurückkehren will. Ich wette, dass er spekuliert hat, wie wir auf seine Bedingungen reagieren. Und ihm ist natürlich bekannt, dass es in Regierungskreisen nicht gerade wenige gibt, die ein skrupelloses Vorgehen gegen Terroristen fordern. Damit sie einlenken, hätte er den Präsidenten in seiner Gewalt haben müssen, um ihn als Druckmittel einzusetzen. Das hat allerdings nicht geklappt, was ihn zum Umdenken und einer Änderung seiner Pläne zwang.«

»Und wie sieht dieser Ersatzplan aus?«, fragte General Campbell.

Rapp sah Anna Rielly an, während er darüber nachdachte. Ihre smaragdgrünen Augen ließen ihn nicht los. Er wusste, dass sie alles mitbekam, was er sagte. Nun, daran ließ sich im Moment nichts ändern. »Er nutzt die Macht der Medien, um die Öffentlichkeit auf seine Seite zu ziehen. Weil er genau weiß, dass er ohne den Präsidenten nicht weiterkommt. Sind wir doch mal ehrlich …«, er hasste es, so etwas vor Anna zu sagen, »… jede einzelne seiner Geiseln ist letztlich entbehrlich. Das wissen alle, auch Aziz. Wenn er weiterhin auf Tötungen als Druckmittel setzt, zwingt er uns förmlich dazu, das Weiße Haus zu stürmen. Natürlich können wir nicht untätig bleiben, wenn er vor laufender Kamera Menschen erschießt. Mit seiner Ansprache an die Bevölkerung und seinem Gefasel von Frieden auf Erden hat er uns den Wind aus den Segeln genommen. Jetzt wird Baxter nämlich darauf bestehen, erst alle Möglichkeiten auf dem Verhandlungsweg auszuschöpfen.«

»Das sehe ich genauso«, meinte Kennedy. »Die Geiseln allein bringen ihn nicht weiter. Der Präsident wäre sein großer Trumpf gewesen, aber der hat nicht gezündet.«

General Campbell meldete sich zu Wort. »Klingt logisch. Er drängt die Politik zu einer Lösung und hält sich damit die Kavallerie vom Leib.«

»Tja, aber diesen Gefallen werde ich ihm nicht tun«, raunte Rapp.

»Iron Man.« Campbells Stimme war geballte Autorität. »Solange wir Ihnen keine entsprechende Freigabe erteilt haben, werden Sie gar nichts tun. Das Letzte, was wir im Moment gebrauchen können, ist ein Amok laufender

Kämpfer für die Gerechtigkeit. Irene und ich müssen jetzt rüber ins Pentagon zu einem Meeting. Keine Alleingänge, verstanden? Wir melden uns nachher wieder. Dann dürften wir schon genauere Einblicke in die weitere Planung haben. Kann ich mich auf Sie verlassen?«

Rapp kämpfte mühsam um Beherrschung. Allerdings hatte er seine Lektion gelernt. Man stellte keine Fragen, wenn man vorher schon wusste, dass einem die Antwort nicht gefiel. Er beließ es bei einem schlichten »Ja, Sir« und schob das Mikrofon nachdenklich in die Halterung zurück. Nach einer unschlüssigen Viertelminute beschloss er, das Gerät abzuschalten, und wandte sich an Anna.

Die Journalistin kauerte in der Ecke und hatte die Decke eng um ihren Körper geschlungen. Milt Adams kaute auf der anderen Seite der kleinen Kammer auf einem Müsliriegel herum. Rielly durchbohrte Rapp regelrecht mit Blicken. Schließlich fragte sie: »Worum ging's da gerade?«

Rapp wühlte in seiner Ausrüstung herum und antwortete betont gleichgültig: »Ach, um nichts Besonderes.«

»Klang für mich aber ganz anders.«

»Hören Sie, Anna, Sie sind Reporterin. Ich kann Sie nicht in Einzelheiten einweihen.«

Sie lächelte. »Wem sollte ich es denn verraten? Glauben Sie etwa, ich setz mich heimlich ans Funkgerät und liefere den Kollegen in der Redaktion einen Exklusivbericht?«

Rapp hatte eine weitere Packung Müsliriegel gefunden und hielt ihr einen hin. »Hier, von mir aus können Sie sich *daran* die Zähne ausbeißen. Aber jetzt hören Sie bitte auf, mir Fragen zu stellen.«

Sie wickelte den Riegel aus und fragte: »Für wen arbeiten Sie wirklich, Mitch Kruse? Für das FBI?«

»Äh … nein. Nicht ganz.«

»Sondern? Fürs Militär?«

Rapp ignorierte die Frage und suchte weiter in den Taschen herum.

»Schon gut. Sie haben mir das Leben gerettet. Eigentlich ist es mir völlig egal, wer Sie bezahlt.«

Rapp legte sich die nächsten Worte sorgfältig zurecht. »Anna, wenn ich Ihnen jetzt etwas anvertraue, kann ich mich dann darauf verlassen, dass Sie es nie für Ihre Berichterstattung verwenden? Nachdem ich Ihnen das Leben gerettet habe, wär das doch nur fair, oder?« Er musste unweigerlich grinsen.

Rielly nahm die Frage absolut ernst. »Ich bin Journalistin. Vertrauliche Informationen gebe ich selbstverständlich nicht weiter.«

»Mein Vater …« Die Erinnerung brachte ihn zum Lächeln. »Er hat in einer ganz ähnlichen Situation mal gesagt: ›Wenn dich einer verscheißern will, verscheißer ihn nicht zurück!‹« Er inspizierte eine Abschürfung an Annas Wange und das getrocknete Blut an ihrer Oberlippe. Dankbar, das Thema wechseln zu können, zog er eine Stiftlampe aus der Einsatzweste. »Wollen doch mal sehen, wie es Ihnen heute Morgen geht.« Er leuchtete ihr Gesicht ab. »Ich möchte mir Ihre Pupillenweitung mal genauer ansehen.« Weder am linken noch am rechten Auge stellte er Unregelmäßigkeiten fest. Auch als er sie bat, dem Lichtstrahl mit den Augen zu folgen, hatte sie keine Probleme damit. Er knipste die Lampe aus und strich vorsichtig über die Verletzung an der Wange. »Wie fühlt sich das an?«

Rielly verzog das Gesicht. »Weiß nicht. Sieht es denn schlimm aus?«

Er musterte sie ausgiebig. »Ganz im Gegenteil. Nach allem, was Sie durchgestanden haben, sehen Sie eigentlich ziemlich gut aus. Verdammt gut, wenn ich das sagen darf.« Ihm war bewusst, dass es sich wie ein billiges Kompliment anhörte, aber er meinte es ehrlich.

Rielly strahlte. »Na, in dem Fall fühlt es sich gut an.«

Rapp drehte sich zu Adams um, der bereits den zweiten Frühstücksriegel vertilgte. »Kollege, ich glaube, wir haben es hier mit einer ziemlich tapferen Lady zu tun.«

»Das finde ich auch«, stimmte dieser pflichtschuldig zu.

Rapp kümmerte sich erneut um die Wunde in Riellys Gesicht. »Sie wissen schon, dass Frauen eine höhere Toleranzschwelle für Schmerz haben als Männer, oder?«, fragte sie.

»Das hab ich schon mal gehört, ja.« Er fischte ein steriles, mit Alkohol getränktes Wattepad aus dem Erste-Hilfe-Koffer und riss die Verpackung auf. Behutsam tupfte er das verkrustete Blut aus ihrem Mundwinkel und strich ihr mit dem Pad über die Wange. Danach suchte er sie nach weiteren Verletzungen ab.

Die Attraktivität der Reporterin ging nicht spurlos an ihm vorbei. Er fühlte sich schuldig, dass er in Anbetracht der aktuellen Situation seine Gedanken in diese Richtung wandern ließ, aber er konnte es nicht ändern. Anna hatte so herrlich glatte, makellose Haut mit einer dezenten Bräune. Er drehte ihren Kopf leicht zur Seite und entdeckte Überreste von getrocknetem Blut, das ihr den Nacken hinuntergelaufen sein musste. Er wischte es ab und übte mit beiden Händen Druck auf ihre Stirn aus. Sie zuckte leicht zusammen und drehte sich weg.

»Tut das weh?«

Rielly nickte. Rapp grinste. »Ach ja? Wo ist denn Ihre

höhere Toleranzschwelle für Schmerz hin, von der Sie mir eben noch vorgeschwärmt haben?«

»Keine Ahnung. Jedenfalls war das gerade höllisch unangenehm.«

»Halten Sie mal kurz still. Ich will rausfinden, wie tief der Schnitt geht.«

Er schob ihre dichten braunen Haare zur Seite. Die Wunde war kaum zwei Zentimeter lang, schien aber die oberen Hautschichten komplett durchdrungen zu haben. Mit einer Hand stützte er ihren Kopf, mit der anderen griff er nach einem weiteren sterilen Pad. »Milt, tust du mir einen Gefallen? Breite doch bitte die Pläne, die du mitgebracht hast, auf dem Boden aus.«

Rapp wischte mehrmals über den Cut und wedelte mit der Hand hin und her, damit der Alkohol trocknete. Riellys Miene verzog sich. Er ließ ihre Haare auf die Schultern fallen und stützte sich auf eine Ferse. »Na, besser?«

Anna tastete vorsichtig ihren Kopf ab. »Halb so wild, solange ich mich nicht zu stark bewege.« Der schmerzhafte Gesichtsausdruck, als sie den Arm hob, strafte ihre Worte Lügen.

»Und wieso sind Sie dann gerade so zusammengezuckt?«

Sie tastete ihren Körper ab. »Da an der Seite tut irgendwas weh.«

»Stehen Sie bitte mal kurz für mich auf?«

»Sollte ich hinbekommen.«

Rapp half ihr dabei. »Wo tut's denn überall weh?«

Sie zeigte mit der Hand auf die entsprechenden Stellen. »Am Rücken und oberhalb der Hüfte.«

»Das muss ich mir genauer ansehen. Ist das für Sie in Ordnung?«

Seine besorgte Miene brachte sie zum Lachen. »Wenn ich Ihnen nicht vertrauen kann, wem denn dann?«

Rapp errötete leicht. »Okay, dann drehen Sie sich mal kurz um.« Rielly folgte der Aufforderung und er hob ihren Pullover an. Links von der Wirbelsäule verunstaltete eine rote Verfärbung die olivbraune Haut, etwa zehn Zentimeter lang und sieben Zentimeter breit. Sie schien allerdings lokal begrenzt zu sein. Rapp tastete den Bereich vorsichtig ab und Rielly reagierte nicht. Als er den Druck der Berührung erhöhte, stieß sie ein leises Zischen aus.

»Atmen Sie ein paarmal tief ein und aus.« Rielly tat es, ohne Schmerzen zu verspüren. Rapp schob den Pulli wieder nach unten. »Vermutlich nur eine Prellung. So was kann zwar mächtig wehtun, aber es ist bei Weitem nicht so schmerzhaft wie eine angeknackste oder sogar gebrochene Rippe. Sie sind ziemlich tough.«

»Das liegt sicher daran, dass ich mit einer Horde Brüder aufgewachsen bin.«

Rapp nickte. »Wenn Sie mich fragen, kommt das bald in Ordnung. Allerdings bin ich kein Arzt.«

»Was sind Sie dann, Mr. Kruse?« Rielly witterte sofort eine Gelegenheit, ihm auf den Zahn zu fühlen.

Er klopfte ihr sanft auf die Schulter. »Ich hab noch einiges an Arbeit zu erledigen.« Und an Adams gerichtet: »Milt, du musst mir sämtliche Treppenhäuser und Aufzüge zeigen, mit denen man von hier aus runter ins Erdgeschoss und rauf ins zweite Obergeschoss kommt.«

Dallas King hatte bereits den Ersatzakku ins Handy eingelegt. Er telefonierte seit anderthalb Stunden nahezu ununterbrochen. Er hetzte neben Vizepräsident Baxter und dessen Entourage durch die breiten Korridore des

E-Rings im Pentagon. Eine Traube entschlossen dreinblickender Secret-Service-Agenten umringte sie. King hielt das für ein bisschen übertrieben, immerhin befanden sie sich in den Räumlichkeiten des Verteidigungsministeriums, aber im Moment hatte er ganz andere Sorgen. Die Pentagon-Mitarbeiter, die sich auf den Gängen unterhielten, machten eilig Platz, als sie die Ankunft des obersten Befehlshabers bemerkten.

Die Aufregung war förmlich zu greifen. Natürlich hatte jeder von ihnen Aziz' Rede auf dem Bildschirm verfolgt oder zumindest davon gehört. Jeder stellte sich die naheliegende Frage, wie die US-Regierung darauf reagieren würde. Die Antwort lag in den Händen eines einzelnen Menschen aus Omaha in Nebraska. Er hieß Reginald Boulay und gab Dallas King am Telefon gerade die Ergebnisse seiner Blitzumfrage durch.

Boulay arbeitete für einen exklusiven Kundenkreis, der auf eine Veröffentlichung der Umfragen in der Regel keinen Wert legte. Dafür galten seine Befragungen als die genauesten, die man bekommen konnte. In den Medien fanden sie so gut wie nie Erwähnung. Boulay ging es nicht darum, Resultate in eine aufmerksamkeitsheischende Richtung zu manipulieren, sondern um Genauigkeit und Wahrhaftigkeit. Zu diesem Zweck stellte er brutal ehrliche Fragen, die jeder auf Anhieb verstand.

Nachdem King bei den Umfrageforschern, die seine Partei sonst einsetzte, gegen eine Wand gelaufen war und da die Verantwortlichen nicht zu kapieren schienen, was er brauchte, hatte er sich zähneknirschend an Boulay gewandt, obwohl dessen Dienste eine Stange Geld kosteten. Nun lauschte er aufmerksam, während der Mann seine Erkenntnisse vortrug.

King hatte mit einem ähnlichen Ergebnis gerechnet, doch es überraschte ihn trotzdem. Die amerikanische Gesellschaft neigte in jüngster Zeit dazu, kompromissbereit zu sein und friedliche Lösungen zu bevorzugen. Aziz schien sich diese Grundstimmung mit seiner Rede gezielt zunutze gemacht zu haben – oder der dämliche Bastard hatte rein zufällig ins Schwarze getroffen.

King gefiel, was er von Boulay erfuhr. Etwas mehr als 60 Prozent der Befragten vertraten die Auffassung, Vizepräsident Baxter solle alle Mittel ausschöpfen, um eine friedliche Lösung der Krise herbeizuführen. Bei der Frage, ob die wirtschaftlichen Sanktionen gegen den Irak mit Ausnahme von Massenvernichtungswaffen gelockert werden sollten, kletterte die Zustimmungsrate auf fast 80 Prozent. »Umgekehrt heißt das allerdings auch, dass rund 20 Prozent der Bevölkerung lieber das Weiße Haus in die Luft jagen würden, als diesen Terroristen entgegenzukommen. Nichts, was Sie sagen oder tun, wird etwas daran ändern«, hatte der Meinungsforscher erklärt. Auch das war zu erwarten gewesen.

Radikale an beiden Enden des politischen Spektrums starben nie aus. Aber um sie brauchte man sich keine Gedanken zu machen.

Es ging darum, die Masse der Bevölkerung für sich zu gewinnen – die 60 bis 80 Prozent, die bei solchen Fragen eine moderate Position vertraten. Als politischer Berater hielt er es für seine Aufgabe, sie auf seine Seite zu ziehen – genauer gesagt: auf die Seite seines Chefs. Darum wollte er sich als Nächstes kümmern. Er bat Boulay, ihm die genaue Aufschlüsselung durchzufaxen, beendete das Telefonat und zog Vizepräsident Baxter ohne Vorwarnung in die nächste Nische des Gangs.

Die Begleiter vom Secret Service reagierten sofort und blieben stehen. Sie waren es gewöhnt, dass sich die Verantwortlichen und ihre Assistenten spontan miteinander abstimmten, wandten ihnen diskret den Rücken zu und schirmten sie vor neugierigen Blicken ab.

King legte die Hand auf Baxters Schulter und flüsterte: »Genau, wie ich's mir dachte. Mehr als 60 Prozent der Leute wünschen sich eine friedliche Lösung des Konflikts. Fast 80 Prozent sind der Meinung, wir sollten das Handelsembargo gegen den aufgeben, solange die militärischen Auflagen in Kraft bleiben.« Baxter nickte. »Also gehen wir kein Risiko ein, wenn wir die UNO auffordern, die Sanktionen zu beenden?«

»So sieht es aus. Hinzu kommt, dass wir die Freilassung eines weiteren Drittels der Geiseln als persönlichen Erfolg Ihrer Bemühungen ausschlachten könnten.« Baxter deutete in Richtung des Besprechungssaals, in dem gleich das Meeting stattfinden würde. »Das wird denen gar nicht schmecken.«

King zuckte die Achseln. »Das Einzige, was denen schmecken würde, wäre ein Sturm auf das Weiße Haus mit allen Schikanen. Das müssen Sie unbedingt verhindern und stattdessen auf die moralische Verpflichtung pochen, das Leben dieser Unschuldigen zu schützen.«

»Aber wie sieht es mit den politischen Konsequenzen aus? Wir haben uns bisher nie von Terroristen unter Druck setzen lassen und schaffen damit einen Präzedenzfall.« Baxter wirkte nachdenklich. »Es mag ja sein, dass das Volk hinter uns steht, aber was ist mit den Hardlinern im Kapitol? Die sind schon auf die Barrieren gegangen, als wir Geld an die Iraner überwiesen haben.«

»Die können uns mal!«, polterte King. »Die meckern

sowieso an allem rum. Wenn Sie denen nachgeben und die Truppen reinschicken, bekommen Sie es umgekehrt mit den Hardlinern der Linken zu tun, die Sie dafür ans Kreuz nageln wollen.« Er schüttelte den Kopf. »Man kann nie alle Lager zufriedenstellen. Ich empfehle, sich nach der Mehrheit der Bevölkerung zu richten und damit künftige Wählerstimmen zu sichern. Das ist das Beste, was Sie machen können.«

Nun war es an Baxter, den Kopf zu schütteln. »Das sehe ich anders. Die öffentliche Meinung, von der Sie so besessen sind, ist ähnlich unbeständig wie das Wetter. Solange der Mob in eine Richtung drängt, ist alles in Ordnung. Aber wehe, es gibt den geringsten Zwischenfall – dann schlägt die Stimmung sofort um und man ist erledigt.«

King schaute seinen Boss aus müden Augen an. Er arbeitete seit drei Tagen fast ununterbrochen und war erschöpft. Nicht genug damit, dass Baxter in einer Tour moserte – darüber hinaus kämpfte er parallel mit seinem persönlichen Dilemma.

»Sherman« – er blickte den Vorgesetzten mit einem Ausdruck tiefer Verachtung an – »vielleicht sollten Sie einfach hinschmeißen. Erkennen Sie wirklich nicht, welche einmalige Gelegenheit sich Ihnen hier bietet? Sie können sich ein Denkmal setzen – als großer Staatsmann, der nicht nur einen Terroranschlag verhindert, sondern durch Einsatz politischer Mittel eine der größten Krisen der amerikanischen Geschichte beigelegt hat. Wenn Sie diese Chance wegwerfen wollen, können Sie von mir aus General Flood, Direktor Stansfield und die übrigen Kriegstreiber auffordern, das Gebäude zu stürmen, es dadurch zu zerstören und viele Unschuldige zu töten. Dann gehen Sie als Schlächter in die Annalen ein, der

50 Amerikaner zum Tod verurteilt hat, weil er zu feige war, das Richtige zu tun.«

Baxter stand fassungslos da. So hatte noch nie jemand mit ihm geredet, schon gar nicht ein Untergebener. Trotzdem verfehlten die Worte ihre Wirkung nicht. *Er hat recht,* dachte Baxter. *Wenn ich eines Tages zum Präsidenten gewählt werden möchte, und das will ich unbedingt, mehr als alles andere auf der Welt, darf ich nicht vor unbequemen Entscheidungen zurückschrecken.*

31

General Flood, General Campbell, Direktor Stansfield und Irene Kennedy saßen nebeneinander auf einer Seite im Besprechungsraum der Vereinigten Stabschefs. Gegenüber hatten sich der Verteidigungsminister und der Außenminister jeweils in Begleitung eines persönlichen Referenten niedergelassen. Als Vizepräsident Baxter eintrat, näherte er sich gezielt dem Kopf der Tafel, um den Vorsitz zu übernehmen. Dallas King setzte sich neben ihn. Über zwei Drittel der Plätze waren noch frei. Die Krise hinterließ ihre Spuren. Überall gab es blutunterlaufene Augen und zittrige Hände, entweder durch Schlafmangel, zu viel Kaffee oder eine Kombination aus beidem hervorgerufen.

Baxter faltete die Hände, um sich die Nervosität nicht anmerken zu lassen. Kings Tritt in den Hintern hatte dazu geführt, dass er deutlich entschlossener und fokussierter an die Sache heranging. Statt zunächst Meinungen einzuholen, wandte er sich direkt an den Außenminister: »Charles, ich möchte, dass Sie der UNO Feuer unter dem

Hintern machen und dafür sorgen, dass bis heute Abend ein Votum vorliegt.«

Außenminister Charles Midleton beugte sich heran. »Wie viel Druck soll ich ausüben?«

»So viel, wie Sie wollen. Notfalls drohen Sie damit, dass wir gegen jede Resolution der nächsten 100 Jahre ein Veto einlegen. Hauptsache, die Entscheidung ist bis 18 Uhr durch. Sobald die Geiseln freigelassen wurden, können wir immer noch dafür sorgen, dass sie rückgängig gemacht wird.«

»Das ist nicht so einfach«, gab Midleton zu bedenken und rückte die Brille zurecht.

»Mir egal. Sorgen Sie dafür, dass es erledigt wird. Um den Rest kümmern wir uns hinterher.«

Direktor Stansfield räusperte sich. »Entschuldigung, aber schießen wir da nicht gerade ein bisschen übers Ziel hinaus?«

Baxters Kopf ruckte nach links. Er war nicht in Stimmung für längere Debatten, sondern wollte zielstrebig Anweisungen erteilen und erwartete, dass sie umgehend befolgt wurden. Ein Blick in die Augen des ruhigen, väterlichen Thomas Stansfield genügte jedoch, um seine Entschlossenheit ins Wanken zu bringen. Der Mann mochte harmlos wirken, aber aufgrund der Legenden, die sich um den erfahrenen Spionagechef rankten, überlegte man es sich lieber zweimal, ehe man es sich mit ihm verscherzte.

Der Vizepräsident blieb äußerlich gelassen. »Wie meinen Sie das, Thomas?«

»Ich meine damit, dass wir erst einmal in Ruhe die Situation analysieren sollten, bevor wir eine Entscheidung zum weiteren Vorgehen treffen.«

»Ich denke, mir stehen alle notwendigen Informationen

zur Verfügung, um diese Entscheidung zu treffen, Aziz ist bereit zu verhandeln … und das Leben amerikanischer Bürger zu verschonen. Natürlich lenken wir ein, da er etwas verlangt, das wir aus humanistischen Beweggründen längst hätten tun sollen.«

»Und zwar?«, fragte General Flood.

»Das irakische Volk nicht länger auszuhungern.«

»Wir«, erklärte ein gereizter General, »sind es nicht, die das irakische Volk aushungern. Saddam Hussein trägt die Schuld, weil er es ablehnt, sich auf die gestellten Bedingungen zur Beendigung eines Kriegs einzulassen, den er, wie Ihnen hoffentlich allen bewusst ist, selbst angefangen hat.« Flood hämmerte beim Reden wütend auf die Tischplatte. »Uns liegen Geheimdienstberichte vor, wonach Saddam Aziz gezielt finanziell unterstützt hat, um einen Terrorangriff auf amerikanischem Boden in die Wege zu leiten. Wie können wir vor diesem Hintergrund auch nur darüber nachdenken, die UNO zur Lockerung der Sanktionen aufzufordern?«

»Wir können uns nicht sicher sein, ob diese Informationen stimmen«, erwiderte der Vizepräsident.

»Oh doch, das können wir«, versicherte Stansfield. »Ich lege meine Hand dafür ins Feuer.«

Baxter bekam das Gefühl, dass ihm die Felle wegschwammen. Er lehnte sich auf dem Stuhl zurück und meinte: »Ich werde mich garantiert nicht hinsetzen und Saddam Hussein in Schutz nehmen. Ich verachte ihn und finde es abstoßend, was er treibt. Aber hier geht es darum, so viele Menschenleben wie möglich zu retten. Alles andere lässt sich später reparieren.«

»Ach ja?« Flood verlor langsam die Beherrschung. »Und was ist, wenn es sich eben nicht ›reparieren‹ lässt?«

»Ich denke, jeder wird uns zugestehen, dass man unter Druck gelegentlich falsche Entscheidungen trifft. Der Kerl zwingt uns ja förmlich mit vorgehaltener Waffe, seinen Forderungen nachzukommen.«

Flood funkelte den Vizepräsidenten wütend an, bevor er das Wort an den Außenminister richtete, der direkt gegenüber von ihm saß. »Charlie, wie sehnsüchtig warten die Franzosen darauf, ihre Handelsbeziehungen mit dem Irak wieder aufzunehmen?«

Midletons Antwort ließ keinen Raum für Zweifel. »Sehr sehnsüchtig.«

»Und die Südafrikaner?«

»Ebenso.«

»Wie steht's mit Russland?«

»Genau dasselbe.«

»Und was passiert, wenn wir jetzt einfach mal kurz die Restriktionen lockern und diese Länder machen lassen? Kündigen sie dann in einer Woche oder einem Monat, wenn wir es uns plötzlich anders überlegen, auf Zuruf brav alle zwischenzeitlich geschlossenen Verträge?«

»Das bezweifle ich. Sie warten seit Jahren auf die Aufhebung des Embargos. Außerdem machen sie unter der Hand sowieso schon Geschäfte mit dem Irak.«

»Sehen Sie«, meinte Flood mit ätzender Stimme zu Baxter. »So etwas lässt sich nicht so einfach ›reparieren‹, wenn wir zurückrudern.«

»Ich bin mir vollauf bewusst, dass in dieser Lage überhaupt nichts einfach ist, General.« Baxter bemühte sich, seine Autorität unantastbar zu machen. »Sie müssen mir solche Selbstverständlichkeiten nicht erklären. Meine höchste Priorität ist das Leben der Amerikaner, die Aziz als Geiseln festhält. Wenn ich sie schützen kann, indem ich eine Restriktion aufheben lasse, die ohnehin nicht greift, gibt es für mich keine Alternative.«

»Sie würden also die gesamte Außenpolitik und nationale Sicherheit dieses Landes für 40 oder 50 Menschenleben aufs Spiel setzen?«

»Jetzt werden Sie mal nicht pathetisch, General Flood.«

»Pathetisch.« Flood wiederholte das Wort und schien gleich zu platzen. »Wir befinden uns im Krieg, Vizepräsident Baxter, und jeder Krieg erfordert Opfer. Saddam Hussein hat uns angegriffen. Er hat diesen Terroristen, diesen Söldner ... wie auch immer Sie ihn nennen möchten ... angeheuert, um uns anzugreifen. Männer wie Saddam und dieser Aziz verstehen nur eine Sprache: Gewalt. Kompromisslose Gewalt!«

Baxter funkelte den General wütend an. Wie konnte dieser Mann es wagen, ihn derart bloßzustellen? Selbst wenn man nicht einer Meinung war, gab es keinen Grund, sich respektlos zu verhalten.

»General Flood, ich habe Ihre Meinung zur Kenntnis genommen. Wir haben noch eine Menge weiterer Angelegenheiten zu besprechen und ...«

»Sir!«, polterte der General. »Früher oder später wird sich herumsprechen, dass Saddam bei dieser Aktion seine Finger im Spiel hat. Das amerikanische Volk wird verlangen, entschlossen gegen ihn vorzugehen, und die Menschen werden unangenehme Fragen stellen, wenn Sie hier und heute solche Entscheidungen treffen.«

Baxter riss allmählich der Geduldsfaden. »Wollen Sie mir etwa drohen, General Flood?«

»Nein.« Flood begegnete Baxters Blick stoisch. »Ich weise Sie nur zum wiederholten Mal auf Offensichtliches hin. Wir sind nicht das einzige Land, dem entsprechende

Informationen aus Geheimdienstkreisen vorliegen. Einige unserer Verbündeten werden kritische Fragen stellen und sicher nicht untätig zusehen, wie wir ihre Sicherheit durch solche Maßnahmen ebenfalls kompromittieren.«

Baxter reichte es jetzt endgültig. »General Flood!«, brüllte er. »Muss ich Sie daran erinnern, wer hier die Entscheidungsgewalt besitzt? Das bin ich! Und für mich rangiert die Sicherheit dieser Geiseln an erster Stelle. Interessen anderer Länder, selbst wenn es sich dabei um Verbündete handelt, sind von untergeordneter Bedeutung.«

Flood verzog keine Miene, er zuckte nicht einmal. Stumm begegnete er dem Blick des Vizepräsidenten und sagte schließlich: »Zunächst einmal bin ich mir selbstverständlich der Hierarchie bewusst, und zweitens ist es meine Pflicht, Sie darauf hinzuweisen, dass es aus meiner Sicht ein schwerer Fehler wäre, die Belange der nationalen Sicherheit unserer Verbündeten zu ignorieren. Israel gehört zu unseren engsten Partnern. Ist Ihnen bewusst, dass Sie mit Ihren Bemühungen um eine schnelle Lösung dafür sorgen, dass dort in Kürze ein Krieg ausbricht, dessen Konsequenzen unmittelbar auch uns betreffen?«

Bevor Flood seine Ausführungen fortsetzen konnte und Flood völlig die Beherrschung verlor, öffnete sich die Tür und ein weiblicher Navy-Officer trat ein. Sie überreichte Irene Kennedy einen Zettel, entschuldigte sich für die Störung und verschwand.

Dr. Kennedy faltete das Blatt auseinander und las. Die Nachricht betraf ein Thema, das sie bei der ganzen Aufregung völlig verdrängt hatte. Da sie unbedingt wissen wollte, was ihr ausländischer Kollege herausgefunden hatte, stand sie auf. »Es tut mir leid, meine Herren, aber etwas verlangt dringend meine Aufmerksamkeit.«

Mitch Rapp fühlte sich bestens gerüstet. Adams mitzunehmen hatte sich als schlaue Entscheidung erwiesen. Nicht nur, weil dieser das Gebäude so gut kannte, sondern auch, weil er Rapp mit seinem Wissen und seinen Fertigkeiten in vielerlei Hinsicht unterstützte. Milt hatte ihm die geeigneten Punkte auf der Karte gerade zum dritten Mal gezeigt. Rapp prägte sich den Grundriss des ersten Stocks ein letztes Mal ein. Insgesamt kamen fünf Stellen infrage.

»Meinst du, du kriegst es hin, gleichzeitig den Monitor im Auge zu behalten und dich um die Überwachungskameras zu kümmern?«, fragte er seinen älteren Begleiter.

»Jep.«

»Prima. Das hält mir den Rücken frei, um auf unliebsame Überraschungen zu achten.« Rapp schnappte sich die Gürteltasche und holte sämtliche Minikameras bis auf fünf heraus. »Die bringe ich an den Punkten an, die du mir gezeigt hast. Sobald sie installiert sind, überprüfst du am Monitor, ob sie tatsächlich funktionieren.«

Während Adams den Bildschirm umschnallte, überprüfte Rapp die eigene Ausrüstung. Er wollte die Maschinenpistole gerade probeweise entsichern, als Anna fragte: »Ist das eine MP5?«

Rapp blickte überrascht auf, weil er nicht damit gerechnet hatte, dass sie sich so gut mit Waffen auskannte. »Stimmt genau. Woher wissen Sie, wie eine MP5 aussieht?«

»Mein Vater arbeitet als Polizist in Chicago.«

»Stimmt, das hatten Sie erwähnt.«

»Was haben Sie damit vor?«

»Ich will mich nur ein wenig umsehen.«

»Wo?«

Rapp legte die Pistole auf den Boden. »Sie stellen eine Menge Fragen.«

»Ich bin Reporterin. Das gehört zu meinem Job.« Rapp nickte mit finsterer Miene, als habe sie ihn gerade an eine unangenehme Tatsache erinnert.

Rielly entging seine Reaktion nicht. »Stört Sie das?«

»Normalerweise hätte ich kein Problem damit. Aber in Anbetracht der Lage könnte das zu Schwierigkeiten führen.«

»Wie meinen Sie das?«

»Na ja, falls wir das hier heil überstehen, hätten Sie eine ziemlich spannende Story zu erzählen.«

»Ich verdanke Ihnen mein Leben. Sie können sich darauf verlassen, dass ich nichts berichten werde, was Sie in Schwierigkeiten bringt.«

Rapp zog die Pistole aus dem Oberschenkelholster und checkte sie durch. Alles in Ordnung. »Wenn ich Sie nun aber bitte, überhaupt nichts zu berichten? Sie auffordere, so zu tun, als wären wir uns nie begegnet und das alles nie geschehen?«

»Das geht nicht.«

»Sehen Sie, schon haben wir ein Problem.«

Sie überlegte, warum Geheimhaltung für ihn eine so große Bedeutung hatte. »Für wen arbeiten Sie?«, fragte sie erneut.

»Wie gesagt, das darf ich Ihnen nicht sagen.« Er schob die Pistole ins Holster zurück.

»Ich mein's ernst, ich möchte es wissen.«

»Und ich mein's ernst, wenn ich sage, dass ich Ihnen das nicht verraten darf.«

»Dann muss es die CIA sein.« Sie achtete auf jede kleinste Reaktion. Nichts. »Es gibt keine andere Erklärung, sonst könnten Sie es mir nämlich sagen.«

»Falsch. Sind Sie eine Frau, die ihr Wort hält?«

»Ja.«

»Gut. Sollten wir lebend hier rauskommen, werde ich Ihnen eines Tages meine Geschichte erzählen.« Beim Lächeln traten die Grübchen an seinen Wangen hervor.

Rielly nickte. »Dachte ich's mir doch. CIA.«

»Das haben *Sie* gesagt.«

Irene Kennedy beschlich eine düstere Vorahnung. Sie stand in General Floods Büro und telefonierte über eine sichere Leitung mit Colonel Fine vom israelischen Auslandsgeheimdienst Mossad. Fine lieferte Kennedy gerade eine kurze Zusammenfassung zu den drei Personen, deren Namen sie ihm zur Überprüfung geschickt hatte. Was die Israelis über die ersten beiden Terroristen wussten, überraschte sie nicht sonderlich. Im dritten Fall verhielt es sich hingegen völlig anders.

Es ging um den Mann namens Mustafa Yassin. Der Colonel war in den Datenbanken auf drei potenzielle Treffer gestoßen. Beim ersten handelte es sich um einen 57-jährigen Offizier der jordanischen Armee, beim zweiten um einen gerade erst volljährig gewordenen mutmaßlichen Widerstandskämpfer der Palästinensischen Befreiungsfront. Doch es war der dritte Mann, der Kennedy hellhörig machte. »Könnten Sie die Informationen über den letzten Yassin bitte noch mal wiederholen?«

»Natürlich, aber ich muss Sie darauf hinweisen, dass der Name hier ziemlich häufig vorkommt. Es könnte also sein, dass der Gesuchte gar nicht darunter ist. Der dritte Mustafa Yassin ist Iraker. Über ihn wissen wir nicht viel. Er war in die irakische Invasion in Kuwait involviert. Seitdem wurde die Akte nur ein einziges Mal aktualisiert.

Demnach ist der Mann auch als ›Maulwurf von Bagdad‹ bekannt. Als die Iraker in Kuwait einfielen und alles plünderten, setzten sie diesen Yassin offenbar dafür ein, so viele Tresore wie möglich zu knacken.«

»Was wissen Sie noch über ihn?«, fasste Kennedy nach.

»Nicht viel, aber ich denke, er ist auch gar nicht derjenige, den Sie suchen. Ich tippe eher darauf, dass Aziz diesen 18-Jährigen aus der Gazaregion als Kanonenfutter rekrutiert hat.«

Kennedy ließ den Blick über Floods Schreibtisch schweifen und überlegte sich das weitere Vorgehen. »Können Sie seinen Aufenthaltsort in Erfahrung bringen?«

»Meine Leute überprüfen bereits alle drei Männer. Bisher wissen wir lediglich, wo sich der jordanische Offizier befindet.«

»Ich dachte, Sie behalten solche Dissidenten genauestens im Auge.«

»Das tun wir auch«, meinte Fine. »Aber hier läuft im Moment einiges kreuz und quer. Wie sagt ihr in Amerika doch gleich? ›Das Volk ist in Aufruhr.‹ Wir haben es mit einer weiteren Intifada zu tun. Aziz scheint jeden Palästinenser zwischen zwei und 70 Jahren motiviert zu haben, sich mit Steinen zu bewaffnen und zu protestieren.«

Kennedy hatte sich so sehr auf die Auswirkungen der Krise vor der eigenen Haustür konzentriert, dass sie über mögliche Folgen im Ausland noch gar nicht nachgedacht hatte. Was Fine da erzählte, beunruhigte sie. Falls nicht rasch und entschlossen gehandelt werden würde, geriete die Weltordnung komplett aus den Fugen.

»Ben, Sie würden mir sehr helfen, wenn Sie diese Yassins so schnell wie möglich ausfindig machen.«

»Ich habe meine besten Analysten darauf angesetzt, Irene. Sie können sich auf mich verlassen.«

»Danke, Ben. Gibt es sonst noch etwas?«

»Na ja …« Er ließ mehrere Sekunden verstreichen. »Bei uns wird gemunkelt, ihr hättet vor einigen Tagen Scheich Harut in eure Gewalt gebracht.«

»Wer behauptet das?«

»Verschiedene unserer Quellen. Die Kollegen aus Deutschland sind davon überzeugt, dass entweder wir oder ihr dahintersteckt. Da ich weiß, dass wir nichts damit zu tun haben, müsst ihr es wohl sein.«

»Ich kann zu diesem Thema aktuell nichts sagen, aber ich versichere Ihnen: Sobald ich Genaueres weiß, werde ich Sie informieren.«

Fine schwieg eine lange Weile, bevor er sagte: »Irene, ich bringe das nur ungern zur Sprache, aber es gibt Teile unserer Regierung, die ganz und gar nicht glücklich darüber sind, wie die USA mit dieser Krise umgehen.«

Kennedy hockte sich auf den Rand von General Floods Schreibtisch. Viele in ihrer Situation hätten dem Colonel jetzt versichert, dass Amerika alles im Griff habe und für ausländische Partner kein Anlass zur diplomatischen Einmischung bestehe. Doch sie sagte nichts.

Fine fuhr fort: »Wir befürchten, dass sich kurzfristige Zugeständnisse gegenüber den Terroristen katastrophal auf die Interessen Israels auswirken könnten.«

Kennedy ließ sich seine Aussage unvoreingenommen durch den Kopf gehen und klammerte nationale Interessen bestmöglich aus. Es gab keinen Zweifel, dass für die Israelis eine Menge auf dem Spiel stand. Man musste kein studierter Politikwissenschaftler sein, um zu wissen, wie sie sich eine Lösung der Krise vorstellten.

Unter normalen Umständen hätte sich Kennedy nicht eingemischt, aber in Anbetracht der eigenen Vorbehalte gegenüber Vizepräsident Baxter hielt sie es für angebracht, ein paar beschwichtigende Bemerkungen anzubringen, um Fines Bedenken zu zerstreuen. Zumal sie davon ausging, dass der Inhalt dieses Telefonats ohnehin an hochrangige Vertreter der israelischen Regierung weitergegeben würde.

»Ben, Leute wie wir machen keine Politik, wir können lediglich Empfehlungen aussprechen. Ich kann Ihnen aber sagen, dass in der laufenden Diskussion die Beziehungen zu Ihrem Land eine große Rolle spielen und viele Beteiligte mit Nachdruck auf die Wahrung Ihrer Interessen hinwirken. Sie betonen, dass unsere langfristigen Verpflichtungen, was die Sicherheit Israels und die Stabilität im Nahen Osten betrifft, nicht aus dem Fokus rücken dürfen.«

»Trotzdem sind einige unserer Regierungsvertreter enorm nervös.« Kennedy fiel auf, wie abgehackt er atmete. »Viele missbilligen, dass mit Aziz überhaupt verhandelt wird … immerhin ist das eine klare Abkehr von bisherigen amerikanischen Prinzipien.«

Kennedy wählte ihre nächsten Worte mit Bedacht: »Es gibt auch bei uns viele, die über diese Entwicklung nicht glücklich sind, aber wir befinden uns in einer extrem schwierigen Lage.«

»Wer hat die Entscheidung getroffen, mit Aziz zu verhandeln?«

»Ben, dieses Gespräch bewegt sich in einen Bereich, der meine Kompetenzen überschreitet.«

»Gut, dann lassen Sie mich noch eins anmerken: Wir haben eine ziemlich klare Vorstellung davon, worauf das Ganze hinausläuft, und werden alles aus unserer Sicht

Notwendige unternehmen, um die Sicherheit Israels zu gewährleisten. *Alles,* was notwendig ist.«

»Ich verstehe«, antwortete Kennedy. Die Aussage des Colonels ließ an Deutlichkeit nichts zu wünschen übrig. Jemand, der in der politischen Hierarchie ziemlich weit oben stand, musste Fine aufgetragen haben, es an sie weiterzugeben. Vermutlich sogar der Premierminister. »Darf ich diese Bemerkung als offizielle oder inoffizielle Position Ihres Landes verstehen?«

»Wir haben seit jeher die Position vertreten, dass der Schutz unserer eigenen Interessen von höchster Bedeutung ist.«

»Wieso haben Sie mich dann noch einmal explizit darauf hingewiesen?«

»Weil wir uns in einer ganz besonderen Situation befinden. Umso wichtiger ist es, dass keine Zweifel daran bestehen, wie sich Israel positioniert.«

»Verstanden, Ben. Ich werde dafür sorgen, dass jeder hier Ihren Standpunkt kennt.« Sie fuhr sich mit der Hand durch die Haare und schob hinterher: »Ich habe noch einiges zu erledigen. Wären Sie so nett, sich direkt bei mir zu melden, wenn Sie den 18-jährigen Dissidenten aufgespürt haben?«

»Natürlich. Und wann erfahre ich mehr über Scheich Harut?«

Kennedy wusste, dass sie ihm etwas anbieten musste, zumindest ein konkretes Versprechen. »Sobald ich eine längere Verschnaufpause habe, erhalten Sie einen vollständigen Bericht von mir.« Demonstrativ stieß sie einen erschöpften Seufzer aus.

»Verstanden. Wenn Sie mich auf dem Laufenden halten, werde ich das umgekehrt auch tun.«

»Danke, Ben.« Kennedy behielt den Hörer in der Hand und trennte die Verbindung, indem sie die Gabel des altertümlich wirkenden Telefons auf dem Schreibtisch hinunterdrückte. Dann wählte sie rasch eine siebenstellige Nummer und nannte dem Gesprächspartner, der sich kurz darauf meldete, ein Codewort, um mit einer geheimen Stelle verbunden zu werden. 20 Sekunden später hatte sie Dr. Hornig am Apparat.

»Jane«, begann sie. »Sie müssen Harut für mich auf einen der Terroristen ansprechen – einen gewissen Mustafa Yassin. Für mich ist vor allem von Bedeutung, ob es sich dabei um einen gerade erwachsen gewordenen Palästinenser oder um einen älteren Iraker handelt.«

»Darf ich fragen, was es damit auf sich hat?«

»Ich darf Ihnen dazu aktuell nichts Näheres sagen. Aber die Information ist enorm wichtig für mich.«

»Also gut. Ich werde sehen, was sich machen lässt.«

Die Tür zum Büro öffnete sich und General Flood kam mit Campbell und Stansfield herein. Kennedy wandte sich von ihnen ab und sagte in den Hörer: »Ich muss auflegen. Was glauben Sie, wie lange es dauert, bis Sie etwas herausgefunden haben?«

»Keine Ahnung … es ist derzeit schwierig, an ihn heranzukommen.«

»Wie meinen Sie das?« Die Andeutung, die in dem Satz mitschwang, alarmierte Kennedy.

»Nun, die Techniken, die wir beim Verhör einsetzen, sind der langfristigen geistigen Gesundheit nicht gerade zuträglich.«

»Soll das heißen, sein Verstand zeigt Zerfallserscheinungen?«

»So könnte man es formulieren, ja … Allerdings haben

wir eine ungeheure Menge an Informationen aus ihm herausgekitzelt. Vieles davon ist unglaublich faszinierend und hilft uns, einen genaueren Einblick in die Denkweise von …«

»Das freut mich, Jane«, unterbrach Kennedy. »Aber Sie müssen ihm trotzdem unbedingt die Fragen zu Yassins Identität stellen. Je früher ich die Antworten bekomme, desto besser. Ich muss los. Bitte melden Sie sich, sobald Sie etwas für mich haben.« Sie legte auf, als sich General Flood gerade an seinen Schreibtisch setzte.

»Stimmt was nicht?«, fragte er.

»Wir haben da möglicherweise ein Problem«, meinte Kennedy nachdenklich.

»Und zwar?«

»Ich weiß noch nichts Genaues, aber das ändert sich hoffentlich innerhalb der nächsten Stunden. Ach ja, Thomas, ich habe eben mit Colonel Fine telefoniert. Er hat mir eine kleine Botschaft mit auf den Weg gegeben.«

Stansfield nickte wissend. »Ich habe mich schon gefragt, wie lange es dauert, bis die ersten Alarmsignale aus Israel eintreffen.«

»Er sagte, sie werden *alles* aus ihrer Sicht Notwendige tun, um die Interessen ihres Landes zu schützen.«

Floods Stimme ertönte hinter ihr: »Auf die Israelis ist eben Verlass. Wenigstens einer, der an seinen Prinzipien festhält und nicht die Nerven verliert.«

»Was ist denn noch passiert, nachdem ich raus bin?«

Alle setzten sich und General Flood erklärte Kennedy kurz, welche Strategie Vizepräsident Baxter vorgegeben hatte. Man konnte jedem ansehen, was er davon hielt, selbst Thomas Stansfields Pokerface bröckelte. Schlimmer hätte es eigentlich kaum kommen können.

32

Das Stahltor des Bunkers war an einer Stelle so heiß geworden, dass Warch es höchstens ein, zwei Sekunden anfassen konnte. Er wertete das als schlechtes Zeichen. Hinzu kam, dass die Bohrgeräusche lauter wurden und nur noch selten verstummten. Ihre Lage wurde zunehmend hoffnungslos, und das spiegelte sich auch in den Mienen der völlig übermüdeten Agenten wider.

Außerdem hatte Präsident Hayes das Undenkbare getan und ihnen befohlen, die Waffen abzulegen und auf dem Tisch neben der Küchenzeile zu deponieren. Er wollte nicht, dass jemand in die Rolle des Helden schlüpfte, sondern forderte eine bedingungslose Kapitulation. Hayes hielt weiteres Blutvergießen für unnötig, falls es den Terroristen gelang, in den Bunker einzudringen. Aus seiner Sicht brachte Gegenwehr dann ohnehin nichts mehr.

Warch hatte versucht, den Präsidenten umzustimmen, es jedoch schnell aufgegeben. Hayes rückte keinen Millimeter von seiner Entscheidung ab. In diesem Moment kam das Staatsoberhaupt zu ihm und legte die Hand auf die Luke. »Die wird ja immer wärmer.«

»Ja, Sir.«

»Haben Sie noch eine Idee, was wir tun könnten?«

»Nein, Sir.«

Hayes bedeutete Warch, ihm zu folgen. Er setzte sich auf eins der Sofas, der Agent direkt daneben. »Jack, hören Sie auf, sich das Gehirn zu zermartern. Wir haben alles probiert.«

»In meinem Job kapituliert man nicht einfach, Mr. President.«

»Nun, das ist bewundernswert. Auf jeden Fall weiß ich zu schätzen, was Sie und Ihre Männer bislang geleistet haben.«

»Danke.« Seit der Angriff begonnen hatte, gab es eine Frage, die Warch nicht mehr losließ. Da der Präsident gerade in Plauderstimmung war, beschloss er, sie zu stellen: »Sir, wer war eigentlich dieser Prinz und wie hat er es geschafft, einen Termin bei Ihnen zu bekommen?«

Hayes hatte darüber in den vergangenen zwei Tagen intensiv nachgedacht und landete immer wieder bei der Besprechung im Situation Room, in deren Verlauf er die Entführung von Fara Harut abgenickt hatte. Dort war ihm auch ein Schwarz-Weiß-Foto von Rafique Aziz gezeigt worden. Eine alte Aufnahme, bei der ihm vor allem die Augen im Gedächtnis geblieben waren. Das Gesicht hatte sich inzwischen stark verändert, aber die Augen ließen ihn vermuten, dass es sich bei dem Prinzen um Aziz handelte. »Ich bin mir nicht ganz sicher, aber ich denke, es könnte in Wahrheit Rafique Aziz gewesen sein. Oder zumindest einer seiner Leute.«

Warch überlegte. »Ich habe Ihnen doch von der telefonischen Warnung erzählt, die ich direkt vor dem Angriff von Irene Kennedy bekam?« Der Präsident nickte. »Nun, ein Foto von Aziz kenne ich zwar nicht, aber der Blick von dem Mann, der da im Oval Office stand, hat mir überhaupt nicht gefallen. Deshalb stelle ich mir die Frage, mit welchem Köder die Terroristen das Nationalkomitee der Demokraten dazu bewegt haben, einen solchen Kerl zum Präsidenten vorzulassen.«

Hayes' politische Instinkte drängten ihn, einer Antwort auszuweichen. Er arbeitete seit über 20 Jahren in Washington und wusste: Wenn man sich in dieser Stadt abgesehen von den heißen Sommern auf eins verlassen konnte, dann darauf, dass selbst Geständnisse unter vier Augen unweigerlich eine interne Untersuchung im Kongress nach sich zogen. Dann drohte ihm, wenn diese Geiselnahme ausgestanden war, eine endlose Flut von Befragungen und Prüfungen. Allerdings wusste er aus jüngsten Erfahrungen auch, dass der Versuch, etwas zu vertuschen, in aller Regel keine Probleme löste, sondern eher weitere hervorrief. Solange die nationale Sicherheit nicht bedroht war, hielt er die Flucht nach vorn für die beste Strategie. Natürlich schadete diese Angelegenheit dem Ruf der Partei – wie stark, würden die nächsten Jahre zeigen –, aber es brachte gar nichts, sie unter den Teppich zu kehren.

Nein, die Gier hatte ihr hässlichstes Gesicht aufgesetzt und sie damit in diese prekäre Situation gebracht. Hayes wusste, was er zu tun hatte. Je früher er die Karten auf den Tisch legte und damit einen Rest von Integrität wahrte, desto besser. Sobald er den Bunker verließ, würden ihn Berater und Anwälte bestürmen, den Mund zu halten und alles totzuschweigen. Da Hayes sich dem Special Agent zu Dank verpflichtet fühlte und ohnehin nichts zu verlieren hatte, schilderte er Warch, was passiert war.

Aziz grinste von einem Ohr zum anderen, während er verfolgte, wie Experten und Kommentatoren jeden Satz seiner Rede an das amerikanische Volk zerpflückten. Er saß im Situation Room, hatte wieder die Tarnkleidung angelegt und verfolgte mit der Fernbedienung in der Hand und den Füßen auf dem Konferenztisch die Berichterstattung. Dem Programm von MSNBC auf dem Schirm in der Mitte galt sein Hauptaugenmerk, aber sobald einer der anderen Sender einen früheren FBI-Agenten oder Terrorexperten interviewte, schaltete er um.

Die Rückmeldungen fielen exakt so aus, wie er es sich vorgestellt hatte. Auf jeden Hardliner, der sich zu Wort meldete, folgte mindestens ein früherer Regierungsangestellter, ein Politiker, Journalist oder ein geistliches Oberhaupt, um sich für eine friedliche Lösung auszusprechen. Sein bisheriger Lieblingskommentar stammte von einem Baptistenprediger, der Mr. Aziz für seine religiöse Toleranz und die Anerkennung »unseres christlichen Gottes« ausdrücklich lobte. Die Gesprächspartner übertrafen sich gegenseitig im Heraufbeschwören einer zeitnahen gewaltfreien Beilegung der Krise und sagten Dinge wie: »Nun ist Vizepräsident Baxter am Zug. Wenn er dieser schrecklichen Belagerungssituation ein schnelles Ende bereiten will, hält er alle notwendigen Fäden dafür in der Hand.«

Das war ganz nach Aziz' Geschmack. Der Druck auf die Politik wuchs zunehmend. Wenn alles so lief, wie er es sich ausmalte, verschaffte ihm das die perfekte Ausgangsposition, um seine abschließende Forderung zu stellen und als Triumphator in den Nahen Osten zurückzukehren. Er rechnete fest damit, dass das Wirtschaftsembargo gegen den Irak in Kürze fiel und die meisten früheren Partner die Gelegenheit nutzten, ihre Handelsbeziehungen umgehend wieder aufleben zu lassen. Solange Waffen und Militärtechnik von der Freigabe ausgenommen würden, dürfte außer Großbritannien und Israel niemand dagegen protestieren.

Aziz stellte sich den Moment vor, in dem das Tor zum Bunker geöffnet wurde und er in die Augen eines besiegten Präsidenten der Vereinigten Staaten blickte. An die köstliche Genugtuung, Hayes eine Pistole an die Stirn zu drücken und ihn um sein Leben winseln zu lassen. Nachdem er den Mann gebrochen hätte, würde er ihm einen kleinen Hoffnungsschimmer aufzeigen und einen friedlichen Ausweg aus der Krise skizzieren, um dann zusammen mit dem Staatsoberhaupt des verhassten Feindes im Fernsehen aufzutreten.

Für das Militär und die Secret-Service-Agenten, die wiederholt versichert hatten, der Präsident sei im Bunker völlig sicher, kam das einem vernichtenden Nackenschlag gleich. Aziz kostete seinen Triumph aus, als etwas auf einem der Fernseher seine Aufmerksamkeit erregte. Er nahm die Füße vom Tisch und richtete die Fernbedienung wie eine Waffe auf den Hauptbildschirm. Das unverwechselbare Gesicht von Scheich Fara Harut tauchte formatfüllend auf.

Aziz' Pupillen weiteten sich ungläubig, als der NBC-Moderator berichtete, dass der Iran wegen der Entführung eines islamischen Geistlichen bei der UNO formal Protest eingelegt habe. Dann wurde eine Frau eingeblendet. »Wir freuen uns, mit Sheila Dunn von der *Washington Post* sprechen zu können. Sheila, Sie haben einen Artikel geschrieben, der heute Morgen auf der Titelseite der *Post* veröffentlicht wurde. Sehen Sie einen Zusammenhang zwischen Ihrer Berichterstattung und den jüngsten Entwicklungen bei der UNO?«

»Allerdings.« Dunn blickte ernst in die Kamera. »Ich habe aus zuverlässiger Quelle erfahren, dass die CIA den Secret Service im Vorfeld vor einem Terrorangriff auf das Weiße Haus gewarnt hat. Offenbar kam diese Warnung jedoch zu spät.«

»Inwiefern hat das mit Scheich Harut und dem Iran zu tun?«, erkundigte sich der Moderator interessiert.

»Nun, der Iran hat bei der UNO eine formelle Beschwerde eingereicht, wonach eine Gruppe ausländischer Soldaten vor drei Nächten in die iranische Stadt Bandar Abbas eingedrungen ist und bei einem Angriff Dutzende Verletzte zurückgelassen hat. Seitdem gilt Scheich Fara Harut als vermisst. Er ist der geistliche Führer der Hisbollah-Miliz und pflegt nach meinen Recherchen engen Kontakt zu Rafique Aziz. Daher besteht Grund zur Annahme, dass die CIA-Informationen über den drohenden Anschlag auf das Weiße Haus von Harut stammen.«

»Wissen wir, ob und welche Rolle die CIA bei diesem Vorfall in Bandar Abbas einnimmt?«

»Nein.« Dunn wirkte regelrecht enttäuscht. »Sowohl das Pentagon als auch die Central Intelligence Agency lehnen eine Stellungnahme ab.«

Aziz schaltete die Fernseher aus. Dafür mussten sie bezahlen. Der Verdacht stand im Raum und es würde ihnen nicht gelingen, sich durch Lügen aus der Verantwortung zu stehlen. Dafür musste jemand sterben! Der Terrorist stand abrupt auf und verließ den Raum.

Ein Black-Hawk-Helikopter der U.S. Army mit Spezialausrüstung flog Kennedy, Stansfield und die Generäle Flood und Campbell vom Pentagon nach Langley. Im Kontrollraum im sechsten Stock angekommen blickten sie alle schweigend auf die Monitorwand. Einer der wachhabenden Offiziere hatte Kennedy telefonisch unterrichtet, was gerade passierte. Es überraschte sie nicht sonderlich. Wäre sie nicht mit so vielen anderen Themen beschäftigt gewesen, hätte sie sich längst darüber Gedanken gemacht.

Thomas Stansfield stand reglos da und ließ die Bilder auf sich wirken. Bei Flood und Campbell verhielt es sich völlig anders. Beide Männer waren daran gewöhnt, dass ihre Befehle exakt befolgt wurden. In diesem speziellen Fall hatte Campbells Anweisung an Deutlichkeit nichts zu wünschen übrig gelassen. Rapp sollte warten, bis er weitere Instruktionen erhielt. Punkt.

Neben der Überwachungskamera im Schlafzimmer des Präsidenten und derjenigen von Commander Harris' improvisiertem Kommandoposten waren vier weitere Kameras aktiv. Das sagte eigentlich alles. Sie erwachten schließlich nicht von selbst zum Leben. Da außer Mitch Rapp niemand vor Ort war, um sie in Betrieb zu nehmen, musste er General Campbells ausdrücklichen Befehl missachtet haben.

Kennedy wandte sich an einen der Officer am Kontrollpult. »Haben Sie versucht, ihn zu erreichen?«

»Mehrfach.«

»Ohne Erfolg?« Kennedy kannte die Antwort schon, bevor der Mann den Kopf schüttelte. Direktor Stansfield lief nach vorn, um die Übertragungen besser verfolgen zu können. Er versuchte es sowohl mit als auch ohne Brille. Zwei davon zeigten Treppen, auf zwei weiteren identifizierte er die breiten Flure, die sich im ersten und zweiten Stock der Privatwohnung von Osten nach Westen quer über die gesamte Breite des Gebäudes erstreckten. Im selben Moment erwachte ein fünfter Monitor zum Leben. Die Treppe, die hier zu sehen war, konnte er nicht zuordnen. Die Techniker und Analysten diskutierten hektisch und blätterten in Mappen mit Bauplänen des Weißen Hauses. Nach etwa 20 Sekunden verkündete einer von ihnen, dass es sich um den Zugang vom zweiten Stock hinauf aufs Dach handelte.

Die beiden Generäle führten im hinteren Teil des Raums

eine erhitzte und lebhafte Diskussion. Stansfield verfolgte sie mit dem ihm eigenen gleichmütigen Gesichtsausdruck. Innerlich überschlugen sich jedoch seine Gedanken. Er setzte sich mit potenziellen Lösungen auseinander. Als er eine gefunden hatte, ging er langsam die Stufen zu dem kleinen Podest hinauf, um sie vorzutragen. Er schob Flood eine Hand auf die Schulter. »Lassen Sie uns in meinem Büro darüber reden.«

Stansfield lief in Richtung Ausgang und gab Kennedy mit einer unauffälligen Geste zu verstehen, dass sie ihm folgen sollte. Die Gruppe lief durch ein abgeschlossenes, bewachtes Tor über eine Rampe zum Eckbüro des CIA-Direktors. Sobald sich die schalldichte Tür geschlossen hatte, passierte genau das, womit Stansfield gerechnet hatte. »Das ist absolut inakzeptabel!«, wetterte Campbell, der sich kaum in den Griff bekam. »Er hat einen direkten Befehl von mir missachtet! Mir ist völlig egal, ob es triftige Gründe dafür gibt. Diese Sache ist zu wichtig, um hinzunehmen, dass er einfach macht, wozu er Lust hat, und sämtliche Vorschriften ignoriert.«

Stansfield nickte langsam, um zu signalisieren, dass er die Argumente von Campbell nachvollziehen konnte. Doch dieser war noch nicht fertig. »Ich habe ihm befohlen, nichts zu unternehmen, weil ich wusste, dass wir mindestens eine Stunde im Meeting sitzen. Was, wenn er erwischt wird … oder einen von Aziz' Leuten tötet? Wir müssen doch dabei sein, wenn er solche Entscheidungen trifft. Wir müssen jeden seiner Schritte genau beobachten, um sofort eingreifen zu können und zu reagieren, falls etwas aus dem Ruder läuft.«

Campbell war so wütend, dass die militärisch kurz geschnittenen Haare den Eindruck machten, noch strammer hochzustehen als ohnehin schon. »Ihr Junge muss lernen, dass er die Befehle von Vorgesetzten zu respektieren hat. Ich schwöre bei Gott, sonst …« Der stämmige JSOC-Chef geriet kurzzeitig ins Stocken. Die Venen im Nacken pulsierten ungesund. Er führte den Gedankengang nicht zu Ende, aber jeder verstand, dass er Rapp für den Alleingang am liebsten eine reingehauen hätte.

Stansfield blieb betont ruhig, um Campbells Zorn zu dämpfen. Gleichzeitig fragte er sich, wer aus einer solchen körperlichen Auseinandersetzung wohl als Sieger hervorgehen würde. Campbell war zwar 20 Jahre älter als Rapp, aber definitiv ein ernst zu nehmender Gegner. Er verlagerte seine Aufmerksamkeit auf Flood und fragte den Vorsitzenden der Vereinigten Stabschefs: »Haben Sie noch etwas hinzuzufügen?«

Flood schüttelte das mächtige Haupt. »Was soll ich da noch sagen? Es liegt auf der Hand. Rapp hat über die Stränge geschlagen und muss ausgebremst werden.«

Stansfield verdaute Floods Kommentar. Was er sagte, war ebenso gerechtfertigt wie Campbells Vorwürfe. Der CIA-Direktor lief zum Schreibtisch und sah aus dem Fenster. Wie schon an den letzten beiden Tagen war es sonnig und wolkenlos. »Meine Herren, wir haben da offenbar eine Meinungsverschiedenheit. Ich sage Ihnen, was ich sehe. Ich sehe einen Mann, der gezielt ausgebildet wurde, eigenmächtig zu handeln. Einen Mann, der daran gewöhnt ist, Tage oder sogar Wochen im Einsatz zu verbringen, ohne dabei Unterstützung oder Vorgaben zu erhalten. Mitch Rapp ist kein Soldat und erst recht kein Politiker. Sein Talent ist es, zu erkennen, wann sich das Eingehen eines Risikos lohnt und wann es besser ist, in Deckung zu bleiben und abzuwarten. Er beherrscht das wie kein Zweiter. Er blüht förmlich auf in Situationen, in denen jede einzelne Aktion über Leben oder Tod entscheidet.«

Stansfield schwieg für einen Moment, ehe er in fast belehrendem Tonfall fortfuhr: »Er hat einen deutlich klareren Eindruck von den taktischen Rahmenbedingungen als wir. Nicht nur, weil er direkt vor Ort ist, sondern auch, weil er im Gegensatz zu uns nicht durch externe Faktoren abgelenkt wird.« Um keinen Raum für Zweifel zu lassen, präzisierte er: »Vor allem muss er sich nicht mit Vizepräsident Baxter herumschlagen.«

Er faltete kurz die Hände vor der Brust und ließ sie dann locker am Körper herunterhängen. »Bei allem Respekt, meine Herren. Sie wissen, dass ich eine hohe Meinung von Ihnen beiden habe, aber Sie müssen mir in dieser Hinsicht vertrauen. Mitch ist kein Soldat. Man hat ihm vom ersten Tag an eingeschärft, autonome Entscheidungen zu treffen und unabhängig zu agieren. Wenn Sie damit nicht einverstanden sind, beschweren Sie sich bitte bei mir, denn diese Vorgaben stammen von mir.«

Stansfield schwieg gerade lange genug, um den Eindruck zu erwecken, er gebe ihnen eine Möglichkeit zum Antworten, bevor er rasch nachsetzte: »Bei Ihnen beiden habe ich einen Fehler gemacht.« Er zeigte auf Campbell und Kennedy. »Ich hätte Sie nicht zu den Besprechungen mitnehmen sollen. Ich möchte, dass Sie ab sofort hierbleiben und genau verfolgen, was Rapp unternimmt. Überlassen Sie mir und General Flood das anstrengende Drumherum. Damit werden wir schon fertig. Ihre Aufgabe ist es, Mitch nach besten Kräften zu unterstützen. Dank ihm wissen wir, was da drinnen vor sich geht. Was mich betrifft, tut er genau das, wofür wir ihn geschickt haben. Also, General Campbell, wenn Sie Mitch die Leviten lesen wollen, können Sie das von mir aus tun. Es ist Ihr gutes Recht und ich werde Sie nicht daran hindern. Aber Sie erreichen damit nichts, weil er nicht auf Sie hören wird.«

Der CIA-Direktor registrierte zufrieden, dass er mit seiner Botschaft durchdrang. Campbell schien sich ein wenig beruhigt zu haben. Er knüpfte daran an: »Mein Vorschlag ist, dass Sie ihm stattdessen erklären, wie wichtig es ist, dass wir über jeden seiner Schritte informiert sind, damit wir reagieren können, falls etwas Unvorhergesehenes passiert.«

Bevor Stansfield den nächsten Satz beginnen konnte, klingelte das Telefon auf dem Schreibtisch. Er schielte auf das Display, um zu sehen, von wem der Anruf kam. Die Buchstabenfolge entlockte ihm ein Stirnrunzeln. Das Signallämpchen, das auf eine gesicherte Verbindung hinwies, flackerte. Nach einigen Sekunden des Zögerns entschied er, das Gespräch anzunehmen. Seine knochige Hand griff nach dem Hörer.

Der Krankenwagen kämpfte sich durch die Innenstadt von Washington. An zügiges Vorankommen war nicht zu denken, nachdem man die Sicherheitszone rund um das Weiße Haus von zwei auf drei Blocks in nördlicher, östlicher und westlicher Richtung ausgedehnt hatte. Im Süden war die Constitution Avenue vollständig gesperrt, ebenso der Abschnitt der National Mall auf der gesamten Länge zwischen 17th und 14th Street. Das brachte den ohnehin zähflüssigen Vormittagsverkehr nahezu komplett zum Erliegen.

Der Mann am Steuer musste sich damit abfinden, auf

der Pennsylvania Avenue nur meterweise voranzukommen. Im Seitenspiegel konnte er die Kuppel des Kapitols sehen, vor sich ein Meer von Autos, das vergeblich darauf wartete, ins Geschäftsviertel rund um das Weiße Haus gespült zu werden. Salim Rusan blieb auffällig ruhig. Das lag teilweise daran, dass er fest an den Erfolg von Aziz' Plan glaubte, teilweise daran, dass er lieber im Verkehr als im Regierungsgebäude feststeckte.

Der Krankenwagen war das letzte Fahrzeug, das es noch bei Grün über die Ampel der 9th Street schaffte. Das Hoover Building tauchte zu seiner Rechten auf, das legendäre Hauptquartier des FBI. Rusan lächelte nicht, das entsprach nicht seinem Naturell. Er ähnelte in dieser Hinsicht eher Bengazi als Aziz und gehörte zu den Menschen, die sich ständig sorgten und mit dem Schlimmsten rechneten. Genau deshalb hatte Aziz ihn für diese wichtige Mission ausgewählt.

Rusan diente je nach Bedarf als Absicherung für Plan B oder als Überraschungsfaktor. Abhängig von der weiteren Entwicklung sollte er eine von drei unterschiedlichen Aufgaben übernehmen. Die erste war simpel und völlig harmlos. Auch wenn es Aziz anders hinstellte, rechnete Rusan damit, eher eine der beiden anderen Alternativen umsetzen zu müssen – beide endeten tödlich, so viel stand fest. Nicht nur für seine Kameraden, sondern auch für die Geiseln, die FBI-Agenten und hoffentlich Hunderte von anderen. Rusan spekulierte darauf, dass beim Versuch einer Rückeroberung des Weißen Hauses durch die Amerikaner so viel Verwirrung entstand, dass er einigen seiner Freunde zur Flucht verhelfen konnte und selbst mit dem Leben davonkam. Seine Fluchtstrategie war gut durchdacht und konnte funktionieren.

Trotzdem empfand er es als enorme nervliche Belastung, an den Schauplatz des Geschehens zurückzukehren. Dorthin, wo er vor drei Tagen vom Dach des Washington Hotel Schüsse abgegeben und mehr als ein Dutzend Amerikaner getötet hatte. Aber genau deshalb versprach der Plan zu funktionieren. So gut wie jeder Polizeibeamte auf der Welt dürfte gerade nach ihm suchen. Allerdings nach seinem alten Ich. Niemand zog die Verbindung zwischen dem dunkelhaarigen islamischen Terroristen Salim Rusan und dem offen schwulen Sanitäter Steve Hernandez aus Miami. Nein, auch wenn es wegen des Verkehrs noch eine ganze Weile dauerte, würde er das Weiße Haus unbehelligt erreichen. An der ersten Straßensperre wollte er die Sirene des Krankenwagens einschalten, das Fenster herunterkurbeln und dem diensthabenden Beamten erklären, dass man ihn vorsorglich angefordert habe. Laut Aziz war es in solchen Fällen üblich, Hilfskräfte an den Ort des Geschehens zu beordern. Dutzende weiterer Ambulanzen waren vermutlich ebenfalls dorthin unterwegs.

Rusan sah keinen Grund zur Eile. Solange es draußen hell war, blieben die amerikanischen Einsatzkommandos in ihren Verstecken. Sie warteten bis zum Einbruch der Dunkelheit, würden entweder heute oder morgen Nacht zuschlagen. Solange er eine oder zwei Stunden nach Sonnenuntergang alles vorbereitet hatte, brauchte er nichts zu befürchten.

33

Tief in Gedanken versunken hockte Anna Rielly mit angewinkelten Beinen auf dem Boden und stützte das Kinn in das Tal zwischen ihren Knien. Die schulterlangen braunen Haare hatte sie erneut zu einem Pferdeschwanz zusammengebunden und die langen Ärmel von Präsident Hayes' mehrere Nummern zu großem schwarzem Pulli hochgekrempelt. Sie saß bequem, fror nicht und hatte neben etwas zu essen auch zwei Tylenol im Magen, um die Schmerzen im Kiefer und am Rücken zu betäuben. Alles in allem fühlte sie sich ziemlich gut.

Wie seltsam es im Leben doch manchmal lief, überlegte sie. Noch vor einer Woche hatte sie in Chicago beim Sender gearbeitet und war abends in ihre Wohnung in Lincoln Park zurückgekehrt. Sie hatte sich nach einer Veränderung gesehnt, sowohl beruflich als auch privat.

Nach der Vergewaltigung war ihr Leben komplett aus den Fugen geraten. Nicht zuletzt, weil ihr Freund, der bei einem großen Pharmakonzern arbeitete, mit ihren traumatischen Erlebnissen nicht klarkam. Sobald man ihm eine Beförderung und eine Versetzung nach Phoenix anbot, hatte er die Gelegenheit beim Schopf ergriffen und Anna erklärt, er könne mit niemandem zusammen sein, der seine Gefühle nicht länger erwidere. Sie hatte sich erst selbst die Schuld gegeben, im Rahmen der Therapie jedoch erkannt, dass er sie nie wirklich geliebt hatte, weil er ihr sonst Zeit gegeben hätte, das furchtbare Erlebnis in Ruhe zu verarbeiten.

Letzten Endes hatte sich das Ende ihrer Beziehung als Segen erwiesen. Die Zeit als Single half ihr, zu innerer

Stärke zu finden. Unabhängigkeit und Eigenverantwortung waren eine tolle Sache, weil es dann nur noch einen Menschen gab, der einen im Stich lassen konnte: man selbst. Der Nachteil – und an diesem Punkt war sie gerade angelangt – bestand darin, eines Tages aufzuwachen und festzustellen, dass man alle, die es gut mit einem meinten, vertrieben hatte oder nicht nah genug an sich heranließ. Auf diese Weise führte man ein ziemlich einsames Leben.

Rielly rechnete fest damit, dass das Schicksal irgendwann eingreifen würde, um daran etwas zu ändern. Das war bei umwälzenden Veränderungen immer so. Hatte es nicht längst angefangen? Immerhin hatten viele Zufälle dafür gesorgt, dass sie jetzt hier in dieser dunklen Kammer im Weißen Haus hockte. Was, wenn sie nicht den Job als neue NBC-Korrespondentin für das Weiße Haus bekommen hätte? Was, wenn sie ihren Flug nach Washington vor drei Tagen verpasst hätte, weil ihr Wecker mal wieder streikte? Was, wenn sie mit der ersten Gruppe von Geiseln freigelassen worden wäre, ohne dass dieses Schwein sie ins Schlafzimmer des Präsidenten gezerrt hätte? Dann wäre sie Mitch Kruse, oder wie immer er in Wirklichkeit hieß, nie begegnet. Beim Gedanken an ihn erfasste sie ein wohliger Schauer. Es wäre schrecklich gewesen, ihm nicht zu begegnen. Sie verdankte ihm so viel. Mehr, als sie ihm wahrscheinlich je anvertrauen konnte.

Sie starrte abwesend an die Wand und sinnierte über einen Mann namens Kruse und die Wahrscheinlichkeit, dass er auf diese Weise in ihr Leben trat und genau im richtigen Moment zur Stelle war. Überwältigend! Ob man es nun Schicksal nannte oder ihn als Schutzengel bezeichnete, jedenfalls hatte sich etwas oder jemand eingeschaltet und dafür gesorgt, dass er zur Stelle war. Anna schickte ein leises Dankgebet zum Himmel.

Bevor er den Hörer abnahm, forderte er Kennedy auf, das Gespräch am zweiten Apparat im hinteren Teil des Raums mitzuverfolgen. Flood und Campbell forderte er zum Schweigen auf. »Hier spricht Direktor Stansfield.«

Zuerst hörte man nichts als Atmen, ein leises Keuchen und dann den regelrecht hingespuckten Satz: »Ich weiß alles über Sie. Wer Sie sind und was Sie getan haben. Wer alles sterben musste, weil Sie Ihre Lakaien darauf angesetzt haben.«

Stansfield blickte noch einmal auf das Display mit der Anruferanzeige. ›WH SIT ROOM‹. Die feindselige Stimme gehörte Rafique Aziz, aber es gehörte schon mehr dazu, um den Direktor der CIA aus der Fassung zu bringen.

Er lehnte sich auf dem Ledersessel zurück und fragte ruhig: »Was kann ich für Sie tun, Mr. Aziz?«

»Das werde ich Ihnen sagen«, schimpfte der hörbar aufgewühlte Terrorist. »Sie können mir verraten, was Sie mit Fara Harut angestellt haben!« Er schien sich seiner Sache sehr sicher zu sein. Trotzdem ließ sich Stansfield nicht aus der Reserve locken. »Ich habe keine Ahnung, wovon Sie reden.«

»Beleidigen Sie nicht meine Intelligenz!«, zeterte Aziz. »Ich weiß, was Sie getan haben, und ich möchte sofort wissen, wo Sie Fara Harut festhalten, sonst gehen die nächsten Leichen auf Ihr Konto!«

Aziz schrie so laut, dass Flood und Campbell ihn auf der anderen Seite des Büros hören konnten. Sie rückten näher heran, während Stansfield versicherte: »Es liegt mir fern, Sie zu beleidigen. Ich weiß wirklich nicht, was Sie meinen.«

»Sie sind eine Schlange!«, schimpfte Aziz. »Ich hätte es wissen müssen, dass ich bei Ihnen nicht mit Ehrlichkeit rechnen kann! Ich schwöre, Sie werden dafür bezahlen, was Sie getan haben!«

Aziz' Organ war so schrill, dass Stansfield den Hörer vom Ohr weghielt. Aus einigen Zentimetern Abstand ließ sich das Gebrüll deutlich besser ertragen. Aus dem Hörer plärrte es: »Entweder sagen Sie mir sofort die Wahrheit oder ich werde einem der Gefangenen innerhalb der nächsten 60 Sekunden eine Kugel in den Kopf jagen! Wenn ich wieder an den Apparat komme und Sie immer noch leugnen, kommt der Nächste an die Reihe – so lange, bis Sie mir endlich sagen, wo Fara Harut ist!«

»Mr. Aziz«, antwortete Stansfield mit übernatürlicher Selbstbeherrschung. »Sie müssen mir glauben, dass ich nicht weiß, worum es geht. Wenn Sie mir erklären, weshalb Sie so wütend sind, werde ich mich nach Kräften bemühen, Ihnen bei der Lösung Ihres Problems zu helfen.«

»Spielen Sie nicht mit mir! Ich weiß, wer Sie sind und was Sie tun! Sie sind ein Lügner und haben den Tod unschuldiger Frauen und Kinder auf dem Gewissen!«

Stansfield saß gefasst da und hielt den Hörer nach wie vor einige Zentimeter vom Ohr weg. Er musste sich etwas einfallen lassen, um Aziz zu beruhigen. »Nun, Mr. Aziz, dasselbe denke ich umgekehrt über Sie.« Ohne dem anderen eine Gelegenheit zur Reaktion zu geben, fuhr er fort: »Kompliment übrigens für Ihre Rede heute Morgen. Die Politiker haben Ihnen jedes Wort abgekauft. Ich habe ihnen allerdings erklärt, dass Sie es nicht ernst meinen und alles nur Show ist. Zu welchem Zweck, habe ich bisher noch nicht herausgefunden, aber ich arbeite daran.«

»Ruhe!«, brüllte Aziz. »Ich will sofort eine Antwort auf meine Frage, wo Fara Harut gefangen gehalten wird. Sonst gibt es den ersten Toten!«

»Mr. Aziz, das wollen Sie nicht wirklich. Ich erkläre Ihnen auch, wieso.« Stansfield sah kurz zu den beiden Generals hinüber. »Sie haben es zwar gut hinbekommen, einige Mitglieder unserer Regierung im Glauben zu wiegen, dass Sie ernsthaft an Frieden interessiert sind und man Ihrem Wort trauen kann. Allerdings wissen ich und viele andere, dass Sie uns nur etwas vormachen. Wenn Sie jetzt eine weitere Geisel töten, werde ich einen Mitschnitt dieses Gesprächs an den Vizepräsidenten weiterleiten und ihn außerdem den Medien zuspielen. Dann erfährt jeder, dass Sie nicht der Mann sind, als der Sie sich heute Morgen verkauft haben. Außerdem kennen Sie bestimmt unsere Einsatzregeln. Sie können von Glück reden, dass wir das Gebäude nicht sofort gestürmt haben, als Sie Sicherheitsberater Schwartz und seine Sekretärin töteten. Wenn Sie weitere Geiseln eliminieren, lassen Sie uns gar keine andere Wahl, als unsere Leute reinzuschicken … und damit unterschreiben Sie Ihr eigenes Todesurteil.«

»Ihre Männer werden sterben!«, drohte Aziz. »Sie sind ein noch größerer Narr, als ich dachte. Ich werde das komplette Weiße Haus in die Luft jagen und alle Gefangenen gleich mit.«

»Genau. Aber Sie selbst werden dabei ebenfalls umkommen, und das kommt mir sehr entgegen. Wenn wir uns nicht mehr mit Ihnen herumplagen müssen, macht das unser Leben deutlich leichter.« Stansfield wirkte tiefenentspannt. »Sie drohen dem Falschen, Mr. Aziz, und das wissen Sie auch.«

Nun kam es darauf an, Aziz eine faustdicke Lüge so überzeugend aufzutischen, dass der andere ihm wirklich abnahm, dass er vollkommen skrupellos war und seine Vorstellung von Stansfield den Tatsachen entsprach. »Was mit den Geiseln passiert, ist mir völlig gleichgültig. Hauptsache, Sie und Ihre widerlichen Begleiter sind krepiert, wenn die Sache vorbei ist. Wenn wir 40 oder 50 Geiseln verlieren und dafür Ihren Kopf als Trophäe an die Wand nageln können, ist es die Opfer allemal wert.«

»Ich habe keine Angst vor dem Tod. Wenn ich sterbe, nehme ich den Sieg mit ins Grab!«

»Das glauben aber auch nur Sie«, erwiderte Stansfield kühl. »Wissen Sie, sobald Sie sich selbst weggepustet haben, ziehen wir einfach Präsident Hayes und ein paar andere Überlebende aus den Trümmern. Sie sind dann nicht länger ein Problem. In einem halben Jahr haben wir das Weiße Haus wieder aufgebaut und alles geht seinen normalen Gang.«

Aziz war außer sich, aber ihm gingen die Argumente aus. Stansfield hatte ihn in die Enge getrieben, zumindest vorübergehend. Egal, denn wenn er erst merken würde, dass sein geschätzter Präsident gar nicht so sicher war, wie er glaubte, würde er sich noch umschauen! Es brachte nichts, die Eskalation auf die Spitze zu treiben – ganz gleich, wie viel Fara Harut ihm bedeutete, er durfte keinen vorzeitigen Angriff durch die Amerikaner riskieren. Also blieb ihm nichts anderes übrig, als seinen Stolz hinunterzuschlucken und einen taktischen Rückzug anzutreten. Er konnte es sich allerdings nicht verkneifen, seinem Gesprächspartner noch eine mitzugeben.

»Sie sind viel zu sehr von sich überzeugt, Mr. Stansfield«, versetzte er mit drohendem Unterton. »Es ist nicht immer alles so, wie es auf den ersten Blick scheint. Ich melde mich heute Abend noch einmal bei Ihnen. Dann sollten Sie mir in Ihrem eigenen Interesse sagen können, wo Fara Harut derzeit ist.« Die Verbindung wurde getrennt. Stansfield legte den Hörer auf.

»Was zum Teufel war das denn?«, wollte General Flood wissen.

»Er weiß, dass Harut verschwunden ist, und glaubt, wir hätten ihn«, sagte Stansfield mit einem Seitenblick zu Irene Kennedy.

»Den Teil habe ich mitbekommen. Aber worum ging es beim restlichen Gespräch?«

»Er hat damit gedroht, weitere Geiseln zu töten, wenn ich ihm nicht sofort sage, wo Harut gefangen gehalten wird.«

»Und da haben Sie beschlossen, Tauziehen mit ihm zu spielen?«

Stansfield zuckte die Achseln. Nicht gerade eine Formulierung, die er für zutreffend hielt. »Nun, ich habe ihm etwas vorgemacht. Ein Bluff, wenn Sie so wollen, damit er die Gefangenen nicht anrührt, indem ich mich genau so verhalten habe, wie es zu dem Bild passt, das er von mir hat.« Stansfield rieb sich das Kinn. »Und er ist darauf reingefallen.«

Kennedy stemmte die Arme in die Hüften und blickte ihn nachdenklich an. »Mehr als das, Thomas. Er ist nicht einfach nur drauf reingefallen, sondern hat sofort jede Gegenwehr eingestellt und sich auf später vertrösten lassen. Das passt nicht zu einem Mann wie ihm.«

»Vielleicht ist er müde vom vielen Kämpfen?«

»Nein, da steckt mehr dahinter. Es gibt etwas, das ich noch nicht erzählt habe, weil ich vorher erst ein paar Sachen überprüfen wollte, um nicht unnötig Alarm zu schlagen. Mir ist eben bei dem Gespräch ein merkwürdiger Unterton bei Aziz aufgefallen. Und zwar, als Sie ihm sagten, er täte uns mit seinem Tod einen Gefallen, weil er dann nicht länger ein Problem wäre. Wir könnten dann Präsident Hayes aus den Trümmern ziehen und so weiter. Danach meinte er so etwas wie: ›Sie sind viel zu sehr von sich überzeugt, Mr. Stansfield. Es ist nicht immer alles so, wie es auf den ersten Blick scheint.‹ Ist Ihnen da nichts aufgefallen?« Sie gab ihrem Boss einen Moment, um sich die Passage des Gesprächs in Erinnerung zu rufen. »Für mich klang das ganz als wüsste er etwas, das wir nicht wissen.«

Stansfield fand, dass sie da zu viel hineininterpretierte.

»Warten Sie, jetzt kommen wir zu den angesprochenen Informationen, die ich überprüfen ließ. Wenn Sie die kennen, klingt meine Theorie deutlich plausibler. Bei dem Anruf, den ich heute Morgen von Colonel Fine erhielt, ging es um drei Namen, die er für mich in den Mossad-Datenbanken recherchieren sollte. Drei Namen, die uns Harut genannt hatte. Bei einem davon gab es gleich drei mögliche Treffer. Einen Offizier der jordanischen Armee, der allerdings nicht infrage kam. Außerdem einen 18-jährigen palästinensischen Widerstandskämpfer, den wir für die wahrscheinlichste Option hielten. Und schließlich einen Dritten, auch bekannt als ›Maulwurf von Bagdad‹. Bei diesem Mustafa Yassin handelt es sich um den Mann, der nach dem Einmarsch irakischer Truppen in Kuwait zu Beginn des Zweiten Golfkriegs für das Ausplündern von Tresoren und Geldschränken zuständig war.«

General Flood schüttelte den Kopf. »Ich tippe definitiv auf den Widerstandskämpfer, Irene.«

»Möglich«, gab Kennedy zu. »Aber was, wenn es doch der Tresorknacker ist? Wenn Aziz diesen ›Maulwurf von Bagdad‹ mitgebracht hat, weil er wusste, dass der Präsident in seinen Bunker flieht? Was, wenn dieser Spezialist in diesem Augenblick versucht, den Bunker aufzubrechen und den Präsidenten herauszuholen?«

Kennedy wartete ab, bis die anderen den Gedankengang zu Ende verfolgt hatten. »Aus genau diesem Grund könnte Aziz eben gesagt haben: ›Es ist nicht immer alles so, wie es auf den ersten Blick scheint.‹ Er meint damit, dass wir mit unserer Vermutung, Präsident Hayes sei da unten sicher, falschliegen.« Die Männer starrten sie an. General Flood entschied: »Ich finde, über diesen Verdacht sollten wir den Vizepräsidenten umgehend informieren.«

Stansfield widersprach: »Noch nicht. Erst wenn wir konkrete Beweise haben, die diese Behauptung stützen.«

»Und wo sollen diese Beweise herkommen?«

»Nun, ich habe da so eine Idee ...«

34

Rapp schlich durch den langen Flur im ersten Obergeschoss und setzte vorsichtig einen Fuß vor den anderen, verlagerte das Gewicht wie in Zeitlupe von der Ferse auf die Zehenspitzen. Der Flur, eigentlich eher ein lang gestreckter Raum, wurde von der Morgensonne in gleißendes Licht getaucht.

Er und Adams hoben sich in ihren schwarzen Nomex-Overalls deutlich von den hellen Wänden und Teppichen ab. Dennoch rechneten sie nicht mit einer Entdeckung. Sie hatten das Versteck im Schrank vor etwas mehr als einer Stunde verlassen und inzwischen alle fünf Überwachungskameras platziert und auf korrekte Funktion überprüft. Dabei hatten sie die Terroristen nicht ein einziges Mal gehört, geschweige denn zu Gesicht bekommen – nicht mal im hinteren Treppenhaus, das zum Unterstand der Wachposten auf dem Dach führte.

Nachdem die Kameras positioniert waren, fühlte Rapp sich deutlich wohler. Damit verfügten sie nun an entscheidenden strategischen Punkten über Augen und Ohren. Seine Vorgesetzten bei der CIA schätzten das möglicherweise anders ein. Rapp war sich darüber im Klaren gewesen, als er Anna Rielly vor knapp 70 Minuten allein im Versteck zurückgelassen hatte. Aber damit mussten sie sich abfinden. Zu viele Köche verdarben den Brei und bevor er vor lauter Kochlöffeln die Übersicht verlor, rührte er lieber selbst um und riskierte es, Leute gegen sich aufzubringen. Mit Rumsitzen und Däumchendrehen kam man gegen einen Gegner dieses Kalibers nicht weiter.

Rapp wusste, mit wem er es zu tun hatte und was Aziz ausheckte. Wenn es sonst niemand merkte, konnte er auch nichts daran ändern. Dies gehörte zu den Situationen im Leben, in denen man unterschiedliche Standpunkte hinnehmen musste. Es ging nicht um eine politische Entscheidung, bei der man Vor- und Nachteile gegeneinander abwägen konnte, sondern um eine klare Trennung von Gut und Böse. Rapp wusste, was zu tun war. Wer das anders sah und ihn nicht unterstützte, der konnte ihn mal kreuzweise.

Sie liefen zum Schlafzimmer des Präsidenten zurück. Adams trat zuerst ein. Rapp blieb für einen Moment in der offenen Tür stehen und spähte ein letztes Mal in den Gang. Hinter ihm verströmte die Leiche des Terroristen einen immer unangenehmeren Geruch. Nicht auszudenken, wie schlimm es erst morgen stinken würde.

Adams tippte ihm auf die Schulter. »Ich muss mal dringend Wasser lassen.«

Rapp nickte in Richtung Bad. Ein paar Minuten später tauchte Adams mit dem Gesichtsausdruck purer Erleichterung wieder auf. »Wart's ab. Noch bist du zu jung, aber irgendwann wirst du verstehen, wie das ist.«

»Wenn ich überhaupt so lange am Leben bleibe«, konterte Rapp und zeigte auf den Wandschrank. »Sehen wir mal nach, wie's Anna geht.«

Adams betätigte den versteckten Knopf. Das Regal fuhr nach vorn. Rapp steckte den Kopf in den Spalt. »Müssen Sie auf Toilette?«

Rielly nickte.

»Okay, dann folgen Sie mir, aber ganz leise. Milt, behalt du inzwischen die Monitore im Auge und gib mir Bescheid, sobald sich irgendwo was rührt.«

Rielly schlich lautlos hinter ihm her, was ihr auf Strümpfen nicht weiter schwer fiel. Im Bad schloss sie die Tür und begutachtete sich zunächst im Spiegel. Sie zuckte zusammen, als sie den Bluterguss auf der Wange entdeckte. Ihre Haut wirkte insgesamt ziemlich bleich. Ohne Zeit zu verlieren, erledigte sie erst mal ihr Geschäft. Dabei wurde ihr bewusst, dass sie auf der Kloschüssel des Präsidenten hockte. Einer Kloschüssel, die vor Hayes schon viele andere bedeutende Persönlichkeiten benutzt hatten.

Sie klappte den Deckel zu und spülte. Neben dem

Becken hingen auf einer Halterung jeweils zwei Waschlappen und Handtücher. Anna konnte nicht widerstehen. Sie fühlte sich schmutzig und verschwitzt. Sie öffnete den Hahn, spritzte sich Wasser ins Gesicht und entfernte mit einem Stück Seife den gröbsten Dreck, trocknete sich ab, holte ein paar Sachen aus dem Arzneischrank, außerdem das Rasierzeug des Präsidenten, und wickelte alles in ein Badelaken. Als sie die Tür öffnete, stand Rapp davor und blickte sie überrascht an.

»Was soll das denn werden?«, fragte er mit Blick auf ihre Mitbringsel. Sie sah ihn fast verlegen an. »Eine kleine Wellness-Packung.« Rapp zeigte auf sich und grinste. »Oh, für mich?«

Fast wäre sie in Gelächter ausgebrochen. Stattdessen schüttelte sie den Kopf. »Nein, für mich.«

Rapp grinste trotzdem, während sie zurück ins Versteck huschten und von innen den Riegel vorschoben. Beim Anblick des Funkgeräts wurde er jäh ernst. Er schuldete seinen Leuten einige Erklärungen. Besser, er schob es nicht auf die lange Bank. Entschlossen schaltete er den Empfänger ein. Milt hatte unterdessen den Monitor vor der Brust aufgeklappt und verfolgte die Übertragungen der einzelnen Spycams.

Als das Gerät endlich einsatzbereit war, griff Rapp nach dem Handmikro. »Iron Man an Control. Hört ihr mich? Over.«

Es überraschte ihn nicht, dass sofort eine Antwort kam. Damit hatte er gerechnet. Allerdings nicht mit der Stimme dieses Mannes. »Iron Man, Sie waren seit dem letzten Kontakt ziemlich fleißig.«

Zögernd antwortete er: »Ja, Sir. Ich hielt es für das Richtige.«

»Das sehe ich genauso«, meinte Thomas Stansfield. »Aber von jetzt an halten Sie uns bitte auf dem Laufenden, wenn Sie so etwas durchziehen. Wir empfangen sowohl Bild als auch Ton der Kameras einwandfrei. Das wird uns eine große Hilfe sein. Es gibt allerdings eine andere Baustelle, um die Sie sich dringend kümmern sollten. Wir haben Grund zur Annahme, dass der Präsident im Bunker nicht so sicher ist, wie wir bislang dachten.«

Rapps Augen zuckten von der Konsole zu Milt Adams. »Wie meinen Sie das?«

»Aziz hat möglicherweise jemanden mitgebracht, der darauf spezialisiert ist, Tresore aufzubrechen.« Eine kurze Pause. »Sie verstehen, worauf ich hinauswill?«

»Allerdings. Wie zeitnah soll ich mich darum kümmern?«

»So schnell es geht, ohne eine Entdeckung zu riskieren.«

Rapp überlegte. Der Bunker befand sich im dritten Kellergeschoss, das nur über eines der Treppenhäuser zu erreichen war. Ausgerechnet jenes, vor dem sich letzte Nacht unerwarteterweise ein Wachposten herumgetrieben hatte. »Sir, ich bespreche kurz mit Milt das weitere Vorgehen und melde mich in etwa fünf Minuten wieder bei Ihnen.«

Rapp sah Adams an. »Klapp den Monitor zu und pack die Karten aus.« Rapps Gesichtsausdruck und Tonfall verrieten Adams, dass es sich um eine ernste Angelegenheit handelte. Er kam der Aufforderung nach. Rapp rutschte auf Knien zu ihm.

»Lass mich mal vorbei, Anna.« Sie saß mit ausgestreckten Beinen in der Ecke und zog sie rasch ein. Rapp schielte auf den Grundriss. »Zeig mir die untere Kellerebene und alle Ein- und Ausgänge.«

Adams zog das letzte Blatt aus dem Stapel und legte es zuoberst hin. »Da gibt's nicht viel zu zeigen. Außer dem Treppenhaus, das du schon kennst, gibt es tatsächlich keine weitere Zugangsmöglichkeit. Erklär mir einfach, worum's geht. Vielleicht fällt mir ja noch was ein.«

Rielly tauchte neben Rapp auf, schaute auf die Pläne und fragte: »Worum geht's?«

Mitch war beunruhigt. Ihre Neugier machte alles unnötig kompliziert. Warum warf man ihm ständig solche Knüppel zwischen die Beine? Er schaute Anna an, die konzentriert auf das Blatt starrte. Es wurde Zeit für ein ernstes Gespräch, um die Reporterin aus der Gleichung zu nehmen. Sonst musste er zu viele Faktoren berücksichtigen und beging früher oder später einen Fehler, der jemanden das Leben kostete – im schlimmsten Fall ihn selbst. Er erinnerte sich an einen früheren Einfall und beschloss, Rielly davon zu überzeugen, um ihm das weitere Vorgehen zu erleichtern.

»Anna, wir müssen reden.«

Sie schaute zu ihm hoch. »Worüber?«

»Ich muss offen mit Milt sprechen können, aber das ist unmöglich, solange Sie danebensitzen. Deshalb brauche ich eine Zusage von Ihnen für den Fall, dass wir heil hier rauskommen.«

»Natürlich. Worum geht es denn?«

»Sie müssen eine Verschwiegenheitserklärung unterzeichnen. Was Sie hier erfahren, tangiert den Bereich der nationalen Sicherheit.«

Rielly überlegte. Wie konnte sie sich als Journalistin auf so etwas einlassen? Ein solches Dokument verpflichtete sie rechtlich wasserdicht, sich nicht zu den darin festgelegten Themen zu äußern. Damit würde sie sich der

Möglichkeit berauben, später über ihre Erlebnisse hier im Weißen Haus zu berichten. »Das kommt nicht infrage. Wie stellen Sie sich das vor? Ich kann mir als Reporterin von der Regierung doch nicht dauerhaft den Mund verbieten lassen. Das geht zu weit.«

Rapp wurde wütend. Wer ihn kannte, sah es an der Art und Weise, wie sich seine Pupillen fast unmerklich verengten. Rielly war zwar eine wunderschöne Frau, aber auch enorm egoistisch und geltungssüchtig. Dafür fehlte ihm die Geduld.

»Gut«, sagte er mit einer Stimme, die exakt das Gegenteil verriet. »Ich werde in Zukunft daran denken, dass die Karriere für uns alle an erster Stelle steht. Das scheine ich in der letzten Nacht für eine Weile vergessen zu haben.« Er wandte sich ab und griff nach dem Handmikro. »Iron Man an Control. Over.«

»Was sollte das denn jetzt heißen?« Anna klang verletzt.

Rapp hob die Hand, um sie zum Schweigen zu bringen, und sprach in das Mikro: »Wir werden uns sofort darum kümmern, allerdings nur im Rahmen einer leichten Aufklärung, ich wiederhole: leichte Aufklärung. Sobald wir auf Widerstand stoßen, brechen wir ab und suchen nach anderen Lösungsansätzen. Over.«

Rapp lauschte und nickte mehrfach. »Korrekt.« Er beendete die Verbindung. »Komm, Milt. Wir beenden unsere Unterhaltung im Aufzug.« Rapp griff nach der Maschinenpistole und stand auf.

Rielly hielt ihn am Arm fest. »Warten Sie. Warum sind Sie auf einmal so schroff?«

»Das will ich Ihnen verraten.« Rapp riss sich los. »Letzte Nacht, als Sie dieser Dreckskerl ins Schlafzimmer gezerrt hat, um Sie zu vergewaltigen, habe ich die Funkverbindung getrennt, weil ich wusste, dass die Leute, die das Sagen haben, mich davon abgehalten hätten, Sie zu retten, weil es bei dieser Mission um mehr geht als um die seelische Gesundheit eines Menschen.«

Rapp sah ihr in die Augen. »Ich habe mich damit in massive Schwierigkeiten gebracht, aber mir war es wichtiger, eine Frau zu retten, die Hilfe brauchte, und den Hurensohn zu töten, der so mit ihr umsprang. Mir fiel die Entscheidung leicht, das Richtige zu tun. Ihnen offenbar nicht.« Er drehte sich zu Adams um. »Gehen wir.«

Rielly war hochgradig schockiert über seine Reaktion. Sie wollte etwas sagen, aber er ließ sie gar nicht zu Wort kommen. »Anna, ich bin fertig mit Ihnen. Falls ich unterwegs irgendwo Papier und Stifte finde, bringe ich beides mit, damit Sie in Ruhe Ihre große Enthüllungsgeschichte schreiben können.« Mit diesem Seitenhieb ließ er sie allein.

35

Sie betraten den Aufzug, ohne ein Wort miteinander zu wechseln. Adams drückte den Knopf, und die Kabine setzte sich in Bewegung. Rapp lehnte sich mit dem Kopf gegen die Rückwand und stellte fest, dass er wegen der Auseinandersetzung ziemlich angefressen war. Offenbar hatte er sich doch leise Hoffnungen auf eine Romanze mit Anna gemacht und sich nach etwas gesehnt, das er so schon lange nicht mehr empfunden hatte.

Wie dumm von ihm! Bei dem ganzen Mist, mit dem er sich gerade herumschlagen musste, und allem, was auf dem Spiel stand, durfte er seine Zeit und Energie nicht eine Sekunde auf solche kindischen Gefühle verschwenden. Irgendwo in seinem Gehirn klappte die Akte Anna Rielly mit einem lauten Knall zu und wurde in einen Winkel seiner Erinnerungen verbannt, mit dem er sich so gut wie nie auseinandersetzte. So einfach ging das. Aussortieren und weitermachen.

Nachdem das erledigt war, konzentrierte er sich auf Adams, der ihn neugierig musterte. »Was denn?« Seine Stimme klang einen Tick zu gereizt.

Adams blickte ihn nur aus großen Hundeaugen an, bis er die Frage wiederholte. Milt nagte an der Oberlippe und meinte: »Findest du nicht, dass du ein bisschen zu hart mit ihr ins Gericht gegangen bist?«

Rapp stieß sich von der Wand los und winkte genervt ab. »Anderes Thema, Milt. Wir haben gerade ganz andere Schwierigkeiten.«

»Verrätst du mir jetzt endlich, was eigentlich los ist?«

»Klar. Es ist ein ziemlicher Hammer!« Rapp hielt sich die MP5 vor die Brust, während der Aufzug am ersten Kellergeschoss vorbeirauschte. »Offenbar hat Aziz jemanden in seinem Team, der auf das Knacken von Tresoren spezialisiert ist.« Er wartete, bis Adams begriffen hatte, was das bedeutete. Es dauerte nicht lange. Sein fragender Blick wich massiver Beunruhigung. »Gar nicht gut.«

»Nein«, bestätigte Rapp. »Wir sollen deshalb nachsehen, ob Hayes nach wie vor in Sicherheit ist.«

Adams dachte bereits mehrere Schritte voraus und zog die gefalteten Pläne unter der Weste hervor. Mit den riesigen Bögen ließ sich in der engen Umgebung nur schwer hantieren. Endlich hatte er die richtige Karte gefunden, scheuchte Mitch zur Seite und breitete sie aus. Er zeigte auf einen Punkt und sagte: »Dort befindet sich der Bunker.«

Rapp beschäftigte sich mit dem Grundriss. »Und es gibt wirklich nur einen Zugang?«

»Nicht ganz. Halt mal kurz.« Rapp tat ihm den Gefallen. Adams deutete auf eine andere Stelle. »Dieses kleine Rechteck ist der Vorraum zum Präsidentenbunker. Aus architektonischen und statischen Gesichtspunkten braucht man ihn eigentlich nicht, aber wenn man ein über 200 Jahre altes Gebäude umbaut, muss man sich eben mit den Gegebenheiten arrangieren. Und das …« Sein Finger wanderte über das Blatt. »Das ist der Heizungskeller, durch den wir reingekommen sind. Er mündet in diesen Trakt, von dem ich dir ja bereits erklärt habe, dass er zum Bunker führt.«

Adams zeichnete die Strecke nach, die eine Biegung nach links vollzog, und tippte auf eine eingezeichnete Verbindung. »Das ist eine von zwei Zugangsmöglichkeiten zum Vorraum. Eine Tür aus acht Zentimeter dickem Stahl. Und hier an der Wand ist noch eine zweite, durch die vermutlich auch der Präsident in den Bunker hineingelangt ist.«

»Wieso glaubst du das?«

»Weil hinter der Tür einige Stufen rauf zu einem Tunnel führen, der quer unter dem Westflügel hindurch zu einer längeren Treppe verläuft, die vor einer Geheimtür direkt am Oval Office endet.« Adams zog eine Detailansicht aus dem Stapel und zeigte sie Rapp.

»Das Tunnelsystem wurde früher als Präsidentenbunker genutzt, bevor dieser neue im letzten Jahr fertiggestellt wurde. Siehst du diese Stelle hier? Von dort aus kommt man entweder über die Stufen zum erwähnten

Vorraum oder über diese Treppe nach oben zu einer der Türen, von deren Existenz kaum jemand weiß.«

Rapp gefiel, worauf das Ganze hinauslief. »Und wohin führt diese ach so geheime Tür?«

Adams blätterte weiter und ließ den Finger hinabschnellen. »Hierhin. Ein Stück von der Stelle entfernt, an der wir rauskommen, in einen Lagerraum für Porzellan.«

»Perfekt.«

»Leider nicht.« Adams schüttelte den Kopf. »Denn die Türen, die in den Vorraum führen, sind mit Gummidichtungen hermetisch abgeriegelt. Deshalb können wir unsere Spionagesonde nicht einfach durch einen Spalt führen, um zu hören oder zu sehen, was sich im Vorraum abspielt. Es sei denn, wir öffnen den Zugang, aber ich bezweifle, dass du das riskieren willst.«

»Nein.« Rapp überlegte, was zu tun war. »Okay, wenn ich das richtig verstehe, müssen sie durch eine dieser beiden Türen, um an die Luke zum Bunker heranzukommen.«

»Genau. Und ich tippe, dass sie diese hier benutzt haben.« Er zog wieder den Schemaplan der dritten Kellerebene heran. »Auf diese Weise müssen sie nur eine aufbekommen. Wären sie durch den Tunnel gekommen, hätten sie zum einen wissen müssen, wo sich die Geheimtür im Flur neben dem Oval Office befindet, und zum anderen noch ein weiteres Hindernis überwinden müssen.«

»Klingt logisch.« Rapp musterte die Skizze. »Also müssen wir die gleiche Treppe nehmen wie beim letzten Mal und darauf hoffen, dass diesmal keine Wache davor postiert ist.«

»Bedauerlicherweise ja.«

»Okay. Pack die Karten ein und bereite alles vor. Du weißt ja inzwischen, wie es läuft.«

Adams nickte. Er rollte die Bögen ein und verstaute sie in der Einsatzweste, zog den Reißverschluss des Monitors auf, aktivierte ihn und drückte den Knopf, um den Aufzug zu öffnen. Rapp sah ihm über die Schulter, während der Ältere die Kameraeinheit am Glasfaserkabel unter der dahinter befindlichen Tür zum Treppenhaus auf der ersten Kellerebene durchfädelte. Die Linse lieferte ein leicht verzerrtes Bild. Adams bewegte sie so weit wie möglich in alle Richtungen.

»Sieht gut aus«, konstatierte Rapp.

Adams holte die Kamera wieder ein und rollte das Kabel zusammen. Rapp öffnete unterdessen die Tür und huschte in den Gang hinaus. Mit der Maschinenpistole im Anschlag sondierte er die Umgebung. Milt folgte mit zwei Schritten Abstand, nachdem er noch rasch die Liftkabine geschlossen hatte. In weniger als drei Sekunden hatte Rapp den Durchgang zum Treppenhaus erreicht. Eine kurze Drehung am Metallknopf, und er war hindurch. Der dicke schwarze Schalldämpfer der MP5 folgte der Bewegung seiner Augen.

Ob er eine oder beide Hände an der Waffe hatte, machte keinen Unterschied. Auf diese kurze Entfernung würde er ein kopfgroßes Ziel selbst einhändig mit 95-prozentiger Wahrscheinlichkeit im ersten Versuch treffen. Nachdem er die Stufen von oben gecheckt hatte, schlich er langsam hinunter, drückte den Körper dicht an die Mauer und sondierte vor jeder Biegung kurz die Lage. Adams tat es ihm gleich. Rapp stellte zufrieden fest, dass er sich mittlerweile blind auf seinen Partner verlassen konnte.

Auf dem Absatz zwischen dem zweiten und dritten Untergeschoss blieb Rapp stehen. Die kleine Überwachungseinheit, die er an der Tür platziert hatte, war mit bloßem Auge kaum wahrnehmbar. Hätte er nichts davon gewusst, wäre sie ihm vermutlich gar nicht aufgefallen. Fünf Sekunden ohne jede Deckung hier zu stehen, fühlte sich wie eine mittlere Ewigkeit an, aber Rapp nahm sich die Zeit, um abzuwarten, ob seine innere Alarmsirene anschlug.

Er überwand die letzten vier Stufen und visierte den kleinen Lichtstreifen an, der unter der Brandschutztür hindurchfiel. Weitere fünf lange Sekunden saß er in der Hocke da und konzentrierte sich. Nichts. Also winkte er Adams heran. Der Ältere kam vorsichtig herunter und hielt den Monitor behutsam fest, als hätte er es mit einem Baby statt mit technischem Equipment zu tun.

Rapp trat einen Schritt zurück, zum Schießen bereit, und wies den anderen an, mit der Kamera die Lage zu sondieren. Beim Schwenk nach links geriet ein Stiefelpaar in Sicht, das genau auf die Tür zukam. Rapp griff nach Adams' Hand, um das Glasfaserkabel zurückzuholen, und richtete die Waffe auf die Tür. Nach einigen Sekunden entfernten sich die Schritte. Adams und Rapp traten leise den Rückzug an.

Zunächst hatte Anna geschmollt, aber inzwischen dominierte Selbsthass. Sie war angewidert von ihrem eigenen Verhalten. Zugegeben, Mr. Geheimagent hatte zum Abschied mit seiner schnippischen Bemerkung mächtig ausgeteilt, sodass sie zunächst einmal die Arme vor der Brust verschränkt und gegrübelt hatte, was dieser Waffen schwingende Idiot sich eigentlich einbildete. Was fiel ihm ein, so vorschnell ein Urteil über sie zu fällen? Er kannte sie schließlich überhaupt nicht. Typisch weißes Alphamännchen. Wie die meisten Cops aus dem Freundeskreis ihres Vaters hielt er sich für den Chef im Ring, der anderen erklärte, wie die Welt funktionierte. Welche große Bedeutung einer unabhängigen Presse zukam, schienen solche Machos nicht zu begreifen. Was glaubte er eigentlich, wer er war? Eine Stimme im Hinterkopf lieferte ihr die Antwort: *Er ist der Mann, der sein Leben riskiert hat, um deins zu retten.*

Das war der Moment, in dem ihre Wut gegen Rapp als Bumerang zurückkehrte und sie sich für ihre Gedanken schämte.

Der Aufzug kam im ersten Stock der Präsidentenwohnung zum Stillstand. Ohne gesonderte Aufforderung schaltete Adams auf dem Monitor die Bilder der einzelnen Überwachungskameras durch. Rapp überlegte unterdessen, was er seinen Bossen als nächsten Schritt vorschlagen sollte. Es musste doch eine Möglichkeit geben, nach dem Präsidenten zu sehen, ohne den Terroristen in die Arme zu laufen. Im Geheimversteck wollte er sich mit Adams noch einmal in die Grundrisse vertiefen und nach Alternativen forschen.

Das hieß allerdings, dass Rielly alles mitbekam, und das kam nicht infrage. Sie wusste ohnehin schon zu viel. In weitere Geheimnisse wollte er sie auf keinen Fall einweihen.

Milt meldete, dass die Luft rein war.

»Okay. Ich habe eine Bitte an dich: Du musst mit Anna gleich ein paar Minuten verschwinden, damit ich mich in Ruhe mit dem Hauptquartier austauschen kann.«

Die Miene des anderen verriet, dass er davon nicht besonders viel hielt. »Ist was nicht in Ordnung?«

»Na ja, mir gefällt die Vorstellung nicht besonders, da draußen mit meinem mickrigen Sechs-Schuss-Magazin und einer unbewaffneten Lady auf dem Präsentierteller zu hocken.« Die Furchen in seiner Stirn waren beeindruckend tief.

»Jetzt übertreib mal nicht.« Adams registrierte die erneute Veränderung in Rapps Verhalten. Der Dampfkessel schien unter enormem Druck zu stehen. »Also gut«, lenkte er ein. »Aber nicht zu lange. Ich versteh ja, dass du auf Verschwiegenheit und so großen Wert legst, nur …«

Rapp wollte davon nichts hören. »Sie ist eine Reporterin. Ende der Diskussion. Gehen wir.« Sein Daumen zuckte in Richtung Bad.

Adams erkannte, dass sich Rapp nicht besänftigen lassen würde, also packte er den Monitor weg, öffnete die Lifttür und ließ seinen Begleiter zuerst auf den weißen Fliesenboden springen, bevor sie gemeinsam in den begehbaren Schrank zurückkehrten. »Du bleibst hier«, befahl Rapp. »Mit dem Monitor kannst du im Auge behalten, ob jemand kommt. Falls es Probleme gibt, komm sofort rüber ins Versteck.« Er gab Milt gar keine Gelegenheit für Rückfragen, ließ das Regal aus der Wand fahren und schlüpfte in die Kammer.

Rielly saß noch an derselben Stelle. Er schaute sie an und wünschte sich, sie wäre nicht hier und er könnte sie dauerhaft aus seiner Welt verbannen.

»Das ging aber flott.« Eine sinnvollere Bemerkung fiel ihr nicht ein.

Er hielt ihr schweigend die Hand hin und half ihr beim Aufstehen, bugsierte sie durch den Spalt in den Schrank und ignorierte ihre verdutzten Nachfragen. Kurz darauf war er allein, das Regal rastete mit einem leisen Klicken ein. Er kniete sich auf den Boden und griff zum Mikrofon. »Iron Man an Control. Over.«

Eine weibliche Stimme meldete sich und bat ihn, kurz zu warten. Weniger als zehn Sekunden später drang die sanfte Stimme von Thomas Stansfield leicht blechern aus dem winzigen Lautsprecher des Funkgeräts. »Was haben Sie rausgefunden?«

»Der erste Anlauf ist leider gescheitert, Sir. Wir sind im Gang auf einen Tango gestoßen und kamen nicht weiter.«

»Auf welcher Ebene hielt sich der Tango auf?« Diesmal war es General Campbell.

»Drittes Untergeschoss.« Rapp fuhr sich mit der rechten Hand über die Augenbraue. »Er stand direkt hinter der Tür, die vom Treppenhaus zum Heizungskeller führt.« Schweigen trat ein. Vermutlich durchforstete gerade eine Horde von Assistenten das Kartenmaterial, um dem General die genaue Stelle zu zeigen.

»Haben Sie eine Idee, wieso er da unten postiert ist?«

Rapp knetete die Haut im Schläfenbereich. »Auf Anhieb fallen mir zwei Erklärungen ein. Entweder soll er dafür sorgen, dass niemand unbemerkt durch den Lüftungsschacht reinkommt, oder sie haben ihn abgestellt, damit dieser Yassin oder wie er heißt ungestört seiner Arbeit nachgehen kann.«

Der CIA-Direktor seufzte. »Ich glaube, Sie haben recht. Haben Sie oder Milt schon eine Idee, wie Sie an diesem Wachposten vorbeikommen?«

»Möglich.« Rapp massierte sich weiter die Stirn. »Geben Sie mir zehn Minuten. Ich melde mich.« Er trennte die Verbindung und beschloss, mit Milt einen Kriegsrat darüber abzuhalten, wie sich am besten herausfinden ließ, ob der Präsident wohlauf war. Verflixt, was machte er in der Zwischenzeit mit der Reporterin?

Er ließ das Regal nach außen schwenken. Adams und

Rielly standen in dem schwach erleuchteten Schrank und unterhielten sich leise. Rapp winkte Adams herein. »Sie warten draußen, solange wir reden«, wies er Anna an.

Adams zog sie stattdessen am Arm hinter sich her. »Sie will dir etwas sagen.«

Rapp stand unschlüssig in der Öffnung. Was zum Teufel sollte das denn jetzt? Rielly wirkte zumindest deutlich weniger kampflustig als vor ihrem Aufbruch vorhin. Er machte Platz, damit sie beide in das Versteck eintreten konnten.

36

SEALs mochten es überhaupt nicht, untätig herumzusitzen – erst recht nicht, wenn gerade einer ihrer Leute umgekommen war. Lt. Commander Harris wollte den Tod des Kameraden rächen. Seine Vorgesetzten hätten das zwar nicht gutgeheißen, aber er verspürte den Drang, jedem einzelnen Terroristen im Weißen Haus einen Kopfschuss zu verpassen. Keine Fragen stellen, sofort abdrücken.

Genau das hatte Harris vor, als er die Treppen zum Old Post Office hinauflief, einem historischen Gebäudekomplex an der Kreuzung von Pennsylvania Avenue und 12th Street. Er war zusammen mit dem stämmigen Mick Reavers die viereinhalb Blocks vom improvisierten Kommandoposten am Ostzaun hierhergelaufen. Trotz der Katastrophe in der letzten Nacht hielten sie vorerst die Stellung in der Nähe des Zugangs zum Lüftungsschacht. Rapp und Adams hielten sich schließlich noch im Gebäude auf.

Die Entscheider im Pentagon hatten bislang keinen Entschluss gefasst, ob sie einen weiteren Versuch wagen wollten, Verstärkung hinterherzuschicken. Harris rechnete eher damit, dass man ihn und seine Männer bald auffordern würde, die Zelte abzubrechen. Die Journalisten stellten eine Menge Fragen wegen Aziz' Behauptung einer versuchten Einschleusung von Soldaten. Wenn sie weiterhin nachbohrten und sich irgendein Politiker verplappern würde, zog man dem SEAL Team Six früher oder später den Stecker.

JSOC mochte keine Einsätze bei Tageslicht. Falls die aktuelle Entwicklung anhielt, würden sie Harris und seine Leute vom Weißen Haus abziehen und wieder undercover operieren lassen. Es gab noch eine andere Option, aber darüber wollte sich Harris zu diesem Zeitpunkt noch keine Gedanken machen. Nein, die Navy und letztlich auch das Pentagon taten am Ende schon das Richtige. Allerdings wusste er aus früheren Erfahrungen, dass man sich darauf nicht immer verlassen konnte. In einer Krise neigte die Regierung häufig dazu, unbequeme Lösungen zu vermeiden und sich auf einen Sündenbock einzuschießen. In der Regel warf man hinterher den Kommandanten der Einheit der Presse zum Fraß vor – im konkreten Fall dummerweise ein gewisser Lieutenant Commander Don Harris.

Harris trug zwar seinen schwarzen Overall aus feuerfestem Material, trotzdem erregten er und Mick Reavers überraschenderweise kaum Aufmerksamkeit. Am dritten Tag der Krise hatten sich die Neugierigen längst daran gewöhnt, schwer bewaffnete Männer in Ninja-Kampfanzügen durch die Gegend stapfen zu sehen. Die beiden SEALs hatten ihre Maschinenpistolen beim

Kommandoposten zurückgelassen, waren aber nach wie vor mit H&K-Handfeuerwaffen ausgerüstet, universelle Selbstladepistolen im Kaliber 45, die im Oberschenkelholster steckten.

Harris und Reavers nahmen immer zwei Stufen auf einmal. Vor dem Eingang wurden sie von Charlie Wicker in Empfang genommen, der eine der schweren alten Türen aufzog. Harris und Reavers folgten ihm. Die drei Männer sondierten gewohnheitsmäßig die Umgebung, während sie sich durch die Gänge des historischen Gebäudes bewegten. Ihre aufmerksamen Augen nahmen eine automatische Bestandsaufnahme vor. Notausgänge, Fenster, verdächtige Personen – alles, was relevant war. In ihrem Job galt es als überlebenswichtig, sich mit den örtlichen Gegebenheiten vertraut zu machen.

Sie näherten sich der Aufzuganlage. Ein Sicherheitsbeamter hielt die linke Kabine für sie abfahrbereit. Beim Eintreten sagte Wicker zu dem Mann: »Al, das ist Lieutenant Commander Harris.«

Der Beamte mit dem schütteren Haar hielt dem Neuankömmling die Hand hin. »Al Turly, Commander. Freut mich.«

»Ganz meinerseits.« Harris erwiederte die Begrüßung mit dem üblichen knallharten Händedruck und zeigte auf seinen Begleiter. »Und dieser große Bursche ist Chief Reavers.« Da Turly die Hand gerade ziemlich wehtat, verzichtete er spontan auf den Austausch weiterer Höflichkeiten mit dem deutlich kräftigeren Reavers.

Der Aufzug erreichte die obere Etage. Turly führte sie durch den Korridor zu einer Tür mit der Aufschrift ›Glockenturm‹, zog einen Schlüsselbund aus der Tasche und schloss auf. Sie betraten einen Gebäudeteil, der noch aus Zeiten des Bürgerkriegs zu stammen schien. Die engen Stufen waren direkt an die Wand geklatscht und wurden nur durch ein schmales Geländer gesichert, das nicht so recht zum imposanten Äußeren des Old Post Office passte.

Der Sicherheitsbeamte überließ den Männern den Vortritt. Mit dem drahtigen Kleineren hatte er sich schon mal einen Wettlauf zur Spitze geliefert und danach befürchtet, dass ihm jeden Moment das Herz aus der Brust springen würde. Erwartungsgemäß hetzten sie die Stufen im Rekordtempo hinauf und verschwanden innerhalb weniger Sekunden außer Sichtweite. Nur der Nachhall ihrer Schritte verriet ihm, dass sie noch da waren. Turly ließ sich Zeit. Zehn Monate vor dem Ruhestand ging man die Dinge mit einer gewissen Gelassenheit an.

Die SEALs gerieten nicht mal ins Schwitzen. Wicker schloss schließlich wieder zu ihnen auf und schob mit einer Hand die Luke zum Glockenturm auf. Er zwängte sich durch die schmale Öffnung, hockte sich auf die Kante und stemmte sich in eine aufrechte Position. Harris folgte, danach Reavers. Sie standen zu dritt nebeneinander und spähten in westliche Richtung durch die Öffnung. Abgesehen vom Washington Monument existierte kein anderes Gebäude in Washington, das einen ähnlich beeindruckenden Ausblick bot. Unter ihnen lag die Pennsylvania Avenue. Jenseits des Freedom Plaza, des Pershing Parks und der südwestlichen Ecke des Treasury Building geriet das Weiße Haus in Sicht, momentan angestrahlt von der hellen Nachmittagssonne.

Wicker zog ein Fernglas mit Laser-Entfernungsmesser aus der Weste und reichte es seinem leitenden Offizier. Nachdem der das schwarze Basecap nach hinten gedreht hatte, damit der Schirm nicht störend ins Blickfeld ragte, hielt er den Feldstecher vor die Augen. Der Kommandant des SEAL Team Six visierte das Dach des Weißen Hauses an und suchte nach dem Unterstand für die Wachposten. Nach einer kleinen Richtungskorrektur rückte die blaue Reflexion des kugelsicheren Plexiglases ins Zentrum des Fadenkreuzes. Er hielt kurz inne, um den vermummten Mann hinter der Sicherheitsscheibe zu betrachten, und betätigte einen Knopf mit dem Zeigefinger. Eine Sekunde später wurden drei rote Ziffern eingeblendet.

Harris reichte das Fernglas an Reavers weiter und fragte Wicker: »820 Meter?«

Wicker nickte zuversichtlich. »Jep.«

»Wie sieht's mit der Wettervorhersage aus?«

»Eine leichte Brise aus südöstlicher Richtung, zwischen fünf und zehn Stundenkilometern.«

Harris war beruhigt. Ein Kinderspiel für einen Könner wie Wicker. Bei solchen Bedingungen hätte er den Schuss sogar aus doppelter Distanz ins Ziel gebracht.

»Was ist mit dem Plexiglas?«

»Nur knapp einen Zentimeter dick. Das hab ich auf dem Schießstand schon oft geübt.« Wicker war nicht die geringste Nervosität anzumerken, während er den Blick über das Weiße Haus gleiten ließ.

»Schießstand und Realität sind nicht dasselbe. Wir müssen wissen, wie alt die Scheibe ist. Lassen Sie sich die Datenblätter des Herstellers schicken und alles, was wir sonst dazu kriegen können.«

Wicker konzentrierte sich weiter auf das Ziel. Er hatte keinen Zweifel an seinen Fähigkeiten, denn er wusste, dass es nur eine Handvoll Männer weltweit gab, die annähernd so gut schossen wie er – und definitiv keinen, der ihn übertreffen konnte. »Das Glas wurde '92 produziert und wird nächstes Jahr ausgetauscht. Ich habe mich schon vor zwei Jahren mit den Unterlagen beschäftigt. Alles, was ich brauche, ist hier oben gespeichert.« Er tippte sich mit dem Zeigefinger an die Stirn. »Selbst bei einer brandneuen Scheibe bekäm ich's hin. Diese hier wird seit sieben Jahren von der Sonne gebraten und bietet mindestens 60 Prozent weniger Widerstand. Kein Problem, da mit zwei 50ern glatt durchzukommen. Wahrscheinlich erwische ich ihn direkt mit der ersten.«

Harris war einigermaßen erstaunt, dass Wicker sich bereits so intensiv damit auseinandergesetzt hatte. »Woher weißt du das so genau?«

»Ach, ich hab ein paar Kumpels von den Snipern beim Secret Service angerufen.«

»Wann?«

»Ist schon zwei Tage her.«

Harris lächelte. Er mochte es, wenn seine Leute mitdachten. »Da hast du dich wohl schon ziemlich lange mit dem Schuss beschäftigt.«

Wicker drehte sich mit einem teuflischen Grinsen zu ihm um. »Genau genommen tu ich das schon seit dieser Übung vor acht Jahren.«

Harris wusste genau, auf welche Übung der andere anspielte. Er hatte seit dem Ausbruch dieser Krise selbst schon häufiger daran gedacht. »Behalt das besser für dich. Die Jungs vom Secret Service könnten das in den falschen Hals kriegen.«

»Ach was, Boss. Wir haben uns schon Dutzende Male drüber unterhalten.«

Die ›Jungs vom Secret Service‹, von denen sie sprachen, waren die Mitglieder der Countersniper-Eliteeinheit, die unangefochten als beste Scharfschützen weltweit galten. Unter Gefechtsbedingungen hätten sich die meisten zwar schwergetan, Wicker das Wasser zu reichen, aber in einem kontrollierten städtischen Umfeld gab es keine Besseren.

Harris schielte hinüber zum Regierungssitz. Scharfschützen waren ein ganz spezieller Menschenschlag. Ähnlich wie Torhüter beim Eishockey oder Pitcher beim Baseball. Einzelgänger, die sich mit Vorschriften schwertaten und in der Regel ziemlich abergläubisch waren. »Was brauchst du alles, damit es klappt?«

Wicker zog mehrere Zettel unter der Weste hervor, faltete sie auseinander und hielt sie seinem Commanding Officer hin. »Zunächst mal brauch ich eine Plattform. Mit den richtigen Leuten und den passenden Teilen haben wir sie bis Sonnenuntergang erledigt.«

Harris betrachtete die Skizzen. »Was ist mit dem Lärm, den ihr dabei veranstaltet?«

Wicker griff hinüber und blätterte zur zweiten Seite. »Wir breiten eine Plane über dem Gerüst aus und setzen Akustikschaum ein. Ein schmaler Schlitz an der Vorderseite genügt, um die Bauteile anzureichen. So dringen nur etwa fünf Prozent der Geräusche nach außen. Völlig unmöglich, dass das dort drüben einer mitbekommt.«

Harris gefiel, dass Wicker sich so gut vorbereitet hatte. Er gab ihm die Pläne zurück und klopfte ihm auf den Rücken. »Gute Arbeit, Slick. Das gefällt mir. Erledigt das so schnell und unauffällig wie möglich. Und jetzt raus aus dem Overall und rein in die Zivilklamotten.« Mit einem Blick auf die Uhr fügte er hinzu: »Ich erwarte, dass ihr bis 18 Uhr startklar seid.« Damit verschwand er durch die Luke nach unten, überzeugt, dass Wicker ihn nicht enttäuschen würde.

Nun kam der schwierige Teil. Er musste die Leute, die das Sagen hatten, davon überzeugen, dass eine Übung, an der er vor acht Jahren teilgenommen hatte, als Vorbild für den heutigen Einsatz taugte. Harris wusste schon genau, wie er es ihnen verkaufen wollte. SEAL Team Six würde als Speerspitze fungieren, Deltas und HRT würden zum gegebenen Zeitpunkt nachrücken und mit geballter Macht zuschlagen.

Es fiel ihr schwer, die passenden Worte zu finden, zumindest anfangs. Anna Rielly war stolz und ziemlich stur, allerdings kein undankbarer Mensch, wie Rapp ihr offensichtlich unterstellte. Milt Adams hatte die Tür zum verborgenen Raum diskret zugezogen. Anna stand allein vor dem Mann, der ihr das Leben gerettet hatte, und stellte fest, dass er ihr deutlich besser gefiel, wenn er lächelte. Im Moment wirkte er ernst und ziemlich gefährlich. Das lag nicht nur an der dunklen Kleidung und den zahllosen Waffen, die er am durchtrainierten Körper trug, sondern auch an der markanten Kieferpartie und den dunklen Augen.

Von Rapp ging eine Intensität aus, die ihr vorher nicht aufgefallen war. Sein gebräuntes, wettergegerbtes Gesicht machte sofort klar, dass er seine Arbeitstage nicht am Schreibtisch verbrachte. Aber es waren vor allem diese Augen, die sie gleichzeitig anzogen und zum Frösteln brachten. Ein tiefes Braun, in dem man sich verlieren konnte, fast schon schwarz. Dazu zwei buschige Augenbrauen, die unterstrichen, dass er jederzeit zum Töten bereit war.

So wie bei ihrem Angreifer, dem er ein Messer in den Körper gerammt hatte.

Riellys Mund musste offen gestanden haben, denn ihre Kehle war mit einem Mal staubtrocken. Sie schluckte, räusperte sich kurz und sagte: »Es tut mir leid, wie ich vorhin reagiert habe. Ich wollte nicht« – sie kämpfte mit dem nächsten Wort – »undankbar wirken.« Verlegen blickte sie nach unten. Anna hatte Probleme, in diese dunklen Augen zu blicken, während sie sich entschuldigte. »Es ist nur so, dass ich generell ungern Dokumente unterschreibe. Schon gar nicht, wenn es die Regierung von mir verlangt.« Sie sah auf und rang sich ein halbherziges Lächeln ab, doch Rapps finsteres Starren sorgte dafür, dass sie den Blick sofort wieder abwandte.

»Ich weiß, dass es bei dieser Sache nicht allein um mich geht«, fuhr sie fort. »Wenn ich also etwas tun kann, um dem Rest der Geiseln zu helfen, bin ich natürlich dazu bereit. Und wenn alles vorbei ist und Sie möchten, dass ich Ihre Rolle bei dem Ganzen verschweige, werde ich Ihnen diesen Gefallen tun. Falls Sie oder Ihre Vorgesetzten es für nötig halten, meinen Artikel vor einer Veröffentlichung zu überarbeiten ...« Sie stockte. Dieses Zugeständnis fiel ihr besonders schwer. »Also wenn Sie der Meinung sind, gewisse Details müssten aus Gründen der Vertraulichkeit weggelassen werden, dann ... geht das für mich in Ordnung. Ich werde mich zwar mit Händen und Füßen dagegen wehren, aber ich lass mich darauf ein.«

Rapp fühlte sich hin- und hergerissen. Er hatte sein Urteil über die junge und attraktive Miss Rielly gefällt und sie in eine Schublade gepackt. Nun musste er das möglicherweise revidieren. Sie sah ein, dass sie einen Fehler gemacht hatte, und schreckte nicht davor zurück, es zuzugeben und vor ihm zu Kreuze zu kriechen. Vermutlich sollte er ihr noch einmal eine Chance geben.

37

Ihre Ellbogen ruhten auf der Tischplatte. Im Hintergrund summten die Lüfter der Rechner und Monitore. Faxgeräte und Scanner komplettierten die einschläfernde Geräuschkulisse im Kontrollraum der CIA. Kennedy hatte die Hände unter dem Kinn gefaltet und die Augen geschlossen.

Nun schreckte sie hoch und blickte auf die rote Digitaluhr auf der Wand. Fast halb eins nachmittags. Gähnend streckte sie die Hände über den Kopf. Gleich würde es losgehen. Hätte sie es nicht selbst gewusst, wäre es ihr spätestens durch den entschlossenen Blick von Thomas Stansfield klar geworden.

Die Lampe am Telefon flackerte kurz auf, dann klingelte es. Sie griff nach dem Hörer. »Dr. Kennedy.«

»Irene, hier ist Jane. Ich habe alles versucht, um eine Antwort auf Ihre Frage zu bekommen. Leider erwies sich das als ziemlich schwierig.«

»Inwiefern?«

»Unser Mann ist nach wie vor nicht bei sich.«

Kennedy runzelte die Stirn. »Wird sich das ändern?«

»Nein.« Eine bedeutsame Pause. »Zumindest gehe ich nicht davon aus.« Fast entschuldigend schob Dr. Hornig hinterher: »Das ist wohl der Preis, den man für den Einsatz fortschrittlicher Befragungstechniken zahlen muss.«

»Haben Sie überhaupt etwas aus ihm herausbekommen?«

»Aus dem wenigen, was er gesagt hat, schließe ich, dass er so gut wie nichts über diesen Yassin weiß. Aber wie gesagt, er ist geistig ziemlich weggetreten.«

Irene wollte keine Ausflüchte hören. Sie brauchte Antworten. »Gar nichts?«

»Tut mir leid.«

»Okay. Falls sich noch was ergibt, rufen Sie mich bitte sofort an.«

Kennedy trennte die Verbindung und wählte eine Nummer im Ausland. Während die Verbindung über das gesicherte Satellitennetzwerk von Langley hergestellt wurde, sah sie zu ihrem Boss. Thomas Stansfield hatte es sich auf einem Stuhl bequem gemacht. Jonathan Brown, der Abteilungsleiter für geheimdienstliche Ermittlungen, trug ihm zahlreiche Beschwerden und Anfragen aus dem Kongress vor.

Nach allem, was Kennedy aufschnappte, schien die Politiker auf dem Hill vor allem die Frage zu beschäftigen, wieso der Einsatz in der letzten Nacht so katastrophal gescheitert war.

Die vertraute Stimme von Colonel Fine drang aus dem Hörer. Kennedy konzentrierte sich auf ihr Telefonat. »Ben, hier ist Irene. Haben Sie schon was über Yassin herausgefunden?«

»Nichts Konkretes. Gerüchte, ein paar vereinzelte Informationen, aber nichts Handfestes.«

»Von welchem Yassin reden wir? Vom Iraker oder vom Palästinenser?«

»Was den Iraker betrifft, tappen wir komplett im Dunkeln. Es gibt allerdings einige Quellen, die behaupten, den 18-jährigen Palästinenser in den vergangenen vier Tagen gesehen zu haben.«

»Hmm.«

»Das könnte auch falscher Alarm sein«, schränkte Fine ein. »Erst mal müssen wir ihn finden.«

»Trotzdem kristallisiert sich für mich heraus, dass es möglicherweise der Iraki ist.«

»Meine Kontakte vor Ort sind nicht besonders gut, Irene. Geben Sie mir noch ein bisschen Zeit, bevor Sie sich möglicherweise auf den falschen Mann einschießen.«

Kennedy gab Stansfield mit einer unauffälligen Geste zu verstehen, dass sie mit ihm reden musste. »Ben, ich muss Schluss machen. Danke für die Informationen. Melden Sie sich bitte, wenn Sie mehr in Erfahrung gebracht haben.«

»Halt, noch nicht auflegen!« Fine räusperte sich. »Einige Vertreter meiner Regierung drohen damit, die Friedensverhandlungen abzubrechen, sofern Ihr Land an seiner aktuellen Verhandlungsstrategie festhält. Wir haben eine ziemlich klare Vorstellung, was Aziz' letzte Forderung angeht, und bereiten uns darauf vor, notfalls Truppen in den besetzten Gebieten aufmarschieren zu lassen.«

Kennedy zuckte zusammen. Der Colonel gab ihr damit zu verstehen, dass Israel sich auf einen Krieg vorbereitete. »Hat man Ihren Botschafter in den USA davon in Kenntnis gesetzt?«

»Das weiß ich nicht.«

»Hat Ihr Premierminister unseren Vizepräsidenten darüber informiert?«

»Auch das ist mir nicht bekannt.«

Kennedy wählte ihre nächsten Worte mit Bedacht. »Ben, bei Stansfield stehen die Interessen Israels ganz oben auf der Liste, aber er allein kann nicht viel ausrichten. An dieser Stelle kommen wir nicht weiter, wenn Sie mir unter der Hand solche Informationen zuschieben. Ein offizieller Vertreter Ihrer Regierung muss auf den Putz hauen, und zwar so laut wie möglich. Die werden wissen, mit wem sie reden müssen. Was die CIA betrifft, können Sie auf volle Unterstützung zählen. Sie kennen unseren Standpunkt, und daran hat sich nichts geändert.«

Fine schwieg einige Sekunden. »Gut. Ich gebe das so weiter.«

»Und vielen Dank für die Auskünfte, Ben. Wie gesagt, bitte halten Sie mich auf dem Laufenden.«

Kennedy legte auf und ließ ungeduldig ihren Stuhl rotieren. Brown redete immer noch auf Stansfield ein. Sie wusste nicht recht, was sie von dem neuen Abteilungsleiter halten sollte. An seinen Qualifikationen bestand kein Zweifel. Er war intelligent und arbeitete extrem professionell. Allerdings zweifelte sie an seiner Loyalität. Brown gehörte nicht zum verschworenen Zirkel der CIA, sondern war erst seit knapp einem Jahr für die Agency tätig. Anfang 50, ehemaliger Staatsanwalt und Richter, zuletzt für einige der vornehmsten Anwaltskanzleien in Washington tätig. Kolportiertes Jahresgehalt: über eine Million Dollar. Nachdem er sich einige Jahre bei allen hohen Tieren im Kongress eingeschleimt hatte, war er schließlich als Deputy Director vorgeschlagen und prompt bestätigt worden.

Irene ging davon aus, dass er sich eher den Senatoren verpflichtet fühlte, die ihn auf diesen Posten gehievt hatten, als dem Mann, mit dem er gerade sprach. Deswegen wollte sie in seiner Gegenwart nicht mit ihrem Boss reden, sondern wartete noch einige Minuten, bis Brown den Raum verlassen hatte, bevor sie auf das Podest zu ihrem Chef ging.

Stansfield schaute sie fragend an. »Was gibt's?«

General Flood beugte sich ebenfalls interessiert vor. Er schien zu ahnen, dass Kennedy wichtige Informationen hatte.

»Ich habe gerade mit Colonel Fine telefoniert. Mit diesem Yassin aus dem Irak kommen sie nicht weiter, aber den jungen Palästinenser haben angeblich mehrere Informanten in den letzten Tagen gesehen.«

Flood schüttelte den Kopf. »Damit ist die Sache klar, Thomas. Wir müssen es ihm sagen.«

Stansfields Miene verriet keine Regung. Flood drängte: »Uns bleibt keine andere Wahl. Iron Man hat keine konkreten Erkenntnisse gewonnen, aber wir müssen davon ausgehen, dass da unten im Keller etwas passiert. Und er hat nur noch Adams dabei. Das reicht nicht, um die Situation unter Kontrolle zu bringen.«

»Also schicken wir noch mal jemanden durch den Lüftungsschacht?«, wollte Kennedy wissen.

»Bullshit, das ist zu riskant«, fluchte Flood. »Es reicht, die einzige Treppe, die vom Keller nach oben führt, mit einer Sprengfalle zu präparieren, schon säße derjenige da unten fest.«

Kennedy musste ihm recht geben.

»Deshalb müssen wir es ihm sagen, Thomas. Wir hätten es ihm schon heute Morgen sagen müssen.«

Stansfield betrachtete den groß gewachsenen General nachdenklich. Er stimmte dieser Einschätzung zwar zu, rechnete allerdings damit, dass sich Vizepräsident Baxter wie ein Aal winden und vor der unbequemen Entscheidung zurückschrecken würde. Wahrscheinlich würde er ihren Vorschlag sogar rundheraus abschmettern. Leute wie Baxter wurden erst aktiv, wenn ihnen gar keine andere Wahl mehr blieb. Trotzdem stimmte es, was Flood sagte. Sie mussten den Vizepräsidenten einweihen.

Dallas King saß seinem Boss gegenüber, der gerade telefonierte. Die Nachmittagssonne spiegelte sich in den Scheiben des geräumigen Arbeitszimmers auf dem Gelände des Naval Observatory. Dass er durch eine Dummheit den Terroristen unwissentlich geholfen hatte, beschäftigte ihn nach wie vor. Nur wenn er den Mund hielt, besaß er eine realistische Chance, heil aus der Nummer rauszukommen. Eher gefror die Hölle, als dass er dem FBI freiwillig seinen Patzer anvertrauen würde. Überhaupt, was sollte das bringen? Sie konnten die Uhr schließlich nicht zurückdrehen. Passiert war passiert.

Wer wusste sonst noch von seinem nächtlichen Ausflug? Die zwei Frauen natürlich, aber wem hätten sie davon berichten sollen? Dann gab es noch Joe, den Secret-Service-Beamten, der sie reingelassen hatte. King überlegte kurz, ob er ihn anrufen sollte, aber damit machte er alles nur noch schlimmer, falls die Geschichte aufflog. Nein. Vorerst hielt er es für das Beste, die Hände in den Schoß zu legen und darauf zu hoffen, dass niemand je die Verbindung zwischen ihm und dem Terroristen herstellte.

Alle paar Sekunden betraten und verließen Assistenten und Hausangestellte das Büro. Im geräumigen Esszimmer und dem Wohnzimmer hatte man provisorische Arbeitsplätze eingerichtet, nachdem das Old Executive Building vom Secret Service aus Sicherheitsgründen vorübergehend abgeriegelt worden war. Es war eine dieser Assistentinnen, die nun zu King kam. Leise genug, um den Vizepräsidenten nicht aus der Konzentration zu reißen, flüsterte sie: »Direktor Stansfield und General Flood sind am Apparat. Sie möchten dringend mit Mr. Baxter sprechen.«

King stand auf. »Welche Leitung?« Die junge Frau hielt zwei Finger hoch und zog sich dezent zurück. Aus

Gewohnheit ließ er den Blick prüfend über ihren Hintern wandern. Nicht übel. Er hatte sie schon seit einiger Zeit im Visier, wollte aber keinen Ärger riskieren. Affären am Arbeitsplatz nahmen meist kein gutes Ende. *Halt dich lieber weiter an verheiratete Frauen,* ermahnte er sich.

Er lief zu dem Sideboard auf der anderen Seite des Raums, fuhr sich durch die Haare und betrachtete sich in einem protzigen Spiegel mit Goldrahmen, bevor er den Hörer abnahm und auf die rot blinkende Taste drückte. »Direktor Stansfield, General Flood, hier spricht Dallas King.«

Flood übernahm die Gesprächsführung. »Dallas, wo ist der Vizepräsident gerade?«

»Hier im Raum, aber er telefoniert mit dem UNO-Generalsekretär.«

»Nun, bitte lassen Sie ihn wissen, dass wir dringend mit ihm sprechen müssen.« Floods Stimme klang noch missmutiger als sonst.

King hielt den Hörer ans linke Ohr und zupfte mit dem Zeigefinger der rechten Hand an den Augenbrauen herum. Nachdem ihn das Ergebnis im Spiegel zufriedenstellte, meinte er: »Wie schon gesagt, er telefoniert gerade in einer wichtigen Angelegenheit. Gibt es sonst noch etwas, das ich für Sie tun kann?«

Flood war es als ranghöchster Offizier des US-Militärs nicht gewohnt, dass man ihn warten ließ. In Kombination mit der prekären Lage und seinem akuten Schlafmangel fiel die Reaktion entsprechend aus: »Verdammte Scheiße!«, brüllte er. »Sie brauchen offensichtlich Nachhilfe, was Hierarchien und Befehlsketten angeht, Kleiner?! Wenn der Vorsitzende der Vereinigten Stabschefs anruft und nach dem Vizepräsidenten verlangt, setzen

Sie gefälligst Ihren Arsch in Bewegung und holen ihn an den Apparat!«

King hielt den Hörer ein Stück vom Ohr weg und blickte ihn wütend an. »Nun mach mal halblang«, nuschelte er leise, bevor er mit lauter Stimme antwortete: »Einen Moment, Sir. Ich werde sehen, was ich tun kann.« Ohne eine Antwort abzuwarten, schob er die Anrufer in die Warteschleife, korrigierte im Spiegel noch rasch den Sitz der Krawatte und bewunderte seine strahlend weißen Zähne. Dann näherte er sich dem Schreibtisch des Vizepräsidenten und gab ihm das verabredete Handzeichen. Baxter wartete einen geeigneten Moment ab und unterbrach seinen Gesprächspartner: »Entschuldigen Sie mich kurz, Herr Generalsekretär.« Er deckte den Hörer mit der Hand ab. »Was denn?«

»General Flood und Direktor Stansfield auf Leitung zwei. Die beiden möchten dringend mit Ihnen sprechen.«

»Dringend.« Baxter wiederholte das Wort mit demselben geringschätzigen Unterton wie King.

»Ja, General Flood scheint der Arsch auf Grundeis zu gehen. Er hat mich ganz schön angepflaumt, als ich meinte, Sie seien gerade beschäftigt.«

Baxter zog die Hand vom Hörer weg. »Herr Generalsekretär, ich möchte unsere Unterhaltung gern so schnell wie möglich fortsetzen, aber aktuell muss ich dringend ein wichtiges Telefonat entgegennehmen. Darf ich Sie in ein paar Minuten zurückrufen?« Baxter nickte mehrmals, lauschte seinem Gesprächspartner und verabschiedete sich mit einem freundlichen »Vielen Dank – bis gleich, Sir«.

»Haben Sie was dagegen, wenn ich mithöre?«, fragte King. Der Vizepräsident erteilte mit einem stummen

Nicken sein Einverständnis. King eilte zurück zum Sideboard, griff nach dem Hörer und drückte zeitgleich mit seinem Boss die Taste, um auf Leitung zwei umzuschalten.

»Hallo General Flood«, sagte Baxter zur Begrüßung.

»Mr. Vizepräsident, Direktor Stansfield ist bei mir. Uns liegen höchst beunruhigende Informationen vor, die wir sofort an Sie weitergeben wollten.« In wenigen Sätzen brachte er seinen Gesprächspartner bezüglich Mustafa Yassins und der Erkenntnisse von Mossad und CIA auf den aktuellen Stand. Dallas King beobachtete die Reaktion seines Vorgesetzten, während er Floods Schilderungen lauschte und eine seltsame Form von Erregung spürte. Natürlich war das unangemessen, aber hier spielte sich gerade ein echtes Drama ab und es gab ihm einen Kick, zu den wenigen Eingeweihten zu hören, die darüber Bescheid wussten. Der Präsident war nicht so sicher, wie sie geglaubt hatten, so viel stand fest.

General Flood hatte alle Fakten vorgetragen und kam auf den Punkt: »Mr. Vizepräsident, unter keinen Umständen dürfen wir zulassen, dass der Präsident diesen Terroristen in die Hände fällt. Delta Force und HRT stehen bereit, um das Weiße Haus auf Ihren Befehl hin zu stürmen.«

Baxter stieß den Seufzer eines Mannes aus, der für heute genug schlechte Neuigkeiten erfahren hatte. Er gebärdete sich unruhig und fragte dann: »Wie können Sie sicher sein, dass er in Gefahr schwebt? Aziz hat den Präsidenten in den bisherigen Gesprächen kein einziges Mal erwähnt.«

»Wir können nicht sicher sein«, antwortete Flood. »Aber das Risiko, dass der Präsident als Geisel genommen wird, ist zu hoch.«

»Und falls Ihre Informationen falsch sind?« Baxter wandte sich Hilfe suchend an King. »Immerhin werden noch etliche Personen im Gebäude festgehalten. Nach allem, was Sie mir erzählt haben, steht es um die Überlebenschancen bei einer Erstürmung des Gebäudes nicht zum Besten.«

»Sir, in Anbetracht der Umstände sehe ich keine Alternative. Wir dürfen nicht zulassen, dass Rafique Aziz Präsident Hayes in seine Gewalt bringt.«

Nach einem längeren stummen Blickwechsel mit King wandte sich Baxter wieder dem Hörer zu. »Was genau erwarten Sie von mir, General Flood?«

»Ich erwarte, dass Sie das Richtige tun und mir grünes Licht geben, das Weiße Haus zurückzuerobern.«

King schüttelte vehement den Kopf. Auf keinen Fall durfte der Vizepräsident eine solche Entscheidung treffen, bevor sie sich untereinander abgestimmt hatten. Baxter nickte ihm beruhigend zu. »General, die Informationslage erscheint mir etwas vage. Wie schon gesagt, ich habe nichts dagegen, dass Sie Ihre Leute in Position bringen und das Gelände beobachten lassen, solange dadurch das Leben der Geiseln nicht gefährdet wird. Damit keinerlei Zweifel aufkommen: Ich bin der Einzige, der eine Freigabe für die Erstürmung des Weißen Hauses erteilen kann. Haben wir uns verstanden?«

»Ja, Sir«, erwiderte Flood hörbar genervt. »Darüber müssen wir nicht diskutieren. Aber hier geht es um etwas anderes. Es geht um die Sicherheit des Präsidenten der Vereinigten Staaten.« Mit fester Stimme fügte er hinzu: »Ich bitte Sie hiermit nicht nur um die Erlaubnis, das Weiße Haus zu stürmen, sondern ich bitte Sie vor allem um die Erlaubnis, zu verhindern, dass Präsident

Hayes in die Gewalt eines Terroristen wie Rafique Aziz gerät.«

Mit leiser Stimme antwortete Baxter: »General, das ist eine ziemlich weitreichende Entscheidung. Bitte geben Sie mir ein bisschen Zeit, um darüber nachzudenken.«

»Aber Sir«, entfuhr es Flood. »Diese Zeit haben wir nicht.«

Baxter konterte: »Das überlassen Sie mal schön mir, General Flood. Ich bin derjenige, der hier festlegt, wie viel Zeit wir haben oder nicht haben. Während ich mich mit meinem Stab berate, sollten Sie erst einmal überprüfen, ob es sich bei dieser angeblichen Bedrohung von Präsident Hayes nicht vielmehr um ein Hirngespinst handelt. Meine Güte, vor zwei Tagen haben mir Ihre Leute noch im Brustton der Überzeugung versichert, dass er notfalls einen ganzen Monat in dem Bunker bleiben kann.« Er schüttelte genervt den Kopf.

Flood fiel es schwer, an sich zu halten. Stansfields Miene sagte alles: *Ruhe bewahren.* »Was schlagen Sie also vor, Sir?«, fragte der General.

»Halten Sie mich auf dem Laufenden und sorgen Sie dafür, dass nichts geschieht, was gewaltsame Gegenreaktionen von Aziz nach sich ziehen könnte.«

»Ja, Sir.« General Flood trennte ohne Vorwarnung die Verbindung. Ihm fehlte die Geduld, um sich weiteren hanebüchenen Unsinn von Baxter anzuhören.

Dallas King legte den Hörer auf und lief zu seinem Boss, der nachdenklich am Schreibtisch saß. »Das haben Sie perfekt geregelt. Mir fallen spontan mehrere Faktoren ein, die Ihnen in die Karten spielen. Zunächst mal klangen diese Informationen wirklich ausgesprochen dürftig. Ich meine, den Israelis können wir im Moment echt nicht über den Weg trauen. Wenn es nach denen ginge, hätten wir längst eine Atombombe auf das Weiße Haus abgeworfen. Und zweitens« – King tippte sich mit dem Finger gegen das Kinn – »lässt sich die moralische Komponente ausreizen. Ist das Leben des Präsidenten wirklich mehr wert als das von 50 amerikanischen Mitbürgern? Immerhin gilt der Grundsatz, dass das Leben keines Amerikaners mehr wert sein darf als das eines anderen.«

Baxter verzog das Gesicht. »Hören Sie schon auf, Dallas. Wer soll uns diesen Quatsch denn abkaufen?«

»Der Wähler von nebenan, den wir damit auf eine Stufe mit dem Präsidenten stellen, wer sonst? Und selbst wenn Flood richtigliegt, woran ich ernsthaft zweifle, weil diese Kerle offenbar sogar zu blöd sind, um sich ohne fremde Hilfe den Hintern abzuwischen, müssen wir deshalb nicht mit Waffengewalt dort reinplatzen. Wenn wir seine Reaktion auf Marges Totalversagen mal beiseitelassen, war dieser Aziz bislang doch ziemlich zugänglich. Alles, was er verlangt hat, lässt sich im Nachhinein rückgängig machen. Und die Umfragen zeigen, dass sich, mit Ausnahme einer Hardcore-Fraktion im erzkonservativen Flügel, die Mehrheit der Amerikaner eine friedliche Lösung wünscht. Unsere Aufgabe ist es, weiter auf diesem schmalen Grat zu wandern, Sherman.

Wenn uns keine belastbaren Beweise vorliegen, dass der Präsident akut in Gefahr schwebt, sollten wir von unserer Linie nicht abrücken. Bis heute Abend sind diese UNO-Resolutionen im Kasten und morgen früh lässt Aziz die nächste Gruppe von Geiseln frei. Dann haben wir schon zwei Drittel dieser Menschen gerettet.«

King schaute aus dem Fenster. Ihm war gerade etwas eingefallen. Vielleicht sollte er in seinem eigenen Interesse für eine andere Vorgehensweise plädieren. Wenn die Terroristen erschossen würden, konnte schließlich niemand sein unangenehmes Geheimnis ausplaudern.

»Dallas, worüber denken Sie nach?«, fragte Baxter. King schüttelte den Kopf. »Ach, es ist nichts. Ich war nur kurz abgelenkt.«

Jack Warch hatte gerade den vierten Satz Crunches hinter sich gebracht. Er zog diese sogenannten Bauchpressen als moderne Variante den verhassten Sit-ups vor. Eigentlich hatte er hier im Bunker auf seine tägliche Routine verzichten wollen, aber da es sonst nicht viel zu tun gab, entschied er sich dagegen. Er nahm sich täglich, außer sonntags, 400 Crunches vor, abwechselnd schob er noch 200 Liegestütze, drei bis fünf Meilen Joggen und Dehnübungen ein. Er hatte die Routine dermaßen perfektioniert, dass er in Form blieb, ohne Stunden in einem Fitnessstudio verbringen zu müssen.

Während er seine Übungen abspulte, schielte er immer wieder frustriert zum Arsenal auf dem Tisch. So viele Waffen und ein Raum voller hervorragend ausgebildeter Leibwächter, aber der Präsident wollte, dass sie kapitulierten. Das widersprach Warchs grundsätzlichen Überzeugungen. Er wehrte sich stets bis aufs Messer und konnte sich nicht mit dem Gedanken anfreunden, ohne Gegenwehr einfach aufzugeben. Mit dieser sturen, entschlossenen Haltung hatte er es beim Secret Service weit gebracht und war davon überzeugt, dass es auch in diesem Fall eine bessere Lösung geben musste.

In diesem Augenblick, drei Crunches vor dem Ende des Sets, fiel sie ihm ein. Er erstarrte mit im Nacken verschränkten Händen und musterte die Ansammlung von dunklem Stahl auf dem Tisch. Einige der genauesten und tödlichsten Schusswaffen der Welt und neun fähige Agenten. *Bingo!*

Mit einem Mal sah er ein Licht am Ende des Tunnels und eine Möglichkeit, das Blatt doch noch zu ihren Gunsten zu wenden. Am liebsten wäre er mit seiner Idee direkt herausgeplatzt, zwang sich aber dazu, erst einmal auf der Matratze liegen zu bleiben und alles in Ruhe zu durchdenken. Er brauchte einen wasserdichten Plan, musste alle möglichen Einwände mit Gegenargumenten abschmettern können und vor allem den Präsidenten auf seine Seite ziehen.

38

Stansfield wartete, bis Flood ein bisschen Dampf abgelassen hatte. Der General pilgerte vor dem Schreibtisch hin und her, und er selbst nickte gelegentlich, um seine Zustimmung zu signalisieren. Der betagte CIA-Direktor hatte damit gerechnet, dass Baxter vor einem Einsatzbefehl zurückschreckte, und in seiner typisch analytischen Manier schon etliche Schritte vorausgedacht. Statt Flood auf die ablehnende Reaktion des Vizepräsidenten vorzubereiten, war er der Meinung gewesen, dass ihm ein aufgebrachter General für die nächsten Schritte durchaus nützlich sein konnte. Nun spitzte sich die Lage zu und sie mussten handeln.

Eine heikle Situation. Stansfield kannte Baxter gut genug, um zu wissen, dass der Mann nicht bereit war, Verantwortung zu übernehmen. Er schindete nur Zeit und hoffte, dass ein anderer das Problem für ihn lösen würde.

Dass er das ausgerechnet während einer Krise mit so weitreichenden Konsequenzen tat, hielt Stansfield für absolut verantwortungslos. Das machte es für ihn leichter, eine schwierige Entscheidung zu treffen. Er erwog einen Schritt, den er in seiner mittlerweile über 50-jährigen Dienstzeit nur ein einziges Mal gewagt hatte. Im schlimmsten Fall machte ihn das kurz vor dem Ruhestand zum Buhmann der Nation, aber auf dieses Risiko ließ er sich bereitwillig ein. Noch hatte er ein Ass im Ärmel und fand, dass jetzt der richtige Moment war, um es auszuspielen.

General Flood machte den Eindruck eines Football-Coachs, der sein Team in der Halbzeitpause zusammenstauchte. Er lief unruhig durch den Raum, ballte in einer Tour die Faust und stieß eine Flut von Schimpfwörtern aus. Stansfield übte sich weiter in Geduld, und tatsächlich wurde Flood allmählich etwas ruhiger, fluchte nicht mehr ganz so oft und verlangsamte den Schritt.

Dafür stürzte er sich nun auf den CIA-Chef: »Sie scheinen die Sache ja ziemlich locker zu sehen. Die Lage ist schlimm genug, und jetzt finden wir auch noch raus, dass der Präsident in Gefahr schwebt. Meine Güte, man muss doch wirklich kein Genie sein, um sich zusammenzureimen, dass Aziz diesen Tresorknacker aus einem ganz bestimmten Grund mitgebracht hat. Und jetzt wissen wir auch, warum er nur stückweise mit den Forderungen rausrückt. Weil er Zeit schinden will.«

Stansfield nickte und beschloss, das Terrain zu sondieren. »Ja, aber was können wir schon tun? Wenn wir das Okay von Baxter nicht bekommen, sind uns die Hände gebunden.«

»Ich komme mir so hilflos vor. Dieser elende Terrorist tanzt uns auf der Nase rum und führt uns vor.«

Stansfield hielt Flood für einen guten Soldaten, dem es nie in den Sinn gekommen wäre, ohne Anweisung von oben einen Alleingang zu starten. Stansfield tickte da völlig anders. Beim Geheimdienst hielt man sich nicht an feste Regeln, sondern räumte Hindernisse auf kreative Weise aus dem Weg. Stansfield durfte zwar gewisse Grenzen nicht überschreiten, verfügte aber über deutlich mehr Bewegungsspielraum als der General. Obwohl das, was ihm vorschwebte, eindeutig gegen die klaren Anweisungen des Vizepräsidenten verstoßen würde, hatte er bereits den Entschluss getroffen, es durchzuziehen – und zwar allein. Die übrigen Beteiligten hatten zu viel zu verlieren. Er hingegen ging stramm auf die 80 zu und musste auf niemanden mehr Rücksicht nehmen. Die Situation schrie geradezu danach, dass er sich weit aus dem Fenster lehnen und die Initiative ergreifen musste.

Mit unergründlicher Miene verkündete er: »Ich wüsste da eine Möglichkeit …«

Flood musterte ihn skeptisch. Er hatte selbst fieberhaft nach einem Ausweg gesucht und keinen gefunden. »Ach ja? Dazu müsste Baxter erst mal den Arsch in seiner Hose finden.«

»Nein. Es geht auch anders. Eigentlich ist es ziemlich naheliegend.«

Nun hatte er die Neugier des Generals geweckt. »Raus damit.«

Stansfield schüttelte fast unmerklich den Kopf. »Ich halte es für besser, Sie nicht in die Details einzuweihen.«

Flood stemmte die Hände in die Hüften und konnte nicht glauben, was er da hörte. Er kannte Stansfield schon ewig, aber offenbar nicht so gut, wie er glaubte. »Was hecken Sie gerade aus, Thomas?«

Stansfield kehrte Flood den Rücken zu und schaute aus dem Fenster hinter dem Schreibtisch. Ohne den anderen anzusehen, sagte er: »Wir wissen beide, was getan werden muss, General. Aber es genügt, wenn einer von uns seine Karriere dafür opfert.« Er warf einen kurzen Blick über die Schulter. »Ich schlage vor, dass Sie und General Campbell nach Ihren Leuten sehen. Es ist wichtig, dass die Jungs vom HRT und die Deltas einsatzbereit sind, wenn der entsprechende Befehl kommt.«

Flood schielte ihn misstrauisch an. Einerseits hätte er zu gern gewusst, was Thomas Stansfield im Schilde führte, andererseits war er ganz froh, nicht involviert zu sein. Trotzdem bohrte er nach: »Thomas, Sie können es mir ruhig erzählen.«

Stansfield lief behäbig um den Tisch herum, legte eine knochige Hand auf Floods imposanten Bizeps und geleitete ihn mit sanftem Druck zur Tür. »Sorgen Sie einfach dafür, dass die Teams startklar sind.«

Weniger als eine Minute später standen sie in der Kommandozentrale. Flood informierte Campbell über den geplanten Truppenbesuch, zuerst beim Geiselrettungsteam, dann gab er ihm Details. Der ehemalige Ranger ging davon aus, dass der Anruf bei Vizepräsident Baxter erfolgreich verlaufen war und sie in Kürze mit einem Einsatzbefehl rechnen durften. Er sammelte rasch seine Sachen zusammen, deutete im Hinausgehen aufs Handy und bat Kennedy, ihn über alle Neuigkeiten sofort zu unterrichten.

Nachdem die beiden Generäle und ihr Anhang verschwunden waren, wollte Kennedy von ihrem Boss Klartext hören. Er begegnete ihrem fragenden Blick mit matten Augen. »Hat Baxter den Zugriff abgenickt?«

»Leider nicht.«

Irene reagierte erstaunt. »Und wieso hatte General Flood es dann gerade so eilig?«

»Er muss einige Vorbereitungen treffen.« Stansfield schaute auf die Uhr. »Ist Mitch in Reichweite des Funkgeräts?«

»Ja.«

Stansfield überdachte seine Entscheidung ein letztes Mal und überlegte, ob er nichts Wichtiges vergessen hatte. Dann blickte er sich in dem schwach erhellten Raum um und meinte: »Irene, sagen Sie allen, sie sollen eine Viertelstunde Pause machen.«

»Allen?«, hakte sie nach. Das konnte er doch unmöglich ernst meinen.

»Allen«, bestätigte er ruhig. »Ich will, dass niemand hier ist.«

Kennedy war aus dem gleichen Holz geschnitzt wie ihr Vorgesetzter und wusste, dass er etwas auch so meinte, wenn er es sagte. Es musste gute Gründe für seine ungewöhnliche Anweisung geben. Sofort informierte sie alle Anwesenden, wobei sie auf eine kollektive Aufforderung verzichtete, sich stattdessen langsam von vorn nach hinten durcharbeitete und jeden Einzelnen aufforderte, seine Arbeit vorübergehend einzustellen und in den Flur zu gehen. Keiner fragte nach dem Grund.

Nach knapp zwei Minuten standen Kennedy und Stansfield allein da. Die Monitorwand hüllte beide in einen blauen Schein.

Stansfield wandte sich an seine Untergebene. »Sie auch, Irene.«

Jetzt wurde Kennedy doch stutzig. Schließlich besaß sie fast die gleichen Sicherheitsfreigaben wie er. Es gab keinen Grund dafür, dass sie etwas nicht mithören oder sehen durfte. Sie überlegte, was hier los war. Wieso wollte er unbedingt allein sein?

Thomas Stansfield stand reglos wie eine Statue vor ihr und gab nichts preis. Also wandte sie sich zum Gehen und spulte auf der Suche nach einer möglichen Erklärung noch einmal die letzten Minuten im Kopf ab.

Rapp hatte Anna Riellys Entschuldigung mit einem gewissen Widerwillen akzeptiert. Insgeheim wusste er, dass es unmöglich war, eine Journalistin davon abzubringen, ihre Geschichte zu erzählen. Auf die eine oder andere Weise würde sie es tun – immerhin hatte sie sich nun auf gewisse Bedingungen eingelassen. Auf dem Tisch kündigte das Funkgerät mit einem lauten Piepen den Eingang eines verschlüsselten Funksignals an. Rapp griff nach dem Handmikro. »Ja?«

»Mitchell, hier ist Thomas. Haben Sie schon herausgefunden, ob unsere jüngsten Befürchtungen zutreffen?«

Rapp stutzte. Stansfield sprach ihn sonst so gut wie nie mit vollständigem Vornamen an. »Nein, aber wir sind dran. Milt hat eine Idee, die sich allerdings logistisch unter den gegebenen Voraussetzungen nur schwer umsetzen lässt.«

Die Antwort kam mit Verzögerung. Stansfield sprach betont langsam und wohlüberlegt. »Mitchell, Sie haben in den letzten rund zehn Jahren viele Opfer gebracht und ich bin Ihnen dafür sehr dankbar.« Eine weitere Sprechpause trat ein. »Ich werde Sie gleich um etwas bitten und möchte Ihnen das Versprechen abnehmen, dass Sie mit niemandem sonst darüber sprechen.« Er ließ die Bemerkung kurz sacken. »Haben Sie mich verstanden?«

»Ja, Sir.«

»Zunächst müssen wir herausfinden, ob Präsident Hayes im Bunker tatsächlich in Sicherheit ist. Anschließend geht es darum, einen Funkkontakt zu ihm herzustellen. Wie Sie wissen, werden sämtliche Verbindungen von einem Störsender überlagert. Den müssen Sie ausschalten und mir eine Gelegenheit verschaffen, direkt mit Hayes zu sprechen.«

Rapp umklammerte das Mikrofon. »Wie lauten meine Einsatzregeln?«

»Gehen Sie so unauffällig wie möglich vor, aber setzen Sie jede Form von Gewalt ein, wenn Sie die Notwendigkeit sehen. Hauptsache, Sie holen mir den Präsidenten in die Leitung.«

Die verlockende Botschaft hallte in Rapps Ohren nach. Er konnte nach eigenem Ermessen handeln. Das versprach schnelle Erfolge. Sein Hochgefühl verschwand genauso schnell, wie es gekommen war. Da stimmte doch irgendetwas nicht. »Wer weiß außer uns davon?«

»Nur Sie und ich.«

Rapp schloss die Augen. Das war äußerst ungewöhnlich.

»Was ist mit Irene?«

»Nein. Nur Sie und ich.«

»Ich muss also ohne Rückendeckung operieren.«

»Leider ja.« Stansfield gefiel das selbst nicht, aber es ließ sich nicht ändern.

Rapp nickte. *Egal,* dachte er bei sich. *Du bist daran gewöhnt, Probleme in Eigenregie zu lösen.* »Ich kümmere mich darum, Sir, aber sorgen Sie inzwischen dafür, dass die Kavallerie bereitsteht, wenn es nötig wird. Das könnte hier drin ganz schnell ungemütlich werden.«

»Darauf können Sie sich verlassen, Mitchell. Und seien Sie bitte vorsichtig.«

»Das bin ich immer.«

Rapp hängte das Handmikro in die Halterung ein. *Da draußen scheint gerade ziemlich die Hütte zu brennen.* Er suchte nach möglichen Gründen für Stansfields ungewöhnliche Bitte, verfolgte den Gedanken jedoch nicht weiter. Er hatte selbst genug um die Ohren, da musste er sich nicht für andere Leute den Kopf zerbrechen. »Hilf mir mal«, forderte er Adams auf und wies zu den Blaupausen. »Wir müssen rausfinden, was da unten im Keller los ist.«

39

Das Gespräch mit Stansfield lag knapp eine halbe Stunde zurück. Rapp mahnte sich selbst zur Vorsicht, während er zusammen mit Adams die Pläne durchging. Anna hatte sich aus ihrem Deckennest in der Ecke hervorgewagt und lag jetzt auf dem Bauch, die Hände unter dem Kinn verschränkt. Ab und zu versetzte sie der Luft mit den weißen Socken an den Füßen wie ein überdrehter Teenager einen Tritt. Ihr war bewusst, dass sie im Moment am besten fuhr, wenn sie den Mund hielt und einfach abwartete, um Rapps Vertrauen langsam zurückzugewinnen.

Bei mindestens drei Gelegenheiten hatte Rapp die unterschiedlichen Möglichkeiten durchgespielt, von denen keine besonders verlockend klang, und sich nun für den direktesten Weg entschieden – den Weg, der am schnellsten zum Ziel führte, aber auch das Leben der verbliebenen Geiseln gefährdete. Er fühlte sich, als wäre er seit seiner Landung auf der Andrews Air Force Base vor zwei Tagen in einem Käfig festgehalten worden und würde jetzt von der Leine gelassen. Entsprechend schwer fiel es ihm, gegen den Drang anzukämpfen, einfach in den Keller zu stürmen, erst die Wache und danach diesen Yassin über den Haufen zu schießen und anschließend den Störsender außer Kraft zu setzen.

Falls er es nicht anders schaffte, lief es am Ende möglicherweise sogar darauf hinaus, aber er zog es vor, die Sache ohne ein Blutbad über die Bühne zu bringen. Rapp hätte sich auf sein Bauchgefühl zu Beginn dieser Krise verlassen sollen. Da war ihm bereits klar gewesen, dass ein Aziz und genug Sprengstoff, um das Weiße Haus gleich zweimal in die Luft zu jagen, zwangsläufig zu einem Haufen Opfer führten. Wieso überhaupt ein Anti-Terror-Team einsetzen? Letztlich jagte sich der Idiot eh selbst in die Luft.

Milt Adams blätterte in den Unterlagen und schien einen spontanen Geistesblitz zu haben. »Schieß los!«, forderte Rapp ihn auf. Adams konzentrierte sich weiterhin auf die Schemazeichnung und starrte an die nackte Wand. Er schien etwas zu visualisieren. Prompt bestätigte er diese Vermutung, indem er sagte: »Unten in der dritten Kellerebene verläuft an dieser Stelle ein Gang. Er führt schnurstracks geradeaus und biegt dann in einem 90-Grad-Winkel nach links ab.« Er zeigte mit der knochigen Hand auf die entsprechende Stelle. »Dort gibt es einen eingelassenen Schacht. Zumindest glaube ich, dass er da ist.«

»Was soll das heißen, du glaubst es? Ist er denn nicht eingezeichnet?«

Adams schüttelte den Kopf. »Nein, deswegen bin ich mir ja unsicher.« Er schloss die Augen und versuchte, sich die Stelle aus seiner Erinnerung vor Augen zu rufen. »Doch, er muss dort sein«, verkündete er entschlossen und tippte auf das Blatt.

»Und warum ist er auf dem Grundriss nicht zu sehen?«

»Weil es sich nicht um die finale Fassung handelt. Wenn ich es noch richtig weiß, hat man sich damals Sorgen gemacht, dass in dem Gang ohne Belüftung zu viel Feuchtigkeit entsteht. Er wurde nämlich erst nachträglich angelegt, als man den Bunker baute. Dessen Luftversorgungssystem verläuft unter dem Boden, damit es niemand manipulieren kann.« Adams fuhr sich mit dem Finger über die Unterlippe. »Ich bin mir ziemlich sicher, dass sie das bestehende System des Gebäudes an dieser Stelle integriert haben.« Adams konsultierte eine der anderen Schemazeichnungen, die des zweiten Kellergeschosses.

Er suchte den Plan ab, bis er fündig wurde. »Genau hier müssen sie den Schacht nach unten eingelassen haben.« Er überprüfte seine Theorie anhand des Grundrisses der ersten Kellerebene. »Ja, das kommt hin«, meinte er, während seine Augen aufgeregt hin und her zuckten. »Passt perfekt.«

»Was?«, hakte Rapp ungeduldig nach. Wann kam Adams endlich auf den Punkt und erklärte, wie sie von einem schmalen Lüftungsschacht profitieren konnten?

Adams gestikulierte mit den Händen wie ein Quarterback, der seinen Mitspielern Anweisungen für den bevorstehenden Spielzug erteilt. Dann schien er damit die Breite von Rapps Schultern abmessen zu wollen. »Verdammt, du bist zu kräftig«, lautete sein Urteil.

»Milt, kannst du mir mal verraten, worauf du hinauswillst?«

»Wie gesagt, der Schacht müsste genau dort sein, aber er ist höchstens einen halben Meter breit. Da passt du unmöglich durch.«

»Ganz langsam«, bremste ihn Rapp aus. »Wo führt der Schacht überhaupt hin?«

Adams blätterte zurück zum Grundriss der dritten Kellerebene. »Der kommt genau dort an der Ecke runter. Du könntest also direkt in den Vorraum des Bunkers reinschauen ... vorausgesetzt, die vordere Tür stünde offen.«

»Aber ich pass da nicht durch?«

»Nein. Es wäre natürlich eine Möglichkeit, dass du mich abseilst, aber ...« Adams hielt inne und rollte mit den Augen.

»Sobald du niest, hören sie dich.«

»Genau«, bekräftige Adams.

Rapp fluchte unterdrückt. Er hätte alles dafür gegeben, Einblicke in den Vorraum zu bekommen. Sein Blick wanderte von der Blaupause zu Anna Rielly. Mit ihrem Pferdeschwanz und der Jogginghose wirkte sie wie ein Teenager auf einer Pyjamaparty. Er betrachtete ihren restlichen Körper. Ja, definitiv schlank genug. Spontan beschloss er, das Risiko einzugehen. Wenn sie unbedingt einen Artikel schreiben wollte, musste sie ihn sich erst verdienen.

Der Täter kehrt immer an den Ort des Verbrechens zurück. Salim Rusan fühlte sich unweigerlich an dieses Klischee aus vielen Krimis erinnert, als er den Krankenwagen am Ende einer langen Reihe von Autos parkte. Direkt rechts von ihm befand sich das Willard Hotel, eine

Washingtoner Unterkunft mit langer Tradition, die sich rühmte, Abraham Lincoln, Mark Twain, Buffalo Bill und zahllose weitere historische Persönlichkeiten als Gäste begrüßt zu haben. Daran schloss sich das Grundstück des Willard Office Building an und an der nächsten Kreuzung Rusans früherer Arbeitsplatz, das Washington Hotel.

Auf der anderen Straßenseite dehnte sich der Pershing Park aus, benannt nach General John J. ›Black Jack‹ Pershing, dem Oberbefehlshaber der US-Truppen an der Westfront im Ersten Weltkrieg. An zwei Seiten parkten Löschzüge. Die Feuerwehrleute, die sie bemannten, lungerten auf den Rasenflächen herum. Einige von ihnen warfen sich einen Football zu, andere ein neongelbes Frisbee. Ein Imbisswagen hielt sie und die Besatzung der Krankenwagen mit Kaffee, Erfrischungsgetränken und einer Auswahl von Sandwiches, Suppen und Fertiggerichten bei Laune. Vier Streifenwagen der D.C. Police blockierten die Kreuzung knapp zehn Meter hinter Rusans Parkplatz an der Ecke Pennsylvania Avenue und 14th Street.

Salim Rusan kauerte in Laufweite zum Weißen Haus hinter dem Lenkrad, hatte ein Buch aufgeschlagen und Kopfhörer aufgesetzt, um zu verhindern, dass ihn jemand ansprach. Die Geschichte, die er sich zurechtgelegt hatte, war ziemlich dünn. Nach spätestens zwei oder drei Fragen würde sein Gegenüber merken, dass mit ihm etwas nicht stimmte. Hinzu kam, dass sich die Fahrer der Rettungsfahrzeuge untereinander kannten. Um sich nicht sofort zu verraten, verzichtete er deshalb auf direkten Kontakt.

Rusan spähte auf die billige Casio am Handgelenk. Fast 14 Uhr. Er lungerte jetzt schon fast drei Stunden hier herum. Bisher war seine Tarnung nicht aufgeflogen. Trotzdem zuckte er unweigerlich zusammen, wenn sich die anderen Fahrer von Zeit zu Zeit auf dem Bürgersteig versammelten oder zum Imbisswagen liefen. Einige von ihnen lieferten sich kleine Wettrennen mit den Feuerwehrleuten. Auch da schien man sich zu kennen. Umso besser, dass man ihm die Nummer mit der fesselnden Lektüre bisher abkaufte. Ewig konnte er allerdings nicht im Wagen sitzen bleiben, denn er hatte noch einiges zu erledigen. Also blieb ihm nichts anderes übrig, als sich früher oder später unter den Feind zu mischen.

Er prüfte den Seitenspiegel. Reporter und Gaffer drängten sich wie Vieh hinter einer Polizeiabsperrung an der Kreuzung von 13th Street und Pennsylvania in östlicher Richtung. Rusan bemerkte einen Cop, der auf dem Dach seines Fahrzeugs saß und in die Menge spähte. Falls sich eine Gelegenheit ergeben würde, sollte er unbedingt eine der Bomben dort in der Nähe platzieren. Der Schlüssel zum Erfolg bestand darin, dass die Leute in alle Richtungen davonliefen. Nicht nur zum Weißen Haus, sondern auch davon weg.

Rusan musterte die glänzenden roten Löschfahrzeuge, die in Reih und Glied dastanden. Was für ein reiches Land. Reich und egoistisch. Vor allem gierig. Vielleicht war es keine schlechte Idee, einen Sprengkörper unter einem der Wagen zu platzieren und sie allesamt in die Luft zu jagen. Definitiv eine gute Möglichkeit, für Verwirrung zu sorgen. Trotzdem kam es nicht infrage. Es waren einfach zu viele Feuerwehrleute auf den Beinen. Die Gefahr, dabei erwischt zu werden, war zu groß.

Rusan schaute noch einmal auf die Uhr. Ein nervöser Tick. Die Minutenanzeige war noch nicht umgesprungen, denn seit dem letzten Blick waren gerade mal 40 Sekunden vergangen. Höchste Zeit, das Buch wegzulegen und sich an die Arbeit zu machen. Er behielt die Kopfhörer auf und ging in den hinteren Bereich des Krankenwagens. Die Bahre war mittig auf dem Boden fixiert, die Seitenfächer allesamt abgeschlossen. Mit einem kleinen Schlüssel öffnete Rusan eins davon und holte einen Plastikkoffer heraus.

Normalerweise wäre er mit medizinischen Utensilien zur Erstversorgung gefüllt gewesen, doch jetzt lagen die von Aziz gebauten Miniaturbomben darin. Genial und doch bestechend simpel. Jede Bombe bestand aus Semtex, einer Zündkappe und einem Pager, der nicht nur das Signal zur Detonation empfing, sondern auch als Energiequelle diente. Sowohl Rusan als auch Aziz vom Weißen Haus aus konnten den Zünder auslösen. Das Risiko, dass jemand zufällig die Nummer des Pagers wählte und dann auch noch die richtige Zahlenkombination eingab, war verschwindend gering.

Rusan griff in den Behälter, mitten hinein in die frisch gemahlenen Kaffeebohnen, deren Geruch etwaige FBI-Bombenspürhunde in die Irre führen sollte. Als weitere Vorsichtsmaßnahme hatte Rusan Reifen und Heckklappe vor der Abfahrt mit Cayennepfeffer eingerieben. Falls einer der Köter an dem Zeug schnüffelte, dürfte er schnellstens das Weite suchen. Im Kaffeemehl lagen insgesamt sechs Bomben. Zwei waren als dünne Platten angelegt, um unauffällig unter Toilettendeckeln platziert werden zu können. Er hatte sie einzeln in Wachspapier eingewickelt. Die übrigen Sprengladungen versteckten sich in vier Dosen Diet Coke.

Rusan griff nach der schwarzen Gürteltasche, die auf der Bahre lag, und ließ die beiden Semtex-Plättchen vorsichtig hineingleiten. Nachdem er den Reißverschluss zugezogen hatte, kletterte er zurück auf den Fahrersitz und blieb noch knapp eine Minute sitzen, bis er sich etwas beruhigt hatte. Dann öffnete er die Tür und trat mit federnden Schritten hinaus in die grelle Nachmittagssonne. Die knallenge Hose, das knapp sitzende Oberteil, die blondierten Haare, das Piercing im rechten Ohr und die Tätowierung ließen keinen Zweifel an seiner sexuellen Orientierung.

Er sprang die Stufen zum Willard Hotel hinauf und passierte die Drehtür. In der verschwenderisch ausgestatteten Lobby fielen ihm zwei Polizisten auf. Lächelnd nickte er ihnen beim Gang über die Marmorfliesen zu. Er hatte das Gebäude im Vorfeld ausgekundschaftet und wusste genau, wo er hinmusste, um die ersten vier Bomben zu platzieren. Am Ende der Lobby betrat er ein Treppenhaus. Aufgrund der rund um das Weiße Haus eingerichteten Sperrzone war das Hotel derzeit für den Publikumsverkehr geschlossen.

Rusan ging in die Herrentoilette und vergewisserte sich mit einem kurzen Blick, dass sich außer ihm niemand dort aufhielt. In der Kabine, die er im Vorfeld ausgesucht hatte, schraubte er den Klodeckel ab und legte ihn mit der Innenseite nach oben auf den Toilettensitz, bevor er die erste Bombe aus der Gürteltasche holte. Sie passte perfekt in die Wölbung. Er hatte vorher Fotos davon geknipst, um die Größe der Semtex-Konstruktionen maßgenau anzupassen.

Er drückte den Sprengkörper gegen das Plastik, vergewisserte sich, dass die Kontaktfläche möglichst groß ausfiel, und zog eine Rolle Gewebeband aus der Tasche. Rusan schnitt drei Stücke von der Rolle ab und befestigte das Semtex an der Keramik. Schließlich schraubte er den

Sitz wieder fest, setzte sich zufrieden darauf und pinkelte. Er stieß einen zufriedenen Seufzer aus. Der Anfang war gemacht.

40

Es erforderte keine besonderen Überredungskünste, Anna ins Boot zu holen. Im Gegenteil, für Rapps Geschmack reagierte sie sogar eine Spur zu euphorisch. Er war nicht ganz sicher, ob es an ihrem Patriotismus lag, am Mitgefühl für die restlichen Geiseln oder der Möglichkeit, eine tolle Story an Land zu ziehen. Er hoffte auf eine der beiden ersten Erklärungen.

Der Plan entstand in Rekordzeit. Adams erwies sich als geborener Problemlöser mit dem analytischen Verstand eines Ingenieurs. Rapp steuerte seine praktischen Erfahrungen bei und bemühte sich, möglichst jeden Schritt zu vereinfachen. Er wusste, dass mit wachsender Komplexität auch das Risiko des Scheiterns anwuchs. Anna beschränkte sich auf aufmerksames Zuhören und gelegentliche Zwischenfragen, wo sie ihr notwendig erschienen.

»Es geht ausschließlich um Beobachtung«, schärfte Rapp ihr ein. »Keine überflüssigen Sperenzchen. Kurz ein Bild von der Lage verschaffen und wieder verschwinden.« Er erläuterte der Journalistin die genaue Vorgehensweise und gab ihr vor dem Verlassen des Verstecks noch mal die Gelegenheit, sich die Sache anders zu überlegen. Doch davon wollte sie nichts wissen. Nachdem alles besprochen war und als ihnen die Zeit unter den Nägeln brannte, stellte Rapp die passende Ausrüstung zusammen und gab den offiziellen Startschuss.

Adams schob den Riegel zur Seite und sie huschten in den Wandschrank. Eine Kontrolle der Spycams hatte eben noch einmal bestätigt, dass außer ihnen niemand im ersten und zweiten Stock des Gebäudes unterwegs war. Lautlos huschten sie zum versteckten Aufzug im Bad, Rielly auf Socken. Im ersten Kellergeschoss glitten die Türen zur Seite und Adams machte sich mit der Kameraschlange an die Arbeit. Rapp und er hatten sich als Team perfekt aufeinander eingespielt, doch mit Rielly kam nun noch ein weiterer Faktor zur Gleichung dazu.

Adams schob das Glasfaserkabel hin und her, überprüfte den Monitor und flüsterte: »Die Luft ist rein.«

»Zuerst nach rechts durch den Gang, oder?«, fragte Rapp.

»Jep.«

»Gut.« Er wandte sich an Rielly, die direkt neben ihm stand. »Sobald wir diese Tür öffnen, gehe ich durch und sondiere die Lage. Sobald ich euch das Zeichen gebe, folgt ihr. Milt geht voran, Sie hinterher. Immer schön die rechte Hand auf seiner rechten Schulter behalten, okay?«

Rapp registrierte erfreut, dass sie seinen Anweisungen aufmerksam lauschte. »Behalten Sie Milts Hinterkopf im Auge. Wenn er schneller läuft, laufen Sie ebenfalls schneller. Läuft er langsamer, bremsen Sie auch ab. Und geht er in die Knie, folgen Sie seinem Beispiel. Das fehlt gerade noch, dass ich schießen muss und Sie mir im Weg stehen.«

Rielly nickte und blinzelte nervös. Auf einmal schien sie das Ganze für keine so gute Idee mehr zu halten. Entweder war es hier unten deutlich kälter oder sie bekam eine Gänsehaut, weil es langsam ernst wurde. Rapp fragte etwas, doch seine Worte kamen gar nicht bei ihr an.

»Sind Sie nervös?«, wiederholte er.

Rielly sah ihn mit großen Augen an und bewegte den Kopf auf und ab.

»Gut.« Rapp grinste. »Keine Sorge, das ist völlig normal.« Er griff nach ihrer rechten Hand und schob sie auf Adams' Schulter. »Wie gesagt, folgen Sie einfach Milt, dann gibt's kein Problem.«

Er schob die Tür einen Spaltbreit auf und lugte in den Gang. Da nichts zu sehen war, öffnete er sie etwas weiter und sondierte die Lage, die MP5 schussbereit in der linken Hand. Schließlich trat er in den Keller. Nach einem weiteren Kontrollblick schoss seine rechte Hand in die Höhe und gab Adams und Rielly damit das Zeichen, sich aus der Deckung zu wagen.

Adams' kahler Schädel erschien in der Öffnung, zwischen die Schultern geschoben, als rechnete er damit, dass jeden Moment ein Kugelhagel einsetzen würde. In der rechten Hand hielt er den alles entscheidenden S-Schlüssel. Rielly ahmte seine Haltung nach und tappte hinterher. Sofort schloss Rapp die Tür, durch die sie gekommen waren, und folgte ihnen. Sekunden später hatten sie eine weitere erreicht. Adams stocherte den Schlüssel ins Schloss, wobei seine Hände merklich zitterten. Endlich gelang es ihm, ihn komplett zu versenken, und der Mechanismus gab nach.

Adams wurde von Anna in den Raum geschoben, nachdem diese ihrerseits einen Schubs von Rapp erhalten hatte. Sie fanden sich in dem rechteckigen Raum wieder, in dem Porzellan für festliche Anlässe gelagert wurde. Adams ging zu einer der grauen Plastikboxen auf Rollen und zog die darüber ausgebreitete Decke zur Seite. Erwartungsgemäß stieß er auf eine Ansammlung von Tellern, Untertellern und Tassen. »Das ist perfekt organisiert. Wenn sie für eine Feier ein bestimmtes Gedeck brauchen, rollen sie einfach die passende Box zum Küchenaufzug und schaffen sie nach oben.«

Rielly schaute sich um. »Ist da überall Essgeschirr drin?«

»Genau.«

»Wie spannend.« Rapp manövrierte bereits einige der Boxen aus dem Weg, um an den Luftschacht heranzukommen. Adams half ihm dabei. Mitch fiel ein weiterer Durchgang an der Wand zu seiner Rechten auf. »Ist es das, wofür ich's halte?«

Adams blickte kurz auf. »Ist es.«

»Sehr gut. Das könnte noch nützlich werden.« Rapp räumte den letzten Behälter aus dem Weg. Dahinter tauchte die Klappe des Schachts auf – etwa 50 Zentimeter breit und 30 Zentimeter hoch. Adams machte sich an die Arbeit. Er kniete sich hin und löste die Abdeckung mithilfe eines Akkuschraubers binnen Sekunden, legte sich bäuchlings vor die Öffnung, steckte erst den Arm und dann den Kopf hinein, knipste die Taschenlampe an und fand, wonach er gesucht hatte: eine Röhre, die nach unten in die übrigen Kellergeschosse führte.

Adams zog den Kopf heraus und sah Mitch an, der neben ihm kniete. »Volltreffer. Nach etwa drei Metern geht's zwei Etagen abwärts. Dort muss sie dann noch ein paar Meter weit kriechen und ist am Ziel.«

»Und in welche Richtung?«

Adams zeigte es mit dem Daumen an. »Weiter da lang.«

»Also gut.« Rapp sah auf die Uhr und dann zu Rielly. »Letzte Gelegenheit, um zu kneifen.«

Anna musterte skeptisch die winzige Öffnung, vor der Adams lag, dann grinste sie. »Ich bin bereit.«

Rapp stellte sich erneut die Frage nach ihrer Motivation. Mit der viel zu großen West-Point-Jogginghose des Präsidenten wirkte sie nicht besonders heldenhaft, sondern eher dürr und zerbrechlich. Eins musste er ihr jedoch lassen: Ob nun aus beruflichem Interesse, schlechtem Gewissen gegenüber den anderen Geiseln oder anerzogenem katholischem Schuldgefühl – sie machte einen entschlossenen Eindruck. Vor allem, wenn man in Betracht zog, dass man sie verprügelt und um ein Haar vergewaltigt hatte.

Rapp nickte bewundernd. »Geben Sie mir ein paar Minuten, um alles vorzubereiten, dann geht's los.« Er legte die Gürteltasche ab, rollte das Kletterseil aus und packte eine der Überwachungseinheiten daneben. »Hat sie da drin überhaupt genug Licht?«

Adams dachte kurz über die Frage nach. »Bestimmt. Es gibt im Abstand von einigen Metern Luftschlitze, durch die auch ein bisschen Helligkeit eindringt.«

»Gut.« Rapp hielt das Seil in die Höhe. »Legen Sie sich da drüben vor den Schacht, Anna. Wir fixieren zuerst Ihre Fußgelenke.« Er schnitt ein kurzes Stück vom Ende ab und befestigte es an Annas Knöcheln. Nachdem er die Knoten festgezogen hatte, band er das lange Seil an die Mitte des Verbindungsstücks. Auf diese Weise konnte Rielly ihre Beine unabhängig voneinander bewegen. »Haben Sie noch Fragen, bevor es losgeht?«

Rielly blickte aus ihrer unbequemen Position zu ihnen auf. »Ja. Wie zum Teufel gebe ich euch ein Zeichen, wenn ich wieder raufwill?«

»Gute Frage. Ich schlage vor, Sie ziehen dreimal fest am Seil.«

»Wie denn?« Rielly bog den Kopf nach vorn und spähte in den Schacht hinein. »Dafür ist nicht genug Platz.«

»Stimmt, da haben Sie recht.« Rapp sah fragend zu Adams. »Hast du eine Idee?«

Adams verzog angestrengt das Gesicht. Nach einer Weile sagte er: »Jau.« Er setzte sich hin und zog die Stiefel aus, entfernte beide Schnürsenkel und knotete sie zusammen. Ein Ende fixierte er am langen Seil, das andere führte er in einer losen Schlinge um Annas Hals. »Wenn Sie wieder raufwollen, ziehen Sie dreimal dran.«

Rielly signalisierte ihr Einverständnis. »Gute Idee, Milt«, lobte Rapp und erklärte der Journalistin: »Wie gesagt, knapp drei Meter vorwärts, dann runter, bis es nicht mehr weitergeht. Denken Sie dran, dass Sie sich auf der dritten Kellerebene um 180 Grad drehen müssen, damit Sie die Drehung in der Hüfte hinbekommen. In der horizontalen Röhre kriechen Sie dann am besten auf dem Bauch.« Er deutete die entsprechenden Bewegungen mit der Hand an. »Weiter bis zur ersten vergitterten Öffnung. Von dort aus sollten Sie den Vorraum des Bunkers bereits sehen. Bleiben Sie nicht länger als unbedingt nötig, höchstens eine Minute. Merken Sie sich, wie viele Leute dort sind, wenn überhaupt, und was alles dort rumliegt. Dann ziehen Sie am Schuhband und wir holen Sie zurück.«

Rielly nickte. Ihr Gesicht wirkte mit einem Mal nervös und angespannt.

»Ach ja, und nicht vergessen, sich vorher wieder auf den Rücken zu drehen, sonst klappt's nicht mit der Hüftbeugung, um senkrecht durch die Röhre nach oben zu rutschen.«

»Verstanden. Fangen wir an, bevor ich's mir doch noch anders überlege.« Sie rollte sich auf den Bauch und quetschte sich in den engen Schacht. »Dreimal ziehen.« Damit war ihr schlanker Körper in der Öffnung verschwunden. Total eng und staubig. Rapp hätte wohl wirklich nicht hineingepasst.

Nach kurzer Zeit erreichte sie den Schacht, der senkrecht nach unten führte. Rielly verharrte, nur Fingerspitzen und Kinn hingen über dem Rand. Es gab eben genug Licht, um das Ende zu erkennen. Nicht so tief, wie sie befürchtet hatte. Langsam arbeitete sie sich voran. Die Arme zuerst, dann der Kopf, anschließend der Oberkörper. Das Seil spannte sich. Rapp und Adams ließen sie behutsam hinab.

Rielly erinnerte sich an Rapps Anweisungen und zwängte sich mit einer leichten Rotation des Hüftgelenks in die waagrechte Röhre hinein. Dort verschnaufte sie erst einmal. Die Knoten an den Fußgelenken saßen etwas eng, aber es ließ sich aushalten. Nachdem sich ihre Atmung beruhigt hatte, wälzte sie sich auf den Bauch.

In diesem Moment hörte sie es. Ein Surren wie von einem Motor. Ein Bohrer, ganz bestimmt. Annas Herzschlag beschleunigte. Die Öffnung befand sich direkt rechts vor ihr. Sie hatte das Gefühl, nur die Finger ausstrecken zu müssen, um das Gitter zu berühren.

Behutsam arbeitete sie sich Zentimeter um Zentimeter voran und stoppte immer wieder. Der Lärm war nicht verstummt. So langsam es auch ging, sie robbte näher heran, vollkommen darauf konzentriert, sich nicht durch ein unabsichtliches Geräusch zu verraten. Das einfallende Licht aus dem Raum sorgte für zusätzliche Helligkeit. Fast hatte sie den Rost erreicht. Ihre Anspannung wuchs.

Sie spähte hinunter und bekam als Erstes die schmutzig weißen Wände zu Gesicht. In der Abdeckung gab es eine

Reihe vertikaler Schlitze, so angewinkelt, dass die Luft nach unten geleitet wurde. Rielly presste ihr Gesicht flach auf das Metall und suchte nach der idealen Haltung, um in den Vorraum zu spähen. Was sie sah, brachte ihren Atem zum Stocken. Direkt vor ihr zeichnete sich die glänzende Metallluke ab, die den Bunker des Präsidenten verriegelte. Daran war eine merkwürdige Konstruktion befestigt, von der das durchdringende Surren ausging. Tatsächlich: Bohrer. Drei Stück. Ein großer und zwei kleinere.

Rielly verrenkte den Hals, um einen besseren Blickwinkel zu bekommen, jedoch ohne Erfolg. Auf dem Boden entdeckte sie mehrere Werkzeugkisten und einige Tanks. Sie konnte nur einen Teil der Fläche in Augenschein nehmen, weil die vordere Tür nicht komplett geöffnet war und ihr einen Teil der Sicht versperrte.

Rielly beendete die kurze Bestandsaufnahme und wollte gerade an der Schnur um ihren Hals ziehen, als ein Mann auftauchte – aus einer Richtung, die sie nicht einsehen konnte. Instinktiv wollte sie zurückweichen, aus Angst, er könnte sie sonst sehen. Doch schnell erkannte sie, dass das völliger Blödsinn war, und ermahnte sich, ruhig zu bleiben. Der Mann wirkte eher wie ein Mechaniker als wie ein Terrorist. Mit einem Becher in der Hand näherte er sich den Bohrköpfen, fuhr prüfend mit der Hand über die Gehäuse und zückte ein Maßband, um den erzielten Fortschritt zu überprüfen.

Wow, das wird wirklich eine unglaublich gute Story!, ging es Anna durch den Kopf. Sie beobachtete den Mann noch einige Sekunden bei der Arbeit, bevor sie am Schnürsenkel zog. Einige Augenblicke später hievten sie Rapp und Adams durch den Schacht zurück.

Jack Warch hatte sich einen Plan zurechtgelegt. Er wollte zuerst seine Agenten einweihen und dann mit dem Präsidenten darüber sprechen, damit sie nicht überrascht reagierten, wenn dieser um ihre Einschätzung bat. Er zog jeden von ihnen einzeln ins Vertrauen und stieß auf einhellige Zustimmung.

Nun kam der schwierige Teil, denn Valerie Jones saß gerade bei Hayes und spielte Rommé mit ihm. Bevor er hinüberging, schielte er noch einmal kurz zur Luke. Alles deutete darauf hin, dass die Zeit knapp wurde.

Warch lief über den Teppich zu den Sitzgelegenheiten und räusperte sich vernehmlich. Als der Präsident aufblickte, sagte er: »Entschuldigung, Sir. Hätten Sie wohl eine Minute für mich?«

»Natürlich.« Hayes legte seine Karten verdeckt auf den Tisch. »Ich bin gleich wieder da, Val.« Er stand auf und folgte Warch, der sich in die Ecke beim Bad zurückgezogen hatte. »Was gibt's, Jack?«

»Sir, ich habe einen Vorschlag. Bitte hören Sie ihn sich erst vollständig an und stellen Sie keine Zwischenfragen«, begann er mit ernster Miene. »Ich glaube, dass es funktioniert, aber Sie müssten bereit sein, ein kalkuliertes Risiko einzugehen.«

»Okay, schießen Sie los.«

»Zunächst einmal halte ich es für keine gute Idee, untätig herumzusitzen. Jeder meiner Mitarbeiter ist bereit, sein Leben für Sie zu opfern, also machen Sie sich darüber keine Gedanken. Wir haben uns diesen Job freiwillig ausgesucht und sind uns der Gefahren bewusst, die er mit sich bringt.«

Hayes schüttelte müde den Kopf. »Sie werden mich nicht umstimmen können, Jack. Es ist schon genug Blut geflossen. Wenn jemand in diesen Bunker eindringt, werden wir uns ohne Gegenwehr ergeben und warten, was passiert.«

»Sie haben doch versprochen, mich ausreden zu lassen, Sir!« Die Erwiderung klang schroffer, als er es beabsichtigt hatte, und Hayes wich unwillkürlich einen Schritt zurück, ehe er den Agenten zum Weitersprechen aufforderte.

Warch beruhigte sich und fuhr fort: »Es geht hier nicht um uns, Sir. Es geht allein um Sie. Nicht um Sie als Individuum, sondern um Ihre Rolle als Präsident. Wenn man das große Ganze betrachtet, ist unser aller Leben« – er zeigte auf die übrigen Anwesenden – »in der Summe nicht so wertvoll wie Ihres. Der Präsident muss um jeden Preis geschützt werden. Das ist Punkt eins.« Warch streckte einen Finger hoch. »Der zweite Punkt betrifft den Umstand, dass eine bedingungslose Kapitulation keinesfalls garantiert, dass die Terroristen uns verschonen werden. Genauso gut könnten sie uns an der nächsten Wand aufstellen und nacheinander erschießen, Sie eingeschlossen.«

Der Präsident ließ sich Warchs Argumentation durch den Kopf gehen. »Garantien gibt es generell nicht, Jack, aber ich sehe keine Alternative.«

»Ich schon. Sie ist ein wenig gewagt, aber deutlich vielversprechender, als einfach nur herumzusitzen und darauf zu warten, dass jemand hier reinkommt.«

»Okay, ich bin ganz Ohr.«

»Damit rechnen unsere Gegner auf keinen Fall. In diesem Raum befinden sich neun hervorragend ausgebildete Agenten. Drei von ihnen haben im Counter Assault Team gezielt Strategien bei Geiselnahmen eingeübt. Mein Vorschlag sieht vor« – er atmete tief durch und ließ die Bombe platzen – »dass wir nicht warten, bis sich die Luke öffnet, sondern es selbst tun und den Gegner damit überrumpeln.«

Der Präsident starrte ihn fassungslos an.

»Lassen Sie mich ausreden, Sir. Wir haben genug Waffen, um Sie sicher nach draußen zu bringen, und vor allem hätten wir den Überraschungseffekt auf unserer Seite.«

Hayes verschränkte die Arme vor der Brust und überlegte. »Wie genau haben Sie sich das vorgestellt?«, fragte er schließlich. »Falls ich mich darauf einlasse, muss ich sicher sein, dass alles bis ins letzte Detail durchdacht ist.«

Ihr schwarzer Jogginganzug und ein Großteil ihres Pferdeschwanzes waren total verstaubt, als Anna aus dem Schacht wieder auftauchte. Rielly lehnte sich mit dem Rücken gegen die Wand, während Rapp und Adams ungeduldig auf ihren Bericht warteten.

Gerade noch rechtzeitig fiel ihr ein, dass sie leise sprechen musste. »Ihre Vermutung stimmt. Sie haben die äußere Tür geöffnet und sind im Vorraum des Bunkers damit beschäftigt, die Metallluke aufzubekommen.«

»Womit?«, wollte Adams wissen.

»Gute Frage.« Rielly gestikulierte ratlos. »Ich glaube, es sind irgendwelche Bohrer. Zumindest klingt es danach. Und der Typ hat eben ein Maßband aus der Tasche gezogen und etwas abgemessen.«

Adams setzte zu einer weiteren Frage an, doch Rapp brachte ihn mit einer Handbewegung zum Schweigen. »Von Anfang an«, forderte er die Journalistin auf. »Was haben Sie gesehen?«

Rielly holte tief Luft und ließ die Hände in den Schoß fallen. »Drei Objekte, die an der Luke befestigt waren. Wie gesagt, ich gehe davon aus, dass es Bohrer sind. Auf dem

Boden standen zwei Kisten ... vermutlich Werkzeug. Eine rot, die andere grau.« Sie rief sich die Details in Erinnerung. »Dann war da ein Mann. Er kam von der linken Seite. Ich konnte ihn zuerst nicht sehen, weil die vordere Tür nicht komplett geöffnet war.«

Ihre Augen tanzten hin und her, während sie die Situation vor ihrem geistigen Auge Revue passieren ließ. »Er hielt einen Becher in der Hand, wahrscheinlich Kaffee, und lief rüber zu den Bohrern.« Sie imitierte seine Körperhaltung. »Er legte die Hand auf die Bohrköpfe. Ich nehme an, er wollte prüfen, ob sie überhitzt waren.«

Adams nickte wissend. »Weil er sie nicht beschädigen will.«

Rielly zuckte mit den Achseln. »Jedenfalls hat er danach dieses Bandmaß gezückt und neben jedes Bohrloch gehalten.«

»Wie sah er aus?«, erkundigte sich Rapp.

»Nicht wie die anderen.«

»Als Sie mit den anderen Gefangenen in der Cafeteria festgehalten wurden, haben Sie ihn nicht zu Gesicht bekommen?«

»Nein.«

»Und inwiefern unterscheidet er sich von den anderen Terroristen?«

»Nun, er ist« – Rielly suchte nach den passenden Adjektiven – »etwas moppelig und auch deutlich älter.«

»Wie alt?«

»Ende 40, Anfang 50, würde ich sagen.«

»Bewaffnet?«

Damit erwischte er Rielly auf dem falschen Fuß. Ihre Pupillen drehten sich zur Decke, während sie überlegte. »Ich weiß nicht«, räumte sie schließlich ein.

Rapp nahm es hin und überlegte, ob er etwas vergessen hatte. »Was haben Sie sonst noch gesehen oder gehört? Fallen Ihnen weitere Details ein?«

Rielly schüttelte den Kopf. »Nein. Ich war ja auch nicht besonders lange unten.«

Rapp griff nach unten, um das Seil loszuknoten. »Gute Arbeit, Anna. Ich möchte, dass Sie hier unten warten, während ich raufgehe und meinen Bericht durchgebe. Vermutlich liegt noch mehr Arbeit vor uns, aber erst mal muss ich meinen Leuten mitteilen, dass ich mit meinem Verdacht richtiglag.«

Er stand auf und griff nach seiner Waffe. »Lass uns gehen, Milt.«

Adams zeigte auf seine Füße. »Ohne Schnürsenkel?«

Nach einem kurzen Blick auf Annas Socken entschied Rapp: »Zieh die Stiefel einfach aus. Wir müssen ja nur kurz hoch und wieder runter.«

Milt streifte die Stiefel ab und näherte sich der Tür. Verlegen gestand er: »Mitch, ich muss schon wieder pinkeln.«

Rapp starrte ihn an. Der Hinweis auf Adams' schwache Blase hatte ihn auf eine Idee gebracht. »Anna, haben Sie eben nicht erwähnt, dass der Typ im Keller Kaffee getrunken hat?«

»Doch, danach sah's zumindest aus.«

Rapp grinste. »Milt, du bist ein verdammtes Genie.«

41

Harris und Reavers bremsten vor dem Haupttor der Andrews Air Force Base und zeigten ihre Ausweise vor. Der Wachposten salutierte und winkte sie durch. Sie wollten so schnell wie möglich mit General Campbell sprechen. Die Tatsache, dass sich General Flood offenbar bei ihm befand, spielte ihnen in die Karten. Auf diese Weise brachten sie beide gleichzeitig auf den aktuellen Stand. Immerhin musste Flood als ranghöchster Befehlshaber ihr Vorhaben sowieso abnicken.

Reavers schoss mit dem schweren Suburban durch die Kurven und verlangte dem V8-Motor und den Stoßdämpfern dabei einiges ab. Harris hatte ihm eingeschärft, dass jede Sekunde zählte. Immerhin sprach gerade ein Delta mit den Generals. Nachdem das Blut von SEALs vergossen worden war, wollte er dafür sorgen, dass sie Gelegenheit erhielten, den Tod ihrer Kameraden zu rächen.

Kaum eine Minute später kamen sie mit quietschenden Bremsen neben General Floods Limousine und den Fahrzeugen seines Begleitschutzes zum Halt. Mehrere Kotzbrocken vom Pentagon lungerten in ihren adrett gebügelten grünen Uniformen herum und behielten den Parkplatz im Auge. Drinnen warteten vermutlich weitere dieser Schlappschwänze darauf, General Flood auf Zuruf die Nase zu putzen.

Harris und Reavers sprangen heraus, Ersterer mit einer unter den Arm geklemmten Aktenmappe, Letzterer mit einer Maschinenpistole. In der Mappe befand sich ein ›brief back‹, die interne Bezeichnung für ein Special-Forces-Dokument, das eine Mission bis ins kleinste Detail umriss. Sie liefen zur Hinterseite des Hangars, vor dem zwei weitere von General Floods Marionetten herumtanzten. Als sie sich dem Tor näherten, hob ein Major die Hand und wollte sie nach ihrem Anliegen fragen. Obwohl Harris selbst keine Rangabzeichen trug, lief er wortlos an dem anderen vorbei und betrat die Halle. Reavers folgte seinem Boss.

Drinnen standen Flood und Campbell vor einer Tafel und lauschten den Ausführungen von Colonel Gray, einem Commander der Delta Force. Zahlreiche weitere Deltas, Mitarbeiter der Verwaltung und des Pentagons saßen an einem langen Tisch und waren in ihre Unterlagen vertieft. Harris und Reavers liefen zu General Flood und salutierten. Nachdem dieser den Salut erwidert hatte, entschuldigte sich Harris für ihr unangemeldetes Eindringen.

»Das ist schon in Ordnung. Wir wollten ohnehin mit Ihnen sprechen.« Flood zeigte zur Tafel. »Wir haben gerade mehrere Szenarien für einen Sturm auf das Weiße Haus durchgesprochen. Mich interessiert Ihre Einschätzung.«

Harris streifte die strategischen Skizzen nur mit einem kurzen Blick. »Billy und seine Leute wissen, was sie tun. Da möchte ich Ihnen nicht reinreden.« Er zwinkerte Colonel Gray zu. Dieser reagierte mit einem beifälligen Nicken auf die Bemerkung seines Konterparts vom SEAL Team Six. »Allerdings wollte ich mit Ihnen über etwas anderes reden. Es geht um ein Hindernis, das wir beseitigen müssen, bevor wir über diese Sache hier überhaupt nachdenken können.« Er deutete auf einen Grundriss des Weißen Hauses, der mit Klebeband an der rechten Seite der Tafel befestigt war.

»Wir wissen von Iron Mans Auskundschaftung des Executive Mansion, dass überall Sprengfallen angebracht sind. Selbst im Schlafzimmer des Präsidenten ist er auf eine Bombe gestoßen. Haben Sie sich mal überlegt, warum Aziz ausgerechnet dort eine Bombe platziert?« Er blickte die beiden Generäle und Colonel Gray fragend an. »Schließlich sind die Geiseln hier drüben« – er zeigte auf die entsprechende Stelle – »im Westflügel. Für mich gibt es nur eine mögliche Erklärung: Er will den kompletten Gebäudekomplex zum Einsturz bringen und für Chaos sorgen, falls wir einen Versuch wagen, das Weiße Haus unter unsere Kontrolle zu bringen.«

Flood dachte kurz darüber nach und nickte. »Das klingt schlüssig.«

»Und wenn man einen Haken entdeckt hat, muss man davon ausgehen, dass der nicht der einzige ist.« Harris überließ die anderen Männer für einige Sekunden der unerfreulichen Vorstellung, wie Dutzende von Operators das Gebäude stürmten und von einem gewaltigen Feuerball und fliegenden Trümmerstücken in den Tod gerissen wurden. »Bevor wir also über einen Sturm auf das Weiße Haus nachdenken, müssen wir erst jemanden einschleusen, der diese Sprengfallen lückenlos neutralisiert.«

Colonel Gray meldete sich zu Wort: »Diese Gefahr haben wir selbstverständlich in Betracht gezogen. Deshalb wollen wir so schnell wie möglich rein und alle Terroristen umlegen, bevor einer von ihnen auf den Knopf drückt.« Grays Blick verriet, dass er die Chancen auf Erfolg eher gering einschätzte.

»Und falls Aziz die Geiseln ebenfalls verkabelt hat?«

Gray schüttelte den Kopf, obwohl er genau wusste, dass sie davon ausgehen mussten. »Dann sind wir am Arsch.«

»Eben. Deshalb halte ich es für unverzichtbar, dass wir vor dem Zugriff einen Vortrupp reinschicken, der sich ein Bild von der Lage verschafft und die Bomben entschärft oder zumindest zeitweise funktionsunfähig macht. Sonst können wir uns gleich selbst die Kugel geben.«

Die anderen Männer stellten sich die unschöne Szene vor. General Campbell meinte: »Lassen Sie mich raten, Dan. Sie kennen natürlich jemanden, der für diesen kniffligen Teil der Operation wie geschaffen ist.«

»Allerdings, Sir.« Harris konnte sich ein Grinsen nicht verkneifen.

»Raus damit.«

Harris senkte die Stimme, damit die übrigen Anwesenden im Raum nichts mitbekamen. »Ist einer von Ihnen mit den Einzelheiten einer ganz bestimmten Sicherheitsübung vertraut, die wir vor acht Jahren im Auftrag des Secret Service durchgeführt haben?« General Flood war damals in Korea gewesen, General Campbell hatte an einem Spezialeinsatz mit den Kollegen des SAS in Großbritannien teilgenommen. Gray hingegen war damals schon ein Delta gewesen. Er kramte in seinen Erinnerungen. Solche Übungen fanden ständig statt, aber beim Stichwort Secret Service klingelte bei ihm nichts.

»Helfen Sie mir auf die Sprünge«, bat der Commanding Officer der Delta Force.

Harris lehnte sich näher heran. »Es war eine streng geheime Kommandosache. Die Jungs vom Service wollten, dass ihnen das SEAL Team Six hilft, gewisse Sicherheitsvorkehrungen zu testen. Aus naheliegenden Gründen sollte niemand etwas davon erfahren. Erst recht nicht, nachdem die Ergebnisse vorlagen.«

Bevor Harris fortfahren konnte, kam einer von Floods

Untergebenen zu ihnen und entschuldigte sich für die Störung. Der Captain hielt ihm ein abhörsicheres Telefon hin. »Direktor Stansfield will Sie sprechen, Sir.«

Flood nahm den Apparat entgegen. »Thomas?« Die Augen des Generals verengten sich und er hörte zu. Nach 20 Sekunden entfuhr ihm ein lautes »Shit!«. Weitere zehn Sekunden vergingen, dann sagte er: »Das sehe ich auch so, ja. Ich komme sofort mit einem Hubschrauber. Bereiten Sie inzwischen alles vor.«

Flood beendete das Gespräch und gab seinem Assistenten das Telefon zurück. »Ich habe gerade wirklich üble Neuigkeiten erhalten«, sagte er zur versammelten Runde. »Iron Man hat unseren Verdacht bestätigt, dass die Terroristen versuchen, mit einem Bohrer in den Präsidentenbunker vorzudringen.« Er wandte sich an Colonel Gray: »Bomben hin oder her, Ihre Männer müssen da sofort rein.« Und zu Harris: »Ich muss sofort zurück nach Langley. Ich verlasse mich drauf, dass Ihre Idee etwas taugt. Leiten Sie so rasch wie möglich alles Notwendige in die Wege.«

Harris nickte zuversichtlich. »Meine Leute sind schon seit heute Morgen startklar.«

Rafique Aziz lehnte sich im Sessel des Präsidenten zurück. Die glänzende Oberfläche des Konferenztischs breitete sich vor ihm aus. Er hatte die Augen geschlossen und die Arme vor der Brust gefaltet. Da er mit einer langen Nacht rechnete, ließ er es an diesem Nachmittag betont ruhig angehen. Vor ihm auf dem Tisch lag seine Maschinenpistole. Er hatte die Deckenbeleuchtung gelöscht. Lediglich die stumm geschalteten Fernsehgeräte an der hinteren Wand spendeten ein mattes Licht.

Es klopfte. Aziz' Augen öffneten sich schlagartig. »Herein.«

Langsam schwang die Tür auf und Muammar Bengazi betrat den Raum. »Du wolltest um drei Uhr geweckt werden.«

»Ja, danke.« Er gähnte laut. »Wie geht es den Männern?«

»Gut.«

»Hast du dafür gesorgt, dass sie genug Schlaf bekommen? Die nächsten Stunden dürften ziemlich anstrengend werden.«

Bengazi kam zum Tisch und stützte sich mit den Händen auf der Rückenlehne eines Ledersessels ab. »Wie du befohlen hast, lasse ich sie in rotierenden Schichten jeweils zwei Stunden am Stück schlafen.«

»Perfekt.«

»Darf ich mich setzen?«

Aziz rieb sich die Augen. »Ja.«

Bengazi legte die AK-74 auf die polierte Tischplatte und nahm Platz. Vorsichtig beäugte er seinen Anführer und fragte: »Was meinst du, wie sich die Lage weiter entwickelt?«

Aziz schaute auf die Uhr. »Nun, ich denke, bis zum Einbruch der Dämmerung haben wir den Präsidenten in unsere Gewalt gebracht. Und dann« – seine Mundwinkel hoben sich – »haben wir uns den entscheidenden Vorteil verschafft.«

»Willst du ihnen heute Abend noch Bescheid geben, dass wir ihn haben, oder erst morgen früh?«

»Morgen früh.« Aziz zeigte auf die Fernseher. »Sie haben vorhin gemeldet, dass die UNO unsere Forderung erfüllen wird. Vizepräsident Baxter wird auf keinen Fall ein Risiko eingehen und die Soldaten zurückpfeifen, bis wir die nächsten Geiseln freigelassen haben.«

Bengazi klang skeptisch. »Du gehst nicht davon aus, dass sie heute noch einen Versuch starten, das Gebäude zu stürmen?«

Aziz schüttelte den Kopf. Er war dermaßen zuversichtlich, dass er es für überflüssig hielt, es laut auszusprechen.

»Ich wünschte, ich könnte deinen Optimismus teilen. Aber nach dem Versuch heute Vormittag werde ich das Gefühl nicht los, dass Sie einen Angriff vorbereiten.«

Diese Bemerkung brachte Aziz zum Lächeln. »Genau deswegen schätze ich dich, Muammar. Du bist immer so umsichtig. Aber du irrst dich. Sie werden nichts unternehmen, bevor sie unsere nächsten Forderungen kennen.« Aziz tippte sich mit dem Zeigefinger seitlich an die Stirn. »Du musst dich in die Denkweise der Amerikaner hineinversetzen. Vor allem in die Denkweise der Politiker. Es gehört nicht zu ihren Tugenden, entschlossen zu handeln. Sie schieben eine Entscheidung so lange vor sich her, bis ihnen keine andere Wahl mehr bleibt. Aktuell haben sie die Freilassung von einem Drittel der Geiseln erreicht und klammern sich an die Hoffnung, dass weitere folgen.«

Bengazi wirkte nicht überzeugt. »Das kann ich mir nicht vorstellen. Selbst wenn – das Militär drängt sicher auf einen Angriff.«

»Davon gehe ich aus, aber es macht keinen Unterschied. Solange die Politiker davon überzeugt sind, ohne den Einsatz von Gewalt weitere Gefangene freizubekommen, werden sie sich darauf konzentrieren.«

»Nicht wenn sie hören, was wir als Nächstes verlangen.« Bengazi schüttelte den kahlen Schädel. »Auf keinen Fall.«

»Wenn wir den Präsidenten haben, ändert es alles.«

»Apropos, was sagt denn unser Freund, der Maulwurf?«

»Er meint, es läuft nach wie vor alles nach Plan. Er geht davon aus, gegen 19 Uhr fertig zu sein.« Aziz strahlte in Vorfreude. »Das wird ein großer Moment.«

Bengazi nickte langsam, ohne den Optimismus seines Anführers zu teilen. »Trotzdem schlage ich vor, dass wir die Gefangennahme des Präsidenten bekannt geben, sobald wir ihn aus dem Bunker geholt haben.«

»Warum?«

»Weil es die Amerikaner von einem Angriff abhält?«

Schulterzuckend verschränkte Aziz die Hände hinter dem Kopf. »Nein, es bleibt dabei. Wenn ich morgen früh unsere finalen Forderungen stelle und der Präsident dabei neben mir steht, wird das die Weltöffentlichkeit so sehr schockieren, dass den Amerikanern keine andere Wahl bleibt, als zu tun, was immer wir verlangen.«

42

Anna Rielly streckte sich auf dem Betonboden. Ihre Beine formten ein V vor dem Körper. Zuerst kam das linke Bein dran, sie zählte im Kopf bis 20, dann folgte das rechte. Das Dehnen tat gut.

Während sie damit die Taubheit in den Oberschenkeln und der Wirbelsäule bekämpfte, dachte sie über die weitere Entwicklung ihrer Karriere nach. Sie gehörte jetzt zu den echten Insidern, hatte den Vorhang zur Seite gezogen und einen Einblick hinter die Kulissen dieser

Puppenshow der Mächtigen erhalten. Die Öffentlichkeit hatte keine Ahnung, wie auf diese Weise Geschichten gesponnen und politische Karrieren gefördert oder vernichtet wurden. Produzenten und Sendeleitung gingen notfalls über Leichen, solange es der Quote zugutekam. Dabei wurden Fakten gezielt aufgebauscht oder verschwiegen. Die Tragweite einer Enthüllung spielte dabei keine Rolle, sondern allein das Interesse der Zuschauer.

Anna wusste, dass in ihrer Story pures Dynamit steckte. Sie besaß eine gewaltige Sprengkraft. Trotzdem musste sie aufpassen. NBC neigte dazu, solche Volltreffer übertrieben auszuschlachten. Dann liefen die Beiträge in der *Today Show, Dateline,* sowie bei den Schwesterkanälen CNBC und MSNBC rauf und runter. Letztlich konnte ihr Arbeitgeber damit anstellen, was er wollte, da machte sie sich keine Illusionen.

Solange sie von ihnen bezahlt wurde, ließ ihr Vertrag keinen Raum, um damit auch bei anderen Kanälen aufzutreten. Um sie bei Laune zu halten, würde man ihr entsprechend viel Sendezeit einräumen und sie sicherlich einige Hintergrundreportagen produzieren lassen. So lief das in solchen Fällen. Auch ein Buchvertrag winkte, und da musste sie besonders aufpassen. Sie wollte es auf jeden Fall selbst schreiben und sich nicht auf den klassischen Deal einlassen, dass ein Verlag einen kleinen Vorschuss auf den Tisch packte, dafür aber auf einem Ghostwriter bestand, der innerhalb von zwei Monaten ein druckreifes Manuskript zusammenklöppelte. Sie wollte sich einen Agenten suchen, der mehr Geld und vor allem mehr Zeit herausschlug und für sie aushandelte, das Buch selbst schreiben zu dürfen, denn sie wollte genau kontrollieren, was wie berichtet wurde. Diese Geschichte verdiente es, erzählt zu werden, aber auf die richtige Art und Weise – würdevoll und der Tragweite der Situation angemessen, um das Gedenken der Opfer nicht nachträglich zu beschmutzen.

Und Anna wollte für das Projekt mit Mitch Kruse zusammenarbeiten. Der Gedanke an den Mann, der sie gerettet hatte, ließ ihr Herz spontan höherschlagen. Was für ein Mann. Kein Schönling, sondern einer mit Ecken und Kanten, jedoch trotzdem attraktiv. Ein echter Kerl eben. Und was seine wahre Identität betraf, ging sie davon aus, dass er für die CIA arbeitete. Aber wer konnte das schon genau sagen? Möglicherweise war es auch das FBI. Im Umgang mit Journalisten war er alles andere als offenherzig. Rielly konnte ihm keinen Vorwurf daraus machen. Zu lebhaft erinnerte sie sich an die harsche Kritik ihres Vaters an Medienschaffenden. Kaum eine Woche verging, ohne dass er angewidert eine Zeitung auf den Tisch schmetterte und seiner Mutter erklärte, dass wieder mal ein Reporter sämtliche Fakten vollkommen verdreht dargestellt hatte.

Diese Reaktion ihres Vaters auf nachlässige Recherche hatte letztlich auch dazu geführt, dass sie selbst so exakt wie möglich arbeiten wollte. Und so sollte es auch bei diesem Buch laufen. Sie lächelte innerlich, als die Vorstellung in ihrem Kopf konkrete Gestalt annahm. Sie wollte Kruses Wunsch respektieren und trotzdem eine fesselnde Story erzählen, indem sie ihn exakt so schilderte, wie er wirklich war – als tödlichen, düsteren, verschlagenen und anonymen Helfer in der Not. Sie würde ihre Quelle nicht preisgeben und damit letztlich die Faszination der Leser noch steigern.

Rielly hörte ein Rumoren auf der anderen Seite der Tür.

Für einen Moment bekam sie es mit der Angst zu tun, doch bevor sie sich eine Deckung suchen konnte, kamen Rapp und Adams zurück. Sie legte die Hand auf die Brust und spürte den wuchtigen Herzschlag. »Jungs, ich hätte mir gerade fast in die Hose gemacht.«

Rapps Gesicht wirkte angespannt. Er hielt ihr die Hand hin. »Nächstes Mal klopfen wir, versprochen.«

Sie ignorierte die Bemerkung und ließ sich aufhelfen. »Und was jetzt?«

Zunächst gab Rapp keine Antwort. Stattdessen wanderte sein Blick zur zweiten Tür im Raum. Er schien etwas zu durchdenken. Schließlich blickte er Anna in die Augen. »Wir werden etwas probieren, das möglicherweise ein bisschen riskant ist, aber uns bleibt keine andere Wahl.«

Rielly schaute zu der Tür, von der sie nicht wusste, was sich dahinter verbarg. Kruses düstere Andeutung jagte ihr einen kalten Schauer über den Rücken. »Was befindet sich hinter dieser Tür?« Ihre Frage klang mutiger, als sie sich fühlte.

Dallas King wanderte vor Baxters Schreibtisch auf und ab. Die beiden hatten darüber diskutiert, wie sie mit der neuen Information umgehen sollten, dass Aziz womöglich im Begriff stand, Präsident Hayes aus dem Bunker zu holen.

In typischer Miesmachermanier hatte Baxter gejammert, dass alles den Bach runterging und ihre ganze Mühe umsonst gewesen war. Nun würde man Helikopter schicken, aus denen sich Männer in schwarzer Kampfmontur abseilten und ein Blutbad anrichteten. Und er blieb den Menschen als der Mann in Erinnerung, der während der Zerstörung des Weißen Hauses das Zepter geschwungen und den Tod Dutzender Amerikaner verschuldet hatte. Damit platzte sein Wunsch, Präsident zu werden. Aus und vorbei. Diese Schmach würde das fragile amerikanische Ego so schnell nicht vergessen. Ein Sherman Baxter der Dritte im Oval Office hätte sie dauerhaft an diesen Schandfleck in ihrer Geschichte und diese schreckliche Woche erinnert.

King blieb stehen und schnippte mit den Fingern vor Baxters Gesicht. »Sie hören mir ja gar nicht zu. Konzentrieren Sie sich.«

»Halten Sie den Mund, Dallas. Ich höre zu. Ich glaube nur nicht, was ich höre.« Der Vizepräsident lehnte sich zurück und schleuderte einen schwarzen Kugelschreiber auf den Schreibtisch. Der prallte von einem in Leder gebundenen Chefkalender ab und blieb vor einem Bilderrahmen liegen, in dem das Weingut von Baxters Familie und eine Porträtaufnahme seiner Eltern zu sehen waren.

King musterte seinen Boss. Die harschen Worte verletzten ihn zwar nicht, aber er tat so, als wäre es der Fall. Er blieb geduldig. Seinen Chef musste man entweder verhätscheln oder auspeitschen, abhängig von der Situation. Er zupfte den Manschettenknopf am blauen Hemd zurecht. »Ich lasse Sie wohl besser für eine Weile allein. Sie machen den Eindruck, als könnten Sie etwas Ruhe gebrauchen.«

Baxter stocherte mit dem Finger in seine Richtung. »Reden Sie nicht in so einem herablassenden Tonfall mit mir, Dallas!«

»Nun ja.« King inspizierte seine Fingernägel. »Meine Einschätzung der Lage scheint Sie ja ohnehin nicht zu interessieren, Sir. Insofern verschwende ich hier nur meine Zeit.«

Baxter sprang halb vom Stuhl auf. »Hören Sie auf mit dem Mist, Dallas!«

King drehte sich in seine Richtung. Jetzt war der richtige Moment, den Finger in die Wunde zu legen und dem Boss einen verbalen Einlauf zu verpassen. »Wieso machen Sie es mir eigentlich so schwer?«, fragte er mit in die Hüfte gestemmten Armen. »Sherman, niemand hat je gesagt, dass es einfach wird, aber Ihre beschissene Loser-Haltung geht mir echt auf den Zeiger.« An die eigene Adresse ergänzte er gedanklich: *Hättest du meine Schwierigkeiten, wärst du längst unter einen Felsblock gekrochen, um auf deinen Tod zu warten.*

Baxter ging schockiert auf Abstand und beäugte seinen aufgebrachten Stabschef misstrauisch. »Nennen Sie mir einen einzigen Grund, warum ich optimistisch sein sollte.«

»Wie wär's damit ...« King hielt inne und schielte verstohlen über die Schulter, um sicherzugehen, dass niemand etwas mitbekam. Er lehnte sich dicht an den Schreibtisch heran und flüsterte: »Eine gewisse Person wird das Weiße Haus möglicherweise nicht lebend verlassen. Vergessen Sie nicht, Ihr Ziel ist zum Greifen nah.«

Baxter zwang sich, kurz zur Seite zu schauen, damit King die Gier in seinen Augen nicht bemerkte. Seine politischen Instinkte mahnten ihn zur Mäßigung. »Auf diese Weise möchte ich nicht Präsident werden.«

»Das weiß ich, Sherman, aber es wäre Ihre verdammte Pflicht.«

Baxter ließ sich diesen Aspekt durch den Kopf gehen.

»Wir wissen nicht, wie genau sich die Sache entwickeln wird«, fuhr King fort. »Deshalb müssen wir flexibel bleiben. Und Sie müssen voll fokussiert bleiben.« Seine

Ansprache schien zum Vizepräsidenten durchzudringen. »Setzen Sie die UNO weiterhin unter Druck, um den Rest kümmere ich mich. Ich habe ein paar Ideen, wie wir Ihnen Flood und Stansfield vom Hals halten, falls sie weiterhin Druck auf Sie ausüben, Sir. Aber das muss ich erst in Ruhe durchdenken.«

King sah aus dem Fenster. Es war bereits später Nachmittag und blieb höchstens noch vier Stunden hell. Wenn Sie es schafften, bis morgen früh durchzuhalten, und ein weiteres Drittel der Geiseln freikam, waren sie dem Erfolg schon deutlich näher. Dann konnten sie ruhig auch Flood und Stansfield von der Leine lassen. Mit etwas Glück erlösten diese ihn dann auch von seinem persönlichen Dilemma.

43

Rapp zeigte auf die zweite Tür. »Dahinter befindet sich eine verstärkte Stahlluke, die in einen Tunnel führt. Den Tunnel, durch den der Präsident zu Beginn der Angriffe evakuiert wurde. Zunächst geht es eine Treppe hinunter, danach gelangt man unter dem Rosengarten bis zum Westflügel.«

Rielly hatte sich gegen einen der rollbaren Behälter gelehnt und lauschte aufmerksam. Geheimtunnel. Evakuierung des Präsidenten. Faszinierendes Material.

»Kurz vor dem Ende kommen erneut ein paar Stufen« – Rapp gestikulierte – »anschließend geht es nach links und eine weitere Treppe runter zu einer Tür. Und die öffnet sich zum Vorraum des Präsidentenbunkers hin, den Sie eben durch den Luftschacht inspiziert haben.«

Rielly sah auf und fragte: »Und was bringt uns dieses Wissen?«

»Wir müssen einen Kontakt zum Präsidenten herstellen. Aziz setzt ein Störsignal ein, um den Funkverkehr zum Bunker zu unterbinden.«

»Woher wissen Sie das?« Aus Gewohnheit arbeitete die Reporterin im Kopf eine Liste mit Standardfragen ab.

»Kurz nach dem Zwischenfall mit Aziz im Oval Office hatten wir per Handy und über ein Funkgerät des Secret Service vorübergehend Kontakt zum Präsidenten. So erfuhren wir auch, dass er sicher im Bunker angekommen ist. Als Milt und ich durchs Lüftungssystem eindrangen, verschlechterte sich die Verbindung, je näher wir ans Weiße Haus herankamen. Oben im ersten Stock ist es etwas besser. Deshalb gehen wir davon aus, dass sich die Störquelle ganz in der Nähe des Bunkers befindet, um die Interferenzen dort zu maximieren.«

Rielly verarbeitete diese Information. »Müssen wir uns wirklich so weit aus dem Fenster lehnen, nur um mit dem Präsidenten reden zu können?«

An dieser Stelle wurde es knifflig. Rapp wollte sie nicht anlügen, durfte ihr aber auch nicht sagen, was er wusste – nämlich dass der Vizepräsident davor zurückschreckte, die Erstürmung des Weißen Hauses zu befehlen. »Anna, ich kann an dieser Stelle nicht ins Detail gehen, vielleicht später. Glauben Sie mir einfach, dass es einen triftigen Grund gibt, warum wir mit Hayes in Kontakt treten müssen.«

Rielly musterte ihn misstrauisch und fragte sich, was er ihr vorenthielt. »Dann ist das eins dieser Themen, über die Sie mit mir beim Abendessen reden werden, wenn Sie mir Ihre Lebensgeschichte erzählen.«

Rapp lachte. »Ganz genau. Ich setz es ganz oben auf die Liste.«

Ein sympathisches Lachen, fand Anna. Allerdings setzte er es berechnend ein. Jedes Mal, wenn ihm eine Frage oder ein Vorschlag nicht gefiel, überspielte er es mit diesem Lachen.

Mit einem wissenden Blick gab sie ihm zu verstehen, dass sie den Trick durchschaut hatte. »Ich soll also wieder da runterkrabbeln und warten, bis der Kerl am Bohrer pinkeln geht. Dann ziehe ich zweimal am Seil« – sie hielt zwei Finger hoch – »was für Sie das Zeichen ist, durch den Tunnel hinzulaufen und zu erledigen, was Sie für Ihren Arbeitgeber erledigen sollen, von dem Sie mir nicht verraten dürfen, wer es ist.«

Wie auf Kommando kehrte Rapps Lachen zurück. »Das trifft es ziemlich genau.«

»Und wenn er gar nicht pinkeln muss?«

»Keine Sorge, das muss er. Ich gehe davon aus, dass er seit fast drei Tagen durcharbeitet. Der Typ hat mindestens 20 Becher Kaffee intus.« Er wandte sich in Richtung Tür. »Haben Sie noch Fragen, bevor es losgeht?«

»Was ist, wenn ich am Seil ziehe und er es sich zwei Sekunden später aus irgendeinem Grund anders überlegt und zurückkommt?«

Rapp nickte. »Gut, dass Sie das ansprechen. In dem Fall ziehen Sie viermal am Seil. So fest, wie Sie können.« Rapp wartete ihr Nicken ab. »Sonst noch was?«

»Ja. Was ist, wenn *ich* pinkeln muss?«

»Das müssen Sie sich dann verkneifen.« Rapp holte einen der Klettverschlüsse und eine Minikamera aus der Tasche. »Installieren Sie die, während Sie unten sind.« Er zeigte ihr, wie das Befestigen funktionierte. »Das hier ist die Linse. Achten Sie drauf, dass sie direkt auf die Luke des Bunkers gerichtet ist.«

Rielly steckte beides ein. »Von mir aus kann's losgehen.«

»Milt?«

»Bin auch bereit.«

»Gut.« Rapp klatschte in die Hände. »Fangen wir an. Erst mal öffnen wir die Tür hier, dann kümmern wir uns darum, Anna in den Schacht runterzulassen.«

Adams machte sich mit dem S-Schlüssel am Schloss zu schaffen. Wie angekündigt befand sich dahinter eine Art Tresorluke mit einem massiven Griff an der rechten Seite. Adams trat zur Seite und winkte Rapp heran. »Hier, übernimm du die Eingabe des Codes. Immerhin musst du nachher auch den Ausgang auf der anderen Seite damit öffnen.«

Rapp nickte, gab die neun Zahlen aus dem Gedächtnis ein und bestätigte mit der Eingabetaste. Ein lautes Zischen gefolgt von einem metallischen Klicken ertönte. Rapp trat einen Schritt zurück und richtete die Maschinenpistole auf die Öffnung.

Adams zeigte auf den Griff. »Du musst schon erst aufmachen, um zu sehen, was dahinter auf dich wartet.«

Rapp winkte Adams zur Seite und lehnte sich mit vollem Körpergewicht gegen das Metall. Er rechnete nicht mit Schwierigkeiten, wollte seine Aufmerksamkeit aber nicht unnötig schleifen lassen. Vor ihm geriet ein schmaler Treppenabsatz in Sicht. Rapp stand geduckt im Durchgang und suchte mit dem Lauf der MP5 jeden Zentimeter der schwach erleuchteten Stufen ab. »Die Luft ist rein«, sagte er zu Adams und Rielly. »Schicken wir Anna los und hoffen, dass der Typ da unten eine schwache Blase hat.«

Eine Minute später wand Anna sich erneut durch das enge Rohr. Rapp ließ sie am Seil nach unten, dann schob sie sich vorsichtig wieder an ihren Beobachtungsposten heran. Behutsam überwand sie die letzten Zentimeter bis zur Öffnung und spähte durch die Schlitze. Das schrille Surren des Bohrers erfüllte die Luft. Sie umklammerte die Überwachungskamera, die ihr Rapp mitgegeben hatte, und konzentrierte sich auf die schimmernde Luke, die in den Präsidentenbunker führte. Der stämmige Mann, den sie bei ihrem ersten Besuch beobachtet hatte, war nirgends zu sehen.

Die drei klobigen Bohrer frästen sich in das Metall der Tür hinein. Kurz überlegte sie sich, am Seil zu ziehen, um das Rückholsignal zu geben. Dann überlegte sie es sich anders. Sie konnte nur einen Teil des Vorraums einsehen. Vielleicht war ja doch jemand dort oder befand sich gerade auf dem Rückweg.

Sie wischte mit dem Ärmel des weiten Sweatshirts über eine Stelle direkt vor sich, um die Kletthalterung dort anzubringen, presste die Spycam dagegen und richtete die Linse möglichst exakt auf eine Lücke im Lüftungsgitter aus. Danach streckte sie sich, so gut es ging, und suchte nach einer halbwegs bequemen Haltung.

Wicker hatte eine Gruppe von acht engagierten SEALs darauf angesetzt, die Plattform für den entscheidenden Schuss zu bauen. Vorausschauend wie üblich hatte er das benötigte Material bei einem Holzlager in Forestville, Maryland, reserviert. Nachdem sein befehlshabender Offizier, Lt. Commander Harris, grünes Licht für das Vorhaben gegeben hatte, rief er sofort an, um die Bestellung zur Abholung vorbereiten zu lassen.

Das SEAL Team Six hatte seine Basis an der Andrews Air Force Base eingerichtet und wartete dort auf den Einsatzbefehl. Wicker kontaktierte den Leiter der Unit, verwies auf Harris' Entscheidung und bat um Abstellung von Männern, die er im Vorfeld ausgewählt hatte. 20 Minuten später machten sie sich mit einem Truck aus dem Fuhrpark auf den Weg nach Forestville. Dass sie für das Fahrzeug keine Freigabe angefordert hatten, würde ihnen im Nachhinein noch einigen Ärger mit den Verwaltungshengsten aufhalsen.

Gegen 14 Uhr kehrten sie in Jeans und T-Shirts zurück und entluden die Fracht an Ort und Stelle. Alles wurde von Hand zum Glockenturm des Old Post Office geschleppt. Derzeit legten die Männer, allesamt erfahrene Scharfschützen, letzte Hand an die Fertigstellung der Plattformen. Wicker hatte kurzfristig beschlossen, noch eine zweite bauen zu lassen, damit zwei Männer gleichzeitig mit Kaliber-50-Gewehren agieren konnten. Die Konstruktionen waren ausgesprochen robust: rechteckige Aufbauten aus zweieinhalb Zentimeter dicken Sperrholzplatten, verstärkt durch Kanthölzer und anschließend mit Schrauben und Heißklebepistolen fixiert.

Wicker schleppte einen Gewehrkoffer aus Hartplastik zu einer der Flächen. Unter den neugierigen Blicken der SEALs klappte er ihn auf. Im Inneren befand sich ein imposantes Barrett M99. Es maß fast anderthalb Meter von der Mündung bis zum Kolben und gehörte zu den längsten Gewehren der Welt. Die durchschlagkräftige Kaliber-50-BMG-Munition konnte Ziele in bis zu 1,6 Kilometern Entfernung ausschalten.

Wicker, kein besonders großer Mann, überragte die aufrecht hingestellte Waffe nur unwesentlich. Er befreite das massive schwarze Aluminiumgehäuse aus der Schaumstoffeinlage, klappte das fest montierte Zweibein aus und brachte das Gewehr in Position. Danach kletterte er auf die Plattform, montierte das Zielfernrohr auf der M1913-Schiene, legte sich auf den Bauch und spähte hindurch.

Innerhalb weniger Sekunden hatte er den Terroristen mit der Sturmhaube im Unterstand auf dem Dach des Weißen Hauses im Visier. Auf diese kurze Distanz setzte man normalerweise kein Kaliber 50 ein, doch aufgrund der kugelsicheren Plexiglas-Abschirmung war es in diesem Fall die passende Wahl.

Wicker verlagerte das Gewicht und korrigierte behutsam die Ausrichtung des Fadenkreuzes, bis sich die knapp 200 Meter entfernte Gestalt genau im Zentrum wiederfand. Dank der stabilen Podestkonstruktion zitterte der Lauf überhaupt nicht. Zufrieden stand Wicker auf, verstaute das Gewehr im Koffer und schob ihn an seinen Platz zurück. Seine Männer trafen unterdessen letzte Vorbereitungen. Wicker blickte in den Sonnenuntergang und registrierte einen leichten Wetterumschwung. Einen äußerst willkommenen. Er löste das Handy vom Gürtelclip, wählte eine Nummer und wartete, dass der Gesprächspartner am anderen Ende sich meldete.

44

Rielly hatte keine Uhr dabei und vergessen, nach der Zeit zu fragen, bevor sie sich in den Schacht abseilen ließ. So steif, wie ihre Hüfte inzwischen war, ging sie davon aus, seit mindestens einer halben Stunde in der engen Röhre festzusitzen, wenn nicht sogar schon eine Stunde. In dem Teil des Raums, den sie einsehen konnte, hatte sich seitdem nichts getan. Da ihr sonst nichts zu tun blieb, schweiften ihre Gedanken ab und ein Anflug von Müdigkeit setzte ein. Mehrmals erwischte sie sich kurz vor dem Eindösen. Fast wäre ihr Kopf hochgezuckt und gegen die Decke des Schachts geknallt. Die beengte Umgebung und das monotone Surren erinnerten sie an ihre Besuche im Sonnenstudio.

Dass sie keinen der Terroristen zu Gesicht bekam, machte sie allmählich nervös. Sie fragte sich langsam, ob der Raum dauerhaft verlassen blieb, und überlegte, das Zeichen zum Rückzug zu geben. Allerdings gab es immer noch die Möglichkeit, dass der Typ in einer für sie uneinsehbaren Ecke hockte. Sie nahm sich vor, beim nächsten Mal auf genauere Instruktionen für solche Fälle zu pochen.

Die Minuten verstrichen und Annas Erschöpfung wuchs. Als sie davon ausging, dass wirklich niemand da unten war, hörte sie doch noch ein Geräusch, das sich vom üblichen Dröhnen des Bohrers unterschied. Sie lugte durch den Schlitz und registrierte eine Bewegung. Einen Schatten. Kurz darauf tauchte der Fettwanst auf, den sie bereits kannte. Er streckte die Arme über den Kopf, wodurch sein Schwabbelbauch unvorteilhaft betont wurde. Erneut verschwand er außer Sichtweite, dann näherte er sich den Bohrern und überprüfte wie bei ihrem ersten Besuch die Fortschritte mit dem Maßband. Danach schleuderte er es gegen etwas, das Rielly nicht sehen konnte, rekelte sich erneut und kam in ihre Richtung, gähnte dabei mit weit aufgerissenem Mund.

Anna verzog angewidert das Gesicht. Der Typ wirkte verschlagen und ziemlich heruntergekommen. Sie beugte sich näher an die Öffnung heran, wich dann jedoch aus Angst vor Entdeckung instinktiv zurück. Als er immer näher kam und in Richtung Gang verschwand, tastete sie mit den Fingern ihrer rechten Hand nervös nach der Schlinge am Hals und zog zweimal entschlossen daran.

Rapp und Adams hatten die ersten zehn Minuten aufmerksam auf das Signal gewartet. Adams hatte sich mit dem Seil in der Hand vor der Öffnung des Schachts postiert, Rapp auf der oberen Treppenstufe mit der MP5 vor der Brust und der schallgedämpften Pistole in der linken Hand. Die Maschinenpistole kam ihm für diesen Zweck etwas überdimensioniert vor. Nachdem sie sich minutenlang verlegen angestarrt hatten und nichts passiert war, fiel Rapp etwas Besseres ein, um die Wartezeit zu nutzen. Er ging zu seinem Begleiter, übernahm das Seil und bat ihn, die Karten auszubreiten. Nachdem das erledigt war, gab er Adams das Seil zurück und fragte Milt zum Grundriss des Westflügels Löcher in den Bauch. Wo genau der Tunnel endete, was ihn hinter der Tür erwarten würde. Sie hatten das alles zwar schon mehrfach durchgekaut, aber Rapp wollte sicherstellen, dass er jedes noch so banale Detail kannte. Falls sie diesen Teil der Operation erfolgreich hinter sich brachten, musste er als Nächstes in den West Wing zu den Geiseln.

Nach allem, was sie sich zusammengereimt hatten und aus Riellys Erzählungen wussten, wurde ein Großteil der Zivilisten in der Cafeteria festgehalten. Rapp interessierte vor allem, ob Secret-Service-Agenten überlebt hatten und wo man sie eingesperrt hatte. Er horchte Adams gerade aus, wie man unbemerkt in andere Bereiche des Westflügels vordringen konnte, als dieser abrupt zusammenzuckte.

»Das Seil. Sie hat zweimal gezogen.«

Rapp sprang auf und eilte zur Tür. »Falls sie das Abbruchsignal schickt, komm nach und sag Bescheid.« Rapp rannte die Treppen hinunter in den Tunnel wie der Kandidat einer Gameshow, dem der Countdown im Nacken saß. Aus Gewohnheit hatte er die Pistole gezückt und schwang sie hin und her. Von der unteren Stufe aus spähte er prüfend in den Schacht, wandte sich sofort nach links und sprang die nächste Treppe hinunter, bis er vor der verstärkten Stahltür stehen blieb und die Waffe von der rechten in die linke Hand wechselte. Keuchend blieb er stehen und lauschte, ob Adams ihm folgte.

Nichts. Kein warnender Ruf von oben. Er kramte in seinem Gedächtnis nach dem Code, tippte die ersten acht Ziffern ein und lauschte erneut. Zwei Sekunden später schloss er die Eingabe mit der letzten Zahl ab, drückte auf Enter und wartete mit der 9-Millimeter-Beretta im Anschlag, bis das hydraulische Zischen und das metallische Klicken abgeebbt waren. Rapp drückte den Griff hinunter und mahnte sich zur Eile. Er zielte mit der Mündung durch den knapp einen Meter breiten Spalt und trat in den Gang.

Als Erstes registrierte er das Dröhnen des Bohrers und einen seltsamen Geruch. Seine Augen streiften die Rückseite der Tür, durch die er gerade gekommen war. Im nächsten Moment prallte sie gegen etwas. Das Geräusch von Metall gegen Metall. Rapp zuckte zusammen, obwohl es nicht laut genug war, um über den lärmenden Bohrer hinweg wahrgenommen zu werden. Vorsichtig lief er weiter, ließ die Pistole nach links und rechts schwingen und folgte der Bewegung mit den Augen. Er erreichte die offene Tür, die in den Vorraum des Bunkers führte, und spähte hindurch. Nichts. Er nahm sich die Zeit, um kurz Richtung Decke zu spähen. Erleichtert stellte er fest, dass man Anna von hier aus auf keinen Fall entdecken konnte.

Er wandte seine Aufmerksamkeit der eigentlichen Aufgabe zu und entdeckte kurz darauf links neben der Tür das Gehäuse aus glänzendem Stahl. Es war kaum größer als eine Stereoanlage. Rapp stieg über einen Werkzeugkasten und kniete sich hin, um die Bedienelemente des Geräts und die Digitalanzeige zu inspizieren. Er kannte das Modell. Es wurde von einem der weniger bekannten Lieferanten der Regierung hergestellt, der vor allem CIA, FBI und Secret Service mit Equipment versorgte. Aziz musste es aus einem Depot entwendet haben.

Rapp zog den Kasten ein Stück von der Tür weg, um an die Rückseite heranzukommen. Er zog einen Bolzenschneider aus der Weste und kappte den Draht, der die Verbindung zur Antenne herstellte. »Milt, kannst du mich hören? Milt, bitte melden.« Da die Verbindung weiterhin blockiert war, kippte er den Störsender auf die Stirnseite und spähte durch die Lüftungsschlitze auf den Kabelwust. Er durfte das Gerät auf keinen Fall einfach abschalten. Für den zufälligen Beobachter musste es so aussehen, als ob es weiterhin funktionierte.

Vorsichtig bugsierte er die Klinge des Bolzenschneiders in das Gehäuse und kappte eine Reihe von Verbindungen. Die Idee, den Sender vorher abzuschalten, kam ihm nicht. Prompt stoben nach dem Durchtrennen der äußeren Isolierschicht Funken in die Luft, er bekam einen Stromschlag und landete unsanft auf dem Hintern. In seinem rechten Arm kribbelte es unangenehm. »Scheiße!«, fluchte Rapp leise. Langsam kehrte das Gefühl in seine Gliedmaßen zurück. Aus dem Headset drang die Stimme von Milt Adams, kurz darauf noch eine weitere, die er nicht erkannte.

Irene Kennedy saß auf dem kleinen Podest in der Kommandozentrale und telefonierte mit Campbell. Der General schilderte ihr gerade den Plan von Lt. Commander Harris, vorab einen Trupp mit Bombenentschärfungsexperten ins Weiße Haus zu schicken, ehe die Einsatzteams das Gebäude stürmten. Kennedy war zunächst nicht besonders begeistert von der Idee, bis Campbell ihr erklärte, dass Harris und seine drei Begleiter während einer Secret-Service-Übung vor knapp acht Jahren schon einmal etwas Ähnliches geschafft hatten. Dass es zumindest eine Aussicht auf Erfolg gab, stimmte sie gnädiger.

Kennedy ließ sich gerade von Campbell in den genauen Ablauf einweihen, als vor ihr plötzlich aufgeregte Stimmen ertönten und einige Leute aufsprangen. Sie schaute genauer hin und hätte vor Schreck fast den Hörer fallen lassen. Die Bilder von Rapps Überwachungskameras auf den Monitoren wurden mit einem Mal gestochen scharf und eine neu hinzugekommene Aufnahme lieferte Bilder von einer glänzenden silbernen Luke, bei der es sich um den Zugang zum Präsidentenbunker handeln musste.

Campbell rief mehrmals laut Kennedys Namen. Beim dritten oder vierten Mal registrierte sie es endlich und rief in den Hörer: »Er hat es geschafft!«

»Wer hat was geschafft?«, erkundigte sich der General irritiert.

»Mitch. Wir haben ein Videosignal vom Eingangsbereich des Bunkers.« Einer ihrer Mitarbeiter zeigte triumphierend auf sein Headset und überbrachte ihr die Neuigkeit, auf die sie schon lange gewartet hatte. »General, kommen Sie so schnell wie möglich her. Mitch hat sich gerade über das portable Funkgerät gemeldet. Er scheint den Störsender außer Gefecht gesetzt zu haben. Ich muss sofort Thomas informieren.« Ohne auf eine Antwort zu warten, kappte sie die Verbindung und rief bei ihrem Vorgesetzten an, während sie hektisch einen Papierstapel durchwühlte.

Stansfield nahm beim zweiten Klingeln ab. Kennedy bekam sich fast nicht mehr ein. »Thomas!«, rief sie. »Mitchell hat die Funkblockade beseitigt. Wir kriegen ihn klar und deutlich rein und haben außerdem Zugriff auf Überwachungsbilder direkt aus dem Bunkerbereich.«

»Ich bin in einer Minute bei Ihnen«, erwiderte Stansfield ruhig.

Kennedy legte auf, klemmte sich das Headset hinter das Ohr und rief Rapps Decknamen ins Mikrofon. Inzwischen hatte sie in dem Stapel auch die Liste gefunden, die ihr Director Tracy vom Secret Service zur Verfügung gestellt hatte.

45

Präsident Hayes sah auf die Uhr. Kurz vor fünf nachmittags. »Sollten wir nicht lieber abwarten, bis es dunkel ist?«

Jack Warch schüttelte den Kopf. »Unter normalen Umständen würde ich dazu raten, aber wir wissen nicht, wie viel Zeit uns noch bleibt.«

Alle Agenten hatten sich in der Mitte des Bunkers versammelt. Warch hatte den Präsidenten überzeugen können, es mit dem Überraschungsausbruch zu probieren. Valerie Jones befürwortete den Vorschlag ebenfalls. Letztlich hatte sie es sowieso nicht zu entscheiden, aber je weniger Uneinigkeit herrschte, desto besser. Gerade ging er mit seinen Leuten die letzten Einzelheiten durch.

Vor ihm stand Pat Cowley, mit Abstand der beste Schütze der Gruppe. Der frühere Sicherheitsbeamte am Supreme Court war vor vier Jahren zum Counter Assault Team des Secret Service gestoßen, wo er den Großteil seiner Arbeitstage damit verbracht hatte, auf der Rückbank eines gepanzerten schwarzen Suburban zu sitzen und der Präsidentenlimousine überallhin zu folgen. Wenn der Konvoi unter Beschuss geriet, zählte es zu seinen Aufgaben, zuerst den Präsidenten in Sicherheit zu bringen und danach, falls nötig, die Bedrohung auszuschalten. Für diesen Job musste man ausreichend schwer bewaffnet und zielsicher genug sein, um die Angreifer mit einem Kugelhagel einzudecken, während das Staatsoberhaupt aus der Gefahrenzone gebracht wurde.

Warch sprach noch einmal die Formation durch. Zwei Agenten sollten als Spitze agieren, während Ellen Morton und drei ihrer Kollegen dem Präsidenten nicht von der Seite wichen. Zwei weitere Agenten sicherten nach hinten ab. Warch selbst führte die Gruppe an und übernahm je nach Bedarf flexible Aufgaben.

Nachdem alle Fragen geklärt und die Evakuierungswege festgelegt waren, brachten sie sich in Stellung. Fünf der neun Agenten wurden neben ihren Pistolen zusätzlich mit MP5s ausgerüstet. Die anderen, zu denen auch Warch gehörte, beschränkten sich auf die SIG-Sauers.

Nach einer abschließenden Waffenkontrolle wandte sich Warch an Ellen Morton: »Warten Sie mit dem Präsidenten und Valerie in der Nasszelle. Auf unser Zeichen bringen Sie die beiden her und wir machen uns auf den Weg.«

Warch drehte sich gerade zur Luke um, da ertönte ein Geräusch, dass er schon seit mehr als zwei Tagen herbeisehnte. Sämtliche Köpfe schossen herum zum kleinen Küchentisch. Beim zweiten Klingeln hatte Warch das Handy erreicht und drückte die Rufannahme-Taste. »Hallo?«

»Jack, hier spricht Irene Kennedy.«

Warch musste vor lauter Erleichterung gegen einen Kloß im Hals ankämpfen. »Gott sei Dank!«

Kennedy ließ die Monitorwand nicht aus den Augen. »Wie geht es dem Präsidenten?«

»Er ist wohlauf … aber jemand versucht, mit einem Bohrer in den Bunker einzudringen. Was zur Hölle ist da los?«

Kennedy unterbrach seinen Redeschwall. »Jack, uns bleibt nicht viel Zeit, deshalb liefere ich Ihnen die Kurzfassung. Rafique Aziz und eine Gruppe von Terroristen haben das Weiße Haus in ihre Gewalt gebracht. Es wurden Geiseln genommen und wir wissen auch von den Versuchen, in den Präsidentenbunker einzudringen.«

Das überraschte Warch, aber er bekam keine Gelegenheit, nachzuhaken, denn der Präsident kam zu ihm. Trotzdem fragte er: »Und was gedenken Sie dagegen zu tun?«

»Wir haben einen Plan. Aber erst muss ich mit dem Präsidenten sprechen.«

»Natürlich, er steht neben mir.« Er gab das Handy an Hayes weiter.

Hayes nahm das Gerät entgegen. »Dr. Kennedy?«

»Ja, Mr. President. Wie geht es Ihnen?«

»Gut«, rief ein erleichterter Hayes aus. »Es tut gut, Ihre Stimme zu hören.«

»Wir freuen uns auch, Sie zu hören, Sir, aber jetzt ist rasches Handeln gefragt. Direktor Stansfield wird Ihnen alles Weitere erklären.«

Stansfield und General Flood hatten gerade die Einsatzzentrale betreten. Während die Männer zu ihren Sitzen eilten, hielt sie drei Finger hoch, um anzuzeigen, über welche Leitung das Gespräch geführt wurde. Stansfield nahm den Hörer ab und drückte die entsprechende Taste. Sachlich wie immer sagte er: »Mr. President, ich bedaure, dass es so lange gedauert hat, mit Ihnen in Kontakt zu treten. Leider sind wir auf einige unvorhergesehene Komplikationen gestoßen.«

»Was zum Teufel war los?«

Stansfield fasste in gebotener Kürze die wichtigsten Entwicklungen der letzten drei Tage zusammen. Er informierte Hayes über die von Aziz gestellten und bereits erfüllten Forderungen und die offenen Baustellen, setzte den Präsidenten über die Ermordung seines Sicherheitsberaters und dessen Sekretärin in Kenntnis und schilderte den anschließenden Nervenzusammenbruch von Justizministerin Tutwiler. Bewusst hob er gewisse Ereignisse und Gespräche hervor, bei denen Vizepräsident Baxter seine mangelnde Kompetenz unter Beweis gestellt hatte, verzichtete jedoch auf eine Schuldzuweisung und überließ es Hayes, selbst ein Urteil zu fällen.

Der Präsident unterbrach Stansfield kein einziges Mal, obwohl ihm zunehmend weniger gefiel, was er hörte. Als einzige erfreuliche Neuigkeit wertete er den Umstand, dass es Stansfield gelungen war, jemanden ins Weiße Haus einzuschmuggeln. Und zwar keine x-beliebige Person, sondern den Mann, den er lediglich als Iron Man kannte. Laut Thomas Stansfield der fähigste Agent, der ihm in seiner langen Amtszeit über den Weg gelaufen war.

Baxters Reaktion auf das Bekanntwerden von Aziz' Versuch, in den Präsidentenbunker einzudringen, nötigte ihm dann doch einen Zwischenruf ab. »Er hat *was* zu Ihnen gesagt?« So wütend hatte ihn schon lange niemand mehr erlebt.

»Dass er keinen Grund sieht, das Leben der Geiseln unnötig aufs Spiel zu setzen, bevor wir ihm stichhaltige Beweise für diese Behauptung vorlegen.«

Hayes schüttelte den Kopf. »Was mich betrifft, hätten Ihre Beweise kaum stichhaltiger sein können.«

»Ja«, antwortete Stansfield schlicht. »Das sehe ich genauso, Sir.«

»Seien Sie so freundlich und holen Sie mir Baxter an den Apparat, damit ich ihm stichhaltig versichern kann, dass er ein Vollidiot ist.«

Der CIA-Direktor hielt den Moment für gekommen, seine diplomatischen Fähigkeiten einzusetzen und die Schärfe aus der Situation zu nehmen – ein Talent, das er im Laufe der Jahrzehnte zur Perfektion gebracht hatte. Genau wie das Talent, wie ein Großmeister im Schach mehrere Züge vorauszudenken. Stansfield hatte eine klare Vorstellung davon, wie sich die Krise weiterentwickelte, und hielt es vorerst für das Beste, so wenige Leute wie möglich darin einzuweihen, dass sie Kontakt zum Präsidenten hatten. »Von einem Gespräch mit Ihrem Vizepräsidenten rate ich derzeit ab, Sir.«

»Warum?«

»Weil aus seinem Umfeld schon zu viele vertrauliche Informationen an die Öffentlichkeit gedrungen sind.« Stansfield gab Hayes kurz die Gelegenheit, diese unerfreuliche Mitteilung zu verdauen. »Wir wissen, dass Aziz die Berichterstattung der Medien aufmerksam verfolgt. Er darf auf keinen Fall mitbekommen, dass wir mit Ihnen kommunizieren, sondern muss davon überzeugt sein, nach wie vor alle Trümpfe in der Hand zu halten. General Flood und General Campbell arbeiten gerade einen konkreten Angriffsplan aus. Sobald er fertig ist und Sie uns die notwendige Freigabe erteilen, können wir diesem Spuk ein Ende bereiten.«

Für Hayes gab es keinen Zweifel, dass das der richtige Weg war. Aber warum hatte sein Vize sich einer solchen Lösung verweigert? »Wie kommt es, dass Baxter diese Freigabe nicht längst erteilt hat?«

»Das weiß ich nicht, Sir. Ich habe da so meine Theorien, aber die dürften Ihnen nicht gefallen.«

»Ich will sie trotzdem hören.«

»Lassen Sie uns das bei Gelegenheit unter vier Augen besprechen, Sir.«

Hayes nickte. »Also schön, das kann warten. Ich sehe momentan sowieso ein ganz anderes Problem. Vermutlich wurden meine Befugnisse offiziell auf den Vizepräsidenten übertragen.«

»Das ist korrekt, Sir.«

»Nun, wenn ich unsere Verfassung richtig im Kopf habe, müssen wir erst mal einige bürokratische Hindernisse aus dem Weg räumen.«

»Die da wären?«

»Wir müssen sowohl den Senatspräsidenten als auch den Sprecher des Repräsentantenhauses darüber in

Kenntnis setzen, dass ich wieder in der Lage bin, mein Amt auszuüben. Andernfalls bin ich rein rechtlich nicht befugt, den Befehl für einen solchen Einsatz zu geben.«

Stansfield stieß einen für ihn seltenen Seufzer aus. Jahrzehntelang hatte er Gesetze gebeugt, nach Schlupflöchern gesucht, um sie zu umgehen, oder sogar dagegen zu verstoßen. Entsprechend trivial kam ihm der Einwand des Präsidenten vor. Allerdings war Hayes nicht nur Anwalt, sondern auch Amateurhistoriker, wie er sich erinnerte. Also unterdrückte er den Drang, ihm die Sache auszureden, und probierte es stattdessen mit einem argumentativen Winkelzug: »Sir, Sie sind der Präsident der Vereinigten Staaten. Ihre Befugnisse wurden allein aus einem Grund an Ihren Stellvertreter übertragen: Weil wir nicht länger in der Lage waren, mit Ihnen zu kommunizieren. Das hat sich nunmehr geändert. General Flood und ich nehmen unsere Befehle ausschließlich von Ihnen entgegen. Wenn Sie es für zwingend notwendig halten, die zuständigen Stellen darüber in Kenntnis zu setzen, können wir das immer noch unmittelbar vor dem Startschuss für die Erstürmung des Weißen Hauses nachholen.«

Hayes dachte über den Vorschlag nach. Für ihn zählte nur, dass am Ende alles juristisch korrekt ablief. »Damit kann ich leben. Hauptsache, diese Anrufe werden zu gegebener Zeit erledigt.«

»Das lässt sich einrichten, Sir.«

Hayes drehte sich zur Luke des Bunkers. Das Dröhnen des Bohrers kam ihm in diesem Augenblick übernatürlich laut vor. »Thomas, was schlagen Sie für den Fall vor, dass die Terroristen hier eindringen, bevor die Teams einsatzbereit sind?«

Stansfield blickte Kennedy fragend an. Sie hörte mit und zeigte auf sich. Mit einem Nicken forderte er sie auf, die Gesprächsführung zu übernehmen. »Mr. President, hier ist noch mal Irene Kennedy. Wir haben eine versteckte Kamera installiert und erhalten aktuelle Bilder von dem, was draußen vor dem Bunker passiert. Iron Man hält sich in der Nähe bereit. Sollte ein Eindringen akut werden, befehlen wir ihm, es zu verhindern. Außerdem ist auf der anderen Straßenseite im Executive Office Building ein Geiselbefreiungsteam des FBI stationiert. Es verfügt über belastbare Informationen, wo die Geiseln festgehalten werden, und« – Kennedy klang alles andere als begeistert von der Vorstellung – »kann für den Fall, dass Eile geboten ist, innerhalb von 30 Sekunden in den Westflügel vordringen.«

Hayes war der Unterton nicht entgangen. »Das hört sich an, als hegen Sie gewisse Vorbehalte, Dr. Kennedy.«

»Aziz hat eine Menge Sprengkörper ins Weiße Haus eingeschleust und angedroht, das gesamte Gebäude in die Luft zu jagen, falls wir einen Rettungsversuch einleiten.«

Hayes verarbeitete diese für ihn neue, verstörende Information. »Blufft er möglicherweise?«

»Davon ist nicht auszugehen, Sir.«

»Bekommen wir das in den Griff?«

Kennedy schielte zu ihrem Boss und General Flood. »Wir arbeiten daran, Sir.«

Die Sonne ging am westlichen Abendhimmel unter. Von Osten her schob sich eine dichte Wolkenwand heran. Salim Rusan stand vor der Heckklappe des Krankenwagens und blickte sich suchend um. Abergläubisch, wie er war, gefiel ihm der Wetterumschwung überhaupt nicht. Einer der anderen Fahrer war vor einigen Minuten gekommen, um sich vorzustellen. Zu allem Überfluss war er auch noch schwul. Seine Tarnung hatte damit letztlich nicht für Abschreckung gesorgt, sondern das genaue Gegenteil bewirkt.

Den verkrampften Small Talk hatte Rusan unter dem Vorwand eines angeblich dringenden Telefonats abgebrochen. Als der andere ihm dafür großzügig sein Handy anbot, lehnte er ab und fügte hinzu, er müsse nicht nur seinen *Freund* anrufen, sondern außerdem mal auf Toilette. Daraufhin stahl er sich nach Osten über die Pennsylvania Avenue davon. Einige Schritte später wandte er sich an zwei örtliche Cops, die an der Absperrung vor der 14th Street Dienst schoben. »Entschuldigen Sie, wo kann man denn hier in der Nähe etwas essen?«

Einer der Beamten beäugte ihn skeptisch, während der andere deutlich hilfsbereiter war. »Laufen Sie einfach ein Stück die E Street runter, dann stolpern Sie direkt über einen Deli und ein paar Imbissbuden.« Rusan bedankte sich lächelnd und ging weiter. »Ach ja«, erkundigte er sich beiläufig, »hab ich später ein Problem damit, zurück zu meinem Krankenwagen zu kommen?«

»Keine Sorge, wir stehen noch eine Weile hier.«

Rusan duckte sich unter dem blauen Sägebock hindurch. Ihm gefiel auf Anhieb, dass hier so viel Betrieb herrschte. Er kämpfte sich durch die Menge und stellte fest, dass sie relativ schnell ausdünnte. Gleich dahinter stieß er auf einen großen Mülleimer aus Beton, der förmlich überquoll. Offenbar gab es einen McDonald's in der Nähe, denn gleich mehrere braune Tüten mit dem Schriftzug der Kette lagen auf dem Boden. Kein Problem, achtlos auf dem Bürgersteig platziert richtete die Bombe sowieso mehr Schaden an als in einem Haufen Müll.

Er holte eine der Diet-Coke-Dosen aus der Tasche, bückte sich beiläufig und stopfte sie in eine der verstreuten McDonald's-Tüten. Er schob sie so zurecht, dass sie möglichst dicht vor der versammelten Meute lag, und setzte seinen Spaziergang fort. Wenn er später zurückkäme, konnte er nachsehen, ob die Tüte noch da lag. Ein Stück weiter die Straße entlang ragte die hässliche braune Fassade des Hoover Building in die Höhe. So weit wollte er nicht mehr laufen, obwohl ihn die Vorstellung durchaus reizte. Aber dort waren zu viele Leute mit Kameras und geübtem Auge unterwegs. Rusan wollte auf Nummer sicher gehen und keine Entdeckung riskieren.

46

Im Besprechungszimmer des Counterterrorism Center in Langley herrschte Hochbetrieb. Genau genommen handelte es sich um den abgetrennten Bereich in der Mitte eines größeren Raums, der von vier Seiten durch Glaswände umgeben war und etwas erhöht lag. Ein elektromagnetisches Feld schirmte ungewollte Mithörer ab.

Irene Kennedy stand zusammen mit General Campbell im hinteren Teil, während immer weitere Besucher hereindrängten. Direktor Roach und Special Agent Skip McMahon vom FBI trafen zusammen mit Thomas Stansfield ein. Der ältliche CIA-Direktor führte sie zu Kennedy. »Irene, ich habe Brian und Skip gerade über Iron Man ins Bild gesetzt.«

Nach dem Gespräch mit dem Präsidenten hatte Stansfield alle Anwesenden zu striktem Stillschweigen verpflichtet. Niemand durfte erfahren, dass sie Kontakt zu Hayes hatten. Außer den Mitarbeitern der Kommandozentrale waren Stansfield, Flood, Campbell und Kennedy die Einzigen, die davon wussten. Das FBI sollte später vom Präsidenten persönlich informiert werden.

Kennedy wappnete sich für eine deftige Rüge von McMahon, doch Stansfield nahm die Schuld kurzerhand auf sich: »Wissen Sie, meine Herren, meine Kollegin war dafür, Sie von Anfang an ins Vertrauen zu ziehen, aber ich habe das abgelehnt. Ich übernehme die volle Verantwortung. Glauben Sie mir, es gab gute Gründe.«

»Und zwar?«, wollte ein sichtlich empörter Skip McMahon wissen.

Stansfield tätschelte gutmütig den muskulösen Unterarm des Special Agents und schindete Zeit: »Wissen Sie, das gefällt mir so an Ihnen, Skip. Sie bleiben wachsam und bohren nach, bis Sie die ganze Wahrheit kennen.«

»Stimmt. Also raus mit der Sprache.«

»Ich bedaure, aber da muss ich Sie auf einen späteren Zeitpunkt vertrösten. Aktuell habe ich Ihnen etwas mitzuteilen, das Sie wesentlich mehr interessieren wird. Bitte setzen Sie sich, damit wir anfangen können.«

Stansfield wies zu den zwei freien Stühlen neben Kennedy. McMahon und Roach nahmen Platz. »Es kann losgehen«, sagte er zu Kennedy und ging ans andere Ende des Tischs zu General Flood.

Die Teilnehmerliste dieser Besprechung beschränkte sich auf einige wenige Auserwählte. Verteidigungs- und Außenminister waren nicht eingeladen worden, auch einige weitere hochrangige Offizielle hatte man schlicht übergangen. Stansfield, Flood und Hayes hielten es für das Beste, wenn nur ein kleiner Kreis erfuhr, dass sie den

Kontakt zum Präsidenten hergestellt hatten und dieser in größter Gefahr schwebte. Neben den bereits erwähnten Personen hatte man lediglich die Kommandanten von HRT, Delta Force und SEAL Team Six herzitiert.

Mit einem Tastendruck sorgte Kennedy dafür, dass die Tür luftdicht versiegelt wurde und sich dunkle Jalousien vor die Seiten des gläsernen Kubus schoben. »Meine Herren, was General Campbell und ich Ihnen jetzt sagen, darf niemand außer Ihnen erfahren. Weder die Mitarbeiter Ihrer Teams noch Ihre Vorgesetzten, nicht mal Ihre Ehefrauen.«

Campbell trat vor. »Sollte mir zu Ohren kommen« – er streifte die Verantwortlichen der drei Terror-Abwehr-Teams mit einem strengen Blick – »dass jemand von Ihnen etwas ausgeplaudert hat, verspreche ich Ihnen, dass Ihre Karriere von heute auf morgen beendet ist.« Mit einem Nicken bestätigte ihm das Trio, dass sie verstanden hatten.

Hinter Kennedy und Campbell hingen mehrere Fernseher an der Wand. Vier 25-Zoll-Schirme und ein größeres 36-Zoll-Modell. Mit einer Fernbedienung schaltete sie die Geräte ein. Auf dem Display in der Mitte erschien die Liveübertragung aus dem Vorraum zum Bunker.

»Wie Ihnen allen bekannt ist, wurde der Präsident unmittelbar nach Beginn des Anschlags in den Bunker gebracht. Kurz darauf brach der Kontakt ab, weil Aziz sich aus dem Arsenal des Secret Service einen leistungsstarken Signalblocker besorgt hatte. Gestern Abend gelang es uns, zwei Personen in das Weiße Haus einzuschleusen. Einer von ihnen ist Zivilist und verfügt über ein umfassendes Wissen zu den örtlichen Gegebenheiten, der andere ist ein Anti-Terror-Spezialist, den wir an dieser Stelle nur ›Iron Man‹ nennen wollen. Die Bilder auf diesen Monitoren stammen von Überwachungskameras, die beide Männer im Weißen Haus an strategischen Punkten platziert haben.« Kennedy drehte sich um und deutete auf den großen Schirm. »Falls Sie nicht selbst darauf gekommen sind: Diese Aufnahme zeigt den Eingangsbereich des Präsidentenbunkers. Der etwas abgerissen wirkende Mann ist Mustafa Yassin, ein Iraker, der einen legendären Ruf als Tresorknacker besitzt. Bei den drei Objekten, die an der Luke zum Bunker befestigt sind, handelt es sich um Bohrer. Wir wissen nicht genau, wie weit die Bemühungen fortgeschritten sind, sich Zugang zum Rückzugsort des Präsidenten zu verschaffen, aber wir werden sicher nicht untätig zusehen, bis sie von Erfolg gekrönt sind.«

Ein weiterer Tastendruck führte dazu, dass sich eine Leinwand von der Decke senkte. Darauf erschien eine Luftaufnahme des Weißen Hauses samt Umgebung. Kennedy forderte Campbell auf, den Vortrag fortzusetzen.

Der General deutete mit einem Laserpointer auf den Bereich des Westflügels. »Ein Großteil der Geiseln wird in der Cafeteria im Untergeschoss festgehalten. Nach Erkenntnissen von FBI und NSA müssen wir davon ausgehen, dass sich eine zweite, kleinere Gruppe im Roosevelt Room im Erdgeschoss in der Gewalt der Terroristen befindet. Iron Man geht davon aus, dass es sich dabei um Leute vom Secret Service und überlebendes Militärpersonal handelt. Dr. Kennedy und ich teilen diese Einschätzung.«

Sid Slater, der Leiter des FBI-Geiselbefreiungsteams, hob die Hand. Campbell bemerkte es. »Ja, Sid?«

»Haben wir Videomaterial von den Geiseln?«

»Momentan leider nicht. Allerdings haben wir derzeit

andere Prioritäten, was mich zu meinem nächsten Punkt führt. Der Zugriff erfolgt um 20:30 Uhr.«

»Uff«, entfuhr es Direktor Roach vom FBI. »Liegt uns eine entsprechende Präsidialorder vor?«

»Positiv«, bestätigte General Flood am anderen Ende des Raums.

Roach sah auf die Uhr. Es war bereits kurz nach 17 Uhr. »Dann hat Ihnen Baxter also doch noch sein Okay gegeben?«, fragte der FBI-Chef skeptisch.

»Nein, ich habe das getan«, drang eine Stimme, die ihnen allen äußerst vertraut war, aus dem Lautsprechersystem an der Decke. Die Hälfte der Köpfe bog sich ehrfürchtig nach oben, als ob Gott persönlich zu ihnen spräche.

Präsident Hayes räusperte sich. »Meine Herren, ich weiß, dass die Vorbereitungszeit enorm kurz ist, aber ich setze großes Vertrauen in die Fähigkeiten jedes Einzelnen von Ihnen. Ich schlage vor, dass Sie mit Ihren Fragen warten, bis General Campbell das Briefing abgeschlossen hat. General, bitte fahren Sie fort.«

Campbell schickte ein dankbares Nicken in Richtung Lautsprecher und sagte: »Sie alle wissen, dass jede Minute zählt, deshalb will ich direkt auf den Punkt kommen und die Zuständigkeiten festlegen. HRT …« – er tippte auf die linke Seite der Leinwand – »der West Wing und die Geiseln fallen in euren Bereich. Sid, ich weiß, dass Sie und Ihre Leute verschiedene Szenarien durchgespielt haben. Wir brauchen einen Vorstoß an mindestens zwei Fronten. Dazu gibt es einige Ideen, auf die ich gleich zu sprechen komme.«

Mit militärischer Präzision vollzog er eine Drehung nach links und tippte auf das Dach des Executive

Mansion. »Delta Force, ihr übernehmt das Haupthaus.« Er sah Colonel Gray an. »Billy, Ihre Jungs fliegen mit den Little Birds aufs Gelände, das muss blitzschnell passieren. Bevor ich Ihnen den Masterplan erkläre, muss ich Sie alle warnen, dass wir den Einsatz im ungünstigsten Fall vorziehen müssen. Sollte es dem Gegner gelingen, mit dem Bohrer die Luke zum Bunker zu öffnen, müssen wir sofort zuschlagen.«

Campbell musterte die befehlshabenden Offiziere nacheinander mit einem durchdringenden Blick und schwenkte eine Mappe. »Das ist das *brief back* von Commander Harris, eines der besten und umfassendsten Briefings, die je auf meinem Tisch gelandet sind. Glückwunsch, Commander, dass Sie das in so kurzer Zeit hinbekommen haben.«

Er wandte sich an die übrigen Anwesenden. »Dieses Prachtexemplar von Plan klingt zunächst mal vollkommen unrealistisch. Allerdings beruht er auf einem Manöver, das Commander Harris und drei seiner SEALs-Kameraden vor acht Jahren erfolgreich absolviert haben. Sie sprangen damals mitten in der Nacht aus einer MC-130 Combat Talon ab und landeten mit Fallschirmen unbemerkt auf dem Dach des Weißen Hauses. Und das war keine reine Übung, sondern eine Probe für den Ernstfall, die der Secret Service bei der Navy in Auftrag gegeben hat, um die eigenen Sicherheitsvorkehrungen auf den Prüfstand zu stellen. Die Ergebnisse sind dokumentiert.«

Campbell wandte sich an sein Publikum. »Bestimmt werden sich einige von Ihnen die Frage stellen, warum ich mich auf so ein abgedrehtes James-Bond-Szenario einlasse. Ich will es Ihnen erklären. Iron Man hat bestätigt, dass überall im Weißen Haus Sprengfallen platziert wurden. Aus Geheimdienstkreisen wissen wir, dass Aziz genug Semtex mitgenommen hat, um den kompletten Gebäudekomplex in die Luft zu sprengen. Das bedeutet, dass ein Sturm auf das Gebäude zwangsläufig den Tod sämtlicher Geiseln und der meisten Einsatzkräfte nach sich ziehen würde. Unsere einzige Chance besteht darin, unmittelbar vor dem Zugriff eine Gruppe von Sprengstoffexperten einzuschleusen, um diese Bomben zu entschärfen. Genau darum ging es auch bei dem Einsatz heute Morgen, bei dem einer von Commander Harris' Männern unter tragischen Umständen ums Leben kam.«

Campbell räusperte sich. »Folgendes wird um 20:30 Uhr passieren: Commander Harris und drei seiner Leute machen einen HALO-Sprung aus einer MC-130 Combat Talon der Special Forces. Unsere Analysten gehen davon aus, dass die Überwachungskameras im Außenbereich noch aktiv sind und von Aziz kontrolliert werden. Deshalb müssen alle Männer auf dem Dach landen. Zwei der besten Scharfschützen des SEAL Team Six haben vier Straßenblocks weiter im Glockenturm des Old Post Office Position bezogen. Direkt vor der Landung des ersten Fallschirmspringers wird der Wachposten auf dem Dach des Weißen Hauses von ihnen ausgeschaltet. Das Team von Captain Harris wird danach von Iron Man in Empfang genommen und durch einen Tunnel im Keller des Executive Mansion zum West Wing geführt.«

Campbell legte eine kurze Pause ein, um die Anwesenden nicht mit Informationen zu übersättigen. »Die Zeit bis zum Zugriff wird Iron Man für Erkundungen im Westflügel nutzen, um so viele Informationen wie möglich zu sammeln. Dabei hat Videomaterial von beiden Geiselgruppen oberste Priorität. Außerdem soll er primäre und sekundäre Zugangswege für das Geiselbefreiungsteam auskundschaften. Nachdem er sich im Vorfeld darum gekümmert hat, wird er Commander Harris' Team anleiten, nach Möglichkeit beide Wege zu nutzen. Sollte das nicht gelingen, greifen wir auf ein Backup zurück: Innerhalb einer halben Stunde wird ein AWACS-Luftaufklärer, eine E-3 Sentry, über der Stadt kreisen.

Wir haben Grund zur Annahme, dass Aziz seine Bomben per Fernauslöser zünden kann. Uns ist jedoch nicht bekannt, ob das per Funk, Mobil- oder Festnetz geschieht. Um keine unnötigen Risiken einzugehen, wird der AWACS das Gebiet rund um das Weiße Haus mit Störsignalen eindecken, um sämtliche Kommunikationsfrequenzen mit Ausnahme unserer eigenen lahmzulegen.

Wir hatten zunächst überlegt, die Störsender von Anfang an einzusetzen, entschieden uns jedoch dagegen. Durch die unterbrochene Kommunikation wäre die Gegenseite vorgewarnt und könnte die Bomben gegebenenfalls manuell auslösen.«

Stille trat ein. Slater und Gray tauschten einen Blick. Beide wussten, dass Fragen an dieser Stelle nicht weiterführten. Für einen alternativen Plan oder ausgiebiges Training fehlte ohnehin die Zeit. Es handelte sich um einen dieser sprichwörtlichen Sprünge ins kalte Wasser, über die man immer mal wieder im Rahmen einer Übung philosophierte. Einsatzregeln zählten in diesem Fall nichts.

Der obere Befehlshaber der Vereinigten Streitkräfte sah sich um und richtete das Wort an die Kämpfer zu seiner Linken. Die Männer, die er in den Krieg schickte. »In dieser Phase gibt es eine Vielzahl von Faktoren, die schiefgehen können.« Die drei Kommandanten quittierten die Warnung des mit Orden dekorierten Soldaten mit einem wissenden Blick. Campbell nagte an seiner Unterlippe und fügte hinzu: »Vertrauen Sie auf Ihre Instinkte. Wählen Sie Ihre besten Leute aus … es geht vor allem um schnelle Reaktionen. Strategie und Finesse kommen heute nicht zum Zug.«

Rapp und Adams hatten ihre komplette Ausrüstung in den kleinen Aufzug gezwängt und fuhren damit in die unteren Ebenen des Weißen Hauses. Das Versteck im Schrank hatte ihnen gute Dienste geleistet, aber von jetzt an mussten sie näher am Geschehen sein. Nachdem die Kommunikation mit Langley wieder reibungslos funktionierte, konnten sie sich von jedem Punkt aus mit der Kommandozentrale austauschen und darauf verzichten, jedes Mal die Kamera am Glasfaserkabel unter den Türen durchzufädeln, um sich zu vergewissern, dass die Luft rein war.

Der Lift kam zum Stehen und Rapp raunte ins Lippenmikrofon: »Iron Man an Control. Wir sind zurück im Keller. Ich brauche einen Check für den Gang.« Rapp hatte dort vorhin noch eine der Überwachungseinheiten unter einem Feuerlöscher befestigt.

Eine monotone männliche Stimme verkündete: »Der Gang ist sauber. Over.«

Rapp forderte Adams mit einem Nicken auf, die Tür zu öffnen. Gemeinsam sprangen sie mit den Waffen im Anschlag hinaus und stürmten los. Der drahtige alte Ingenieur schloss den Lagerraum mit dem Porzellan auf, wo Anna Rielly ihre Rückkehr mit erkennbarer Erleichterung zur Kenntnis nahm. »Wie ist es gelaufen?«

»Bestens.« Rapp legte die Waffe ab und hievte den schweren Rucksack vom Rücken. »Milt musste nur schon wieder pinkeln.«

»Echt?«

Adams wirkte in der schwarzen Einheitskluft, Basecap und Nomex-Overall wie ein kleinwüchsiger Doppelgänger von Rapp. Er stemmte die Hände in die Hüften und sagte mit gespielter Empörung: »Wartet nur mal ab, ihr zwei. Euch möchte ich sehen, wenn ihr euch in meinem Alter noch an diesem Agentenscheiß versucht.«

Rapp lachte. »Ich glaube nicht, dass ich überhaupt so alt werde wie du.«

Rielly zuckte zusammen. So lässig die Bemerkung klang, es steckte definitiv eine gesunde Portion Ernst dahinter.

Rapp suchte sein Equipment zusammen. »Milt und ich gehen jetzt rüber zum Westflügel und sondieren die Lage, während du hier wartest.« Inzwischen hatten sie sich darauf verständigt, dass es albern war, sich in ihrer Situation weiterhin zu siezen.

»Warum kann ich nicht mitkommen?«, jammerte sie.

»Weil« – Rapp erklärte es wie ein geduldiger Vater – »das ziemlich gefährlich ist, Anna. Ich habe schon genug damit zu tun, auf Milt aufzupassen.«

»Ich verspreche, euch nicht in die Quere zu kommen. Ich bin sicher, ich kann euch sogar nützlich sein.«

Rapp wollte davon nichts hören. »Auf keinen Fall, Anna. Und ich habe keine Zeit, mich hinzusetzen und mit dir darüber zu streiten. Man hat mich angewiesen, im Westflügel nach dem Rechten zu sehen, und das muss ich so zügig erledigen, wie's geht. Der Präsident schwebt in akuter Gefahr. Möglicherweise müssen wir schon in Kürze einen Angriff einleiten.«

Rielly nickte widerwillig. »Also gut. Kann ich denn irgendwas tun, während ihr weg seid?«

»Wenn sich die Lage so entwickelt, wie ich glaube, habe ich später eine Aufgabe für dich. Im Moment will ich eine so hübsche Frau wie dich keinem unnötigen Risiko aussetzen.«

»Danke.« Ihre Begeisterung über das Kompliment ließ zu wünschen übrig.

»Also dann, bis später … Milt, komm mal her.« Adams kam zu ihm. Rapp befestigte einen kleinen Gegenstand seitlich am Headset des Kollegen. Die Kamera war nur wenige Zentimeter lang und kaum dicker als ein Füllfederhalter. Am hinteren Ende führte eine Schnur zu einem Transmitter. Rapp stopfte diesen in eine Tasche an der Rückseite von Adams' Kampfweste und befestigte eine identische Kamera am eigenen Headset. Dann schob er sein Mikrofon vor dem Gesicht in Position und sagte: »Iron Man an Control. Sie sollten jetzt zwei weitere Feeds von unseren Headcams empfangen. Funktioniert das?«

Die Bestätigung kam augenblicklich. »Ja, Iron Man. Beide Übertragungen treffen störungsfrei ein.«

Rapp bog das Mikrofon zur Stirn und befestigte eine der Gürteltaschen an Adams' Hüfte. »Da sind zehn von den Spycams drin. Wir entscheiden vor Ort spontan, wo wir sie anbringen. Bereit?«

Milt bestätigte.

»Dann los.« Er drehte sich noch einmal zu Rielly um: »Keine Sorge, du bist hier in Sicherheit.«

»Und falls jemand kommt?«

Rapp dachte nach. Natürlich bestand die Möglichkeit, dass er und Adams es nicht zurück schaffen würden. Er zog die 9-Millimeter-Beretta mit dem Schalldämpfer aus dem Schenkelholster. »Hast du nicht mal erwähnt, dass dir dein Dad das Schießen beigebracht hat?«

»Jup.«

Rapp vergewisserte sich, dass die Pistole gesichert war, und drückte sie Anna in die Hand. Er deutete auf einen Punkt an der hinteren Wand, fast zehn Meter entfernt. »Siehst du diesen Kratzer direkt über dem Regal?«

Rielly nickte.

»Sie ist geladen. Eine Patrone in der Kammer, 15 weitere im Magazin. Entsichere sie mal und schau, ob du den Kratzer triffst.« In der Regel konnte man an der Art und Weise, wie jemand mit einer Waffe umging, erkennen, ob er sich in einer Notsituation zur Wehr setzen konnte.

Anna hielt die Beretta ruhig mit beiden Händen und löste den Sicherungshebel mit einer beiläufigen Bewegung des rechten Daumens. Mit schulterbreit gespreizten Beinen stand sie da und zielte. Der Schalldämpfer erhöhte das Gewicht, was sie zu leichten Korrekturen zwang. Sobald sie die schadhafte Stelle an der Wand im Visier hatte, krümmte sich ihr Finger um den Abzug.

Ein leises Ploppen löste sich aus der Mündung, Sekundenbruchteile später schlug die Kugel mit einem lauten Knall in den glatten Beton ein. Ein münzgroßes Stück wurde herausgerissen und fiel auf den Boden. Rielly hatte die Stelle um etwa 30 Zentimer verfehlt. Tief und rechts. Sie sicherte die Beretta und sagte entschuldigend: »Mit dem Schalldämpfer ist das Teil ganz schön schwer.«

»Aber auch ganz schön leise«, erwiderte Rapp.

»Stimmt.« Anna musterte das glatte schwarze Gehäuse.

»Trotzdem kein übler Schuss. Ich schlage vor, du setzt dich dort drüben hin.« Er zeigte zur Tür, die in den Gang hinausführte. »Wenn jemand in grüner Tarnmontur mit einer AK-74 auftaucht, jagst du ihm erst eine Kugel in den Kopf und fragst dann, was er will.«

Rielly fuhr sich mit der Zunge über die Lippen und nickte.

Rapp setzte sich in Richtung Tunnelsystem in Bewegung. »Egal was passiert, Anna, folg uns auf keinen Fall. Sollten wir in einer Stunde nicht zurück sein, ist vermutlich etwas schiefgelaufen. Aber selbst dann ist es das Vernünftigste, hier zu warten, bis einer von unseren Leuten kommt und dich rausholt.«

Adams hatte die äußere Tür bereits geöffnet. »Okay, gehen wir.« Er tippte den Code ein und stemmte sich gegen den schweren Stahl. Rapp folgte ihm in den unterirdischen Gang und schenkte Rielly über die Schulter hinweg ein letztes aufmunterndes Lächeln. Dann waren die beiden verschwunden, unterwegs zum Westflügel des Weißen Hauses.

47

Aziz sah zu den Digitaluhren an der Wand zu seiner Linken. Auf der ersten wurde die Zeit an der Ostküste angezeigt. 18:29 Uhr. Mit der Fernbedienung schaltete er den Hauptbildschirm von CNN auf NBC um. In Kürze liefen dort die abendlichen News. Er wollte auf keinen Fall verpassen, wie Amerikas quotenstärkste Nachrichtensendung einen weiteren Sieg für ihn und den Dschihad vermeldete.

Zur schmissigen Einleitungsmusik erschien das Senderlogo zusammen mit dem Schriftzug ›Krise im Weißen Haus – Tag 3‹. Anchorman Tom Brokaw begrüßte die Zuschauer und moderierte eine Live-Schalte zum

UNO-Hauptquartier in New York an. Die Korrespondentin schilderte in mitreißenden Worten die jüngsten Ereignisse. Der Sicherheitsrat der Vereinten Nationen hatte einstimmig dafür votiert, sämtliche Wirtschaftssanktionen gegen den Irak fallen zu lassen, sofern diese nicht Waffen und Militärtechnik betrafen. Als einziges UNO-Mitglied hatte Israel gegen den Schritt protestiert, war aber kein ständiges Mitglied im Sicherheitsrat und damit ohne Vetorecht

Aziz sprang auf und triumphierte. Ein weiterer Sieg. Nun musste er nur noch den Präsidenten in seine Gewalt bringen, um endgültig ans Ziel zu gelangen. Er griff zum Funkgerät, um seinen kleinen Maulwurf zu kontaktieren. »Mustafa!« Er musste den Ruf zweimal wiederholen, bis sich ein anderer seiner Männer meldete. »Rafique, hier ist Ragib.« Der Mann, der am Heizungskeller Wache hielt. »Ich fürchte, er kann dich wegen der lauten Bohrgeräusche nicht hören. Soll ich ihn dir ans Gerät holen?«

»Ja.«

Ragib steckte das Mikro ein und lief durch die Tunnel zum Bunker. Er bog um die letzte Kurve und brüllte »Mustafa!«. Der plumpe Tresorknacker tauchte hinter der Tür auf und spähte neugierig in den Gang.

Ragib hielt ihm das Walkie-Talkie hin. »Rafique will mit dir reden.«

Mustafa Yassin nickte und kam auf den anderen Mann zu. Er setzte die Ohrenschützer ab und sagte ins Mikro: »Hier bin ich, Rafique.« Schrittweise entfernte er sich vom Bunker. Je mehr Distanz er zwischen sich und die Bohrer brachte, desto deutlicher verstand er seinen Gesprächspartner.

Im Situation Room verfolgte Aziz parallel die Berichterstattung im Fernsehen. »Wie kommst du voran?«

»Ich denke, in einer Stunde hab ich's geschafft.«

»Bist du sicher?«

»Ziemlich. Die Bohrer stoßen kaum noch auf Widerstand. Sobald die Löcher die festgelegte Tiefe erreicht haben, muss ich die Gerätschaften kurz aus dem Weg schaffen und brauche schätzungsweise eine Viertelstunde, bis ich drin bin.«

»Gib mir Bescheid, wenn du sie abschaltest. Dann komm ich zu dir runter.«

»Okay.« Der dicke Safeknacker lief zurück zum Bunker und machte sich wieder an die Arbeit.

Irene Kennedy und General Campbell waren in den Kontrollraum zurückgekehrt, um Rapps Vorstoß in den Westflügel zu verfolgen. Direktor Stansfield und General Flood saßen eine Reihe hinter ihnen, um bei Bedarf Hinweise zu geben oder Entscheidungen zu treffen.

»Führen Sie einen weiteren Funkcheck mit Commander Harris, den Deltas und dem Geiselbefreiungsteam durch und stellen Sie sicher, dass auch die Ersatzsysteme funktionieren«, forderte Campbell einen seiner Assistenten auf, während er das Mikrofon am Headset mit der Hand abdeckte. Der Mann nickte und kümmerte sich darum.

Auf der Monitorwand waren zahlreiche neue Kanäle dazugekommen. Kennedy und Campbell interessierten sich vor allem für die Aufnahmen der Headcams von Rapp und Adams. Die hatten inzwischen das andere Ende des Tunnels erreicht und standen vor der Tür, die durch das versteckte Gangsystem zur Horsepower-Zentrale und von dort aus über eine Treppenflucht ins Oval Office führte. Allerdings bestand die Gefahr, dass jemand auf der anderen Seite des hermetisch abgeriegelten Durchgangs lauerte.

Langley hatte mithilfe der von Anna Rielly im Lüftungsschacht angebrachten Überwachungsvorrichtung gerade die Unterhaltung zwischen Mustafa Yassin und Aziz verfolgt. Der Inhalt des Gesprächs sorgte für gewaltige Unruhe. Kennedy wies Rapp und Adams an, zunächst die Auswertung der CIA abzuwarten und bis dahin nichts zu unternehmen.

Mustafa Yassins Stimme drang aus dem Lautsprecher. Campbell sah Kennedy besorgt an: »Das klingt nicht gut. Wir müssen die Operation vorverlegen, sonst kommen wir zu spät.« Kennedy teilte seine Einschätzung, woraufhin sich der General an den Colonel zu seiner Rechten wandte: »Teilen Sie allen Verantwortlichen mit, dass wir bereits um 19:30 Uhr starten.« Er lief zu Kennedy, die sich bereits mit Flood und Stansfield beriet. »Wir müssen Iron Man mobilisieren«, sagte sie gerade. »Uns bleibt nur noch eine gute Stunde, um Informationen zu sammeln.«

»Das sehe ich anders«, widersprach Campbell. »Ich halte es für sinnvoller, Iron Man auf Tauchstation zu schicken, bis unsere Leute reingehen.«

»Warum das denn?«, fragte Kennedy ungläubig.

»Commander Harris und sein Team sind innerhalb von 20 Minuten absprungbereit. Wir sollten nicht riskieren, dass Iron Man dem Feind in die Arme läuft, bevor wir die nötigen Vorkehrungen getroffen haben. Auf diese Weise erwischen wir den Gegner auf dem falschen Fuß und können ihm die entscheidende Schlappe zufügen.«

Flood teilte die Einschätzung. »Und stellen außerdem sicher, dass Aziz den Präsidenten nicht in die Finger bekommt«, fügte er hinzu.

»Richtig.« Campbell zeigte auf den Monitor, der die Luke zum Bunker einfing. »Dank der Kameraüberwachung können wir ihn aufhalten, bevor er zuschlägt.«

Kennedy verschränkte trotzig die Arme vor der Brust. Sie wirkte unzufrieden. »Das halte ich nicht für sinnvoll. Wenn wir die Jungs vom HRT ohne weitere Aufklärungsergebnisse von Iron Man reinschicken, müssen sie quasi blind operieren. Das endet schlimmstenfalls in einem Blutbad.«

»Was meinen Sie, Thomas?«, wollte Flood von Direktor Stansfield wissen.

Stansfield ließ den Blick sekundenlang über die Bildschirme schweifen, dann sagte er: »Fragen wir Mitch um Rat. Er ist vor Ort, mich interessiert seine Einschätzung.«

Ohne auf die Zustimmung der anderen zu warten, griff Kennedy nach dem Headset auf dem Schreibtisch. Sie hielt es sich ans Ohr und bog das Lippenmikro vor den Mund. »Control an Iron Man, bitte kommen.«

Rapp lehnte an der Wand neben dem verstärkten Stahltor und wartete ungeduldig auf Anweisungen. Seine Gedanken kreisten darum, Aziz eine Kugel in die Stirn zu verpassen. Seine Vorgesetzten bei der CIA wussten nichts von der Idee und er gedachte auch nicht, sie einzuweihen, hielt es aber für das Beste. Den Anführer töten und damit seinem Gefolge den Boden unter den Füßen wegziehen. Kennedys Stimme unterbrach die angenehme Vorstellung.

Er stieß sich von der Wand ab. »Sprechen Sie.«

»Wir haben gerade erfahren, dass Aziz' Tresorknacker den Zugang zum Bunker in etwa einer Stunde geöffnet haben wird.« Sie zögerte. »Also vor dem geplanten Zugriff.«

»Na, dann sollte ich mich wohl besser beeilen.«

»Wir … äh« – Kennedy sah die drei Männer an, die neben ihr standen – »sind uns bezüglich des weiteren Vorgehens uneinig.«

Rapp verdrehte die Augen. »Ich höre.«

»Der Zugriff wurde auf 19:30 Uhr vorverlegt.«

Rapp schaute auf die Uhr. »Damit bleiben mir etwa 48 Minuten. Ich sollte sofort anfangen.«

General Campbell hatte ebenfalls das Headset aufgesetzt. »Iron Man, SEAL Team Six ist in knapp 20 Minuten vor Ort. Wir wollen keine Konfrontation riskieren, bevor die Männer ihre Arbeit erledigt haben.«

»Aber im Moment wissen wir doch überhaupt nicht, was uns erwartet.«

»Trotzdem halten wir es für besser, auf den Überraschungseffekt zu setzen.«

Rapp wurde langsam sauer. Milt Adams kam zu ihm. »Was ist denn los?« Rapp winkte unwirsch ab und sagte ins Mikro: »Das sehe ich anders. Wenn wir die Bomben vorher nicht lokalisieren und uns kein Bild von der aktuellen Lage verschaffen, schicken Sie die Männer in ein Selbstmordkommando.« Er wartete auf eine Reaktion, doch es kam keine. Vermutlich debattierten sie gerade heftig. Um zu vermeiden, dass sie ohne seinen Input eine Entscheidung fällten, hakte er nach: »Wie kommt es überhaupt zur Abweichung von der ursprünglichen Planung?«

Kennedy übernahm die Antwort. »Das Abhörsystem im Lüftungsschacht hat ein Funkgespräch zwischen Yassin und, wie wir glauben, Aziz aufgefangen. Yassin behauptete, in etwa einer Stunde mit der Bohrung fertig zu sein. Danach brauche er noch etwa eine Viertelstunde, um sich Zugang zum Bunker zu verschaffen.«

»Sonst noch was?«

»Nur dass Aziz eine Rückmeldung erwartet, sobald Yassin die Bohranlage abbaut.«

Rapp überlegte, mit wie vielen Terroristen sie es insgesamt zu tun hatten. Laut Informationen von Harut handelte es sich um elf. Einen davon hatte er persönlich aus dem Verkehr gezogen. Blieben noch zehn übrig. Rapp überlegte, wie er an Aziz' Stelle vorgegangen wäre, und konzentrierte sich auf die Frage, wie man den Präsidenten am besten aus dem Bunker herausbekam. Da dämmerte ihm etwas.

»Aziz will dabei sein, wenn Yassin die Tür öffnet, oder?«

Campbell antwortete. »Davon gehen wir aus.«

»Er will nicht nur dabei sein, er *muss* dabei sein. Er weiß nämlich, dass neben dem Präsidenten auch Secret-Service-Agenten im Bunker sind, richtig?«

»Anzunehmen.«

»Egal ob er Hayes tot oder lebendig will, er muss bewaffnet dort unten auftauchen, um von den Agenten nicht überrumpelt zu werden.«

»Worauf wollen Sie hinaus?«, fragte Campbell.

»Er wird seine Leute aufteilen müssen. Soweit wir wissen, ist Aziz mit elf Leuten reingegangen, ihn eingeschlossen. Zehn sind noch übrig. Einer davon hält auf dem Dach Wache, zwei andere sind im Keller postiert.« Der Plan in Rapps Kopf nahm immer konkretere Formen an. »Damit unser Angriff erfolgreich verläuft, müssen wir warten, bis Aziz die Leute aufteilt. Sobald die Bohrer abgeschaltet werden, haben wir ein Zeitfenster von minimal zehn Minuten, um zuzuschlagen. Denn dann bewachen höchstens sechs von ihnen die Geiseln … eher weniger, wenn Aziz Verstärkung für den Bunker anfordert.«

In Langley stießen seine Überlegungen auf ein begeistertes Echo. Insbesondere bei Flood, den als Militärtaktiker das Szenario, die Schwächen des Gegners gezielt auszunutzen, auf Anhieb begeisterte. »Iron Man, das gefällt mir. Warten Sie kurz, während wir uns mit dem Präsidenten besprechen.« Der General zog das Headset vom Kopf und blickte Stansfield fragend an: »Was halten Sie davon?«

48

Vizepräsident Baxter saß am Schreibtisch in seinem Büro und starrte mit abwesender Miene auf den Fernseher. Die Bilder erreichten ihn gar nicht, sondern verkamen zu einem bloßen Hintergrundrauschen. Die Vorstellung, bald dauerhaft das höchste politische Amt der Vereinigten Staaten zu bekleiden, war dermaßen verlockend und verführerisch, dass er sich ganz seinen Fantasien hingab. Seit frühester Kindheit träumte er davon, eines Tages Präsident zu sein. Nun, da der Traum in greifbare Nähe rückte, quälten ihn Zweifel. Nicht was das Amt selbst betraf, sondern die Konsequenzen, wenn bekannt wurde, dass er von dem drohenden Eindringen der Terroristen in den Bunker gewusst und nichts dagegen unternommen hatte.

Baxter überlegte, wie er durch geschickte PR davon ablenken konnte. Immerhin hatte nicht *er* einen Terroristen zum Kaffeetrinken ins Weiße Haus eingeladen. Außerdem musste er der Presse Aussagen zuspielen, wonach hochrangige Vertreter im Pentagon den Bunker für uneinnehmbar gehalten hatten, und General Floods Warnung als unzureichend durch Fakten untermauert herunterspielen. Auch der tragische Tod des SEALs im Lüftungssystem und Aziz' anschließende Drohung ließen sich bestimmt zu seinem Vorteil nutzen.

Die Worte von Dallas King kamen ihm in den Sinn. Dass man sich auf die moralisch überlegene Position zurückziehen musste, im Interesse der Geiseln gehandelt zu haben. Wie konnte man guten Gewissens das Leben all dieser Menschen gefährden, nur um sich an die vage Hoffnung zu klammern, damit unter Umständen die Sicherheit des Präsidenten zu gewährleisten?

In diesem Moment betrat sein Stabschef mit einer Banane in der Hand das Büro. »Boss, wir müssen reden.« Er setzte sich auf den linken der beiden Besucherstühle vor dem Schreibtisch und biss herzhaft ab.

Baxter schaltete den Fernsehton stumm. »Was gibt es denn?«

»Bei der UNO ist alles prima gelaufen, aber ich bin etwas nervös wegen morgen früh.«

»Warum?« Baxter stützte sich mit dem rechten Ellbogen auf der Stuhllehne ab und schob die Hand unter das Kinn.

»Ich habe gerade mit Ted gesprochen.« Damit meinte er Ted Nelson, den Sicherheitsberater des Vizepräsidenten. »Er sagt, in Israel verliere man langsam die Geduld.«

»Was soll das heißen?«

»Sie glauben Aziz' letzte Forderung zu kennen und wollen auf keinen Fall mit der internationalen Staatengemeinschaft kooperieren.«

»Was denken Sie denn, was er fordern wird?«

»Dass die Vereinigten Staaten und die UNO die Existenz eines freien und autonomen palästinensischen Staats anerkennen sollen.«

»Und?« Baxter schien das für keine große Sache zu halten.

»Israel hat deutlich zu verstehen gegeben, dass sie sich auf keinen Fall zu einer solchen Lösung drängen lassen. Laut Ted werden die israelischen Truppen innerhalb der nächsten vier Stunden mobilisiert. Sollte Aziz tatsächlich morgen eine solche Forderung stellen, wollen die Israelis in den besetzten Gebieten einmarschieren.«

Baxter schwang auf dem Sessel nach vorn. »Verdammt! Rufen Sie sofort in der israelischen Botschaft an und teilen Sie denen mit, dass sie sich jegliche finanzielle Unterstützung seitens der USA abschminken können, wenn sie das tun.«

King schüttelte den Kopf. »Damit kommen Sie nicht durch, Sir, und das wissen die auch. Im Senat und im Kongress gibt es eine klare Mehrheit, die eine solche Entscheidung sofort rückgängig machen würde.«

Baxters Nerven lagen blank. »Ach? Das wollen wir erst mal sehen!«

King wartete, bis sein temperamentvoller Boss sich ein wenig beruhigt hatte, ehe er fortfuhr: »Sich auf eine Auseinandersetzung mit Israel einzulassen, ist politisch nicht sinnvoll. Damit kriegen wir nicht nur bei der UNO in New York ein Problem, sondern auch bei unseren großzügigen Spendern drüben in Hollywood. Ich habe eine andere Idee, mit der alle Beteiligten zufrieden sein dürften.« King lehnte sich selbstgefällig zurück und schlug die Beine übereinander.

Der Vizepräsident platzte heraus: »Schießen Sie los! Ich hab nicht den ganzen Tag Zeit!«

»Ich schlage vor, wir handeln hinter verschlossenen Türen einen Deal mit Israel aus. Sie sollen öffentlich protestieren, falls Aziz eine solche Forderung stellt, aber keine militärischen Schritte einleiten. Im Gegenzug versprechen wir ihnen, nach Freilassung der nächsten Geiseln einer gewaltsamen Rückeroberung des Weißen Hauses zuzustimmen, um die Terroristen ein für alle Mal auszuschalten.«

»Ich dachte, genau das wollten wir vermeiden.«

»Nun, zunächst hielt ich das für zielführend«, lavierte King. »Aber je länger ich darüber nachdenke, desto sicherer bin ich mir, dass Sie das als Feigling dastehen lässt. Falls es Ihnen jedoch gelingt, die Freilassung von zwei Dritteln der Geiseln zu erreichen, und Sie *dann* einem solchen Einsatz zustimmen …«, King setzte eine siegessichere Miene auf, »… wird man Sie nicht nur für einen geschickten Diplomaten halten, sondern auch für jemanden, der entschlossen agiert, wenn es notwendig ist.« *Und mein privates Problem erledigst du gleich mit,* ergänzte er in Gedanken.

»Klingt nicht verkehrt.« Baxter ließ sich die neue Strategie durch den Kopf gehen und sah unwirsch auf die Uhr. »Warum haben Direktor Stansfield und General Flood mich nicht über die Entwicklungen in Israel informiert? Wenn Ted darüber Bescheid weiß, haben sie bestimmt ebenfalls Kenntnis davon.«

»Keine Ahnung. Vielleicht hat Ted den kürzeren Draht?«

»Das glauben Sie doch selbst nicht«, spottete Baxter. »Besser als Thomas Stansfield … ziemlich unwahrscheinlich.« Er griff nach dem Hörer, bis ihm aufging, dass er gar nicht wusste, wo Flood oder Stansfield aktuell zu erreichen war. Nun, sollte sich doch sein Stabschef darüber den Kopf zerbrechen, er hatte Wichtigeres zu tun. »Holen

Sie mir General Flood und Direktor Stansfield an den Apparat.«

Stansfield hatte beschlossen, das Gespräch lieber in der diskreten Umgebung des Konferenzraums zu führen. Deshalb verließ er zusammen mit Flood, Campbell und Kennedy die Kommandozentrale und betrat die mit Glas abgetrennte Kammer. Nach knapp einer Minute hatten sie sowohl Hayes als auch Rapp in der Leitung.

General Flood fasste für den Präsidenten kurz Rapps Vorschlag zusammen, den Angriff bis zum letzten Moment hinauszuzögern.

Hayes lauschte aufmerksam. Seine erste Frage lautete: »Was haben wir zu befürchten, falls das Timing nicht funktioniert und wir zu lange warten?«

»Nun, Sir« – Campbell wollte die Wahrheit nicht beschönigen – »in diesem Fall bestünde für Sie und alle anderen im Bunker akute Lebensgefahr.«

»General Campbell.« Rapp schaltete sich ein. »Delta Force kümmert sich um das Hauptgebäude, oder?«

»Korrekt.«

»Wie viel Vorlauf ist notwendig, um sie zum Weißen Haus zu bringen? Ich nehme mal an, die Hubschrauber sind startklar und die Männer sind es auch?«

»Colonel Gray hat mir zugesagt, zwölf Operators in weniger als zwei Minuten auf dem Dach zu haben und eine halbe Minute später ein weiteres Dutzend auf dem Gelände.«

»Entschuldigen Sie, wenn ich frage« – Präsident Hayes klang irritiert – »aber wenn wir so viele Leute mit dem Helikopter einfliegen können, wozu dann überhaupt dieses komplizierte Fallschirmmanöver der SEALs?«

»Es geht um das Überraschungsmoment, Sir. Wenn wir die Truppen per Helikopter heranschaffen, bekommen es Tausende von Menschen in der ganzen Stadt mit. Nicht zuletzt die ganzen Reporter auf dem Gelände. Die SEALs könnten hingegen unbemerkt in das Gebäude vordringen. Ja, es ist riskant, aber nur so besteht die Chance, einige der Bomben zu entschärfen, ehe das HRT zur Rettung der Geiseln den Westflügel stürmt.«

Rapp packte die Gelegenheit beim Schopf, dem Präsidenten seine Idee schmackhaft zu machen. »Hören Sie, Mr. President, falls wir abwarten, bis Aziz mit einigen seiner Männer in den Keller rennt, um Sie aus dem Bunker zu holen, erhöhen wir damit die Chancen beträchtlich, die Geiseln lebend zu retten.«

General Flood leistete ihm Schützenhilfe. »Es ist ein guter Plan, Sir. Wir profitieren davon, dass sie ihre Manpower aufteilen müssen, und müssen uns bei der Rettungsaktion im West Wing höchstens mit fünf oder sechs Tangos herumschlagen.«

»Das heißt, wir erhöhen die Wahrscheinlichkeit, die Leute unbeschadet aus dem Gebäude zu bekommen?«

»Ja.«

Hayes zögerte eine Sekunde. »Dann machen wir es so.«

Es klopfte und einer von General Floods Referenten kam herein. »Entschuldigen Sie, General. Der Vizepräsident möchte dringend mit Ihnen und Direktor Stansfield sprechen. Wenn Sie möchten, kann ich den Anruf direkt durchstellen.«

Präsident Hayes meldete sich über den Deckenlautsprecher zu Wort. »Ich denke, jetzt ist der richtige Zeitpunkt, um Baxter mitzuteilen, dass er die Zügel nicht länger in der Hand hält.«

Flood nickte. »Leiten Sie das Gespräch auf diesen Apparat um.«

Zehn Sekunden später klingelte es. Irene Kennedy holte den Vizepräsidenten mit gezieltem Drücken einiger Tasten in die Telefonkonferenz und nickte ihren Begleitern zu, als die Verbindung hergestellt war.

»Vizepräsident Baxter?«, rief Flood mit seiner tiefen Stimme. Eine Frau antwortete und bat sie, kurz zu warten, bis sie ihn an den Apparat geholt hatte. Eine gute Minute lang saßen sie schweigend da und warteten gespannt auf die bevorstehende Konfrontation der beiden aktuell mächtigsten Persönlichkeiten der amerikanischen Politik.

Endlich meldete sich Baxter. »General Flood, können Sie mich hören?«

»Ja, ich sitze hier mit Direktor Stansfield.«

»Gut.« In der Stimme des Vizepräsidenten schwang deutliches Missfallen mit. »Ich habe gerade beunruhigende Neuigkeiten erfahren.« Er wartete, bis einer der beiden nachhakte, doch sie taten ihm den Gefallen nicht, also fuhr er fort: »Laut meinem Sicherheitsberater hat Israel gewisse Drohungen in den Raum gestellt.«

Erneut wartete er auf Rückfragen von Stansfield und Flood. Die zwei wechselten einen kurzen Blick und schwiegen. Wäre die Lage nicht so angespannt gewesen, hätten sie sich vermutlich köstlich über den anstehenden großen Knall amüsiert.

Baxter merkte, dass man ihn ins Leere laufen ließ. Hörbar genervt fragte er: »Sind Ihnen diese Gerüchte bekannt?«

»Ja«, antwortete General Flood. »Das sind sie.«

»Und Sie hielten es nicht für angebracht, mich darüber zu informieren?«

Flood schielte zu den Lautsprechern an der Decke und fragte sich, wann der Präsident beschließen würde, in die Unterhaltung einzugreifen.

»Wir waren beschäftigt, Sir.«

»Beschäftigt?« Baxter war außer sich. »Zu beschäftigt, um zum Hörer zu greifen und den amtierenden Oberbefehlshaber der Streitkräfte über eine so gravierende Entwicklung in Kenntnis zu setzen?«

»Oberbefehlshaber der Streitkräfte?« Präsident Hayes klang nicht wütend, sondern schlicht selbstbewusst und entschlossen. »Übertreiben Sie mal nicht, Sherman.«

Nur Stansfield gelang es, die Kontrolle über seine Gesichtszüge zu behalten. Flood, Campbell und Kennedy grinsten schadenfroh. Baxter brauchte einige Sekunden, um sich zu sammeln. In seiner Stimme schwang eine Mischung aus geheuchelter Erleichterung und Angst mit. »Robert, sind Sie das?«

»Ja, ich bin es, Sherman.«

»Wie kommt es ... was ist passiert ... hat man Sie etwa befreit?«

»Sparen Sie sich die Mühe, Sherman. Mir ist längst zu Ohren gekommen, wie Sie unsere Außenpolitik und die nationale Sicherheit mit Ihren Entscheidungen ins tiefste Mittelalter zurückversetzt haben.«

»Keine Ahnung, was man Ihnen erzählt hat.« Baxter wirkte zunehmend panisch. »Ich habe es mir jedenfalls nicht leicht gemacht, die politische Interessenlage und das Leben bedrohter US-Bürger gegeneinander abzuwägen. Wir haben hart daran gearbeitet ...«

Präsident Hayes schnitt ihm das Wort ab. »Ich weiß Bescheid, was Sie, Marge Tutwiler und Ihr Schoßhündchen Dallas King getrieben haben, und es gefällt mir überhaupt nicht. Im Moment fehlt mir sowohl die Zeit als auch die Geduld oder die Energie, um mich mit Ihnen herumzuschlagen, aber wenn ich heil aus diesem Bunker herauskomme, werden Sie mir eine Menge zu erklären haben.«

»Aber Robert …« Baxters Stimme wurde vor lauter Anspannung schrill. »Sie schätzen mich völlig falsch ein. Ich weiß nicht, was General Flood und Direktor Stansfield Ihnen erzählt haben, aber ich hatte gute Gründe für mein Handeln und stets nur die allerbesten Absichten.«

»Nun, gestatten Sie mir, dass ich das bezweifele«, entgegnete Präsident Hayes skeptisch. »Sie hatten Ihre Chance, auf dem Thron zu sitzen, und haben es total vermasselt. Jetzt halten Sie brav die Klappe und überlassen es den Profis, das Kind zu schaukeln.«

»Aber Robert …«

»Nichts aber, Sherman. Die Unterhaltung ist hiermit beendet.«

Der Vizepräsident legte wortlos auf. Als hätte das Gespräch nie stattgefunden, ertönte einige Sekunden später Hayes' geschäftsmäßige Stimme aus dem Lautsprecher: »Meine Herren, wo waren wir gerade?«

49

Die MC-130 Combat Talon der Air Force flog in 3000 Metern Höhe über den Nachthimmel von Washington, D.C. Als Teil der Flotte des First Special Operations Wing gehörte das Transportflugzeug zu den entscheidenden Instrumenten für das Absetzen und die Wiederaufnahme von Einsatzkräften der Special Forces.

Lt. Commander Harris stand im Heckbereich der umgebauten C-130 und spähte durch die geöffnete Rampe auf die Stadt hinunter. Der Wind pfiff durch den hinteren Abschnitt der Ladefläche und die vier Triebwerke verursachten einen Höllenlärm und machten jede Unterhaltung unmöglich. Zu seiner Rechten versank die leuchtend orange Kugel der Sonne am Horizont. Von links zogen Gewitterwolken heran. Ersteres hielt er für ein gutes Zeichen – die Dunkelheit war sein Freund –, Letzteres eher für das Gegenteil. Wind und Regen machten Fallschirmspringern das Leben zur Hölle.

Die Piloten flogen in einem festgelegten Korridor fünf Meilen östlich am Weißen Haus vorbei. Harris und seine SEALs-Kollegen beherrschten sämtliche Varianten des Military Freefall, angefangen bei sogenannten HAHO-Gleiteinsätzen, bei denen das Absetzflugzeug die Springer in großer Höhe weit entfernt von der Landezone absetzte, diese sofort den Schirm öffneten und auf das Ziel zuglitten. Das Akronym HAHO stand dabei für *High Altitude – High Opening.* Alternativ gab es HALO-Sprünge, bei denen die Schirme erst auf geringer Höhe über dem Ziel geöffnet wurden, oder die Variante HAAO *(High Altitude – Automatic Opening)* mit zwangsausgelösten Gleitfallschirmen. Sie waren in der Vergangenheit schon aus 150 ebenso wie aus mehr als 9000 Metern abgesprungen.

Vor acht Jahren, bei der entscheidenden Übung im Auftrag des Secret Service, hatte er mit seinem Team einen HAHO-Sprung aus dem Heck einer Air Force C-141 Starlifter absolviert. In fast acht Kilometern Höhe wurden die Schirme damals geöffnet. Danach war ihnen das kleine Wunder geglückt, ihre Doppelschirme über eine Distanz von 45 Meilen durch die Luftströmungen zu navigieren, um sanft auf dem Dach des Executive Mansion zu landen. Eine Meisterleistung, die den Secret Service zunächst schockiert hatte. Doch als sie sich später mit den SEALs zusammensetzten und erfuhren, dass man so etwas nur mit jahrelangem Training und an Genialität grenzendem Geschick schaffen konnte, beruhigten sie sich und erklärten es für völlig unwahrscheinlich, dass Terroristen auf diese Weise einen Überfall auf das Weiße Haus starten würden.

Harris und seine Leute sollten es heute Abend ein zweites Mal unter deutlich erschwerten Bedingungen schaffen. General Campbell hatte sie vor einigen Minuten über den geänderten zeitlichen Ablauf informiert und sie damit vor einen logistischen Albtraum gestellt. Statt den günstigsten Moment für den Absprung abzuwarten, mussten sie nun springen, sobald sie das Zeichen bekamen, dass Aziz in den Keller vorstieß – ungeachtet der Rahmenbedingungen. Damit konnten sie nicht länger auf Parameter und Erfahrungswerte des früheren Sprungs zurückgreifen.

Aus dieser Höhe abzuspringen hätte ferner vorausgesetzt, dass sein Team eine Stunde vorher künstlichen Sauerstoff einatmete, um sich ohne gesundheitliche Schäden an die veränderten Umgebungsbedingungen anzupassen. Durch die Notwendigkeit des kurzfristigen Startbefehls war das nicht länger möglich. Deshalb hatte Harris beschlossen, den Absprung aus lediglich 3000 Metern Höhe vorzunehmen und in freiem Fall zum Weißen Haus zu gleiten. In einer Höhe von 300 Metern wollten sie dann die Schirme öffnen und sich zum Dach hinuntertragen lassen.

Commander Harris trat von der Rampe weg, um seine Männer vor dem bevorstehenden Regen zu warnen.

Im trostlosen Ladebereich brannte Infrarotlicht, damit ihre Augen nachher im Dunkeln besser sehen konnten. Harris hatte neben dem hünenhaften Mick Reavers, der als Sprungmeister eingeteilt war, Tony Clark und Jordan Rostein ausgewählt – zwei der besten Schützen und Sprengstoffexperten im SEAL Team Six.

Alle vier Männer trugen schwarze Overalls aus Nomex, Sturmhauben und Handschuhe. Das feuerabweisende Material galt als Muss bei solchen Einsätzen – vor allem, wenn man es mit Sprengstoff zu tun bekam. Bewaffnet waren sie mit 9-Milimeter-Pistolen von SIG Sauer, Modell P226, vollkommen schallgedämpften MP5-Maschinenpistolen und einem großen Vorrat an Ersatzmunition. Die steckte in den Kampfwesten, die sie über den kugelsicheren Kevlar-Westen trugen. Kommunikationschecks hatten sie bereits auf dem Boden durchgeführt. Die vier Operators hatten ihre MX300-Funkgeräte von Motorola mit Kehlkopfmikros und Hörmuscheln verkabelt.

Harris brüllte über den Wind hinweg: »Von Osten zieht eine Sturmfront heran. Sieht ziemlich übel aus.«

Clark blickte seinen Kommandanten kopfschüttelnd an. Er kannte Harris seit über zehn Jahren und wusste, dass der Typ verrückt genug war, um notfalls direkt ins Auge eines Orkans zu springen. Er griff nach oben und schob seine Schutzbrille zurecht. Dabei lehnte er sich dichter an Harris heran und rief ihm ins Ohr: »Bei Regen springen wir nicht, Harry.«

Harris nickte, wandte sich zur Rampe um und murmelte leise: »Das werden wir dann sehen.«

Die Witterungsbedingungen verschlechterten sich zunehmend. Plötzlich flackerte ein Blitz auf und schoss in zwei separaten Adern in Richtung Erde. Unmittelbar danach folgte ein Donnerschlag, der selbst die röhrenden Triebwerke mühelos übertönte. Über der Chesapeake Bay schien eine wahre Sintflut niederzugehen. Sie erfasste auch die ländlichen Gegenden von Maryland und schien die Hauptstadt ebenfalls fest im Griff zu haben. Ihnen blieben maximal 30 Minuten, bis der Regen jeden Absprung in Selbstmord ausarten lassen würde.

Rapp und Adams waren bereit zum Aufbruch. Sie gingen noch einmal die abschließende Checkliste durch. Falls es ernst wurde, konnte das HRT-Team innerhalb von 20 Sekunden das Gebäude stürmen und konnten die Deltas in unter zwei Minuten vor Ort sein, um den Präsidenten zu retten. Die Entscheidung rückte näher.

Bevor er Adams aufforderte, den Zahlencode ins Tastenfeld einzugeben und die Tür zu öffnen, fragte er seinen Begleiter: »Bist du bereit, Milt?«

Adams setzte das Basecap ab und wischte sich mit einem Taschentuch den Schweiß vom glänzenden schwarzen Schädel. »Kann losgehen.«

Rapp überprüfte ein letztes Mal die Ausrüstung und machte Meldung: »Iron Man an Control. Wir gehen jetzt rein. Over.«

Sobald sich die Tür zischend öffnete, trat Adams zur Seite und ließ Rapp den Vortritt. Sie wussten nicht, was sie auf der anderen Seite erwartete. Nicht auszuschließen, dass ganz in der Nähe eine Sprengfalle lauerte oder Aziz eine Wache postiert hatte. Es gab keine Möglichkeit, Gewissheit zu bekommen. Sie mussten es auf gut Glück probieren. Da Aziz nur begrenzte Ressourcen zur Verfügung standen, schloss er einen Wachposten allerdings so gut wie aus.

Eine mögliche Bombe bereitete Rapp schon eher Sorgen. Er forderte Adams mit einem Winken auf, so weit wie möglich zurückzuweichen, und übte behutsam Druck auf die Türklinke aus. Als nichts geschah, drehte er den Kopf weg, drückte die Klinke ganz nach unten und schob die Tür einen Spaltbreit auf. Er ging hinter dem massiven Stahl in Deckung, um bei einer möglichen Explosion bestmöglich geschützt zu sein, und lauschte auf das verräterische Geräusch eines Stolperdrahts, der einen Zünder auslöste.

Rapp zählte stumm erst bis drei, dann zur Sicherheit weiter bis fünf, umklammerte die MP mit der linken Hand und streckte die rechte nach hinten. Adams reichte ihm die Kameraschlange. Er schob sie durch den Türschlitz und bewegte langsam das Glasfaserkabel, während die Bilder in die CIA-Zentrale übermittelt wurden.

»Nichts zu sehen, Iron Man«, kam die erhoffte Rückmeldung.

Rapp lugte in den angrenzenden Raum. Zu seiner Linken führten Betonstufen steil nach oben. Er hatte eigentlich mit völliger Dunkelheit gerechnet, doch die verborgene Treppe zum Oval Office wurde von zwei Glühbirnen erhellt. Direkt vor ihm drang ein Lichtschein unter der Tür durch, von der er wusste, dass sich dahinter Horsepower befand – die Überwachungszentrale der Personenschützer direkt unter dem Büro des Präsidenten. Hier liefen alle Alarm- und Sicherheitssysteme zusammen.

Videoaufnahmen vom Außenbereich und den Räumlichkeiten im Westflügel, im Wohnbereich und im Ostflügel wurden primär vom Joint Operations Command auf der anderen Straßenseite im Executive Office Building gesichtet. Horsepower konzentrierte sich vor allem auf die Bereiche, in denen sich der Präsident gerade aufhielt.

Rapp wusste, dass kurz nach dem Anschlag die meisten Kameras innerhalb des Weißen Hauses offline gegangen waren. Aziz schien vermeiden zu wollen, dass der Secret Service ihn auf Schritt und Tritt beobachtete. Rapp sollte herausfinden, inwieweit das Überwachungssystem noch funktionierte und ob sich möglicherweise Tangos im Raum aufhielten.

Er arbeitete sich zu dem kleinen Absatz vor dem Eingang zur Horsepower-Zentrale vor. Adams folgte dichtauf und ließ erneut die winzige Linse unter der Tür durchgleiten, bewegte sie langsam hin und her. Rapp inspizierte die Aufnahmen auf Milts Monitor. Am hinteren Ende des Raums gerieten Kopf und Schulterpartie eines Mannes in Sicht.

»Ein Tango gesichtet«, meldete sich General Campbell über Rapps Headset. »Er steht am Kontrollpult. Versuchen Sie, den Kamerawinkel zu verändern, damit wir erkennen können, was er sich da ansieht.«

Adams schaffte es, die Optik in eine bessere Position zu bringen. Vor dem Terroristen standen rund ein Dutzend Schwarz-Weiß-Monitore auf einem Metallrack. Unten in der Mitte ließ sich nichts erkennen, weil der Kopf des Tangos sie verdeckte, aber die zehn übrigen Monitore zeigten offenkundig Außenaufnahmen des Weißen Hauses. Rapp flüsterte so leise wie möglich: »Sie zeichnen das Video doch auf, oder?«

»Positiv«, kam Campbells Antwort.

»Gut. Dann werden wir hier eine Überwachungseinheit platzieren und weitergehen.« Rapp fischte einen der winzigen Video-Audio-Transmitter aus der Tasche, aktivierte ihn und schob ihn so weit wie möglich unter dem Spalt hindurch. Er drehte sich weg und fragte: »Kommt das Signal sauber rein?«

»Positiv«, bestätigte Campbell erneut.

Rapp tippte Adams auf die Schulter und zeigte in Richtung Stufen. Adams holte die Spycam zurück und wickelte das Glasfaserkabel lose auf. Bevor sie weitergingen, suchte Rapp die Treppe nach Stolperdrähten ab. Da er keine fand, ging er voran. Oben gab es keinen Absatz, sondern die Treppe endete direkt vor der geheimen Wandöffnung zwischen Oval Office und dem privaten Speisezimmer des Präsidenten.

Adams zeigte auf das Scharnier im oberen Bereich. »Sie geht nach innen auf.«

Rapp nickte. Am liebsten hätte er erst ein Loch in die Wand gebohrt, um mit einer Kamerasonde drinnen nach dem Rechten zu sehen, aber dafür fehlte ihnen die Zeit. Er betätigte den Öffnungsmechanismus und griff zu seiner Waffe. Ein schmaler Bereich der Wand fuhr nach innen und gab den Blick auf Präsident Hayes' persönlichen Arbeitsbereich frei. Im selben Moment stieg ihm ein bestialischer Gestank in die Nase. Er atmete gezielt durch den Mund und warnte Adams vor: »Ich fürchte, da drin erwarten uns ein paar halb verweste Leichen. Kommst du damit klar?«

Adams nickte und drängte Rapp zum Weitergehen. Dieser zeigte erst auf Adams und dann auf den Boden, um ihm zu verstehen zu geben, dass er kurz warten solle. Rapp schob sich durch die Öffnung, wandte sich nach rechts und hielt sich dicht an der Wand. Durch das Fenster drang das Licht der untergehenden Sonne ein. Im Speisezimmer brannte nicht nur die Deckenleuchte, sondern auch eine Stehlampe. Es sah aus, als wäre die Zeit stehen geblieben. Halb gefüllte Kaffeetassen standen auf dem Tisch, ein Servierwagen mit benutztem Geschirr wartete auf den Abtransport.

Rechts war die Tür zur Küche nur angelehnt und gestattete einen Blick in den Hauptflur. Abrupt wich er einen Schritt zurück. Was er sah, sahen auch die Kollegen in der CIA-Zentrale.

Campbells Stimme meldete sich im Ohrhörer. »Iron Man, zu Ihrer Linken gibt es einen Durchgang, der raus in den Rosengarten führt.« Rapp drehte den Kopf ganz langsam in die angegebene Richtung. »Genau der. Schauen Sie erst nach, ob irgendwo Sprengfallen platziert sind.«

»Roger.« Nachdem er sich vergewissert hatte, dass im Flur niemand war, lief er zur linken Seite des Esstischs. Eine große Pflanze stand neben der Tür, daneben ein graues Kästchen, wie es Rapp bereits im Schlafzimmer des Präsidenten vorgefunden hatte. Ein dünner, durchsichtiger Draht, kaum dicker als eine Angelschnur, wurde durch eine Öse knapp einen Meter am Rahmen nach oben geführt, und von dort über eine weitere Öse zur anderen Seite. Rapp folgte dem Verlauf mit den Augen und fluchte. »Shit!«

»Was ist los?«, wollte Campbell wissen.

»Können Sie den Draht nicht sehen?«

»Nein.«

»Er führt vom Sockel nach oben und ist in knapp einem Meter Höhe zwischen den Türrahmen gespannt. Leider bleibt es nicht dabei. Er läuft weiter über die gesamte Länge der Wand.«

»Das könnte ein Problem werden«, erkannte der General. Sie hatten nur mit präparierten Zugängen gerechnet.

Die Strategie des HRT, Löcher in die Wand zu klopfen, um sich Zutritt zu verschaffen, konnten sie unter diesen Umständen vergessen.

»Ich gehe jetzt weiter. Hoffen wir, dass diese SEALs wirklich etwas können, sonst bekommen wir eine Menge Probleme.« Rapp bewegte sich zügig zum entgegengesetzten Ende des Raums. Statt zurück in den kurzen Gang zu laufen, bog er in die Küche ab und schlich vorsichtig zur Tür, die zum Hauptflur im Erdgeschoss des Westflügels führte. Er klammerte sich am dicken Griff des integrierten Schalldämpfers seiner Waffe fest und schob sich langsam in Richtung Türrahmen. Auf Anhieb fielen ihm Spuren aus dunklem getrocknetem Blut auf, die sich über den Teppich im Flur zogen. Es sah aus, als habe man Leichen in einen Raum auf der gegenüberliegenden Seite geschleift.

Rapp wollte gar nicht so genau wissen, was ihn dort erwartete, ging aber davon aus, dass dort die Quelle des widerwärtigen Gestanks zu finden war. Bei näherer Untersuchung der Umgebung registrierte er zu seiner Linken eine weitere Bombe. Er bückte sich, um das Objektiv der Headcam auf die graue Metallkiste zu lenken. Das gefiel ihm überhaupt nicht. Die Abwehrmaßnahmen beschränkten sich nicht allein auf Sprengfallen an den Außentüren, sondern erstreckten sich offenbar auf weite Teile des Innenbereichs. Rapp kehrte zum wartenden Adams zurück.

»Habt ihr die zweite Bombe und ihre Position registriert?«, fragte er über Funk.

»Positiv. Diese Verfärbungen auf dem Teppich, war das …«

»Getrocknetes Blut«, antwortete Rapp. Inzwischen hatte er Milt erreicht. Er lief zwei Schritte an ihm vorbei und steckte seinen Kopf ins Oval Office. Nun wusste er, weshalb man hier besser die Luft anhielt. Der aufgedunsene Körper eines Mannes lag zwischen zwei Polstermöbeln. Sein Kopf war direkt neben dem präsidialen Siegel zum Liegen gekommen und von einer großen Blutlache umgeben. Rapp trat ins Zimmer, um einen Blick auf das Gesicht des Mannes zu erhaschen, doch Wangen und Nacken waren so stark angeschwollen, dass sie den obersten Knopf des Hemdes und die Krawatte jeden Moment zu sprengen drohten und keine Einzelheiten erkennen ließen. Die Hände hatten dieselbe abstoßende Veränderung durchgemacht. Rapp betrachtete die gewölbte Wand hinter dem Schreibtisch des Präsidenten. Neben dem Ausgang zu den Kolonnaden stieß er auf eine weitere Bombe. Auch hier verlief der durchsichtige Draht zweimal quer über die gesamte Wand.

Er atmete genervt aus. »Genau wie in dem anderen Raum. Milt und ich nehmen uns jetzt das restliche Erdgeschoss vor.« Adams war im Durchgang aufgetaucht und starrte auf die unappetitliche Gestalt auf dem Boden. »Kennst du den?«, fragte Rapp im Näherkommen.

Sein Begleiter schüttelte den Kopf.

Rapp schwenkte den Lauf der Waffe zurück in die Richtung, aus der sie gekommen waren. Dicht an der rechten Wand lief er zum Esszimmer. An Milts Adresse gerichtet fragte er: »Die Tür auf der anderen Seite des Flurs … wohin führt die?«

»Ins Roosevelt-Zimmer.«

»Was ist da drin?«

»Nur ein großer Konferenztisch.«

Rapp nickte. »Okay. Ich geb dir Deckung. Auf mein Zeichen gehst du rüber und schiebst die Kamera unter der Tür durch. Achte drauf, dass du dich seitlich vom Türrahmen hinstellst, nicht in die Mitte.«

Adams signalisierte, dass er verstand. Rapp hatte ihm mehrfach eingeschärft, darauf zu achten, um nicht erschossen zu werden. Der Agent huschte in die kleine Küche neben dem Esszimmer, spähte in den Flur hinaus und vergewisserte sich, dass dort niemand lauerte. Dann hob er die rechte Hand und gab den Startbefehl.

Milt flitzte auf die andere Seite. Der Zugang zum Roosevelt-Zimmer befand sich ein Stück weiter rechts, quasi direkt gegenüber vom Eingang zum Oval Office. Behutsam fädelte er das Glasfaserkabel unter den Türspalt und schielte auf den Monitor. Was er zu sehen bekam, irritierte ihn. Undefinierbare Umrisse auf dem Boden, der Tisch lehnte mit der Platte voran an der Wand. Etwas regte sich. Ihm wurde klar, dass es sich bei den Umrissen um menschliche Körper handelte. Ein Bein zuckte. Ein Bein in einer blauen Hose mit rotem Seitenstreifen. Die Hose eines U. S. Marines, wie Adams sofort erkannte.

Aufmerksame Augen in Langley analysierten sowohl die Aufnahmen der Headcam als auch der Kameraschlange. General Campbells Stimme meldete sich per Headset: »Milt, schwenken Sie das Kabel ganz langsam hin und her, um den kompletten Raum zu erfassen. Danach ziehen Sie sich zurück.« Adams ließ die Optik in Zeitlupe von links nach rechts und wieder zurück wandern.

»Das genügt«, sagte Campbell. »Jetzt machen Sie, dass Sie wegkommen.«

Adams erreichte Rapp, als er gerade ins Lippenmikrofon flüsterte: »Control, was haben Sie gesehen? Over.«

»Ein Tango auf elf Uhr. Sitzt auf einem Stuhl mit Blick auf eure Tür und Waffe im Schoß. Schien mir eine AK-74 zu sein.« Rapp hörte leises Getuschel im Hintergrund. Einige Sekunden später ergänzte Campbell: »Man sagt mir gerade, es gebe noch zwei weitere Zugänge, von denen einer blockiert sei. Auf dem Boden liegen mindestens ein halbes Dutzend Geiseln, tendenziell mehr. Man hat sie gefesselt und ihnen Kapuzen über den Kopf gestülpt.«

Adams hörte mit und fügte hinzu: »Einer der Gefangenen scheint ein Marine zu sein.«

»Positiv. Wir suchen die Aufzeichnung gerade nach weiteren Hinweisen ab. Wie es aussieht, haben wir die restlichen Geiseln gefunden.«

Rapp spähte um die Ecke hinüber zum Roosevelt-Zimmer. »Milt«, flüsterte er. »Schnapp dir eine der Spycams und befestige sie im richtigen Winkel unten an der Tür. Ich geb dir Deckung.«

Adams nickte, schlich leise auf die andere Seite und platzierte die Kamera.

»Control, können Sie mit dem neuen Feed was anfangen?«

»Allerdings. Das Bild erfasst etwa 80 Prozent des Zimmers und wir haben den Tango im Blick.«

Rapp wandte sich an Adams. »Mach mir zwei von den Schwarzen fertig.«

Adams kümmerte sich darum und gab die mit Klett präparierten Aufnahmeeinheiten an Rapp weiter, der daraufhin im Flur zielstrebig zu einem Buffetschrank mit welken Blumen in einer prunkvollen Vase auf der rechten Seite trottete. Er griff hinter den Schrank und befestigte die Kamera. Danach trat er in die Küche und platzierte eine weitere Linse so unter der Arbeitsfläche, dass sie die andere Hälfte des Flurs erfasste.

50

Mustafa Yassin war stolz auf seine Arbeit. Er überprüfte das Resultat noch einmal und grinste zufrieden, bevor er die Stromzufuhr kappte und die drei Bohraufsätze aus den Löchern zog. Er hatte die vorgegebene Tiefe früher als angekündigt erreicht. Yassin war zwar nicht so clever wie Aziz, aber doch klüger als die meisten Handlanger. Längst hatte er gelernt, bei Prognosen eine großzügige Reserve einzukalkulieren, um seine Auftraggeber dann mit der früheren Erledigung positiv zu überraschen.

Nachdem er die dreibeinige Halterung des Hauptbohrers eingeklappt und alles verstaut hatte, setzte er sich auf den Werkzeugkasten und zündete eine Zigarette an, dann nahm er einen tiefen Zug und griff zum Funkgerät, um Aziz zu informieren.

Der Anführer der Terroristen genehmigte sich gerade ein Sandwich in der Cafeteria des Weißen Hauses, als das Rufzeichen ertönte. Er hielt das Mikro vor den Mund und nuschelte: »Mustafa, hier Rafique. Was gibt's?«

»Ich bin fertig.«

Aziz legte seinen Snack ab und schnippte ein paar Krümel von den Fingern. »Jetzt schon?«

»Ja. Du kannst runterkommen, dann nehme ich das Öffnen der Luke in Angriff.«

»Ich bin gleich bei dir«, verkündete der Mann, der hinter dem Anschlag auf Pan-Am-Flug 103 steckte. Er nahm die Maschinenpistole mit und ließ den Blick vor dem Verlassen der Cafeteria noch einmal über die zusammengekauerten Geiseln schweifen. Er hielt nach einer ganz bestimmten Person Ausschau. Jemandem, um dem

Präsidenten eine angemessene Reaktion zu entlocken. Sally Burke, fünffache Mutter und Hayes' Sekretärin. Für den Fall, dass sich die Bodyguards nicht kampflos ergaben, konnte er Mrs. Burke als menschlichen Schutzschild benutzen.

Er entdeckte sie inmitten einer Gruppe anderer Frauen und winkte sie zu sich. »Meinen Sie mich?«, fragte sie nervös.

»Ja, Sie meine ich, Mrs. Burke.« Lächelnd streckte er die Hand aus und half ihr beim Aufstehen.

Zögernd erhob sie sich. »Was wollen Sie von mir?«

»Keine Sorge, Ihnen wird nichts geschehen. Ich möchte nur, dass Sie mit jemandem sprechen.«

»Mit wem?«

»Keine Sorge. Es ist alles in Ordnung.« Er drückte aufmunternd ihre Schulter und schob sie sanft in Richtung Tür und nach draußen. »Muammar«, raunte er ins Funkgerät, »wir treffen uns im Presseraum.«

Links von Rapp führte der Korridor zum Haupteingang, rechts gab es zwei Türen: eine zum Presseraum und eine zum Säulengang draußen. Er wollte beide überprüfen, um herauszufinden, ob sie ähnlich akribisch gesichert waren wie jene im Esszimmer des Präsidenten und im Oval Office.

Als er sich auf den Weg machte, hörte er parallel über das Headset und aus dem Gang eine Stimme, die näher kam. Hastig trat er den Rückzug an.

»Iron Man«, ertönte General Campbells gehetzte Stimme aus der Ohrmuschel. »Uns rennt die Zeit davon. Sie haben die Bohrung beendet und wollen die Luke zum Bunker aufbrechen.«

Rapp schwieg, um sich nicht zu verraten. Außerdem hatte er im Moment ganz andere Sorgen. Sekunden später stand er wieder in der Küche und duckte sich neben Adams. Leise flüsterte er ins Mikrofon: »Sind Sie sicher?«

»Ja.«

»Wie lange haben wir noch?« Zusammen mit Milt schlich er durch das Esszimmer in den Zwischenflur zum verdeckten Zugang in der Wand.

»Das wissen wir nicht genau.«

Rapp schob das Paneel hinter sich wieder in Position und bedeutete Adams, schon mal die Treppe hinunterzulaufen. »Dann liefern Sie mir eine Schätzung.«

Auf der anderen Seite brach eine kurze Diskussion aus. »Maximal zehn Minuten.«

Rapp und Adams erreichten den Absatz vor der Horsepower-Zentrale und rannten zum Tunnel. Eilig zog Mitch die Tür hinter sich zu, damit sie ungestört reden konnten. »Control, wie es aussieht, haben die Terroristen das komplette Gebäude mit Sprengfallen präpariert. Zumindest soweit wir das anhand des Abschnitts beurteilen können, den wir durchsucht haben. Ich sehe nur eine Chance: Sie müssen die SEALs reinschicken, um zumindest einen Teil der Fallen zu entschärfen. Sonst hat das Geiselbefreiungsteam keine Chance, sich Zugang zu verschaffen.«

»Es gibt noch eine weitere Komplikation«, meldete Langley. »Wir haben gerade festgestellt, dass einer der Monitore in der Horsepower-Zentrale Aufnahmen einer Überwachungskamera auf dem Dach zeigt.«

Rapp überlegte und fand eine Lösung. »Ich warte hier unten. Sobald der Tango in Horsepower die Ankunft unserer Leute bemerkt, schalte ich ihn aus.«

Er wartete auf Campbells Antwort und ärgerte sich, nicht in die Entscheidungsprozesse seiner Vorgesetzten eingebunden zu sein. Nach zehn Sekunden frustrierenden Wartens rief er in sein Lippenmikro: »Irene, sind Sie da?«

»Ja.«

»Dann lassen Sie mich mitreden. Ich bin der Einzige, der die Umstände vor Ort kennt. Es bringt nichts, wenn Sie ohne meinen Input diskutieren.«

General Flood schaltete sich in das Gespräch ein. »Iron Man, wir kämpfen hier gerade mit der Logistik. Der Vorstoß in den Bunker erfolgt fast eine halbe Stunde früher als erwartet. Das hat uns eiskalt erwischt. Die Rettung des Präsidenten hat momentan höchste Priorität.«

»Dann schickt die Deltas eben früher rein. Wenn Harris und seine Leute nicht bald kommen, können wir uns die Rettung der Geiseln abschminken.«

»Es sieht nicht gut aus«, stellte General Campbell fest. »Aktuell gehen die Chancen, das Geiselbefreiungsteam unbeschadet ins Gebäude zu kriegen, gegen null. Und selbst wenn es klappt, kommen sie vermutlich nicht lebend raus.«

Rapp war angepisst. Der Countdown tickte und seine Vorgesetzten bekamen kalte Füße. »Hey, so oder so brauche ich dringend Unterstützung. Den Tango in Horsepower kann ich erledigen, den im Roosevelt-Zimmer auch, aber auf keinen Fall schaffe ich's, die Bomben zu entschärfen und mir parallel die übrigen Tangos vom Leib zu halten. Sie müssen schon ein paar Risiken eingehen, sonst wird das nichts!«

Flood meldete sich erneut zu Wort. »Wir wollen auch nicht, dass die Geiseln sterben, aber es bringt nichts, fähige Leute blind ins Messer laufen zu lassen.«

»Wir werden dafür bezahlt, solche Risiken einzugehen, General Flood. Sie haben selbst an solchen Einsätzen teilgenommen, Sir. Wären Sie noch 20 Jahre jünger, würden Sie darauf bestehen, dass man Sie von der Leine lässt, ganz egal, wie schlecht die Chancen stehen. Fragen Sie Harris und seine Männer doch einfach. Ich bin sicher, sie werden die Sache trotzdem durchziehen wollen.«

Campbell schaltete sich ein. »Ich sehe das genau wie Sie, Mitch. Wir müssen es versuchen.«

Kennedy und Stansfield signalisierten ebenfalls ihr Einverständnis, womit der Schwarze Peter bei Flood lag. Der General wusste, dass es keine andere Möglichkeit gab. Nach kurzer Überlegung erteilte er den offiziellen Einsatzbefehl. Im gleichen Moment gab General Campbell dem JSOC-Team neben ihm entsprechende Anweisungen. Die Offiziere übermittelten die Instruktionen über gesicherte Leitungen an die Einsatzkräfte.

Die MC-130 Combat Talon befand sich noch etwa drei Minuten vom Absetzpunkt entfernt, als das Startsignal von Joint Special Operations Command eintraf. Der Navigator setzte Commander Harris über die Einleitung des Countdowns in Kenntnis und die vier SEALs begaben sich mit ihren klobigen Fallschirmen und Rucksäcken zur hinteren Laderampe. Die schallgedämpften Maschinenpistolen von Heckler & Koch hatten sie gerade noch einmal überprüft und gesichert. Sie stellten sich in einer Reihe auf. Reavers, der Sprungmeister, bildete die Spitze, führte einen letzten Funktionscheck an den Schirmen seiner Kameraden durch und bereitete sich auf den Absprung vor.

Harris kam an seine Seite und blickte hinaus. Im Westen war die Sonne bereits untergegangen, aber der

Himmel vor ihnen strahlte immer noch hell. Im Osten schien sich ein Weltuntergang anzukündigen. So weit das Auge reichte, herrschte tiefe Schwärze. Unter sich konnte Harris den Beltway erkennen, den Straßenring rund um die Hauptstadt, zu seiner Rechten die Universität von Maryland. Jenseits des Campus verrieten die sturmgepeitschten Bäume am Rande der Innenstadt von Baltimore, wie heftig der Wind wütete.

»Tolles Wetter für einen Sprung«, rief Mick Reavers seinem kommandierenden Offizier ins Ohr. »Welcher durchgeknallte Spinner ist bloß auf diese beschissene Idee gekommen?«

Harris ließ sich die gute Laune nicht nehmen. »Ach, wir haben schon Schlimmeres durchgestanden, Mick. Pass nur auf, dass du dein Röckchen beim Rausspringen gut festhältst. Nicht dass es sich noch irgendwo verfängt.«

Reavers zeigte seinem Boss den Mittelfinger. Harris grinste den Fleischberg freundlich an und klopfte ihm auf die Schulter. Danach kehrte er an seinen Platz am Ende der Reihe zurück, kontrollierte den am linken Handgelenk festgeschnallten Höhenmesser und wartete auf das Kommando zum Absprung.

Kurz darauf blinkte das grüne Lämpchen in der geisterhaften roten Umgebung der Ladefläche. Fast synchron hob Reavers die rechte Hand, um die Männer aufzufordern, sich bereitzuhalten. Sekunden später gab er das Go und sprang aus der Combat Talon. Hinter ihm folgte Tony Clark, dann Jordan Rostein und zu guter Letzt Harris selbst.

Alle vier Männer drehten sich in der Luft um 180 Grad und nahmen die sogenannte Froschlage ein – ausgestreckte Arme und Beine, die Hüfte leicht nach oben gewölbt. Die lumineszierenden Streifen am Helm halfen ihnen, sich am zunehmend dunkleren Himmel gegenseitig im Blick zu behalten und in Formation zu bleiben. Unter ihnen war das Weiße Haus in südlicher Richtung bereits deutlich zu erkennen.

Rapp erhielt regelmäßige Rückmeldungen aus Langley und versuchte, alle Eventualitäten und potenziellen Schwierigkeiten im Auge zu behalten. Es gab entschieden zu viele, aber zumindest zwei von ihnen konnte er aktiv beeinflussen. »Ist die Tür von Horsepower normalerweise abgeschlossen?«, wollte er von Adams wissen.

»Ja.«

»Bekommt man sie mit deinem S-Schlüssel auf?«

»Jep.«

»Dann leg den Monitor ab, los.« Während Milt es tat, gab Rapp durch: »Control, ich schicke Milt aufs Dach, um das Team durch den Tunnel zu lotsen.«

Campbells Rückmeldung kam prompt: »Ist das wirklich nötig? Die Männer haben die Grundrisse aufmerksam studiert.«

»Wir können uns keine Pannen erlauben. Adams kennt sich hier drinnen aus.«

Rapp bog das Mikro vom Mund weg. »Milt, beweg deinen Arsch rüber zu Anna und hol dir meine Beretta. Ich will nicht, dass du deine benutzt. Sie soll zu mir kommen, ich brauche ihre Hilfe. Du läufst dann über die hintere Treppe rauf aufs Dach. Jemand wird über Funk mit dir in Kontakt bleiben und dir Bescheid geben, wenn die Luft rein ist. Sobald du hörst, dass die Scharfschützen den Terroristen in der Wachkabine ausgeschaltet haben, öffnest du die Luke und kletterst raus. Falls der Kerl noch lebt, musst du ihn notfalls selbst erledigen. Er darf auf keinen Fall eine Warnung per Funk übermitteln.«

Rapp schnallte sich den Kontrollmonitor um und drängte: »Worauf wartest du, Milt?«

Adams schoss die Stufen in einem Tempo hinunter, das sein Alter Lügen strafte, und verschwand im Tunnel. Rapp sah auf die Uhr und lauschte dem Funkverkehr über Kopfhörer. Während er auf Rielly wartete, schaltete er den Monitor auf die Kamera um, die sie vor der Horsepower-Zentrale angebracht hatten. Die Rückseite vom Kopf des Terroristen erschien auf dem Schirm.

Weniger als eine halbe Minute später kam Anna die Treppe heraufgeschossen, völlig außer Atem. Sie hielt sich mit schmerzverzerrtem Gesicht die Seite.

»Deine Rippe?«, fragte er.

Rielly nickte. Es schien wirklich wehzutun. »Halt durch. Du musst mir bei etwas helfen.« Rapp hielt ihr den S-Schlüssel hin. »Dort drüben ist eine Tür, die sich damit öffnen lässt. Dahinter sitzt ein Terrorist vor einer Reihe von Überwachungsmonitoren. Wir müssen ihn ausschalten, aber erst, wenn es unbedingt nötig ist.«

»Ich soll also die Tür aufmachen?«

»Ja. Sobald wir davorstehen, müssen wir uns im Flüsterton unterhalten. Mach einfach, was ich dir sage, dann passiert schon nichts.« Rapp tippte die Zahlenkombination für die Zwischentür ein, drückte die Klinke nach unten und trat in den Keller.

Vorsichtig schnallte er den Monitor ab und legte ihn zusammen mit der Maschinenpistole auf den Boden. Er befeuchtete den Schlüsselbart mit Spucke, damit er leichter hineinglitt, und führte ihn Millimeter für Millimeter in das Schloss der Horsepower-Zentrale ein. Sein Blick wanderte dabei ständig zwischen dem Bildschirm und dem Schloss hin und her. Rapp hatte den Schlüssel etwa zu einem Drittel versenkt, als sich der Terrorist plötzlich auf dem Stuhl zurücklehnte und die Hände im Nacken verschränkte. Rapp erstarrte, hielt fünf Sekunden lang die Luft an und versenkte den Bart dann vollständig.

Er winkte Anna, zu ihm zu kommen, zog sie dicht an sich heran und raunte ihr ins Ohr: »Wenn ich dir das Zeichen gebe, hältst du mit einer Hand den Schlüssel und mit der anderen den Türknauf fest. Sobald ich ›Go!‹ sage, drehst du ihn so schnell wie möglich um und machst dich aus dem Staub.«

Drei Hubschrauber vom Typ MD-530 Little Bird zogen über den Potomac River. Die kompakten und wendigen Helikopter wurden von Elitepiloten des 160. Special Operations Regiment der U.S. Army gesteuert, besser bekannt als Night Stalkers. Jeder hatte vier Delta-Force-Operators an Bord. Sie standen jeweils zu zweit auf den Landekufen.

Sie näherten sich über das vom Wind aufgepeitschte Wasser des Flusses einer Gruppe von Brücken südlich der George Mason Memorial Bridge. Anstatt sie zu überfliegen, gingen die Piloten tiefer und näherten sich knapp oberhalb der Schaumkronen in nördlicher Richtung dem Weißen Haus. Ihre Anweisungen lauteten, bis zum Einsatzbefehl außer Sichtweite zu bleiben. Beim Anflug auf die Arlington Memorial Bridge drosselten sie das Tempo und gingen direkt unterhalb des Brückenkopfs in Warteposition.

Parallel näherte sich eine weitere Gruppe aus drei Helikoptern aus Nordosten über den Anacostia River. Sie passierten die Frederick Douglass Bridge und glitten weiter gen Norden, dicht über die Dächer von Wohnanlagen und Reihenhäusern hinweg. Gedrosselt auf 60 Knoten verursachten Rotoren und Motoren keinen unnötigen Lärm. Sie zogen an der Ostseite des Kapitols vorbei, damit man sie von der National Mall aus nicht sehen konnte. Beim Schwenk nach Westen wurden sie von Windböen erfasst und strichen über das Gebäude des Arbeitsministeriums hinweg. Fünf Straßenzüge weiter ragte das monolithische Hoover Building empor. Die Hubschrauber verharrten etwa anderthalb Meter über dem Flachdach.

Die Operators auf den Kufen waren schwer beladen. Neben modernsten Schutzwesten, ballistischen Helmen und einem Halsschutz aus Kevlar steckten Gasmasken und Nachtsichtbrillen griffbereit in den Taschen. Zehn der zwölf Männer hatten eine MP5 auf dem Rücken, der elfte eine Mossberg-Vorderschaftrepetierflinte, Kaliber 12, der letzte ein schweres M60ES-Mehrzweck-Maschinengewehr mit NATO-Kaliber 7,62 × 51 Millimeter. Sie waren zuversichtlich, für alle Bedrohungen gerüstet zu sein – mit einer Ausnahme: den Bomben. Falls die SEALs sie im Vorfeld nicht ausschalteten, stand ihnen ein Höllentrip bevor.

51

Vier Blocks vom Weißen Haus entfernt lag Charlie Wicker mit seinem Barrett-Scharfschützengewehr im Glockenturm des Old Post Office in Position und spähte durch das extrem lichtempfindliche Leupold-M1-Ultra-Zielfernrohr mit zehnfacher Vergrößerung. Auf der hölzernen Plattform daneben tat es ihm sein SEAL-Kollege Mike Berg gleich. Er benutzte exakt die gleiche Waffe. Aus Sperrholz und Schaumstoff hatten sie eine akustische Abschirmung über dem Podest errichtet, die etwa 95 Prozent des Lärms bei einem Schuss mit Kaliber-50-Munition schluckte.

Wicker war sicher, das Ziel zu treffen. So sicher, dass er davon ausging, den Tango bereits beim ersten Abdrücken zu erledigen. Und falls er nicht traf, sprang eben Berg in die Bresche. Die Wahrscheinlichkeit, jemanden aus dieser Entfernung zu verfehlen, ging bei Schützen mit ihrer Erfahrung gegen null.

Trotzdem machte ihn das Wetter ein bisschen nervös. Wind und Regen stellten merkwürdige Sachen mit der Flugbahn eines Projektils an. Auf diese Faktoren hatte man teilweise keinen Einfluss, was ihn verrückt machte. In den letzten Stunden war es immer stürmischer geworden, doch Gott schien es heute Nacht gut mit ihnen zu meinen, denn vor wenigen Minuten flaute der Wind urplötzlich ab. Wicker rechnete allerdings nicht damit, dass die Entspannung von Dauer war. Es handelte sich im wahrsten Sinne des Wortes um die Ruhe vor dem Sturm. Die düsteren Wolken, die von Osten herandrängten, ließen das Schlimmste befürchten.

Wicker hatte über Funk den Wortwechsel von Harris und seinen Leuten beim Sprung aus der Combat Talon verfolgt. Er war erleichtert, dass es endlich losging. Er brannte darauf, den Schuss ins Ziel zu bringen. Nur Wicker konnte die Kommunikation der Fallschirmspringer verfolgen. Um nicht zu viele Leute in der Leitung zu haben, blieb Berg außen vor. Er sollte sich an Wicker orientieren, ohne ausdrückliches Kommando oder Signal. So wenig Ablenkung wie möglich.

Die beiden Scharfschützen bekamen trotzdem mit, wie ihre Aufklärer außerhalb der Abschirmung den Sinkflug der vier Springer von SEAL Team Six kommentierten. Wicker zwang sich, nicht darauf zu achten, und konzentrierte sich voll und ganz auf die bevorstehende Herausforderung. Sein Körper verschmolz förmlich mit dem gewaltigen Kaliber-50-Gewehr. Das Fadenkreuz des Zielfernrohrs zentrierte den Kopf des Terroristen.

Wicker verspürte keinerlei Gewissensbisse. Der Mann, den er gleich tötete, hatte sich sein Schicksal selbst zuzuschreiben und die Fertigkeiten seines Gegners offenkundig unterschätzt. Naiv klammerte er sich an den Glauben, hinter der kugelsicheren Scheibe unverwundbar zu sein.

In 300 Metern Höhe zog Mick Reavers die Reißleine des Fallschirms und bremste damit den raschen Sinkflug ab. Ein Blick nach oben bestätigte ihm, dass sich der Doppelschirm vollständig geöffnet hatte. Er verlagerte den Körperschwerpunkt, um sich in die richtige Position für die kurze Gleiteinlage zum Dach des Weißen Hauses zu bringen. Auf seine Teammitglieder achtete er nicht, denn er vertraute ihnen blind und widmete sich allein der Aufgabe, die Richtung vorzugeben.

Harris hatte den Schirm ebenfalls so kurz wie möglich vor der 300-Meter-Grenze ausgelöst. Nachdem er sich kurz orientiert hatte, ob alle da waren, scherte er hinter Rostein ein und spähte zum hohen Turm des Old Post Office. »Slick, hier Whiskey Four. Kannst du mich hören? Over.«

»Ich hör dich, Whiskey Four.«

»Es ist gleich so weit.«

»Gib mir rechtzeitig das Bingo-Signal.«

Harris glitt weiter nach unten und betrachtete dabei die Straßen und Lichter am Boden. Ohne Vorwarnung wurde er von einem heftigen Windstoß erfasst und ein Regentropfen klatschte gegen seine Wange. Er spähte nach Osten und sah die Sturmfront sofort. Sie schien nur noch eine knappe Meile entfernt zu sein. Wie lange noch, bis Reavers landete? Nach einem kurzen Blick auf den Höhenmesser überschlug er die Zahlen und hatte seine Antwort. Reavers glitt langsam durch die Dunkelheit dem Dach des Weißen Hauses entgegen.

Er wartete bis zum letztmöglichen Moment, dann: »Bingo, Slick. Ich wiederhole: Bingo!«

Wicker hörte das Kommando und atmete ganz langsam aus. Er hatte seinen Puls bereits auf unter 40 Schläge pro Minute abgesenkt und war völlig entspannt. Der Terrorist bot ihm das komplette Profil als Trefferfläche an. Wicker hatte einen Punkt direkt oberhalb des Ohrs anvisiert.

Mit konstantem, gleichmäßigem Druck betätigte er den Abzug und die Kugel schoss mit lautem Knall aus der Mündung. Der Rückstoß schleuderte Wicker nach hinten. Ein weiteres Projektil wurde in die Kammer befördert und er näherte sich mit dem Auge wieder dem Zielfernrohr, als er hörte, wie Bergs Waffe ebenfalls feuerte. Er spähte durch die Optik, doch da war nichts mehr, was sich treffen ließ – nur ein faustgroßes Loch im kugelsicheren Plexiglas.

Reavers raste dem Dach entgegen. In Reaktion auf den stärkeren Wind hatte er sich zehn Meter wie ein Stein absacken lassen und zog im buchstäblich letzten Moment an der Steigleitung. Der Schirm füllte sich mit

Luft und seine Füße knallten im gleichen Augenblick aufs Dach. Durch den Crosswind wurde er zur Seite gedrückt, schaffte es jedoch, sich zu fangen. Rasch löste er die Kappe vom Hauptgurt und zog den Schirm nach unten, rollte ihn blitzschnell zusammen und räumte das Bündel aus dem Weg, während er bereits zur Wachkabine eilte. Er brachte die Maschinenpistole in Anschlag und gab per Funk durch: »Whiskey One ist gelandet und auf dem Weg zum Ziel.«

In der Kabine fand er die halb enthauptete Leiche des Terroristen vor. »Tango One ist außer Gefecht«, meldete er. Nachdem er sich vergewissert hatte, dass seine Kameraden heil nach unten zu kommen schienen, suchte er die Umgebung nach Sprengfallen ab.

Clark und Rostein landeten ähnlich holprig wie Reavers und verfehlten die Landezone um mehrere Meter, was Reavers Sorgen machte. Immerhin war sein Commanding Officer noch in der Luft und kämpfte mit dem zunehmenden Sturm. Er erkannte, dass er keine Zeit verlieren durfte, und rannte zum westlichen Ende des Dachs. Im selben Moment brach eine wahre Sintflut los.

Commander Harris ging ganz auf Risiko und fiel alarmierend schnell nach unten, um die Landezone nicht komplett zu verfehlen. Weniger als fünf Meter über dem Dach riss er mit aller Kraft an den Steigleitungen. Der Stoff plusterte sich auf und im Moment des Bodenkontakts ergriff ihn eine heftige Windböe, die Harris gefährlich dicht an den Rand des Dachs trieb.

Rapp kniete vor dem Zugang zur Horsepower-Zentrale und ließ seinen Monitor nicht aus den Augen. Anna kauerte neben ihm und sagte kein Wort. Schweigend brachten sie mehrere Minuten in dieser Haltung zu. Rapp fiel auf, dass sie völlig verängstigt war. Ein bisschen Angst war eher positiv, weil sie einen vorsichtig agieren ließ, aber wenn sie zu stark wurde, lähmte sie einen, was er unter den aktuellen Umständen auf keinen Fall zulassen durfte.

Rapp beugte sich zu seiner Begleiterin und flüsterte ihr ins Ohr: »Keine Angst. Alles wird gut.« Er rang sich ein aufmunterndes Lächeln ab, doch sie starrte ihn lediglich mit weit aufgerissenen Augen an. »Ich will nicht, dass du stirbst«, flüsterte sie, umarmte ihn kurz und drückte ihm einen Kuss auf die Wange.

Rapps Herz rumorte und die wohlige Wärme im Bauch hatte er so schon lange nicht mehr verspürt. Mit einem seligen Grinsen zog er sie dicht an sich heran, bis seine Stirn ihre berührte. »Mach dir keine Sorgen um mich. Ich hab schon schlimmere Situationen überlebt. Wesentlich schlimmere.« Am liebsten hätte er sie geküsst, aber er hielt sich zurück. »Außerdem schuldest du mir noch ein Abendessen.«

Damit entlockte er ihr endlich das ersehnte Lächeln. »Stimmt. Also mach keine Dummheiten, bevor ich mich revanchieren kann«, flüsterte sie.

Bevor Rapp darauf antworten konnte, lenkten ihn die Stimmen von Commander Harris und Charlie Wicker im Headset ab. Rapp zog das Mikrofon vor den Mund und zeigte auf den Türknauf. Anna hielt ihn mit zittriger Hand fest, mit der anderen griff sie nach dem Schlüssel. Rapp hob die MP5 mit beiden Händen an und klemmte sie zwischen Wange und Schulter ein. Er ließ den Monitor nicht aus den Augen, während er auf den richtigen Moment wartete, um zu schießen. Wicker bestätigte gerade den Abschuss und die Landung des ersten SEALs.

Rapp spähte zum Terroristen vor den Überwachungsmonitoren hinein und wartete auf dessen Reaktion. Die Sekunden verstrichen und nichts passierte. Offenbar war es ihnen gelungen, den Tango auf dem Dach zu eliminieren, ohne dass er es mitbekommen hatte. Als die Nachricht von der Landung des zweiten und dritten SEALs über den Ohrhörer hereinkam, entspannte sich Rapp ein wenig. Erstaunlicherweise lief alles nach Plan.

Hilflos beobachtete Harris, wie der Wind in seinen Fallschirm strömte und ihn immer weiter an den Dachrand trieb. Als er einen der Schornsteine passierte, streckte er die linke Hand aus, um sich festzuhalten. Im nächsten Moment wurde er jedoch erneut von einer Böe erfasst und in die Höhe gerissen. Wenn ihm nicht ganz schnell etwas einfiel, ging es gleich abwärts.

»Whiskey Four steckt in Schwierigkeiten«, meldete Reavers und stürzte zu Harris. Er verlangte sich alles ab, um seinen Boss rechtzeitig zu erreichen. Sobald er dicht genug herangekommen war, ließ er die Waffe fallen und hechtete mit ausgestreckten Armen in dessen Richtung. Er bekam Harris' rechten Stiefel zu fassen und bremste ihn aus.

Nur eine Hälfte vom Oberkörper seines Kommandanten befand sich noch auf dem Dach, die andere baumelte über dem Abgrund. Der vollständig aufgeblähte Fallschirm gab sein Bestes, um ihn doch noch Reavers' Griff zu entreißen. Schließlich gelang es Harris, die Kappe vom Gurtzeug zu trennen. Der Schirm wurde in die Höhe gewirbelt, schlug 15 Meter weiter gegen die südöstliche Ecke des Westflügels und schmiegte sich eng um die Mauer des Gebäudes.

Rapp hatte schon geglaubt, dass die Einschleusung ohne Zwischenfall über die Bühne ging, als die Meldung über die Probleme von Whiskey Four eintraf. Er lauschte aufmerksam und verfolgte dabei den Terroristen, der mit dem Rücken zur Tür vor der Monitorwand saß. Die AK-74 des Tangos lehnte in Griffweite am Tisch.

Nach mehreren angespannten Sekunden kam Entwarnung über Funk. Whiskey Four ging es gut und das Team machte sich jetzt auf den Weg ins Gebäude. Rapp blieb keine Gelegenheit, erleichtert zu sein, denn in dieser Sekunde beugte sich der Tango auf dem Stuhl abrupt vor. Etwas auf einem der Bildschirme schien seine Aufmerksamkeit geweckt zu haben. Rapp konnte nicht erkennen, was es war, bekam aber mit, wie die linke Hand des Terroristen nach etwas griff, das verdächtig nach einem Funkgerät aussah.

»Go!«, entfuhr es ihm im gleichen Moment.

Anna Rielly drehte erst den Schlüssel, dann den Knauf und stieß die Tür auf. Rapp schoss durch die Öffnung, die MP5 im Anschlag und das linke Auge am Visier. Der Kopf des Terroristen lag genau im Fadenkreuz, als dieser das Funkgerät an die Lippen hob. Rafiques Namen hatte er bereits genannt und wollte gerade Meldung machen. Rapp zog den Abzug durch und hielt ihn eine Sekunde lang fest. Ein Feuerstoß löste sich aus dem Ende des Schalldämpfers und schlug in den Hinterkopf des Tangos ein. Die Glaser-Hohlkugelmunition zerschmetterte den Schädel und setzte insgesamt 660 tödliche kleine Projektile frei. Der Mann wurde nach vorne geschleudert, der Kopf prallte gegen die Konsole und das Funkgerät fiel auf den Boden.

Rapp hob es auf und forderte Verstärkung an: »Schickt das Whiskey-Team so schnell wie möglich zu mir. Ich brauche Hilfe.« Er zielte mit der Waffe auf die offene Tür und hielt sich das Funkgerät ans Ohr. Seine Nackenhaare sträubten sich. Die Stimme am anderen Ende kannte er nur zu gut. Es war Aziz.

Rapps Gedanken überschlugen sich. Zunächst sagte er in sein eigenes Mikro: »Control, ich fürchte, dass ihr gleich den Störsender aktivieren müsst. Wartet auf mein Kommando.« Dann versuchte er, das Beste aus der misslichen Lage zu machen, indem er mit seinem besten falschen Farsi-Akzent ins Funkgerät raunte: »Alles in Ordnung. Falscher Alarm.«

Für einen Moment kam keine Antwort, dann Aziz' misstrauische Nachfrage: »Wer spricht da?«

Rapp wusste, dass er reagieren musste. Er schaltete das Gerät stumm und brüllte ins Headset: »Control, komplette Kommunikationsblockade! Ich wiederhole, komplette Kommunikationsblockade!«

52

Aziz schaute erst auf die Metallluke des Präsidentenbunkers, dann auf das Funkgerät in seiner Hand. Er sprach bereits zum dritten Mal ins Mikrofon und hielt es sich ans Ohr. Nichts zu hören. Ohne dass er ihn fragen musste, probierte es Bengazi mit seinem Gerät. Ebenfalls ohne Erfolg. Aziz überprüfte den Pager, der an seiner Hüfte klemmte, und wandte sich an seinen Untergebenen: »Schnapp dir Ragib. Kontrolliert zusammen die Treppe und versucht, den Funkkontakt wiederherzustellen.«

Aziz ging zu Yassin, der gerade ein langes, spitzes Objekt in eins der Bohrlöcher einführte. »Mach weiter«, befahl er ihm und folgte seinen Männern durch den Tunnel. Als sie zur Treppe gingen, wartete er am unteren Absatz auf sie und probierte erneut, einen Funkspruch abzusetzen. Da wieder nichts passierte, wurde er langsam nervös. Mit technischem Versagen konnte er leben, aber er befürchtete eher, dass es sich um eine gezielte Interferenz der Amerikaner handelte. Falls sie auch die Frequenzen des Pagers störten, drohte eine Katastrophe. In diesem Fall wurde wegen der ausbleibenden Rückmeldung automatisch der Countdown der Bomben eingeleitet. Solange das Signal nicht durchkam, blieb ihm keine Möglichkeit, das Auslösen zu verhindern. Er musste sich etwas einfallen lassen.

Rapp stand neben dem Haupteingang der Horsepower-Zentrale und rechnete jeden Moment damit, dass ein Tango im Korridor auftauchen würde. Rielly stand vor der Monitorwand und starrte den toten Terroristen an. Rapp winkte sie mit einer Handbewegung zu sich. Sie bekam es gar nicht mit, also sagte er: »Anna, komm her und halt dich hinter mir.« Ungeduldig fragte er über Funk nach: »Whiskey Four, wo zum Teufel bleibt ihr?«

»Wir sind im Tunnel. Gleich da.«

»Beeilt euch.«

Commander Harris rannte am sichtlich übermüdeten Milt Adams vorbei, der sie in Empfang genommen hatte, und stürzte die Stufen zur Horsepower-Zentrale hinauf. Der Lauf seiner Waffe schwenkte jeden Zentimeter ab. Rapp bemerkte seine Ankunft und drehte sich in seine

Richtung. »Wir müssen diese Kerle so schnell wie möglich ausschalten, bevor sie mitkriegen, was hier läuft.«

»Was ist mit den Bomben?« Drei weitere in Schwarz gekleidete SEALs drängten in den Raum.

»Wir müssen einfach beten, dass sie nicht hochgehen, und machen uns später Gedanken drüber.«

»Halt, warten Sie!«, kam General Campbells Stimme per Funk rein. »Erst müssen wir uns auf das weitere Vorgehen verständigen.«

»Wir haben oben einen Tango, der mindestens ein halbes Dutzend Geiseln bewacht«, rasselte Rapp im Schnellfeuertempo herunter. »Wie die Lage in der Cafeteria ist, wissen wir nicht, gehen aber davon aus, dass mindestens drei Tangos für die Gefangenen abgestellt wurden. Vermutlich verlieren die ziemlich schnell die Nerven, wenn sie merken, dass die Funkgeräte streiken. Also sollten wir uns sofort um sie kümmern.«

»Sehe ich auch so«, pflichtete ihm Harris bei.

»Was macht der Tango im Roosevelt-Zimmer gerade?«, fragte Rapp.

»Nichts. Sitzt dumm rum. Aber Aziz und ein paar andere sind in Bewegung.«

»Wo sind die Deltas?«

»Auf dem Weg ins Gebäude.« Rapp sah Harris an. »Die Cafeteria ist den Gang runter, dann die Erste links und gleich wieder rechts. Lauft rüber und macht reinen Tisch. Ich kümmere mich inzwischen oben um unseren einsamen Tango.«

»Wie wär's, wenn ich dir Mick mitgebe?«

»Danke, aber das ist nicht nötig. Ich kann über den Monitor verfolgen, was der Gegner gerade treibt, ihr nicht. Also braucht ihr jeden verfügbaren Mann.« Rapp lief zur anderen Tür, griff nach Annas Hand und sagte zu Harris und den Jungs: »Viel Glück. Wir sehen uns in etwa 20 Sekunden.«

Als Rapp die hintere Treppe erreichte, kam Adams gerade ziemlich außer Atem aus dem Tunnel nach oben. »Warte du hier mit Milt«, sagte er zu Anna und stieg die Treppe zum Oval Office hoch. Dabei fielen ihm die vielen Sprengfallen ein, die oben platziert waren. »Control, ich hoffe, ihr lasst euch was einfallen, um uns an einem Stück hier rauszuholen.«

In der CIA-Zentrale in Langley suchte Kennedy gerade nach einer geeigneten Lösung. Die Ereignisse überschlugen sich.

General Campbells Leute vom Joint Special Operations Command filterten sämtliche Informationen vorab und gaben nur die für ihn relevanten Neuigkeiten weiter. Glücklicherweise verfügten alle Beteiligten über genug theoretische und in vielen Fällen auch praktische Erfahrung, um sich nur dann zu Wort zu melden, wenn es zwingend erforderlich war. Wenn es hektisch wurde, entschied die strikte Einhaltung der Kommunikationsdisziplin oft über Leben und Tod.

Kennedy tippte Campbell an den Arm. »Ich kümmere mich um Iron Man. Übernehmen Sie das Whiskey-Team.«

Campbell nickte zum Zeichen, dass er einverstanden war. Colonel Gray, der Delta-Force-Commander, koordinierte rechts neben ihm die Aktionen seiner Alpha- und Bravo-Teams. Alpha war im Anflug auf das Dach. Die Männer von Bravo hatten die Deckung unter der Arlington Bridge ebenfalls aufgegeben und würden in Kürze eintreffen. General Flood und Direktor Stansfield verfolgten eine Reihe dahinter ihre Bemühungen und hielten sich mit Bemerkungen zurück.

Kennedy konzentrierte sich auf die Bilder der drei Überwachungskameras, die für Rapps Vorstoß derzeit am wichtigsten waren. »Iron Man, Sie haben freie Bahn. Im Flur ist nichts los und der Tango sitzt mit der Waffe auf dem Schoß einfach nur da.« Kennedy sah genauer hin. »Ich habe den Eindruck, er ist eingenickt.«

»Verstanden«, bestätigte Rapp und stieg die restlichen Betonstufen zum Oval Office hinauf. Er betätigte den verdeckten Öffnungsmechanismus und schob die Wand vor, blickte prüfend nach links und lief durch das Speisezimmer zur Küche. Dort blieb er stehen und vergewisserte sich, dass niemand im Flur war.

»Whiskey Four, seid ihr auf Position? Over.«

Harris und seine drei SEALs kauerten an der Wand direkt vor der Cafeteria. Sie hatten sich bei unzähligen gemeinsamen Einsätzen eine feste Vorgehensweise angewöhnt, an der sie auch diesmal festhielten. Reavers war die Nummer eins, gefolgt von Clark, Rostein und schließlich Harris – die gleiche Reihenfolge, in der sie auch aus dem Transportflugzeug abgesprungen waren.

»Wir sind bereit. Auf dein Zeichen gehen wir rein, Iron Man.«

Bevor er weiterlief, erkundigte sich Rapp: »Wie sieht's bei meinem Tango aus, Control?«

»Unverändert«, antwortete Kennedy.

»Roger. Also schön, Harry. Bei drei geht's los. Eins.« Rapp huschte durch den Flur. »Zwei.« Er schob die rechte Hand an den Griff. »Drei!« Rapp riss die Tür auf und blieb in geduckter Haltung. Der Tango sah zu ihm auf, direkt in die Mündung seiner Maschinenpistole, die im selben Moment losratterte.

Im Erdgeschoss spurtete Mick Reavers zeitgleich in geduckter Haltung in die Cafeteria und wirbelte nach links, um etwaige Ziele aufs Korn zu nehmen. Den Bruchteil einer Sekunde später wurde er fündig. Ein Tango stand mit der Waffe vor der Brust da. Reavers versenkte zwei Kugeln in der Stirn und schickte ihn zu Boden. Die anderen drei SEALs stürmten herein und nahmen sich ihren jeweiligen Bereich vor. Tony Clark, die Nummer zwei im Zug, fand sein Ziel knapp zehn Meter entfernt auf der anderen Seite des Raums. Der Tango wollte die MP hochreißen und feuern, doch dazu kam es nicht mehr. Zwei Treffer direkt zwischen den Augen ließen ihn rückwärts über einen Stuhl fliegen. Nach ihm kam Jordan Rostein, der in seinem Sektor niemanden vorfand. Er kämpfte gegen den Drang an, den Lauf weiter nach rechts zu schwenken, und wartete, bis Harris mit einem 90-Grad-Schwenk sein Revier beackerte. Keine drei Meter vor ihm wurde ein Gewehr hochgerissen und er fand sich mit dem abgesägten Lauf einer AK-74 konfrontiert. Blitzschnell reagierte er und drückte zweimal ab, mitten ins Gesicht des Gegners.

Reavers meldete, dass bei ihm alles sauber war. Kurz darauf bestätigten seine drei Teamkollegen. Über Funk gab Rapp den erfolgreichen Abschuss bekannt. Mehrere der Geiseln riefen um Hilfe. Die vier SEALs ignorierten sie zunächst und suchten die Menge nach Tangos ab, die sich möglicherweise unter die Gefangenen gemischt hatten. Harris stellte Clark und Rostein als Aufpasser ab und zog mit Reavers los, um die restliche Cafeteria abzusuchen.

53

Die drei Little-Bird-Hubschrauber lösten die Warteformation auf und flogen mit Höchstgeschwindigkeit zum Weißen Haus. Es regnete in Strömen und der Wind heulte. Die meisten Piloten wären bei diesem Wetter am Boden geblieben, doch die Männer vom 160. Special Operations Regiment hatten trainiert, ihr Fluggerät auch unter widrigsten Bedingungen sicher ans Ziel zu bringen.

Sie hielten lediglich etwas größeren Abstand zueinander, um zu verhindern, dass die Rotoren bei einer plötzlichen Bö kollidierten. Der erste Little Bird erreichte das östliche Ende des Dachs und wechselte in den Schwebeflug. Das NOTAR-System übernahm den Drehmomentausgleich und sorgte für eine stabile Fluglage. Alle vier Einsatzkräfte seilten sich zeitgleich aus der Kabine ab, lösten die Stricke und liefen zur Wachbude. Die zwei anderen Hubschrauber trafen fast in derselben Sekunde ein. Sofort setzten sich die zwölf Mitglieder des Alpha-Teams in Bewegung zu ihrem Ziel im Keller des Gebäudes.

Aziz überlegte, wie er weiter vorgehen sollte, als er das charakteristische Geräusch einer AK-74 hörte, die irgendwo in den Stockwerken über ihm abgefeuert wurde. Erst ließ ihn der Lärm erstarren, dann stürmte er zurück in den Vorraum des Bunkers. Weder Yassin noch die Frau schienen mitbekommen zu haben, dass etwas nicht stimmte. Aziz packte die Frau am Arm und riss sie auf die Beine. Er schleifte sie durch den Tunnel und rief Yassin zu: »Sorg dafür, dass du diese Luke endlich aufbekommst!«

Weitere Schüsse hallten durchs Treppenhaus. Aziz öffnete die Tür und rief Bengazi, erhielt jedoch keine Antwort. Warum lief so kurz vor dem Ziel plötzlich alles aus dem Ruder? Zornig rupfte er an den Haaren der Frau und stieß sie in Richtung Stufen. Er musste es rauf in die erste Kellerebene schaffen, sonst würde er festsitzen. Ungeduldig trieb er die Sekretärin weiter, während sich die bewaffnete Auseinandersetzung zuzuspitzen schien.

Sie erreichten ihr Ziel, doch er scheuchte sie höher hinauf. Am nächsten Absatz stießen sie auf Bengazi und Ragib. Die beiden feuerten wütend nach oben, während Patronenhülsen aus Messing über die Treppe in ihre Richtung kullerten. Ein Kugelhagel schlug in die Gipswand direkt vor ihnen ein und wirbelte Bruchstücke durch die Luft.

Aziz rannte zurück nach unten und rief Bengazi zu: »Muammar, halt noch eine Minute die Stellung und komm dann zu mir in den Tunnel.«

Ohne sich umzudrehen, gab dieser die Antwort: »Alles klar! Hau ab!«

Aziz hatte sich gerade auf den Weg gemacht, als er von einem hellen Blitz geblendet wurde und aus den höheren Etagen ein lauter Knall ertönte. Er erreichte die Tür zur ersten Kellerebene und rannte zusammen mit der Sekretärin des Präsidenten hindurch. Dabei setzte er sie als Schild ein, sah sich zunächst in alle Richtungen um und lief dann zum Treasury-Tunnel. Viel lieber wäre er nach unten gerannt, um die Sache mit dem Präsidenten zu Ende zu bringen, aber das würde nicht funktionieren. Sie waren erledigt. So dicht vor dem Ziel hatten die Amerikaner seine Pläne doch noch durchkreuzt.

Aziz bog um die nächste Ecke und blieb kurz stehen, holte aus und versetzte der Frau einen rechten Haken.

Sie wirbelte herum und fiel um wie ein nasser Sack. Aziz legte seine MP5 zur Seite und schälte sich aus dem grünen Tarnanzug, den er bereits seit drei Tagen trug.

Rapp führte eine hastige Durchsuchung des Raums durch, fand jedoch nichts. Nacheinander zog er die Stoffsäcke von den Köpfen der Geiseln, neun an der Zahl. Es stank fürchterlich nach Urin. »Whiskey Four, wie ist euer Status?«

»Voller Erfolg. Drei Tangos sind tot und alle Gefangenen in Sicherheit.«

Rapp spähte zur Bombe, die an der Wand stand. Die rote Signalleuchte blinkte. »Wir haben es noch nicht überstanden. Schick deine Jungs los, damit sie die Bomben entschärfen.«

Er richtete das Wort an die Geiseln. »Machen Sie sich keine Sorgen. Sie sind in Sicherheit.« Er schnitt die Fesseln von zwei Secret-Service-Leuten durch, gab ihnen sein Messer und forderte sie auf, das Gleiche bei den übrigen Geiseln zu erledigen. Dann erkundigte er sich per Funk: »Control, wie sehen die nächsten Schritte aus?«

Kennedy antwortete: »Schaffen Sie die Leute in den Tunnel. Sollte sich kein anderer sicherer Weg nach draußen finden, fliegen wir sie mit den Helikoptern auf dem Dach aus.«

»Roger.« Rapp betrachtete die Befreiten, die aufstanden und mühsam ihren Kreislauf in Schwung brachten. »Fühlen Sie sich fit genug, um ein Stück zu laufen?«, fragte er. Einige von ihnen nickten. »Alles klar. Folgen Sie mir und fassen Sie bloß nichts an. Wenn Sie sich zu schwach fühlen, bleiben Sie hier. Ich komme später zurück, um Sie zu holen.« Er lotste die erste Dreiergruppe zur versteckten Treppe.

»Control, wie ist der Stand der Dinge bezüglich Aziz?« Es kam keine Antwort. Er wiederholte die Frage, während er zurücklief, um weitere Geiseln zu holen, und erstarrte, als er im Flur vor dem Roosevelt-Zimmer ein durchdringendes Piepen hörte. Sein Blick schoss zur Bombe an der Mauer. Statt des roten Blinkens leuchtete jetzt dauerhaft ein grünes Signal. Darunter waren zwei rote Ziffern auf dem Display erschienen. »Shit! Wir haben ein gewaltiges Problem! Der Countdown der Bomben wurde eingeleitet. Control, hört ihr mich? Whiskey Four, bitte melden!«

Rapp stürzte in den Raum. »Leute, wir müssen hier weg. Wer von euch braucht Hilfe?« Einer der verbliebenen sechs hob die Hand. Rapp warf sich den Secret-Service-Beamten wie eine Puppe über die Schulter.

»Was war das gerade?«, erklang General Campbells Stimme im Ohr.

»Der Countdown der Bomben wurde eingeleitet. Hier stimmt was nicht. Beordern Sie das Alpha-Team zurück aufs Dach.« Rapp lief zur Tür. »Los! Mir folgen!« Rapp spurtete durch die Halle ins Speisezimmer des Präsidenten und rief: »Harry, schaff alle in den Tunnel. Das ist unsere einzige Chance.« Er sprang die steilen Stufen hinab. Unten angekommen übergab er den verletzten Secret-Service-Mann in die Obhut der anderen Geiseln und forderte Anna und Milt auf, zusammen mit ihnen so schnell wie möglich in das unterirdische Gangsystem zu flüchten. Auf dem Weg zur Horsepower-Zentrale kamen ihm die Geretteten aus der letzten Gruppe entgegen. »Schneller, Leute! Beeilt euch!«, trieb er sie an.

Irritiert blieben einige von ihnen stehen. Er brüllte: »Weiter! Keine Müdigkeit vorschützen! Das komplette

Gebäude fliegt gleich in die Luft!« Damit erzielte er die gewünschte Wirkung. Alle schossen an ihm vorbei. Er sah auf die Uhr, ohne genau zu wissen, wie viele Sekunden bis zum Ablauf des Countdowns noch blieben. Allzu viele konnten es nicht mehr sein.

Harris und die drei anderen SEALs tauchten endlich auf. Reavers zog zwei Geiseln hinter sich her. Clark, Rostein und Harris folgten wenig später, jeweils einen Zivilisten im Schlepptau.

»Ist noch jemand oben?«

»Nein.« Harris lief an Rapp vorbei und raunte: »Beweg deinen Arsch in den Tunnel!«

Das musste man ihm nicht zweimal sagen. Rapp heftete sich an Harris' Fersen und versetzte der schweren Stahltür einen kräftigen Tritt, woraufhin sie krachend zufiel. Über das Headset rief er: »Milt, kümmer dich drum, dass die Tür am anderen Ende ebenfalls zu ist.«

Aziz spähte um die Ecke, um nachzusehen, wo Bengazi blieb. Die Schüsse waren verstummt, was er für ein schlechtes Zeichen hielt. Die Amerikaner setzten schallgedämpfte Waffen ein. Wenn er nichts mehr hörte, bedeutete das, dass sie Ragib und Bengazi überwältigt hatten und er jeden Moment mit dem Auftauchen des Feindes rechnen musste.

Er schielte auf den Pager und lächelte. Der Gegenseite stand eine gewaltige Überraschung bevor. Die Bomben hatten aufgrund der Kommunikationsblockade keine Rückmeldung vom Laptop erhalten und deshalb automatisch in den Countdown-Modus geschaltet. Das System war narrensicher. Er hatte es selbst entwickelt und ausgiebigen Tests unterzogen. In 16 Sekunden flog hier alles in die Luft.

Unter der grünen Kampfmontur trug Aziz einen schwarzen Overall, mit dem er auf den ersten Blick nicht vom Geiselbefreiungsteam zu unterschieden war. Er hatte sich sogar extra eine schwarze Kampfweste mit gelbem FBI-Schriftzug auf dem Rücken organisiert. In der Verwirrung, die nach der Bombenexplosion herrschen würde, käme er damit wahrscheinlich sogar durch. Die MP5-Maschinenpistole des Secret Service, die schwarze Gasmaske, die er kurz vor der ersten Detonation überstreifen wollte, die Standardmontur – all das würde helfen, unerkannt zu bleiben.

Aziz lugte erneut um die Ecke und rechnete damit, Einsatzkräfte durch den Gang eilen zu sehen. Doch da war niemand. Es herrschte völlige Stille. Ein letztes Mal blickte er auf den Pager, dann zog er die Gasmaske übers Gesicht.

Die erste Explosion glich einem fernen Donnergrollen. Kurz darauf knallte es mehrmals hintereinander, zunehmend lauter. Der Boden unter seinen Füßen erzitterte, Staub und Putz rieselten von der Decke, die Beleuchtung flackerte. Schließlich wurde es schlagartig dunkel. Eine gewaltige Druckwelle breitete sich aus Richtung des Treasury-Tunnels aus. Aziz wurde umgeworfen und landete auf der bewusstlosen Sekretärin des Präsidenten.

Mühsam kämpfte er sich hoch, befreite sich vom Staub im Mund und in den Haaren. Für den Moment war er so gut wie taub. Er tastete nach der LED-Stableuchte in der Einsatzweste und knipste sie an, um sich zu orientieren. Staub und Rauch schwängerten die Luft und die Sicht reichte nur wenige Meter weit.

Er ging davon aus, dass sich der Tunnel zu seiner Linken befand. Er warf sich die Bewusstlose über die Schulter, las die Waffe auf und tastete sich an der Tunnelwand entlang, orientierte sich an der nächsten Biegung nach rechts und stolperte einige Schritte weiter über Trümmerstücke, die sich durch die Erschütterungen gelöst hatten. Vor ihm klaffte eine Öffnung. Er kletterte in den Tunnel, befürchtete für einen Moment, dass alles eingestürzt war, stieß jedoch Meter um Meter auf weniger Hindernisse.

Durch die Gasmaske zu atmen erwies sich als ziemlich schwierig. Sie lieferte keinen Sauerstoff, sondern filterte lediglich Staub und Qualm aus der sie umgebenden Luft. Das zusätzliche Gewicht der Frau ermüdete ihn schneller, als er erwartet hatte. Er blieb einen Moment stehen, um sich auszuruhen. Langsam beruhigte sich seine Atmung. Mit jedem weiteren Schritt konnte er seine Umgebung besser erkennen, was ihn antrieb, einen Schritt zuzulegen.

Urplötzlich hatte er den Tunnel hinter sich gelassen. Sofort näherten sich mehrere Gestalten. Sie trugen die gleichen dunklen Overalls wie er.

Aziz wollte seine Waffe nur im äußersten Notfall einsetzen. Ein Stimmengewirr prasselte auf ihn ein, während er stur weiterlief. Niemand versuchte ihn aufzuhalten. Laut rief er: »Krankenwagen! Ich muss sie zu einem Krankenwagen bringen!«

Einer der Männer half ihm beim Tragen. Gemeinsam liefen sie die Rampe hinauf. Als sie den überdachten Teil der Tiefgarage des Treasury Building verließen, klatschte ihm der Regen ins Gesicht. Der Mann redete wild auf Aziz ein, bis dieser genug hatte und rief: »Ich bin taub von den Explosionen! Ich verstehe kein Wort!«

Auf der Straße brausten mehrere Löschfahrzeuge vorbei in Richtung Weißes Haus. Aziz wandte sich nach links und verfiel in einen Laufschritt. Salim wollte auf der anderen Seite der 15th Street auf ihn warten. Dort stand eine ganze Flotte von Rettungswagen mit leuchtenden Scheinwerfern.

Jetzt kam es auf jede Sekunde an. Aziz verlangte sich alles ab. Zu gern hätte er sich die Gasmaske vom Kopf gerissen, aber er durfte sein Gesicht noch nicht zeigen. An der Kreuzung 15th Street und Hamilton ereignete sich in unmittelbarer Nähe des Regierungssitzes eine weitere Explosion. Der runde Deckel des Betonmülleimers schoss mehr als zehn Meter hoch in die Luft und krachte wie ein Bumerang zurück auf die Erde. Er landete mit einem lauten Knall mitten auf der Straße und blieb schwelend im Regen liegen.

Die wenigen Menschen, die bei dem heftigen Niederschlag zu Fuß unterwegs waren, rannten in Deckung. Aziz lief unbeirrt weiter. Der Mann, der ihn begleitet hatte, war zurückgeblieben. Wahrscheinlich befürchtete er weitere Bombenexplosionen. Sofern Salim seinen Job vernünftig erledigt hatte, dürften sich diese in den nächsten Minuten überall in der Umgebung ereignen.

Aziz schaffte es auf die andere Straßenseite und lief den Gehsteig entlang. Er ertrug die Maske nicht länger. Das Atmen fiel ihm zunehmend schwerer, außerdem war sie von innen beschlagen und nahm ihm die Sicht. Er riss sie nach oben und schnappte gierig nach Luft. Der erste frische Sauerstoff seit Minuten. Es fühlte sich unbeschreiblich gut an.

Der Terrorist lief weiter und hielt durch die Fenster der Krankenwagen nach einem blondierten Haarschopf Ausschau. Kurz vor dem Ende der Reihe machte er sich langsam Sorgen, dass Salim ihn im Stich gelassen hatte, doch im allerletzten Fahrzeug entdeckte er ihn endlich. Er stürmte nach hinten und riss die Heckklappe auf, kletterte hinein und ließ die Frau, deren Gewicht ihn auf den letzten Metern förmlich gelähmt hatte, auf die Transportliege fallen. »Nichts wie weg hier!«, rief er nach vorn und knallte die Tür ins Schloss. »Schnell!«

Salim legte den Rückwärtsgang ein und aktivierte die Signalanlage auf dem Dach. Er riss das Lenkrad herum und trat aufs Gas. Die Reifen drehten auf der regennassen Fahrbahn kurz durch, bevor sie griffen. Begleitet vom ohrenbetäubenden Lärm der Sirene schoss das Fahrzeug auf die nächste Kreuzung zu. Ein Polizist schaffte es gerade noch rechtzeitig, die Absperrung zur Seite zu ziehen, um ihnen die Durchfahrt zu ermöglichen.

Vizepräsident Baxter hatte gerade seinen geballten Frust an Dallas King ausgelassen. Vor knapp einer halben Stunde war er eiskalt von der Neuigkeit erwischt worden, dass der Präsident wieder am Steuer saß und er selbst nichts mehr zu melden hatte. Definitiv die größte Erniedrigung seines ganzen Lebens. Er legte den Hörer auf und brüllte sofort Dallas King an, steigerte sich in eine wahre Tirade hinein, gab seinem Stabschef die Schuld an der ganzen Misere und versteifte sich darauf, dass dessen Ratschläge samt und sonders für die Tonne gewesen seien.

King hatte die verbalen Prügel wortlos eingesteckt. Insgeheim verspürte er sogar eine gewisse Erleichterung. Wenn Baxter nicht zum Präsidenten gewählt wurde, bedeutete das nicht zwangsläufig das Ende seiner Karriere. Im Gegensatz zu einem Abu Hasan, der es lebend aus dem Weißen Haus schaffte und dem FBI oder sogar den Medien erzählte, wer ihn bei der Vorbereitung des Anschlags unwissentlich unterstützt hatte. Jetzt, wo Hayes wieder die Kontrolle übernahm, rechnete King mit einem zeitnahen Befehl, das Regierungsgebäude zu stürmen. Da vermutlich alle Terroristen erschossen wurden, hatte er nichts mehr zu befürchten.

Der Stabschef wartete geduldig, bis Baxter sich abreagiert hatte, dann konfrontierte er ihn mit seiner Sicht der Dinge. Dank ihrer Strategie waren 25 Geiseln freigelassen worden. Eine ziemlich gute Bilanz, wenn man bedachte, dass im Gegenzug nur ein wenig Geld geflossen war, das ihnen sowieso nicht gehörte, und Sanktionen aufgehoben wurden, die ohnehin ins Leere liefen.

King betonte, dass sie das Bestmögliche herausgeholt hatten, und appellierte an das gewaltige Ego von Baxter, indem er ihm versicherte, dass man seine dreitägige Präsidentschaft im Nachhinein garantiert als eine der schwierigsten Situationen einstufen würde, die je ein Staatsoberhaupt der USA bewältigt hatte. Auf diese Weise konnte er als Mann in die Geschichte eingehen, dem das Leben seiner Bürger mehr bedeutet hatte als Geld oder eine gescheiterte Außenpolitik.

»Vergessen Sie nicht, abgerechnet wird hinterher.« King blühte richtig auf in seiner Rolle als Motivator und merkte, dass seine Botschaft bei Baxter ankam. Er lief vor dem Schreibtisch hin und her und blieb abrupt stehen. »Aber ja doch, das ist perfekt. Absolut perfekt.«

»Was denn?«

»Hayes hat Ihnen vermutlich gerade den größten Gefallen seiner ganzen Karriere getan.« Der Stabschef klatschte in die Hände. »Sie sind aus dem Schneider, Sir. Das Timing könnte kaum besser sein. Sie mussten sich bisher lediglich mit harmlosen Forderungen herumschlagen. Morgen wird Aziz ans Eingemachte gehen, aber dann sind Sie nicht länger derjenige, der die unbequemen

Entscheidungen fällen muss.« King grinste übers ganze Gesicht. »Ihnen wird nichts anderes übrig bleiben, als das Weiße Haus gewaltsam zurückzuerobern. Alles, was dabei schiefgeht, wird Hayes zu verantworten haben.«

Der Vizepräsident erkannte so langsam, worauf sein Vertrauter hinauswollte. »So bekomme ich meinen Kopf tatsächlich noch aus der Schlinge.«

Die Tür zum Büro wurde aufgerissen und ein Mitarbeiter schrie: »Schalten Sie den Fernseher an! Schnell! Das Weiße Haus steht in Flammen!«

Baxter sprang auf und griff zur Fernbedienung. Sekunden später erschienen Bilder von Löschzügen auf dem Schirm, die durch die Einfahrt des Regierungsgebäudes rasten. Im Hintergrund loderten Flammen aus den Fensterfronten. Der Vizepräsident schaltete den Ton lauter. Der Moderator erwähnte gerade, dass laut Augenzeugen vor Ort bisher keine Überlebenden gesichtet worden seien.

Sobald Dallas King das Stichwort »keine Überlebenden« hörte, scheuchte er den Mitarbeiter aus dem Raum und schloss die Tür. Zu zweit verfolgten sie minutenlang schweigend die Live-Berichterstattung. Überall brannte es. Die Feuerwehrleute standen auf den Leitern und am Boden und kämpften gegen die Ausbreitung des Feuers.

King konnte sich ein Lächeln nicht verkneifen. »Da kommt niemand lebendig raus.«

Baxter schüttelte schockiert den Kopf.

Sein Stabschef war schon einen Schritt weiter. »Wir müssen die Medien informieren, dass Sie keine Schuld an dieser katastrophalen Entwicklung trifft, Sir. Das hat Hayes verbockt. Sorgen wir dafür, dass alle davon erfahren.«

King fühlte sich, als schwebte er auf Wolken. Er würde mit einem blauen Auge davonkommen.

Baxter sah ihn fassungslos an. »Dallas, das ist eine menschliche Tragödie.«

»Das ganze Leben ist eine Tragödie, Sherman. 30.000 Menschen sterben jährlich am Steuer, Hunderttausende an den Folgen des Rauchens. *Das* sind wahre Tragödien. Das hier ist einfach nur eine unschöne Entwicklung. Verstehen Sie mich nicht falsch, für manche Menschen ist es sicher tragisch, aber es ist nun mal mein Job, dafür zu sorgen, dass niemand Ihnen die Schuld daran gibt.«

Er griff zum Telefon auf dem Schreibtisch und wählte eine Nummer, landete jedoch nur auf der Mailbox. Also drückte er die Null, um sich mit der Vermittlung verbinden zu lassen. »Ich muss sofort mit Sheila Dunn sprechen! Sagen Sie ihr, Dallas King, der Stabschef des Vizepräsidenten, ist am Apparat.« King wurde in die Warteschleife geschoben. Er stand neben seinem Boss und sah zu, wie das Weiße Haus bis auf die Grundmauern niederbrannte, während in seinem Kopf eine Stimme leise flüsterte: *Burn, baby, burn!*

54

Präsident Hayes stand vor dem Weißen Haus, gebadet von den Strahlen der Morgensonne. Reporter standen hinter der Absperrung und bestürmten ihn mit Fragen. Er ignorierte sie kurzerhand. Im Moment zählte nur eins: Die Bevölkerung sollte sehen, dass er lebte und dass es ihm gut ging. Für den heutigen Abend war eine offizielle

Rede zur Lage der Nation angesetzt, um die tragischen Ereignisse der letzten vier Tage einzuordnen.

Special Agent Jack Warch wartete zusammen mit einem halben Dutzend weiterer Secret-Service-Leute im Hintergrund. Alle trugen Sonnenbrillen. Hayes schirmte die Augen mit der Hand ab und blickte zum stolzen alten Regierungsgebäude hinüber, das zu seinem Erstaunen nicht vollständig zerstört worden war. FBI-Agenten suchten in den Trümmern nach Beweismaterial.

So gut wie alle Fensterscheiben waren geplatzt und dort, wo die Bomben explodiert waren, prangten Löcher in der steinernen Fassade. Glücklicherweise war es den Feuerwehrleuten aber rasch gelungen, den Brand einzudämmen. Dazu hatte auch der heftige Niederschlag in der vergangenen Nacht seinen Teil beigetragen. Unbezahlbare Nationalheiligtümer waren zwar irreparabel beschädigt worden und für immer verloren, aber dafür hatten es alle Geiseln lebend aus dem Gebäude geschafft.

Jack Warch gab dem Präsidenten ein Zeichen, indem er ihm unauffällig gegen den Arm stieß. Hayes sah auf die Uhr und nickte. Die Gruppe setzte sich über den Rasen zum Nordwesttor in Bewegung.

»Ich bin sicher, Ihre Frau und Ihre Kinder haben sich gefreut, Sie heute Morgen wohlbehalten zu sehen«, meinte der Präsident.

Warch nickte. »Ja. So viele Umarmungen und Küsse habe ich schon lange nicht mehr bekommen.«

Hayes gab ihm grinsend einen Klaps auf den Rücken, während sie die Pennsylvania Avenue entlangliefen. Mehrere Limousinen parkten am Straßenrand. Eine davon erkannte er als Dienstwagen des Vizepräsidenten. Die Entourage erreichte die Stufen zum Blair House. Ein

Soldat des U.S. Marine Corps hielt dem Präsidenten die Tür auf und salutierte. Hayes erwiderte den Salut und betrat das Foyer seines neuen Zuhauses. Mehrere Reporter aus dem Pressepool des Weißen Hauses erwarteten ihn mit gezückten Notizblöcken.

Der Präsident ließ den Blick in die Runde schweifen und erklärte: »Wenn sich Harry Truman hier wohlgefühlt hat, werde ich es auch tun.« Die Reporter lachten und schrieben das Zitat auf.

Hayes' Stabschefin tauchte im Eingang des Salons auf und sagte: »Alle sind da, Mr. President.«

Er zupfte die Hemdsärmel zurecht und betrat den Raum zusammen mit Warch und Jones. Alle Anwesenden standen auf und applaudierten, einige deutlich enthusiastischer als der Rest. Der Präsident hatte das Treffen vor einigen Stunden einberufen und die Liste der Teilnehmer sorgfältig zusammengestellt.

Stansfield, Kennedy, Flood und Campbell hatten auf einem der beiden großen Sofas Platz gefunden. Ihnen gegenüber saßen Vizepräsident Baxter und Dallas King. Obwohl es noch genug freie Sitzgelegenheiten gab, zogen es Anna Rielly und Milt Adams vor zu stehen. Der Präsident lief zur Stirnseite des Raums und sah dabei zu ihnen hinüber. Sie waren die einzigen Anwesenden, die er noch nicht persönlich kannte. »Ich freue mich darauf, später mit Ihnen zu sprechen, aber zunächst müssen wir einige Formalien erledigen.« Hayes' Blick suchte den Raum ab. »Moment«, sagte er dann zu Direktor Stansfield. »Da fehlt noch jemand.«

»Er wird gleich hier sein, Mr. President.«

Hayes nickte und faltete die Hände. »Also gut, ich will direkt zur Sache kommen.« Hayes sah Dallas King an.

»Zunächst mal, Dallas, haben Sie sich in den letzten Tagen ziemlich zum Narren gemacht. Haben Sie etwas zu Ihrer Verteidigung vorzubringen?«

King rutschte unbehaglich auf der Couch herum und überlegte fieberhaft, wie er sich am besten aus der Affäre ziehen sollte, als alle Köpfe zur Tür ruckten und Mitch Rapp den Salon betrat. Er ging zielstrebig zu Anna und Milt.

»Tut mir leid, dass ich zu spät bin, Mr. President.«

»Das geht schon in Ordnung, Mr. Kruse. Ich habe gerade Dallas King gebeten, uns eine Erklärung für sein Verhalten in den letzten Tagen zu liefern.«

King schwitzte, als ginge es um sein Leben.

Der Präsident ließ sich von Valerie Jones eine Ausgabe der *Washington Post* reichen. Hayes hielt sie hoch, damit jeder die Schlagzeile lesen konnte: ›Präsident Hayes ordnet Sturm auf das Weiße Haus an – katastrophale Fehlentscheidung‹. Er gab Jones die Zeitung zurück. »Die Redaktion hat diese Geschichte kurz vor Drucklegung völlig überstürzt ins Blatt gehievt. Heute Morgen ist sie ihnen prompt um die Ohren geflogen. Ich will gar nicht auf den Inhalt des Artikels eingehen. Es reicht, wenn ich sage, dass er nahezu komplett falsch ist.«

Hayes musterte King eindringlich. »Dallas, haben Sie vielleicht eine Erklärung, wie die *Post* dazu kommt, einen solchen Quatsch zu veröffentlichen?«

Zunächst zuckte er nur die Schultern und brabbelte etwas Unverständliches, verspürte dabei jedoch tiefe Erleichterung. Für einen Moment hatte er befürchtet, Hayes habe von seinem nächtlichen Ausflug durchs Weiße Haus in Begleitung eines Terroristen erfahren.

»Nein? Dann will ich Ihrer Erinnerung mal auf die Sprünge helfen.« Hayes streckte erneut die Hand aus.

Diesmal war es Stansfield, der ihm einige Zettel anreichte. »Das sind Verbindungsprotokolle, die dokumentieren, dass die Redaktion der *Washington Post* gestern Abend von einem Anschluss im Haus des Vizepräsidenten aus angerufen wurde. Weitere Protokolle belegen in den letzten Tagen gleich mehrere Gespräche mit einer Reporterin des Blatts von Ihrem Handy und Ihrem Hausanschluss.« Hayes schwenkte die Ausdrucke.

King sank auf der Couch zusammen und schielte Hilfe suchend zu Baxter, doch der ignorierte ihn. Nervös und ohne den Präsidenten anzusehen, stammelte er: »Die … äh … wurden von mir geführt, ja.«

»Das dachte ich mir.« Hayes gab Stansfield die Protokolle zurück und wandte sich an Jones. Sie drückte ihm eine Dokumentenmappe und einen Kugelschreiber in die Hand. Hayes ging durch den Salon zu King und legte ihm beides hin. »Wir waren so frei, Ihr Entlassungsgesuch vorzuformulieren. Unterschreiben Sie bitte auch die Kopie, die ist für Ihre Unterlagen bestimmt.« Hayes wartete, bis King abgezeichnet hatte, und nahm ihm eins der Exemplare ab. »Sie können jetzt gehen.«

Völliges Schweigen herrschte, als sich der Stabschef des Vizepräsidenten von seinem Platz erhob. King konnte sein Glück kaum fassen. Ein Rücktritt, der nach außen hin sogar freiwillig wirkte, legte ihm für die Zukunft keine Steine in den Weg. Wäre die Wahrheit über seinen nächtlichen Streifzug ans Licht gekommen, hätte ihn das hingegen ruiniert.

Als Nächstes richtete Hayes seine Aufmerksamkeit auf Vizepräsident Baxter. »Wie stehen Sie zu Reisen ins Ausland, Sherman?« Baxter sah überrascht auf, sagte jedoch nichts.

»Nun«, fuhr der Präsident fort. »Ich hoffe, Sie finden daran Gefallen, denn in den nächsten drei Jahren werde ich Sie in jedes Entwicklungsland schicken, das mir einfällt.« Er lief zurück zur Stirnseite des Raums. Man musste kein Psychologe sein, um zu erkennen, dass er seine Wut nur mit großer Mühe zügelte. »Sie haben unserer Außenpolitik und der inneren Sicherheit einen schweren Rückschlag versetzt. Wenn ich könnte, würde ich Sie entlassen, aber bedauerlicherweise ist das laut meinen Beratern nicht möglich. Deshalb muss ich mich wohl oder übel für den Rest dieser Amtsperiode mit Ihnen arrangieren, Sherman. Danach werden Sie allerdings, und das sage ich bewusst hier vor Zeugen, nicht noch einmal kandidieren, wenn Sie wissen, was gut für Sie ist.«

Hayes' Wangen waren gerötet, als er nachsetzte: »Andernfalls werden Sie sich warm anziehen müssen, mein Lieber, denn ich schwöre Ihnen, dass ich Direktor Stansfield dann persönlich anweisen werde, Ihre CIA-Akte den Medien zuzuspielen. Und jetzt hauen Sie ab, und wehe, Sie verlieren irgendjemandem gegenüber auch nur ein Wort über den Inhalt dieser kleinen Unterredung.« Er wies zur Tür.

Nachdem Baxter verschwunden war, blickte der CIA-Direktor irritiert zu Hayes: »Mr. President, es gibt überhaupt keine Akte über den Vizepräsidenten.«

Hayes zwinkerte ihm zu. »Sie und ich wissen das, aber er nicht.« Er trank einen Schluck Wasser und wandte sich an die Versammelten. »Ich kann Ihnen gar nicht genug dafür danken, was Sie geleistet haben. Sie haben alle einen unglaublich guten Job gemacht. Lassen Sie mich mit Ihnen anfangen, Mr. Adams.« Er ging zu ihm und schüttelte Milt die Hand. »Ich stehe tief in Ihrer Schuld.

Sie sind große Risiken eingegangen, und das aus freien Stücken. Das spricht Bände über Ihren Charakter.«

Adams tat sich sichtlich schwer mit so viel Lob. »Ich habe nur meine Pflicht getan, Mr. President.«

Hayes klopfte ihm aufmunternd auf die Schulter. »Wir brauchen mehr Menschen von Ihrem Format, Milt. Wenn es irgendetwas gibt, das ich für Sie tun kann, lassen Sie es mich wissen. Ich kümmere mich sofort darum.«

»Nun, eine Sache fällt mir da direkt ein, Sir.«

»Und zwar?«

»Der Ruhestand bekommt mir nicht so gut, wie ich dachte. Nachdem Ihr Zuhause gerade ziemlich übel zugerichtet ist, biete ich mich gern für die Beaufsichtigung der Reparaturarbeiten an.«

»Das ist eine prima Idee, Milt. Ich werde das umgehend in die Wege leiten. Sonst noch etwas?«

»Nope.«

»Gut, dann wird Valerie Sie jetzt nach draußen begleiten und sich in Kürze mit Ihnen in Verbindung setzen. Noch einmal vielen Dank.«

Adams ließ die Hand des Präsidenten los, die er gefühlt seit einer Minute schüttelte, und nutzte die Gelegenheit, um Anna einen Kuss auf die Wange zu drücken. »Passen Sie auf den Kerl hier auf«, sagte er und schüttelte Mitch die Hand. »Mach's gut, Mr. Geheimagent. Ich nehme an, wir werden uns nicht noch mal begegnen.«

»Das weiß man nie so genau.« Rapp zog Adams in eine kurze Umarmung. »Wenn es irgendwie passt, besuch ich dich mal, um zu sehen, wie du dich als Chefrestaurator des Weißen Hauses so anstellst.«

»Von mir aus. Solange du mich nicht für eine deiner verrückten Missionen einspannen willst. Ich bin wirklich zu alt für diesen Mist.« Im Hinausgehen sagte er: »Ihr zwei seid übrigens ein hübsches Paar. Kommt doch mal bei mir zu Hause vorbei, ich koch euch auch was Schönes.«

»Das merken wir uns.« Rapp sah Anna an und lachte.

Nachdem Milt gegangen war, konzentrierte sich der Präsident auf Rielly. »Junge Dame, Ihr erster Arbeitstag im Weißen Haus hat sicher Ihre kühnsten Erwartungen übertroffen, oder?«

»Das kann man wohl sagen.«

»Bleiben Sie mir denn in Zukunft erhalten oder ist Ihnen nach diesem Erlebnis die Lust vergangen?«

»Ob ich Ihnen erhalten bleibe?« Anna war irritiert.

»Im Weißen Haus.«

»Ach so. Natürlich, ja.«

»Gut.« Hayes lächelte. »Ich habe Sie heute Morgen aus zwei Gründen hergebeten. Zum einen wollte ich Ihnen für Ihre Unterstützung danken. Mir wurde zugetragen, dass Sie einen entscheidenden Beitrag zum Erfolg von Mr. Kruses Mission geleistet haben.«

»Eigentlich war er nicht besonders groß.« Die Bemerkung machte sie verlegen.

»Trotzdem bin ich Ihnen sehr dankbar. Ich weiß Ihren Einsatz wirklich zu schätzen.«

Hayes sah kurz Rapp an, dann wieder Rielly. »Haben Sie eine Vermutung, was den zweiten Grund angeht?«

Rielly verschränkte die Arme vor der Brust. »Sie möchten mit mir darüber sprechen, welche Teile meiner Geschichte ich der Öffentlichkeit erzählen darf.« Sie hielt es für wichtig, zu betonen, dass es *ihre* Geschichte war.

»Exakt. Was glauben Sie, wie viele Reporter schon bei einem Gespräch anwesend waren, wie ich es vorhin mit meinem Vizepräsidenten geführt habe?«

»Vermutlich gar keine.«

»Richtig.« Hayes zeigte zu den vier Leuten, die auf der Couch saßen. »Diese von mir sehr geschätzten Menschen sind der Meinung, ich soll Sie dazu zwingen, eine Reihe von Schriftstücken zu unterzeichnen, die Sie juristisch verbindlich daran hindern, etwas zu veröffentlichen, das den Interessen der nationalen Sicherheit schadet. Ich habe sie allerdings davon überzeugen können, dass es eine wesentlich elegantere Lösung gibt.«

Hayes gab Rielly kurz die Gelegenheit, das Gesagte zu verdauen. Während er quer durch den Raum lief, sprach er weiter: »Diese andere Möglichkeit, von der ich spreche, besteht darin, dass Sie und ich eine Vereinbarung treffen. Sollten Sie sich freiwillig bereit erklären, gewisse Punkte aus der jüngsten Vergangenheit zu verschweigen, verschaffe ich Ihnen im Gegenzug bei künftigen Ereignissen einen Informationsvorsprung gegenüber Ihren Berufskollegen.«

Rielly hatte sich schon geehrt gefühlt, überhaupt zu diesem Meeting eingeladen worden zu sein. Das Angebot des Präsidenten setzte dem Ganzen die Krone auf. So beiläufig wie möglich fragte sie: »Welche Punkte soll ich denn genau verschweigen?«

Hayes wandte sich an das Quartett auf dem Sofa. Kennedy ergriff zuerst das Wort: »Wenn Sie die Rolle von Mr. Kruse und jegliche direkte Beteiligung der CIA an dieser Mission unter den Teppich kehren, genügt uns das.«

»Ist es denn in Ordnung, wenn ich erwähne, dass die Agency geheimdienstliche Informationen zur Planung des Einsatzes beigesteuert hat?«

»Solange die Aussagen unkonkret bleiben, haben wir damit kein Problem.«

Rielly hob skeptisch die Augenbraue. »Definieren Sie ›unkonkret‹.«

Hayes unterbrach den Wortwechsel. »Wartet mal, ich habe eine bessere Idee. Miss Rielly, was halten Sie davon, wenn ich Ihnen jetzt gleich einige Details anvertraue, die FBI-Direktor Roach erst heute Mittag im Rahmen einer Pressekonferenz verbreiten wird? Sie können damit bei NBC auf Sendung gehen und die Story vor allen anderen exklusiv bringen.«

Das klang interessant. Sogar sehr interessant. Dieses Abkommen mit dem Präsidenten versprach, ihrer Karriere einen gehörigen Schub zu verpassen. Sie nickte. »Okay, ich bin dabei.«

»Gut. Dann hören Sie zu. Das FBI hat das komplette Weiße Haus auf den Kopf gestellt, weil einer der Terroristen als vermisst gilt. Letzte Nacht nach den Explosionen hat ein FBI-Beamter eine verletzte Frau durch den Treasury-Tunnel in Sicherheit gebracht. Bei der Frau handelte es sich um meine Sekretärin. Sie wurde heute Morgen um sechs Uhr in einer ländlichen Gegend von Maryland am Straßenrand aufgelesen, kaum bei Bewusstsein. Bevor die erste Bombe direkt vor dem Präsidentenbunker explodierte, wurde sie von Zeugen in Begleitung von Aziz gesehen.« Der Präsident wartete, bis Rielly die naheliegenden Schlüsse selbst gezogen hatte. »Oh, eins noch: Zum Zeitpunkt der Explosionen hielten sich gar keine FBI-Leute im Gebäude auf.«

Rielly begriff sofort. »Aziz ist also entkommen.«

»Danach sieht es aus.«

Rapp nickte ihr zögernd zu.

»Wow.« Langsam erkannte sie die Tragweite dieser Enthüllung.

Hayes legte ihr eine Hand auf die Schulter. »Mein Angebot für unser Abkommen steht. Sie können sich darauf verlassen.« Er lief mit ihr zum Ausgang. »Sie haben es sich verdient, Anna. Ich bin Ihnen wirklich zu Dank verpflichtet.«

Rielly wusste nicht, was sie sagen sollte. Es kam ihr gar nicht so vor, als hatte sie etwas Besonderes geleistet. »Danke, Sir.«

»Nein, *ich* danke Ihnen.« Lächelnd klopfte er ihr auf den Rücken. »Fast hätte ich etwas vergessen. Direktor Tracy vom Secret Service erwartet Ihren Anruf. Wie ich höre, liegen ihm gewisse Erkenntnisse zu Dallas King vor, die Sie interessieren dürften. Wenn Sie uns jetzt entschuldigen? Wir müssen noch gewisse Probleme erörtern, die Mr. Aziz betreffen. Lassen Sie sich für nächste Woche einen Termin bei mir geben, dann besprechen wir alles Weitere.«

Er hielt ihr die Tür auf.

Rapp beobachtete die Unterhaltung. Als Rielly nach draußen ging, fühlte er einen Stich in der Magengrube. Er wollte dringend unter vier Augen mit ihr reden.

Präsident Hayes kehrte zurück zu den Sofas neben dem Kamin. »Mir ist egal, wen wir bestechen oder bedrohen müssen, aber ich möchte Aziz' Kopf auf einem Silbertablett serviert bekommen. Ich erwarte, dass dieser Kerl aus dem Verkehr gezogen wird. Und wir müssen uns auch intensiv damit beschäftigen, wie wir Saddam Hussein in den Griff bekommen.«

Hayes wandte sich an Rapp. »Vielen Dank, Mr. Rapp. Unser Land steht tief in Ihrer Schuld. Zu schade, dass die meisten Bürger nie erfahren werden, was sie Ihnen verdanken.«

Rapp grinste. »Das geht schon in Ordnung, Sir. Wenn's ums Verteilen von Orden und Belobigungen ging, war ich nie besonders scharf drauf, mich in der Schlange anzustellen.«

»Das weiß ich. Trotzdem wünschte ich, es gäbe eine Möglichkeit, wie wir uns angemessen erkenntlich zeigen und für Ihre Dienste revanchieren können.«

»Wenn Sie mir erlauben, Aziz persönlich das Licht auszuknipsen, wäre es mir Dank genug.«

»An mir soll es nicht scheitern. Und damit kommen wir auch gleich zu meinem nächsten Punkt.« Seine nächsten Worte waren für alle Anwesenden bestimmt. »Ich möchte, dass wir alle geheimdienstlichen Kapazitäten, die uns zur Verfügung stehen, auf die Ergreifung von Aziz konzentrieren. Wie ich gerade schon angedeutet habe, pfeife ich in diesem konkreten Fall auf Regeln und Vorschriften. Ich will, dass wir ihn schnappen.«

Und zu Rapp: »Sie gehen jetzt erst mal nach Hause und ruhen sich aus. Ich brauche Sie in Topform, wenn wir ihn gefunden haben.«

»Ja, Sir.« Rapp schüttelte die Hand des Präsidenten und verabschiedete sich von den anderen.

Auf der Außentreppe vor dem Blair House blieb er stehen, beschirmte die Augen mit der Hand vor der Sonne und suchte die Umgebung ab. Ohne Erfolg.

»Kann ich Ihnen helfen, Mr. Kruse?«

Rapp zuckte zusammen. Direkt vor ihm, lässig an die Limousine des Präsidenten gelehnt, stand Anna Rielly in voller Schönheit. Rapp eilte die restlichen Stufen hinunter. »Ich dachte, du wärst längst beim Sender, um deine Story vorzubereiten.«

Rielly stieß sich vom Wagen ab. »So eilig habe ich es

im Moment nicht«, verkündete sie grinsend. »Außerdem wollte ich mich vorher verabschieden.« Sie griff nach Rapps Hand und drückte sie fest. »Was hältst du davon, wenn du mich zur nächsten Straßenecke an den Taxistand begleitest?«

»Das mach ich doch glatt.« Hand in Hand schlenderten sie zur 17th Street. Rielly beäugte ihn mit einer Mischung aus Ernst und Spaß. »Verrätst du mir irgendwann mal deinen echten Namen?«

»Vielleicht. Sobald ich ganz sicher bin, dass ich dir vertrauen kann.«

Schweigend liefen sie weiter, bis Anna fragte: »Wie steht's mit der versprochenen Lebensgeschichte? Wann willst du mir die erzählen?«

»Jederzeit. Sag einfach Bescheid.«

»Eigentlich klang das eben so, als wärst du in nächster Zeit ziemlich beschäftigt.«

»Wer weiß.« Sie erreichten den Taxistand und blieben stehen. »Ich überlege, ob ich mir nicht eine kleine Auszeit gönne.«

»Ehrlich?«

»Wieso klingst du so überrascht?«

Rielly musterte ihn. »Du wirkst auf mich nicht wie jemand, der sich spontan eine Auszeit nimmt.«

Rapp zuckte die Achseln. »Überrascht dich das?«

»Ich glaube, ein Mann wie du steckt voller Überraschungen.«

Er schüttelte den Kopf. »Das bezweifle ich. Genau genommen bin ich eigentlich ziemlich langweilig.«

Rielly schaute auf ihre Hände hinunter und streichelte seinen Daumen mit ihrem. »Was hältst du davon, wenn wir einen Termin für unser Abendessen festlegen?«

Die zärtliche Berührung und die Aussicht, mehr Zeit mit ihr zu verbringen, ließen sein Herz schneller schlagen. »Gib einfach Bescheid, wann du in deinem Terminkalender eine kleine Lücke für mich hast.«

»Wie wär's mit nächster Woche?«

»So lange wollte ich eigentlich nicht warten.«

Rielly sah ihn mit ihren leuchtend grünen Augen an und lächelte.

Er streichelte ihr Kinn, zog sie zu sich heran und küsste sie. »Wie wär's gleich heute Abend?«

Epilog

Der alte Mann schlurfte die belebte Straße entlang. Es war kurz vor null Uhr und viele Nachtschwärmer machten sich auf den Heimweg. Er schob sich in geduckter Haltung durch die Menge und schaute prüfend in die Gesichter der Vorbeigehenden. Seine Tennisschuhe waren dreckig und an mehreren Stellen gerissen, die Jeans etliche Zentimeter zu kurz. Stumpfe Strähnen aus grauen und schwarzen Haaren bedeckten seinen Kopf, an jedem freien Zentimeter Haut klebte Schmutz.

In vielen Städten wäre er aufgefallen, nicht jedoch hier im brasilianischen São Paulo, wo über 20 Millionen Menschen lebten, davon fünf Millionen unterhalb der Armutsgrenze. Hier gab es viele verlorene Seelen wie ihn. Er ging an einem anderen Obdachlosen vorbei, der sich im Eingangsbereich eines Ladens zum Schlafen zusammengerollt hatte. Dieses Viertel, Bom Retiro, galt als ethnische Enklave, in der fast eine Million Palästinenser, Libanesen, Iraner und Araber lebten.

Eine auf den ersten Blick bedeutungslose Information hatte den Alten hierher verschlagen. In einem Delirium, nur halb bei Bewusstsein, hatte ihnen Fara Harut den entscheidenden Hinweis geliefert, ohne es selbst zu merken. Innerhalb weniger Minuten gab die National Security Agency danach den Startschuss für eine ausgedehnte Fahndungsaktion unter Einsatz aller elektronischen Hilfsmittel. Ein Keyhole-12 getaufter Spionagesatellit war über São Paulo in eine geostationäre Umlaufbahn gebracht worden, um Telefongespräche in einem bestimmten Teil von Bom Retiro mitzuschneiden. Die Supercomputer der NSA in Fort Meade, Maryland, arbeiteten sich durch Tausende von Anrufen, um jene herauszufiltern, die vorgegebene Parameter hinsichtlich Inhalt, Gesprächsatmosphäre und Stimmfarbe erfüllten. Nach 22 Tagen landeten die Analysten endlich den ersehnten Treffer.

Der alte Mann schob sich weiter voran, eine schäbige, ausgefranste Baumwolltasche über der Schulter, und prägte sich die Gesichter der Menschen ein, die er von früheren Streifzügen durch das Viertel kannte. Er musterte ihre Augen und forschte an ihren Hüften nach Ausbeulungen, die verrieten, dass sie eine Waffe trugen. Auf diese Weise war er vorgestern Nacht überhaupt erst auf diese Straße aufmerksam geworden. Durch einen Mann, der in einer Toreinfahrt stand und rauchte. Als er das Gewicht von einem Fuß auf den anderen verlagert hatte, klaffte kurz seine Lederjacke auseinander und enthüllte den dunklen Knauf einer Pistole.

Rafique Aziz war ganz in der Nähe. Rapp spürte es. Als er den Mann in der Einfahrt passierte, hielt er den Kopf gesenkt und nahm den Bewaffneten dabei näher in Augenschein. Einige Schritte später blieb er stehen und bückte sich, um einen Kronkorken aufzuheben, den er selbst bei seiner letzten Runde dort hatte fallen lassen. Im Aufrichten lugte er durch den schmalen Spalt unter dem Rollladen und sah zwei Männer, die vor einem Fernseher auf der Couch saßen. 20 Minuten zuvor hatte er mitbekommen, wie eine Limousine vor dem Reihenhaus bremste und eine Prostituierte abgesetzt worden war.

Rapp schlurfte weiter und bog in eine enge Gasse ein, hob den Deckel von einer Mülltonne und tat so, als wühlte er darin herum. Knapp 15 Meter weiter glühte eine brennende Zigarette in der Dunkelheit auf. Rapp hatte strikt darauf bestanden, diese Mission allein zu erledigen. Kein Kontakt zu den brasilianischen Behörden, keine Vans mit elektronischen Überwachungsvorrichtungen, keine Einsatzkommandos. Nichts, was Aziz im Fall einer versehentlichen Entdeckung in die Flucht treiben würde. Commander Harris und zwölf seiner SEALs standen auf Abruf bereit. Sie warteten in zwei Fahrzeugen in mehreren Meilen Entfernung. Rapp hatte seinen Vorgesetzten und dem Präsidenten eine Woche Zeit für die erfolgreiche Durchführung seiner Solomission abgerungen.

Allein drei Tage hatten seine geübten Augen gebraucht, um zu entdecken, was sämtlichen technischen Spielzeugen der CIA auch dann noch entgangen wäre: die simple Ausbeulung an der Hüfte eines Mannes. Mit jeder weiteren Mülltonne, an der er vorbeikam, wurde die Gasse dunkler und wurden die Ratten lästiger. Er verstaute eine Flasche im Beutel und schaute hinauf zur ersten Etage des Wohnhauses. Dort wurde ein Schatten von einer flackernden Kerze in gelbes Licht getaucht. Rapp leckte sich über die trockenen Lippen. Sein Herz schlug schneller, während er sich dem Hintereingang näherte.

Der Leibwächter, den seine Nikotinsucht vorzeitig verraten hatte, stand knapp fünf Meter entfernt. Rapp konnte förmlich spüren, dass die Augen des Mannes auf ihm ruhten. Er konzentrierte sich auf die Hände des Gegners. Eine ruhte an der Taille, die andere hielt eine Zigarette. Vorsichtig rückte er näher heran, war schon fast in Schlagdistanz und hörte, wie die Pistole aus dem Holster glitt. Auf Arabisch forderte ihn der andere auf, sich zu verziehen.

Rapp sah ihn an und tat, als ob er nicht verstand. Die Hand steckte noch immer im ausgeleierten Stoffbeutel, umklammerte jedoch nicht die Flasche, sondern den Griff seiner schallgedämpften 9-Millimeter-Beretta.

Rapp schielte zur Waffe des Gegners. Der Lauf zielte auf die andere Seite der Gasse. *Blöd gelaufen, mein Lieber!* Er drückte ab und platzierte eine Kugel genau zwischen den buschigen schwarzen Augenbrauen des Arabers.

Eilig legte er die restlichen drei Schritte zurück, um den Sturz des Mannes zu bremsen und ihn geräuschlos auf dem Boden abzulegen. Er zog ein Funkgerät aus dem Beutel und meldete: »Ich geh jetzt rein.« Leise schlich er in die Küche. Aus dem Flur erklangen Gelächter und Stimmen, zum Teil aus dem Fernseher. Rapp schob leise die Tür ins Schloss und schlich in den Flur direkt auf den Vordereingang zu. Links führte eine Treppe in den ersten Stock, rechts wandten ihm die beiden Männer vor der Glotze den Rücken zu.

Jetzt kam es auf jede Sekunde an. Rapp schlich zu ihnen hinein, die Beretta schussbereit im Anschlag. Der linke Kerl merkte etwas und wirbelte herum. Augenblicklich verband Rapp das Gesicht mit einem Namen. Salim Rusan – der Terrorist, der einen Monat vorher von der Dachterrasse des Washington Hotels aus ein Dutzend Secret-Service-Leute erschossen hatte.

Rapp versenkte ein Projektil im Hinterkopf seines Begleiters und zog den vollkommen überrumpelten Rusan mit einem Treffer in die Stirn aus dem Verkehr. Der Schalldämpfer sorgte dafür, dass das Ganze so gut wie geräuschlos geschah. Er nahm dem Toten rechts die Fernbedienung aus der Hand, regelte die Lautstärke hoch und lief über die Treppe nach oben. »Drei Tangos erschossen. Nehme mir jetzt den ersten Stock vor.« Auf dem Absatz blieb er stehen und lauschte. Durch die Tür auf der linken

Seite des Flurs drang das leidenschaftliche Stöhnen einer jungen Frau.

Rapp schnaubte verächtlich. Jetzt musste er den Kerl auch noch beim Ficken stören! Mit der rechten Hand drehte er am Türknauf und trat ein, fuhr mit der Mündung der Waffe den Raum ab. Zu seiner Rechten rührte sich etwas. Zwei ineinander verschlungene Körper wälzten sich auf dem Bett. Ein Arm tauchte über den Köpfen auf, schien nach etwas zu tasten.

Mitch Rapp zielte und feuerte. Das Geschoss schlug in Aziz' Ellbogen ein und zertrümmerte das Gelenk. Sofort versuchte er, einen entscheidenderen Treffer zu landen. Die Frau war im Weg. Sein Widersacher setzte sie mit voller Absicht als Abschirmung ein. Rapp visierte Aziz' Hüfte an, drückte ab und kam näher. Nun angelte der unverletzte Arm nach dem Kissen. Rapp erwischte auch hier den Ellbogen. Blut spritzte heraus und Aziz ächzte gequält.

Rapp riss die Frau vom Bett herunter, zog sich die Perücke vom Kopf und spuckte die falschen Zähne aus. So konfrontierte er Aziz, der aus drei Wunden blutete und seine Arme nicht länger benutzen konnte. Mit dem Schalldämpfer zielte er auf die Stirn des Mannes. »Na, erkennst du mich?«

Aziz starrte ihn an, schien jedoch nicht zu wissen, wen er vor sich hatte.

»Die Narbe im Gesicht habe ich von dir. Aus Paris. Weißt du noch?«

Das Gesicht des anderen erstarrte, während er in seinen Erinnerungen kramte. Nach einem kleinen Moment bog ein dünnes Lächeln seine Lippen nach oben.

Rapp trat einen Schritt zurück. Es verschaffte ihm eine gewaltige Genugtuung, ein letztes Mal abzudrücken und damit ein besonders schreckliches Kapitel seines Lebens abzuschließen.

»Vier tote Tangos. Ich bin hier fertig«, raunte Rapp ins Funkgerät. Er trieb die Prostituierte über die Treppe zur Hintertür und forderte sie auf, sich aus dem Staub zu machen. Völlig verängstigt verschwand sie in der Dunkelheit.

Rapp griff in den Beutel, den er draußen liegen gelassen hatte, holte einen Block C4-Sprengstoff heraus und stellte den elektronischen Zünder auf 20 Sekunden ein. Er warf ihn in die Küche und zog die Tür zu. Gemächlich schlenderte er zur anderen Seite der Gasse, wo im selben Moment eine Mercedes-Limousine vorfuhr. Die Hintertür wurde geöffnet und Rapp stieg neben Commander Harris ein.

Der Fahrer trat aufs Gas und fuhr davon. Mit einer gewaltigen Explosion verwandelte sich das Haus in ein Flammenmeer.

www.vinceflynn.com

VINCE FLYNN wird von Lesern und Kritikern als Meister des modernen Polit-Thrillers gefeiert. Dabei begann seine literarische Laufbahn eher holprig: Der Traum von einer Pilotenlaufbahn beim Marine Corps platzte aus gesundheitlichen Gründen. Stattdessen schlug er sich als Immobilienmakler, Marketingassistent und Barkeeper durch. Neben der Arbeit kämpfte er gegen seine Legasthenie und verschlang Bücher seiner Idole Hemingway, Ludlum, Clancy, Tolkien, Vidal und Irving, bevor er selbst mit dem Schreiben begann.
Insgesamt 60 Verlage lehnten sein Roman-Debüt ab. Doch Flynn gab nicht auf und veröffentlichte es in Eigenregie. Der Auftakt einer einzigartigen Erfolgsgeschichte: *Term Limits* wurde ein Verkaufsschlager, ein großer US-Verleger griff zu, die Folgebände waren fortan auf Spitzenpositionen in den Bestseller-Charts abonniert.
Der Autor verstarb 2013 im Alter von 47 Jahren infolge einer Krebserkrankung.

Der Anti-Terror-Kämpfer Mitch Rapp ist der Held in bisher 15 Romanen. Aufgrund des bahnbrechenden Erfolgs wird die Reihe in Absprache mit Flynns Erben inzwischen von Kyle Mills fortgesetzt.

Die Mitch-Rapp-Serie:
AMERICAN ASSASSIN – Wie alles begann (Festa Verlag 2016)
KILL SHOT – In die Enge getrieben (Festa Verlag 2016)
TRANSFER OF POWER – Der Angriff (Festa Verlag 2017)
THE THIRD OPTION – Die Entscheidung*
SEPARATION OF POWER – Die Macht*
EXECUTIVE POWER – Das Kommando*
MEMORIAL DAY – Die Gefahr*
CONSENT TO KILL – Der Feind*
ACT OF TREASON – Der große Verrat*
PROTECT AND DEFEND – Die Bedrohung*
EXTREME MEASURES – Der Gegenschlag*
PURSUIT OF HONOR – Codex der Ehre (Festa Verlag 2017)
THE LAST MAN (Festa Verlag 2017)
THE SURVIVOR (mit Kyle Mills) (Festa Verlag 2018)
ORDER TO KILL (mit Kyle Mills) (Festa Verlag 2018)

* Neuauflage bei Festa in Vorbereitung

AMERICAN ASSASSIN und KILL SHOT handeln chronologisch vor TRANSFER OF POWER, wurden aber später veröffentlicht. Neuausgaben der im Heyne Verlag erschienenen Titel sind bei Festa in Vorbereitung.

Zuletzt erschienen in der Reihe FESTA ACTION:

Ben Coes: *The Last Refuge – Welt am Abgrund*
Marc Cameron: *National Security – Eindringlinge*
Mark Greaney: *The Gray Man – Unter Killern*
Richard Jay Parker: *SCARE ME!*
Brad Taylor: *Mann in Wut*
Scott McEwen mit Thomas Koloniar: *Sniper Elite – Ein One Way Trip*
Stephen Hunter: *Einsame Jäger*
Graham Masterton: *Bleiche Knochen*
James P. Sumner: *True Conviction – Der Auftragskiller*
Robert Bidinotto: *Hunter – Ich bin das Recht*
Vince Flynn: *American Assassin – Wie alles begann*
Brad Taylor: *All Necessary Force – Todeszone USA*
Brad Thor: *Die Löwen von Luzern*
Tom Young: *Der Sturm des Mullahs*
Dalton Fury: *Orden für die Toten*
Vince Flynn: *Kill Shot – In die Enge getrieben*
Simon Gervais: *The Thin Black Line – Wir werden töten*
Scott McEwen mit Thomas Koloniar: *Sniper Elite – Vernichtet Amerika*
Matthew FitzSimmons: *The Short Drop – Ein bitterer Tod*
Brad Taylor: *Von Feinden umzingelt*
Tom Young: *Stummer Feind*
Stephen Hunter: *Der 47. Samurai*
Dalton Fury: *Auf zum Angriff*
Matthew Betley: *Overwatch – Jagd auf Logan West*
Marc Cameron: *Akt des Terrors*
Brad Thor: *Der Pfad des Mörders*
Ben Coes: *Auge um Auge*
Vince Flynn: *Pursuit of Honor – Codex der Ehre*
Matthew Reilly: *Der Große Zoo von China*
Vince Flynn: *Transfer of Power – Der Angriff*
Mark Greaney: *The Gray Man – Unter Beschuss*